事類賦注

〔宋〕吴淑 撰注
冀勤 王秀梅 馬蓉 點校

中華書局

圖書在版編目(CIP)數據

事類賦注/(宋)吴淑撰注;冀勤,王秀梅,馬蓉點校. —
北京:中華書局,2021.4
ISBN 978-7-101-15100-8

Ⅰ.事…　Ⅱ.①吴…②冀…③王…④馬…　Ⅲ.①賦
-作品集-中國-北宋②百科全書-中國-北宋
Ⅳ.①I222.4②Z222

中國版本圖書館 CIP 數據核字(2021)第 038162 號

事類賦注

〔宋〕吴　淑 撰注
冀　勤　王秀梅　馬　蓉 點校

*

中 華 書 局 出 版 發 行
(北京市豐臺區太平橋西里 38 號　100073)
http://www.zhbc.com.cn
E-mail:zhbc@zhbc.com.cn
北京瑞古冠中印刷廠印刷

*

880×1230 毫米 1/32 · 22¾印張 · 2 插頁 · 628 千字
2021 年 4 月北京第 1 版　　2021 年 4 月北京第 1 次印刷
印數:1-3000 册　　定價:98.00 元

ISBN 978-7-101-15100-8

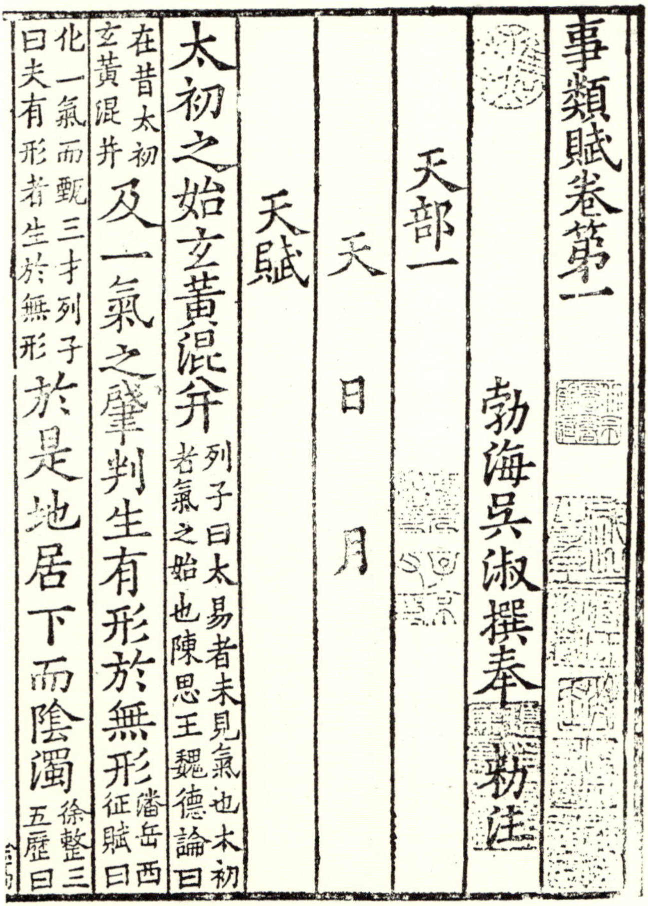
事類賦卷第一

勃海吳淑撰奉　勅注

天部一

天　日　月

天賦

太初之始玄黃混并列子曰太易者未見氣也太初者氣之始也陳思王魏德論曰在昔太初玄黃混并及一氣之肇判生有形於無形潘岳西征賦曰化一氣而甄三才列子曰夫有形者生於無形於是地居下而陰濁徐整三五歷曰

書影一：北京圖書館藏《事類賦注》，宋紹興十六年兩浙東路茶鹽司刻本。

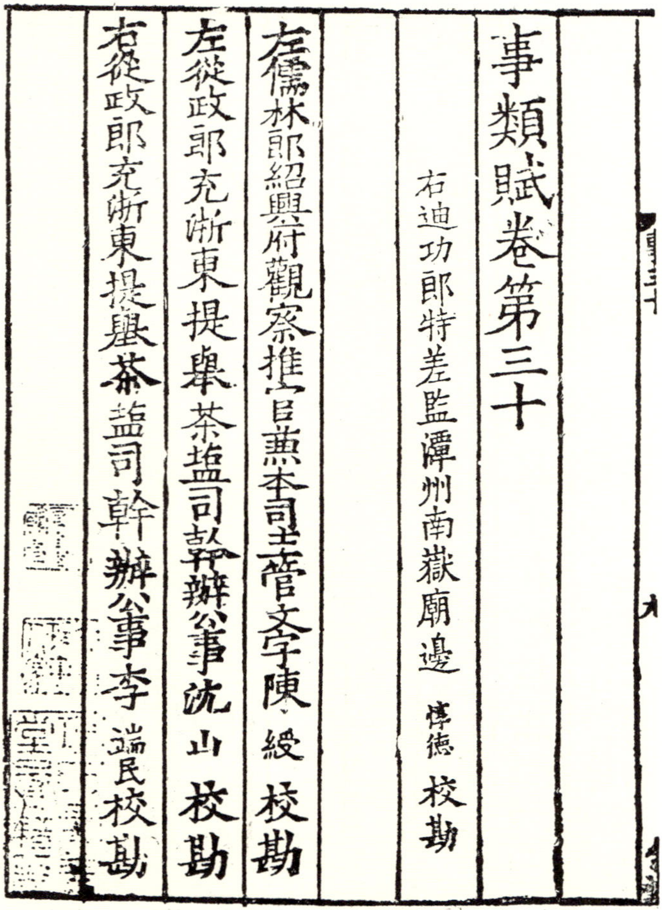

事類賦卷第三十

右迪功郎特差監潭州南嶽廟邊　惇德　校勘

左儒林郎紹興府觀察推官兼本司主管文字陳　綬　校勘

左從政郎充浙東提舉茶鹽司幹辦公事沈　山　校勘

右從政郎充浙東提舉茶鹽司幹辦公事李　端民校勘

書影二：同前書。

事類賦注總目録

校點説明……（一）
校點凡例……（一）
事類賦序　邊惇德……（一）
進注事類賦狀　吴淑……（二）
事類賦注目録……（一）
事類賦注卷一至卷三十……（一）
刻事類賦敍　華雲……（五八九）
敍事類賦後　秦汴……（五九一）
附録資料
一、序跋和傳記……（五九三）
二、歷代書目等有關著録和評論……（六〇〇）
事類賦注引書索引……（一）
筆畫索引……（八七）

校點説明

我國宋代，官方修書的風氣很盛，特别是大部頭的類書，如《太平御覽》、《太平廣記》、《册府元龜》等，都是奉敕集體編纂而成的。個人編撰的類書也時有所見，吴淑的《事類賦注》便是其中較爲著名的一種。

吴淑（九四七——一〇〇二）字正儀，潤州丹陽（今江蘇省丹陽市）人。他由南唐入宋，一生活動的主要時期是在宋太祖、太宗、真宗三朝。他在南唐時，以「屬文敏速」知名，曾受到韓熙載、潘佑的器重。徐鉉主試進士時，他擢在高第，後召試學士院，任職史館。入宋，以「詞學典雅」、「學問優博」，受到太宗的嘉賞，參加編修《太平御覽》、《太平廣記》、《文苑英華》三部大書。後又遷祕閣校理，修《起居注》、《太宗實録》。官至職方員外郎，卒年五十六歲。他的著作除《事類賦注》三十卷外，尚有文集十卷，《説文五義》三卷，《江淮異人録》三卷，《祕閣閒談》五卷，《異僧記》一卷〔一〕，《諡名録》一卷〔二〕。

類書始於《皇覽》。《皇覽》是魏文帝曹丕命儒臣王象、劉劭撰集而成的；據《魏略》稱，全書八百餘萬字，分四十餘部，每部數十篇，内容專輯故事。按此書早於宋代亡佚。此後，不斷有類書問世，形式多樣。如唐徐堅等編撰的《初學記》，李嶠撰著的《雜詠》；明游日章撰、林世勤注的《駢語雕龍》；清康熙時編撰的《駢字類編》等，均各具特色。《事類賦》則是用賦體類事最早的一部，是吴淑進獻給宋太宗趙炅的，全書二十卷，分十四部，一百目，每個子目爲賦一篇，子目標題都是一個字，故稱「一字題賦」，無注。據王應麟記載，成書於端拱（九八八——九八九）中〔三〕，後詔令注釋，吴淑遂於淳化四年（九九三）擴充爲三十卷〔四〕，始名《事類賦》。它初無刻本，最早的著録見於南宋尤袤《遂初堂書目》，僅「事類賦」三字，編入子部類書類；陳振孫《直齋書録解題》卷十四增記了著者和卷數；王應麟《玉海》卷五十九則具體記載了成書和注釋擴充爲三十卷的時間。王偁的《東都事略》卷一百十五，曾鞏的《隆平集》卷十四，以及不知撰人的《京口耆舊傳》卷三等宋人著作，也都有關於《事類賦》和吴淑的記載，這些都是極其可貴的資料。邊惇德序中説：「駢四儷六，文約事備，經史百家，傳記方外之説，靡所不有。」這無疑是對《事類賦》從内容到編纂體例的妥切概括。明代人對之更是備加稱道，李濂説：「余覽是書，未嘗不嘉其考核之精，敍述之美，而三歎其用心之勞也。」〔五〕秦汴説：「句以偶對，事以類收，章以韻協，讀之如見武庫之富，玩之如探滄海之珍，誠後學之師資，詞科之麗澤也。」〔六〕到了清代，影響更爲廣泛，先是華希閔撰注《廣事類賦》四十卷，分二十七門，廣爲二百九十一首，吴世旃撰注《廣廣事類賦》三十二卷，繼廣爲賦一百三十七首，其後王鳳喈撰注《續廣事類賦》三十卷，分十一部，復續之爲二百六十首，張均撰注《事類賦補遺》十四卷，分十三門，撰成百首，補其缺略。這都是有感於吴賦的門類尚嫌不足，遂仿吴淑之體，均自作注，且擴充了卷帙的。可見，有清一代學人對賦體類事的偏愛，但其「精博終不逮是編」〔七〕。

本書賦文多薈萃成言，用駢四、儷六的寫法，顯係作者有意適應當時取士之制和科場上的特殊需要。這種體裁，在類書編撰中却成了創舉。本書注文兼收衆籍，多是摘録唐以前各種典籍上的有關材料，依照内容分門别類地編排，實際是一部集録古籍資料、類似小百科全書的工具書。《四庫全書總目提要》對此作出了公正的評價，它説：「淑本徐鉉之婿，學有淵源」，「見聞尤博，故賦既工雅」，「注與賦出自一手，事無舛誤，故傳誦至今」，尤其是吴淑所引之書大都「採自本書，非輾轉撏撦者比，其精審並爲可貴，不得以習見忽之矣。」（卷一三五）可見它的使用價值絶不能低估。首先是吴淑注文中引用的古籍至今多已失傳，它却保存了斷篇殘句，可以供今人瞭解原書的一斑。例如：許多讖緯之書，早在唐以前就失傳了，吴淑從其他書中多方鈎稽，在《事類賦》中引用者相當可觀，舉其要者，有《河圖括地象》、《龍魚河圖》、《河圖挺佐輔》、《易乾鑿度》、《易通卦驗》、《易坤靈圖》、《易通統圖》、《尚書考靈曜》、《尚書帝命驗》、《尚書中候》、《詩含神霧》、《詩推度災》、《禮斗威儀》、《樂動聲儀》、《春秋演孔圖》、《春秋元命苞》、《春秋運斗樞》、《春秋感精符》、《春秋考異郵》、《春秋説題辭》、《孝經援神契》、《孝經鈎命決》等等，都不止一次被引用，可以幫助今人瞭解兩漢時期緯書的點滴情況。又如《范子計然》、《氾勝之書》，這些論述農業生産知識的專著，也早已失傳，本書却引用若干條，後人能從中瞭解古人生産的某些經驗和技能。還有《竹書紀年》、《古文瑣語》、《漢官儀》、《吴録》、《瑞應圖》及謝承的《後漢書》，張璠的《漢記》、《續漢書》、《帝系譜》，徐整的《長曆》、《玄中記》、《物理論》，陸機的《晉紀》、《洛陽記》、《要覽》，王隱、臧榮緒的《晉書》，何法盛的《晉中興書》，劉義慶的《幽明録》，蕭子良的《冥驗記》，皇甫謐的《年曆》，虞昺的《穹天論》，姚信的《昕天論》，王褒的《僮約》等，還有《義興記》、《義熙起居注》、《緑江記》、《衡波傳》、《曆忌釋》等等，都是其他類書少有引用的珍貴古籍，本書都有引用。因之，清人近人多據《事類賦》以從事輯佚和校勘。卽使是傳世的古籍，本書所引也有多出今本者，諸如《博物志》、《搜神記》、《論衡》、《明皇雜録》等等，凡新的校注、校箋本都已從中輯出若干佚文，或可與《太平御覽》所引對校。舉例説，本書卷一《天》引《論衡》：「日月星辰隨天而西移，行遲天耳。譬若磨石之上行蟻，蟻行遲，磨轉疾，内雖異行，外猶俱轉。」文意十分清楚，而今本《論衡·説日篇》：「《易》曰：『日月星辰麗乎天，百果草木麗于土。』麗者，附也。附天所行，若人附地而圓行，其取喻若蟻行於磑上焉。」文意相近，文字不同。卷二十一《馬》引《論衡》：「儒者稱孔子與顔淵俱登魯東山，望吴昌門謂淵曰：『爾何見？』曰：『一疋練前有生藍。』子曰：『白馬蘆芻也。』」雖見于今本《論衡·書虚篇》，文字却有不同。其次是可以用來校正今本古籍的一些訛誤。如《韓詩外傳》這部記録古代故事和傳説的書，從西漢初期流傳下來，幾經刊刻，産生不少錯誤，據考証已不是原書之舊。中華書局一九八〇年出版許維遹的《韓詩外傳集釋》，即用《事類賦注》的引文考正了近十處錯誤，並增補兩句遺漏的文字。又如本書卷二十一《馬賦》，注文所引《文選·七發》「鍾岱之牡，齒至之駒」，在今本《文選·七發》中，「駒」作「車」，李善注「未詳」；而據《事類賦》所引，可知「車」實是誤字，可據此書校改。這些都説明《事類賦》與其他大型類書一樣，有它的輯佚和校勘價值。

此外，本書注文在引書方面也存在着一些錯誤。引用的書名前後常不一致，或繁或簡，如《汲冢紀年》又稱《紀年》，《天象列星圖》又稱《列星圖》。書名與篇名相混的情況亦時有所見，如用「天老對黄帝」篇名代《韓詩外傳》。標列的書名也往往有誤，如：卷三引《孟子》一段話：「滕文公卒，葬有日矣。天大雨雪，至牛目，羣臣請弛期，太子不許。惠子諫曰：『昔王季葬渦山之尾，欒水齧其墓，見棺前和，文王曰：「先君欲見羣臣百姓矣。」乃出爲帳，三日而後葬。今太子宜曰：「先君欲少留而撫社稷，故使雪甚。」弛期而更爲日，此文王之義也。』

太子曰:『善。』」此條亦見《太平御覽》卷五五五,引自《孟子》,而今本《孟子》裏没有這句話,却見於《吕氏春秋·開春論》。此或係節録所致,或許《孟子》古本中有這句話也未可知。

《事類賦》的版本有近十種之多。流傳下來最早的本子,是宋紹興十六年(一一四六)兩浙東路茶鹽司刻本(簡稱宋本),這是在吴淑去世一百四十四年之後刊刻的,是否就是最初的刻本,不得而知。書中弘、玄、殷等字均缺末筆,結體方整,槧工精湛,確係南宋初期浙刻無疑,可惜漫漶之處屢屢可見。我們有幸看到這個刻本的兩部:其一北京圖書館善本部未標殘本,實際上卷三《雷》下僅有二十一句賦和注文,於「澤中」以下至卷末闕文;而另一部北圖標出殘本者,其卷三却是完整的,黄丕烈又將此殘本闕失的部分,卽卷六至卷十,卷十七至卷十九,據明本抄配補齊,卷十四至卷十六配以清嘉慶十八年黄氏士禮居抄本補齊,這個抄配本,以下簡稱黄校本。黄氏的校文雖不多,我們也適當地吸收在校記裏。明以後的刻本流傳下來的有七八種,現分散在全國一些大圖書館裏。我們見到了其中的嘉靖十一年蔡弼刻本、嘉靖十一年無錫崇正書院華麟祥刻本、嘉靖十三年白坪刻本、嘉靖十六年秦汴刊本;尚有台灣收藏的嘉靖十三年白石岩刊本、嘉靖間覆宋刊本、明新安潘仕等校刊本未見。現就我們見到的本子比較而言,它們似是同出一源,無論分卷次序,正文和注文,没有發現大的不同,只是或多或少的刊刻之誤而有所差異罷了。宋本雖有漫漶,但刊刻之誤較少。

由於宋本未能複印，我們即用較爲通行的明秦汴本作底本，而以宋本和其他版本作爲校本。同時，我們還在需要的地方參校了《太平御覽》和部分原書。

本書卷一至卷九玉賦由冀勤校點，卷九珠賦至卷十八由王秀梅校點，卷十九至卷終由馬蓉校點。附録資料由冀勤搜輯，索引由王秀梅、馬蓉編製。

整理此書是我們的第三次合作〔八〕，我們希望盡量做到校勘準確，但事實上，由於我們能力和條件所限，加之對歷代經史古籍所知甚少，無論在校勘或標點方面，都不免會有遺誤，懇切地希望專家和讀者批評指正。有關校點的具體做法，詳見校點凡例。

最後，我們要感謝周振甫先生爲本書提出不少寶貴意見，要感謝胡宜柔同志細心通審全稿，糾正了一些失誤。還有程毅中同志爲本書封面題簽，北京圖書館善本部的同志們所給予的諸多幫助，均在此致謝。

冀勤　一九八四年十二月，北京。

注

〔一〕　此書僅《宋史·藝文志》著録。

〔二〕　此書收入宛委山堂《説郛》卷三十四，未見著録。

〔三〕〔四〕　此説見《玉海》卷五十九。然邊惇德在紹興十六年（一一四六）序中稱：「淳化中（九九〇——九九四），博士吴淑進《事類賦》於朝，太宗（末年是九九七）嘉其精贍，因命注釋之，擢爲水曹郎。」這段時間較王應麟説略晚數年。王應麟生於宋寧宗嘉定十六年（一二二三），死于元元貞二年（一二九六），得見邊惇德序而不從，其説必另有所據。當以王説爲是。

〔五〕見明嘉靖十三年白玶刻本卷首《刻事類賦序》。

〔六〕見明嘉靖十六年秦汴刊刻《事類賦序》。

〔七〕見周中孚《鄭堂讀書記》卷六十一。

〔八〕前兩次係指《湖海新聞夷堅志》、《新編分門古今類事》的出版，整理者署名金心。

校點凡例

一、本書的整理工作，主要在於校勘標點，校正訛、脱、衍、倒，並搜集有關本書及作者的資料。

二、本書以明嘉靖十六年秦汴刊本爲底本（簡稱秦本），以宋紹興十六年兩浙東路茶鹽司刻本（簡稱宋本）、黄丕烈對宋本的校補配抄本（簡稱黄校本）、明嘉靖十一年無錫崇正書院華麟祥刻本（簡稱華本）、明嘉靖十三年白玶刻本（簡稱白本）爲校本，並參校早於本書的大型類書《太平御覽》（簡稱《御覽》）。他本是而底本誤者，據改，在校記中説明；形近音近而訛等顯誤者，逕改不出校；有參考價值的異文寫入校記；底本不誤而他本誤者，概不出校，以免繁瑣。尚有明嘉靖十一年蔡弼刻本，因與底本行款、文字基本相同，故不出校。

三、本書原注文引録各書多有删節，遇有文意費解者，盡量參校流傳有緒的原書作出判斷，並在校記中注明，以供參考。此外，一般不另作他校。

四、本書每卷卷首有「宋博士渤海吴淑撰注，明錫山後學秦汴校刊」兩行署名，均删去。

五、本書用新式標點符號，分卷仍按原書順序，賦文用大字排，注文用小字排於賦文之下，校記則統列於各賦之末。

六、本書共分十四部（天、歲時、地、寶貨、樂、服用、什物、飲食、禽、獸、草木、果、鱗介、蟲），部之下又共分百目，每目各爲賦一篇。全書賦文幾乎逐句有注，注文又必須夾排於賦文行間，索檢十分不便。爲便利讀者查閱，現將每篇賦文，按子目分别逐句依次編列序號，以阿拉伯數字冠於每句賦文之前，例如卷之一「天部」，子目「天」，首句賦文上冠①字，即：「①太初之始，玄黄混并。《列子》曰：太易者，未見氣也。太初者，氣之始也。」以下各目序號類推。

七、本書另編引用書名篇名索引附後，可供讀者翻檢時參考。

事類賦序

淳化中，博士吴淑進《事類賦》百篇於朝。太宗嘉其精贍，因命注釋之，擢爲水曹郎。今觀其書，駢四儷六，文約事備，經史百家，傳記方外之説，靡所不有。其視李嶠單題詩、丁晉公《青衿集》，用功蓋萬萬矣。歲月寖久，世罕其傳。提舉滎陽鄭公將命東浙，莅事未幾，百廢具舉。暇日裒集羣書，曉析涵泳，以爲退食之娱，因以所藏《事類賦》善本俾鏤版，以備士夫章句檢討之益，且俾惇德著其述作之始於右。惇德切觀四聲之作，起於齊梁而盛於隋唐，今遂以爲取士之階。其協辭比事，法度纖密，足以抑天下豪傑之氣。至於源流派别，凡有補於對偶聲韻者，豈可靳而不傳。雖淑之書用意浩博，將以貽惠來今，然非鄭公則不能廣其説，使學者有所觀覽云。

紹興丙寅仲夏二十三日，右迪功郎特差監潭州南嶽廟邊惇德謹序。

進注事類賦狀〔一〕

右，臣先進所著《一字題賦》百首，退惟蕪累，方積兢憂，遽奉訓辭，俾加注釋。伏以類書之作，相沿頗多，蓋無綱條〔二〕，率難記誦。今綜而成賦，則焕焉可觀。然而所徵既繁，必資箋注，仰聖謨之所及，在陋學以何稱。今並於逐句之下，以事解釋，隨所稱引，本於何書，庶令學者知其所自。又集類之體，要在易知，聊存解釋，不復備舉，必不可去，亦具存之。凡讖緯之書，及謝承《後漢書》，張璠《漢記》、《續漢書》、《帝系譜》，徐整《長曆》、《玄中記》、《物理論》之類，皆今所遺逸，而著述之家相承爲用，不忍棄去，亦復存之。前所進二十卷，加以注解，卷秩差大，今廣爲三十卷，目之曰《事類賦》。乏張華之博物，叨預升聞；謝陸賈之著書，敢期稱善。徒傾鄙思，曷副宸心。伏乞皇帝陛下，俯録微能，特紆睿覽。苟乾坤之施，不遺芻狗之微，則鉛槧之勤，庶耀縑緗之末。冒黷斧扆，兢惶載深。

校勘記

〔一〕宋本無此狀。

〔二〕蓋無綱條　黄校本作「蓋綱無條」。

事類賦注目録〔一〕

卷之一
天部一
天……一
日……一一
月……一八
卷之二
天部二
星……二三
風……二八
雲……三四
卷之三
天部三
雨……三九
霧……四五
露……四九
霜……五三
雪……五六
雷……六〇
卷之四
歲時部一
春……六五
夏……七四
卷之五
歲時部二

秋……八五
冬……九三
卷之六
地部一
地……一〇二
海……一〇七
江……一一三
河……一一八
卷之七
地部二
山……一二五
水……一三五
石……一四三
卷之八
地部三
井……一五一
冰……一五七
火……一六〇
卷之九
寶貨部一
金……一六九
玉……一七七
珠……一八八
卷之十
寶貨部二
錦……一九七
絲……二〇二
錢……二〇五
卷之十一
樂部

歌……二二五
舞……二三四
琴……二三〇
笛……二四一
鼓……二四五
卷之十二
服用部一
衣……二五一
冠……二六一
卷之十三
服用部二
弓……二六九
箭……二七五
劍……二八一
卷之十四
服用部三
几……二九三
杖……二九七
扇……三〇〇
卷之十五
什物部一
筆……三〇五
硯……三一三
紙……三一七
墨……三二一
卷之十六
什物部二
舟……三二五
車……三三三
鼎……三四三

卷之十七
飲食部
茶……三四七
酒……三五三
卷之十八
禽部一
鳳……三六七
鶴……三七四
鷹……三七八
鷄……三八二
卷之十九
禽部二
雁……三八九
烏……三九三
鵲……三九八
燕……四〇一
雀……四〇四
卷之二十
獸部一
麟……四〇九
象……四一二
虎……四一四
卷之二十一
獸部二
馬……四二一
卷之二十二
獸部三
牛……四四一
羊……四五〇
卷之二十三

獸部四

卷之二十四

草木部一

卷之二十五

草木部二

卷之二十六

果部一

卷之二十七

果部二

橘……五三五
瓜……五三八
卷之二十八
鱗介部一
龍……五四五
蛇……五五三
龜……五五九
卷之二十九
鱗介部二
魚……五六五
卷之三十
蟲部
蟲……五七七
蟬……五八一
蜂……五八三
蟻……五八五

校勘記

〔一〕宋本無目録。黄校本無「事類賦注目録」數字，以下之目録正文「卷之一天部一」作「第一天部」。以下各卷情況同此，不一一出校。

事類賦卷之一

天部一

天　日　月

天〔一〕

①太初之始，玄黄混幷。《列子》曰：太易者，未見氣也。太初者，氣之始也。陳思王植《魏德論》曰：在昔太初，玄黄混幷。②及一氣之肇判，生有形於無形。潘岳《西征賦》曰：化一氣而甄三才。《列子》曰：夫有形者，生於無形。③於是地居下而陰濁，徐整《三五曆》曰：陽清爲天，陰濁爲地。④天在上而輕清。《易乾鑿度》曰：輕清者上爲天，重濁者下爲地。⑤斯蓋羣陽之精，《春秋説題辭》曰：天，羣陽之精，合爲太一，分爲殊名。⑥積氣而成。《列子》曰：天，積氣爾。日月星辰，亦氣之光耀者也。⑦澒洞蒼莽，不可爲象，《淮南子》曰：未有天地之時，鴻濛澒洞，莫知其門，蒼莽見下，齊公仰視。注：張衡《靈憲賦》曰：太素之前，寂寞冥默，不可爲象。⑧溟涬濛鴻，莫知其終。《帝系譜》曰：天地初起，溟涬濛鴻。注：溟，音莫鼎反。涬，音胡鼎反。⑨其氣皓旰，《爾雅》曰：夏爲昊天。注云：言其氣皓旰。⑩其體穹隆。《爾雅》曰：穹蒼，蒼天也。注云：天形穹隆，其色蒼蒼，因以名云。⑪

觀文以察時變，《易》曰：觀乎天文，以察時變。⑫垂象而見吉凶。《易》曰：天垂象，見吉凶。聖人則之。⑬大哉乾元，萬物資始。出《易》。⑭定辰極於保斗，桓譚《新論》曰：通人揚子雲因衆儒之説，以天爲常左旋，日月星辰隨而東西，乃圖畫形體行度，參以四時、曆數、昏明、晝夜，欲爲世人立紀律，以垂法後嗣。余難之曰：「春秋晝夜欲等平。旦日出於卯，正東方；暮日入於酉，正西方。今以天下人占視之，此乃人之卯酉，非天卯酉。天卯酉，當北斗極。北斗極，天樞。樞，天軸也。猶蓋有保斗矣。蓋雖轉而保斗不移，天亦轉周匝，斗極常在，知爲天之中也。仰視之，又在北，不正在人上。而春秋分時，日出入乃在斗南，如蓋轉，則北道遠，南道近。彼晝夜數，何從等平？」子雲無以解也。後與子雲奏事，坐白虎殿廊廡下。以寒故，背日曝背。有頃，日光去背，不復曝焉。因以示子雲曰：「天卽蓋轉而日西行，其光影當照此廊下而稍東耳。無乃是反應渾天家法焉。」子雲立壞其所作。則儒家以爲天左轉〔二〕，非也。⑮驗日星於磨蟻。《論衡》曰：天門在西北。又，日月星辰隨天而西移，行遲天耳。譬若磨石之上行蟻，蟻行遲，磨轉疾，內雖異行，外猶俱轉。⑯其運也，轉如車轂；《渾天儀》曰：天地各乘氣而立〔三〕，載水而浮。日月星辰繞地下，故二十八宿半隱。天轉，如車轂之運。⑰其速也，流如弩矢。《論衡》曰：天行三百六十五度，凡積七十三萬里也〔四〕。其行甚疾，無以爲驗，儻與陶鈞之運、弩矢之流，相類似乎？⑱半覆地上，半居地下。王蕃《渾天説》曰：周天三百六十五度五百八十九分度之百四十五，東西南北，展轉同規，半覆地上，半在地下，故二十八舍半隱。以儀准之，其見常百八十二度有奇，是以知半覆地上，半在地下也。⑲或似卵以含黄，姚信《昕天論》曰：若使天裏地，如卵含黄，地何所倚立而自安？《渾天儀》曰：天如雞子，地如中黄，居於天內，天大地小，表裏有水。⑳或若奩而抑水。虞昺《穹天論》曰：天形穹隆，如笠而冒地之表，浮元氣之上，譬覆奩以抑水而不沒者，氣充其中也。日繞辰極，沒西而還東，不入地中也。㉑方既見於王充，賀道養《渾天記》曰：近世有四術：一曰方天，興於王充；二曰軒天，起於姚信；三曰穹天，聞於虞昺。皆臆斷浮説，不足觀也。唯渾天之事，徵驗不疑。㉒安亦聞於虞喜。《天文録》曰：古人言天地之形者有三：一曰渾天，二曰蓋天，三曰宣夜。宣夜之説，未嘗見也。後有虞昺作《穹天論》，虞喜作《安天論》，姚信作《昕天論》。㉓洛下准之於地中，《益都耆舊傳》曰：漢武帝時，洛下閎明曉天文，於地中轉渾天，定時節。㉔耿詢測之於室裏。《隋書》曰：耿詢見故人高智寶以玄象直太史，詢從之受天文算術。詢創意造渾天儀，不假人力，以水轉之，施於閣室中，外候天時，合如符契。㉕悠哉博厚，《禮》曰：天地之道，博也厚也。㉖倬彼昭回，《詩》曰：倬彼雲漢，昭回于天。㉗榆稱歷歷，《古樂府詩》曰：天上何所有，歷歷種白榆。㉘網説恢恢。《老子》曰：天網恢恢，疏而不漏。㉙雪霜降而風雨施，無非教也，《禮》曰：天有四時，風雨霜露，無非教也。㉚四時行而萬物茂，復何言哉！《論語》曰：天何言哉！四時行焉，百物生焉。㉛懿彼秉陽，《禮》曰：天秉陽，垂日星。㉜本乎親上。《易》曰：本乎天者親上。㉝著不息而行健，《禮》曰：著不息者，天也。《易》曰：天行健。㉞列三光而成象。《易》曰：在天成象，在地成形。㉟抑高見張弓之道，《老子》曰：天之道其猶張弓乎？高者抑之，下者舉之。㊱臨下識覆盆之狀。《論衡》曰：天平與地無異，若覆盆之狀。㊲若夫玄景映壁，繁星貫珠，《鈎命決》曰：星纍纍若貫珠，輝映如連璧。㊳究宣夜之説，《抱朴子》曰：宣夜之書亡，而郄萌記先師相傳宣夜説云：天了無質，仰而瞻之，高遠無極，譬遠望黄山皆青，俯察千仞之谷而黝黑，夫青冥色黑非體也。日月星象浮生空中，行止皆積氣焉〔五〕。故七耀或住或游，逆順伏見無常，由無所根繫，故各異也。故辰極常居其所，北斗不與衆星西没焉。七曜皆東行，日行一度，月行十三度，遲疾任性〔六〕，若綴附天體，不得爾也。㊴習周髀之書。楊泉《物理論》曰：儒家立渾，以追天形，從車輪焉。周髀立蓋天，言天氣循邊而行，從磨石焉。㊵申須言之而盡妙，《左傳》曰：有星孛于大辰，西及漢。申須曰：「彗所以除舊布新也。天事常象，今除於火，火出必布焉，諸侯其有火災乎！」㊶裨竈論之而有餘。《左傳》曰：陳災，鄭裨竈曰：「五年，陳將復封。封二十五年而遂亡。」子産問其故，對曰：「陳，水屬也。水，火妃也。而楚所相也。今火出而火陳，逐楚而建陳也。妃以五成，故曰五年。歲五及鶉火，而後陳卒亡，楚克有之，天之道也。故曰二十五年。」㊷亦聞九野爲稱，《吕氏春秋》曰：天有九野。何謂九野？〔七〕中央曰鈞天，東方曰蒼天，東北曰變天，北方曰玄天，西北曰幽天，西方曰皓天，西南曰朱天，南方曰炎天，東南曰陽天。㊸十端是紀，《春秋繁露》曰：天有十端：天爲一端，地爲一端，陽爲一端，陰爲一端，水爲一端，土爲一端，人爲一端，金爲一端，木爲一端，火爲一端，凡十端。天亦有喜怒之氣，哀樂之心，與人相副。以類合之，天人一也。春喜氣故生，秋怒氣故殺，夏樂氣故養，冬哀氣故藏。四者，天人同有之。㊹爲萬物之祖，《禮統》曰：天地，元氣之所生，萬物之祖也。㊺用四時作吏。《淮南子》曰：四時，天之吏；日月，天之使；星辰，天之期；虹蜺、彗星，天之怒。㊻驚鄭國之再旦，《汲冢紀年》曰：懿王元年，天再旦於鄭。㊼悟齊公之仰視。《説苑》曰：齊桓公問管仲曰：「王者何貴？」對曰：「貴天。」桓公仰視天，管仲曰：「所謂天者，非謂蒼蒼莽莽之天也，居人上者，以百姓爲天。」㊽萇弘違之而支壞，《左傳》曰：女叔寬曰：「周萇弘、齊高張，皆將不免。萇弘違天，高子違人。天之所壞，不可支也；衆之所爲，不可奸也。」㊾穆子夢之於壓己。《左傳》曰：初，穆子去叔孫氏，適齊，娶於國氏，生孟丙、仲壬，夢天壓己，弗勝。顧見人，黑面而上僂，深目而豭喙，號之曰：「牛，助余。」乃勝之。㊿至若黄帝蓋象，顓頊渾儀，劉氏

《曆正問曰説》云：顓頊造渾儀，黄帝爲蓋天，皆以天象蓋也。(51)可以表測，《易通卦驗》曰：冬至之日，樹八尺之表，日中視其晷，晷如度者，歲美人和。不則歲惡人惑。(52)誰能管窺。《漢書》東方朔《荅難》曰：以管窺天，以蠡測海，豈能考其文理，通其條貫哉！(53)道悠久而聞《禮》，《禮》：天地之道，博也，厚也，高也，明也，悠也，久也。(54)步艱難而見《詩》。《詩》曰：天步艱難，之子不猶。(55)既居高而治下，《白虎通》曰：天之爲言顛也，居高理下，爲人經也。(56)亦常正而無私。《申子》曰：天道無私，是以常正，天道常正，是以清明。(57)嘗論冒笠之象，事具「以奩抑水」注。(58)寧知倚杵之期。《河圖挺佐輔》曰：百世之後，地高天下，不風不雨，不寒不暑，民復食土，皆知其母，不知其父。如此，千歲之後，而天可倚杵，洶洶隆隆，曾莫知其始終。(59)仁已喻於放勛，《大戴禮》曰：放勛，其仁如天，其智如神，就之如日，望之如雲。(60)高仍同於仲尼。《論語》曰：仲尼，天也，不可階而升也。(61)授之人時，《書》曰：乃命羲和，欽若昊天，曆象日月星辰，敬授人時。(62)正以璿璣。《書》曰：在璿璣玉衡，以齊七政。(63)唐堯羲和之命，《書》曰：乃命羲和，欽若昊天。(64)高辛重黎之司。《文曜鉤》曰：高辛受命重黎説天文。(65)故王者被衮以象矣，《禮》曰：祭之日，王被衮以象天。(66)燔柴而祭之。《禮》曰：燔柴於泰壇，祭天也。(67)南郊就陽之位，《禮》曰：祭天於南郊，就陽之義也。(68)圓丘父事之儀，《春秋感精符》曰：人主，父天，母地，兄日，姊月。注云：父天於圓丘，母地於方澤，兄日於東郊，姊月於西郊。(69)以災異而垂譴，《白虎通》曰：天所以有災變何？所以譴告人君，覺悟其過，欲令悔慎思慮也。(70)豈玄遠而難知？《晉書》曰：張華爲司空時，中台星坼，少子韙勸華遜位。華不從，曰：「天道玄遠，惟修德以應耳。不如靜以待之，以候天命。」(71)故其德表清明，《禮》曰：清明象天。(72)道稱柔克，《書》曰：沈潛剛克，高明柔克。(73)瞻浩浩之元氣，《禮·中庸》曰：淵淵其淵，浩浩其天。(74)仰蒼蒼之正色。《莊子》曰：天之蒼蒼，其正色邪！其遠而望之，無所至極邪。(75)虧以東南，《楚辭·天問》曰：八柱何當？東南何虧？注云：言天有八山爲柱，皆何值？東南不足，誰能缺也？(76)奥以西北〔八〕，《太玄經》曰：天以不見爲玄，地以不形爲玄，人以心腹爲玄。天奥西北，鬱化精也；地奥黄泉，隱營魄也；人奥思慮，含至精也。(77)街指畢昴，《漢書》曰：高帝七年，月暈，圍參畢七重，占曰：「畢昴間，天街也。街北胡，街南中國。」後果有平城之圍。(78)宫稱營室。《漢書》曰：營室爲宗廟，亦曰離宫。(79)難諶而靡常，《書》曰：天難諶，命靡常。(80)無親而輔德，《書》曰：皇天無親，惟德是輔。(81)常虧盈而益謙，《易》曰：天道虧盈而益謙。(82)每無爲而成物。《禮》曰：無爲而物成，是天道也。(83)鄒衍曾談，《五經通義》曰：鄒衍大言天事，謂之談天衍〔九〕。(84)保章是職。《周禮》保章氏掌天星，以志星辰、日月之變動，觀天下之遷。(85)雨粟既見於神農，《周書》曰：神農之時，天雨粟，神農耕而種之。(86)降種亦聞於后稷。《詩》曰：天降嘉種，惟秬惟秠。《孔叢子》曰：魏王問子順曰：「寡人聞昔者上天神異后稷，爲之降嘉穀，周遂以興。」(87)共工觸山而折柱，《列子》曰：共工氏與顓頊爭帝，怒觸不周之山，折天柱，絶地維。故天傾西北，日月星辰就焉；地不滿東南，百川水潦歸焉。(88)女媧補闕而鍊石，《列子》曰：天地亦物，物有不足〔一〇〕，故昔者女媧氏選五色石以補闕。(89)秦宓嘗陳於辯對，《蜀志》曰：吴使張温來聘。秦宓年十二，在諸葛亮坐。温曰：「何人？」亮曰：「學者。」温問曰：「天有頭乎？」密曰：「有。《詩》云『乃眷西顧』，天若無頭，何以顧之？」又曰：「有耳乎？」曰：「有。《詩》云『鶴鳴九皋，聲聞于天』，無耳，何以聞之？」「天有足乎？」曰：「有。《詩》云『天步艱難』，若無足，何以步？」「天有姓乎？」曰：「有。」「何姓？」曰：「姓劉。」「何以知之？」曰：「其子姓劉，故以知之。」温大敬之。⑩裴楷亦昭於敏識。《晉書》曰：世祖登祚，卜世數多少，探策得一，羣臣失色。吏部郎裴楷進曰：「天得一以清，侯王得一爲天下貞。」上大悦。⑨若夫域中爲大，《老子》曰：域中有四大：道大，天大，地大，王亦大。⑨得一而清，《老子》曰：天得一以清，天無以清，將恐裂。⑨立圓儀之八尺，蔡邕《天文志》曰：言天體者有三家：一曰周髀；二曰宣夜；三曰渾天。宣夜之學，絶無師法。周髀術數具存〔一一〕，驗之天狀，多所違失，故史官不用。唯渾天近得其情，今史官所用候臺銅儀，則其法也。立八尺圓儀，具天地之象，以正黄道，以步五緯，精微深妙，百世不易之道。⑨識太玄之九名。《太玄經》曰：九天：一爲中天；二爲羨天；三爲順天；四爲更天；五爲睟天；六爲廓天；七爲咸天；八爲沉天；九爲成天。⑨製既聞於陶景，《梁書》曰：陶弘景嘗造渾天象，高三尺許，地居中央，天轉而地不動，以機運之，悉與天會。⑨妙或説於張衡。張衡《渾天儀》曰：赤道横帶，天之腹，去極九十一度十九分度之五，黄道邪帶，其腹出赤道，表裏各二十四度，故夏至去極六十七度而強，冬至去極百一十五度，亦強也。然則黄道邪截赤道者，則秋分、春分之去極也。今此春分去極九十度，秋分去九十一度少者，就夏曆晷景去極之法，以爲率也。《義熙起居注》曰：十四年，相國表曰：閒者平長安，獲張衡所作渾儀、土圭，歷代寶器，謹遣奉送，歸之天府。⑨旋轉識彈丸之狀，王蕃《渾天説》曰：舊説天地之體，狀如鳥卵，天包地外，猶殼之裹黄，周圍如彈丸〔一二〕，故曰渾天。言其形渾渾如也。⑨覆燾見攲蓋之形。《天文録》曰：天如攲車蓋，南高北下。⑨爾其運以六氣，《左傳》曰：天有六氣，降生五味。注曰：六氣，謂陰、陽、風、雨、晦、明。⑩承之八柱，《楚辭·天問》曰：圜則九重，孰營度之？惟兹何功？孰初作之？斡維焉繫？天極焉加？八柱何當？東南何虧？注曰：斡，轉也。維，綱也。八柱何當，言天有八山爲柱，皆何所值。⑩既警晉而啓魏，《左傳》曰：天其或者大警晉也。又曰：晉侯賜畢萬魏，卜偃曰：「畢萬之後必大。萬，盈數也；魏，大名也。以是始賞，天啓之矣。」⑩亦與唐而授楚。《史記》曰：叔虞母夢天謂武王曰：「余命汝生子名虞，余與之唐。」及生子，有文在手曰「虞」，因命之。《傳》曰：公孫歸父會楚子於宋，宋人告急於晉，晉侯欲救之，伯宗曰：「不可，天方授楚，未可與爭，雖晉之強，能違天乎？」⑩故當欽若，《書》曰：乃命羲和，欽若昊天。⑩豈宜戲豫。《詩》曰：敬天之怒，無敢戲豫。⑩傳虞昺之妙識，見「冒笠之象」。⑩伏姚信之精慮。姚信《昕天論》曰：冬至極低，天運近南，故日去人遠，斗去人近，北天氣至，故冰寒也。夏至極起，天運近北，故斗去人遠，日去人近，南天氣至，故烝熱也。極之高時，日所行地中淺，故夜短；天去地高，故晝長。極之低時，日所行地中深，故夜長；天去地下，故晝短。然則天行，寒依於渾，夏依於蓋也。⑩至若巫咸叫閽，揚子云《甘泉賦》曰：選巫咸兮叫帝閽，開天庭兮延羣神。注：令巫祝叫天門也。⑩陶公擊門，《異苑》曰：陶侃夢飛翔冲天，天門九重，已入其八，餘一門不得進。以翼搏天，一翅致折，驚而墜下，左腋腫痛。其後威果振主，欲有闚擬之志，每思折翅之祥，抑心而止。⑩《詩》稱雲漢，《詩》曰：倬彼雲漢，昭回于天。⑩柱識崑崙。東方朔《神異經》曰：崑崙有銅柱焉，其高入天，謂之天柱也。⑪聞湯王之仰舐，傳鄧后之曾捫。《後漢書》曰：和熹鄧皇后，嘗夢捫天，天體蕩蕩正青，滑如餹餅，有若鍾乳狀，乃仰嗽飲之。以訊占夢，占夢言：「堯夢攀天而上，湯夢及天而舐之，此皆聖主之前占，吉不可言也。」⑫推耿落於揚子，揚子《法言》曰：或問渾天，曰：「洛下閎營之，鮮于妄人度之，耿中丞象之。」請問蓋天，曰：「蓋哉！蓋哉！未幾也。」注曰：幾，近也。⑬一渾蓋於靈恩。儒者論天，互執渾、蓋二義。論蓋不合渾，論渾不合蓋。崔靈恩立義，以渾蓋爲一焉。⑭既識左旋，《白虎通》曰：天左旋，地右周，猶君臣陰陽相向也。⑮亦云周復。《呂氏春秋》曰：天道圓，地道方，聖人所以立天下。天圓，謂精氣圓通，周復無雜，故曰圓。地方，謂萬物殊形，皆有分職，不能相爲，故曰方。主執圓而臣處方，方圓不易國乃昌。⑯嘗聞不足而裂，京房《易傳》曰：地動，陰有餘。天裂，陽不足。⑰每爲蓋高而跼。《詩》曰：謂天蓋高，不敢不跼。⑱思真之論精微，《晉陽秋》曰：吴有葛道，字思真，改作渾天，使地居中，以機轉之，天轉而地止。⑲道養之言委曲。賀道養《渾天記》曰：昔言天體者有三：渾儀，莫知其始，《書》「璿璣玉衡，以齊七政」，蓋渾體也。二曰宣夜，夏殷之法也。三曰周髀，周人志周公所傳也。⑳或云歷於兩地，姚信《昕天論》曰：兩地之説，下地則上地之根也。天北行乎兩地之間耳。㉑或云通於飛谷，虞喜《安天論》曰：古之遺語云：日月行於飛谷，謂在地中，不聞列星復流於地。又，飛谷一道，何以容此？且谷有水體，日爲火精，氷炭不共器，得無傷日之明乎？㉒斯皆臆度之謂，豈見聞於耳目也。

校勘記

〔一〕天　宋本、黄校本作「天賦」，以下各篇均同，如「日賦」、「月賦」等，不一一出校。

〔二〕以爲天　宋本、《御覽》卷二引並作「以天爲」。

〔三〕乘氣　原作「成氣」，據宋本、《御覽》卷二引改。

〔四〕七十三　「七」字原無，據宋本並《論衡·説日篇》增。

〔五〕積氣　宋本、《御覽》卷二引並作「須氣」。

〔六〕任性　原作「在性」，據宋本、白本、華本並《御覽》卷二引改。

〔七〕何謂九野　四字原無，據宋本並《御覽》卷二引增。

〔八〕奥以　宋本作「奥其」。

〔九〕談天衍　「衍」字原無，據宋本並《御覽》卷二引增。

〔一〇〕物有不足　「物」字原無，據宋本並《御覽》卷二引、《列子·湯問》增。

〔一一〕術數　原作「行數」，據宋本並《御覽》卷二引改。

〔一二〕周圍　宋本並《御覽》卷二引作「周廻」。

日

①日，實也，人君象之而臨極者也。《説文》曰：日，實也，不虧。又君象也。②爾乃懸象著明，《易》曰：懸象著明，莫大乎日月。③至陽之精。劉向《洪範傳》曰：日者，照明之大表，光景之大紀，羣陽之精，衆貴之象也。《尸子》曰：日五色，至陽之精，象君德也。④赫矣流珠之狀，《易參同契》曰：日爲流珠，青龍之俱。注曰：日爲陽，陽精爲流珠。青龍，東方少陽也。⑤皎然連璧之形。《易坤靈圖》曰：至德之萌，日月若連璧也。⑥杲杲始出，《詩》曰：其雨其雨，杲杲出日。⑦旭旭初昇。賈誼書曰：周文王問鬻子曰：「敢問君子將入其職，則於其民何如？」對曰：「君子將入其職，則於其民也，旭旭然如日之始出也；既入其職，則於其民也，暵暵然如日之正中也；既去其職，於其民也，暗暗然如日之已入也。故君子將入而旭旭者，義先聞也；既入而暵暵者，民保其福也；既去而暗暗者〔一〕，民失其教也。」文王曰：「受命矣。」暵，音漢。⑧或委照於窮桑之邑，《尸子》曰：少昊金天氏，邑於窮桑，日五色，互照窮桑。⑨或淪光於不夜之城。解道康《齊地記》曰：齊有不夜城，蓋古者有日，夜照於東境，故萊子立此城，以不夜爲名。⑩既説有冠，亦云抱珥。《雜古書》曰：日冠者如半暈也，法當在日上有冠，又有兩珥者，尤吉。⑪神號鬱儀，《七聖紀》曰：鬱華赤文，與日同居，結鄰黄文，與月同居，皆日月之精也。又《黄庭經》曰：鬱儀結鄰善相保。注云：鬱儀結鄰，日月之神也。⑫火傳陽燧。《莊子》曰：陽燧見日則燃爲火。注曰：陽燧，鑑也。摩拭令熱，便置日中，

以艾就之，火生。⑬**行度惟一**，《范子計然》曰：日行天，日一度，周而復始，循環無端也。⑭**在天無二**。《禮》曰：天無二日，土無二王。⑮**或見踆烏**，《淮南子》曰：日中有踆烏。注云：踆，趾也。謂三足烏也。⑯**或書王字**。《帝王世紀》曰：漢文帝時，日中有「王」字。⑰**既入而息**，《逸士傳》曰：堯時，有老人擊壤而歌曰：「日出而作，日入而息。鑿井而飲，耕田而食。帝力何有於我哉！」⑱**在中爲市**。《易》曰：日中爲市，致天下之民，聚天下之貨。⑲**升咸池而擢秀，奄六螭而息轡**。《淮南子》曰：日出於暘谷，浴於咸池，拂於扶桑，晨明；登於扶桑之上，爰始將行，是謂朏明；至於曲阿，是謂朝明；臨於曾泉，是謂早食；次於桑野，是謂晏食；臻於衡陽，是謂禺中；對於昆吾，是謂正中；靡於鳥次，是謂小還；至於悲谷，是謂餔時；廻於女紀，是謂大遷；經於隅泉，是謂高春；頓於連石，是謂下春；爰止羲和，爰息六螭，是謂懸車；薄於虞泉，是謂黄昏；淪於蒙谷，是謂定昏。日入崦嵫，經細柳，入虞泉之地，曙於蒙谷之浦。日西垂，景在於樹端，謂之桑榆。注曰：扶桑，東方之野也。朏明，將明也。曲阿，山谷也。曾泉，曾重也。早食時，在東方多水之地，故曰曾泉。昆吾，南方之丘也。鳥次，西南方之山也。悲谷，西南方之大壑也。女紀，西方之陰地也。連，音爛。連石，西北之山也。六螭，即六龍也。日乘車，駕以六龍，羲和御之，薄於虞泉而廻也。崦嵫，音淹兹，亦曰落棠山。細柳，西方之野也。蒙谷，蒙汜之水也。⑳**玄端而朝**，《禮》曰：玄端而朝日於東門之外。㉑**東郊以祭**。《禮·月令》：二月中氣，祀日於東郊。㉒**掌十煇於眂祲**，《周禮·春官》曰：眂祲掌十煇之法，以觀妖祥，辨吉凶。一曰祲，二曰象，三曰鐫，四曰監，五曰闇，六曰瞢，七曰彌，八曰敘，九曰隮，十曰想。注云：妖祥，善惡之徵也。煇，謂日光氣也。祲，陰陽氣相侵也。象，如赤雀也。鐫，謂日旁氣，四面反響如煇狀。監，雲氣臨日也。闇，日月蝕也。瞢，日月瞢瞢無光也。彌者，白虹彌天也。敍者，雲有次序，如山在日上也。隮者，升氣也。想者，輝光也。㉓**夢三分於魏帝。**《談藪》曰：魏文帝爲王時，夢日墜地，分爲三分。己得一分而內懷中。㉔**既仲夏而永於火，**《書》曰：日永星火，以正仲夏。注云：永，長也，謂夏至之日。火，蒼龍之中星，舉中則七星見可知。㉕**亦季冬而窮於次。**《禮·月令》曰：季冬，日窮于次，月窮于紀。㉖**徒聞鼓缶於大耋，**《易》曰：日昃之離，不鼓缶而歌，則大耋之嗟凶。㉗**詎見翻車之壯士。**李尤《九曲歌》曰：年歲晚暮日已斜，安得壯士翻日車。㉘**嘉黃琬之捷對，**《後漢書》曰：黃琬祖父瓊爲魏郡守，時日食，而京師不見。瓊表日食之狀，太后詔問日食多少，瓊久而無對。琬年六歲，在傍謂瓊曰：「日食之餘，如月之初。」遂用其言答詔。㉙**偉晉明之幼慧。**劉昭《幼童傳》曰：晉明帝諱紹，元帝子。初元帝鎮揚州，時中原喪亂。有人從長安來，帝問洛陽消息〔二〕，潸然流涕。帝年數歲，問何故，具以東渡意告之。因問帝：「汝意謂長安何如日遠？」答曰：「不聞人從日邊來，只聞人從長安來，居然可知。」帝異之。明日，集羣臣宴會，説以此答。明帝又以爲日近。帝動容，問：「何故異昨日之言？」答曰：「舉頭不見長安，只見日，以是知近。」帝大悦。㉚**或夾赤鳥而垂譴，**《左傳》曰：哀公六年，楚有雲如衆赤鳥，夾日以飛三日。楚子使問周太史。曰：「其當王身，若禜之，可移於令尹司馬。」王曰：「移腹心之疾置之股肱，何益？」王弗禜而死。孔子曰：「昭王其不失國也宜哉！」㉛**或貫白虹而驚異。**《戰國策》曰：聶政刺韓相，荆軻刺秦王，並白虹貫日。㉜**爾乃觀五色，**《易傳》曰：聖王在上則日光明，五色備具。又《禮斗威儀》曰：正太平則日五色。㉝**翫重光，**崔豹《古今注》曰：漢明帝爲太子，樂人作歌詩四章。一曰《日重光》云：「天子之德，光明如日。」太子比德焉，故云「重」也。㉞**對昆吾而臨鳥次，入細柳而出扶桑。**昆吾、鳥次，見「升咸池而擢秀」注。王充《論衡》曰：

日出扶桑，暮入細柳。扶桑，東方之地。細柳，西方之野。㉟爲學聞師曠之喻，《説苑》曰：師曠對晉平公曰：「少而學者，如日出之光；壯而學者，如日中之光，老而學者，如秉燭之光。」㊱入懷爲漢武之祥。《史記》曰：漢景帝王夫人妊娠，夢日入懷，以生武帝。㊲比畏愛於衰、盾，《左傳》曰：酆舒問於賈季曰：「趙衰、趙盾孰賢？」對曰：「趙衰，冬日之日也。趙盾，夏日之日也。」注曰：冬日可愛，夏日可畏。㊳識興亡於夏、商。王充《論衡》曰：桀無道，兩日並照，在東者將起，在西者將滅。費昌問馮夷曰：「何者爲殷？何者爲夏？」馮夷曰：「西，夏也；東，殷也。」於是，費昌徙族歸殷。㊴若夫長留反景，《山海經》曰：長留之山，其神白帝少昊居之。是神也，主司反景。注曰：日西入，則景反東照，言司察之也。㊵都廣無晷，《淮南子》曰：都廣，衆帝所自上下，日中無景，蓋天地之中。注云：都廣，南方山名也。日中時，直無晷，故曰地中。㊶瞻寅賓以東出，《書》曰：寅賓出日，平秩東作，日中星鳥，以殷仲春。注云：殷，正也。㊷歷虞泉而西靡。見「咸池擢秀」注。㊸仰夫久照，《易》曰：日月得天，而能久照。㊹觀乎麗天，《易》曰：日月麗乎天。㊺同晷既聞於萬里，《漢書》曰：李尋上疏曰：「夫日者，衆陽之長，輝光所燭，萬里同晷，人君之表也。故日將旦，清風發，羣陰伏。」㊻周圍亦説於三千。徐整《長曆》曰：日徑千里，周圍三千里，下於天七千里。㊼爾其升明星而景秀，《山海經》曰：明星山，日月所出。㊽逼崦嵫而光戢，見「咸池擢秀」注。㊾揭之既見於仲尼，《莊子》曰：孔子圍於陳、蔡，太公任弔之，曰：「子其意者飾智以驚愚，脩身以明污，昭昭如揭日月而行，故不免也。」㊿捧之亦傳於程立。《魏志》曰：程立夢登太山捧日。立以白太祖，太祖遂加「日」於「立」上。因改名「昱」。(51)秦皇過海，將觀其東出；《三齊畧》曰：秦始皇作石橋於海上，欲過海看日出處。有神人驅石，去不速，神人鞭之，皆流血。今石橋猶赤色也。㊾周穆駕駿，欲見其西入。《列子》曰：穆王駕八駿之乘，西觀日所入處。㊿爾其晞光景之爏爏，《説文》曰：日行爏爏。弋支切。㊴矚晷度之遲遲，《詩》曰：春日遲遲，采蘩祁祁。㊵爲君父夫兄之象，劉向《洪範傳》曰：日者，君、父、夫、兄之類〔三〕，中國之應也。㊶測寒暑陰風之宜。《周禮·地官》曰：大司徒以土圭之法測土深，正日影以求地中。日南則景短，多暑；日北則景長，多寒；日東則景夕，多風；日西則景朝，多陰。日至之景，尺有五寸，謂之地中，天地之所合也。㊷豈見流金而鑠石，《楚辭》曰：十日並出，流金鑠石。㊸唯觀樹表而陳圭。《易通卦驗》曰：冬至之日，樹八尺之表，日中視其晷，晷如度者，歲美人和，不則歲惡人惑。陳圭，已見「測寒暑陰風」注。㊹若乃陽事不得，謫見於斯，《禮·昏義》曰：男教不脩，陽事不得，謫見於天，日爲之食。㊺庶人走，嗇夫馳。《書》曰：乃季秋月朔，辰弗集於房。瞽奏鼓，嗇夫馳，庶人走。㊻伐鼓用幣，《左傳》：魯昭公十七年，日有食之，祝史請用幣，叔孫昭子曰：「日有食之，天子不舉，伐鼓於社；諸侯用幣於社，伐鼓於朝。」㊼擊柝縈絲，《公羊傳》曰：六月辛未朔，日有食之，以朱絲縈社。或曰脅之，或曰爲暗恐犯之，故縈之社者，土地之主；日食者，土地之精。上敷於天而犯日，故朱絲縈之，助陽抑陰。《穀梁傳》曰：天子救日，置五麾，陳五兵五鼓；諸侯置三麾，陳三兵三鼓；大夫擊門，士擊柝凡有聲〔四〕，皆陽事也。以厭陰氣。㊽共抑陰而助陽，已見「擊柝縈絲」注。㊾終更也而仰之。《論語》曰：君子之過也，如日月之食焉。何損於明？過也，人皆見之，更也，人皆仰之。㊿是知火氣之精，《淮南子》曰：積陽之氣生火，火之氣精爲日。(66)陽德之母，《春秋内事》曰：日者，陽德之母也。(67)稱耀靈而號大明，《廣雅》曰：日名耀靈，一名朱明，一名東君，一名大明，一名陽烏。(68)照四方而臨下土。《孝經援神契》曰：日神五色，明照四方。《詩》曰：日出東方，照臨下土。⑲蝕因麟鬭，《淮南子》曰：麟麒鬭則日月蝕。注曰：麒麟，一角之獸，故與日相符。⑳行同驥步。王充《論衡》曰：日晝行千里，夜行千里，騏驥晝行亦千里〔五〕。然則日行舒疾，與騏驥步相類。㉑揮戈既見於魯陽，《淮南子》曰：魯陽公與韓戰，戰酣日暮，援戈而麾之，日爲之反三舍。㉒弃杖復聞於夸父。《山海經》曰：夸父逐日，渴，飲河、渭不足，北飲大澤，未至，道渴而死，弃其杖，化爲鄧林也。㉓羿曾見射，《淮南子》曰：堯時，十日並出，草木焦枯。堯命羿仰射十日，中其九，烏皆死，墮羽翼。㉔羲嘗爲御。《廣雅》曰：日御曰「羲和」。㉕或說再中，《漢書》曰：文帝時，新垣平上言：「日再中，臣以候知之。」居頃之，日果再中，乃更以十七年爲後元年〔六〕。㉖或云亭午，《纂要》曰：日光曰景，日影曰晷，日氣曰晛，日初出曰旭，日昕曰晞，日温曰煦，在午曰亭，在未曰昳，日晚曰旰，日將暮曰薄暮。㉗美葵藿之傾依，《傳》曰：鮑牽爲齊侯刖足，仲尼聞之，曰：「鮑莊子之智不及葵，葵猶能衛其足。」注：葵傾葉向日，自蔽其根。潘岳《閑居賦》曰：蘘荷依陰，時藿向陽。㉘傷桑榆之遲暮。劉休玄《擬古詩》曰：願垂薄暮景，照妾桑榆時。㉙至若出蘇門，《山海經》曰：蘇門，日月所出。㉚升温源，《山海經》曰：日浴温源谷，上於扶桑，一日方至，一日方出，皆載於烏。注：温源，即陽谷也。一日方至，一日方出，言交會相代也。日中有三足烏，故云「載於烏」。㉛乍喜披雲，徐幹《中論》曰：文王遇姜公於渭陽，若披雲見白日。㉜還欣負暄。《列子》曰：宋有田夫曝日於野，美之，不識廣厦綿纊之屬，謂其妻曰：「吾負日之暄，以獻吾君，當獲重賞。」㉝張重對漢明之問，《後漢書》曰：張重字仲篤，明帝時，舉孝廉。帝曰：「何郡小吏？」答曰：「臣日南吏。」帝曰：「日南郡人，應向北看日。」答曰：「臣聞雁門不見累雁爲門，金城郡不見積金爲郡。臣雖居日南，未曾向北看日。」㉞宣父屈童子之言。

《列子》曰：孔子晨遊，見兩小兒爭辯而鬬。孔子問其故。一兒曰：「我以日始出時去人近，日中時去人遠。」一兒曰：「我以爲日初出時遠，而日中時近。」曰：「爾何以知之？」一兒曰：「日初出，如大車輪，及中，纔如盤蓋。此不爲遠者小，近者大乎？」一兒曰：「日初出，滄滄涼涼，及其中，如探湯。此不爲近者熱，而遠者涼乎？」孔子不能決。兩兒笑曰：「丘，孰爲汝多知乎？」⑧⑤若夫浴甘泉，《山海經》曰：東南海之外，甘泉之間，有羲和國。有女子名羲和，爲帝俊之妻。是生十日，常浴日於甘泉。郭璞注：羲和能生日，故日爲羲和之子。堯因是立羲和之官，以主四時。⑧⑥出暘谷，《淮南子》曰：日出暘谷，浴於咸池。⑧⑦既揚光於日觀，應劭《漢官儀》曰：太山東南名曰「日觀」，雞鳴時見日。⑧⑧亦分華於若木。《淮南子》曰：若木在建木西，末有十日，其華照地。⑧⑨及夫戴丹穴，入太蒙，《爾雅》曰：岠，齊州以南，戴日爲丹穴。東至日所出爲太平，西至日所入爲太蒙。注曰：岠，去也。齊，中也。太蒙，即蒙汜也。⑨⓪廼女紀而大遷，經離石而下春。並見「升咸池而擢秀」注。⑨①斯皆光景之非盛，未若比王道之當中。《揚子法言》曰：聖人之道，譬猶日之中乎？不及則未，過則昃。什一之稅，天下正也。

校勘記

〔一〕暗暗者　原作「暗者」，據賈誼《新書·脩政語下》並《御覽》卷三引增一「暗」字。
〔二〕洛陽　宋本、《御覽》卷三引並作「洛下」。
〔三〕夫兄之類　「之」字原無，據宋本增。
〔四〕大夫擊門士擊柝　原作「大夫擊柝」，據《春秋穀梁傳》莊公二十五年改。
〔五〕晝行亦千里　「晝行」，宋本、《論衡·說日篇》、《御覽》卷四引並作「晝日」。《論衡》「亦」下有「行」字。
〔六〕更以十七　「以」字原無，據宋本並《漢書·郊祀志上》、《御覽》卷四引增。

月

①惟彼陰靈，謝莊《月賦》曰：日以陽德，月以陰靈。②三五闕而三五盈。《禮》曰：天秉陽，垂日星；地秉陰，竅於山川。播五行於四時，和而后月生也。是以三五而盈，三五而闕。③流素彩而冰靜，謝莊《月賦》曰：連觀霜縞，周除冰靜。④湛寒光而雪凝。謝莊《月賦》曰：柔祇雪凝。⑤顧兔騰精而夜逸，《楚辭·天問》曰：夜光何得，死而又育？厥利維何，而顧兔在腹？⑥蟾蜍絢彩以宵驚。《五經通義》曰：月中有兔與蟾蜍何？月，陰也；蟾蠩，陽也。而與兔並明，陰係於陽也。《春秋孔演圖》曰：蟾蜍，月精也。⑦容仙桂之託植，虞喜《安天論》曰：俗傳月中仙人、桂樹，今視其初生，見仙人之足漸已成形，桂樹後生焉。⑧仰天星而助明。孫氏《瑞應書》曰：景星者，天晊也，狀如半月，生於晦朔，助月爲明。王者不私人則見。晊，音精。⑨乍喜哉生，《書》曰：哉生明。又曰：哉生魄。注云：哉，始也。生明，三日也。生魄，十五日已後。⑩還欣始明，《詩推災度》曰：月三日成魄，八日成光。蟾蜍體就，穴鼻始萌。宋均注曰：穴，決也。決鼻，兔也。⑪經八日而光就，歷三月而時成。《白虎通》曰：月所以滿缺何？歸功於日也。三日成魄，八日成光。《禮》曰：月三日而成魄，三月而成時。⑫呂錡射之而占姓，《左傳》曰：楚晉將戰，晉侯夢呂錡射中月，退入於泥。占之曰：姬姓，日也。異姓，月也，必楚王也。及戰，射恭王中目，呂錡死之。⑬闞澤夢之而見名。《會稽先賢傳》曰：闞澤年十三，夢見名字炳然在月中。⑭若夫西郊坎壇，《禮》曰：祭日於

壇，祭月於坎，以別幽明，以制上下。⑮秋分夕祭，《禮》曰：秋分之日，祭夕月於西郊。⑯類在水，故應於潮。《抱朴子》曰：月之精生水，是以月盛而濤潮大。⑰義在陰，故符於禮。《禮》曰：月者三日而成魄，三月而成時。是以有三讓，建國必立三卿、三賓者，政教之本，禮之大參也。注云：言禮者，陰也。大數取法於月也。⑱取象后妃，《漢書》曰：李尋上書曰：「月者，衆陰之長，后妃、大臣、諸侯之象也。」⑲視義卿士，《書》曰：卿士惟月。⑳故以爲上天之使，《淮南子》曰：月，天之使也。㉑人君之姊。《春秋感精符》曰：人主，兄日，姊月。㉒瞻瑞彩於重輪，崔豹《古今注》曰：漢明帝作《太子樂人歌》四章，以贊太子之德。其一曰《日重光》，二曰《月重輪》，三曰《星重曜》，四曰《海重潤》。㉓共清光於千里。謝莊《月賦》曰：隔千里兮共明月。㉔爾其遊西園之飛蓋，曹子建《公讌詩》曰：清夜遊西園，飛蓋相追隨。明月澄清景，列宿正參差。㉕騁東鄙之妍詞。謝莊《月賦》曰：抽毫進牘，以命仲宣，曰：「抽子秘思，騁子妍詞〔一〕。」仲宣跪而稱曰：「臣東鄙幽介，長自丘樊。」㉖會稽愛庭中之景，《晉書》曰：會稽王道子，庭中夜坐，月色無玷，嘆以爲佳。謝重率爾曰：「意謂不如微雲點綴。」道子曰：「卿居心不淨，乃欲滓穢太清？」㉗陸機攬堂上之輝。陸機詩曰：安寢北堂上，明月入我牖。照之有餘輝，攬之不盈手。㉘圓光似扇，班婕妤詩曰：裁爲合歡扇，團團似明月。㉙素魄如圭。江文通《別賦》曰：秋露如珠，秋月如圭。㉚同盛衰於蛤蟹，等盈闕於珠龜。《淮南子》曰：蛤蟹珠龜，與月盛衰。㉛暈合而漢圍未解，《漢書》曰：高帝七年，月暈，圍參畢七重，占曰：「畢卯間，天街也。街北，胡也；街南，中國也。昴爲匈奴，參爲趙，畢爲邊兵。」是歲，高祖自將至平城，爲冒頓所圍，七日乃解。㉜影圓而虜騎初來。《漢書·匈奴傳》曰：匈奴舉事常隨月，盛壯以攻戰，月虧則退兵。㉝若乃珥戴爲瑞，《荆州占》

曰：月珥且戴，不出百日，主有大喜。㉞朏魄示冲，謝莊《月賦》曰：朏魄示冲。《説文》曰：朏，月未盛之名也。魄，月始生魄然也。承大月二日，承小月三日。㉟爲地之理，《春秋感精符》曰：月者，陰之精，地之理。㊱作陰之宗。皇甫謐《年曆》曰：月，羣陰之宗。㊲降祥符於漢室，《漢書》曰：元后母，夢月入懷而生后。㊳通吉夢於吴宮。《搜神記》曰：孫堅妻懷權，夢月入懷，告堅曰：「妾昔懷策，夢月入懷，今又夢月。」堅曰：「子孫興矣。」㊴靚爪牙而爲咎，《春秋考異郵》曰：諸侯謀叛，則月生爪牙；后族專政，則日月並照。㊵見側匿而爲凶。《尚書大傳》曰：晦而月見西方，謂之朓；朔而月見東方，謂之側匿。注曰：朓，條也。條達，行疾貌。側匿，行遲貌。㊶觀其素景流天，謝莊《月賦》曰：白露曖空，素月流天。㊷方輝入户，梁沈約《詠月》詩曰：月華臨静夜，夜静滅氛埃。方輝竟入户，圓影隙中來。㊸婦順苟或不修，《禮·昏義》曰：男教不脩，陽事不得，適見於天，日爲之食；婦順不脩，陰事不得，適見於天，月爲之食。㊹王后爲之擊鼓。《荆州占》曰：月蝕，后自擊鼓者三。中良人諸御者宮人擊柝救之。或云：宮人皆擊柝。㊺物惟徐孺之説，《世説》曰：徐孺子，年九歲，嘗月下戲，人語之：「若令月中無物，當極明。」徐曰：「不爾，譬人眼有瞳子。無之，何必不暗也？」㊻窟見揚雄之賦。揚雄《長楊賦》曰：西厭月窟，東震日域。注云：窟，月所出入也。㊼彌關山而布影，王褒《關山月》詩曰：關山夜月明，愁色照孤城。半形同漢陣，全影逐胡兵。㊽入廊櫳而積素。謝惠連《怨曉月賦》曰：墀除兮鏡鑑，廊櫳兮澄澈。㊾厥御兮維何，望舒兮纖阿。《淮南子》曰：月，一名夜光。月御曰「望舒」，亦曰「纖阿」。㊿垂藹藹之澄輝，《月賦》曰：降澄輝之藹藹。㈤弄穆穆之金波；《漢書》曰：月穆穆以金波，蕤光彩貌也。52聞感精之女狄，《遁甲開山圖》，榮氏解曰：女狄暮汲石紐山下，泉水中得月精如雞子，愛而含之，不覺而呑〔二〕，遂有娠，十四月生夏禹。 ㊾傳竊藥之嫦娥。 王充《論衡》曰：羿請不死藥於西王母，羿妻嫦娥，竊以奔月，托身於月，是爲蟾蜍。㊿皎兮麗天， 《易》曰：日月麗乎天。(55)昭然離畢〔三〕。 《詩》曰：月離于畢，俾滂沲矣。(56)應魚腦而無差，《呂氏春秋》曰：月，羣陰之宗。月毁則魚腦減。(57)驗階蓂而靡失。 《帝王世紀》曰：堯時有草夾階而生，每月朔日生一莢，至月半則生十五莢，至十六日後，日落一莢，至月晦而盡。若月小，餘一莢。王者以是占曆，唯盛德之君，應和氣而生。以爲堯瑞，名之蓂莢。一名靈莢，一名瑞草。(58)亦有畫蘆灰而暈缺，《淮南子》曰：畫蘆灰而月暈闕。許慎注曰：月暈，以蘆灰爲環，缺其一面，則月暈亦闕於上。(59)捧陰燧而津流〔四〕。 《淮南子》曰：方諸見月，則津而爲水。高誘注曰：方諸，陰燧大蛤也。熟摩拭令熱以向月，則水生也。許慎注曰：諸，珠也。方，石也。以銅盤受之，下水數升。(60)擣聞白兔， 傅玄《擬天問》曰：月中何所有？白兔擣藥。(61)喘見吴牛。 《風俗通》曰：吴牛望見月則喘。使之苦於日，見月怖而喘焉。(62)乍認蛾眉， 遥驚玉鉤。 鮑昭《翫月》詩曰：始見東南樓，纖纖如玉鉤。末映西北墀，娟娟似蛾眉。蛾眉蔽珠櫳，玉鉤映綺窗。三五二八時，千里與君同。夜移衡漢落，徘徊庭户中。(63)得不薦鳴琴而滅華燭，翫清質之悠悠？ 《月賦》曰：去燭房，即月殿，芳酒登，鳴琴薦。又曰：升清質之悠悠。謝靈運《怨曉月賦》曰：卧洞房兮當何悦，滅華燭兮翫時月。

校勘記

〔一〕曰抽子秘思騁子姸詞　此九字宋本無，係明刻本增出者。

〔二〕不覺而吞　「而」字原無，據宋本並《御覽》卷四引增。

〔三〕昭然　原作「照然」，據宋本、黄校本改。

〔四〕津流　原作「渾流」，據宋本、華本改。

事類賦卷之二

天部二

星　風　雲

星

①萬物之精，上爲列星，出《説文》。②亦曰庶民之象，《尚書》曰：庶民惟星。③又爲元氣之英。《三五曆》曰：星者，元氣之英。④梁沛見曹公之起，《魏志》曰：桓帝時，有黄星見楚宋之分，殷馗言：「後五十歲，當有真人起梁沛間，其鋒不可當。」其後五十年，曹公破袁紹，天下莫敵矣。⑤東井識漢祖之興。《漢書》曰：高祖初入關，五星聚於東井。東井秦分。⑥認彴約兮攙搶，《爾雅》云：奔星爲彴約，彗星爲攙搶。注云：彴約，流星也。彗亦謂之孛，言其形孛孛如埽彗。⑦瞻瑶光兮玉繩。張平子《西京賦》曰：上飛闥以仰眺，睹瑶光與玉繩。注：瑶光，北斗第七星。玉繩，玉衡北兩星。⑧歌既稱於重耀，崔豹《古今注》曰：漢明帝爲太子時，令樂人作歌詩曰「星重耀」。太子比德，故云重也。⑨傳常聞於夜明。《左傳》云：常星不見，夜明也。⑩瞻彼服箱，《詩》曰：睆彼牽牛，不以服箱。⑪識兹在户。《詩》曰：今夕何夕，三星在户。⑫辰參既主其商晉，《左傳》曰：昔高辛氏有二子，長曰閼伯，

季曰實沈。不相能也，日尋干戈，以相征討。后帝不臧，遷閼伯于商丘，主辰。商人是因，故辰爲商星。遷實沈于大夏，主參。唐人是因，故參爲晉星。⑬箕畢更占於風雨。《尚書》曰：「星有好風，星有好雨。」注：箕星好風，畢星好雨。⑭爲張華而曾坼，《晉書》曰：張華爲司空，中台星坼，少子韙勸華遜位。華云：「天道玄遠，當靜以待之。」俄爲趙王倫所誅。⑮感仲弓而嘗聚。《異苑》曰：陳仲弓從諸子姪造荀季和父子，于時德星聚，太史奏：「五百里内有賢人聚。」⑯定之方中，作于楚宮，出《詩》。注云：定，營室也。⑰宿離不忒，《禮》曰：宿離不忒，無失經紀。⑱三五在東。《詩》曰：嘒彼小星，三五在東。⑲子韋識宋公之德，《呂氏春秋》曰：宋景公時，熒惑守心。公召子韋問焉。子韋曰：「禍當君，可移於相。」公曰：「相所以治國家也。」曰：「可移於百姓。」公曰：「百姓死，寡人將誰爲君？」曰：「可移於歲。」公曰：「歲饑，人餓必死。」子韋曰：「君有至德之言三，天必三賞君。」是夜，熒惑退三舍。⑳史墨知吴國之凶。《左傳》曰：昭三十二年，吴伐越。史墨曰：「不及四十年，越其有吴乎？」越得歲而吴伐之，必受其凶。㉑軒轅則大電繞樞，《世紀》曰：神農氏之末，少昊氏娶附寶，見大電光繞北斗，樞星照郊，感附寶，孕二十月，生黄帝於壽丘。㉒白帝則華渚流虹。《河圖》曰：大星如虹，下流華渚，女節意感，生白帝。㉓若夫觀有爛，《詩》曰：子興視夜，明星有爛。㉔瞻嘒彼，已見上注。㉕驚嚴光之共卧，《後漢書》曰：嚴光，字子陵。與光武爲友。後光武登祚，忘之。光怨帝。是時，太史云：「天上有客星恨帝。」帝曰：「豈非朕故人嚴子陵乎？」遂命徵之。夜與子陵共卧，光以脚加帝腹，太史奏：「客星侵御座。」光縮脚，客星尋退。㉖笑戴逵之求死。孫氏《晉陽秋》曰：會稽謝敷，字慶緒，隱若耶山。月犯少微星。少微，一云處士星。時戴逵名著於敷，時人憂之。俄而敷死，故會稽人士嘲逵：「吴中高士，求死不得。」㉗息夫指之而獲罪，《漢書》曰：宜陵侯息夫躬，免官就國。未有第宅，寄居丘亭。姦人以爲侯家富，常夜守之。賈惠教躬祝盜方，以桑東南指枝爲匕，畫北斗其上，躬自被髮，立庭中，向北斗，持匕招指祝盜。人有上書言躬怨恨，候星宿，視天子吉凶，與巫共祝詛。於是，死獄中。㉘巫馬戴之而爲治。《家語》曰：巫馬期爲單父令，戴星出入以理人。㉙至於南箕翕舌，《詩》曰：維南有箕，載翕其舌。㉚北斗挹漿，《詩》曰：維北有斗，不可以挹酒漿。㉛向曙而猶能落落，古詩曰：兩頭纖纖月初生，半黑半白眼中睛〔一〕。腷腷膊膊雞初鳴，磊磊落落向曙星。㉜拱北而常見煌煌。《論語》曰：爲政以德，譬如北辰，居其所，而衆星拱之。《詩》曰：明星煌煌。㉝騎尾已驚於傳説，《莊子》曰：夫道可傳而不可得，得而不可見。傳説得之，以相武丁，奄有天下，乘東維，騎箕尾，而比於列星。㉞策馬更見於王良。《史記》曰：漢中四星曰天駟，旁一星曰王良。王良策馬，車騎滿野。㉟爾其耀連璧，輝貫珠，《鈎命決》曰：星纍纍若貫珠，輝焕若連璧。㊱西陸爲昴，《爾雅》云：西陸，昴也。注云：西方之宿，别名旄頭。㊲北陸爲虚。《爾雅》云：北陸之虚，虚也。㊳助夜明者天精，孫氏《瑞應圖》曰：景星者，天精也。狀如半月，生於晦朔，助月爲明。王者不私人則見。㊴運中央者帝車。《天官星占》曰：北斗爲帝車，運於中央。㊵北斗天官之喉舌，《後漢書》曰：李固對詔：「陛下有尚書，猶天之有北斗。北斗，天之喉舌；尚書，陛下之喉舌。斟酌元氣，運平四時。出納王命，所謂制氣之臣也。」㊶東壁上帝之圖書。《星經》曰：東壁，天子圖書之秘府也。明則圖書集，道術行，小人退，君子入。若不然，天子好武，賤文士，賢人隱，邪曲進。㊷至若爛然散錦，庾闡詩曰：玄景如映璧，繁星如散錦。㊸燦兮連貝。《古辨異》曰：仰觀天形如車蓋，衆星累累如連貝。㊹周騰豫知其不出，《豫章列士傳》曰：周騰，字叔達，爲御史。桓帝欲南郊，平明將出，叔達仰首曰：「今宫中策馬，星不動，帝何出焉？」四更，皇太子卒，遂止。㊺京房自明於無罪。謝承《後漢書》曰：吴郡周敞師事京房〔二〕。房爲石顯所譖繫獄，謂敞曰：「吾死後四十日，客星必入市，卽吾無辜之驗也。」房死，果如其言。㊻及夫隨二使之入蜀，范曄《後漢書》曰：和帝分遣使者二人，各至州郡觀採風謡。二人當到益部，投舘吏李郃舍。郃曰：「二君發京師時，知朝廷遣二使。」使問何以知之，郃云：「前有二星，向益州分野。」㊼觀五老之遊河。《論語讖》曰：仲尼曰：「吾聞堯與舜等遊首山，觀河渚。有五老遊河，一老曰：『河圖將來告帝期』。二老曰：『河圖將來告帝謀。』三老曰：『河圖將來告帝書。』四老曰：『河圖將來告帝圖。』五老曰：『河圖將來告帝符。』龍銜玉苞金混玉檢封盛書，五老飛爲流星，上入昴。」㊽職在保章，《周禮》：保章氏掌天星，以志星辰日月之變。㊾命之羲和。《尚書》云：乃命羲和，欽若昊天，曆象日月星辰，敬授人時。㊿歲則降靈於方朔，《漢武故事》曰：西王母使者至，東方朔死。上問使者，對曰：「朔是木帝精，爲歲星，下遊人中，以觀天下，非陛下臣也。」51昴則淪精於蕭何。《春秋佐助期》曰：蕭何稟昴星而生。52亦聞咮謂之柳，濁謂之畢。出《爾雅》注。咮，朱鳥口也。掩兔之畢，或呼爲濁，故因星形以名之〔三〕。53既訝如雨，《左傳》：魯莊公七年，夏四月辛卯夜，常星不見，夜中星隕如雨。54復驚隕石。《左傳》曰：隕石于宋五，隕星也。55瞻天錢於北落，《天象列星圖》曰：天錢十星在北落西。56指老人於南極。《史記》曰：南極老人星，見則天下安。57又云房爲天駟，氐爲天根。《爾雅》曰：天駟，房也。天根，氐也。注：龍爲天馬，故房四星謂之天駟，角亢下繫於氐，若木之有根。58大火中而寒暑退，《左傳》曰：火中寒暑乃退。注云：心以季夏，昏中而暑退，季冬，旦中而寒退。59斗柄東而天地春。《鶡冠子》曰：斗柄指東，而天下皆春。60河鼓謂之牽牛，《爾雅》注云：今荆楚人呼牽牛星爲擔鼓者，擔者，荷也。㉛織女謂之天孫。《星經》曰：織女，天孫也。㉜梓慎識其淫枵，《左傳》曰：梓慎曰：「今兹宋鄭其饑乎？歲在星紀，而淫於玄枵〔四〕，以有時灾。陰不堪陽，蛇乘龍。龍，宋鄭之星也。宋鄭必飢〔五〕。玄枵，虚中也。枵，耗名也。虚而耗〔六〕，不饑何爲？」㉝卜偃占其伏辰。《左傳》曰：晉侯伐虢，問於卜偃曰：「吾其濟乎？」對曰：「克之。童謡曰：『丙之辰，龍尾伏辰。天策焞焞，火中成軍，虢公其奔。』其九月十月之交乎〔七〕？」㉞然而妖不勝德，亦何勞於具陳。

校勘記

〔一〕半黑半白　宋本作「半白半黑」。

〔二〕周敞　原作「周廠」，據宋本、《御覽》卷五引改。

〔三〕以名之　宋本作「以爲名」。

〔四〕而淫於玄枵　「而」字原無，據宋本、《御覽》卷五引並《左傳·襄公二十八年》增。

〔五〕宋鄭必飢　「宋」字原無，據宋本、《御覽》卷五引並《左傳·襄公二十八年》增。

〔六〕虚而耗　《御覽》卷五引、《左傳·襄公二十八年》作「土虚而民耗」。

〔七〕十月　此二字原無，據宋本並《左傳·僖公五年》增。

風

①大塊噫氣，其名爲風。《莊子》曰：大塊噫氣，其名爲風。是唯無作，作則萬竅怒號。噫，衣介切。②既破萌而開甲，《西京雜記》曰：董仲舒曰：「太平之世，風不摇條，開甲破萌而已。」③亦養物以成功。《禮説》曰：風，萌也。養物成功，所以八風象八卦也。④識樹頭之少女，《魏志管輅傳》曰：輅過清河倪太守，時大旱，輅言：「樹上已有少女微風，樹間又有陰鳥和鳴，雨應至矣。」果如其言。⑤喜溪邊之鄭公。《地理志》云：射的山，鄭弘於此遇仙人，採樵常得便風，世號樵風。朝去暮來，今猶如此。⑥若乃詠其涼，《詩》曰：北風其涼。⑦稱有隧。《詩》曰：大風有隧，貪人敗類。⑧入衿袖而留香，王子年《拾遺記》曰：瀛州時有香風泠然而起，張袖受之，則歷紀不歇。着肌膚，必軟滑。⑨回桂椒而振氣，宋玉《風賦》曰：邸蕙葉以振氣，徘徊於桂椒之間。⑩應廣莫以脩刑，《易通卦驗》曰：冬至，廣莫風至，誅有罪，斷大刑；立春，條風至，赦小罪，出稽留；春分，明庶風至，正封疆，修田疇；立夏，清明風至，出幣帛，禮諸侯；夏至，景風至，辯大將，封有功；立秋，涼風至，報土功，祀四鄉；秋分，閶闔風至，解懸垂，琴瑟不張；立冬，不周風至，修宫室，完邊城。八風以時至，則陰陽變化道成，萬物得以育生。王者當順八風，行八政，當八卦也。⑪則明庶而施惠。《春秋考異郵》曰：明庶風至，明庶迎惠。注云：春分之候，庶衆也，陽以施惠，迎衆物而生之。⑫待閶闔而藏庶物，《春秋考異郵》曰：閶闔風至當寒，天收斂也。注云：秋分之候，閶盛也，時盛收物，蓋藏之。閶

或爲當。⑬候不周而謹邊備。上見〔一〕。⑭空穴潛應，土囊暴起。並見宋玉《風賦》。⑮復有應尹喜之占，《神仙傳》曰：老子將去周出關〔二〕，以升崑崙。關令尹喜占，風逆，知當有神人來過，乃掃道，見老子。老子知喜命應得道，乃停關下，以長生之事授之。⑯被葛玄之指。《神仙傳》曰：葛玄行過神廟，乘車不下。須臾，有大風逐玄，埃塵漲天。玄大怒曰：「小邪敢爾！」即舉手指風，風便止。⑰乘之既聞於宗慤，《宋書》曰：宗慤，字元幹。少時，從父徵士炳問慤所志，答曰：「願乘長風破萬里浪。」⑱御之亦傳於列子。《莊子》曰：列子御風，泠然善〔三〕，旬有五日而後返。⑲賦宋玉之蘭臺，宋玉《風賦》曰：楚襄王遊於蘭臺之宮，宋玉、景差侍。風颯然而至，王乃披襟而當之。⑳歌荊軻之易水；《史記》曰：荊軻入秦，燕太子丹送別易水上，歌曰：「風蕭蕭兮易水寒，壯士一去兮不復還。」㉑施晉武之瑠璃，《世説》曰：滿奮畏風，在晉武帝坐，北窗作瑠璃屏，實密似疏，奮有寒色。帝笑奮，答曰：「臣如吴牛，見月而喘。」㉒置宋明之令史。《宋書》曰：明帝體肥，憎風，夏月常着小皮衣。拜左右二人爲司風令史，風起方面，輒先啓聞。㉓南海何由而雀化，《風土記》曰：南中六月則有東南長風，俗號黄雀風。時海魚變爲黄雀，因爲名也。㉔佷山何神而薙靡。《荆山圖》曰：佷山縣，山下有石床，傍生野薙，人往乞者，神許則風吹制其分齊，隨偃而翦，不得過越。㉕清清泠泠，愈病析酲。出宋玉《風賦》。㉖才驚虎嘯，《淮南子》曰：虎嘯而谷風至。注：虎，陽獸也，與風同類。㉗復訝鳶鳴。《禮記·曲禮》曰：前有塵埃，則載鳴鳶。注：鳶鳴則風生。㉘驗烏鵲之移巢，《淮南子》曰：烏鵲識歲之多風，去喬木而巢扶枝。注：扶，旁也。㉙識雞犬之無聲。《南越志》曰：熙安間多颶風。颶者，具四方之風也。一曰懼風，言怖懼也。常以六、七月興，未至時三日，雞犬爲之不鳴。颶，音具。㉚若乃瞻臺上之銅烏，《述征記》曰：長安宮南靈臺上有相風銅烏。或云：此烏遇千里風乃動。㉛摇廚中之翣脯。《帝王世記》曰：堯時，廚中自生肉脯，薄如翣，摇則風生〔四〕，使食物寒而不臭，名曰「翣脯」。㉜既爲天地之使，《河圖帝通紀》曰：風者，天地之使。㉝亦是陰陽之怒。《春秋元命苞》曰：陰陽怒爲風。㉞來時而或能動揵，宋玉《風賦》曰：衝孔動揵。㉟求處而每因焚羽。《淮南萬畢術》曰：欲致疾風，焚雞羽。㊱啓金縢而明旦，《尚書·金縢》曰：周公居東二年，爲詩以貽王，名之曰「鴟鴞」。秋，大熟未獲。天大雷電以風，禾盡偃。大木斯拔，邦人大恐。王與大夫盡弁，以啓《金縢》之書，乃得周公請代武王之説。王執書以泣曰：「昔公勤勞王家，唯予沖人弗及知，今天動威，以彰周公之德。」王出郊，天乃雨，反風，禾則盡起。㊲識爰居之集魯。《國語》曰：海鳥曰爰居，止於魯國東門之外。臧文仲使國人祭之，展禽曰：「今兹海鳥有災乎？夫廣川鳥獸常知避其災也。」是歲也，海多大風。㊳或徵自蚩尤，《史記》曰：蚩尤氏能徵風召雨，與帝爭強，帝滅之中冀。㊴或感由庶女。《史記》曰：庶女者，齊之寡婦，養姑。姑女利母財而殺母，以告寡婦。婦不能自解，以寃告天，而大風襲於齊殿。㊵飛車初駭於奇肱，《帝王世紀》曰：奇肱民能爲飛車，從風遠行。湯時，西風吹奇肱車至於豫州，湯破其車，不以示民。十年，東風至，湯復作車遣賜之〔五〕，去玉門四萬里。㊶曲蓋始因於周武。崔豹《古今注》曰：武王伐紂，大風折蓋，太公因折蓋之形而製曲蓋。㊷至若稱離合，陸機《要覽》曰：列子御風，常以立春遊乎八荒〔六〕，立秋歸乎風穴〔七〕。是風至草木發生〔八〕，去則摇落，謂之離合風。㊸號焚輪。《爾雅》曰：南風謂之凱風，東風謂之谷風，北風謂之涼風，西風謂之泰風。焚輪謂之頹，扶摇謂之猋。風與火爲庉，迴風爲飄，日出而風爲暴風，雨上爲霾，陰而風爲曀。注：頹，暴風從上下也。猋，暴風從下上也。庉，炖炖，

熾盛也。飄，旋風也。㊹穴在宜都，盛弘之《荆州記》曰：宜都佷山縣，山有風穴，口大數尺，名曰「風井」。夏則風出，
冬則風入。風出入之時，吹拂左右常淨〔九〕，暑月經之，凜然有衣裘想。㊺門傳九真。《交州記》曰：風山在九真郡，
風門在山頂上，常有風。㊻駭法獄之逢獸，《山海經》曰：法獄之山有獸，其名曰「山𤟤」，其行如風，見則天下大風。
𤟤，音暉。㊼驚鞠陵之見人。《山海經》曰：大荒之中，有山曰「鞠陵」焉。山有人名曰「折丹」，處東極以出入風。
注：折丹，神人也。㊽悠然偃草，《論語》云：君子之德風，小人之德草〔一〇〕。草上之風，必偃。㊾颯爾袪塵。王
子年《拾遺記》曰：崑山有四面風，又有袪塵之風，若衣服塵汙，風至，吹衣則淨。㊿常聞順物而布氣，楊泉《物理論》
曰：風者，陰陽亂氣激發而起者也。怒則飛沙揚礫，發屋拔樹；喜則不摇枝動草，順物布氣。天地之性，自然之理也。(51)
亦復矐目而胗脣。宋玉《風賦》曰：中脣爲胗，得目爲矐。(52)爾其悠揚轉蕙，《楚辭》曰：光風轉蕙泛崇蘭。(53)
飄摇吹棘，《詩》：凱風自南，吹彼棘心。(54)號怒萬竅，見上「大塊噫氣」注。(55)退飛六鷁。《左傳》曰：六鷁退
飛，過宋都，風也。(56)扇授袁宏，《晉陽秋》曰：袁宏爲東郡守，謝安執宏手授扇，宏曰：「謹當奉揚仁風，慰彼黎庶。」
(57)衣飄賈謐。《晉書》曰：賈謐家數有妖異，飄風吹其朝服上數百尺，大蛇出袂中，後果及禍。(58)戒寒每當於火
見，《國語》曰：火見而清風戒寒。(59)應類或聞於酒溢。《淮南子》曰：物類之相應，玄妙深微，論辯不能解，故東風
至而酒沈溢。注：酒沈，清酌酒也。米物下沈，木味酸，酸風入酒，故酢而沈者沸。(60)調調刁刁，《莊子》曰：地籟則衆
竅是已，飄風則大和，泠風則小和，獨不聞之調調乎？刁刁乎？(61)羊角扶摇，見下「雖負大翼」注。(62)才能獵葉，
《周生烈子》曰：夫獵葉之風，不應八節。(63)殊不鳴條。《鹽鐵論》曰：太平之時，風不鳴條。(64)雖負大翼，《莊子》

曰：鵬之背若太山，鵬翼若垂天之雲，摶扶摇羊角而上者九萬里。注曰：風之積也不厚，則其負大翼也無力，故九萬里則風斯在下矣。扶摇羊角，風也。今旋風上如羖羊角。(65)詎能終朝。《老子》曰：飄風不終朝。(66)至於習習扇和〔一一〕，《詩》曰：習習谷風，以陰以雨。《文選》詩曰：春風扇微和。(67)依依解凍，《禮·月令》曰：立春之日，東風解凍。(68)當大麓之弗迷，《書》曰：納于大麓，烈風雷雨弗迷。(69)豈庶人之所共。宋玉《風賦》曰：此獨大王之風，庶人安得而共之？(70)有虞興解愠之歌，《帝王世紀》曰：舜彈五絃琴，歌《南風》曰：「南風之薰兮，可以解吾民之愠兮。」(71)黄帝得吹塵之夢。《潛夫論》曰：黄帝夢大風吹天下塵土，得風后以爲相。(72)亦復便人寧體，宋玉《風賦》曰：發明耳目，寧體便人。(73)動草摇枝。見上「順物布氣」注。(74)或歌豐沛以爲樂，《漢書》：高祖過沛，擊筑自歌曰：大風起兮雲飛揚，威加海内兮歸故鄉，安得猛士兮守四方。」(75)或濟汾河而有詞。漢武帝《秋風詞》曰：「秋風起兮白雲飛，草木黄落兮鴈南歸。泛樓船兮濟汾河，横中流兮揚素波。」(76)占已聞於師曠，《左傳》曰：楚侵鄭，甚雨。楚師多凍，役徒幾盡。晉人聞有楚師，師曠曰：「不害，吾驟歌北風，又歌南風，南風不競。」(77)塵或惡於元規。《晉書》曰：庾亮出鎮江州，以帝舅故，内執朝權。王導不能平，嘗遇西風起，輒舉扇自蔽曰：「元規塵污人。」(78)奔厲而那堪拔木，《黄帝風經》曰：調暢祥和，天之喜氣也；折揚奔厲，天之怒氣也。《漢書》曰：燕王都薊，大風拔宫中樹十六枚，後王誅。(79)祥和而祇可披衣。「祥和」已見上注。宋玉《風賦》曰：王乃披襟而當之。(80)蓋君聖而時若，自均調而得宜。《尚書·洪範》曰：聖時風若。

校勘記

〔一〕上見　宋本作「見上注」。

〔二〕去周出關　宋本、《御覽》卷九引「周」下有「而」字。

〔三〕泠然善　「善」原作「蓋」，據宋本並《莊子・逍遥遊》改。

〔四〕風生　宋本、《御覽》卷九引並作「生風」。

〔五〕湯復作車　「湯」，宋本作「乃」。

〔六〕遊乎　《御覽》卷九引作「歸乎」。「乎」字原無，據《御覽》引增。

〔七〕歸乎　《御覽》卷九引作「遊乎」。

〔八〕發生　宋本並《御覽》卷九引作「皆生」。

〔九〕常浄　宋本作「常静」。

〔一〇〕君子之德風小人之德草　「風」、「草」下原有「也」字，據宋本並《論語・顔淵篇》删。

〔一一〕扇和　「和」字原空闕，據宋本、白本、華本補。

雲

①夫雲者，蓋川澤之氣而陰陽之聚也。《說文》曰：雲，山川氣也。《春秋元命苞》曰：陰陽聚爲雲。②若乃淒然而興，渰然而雨。《說文》曰：淒，雨雲起也。渰，雨雲貌也。《詩》曰：有渰淒淒，興雨祁祁。③杳藹從龍，《易》曰：雲從龍。④悠揚干呂。東方朔《十洲記》曰：天漢三年，月氏國獻神香，使者曰：「國有常占，東風入律，十旬不休，青雲干呂，連月不散，意中國將有好道君，故搜奇異而貢神香也。」⑤瞻黃帝之花葩，《史記》曰：黃帝與蚩尤戰於涿鹿之野，常有五色雲氣，金枝玉葉，止於帝上，有花葩之象，因作華蓋也。⑥識漢皇之龍虎。《史記》曰：范增說項羽曰：「吾令人望沛公，其上有雲，皆爲龍虎，成五采。此天子氣也，急擊勿失。」⑦爾乃取象於坎，《易》曰：坎爲雲。⑧觀繇於需。《易》曰：雲上於天，需君子以飲食宴樂。⑨或申歌於虞舜，《尚書大傳》曰：舜時卿雲見，於時百工和歌。舜歌曰：「卿雲爛兮，糺漫漫。」⑩或爲祥於慶都。《春秋合成圖》曰：堯母慶都，生而神異，常有黃雲覆上。⑪白起薊生之迹，《搜神記》曰：薊子訓至洛，見公卿數十處，去後皆白雲起。⑫香隨王母之車。《漢武帝內傳》曰：帝於尋真之臺，七月七日夜，見西王母乘紫雲輦來。至，雲氣勃鬱，盡爲香氣。⑬出符陽以聚散，《山海經》曰：符陽之上，怪雲所出。⑭去蒼梧而卷舒。古詩曰：雲去蒼梧野，水還江漢流。⑮至若考西郊不雨之象，《易》曰：密雲不雨，自我西郊。⑯閱南山朝隮之義。《詩》曰：薈兮蔚兮，南山朝隮。注：薈蔚，雲

與貌。⑰蓋汾陰之寶鼎，《漢書》曰：武帝迎汾陰鼎至甘泉宮，黄雲蓋其上。⑱覆西方之隱士。京房《易飛候》曰：視西方有大雲五色，其下賢人隱也。⑲郁郁紛紛，《史記》曰：若煙非煙，若雲非雲，郁郁紛紛，蕭索輪囷，是謂卿雲。⑳非霧非塵，魏武《兵書節要》曰：孫子稱司雲氣，非雲非煙，非塵非霧，形似禽獸，客吉主人之忌。㉑山中草莽，水上魚鱗。《呂氏春秋》曰：山雲草莽，水雲魚鱗，旱雲烟火，雨雲水氣，無不比類其所生以示人。㉒亦云帝鄉仙馭，《莊子》曰：華封人謂堯曰：「天下有道，與物皆昌，千歲厭世，去而上仙，乘彼白雲，至於帝鄉。」㉓高唐麗質，宋玉《高唐賦叙》曰：楚襄王與宋玉遊雲夢之臺，高唐之觀。上有雲氣，須臾之間，變化無窮。王曰：「此何氣也？」玉曰：「朝雲也。昔者先王嘗遊高唐，晝寢，夢見婦人曰〔一〕：『妾巫山之女也，爲高唐之客，聞君遊高唐，願薦枕席。』王因幸之。去而辭曰：『妾在巫山之陽，高丘之阻〔二〕，朝爲行雲，暮爲行雨，朝朝暮暮，陽臺之下。』旦朝視之，如言，故爲立廟，號曰朝雲。」㉔鳳翥鸞翔，陸機《浮雲賦》曰：若層臺高觀，重樓疊閣，或如鍾首之鬱律，乍似塞門之寥廓。龍逸蛟起，熊厲虎戰，鸞翔鳳翥，鴻鶴鶩奮。㉕龍申蠖屈。成公綏《雲賦》曰：龍申蠖屈，蜿蟬透迤，連翩鳳飛〔三〕，虎轉相隨。㉖周則爲瑞於觀河，《禮斗威儀》曰：周成王治平觀於河。青雲浮於河。㉗堯則呈祥於沈璧。《尚書中候》曰：堯沈璧於河，白雲起，廻風摇落。㉘至於濯魚待雨，黄子發《相雨書》曰：四方有濯魚雲，疾者，立雨；遲者，雨少難至。江漢雲疾者，即日雨。㉙燃石聞香，王子年《拾遺記》曰：爛石色紅似肺，燒之有香，煙聞數百里。煙氣升天，則成香雲；香雲遍潤，則成香雨。㉚金枝玉葉，見「黄帝花葩」注。㉛繡文錦章，成公綏《雲賦》曰：或繡文錦章，依微要眇，綿邈凌虚，輕翔漂渺。㉜或見飛鳥，或瞻羣羊。京房《易飛候》曰：凡候雨，有黑雲如群羊，奔如飛鳥，五日必雨。㉝保章驗

吉凶之祲，《周禮》曰：保章氏以五色雲物辨吉凶之祲象，占視日旁雲氣，青爲蟲，白爲兵，赤爲旱，黑爲水，黄爲豐。㉞
觀臺書啓閉之祥。《左傳》曰：凡分、至、啓、閉，必書雲物，遂登觀臺，以望而書。注：分，春秋分。至，冬夏至。啓，
立春夏。閉，立秋冬。㉟別有縹緲赤繒，翩翻白鵠，《易通卦驗》曰：冬至，陽雲出箕，如樹木之狀。立春，青陽雲
出房，如積水。春分，正陽雲出張，如積白鵠。穀雨，大陽雲出參，如車蓋。立夏，常陽雲出觜，如赤珠。夏至，少陰雲如
水波莘莘。立秋，濁陰雲出，如赤繒。寒露，正陰雲出，如冠纓。霜降，太陰雲出，上如羊，下如磻石。㊱露彼菅茅，
《詩》曰：英英白雲，露彼菅茅。㊲見茲珠玉。《地圖》曰：望石氣如浮雲者，珠玉之精也。㊳蒸既潤礎，《淮南子》
曰：山雲蒸，柱礎潤。㊴雨當待族。《莊子》曰：廣成子謂黄帝曰：「汝治天下，雲不待族而雨，草木不待黄而落，奚足
語至道。」㊵漢皇興豐沛之歌，《史記》曰：高祖過沛，擊筑自爲歌曰：「大風起兮雲飛揚，威加海内兮歸故鄉，安得猛
士兮守四方。」㊶王母奏瑶池之曲。《穆天子傳》曰：天子觴西王母於瑶池之上，王母爲謡曰：「白雲在天，丘陵自出。
道理悠遠〔四〕，山川間之。」㊷宋觀松上，《宋書》曰：大明八年，宣太后陵前後，數有光及五色雲，芳香四滿。又，五彩
雲在松上，如車蓋。㊸漢紀封中。《漢書·郊祀志》曰：武帝封泰山，夜有光，晝有白雲，起於封中。㊹驚林木之爲
狀，見冠纓之儼容；事見上「赤繒」、「白鵠」注。㊺覩青天之樂廣，《晉書》曰：樂廣有風姿，衛瓘曰：「此人若披
雲霧而覩青天。」㊻見白日之姜公。徐幹《中論》曰：文王遇姜公於渭陽，灼然如披雲見白日。㊼映雉兔於晴
碧，吴範《占候風氣秘訣》曰：有青雲，如雉兔，臨城營，軍敗走。㊽駐車蓋於遥空。魏文帝詩曰：西北有浮雲，亭亭
似車蓋。㊾復有膚寸而合，觸石而起。《公羊傳》曰：觸石而出，膚寸而合，不崇朝而遍雨乎天下者，其泰山之雲

乎？㊿紀黄帝之官，《史記》曰：黄帝以雲紀官，故爲雲師而雲名，以有景雲之瑞也。(51)美仲容之器。顔延年《五君詠阮咸篇》曰：仲容青雲器。(52)白作湯祥，《春秋演孔圖》曰：湯將興，白雲入房。(53)黄爲舜瑞，《春秋演孔圖》曰：舜將興，黄雲升於堂。(54)雖無出岫之心，陶潛《歸去來辭》曰：雲無心而出岫，鳥倦飛而知還。(55)亦有思山之意。張孟陽詩曰：流波戀舊浦，行雲思故山〔五〕。(56)觀其崔巍巃嵸，狎獵參差，《淮南子》曰：周雲巃嵸。成公綏《雲賦》曰：舒則彌綸覆四海，卷則消液入無形。狎獵鱗次，參差交錯，狀崔巍其不安，吁可畏而欲落。(57)亂走丹蛇，《兵書》曰：有雲如丹蛇隨星後，大戰殺將。(58)輕飄絳衣。《史記》曰：韓雲如布，趙雲如牛，楚雲如日，宋雲如車，魯雲如馬，衞雲如犬，周雲如輪，秦雲如美人，魏雲如鼠，齊雲如絳衣，越雲如龍頭，蜀雲如囷倉。(59)或見夾日之赤鳥，《左傳》曰：魯哀公五年，有雲如衆赤鳥，夾日以飛三日〔六〕。楚使問周太史，太史曰：「其當王身，若禜之，可移於令尹司馬。」王曰：「除心腹之疾，而諸股肱，何益？」終不禜。孔子曰：「楚昭王知天道矣，不失國宜哉！」(60)或觀圜軫之蒼霓。《春秋文耀鉤》曰：楚有蒼雲如霓，圜軫七蟠，中有荷斧之人，向軫而蹲。於是楚唐史畫遺灰而雲滅，故曰「唐史之策，上滅蒼雲。」宋均注曰：軫，楚分也。雲，水氣。灰，火氣。畫遺灰，故雲滅也。(61)斯所以垂災異之譴，警政令之虧，豈徒誦漢武「秋風」之句，翫湯休「日暮」之詩？漢武帝《秋風辭》曰：秋風起兮白雲飛，草木黄落兮雁南歸。湯休詩曰：日暮碧雲合，佳人殊未來。

校勘記

〔一〕夢見 「見」字原無，據宋本並《文選·高唐賦》增。

〔二〕高丘之阻　原作「高唐之側」，據宋本並《文選·高唐賦》改。《御覽》卷八引作「高丘之嶇」。

〔三〕連翩　原作「連翻」，據宋本並《太平御覽》卷八引改。

〔四〕道理　《御覽》卷八引作「道路」，卷八五又引作「道里」，《穆天子傳》亦作「道里」。

〔五〕故山　原作「故鄉」，據宋本改。　查此處引詩據《昭明文選》卷二十九，係張協（字景陽）《雜詩》十首之八中的句子，非張孟陽詩。

〔六〕三日　原作「三月」，據宋本並《御覽》卷八引、《左傳·哀公六年》改。

事類賦卷之三

天部三

雨　霧　露　霜　雪　雷

雨

①夫雨者，蓋陰陽之和，而宣天地之施者也。《春秋元命苞》曰：陰陽和而爲雨。《河圖帝通紀》曰：雨者，天地之施也。②若乃渰然淒淒，霈焉祁祁，《詩》曰：有渰淒淒，興雨祁祁。③納于大麓而弗迷，《書》曰：納于大麓，烈風雷雨弗迷。④自我公田而及私。《詩》曰：雨我公田，遂及我私。⑤五政無差，《管子》曰：春發五政：一曰論孤幼，赦有罪；二曰賦爵列，授禄位；三曰修溝洫，復亡人；四曰治封疆，正阡陌；五曰無殺麛卵，無絶華萼。五政得時，春雨乃來。⑥十日爲期。《論衡》曰：太平之世，五日一風，十日一雨。⑦未能破塊，《西京雜記》曰：董仲舒云：「太平之時，雨不破塊。」⑧才堪濯枝。周處《風土記》曰：六月有大雨，名濯枝雨。⑨微若草間委露，《拾遺記》曰：甘雨濛濛，似露委草，則滴瀝雨也。⑩密似空中散絲。古詩云：騰雲似洒烟〔一〕，密雨如散絲。⑪飲酒方覯於御叔，《左傳》曰：臧武仲如晉〔二〕。雨，過御叔。在其邑，將飲酒，曰：「焉用聖？我將飲酒而已，雨行。」

⑫假蓋寧聞於仲尼。《家語》曰：孔子遇雨，不假蓋於子夏，護其短也。⑬若夫月方離畢，《詩》曰：月離于畢，俾滂沱矣。⑭雲初觸石，《尚書大傳》曰：五嶽皆觸石而出，雲不崇朝而雨。⑮紆灌壇之神馭，《博物志》曰：太公爲灌壇令，武王夢婦人當道夜哭，問之，曰：「吾是東海神女，嫁於西海神童。今爲灌壇令當道，廢我行。我行必有大風疾雨。大風疾雨，是毀君之德也。」武王覺，召太公問之，果有疾雨暴風，從太公邑外而過。⑯儼高唐之麗質。《襄陽傳》曰：高唐神女，朝爲行雲，暮爲行雨。⑰雖潤不崇朝，《公羊傳》曰：觸石而起，膚寸而合，不崇朝而遍雨乎天下者，唯大山之雲爾。⑱而暴難終日。《老子》曰：暴雨不終日。⑲爾其驂屏翳，《廣雅》曰：雨師屏翳。⑳駕玄冥。《風俗通》曰：雨師玄冥。㉑歎室中之思婦，《詩》曰：我來自東，零雨其濛。鸛鳴于垤，婦歎于室。㉒集水上之焦明。《樂動聲儀》曰：焦明至，爲雨備。焦明，水鳥也。㉓蜀道淋鈴，《明皇雜録》曰：上初入斜谷，屬霖雨涉旬〔三〕，於棧道聞鈴聲與山相應。上悼念貴妃，因采其聲爲《雨淋鈴》曲以寄恨。㉔周郊洗兵，《六韜》曰：文王問散宜生：「卜伐紂吉乎？」曰：「不吉。」鑽龜，龜不兆。數蓍，不交而折。將行之日，雨輜重車至軫；行之日，幟折爲三。散宜生曰：「此卜四不祥，不可舉事。」太公進曰：「是非子之所知也。祖行之日，雨輜重車〔四〕，是洗濯甲兵也。」㉕罷陛楯於秦殿，《史記》曰：秦始皇時，置酒而天雨，陛楯者皆沾寒。優旃見而哀之，謂曰：「汝欲休乎？」陛楯者皆曰：「幸甚！」優旃曰：「我即呼汝，汝疾應曰『諾。』」居有頃，殿上上壽呼萬歲。優旃大呼曰：「陛楯郎！」郎曰：「諾。」優旃曰：「汝雖長，何益？乃雨立。我雖短，幸休居。」於是使得半相代〔五〕。㉖奏簫鼓於劉城。《述異記》曰：廬山有康王谷，北嶺上有一城，號爲劉城。天每欲雨，輒聞山上有鼓角笳簫之聲〔六〕，村人以爲候。㉗或以占中國之聖，《尚書大傳》曰：成王時，有越

裳氏來朝，曰：「久矣，天之無烈風，淫雨也。其意中國有聖人乎？」㉘或以伐無道之邢。《左傳》曰：衛旱，卜有事於山川，不吉。甯莊子曰：「昔周飢，克殷而年豐。今邢方無道，天其欲使衛討邢乎〔七〕？」從之，師興而雨。㉙及夫舟運庭中〔八〕，成公綏《陰霖賦》曰：沉竈生鼃，中庭運舟。㉚衣生堂上，張孟陽詩曰：雲根臨八極，雨足洒四溟。堦下伏泉涌，堂上水衣生。㉛喜甘泉之已飛，劉楨詩曰：和風從東來，玄雲起西山。夜中發此氣，明旦飛甘泉。㉜伊百穀而是仰。《左傳》曰：魯季武子如晉，范宣子賦《黍苗》，武子曰：「小國之仰大國也，如百穀之仰膏雨焉。」㉝亦有洞中鞭石，盛弘之《荆州記》曰：佷山縣有一山，獨立峻絶。西北有石穴，以燭行百步許，二大石其間相去一丈許。俗名其一爲陽石，一爲陰石。水旱爲災，鞭陰石則雨，鞭陽石則晴。㉞鞍上飛雲，《宋永初山川記》曰：鄱陽長壽山，形似馬，白雲出於鞍中，崇朝而雨。㉟煩河伯之使，《神異經》曰：西海上有人焉，乘白馬朱鬣，白衣玄冠，從十二童子，馳馬西海上如飛，名曰「河伯使者」。其所至之國，雨水滂沱也。㊱藉無爲之君。《遁甲開山圖》曰：鄭有不毛山，上有無爲之君，分布雲雨於九州之內。㊲則有諒輔聚艾，《後漢書》曰：諒輔仕郡爲五官掾。時夏大旱，太守自出禱山川，連日而無所降。輔乃自暴庭中，慷慨呪曰：「輔爲股肱，不能進諫納忠，和調陰陽，至令天地否隔，萬物焦枯，咎盡在輔。今敢自祈請，若至日中不雨，乞以身塞無狀。」於是積薪聚艾茅以自環，搆火將自焚。未及中時，天雲晦合，須臾澍雨。㊳戴封積薪。謝承《後漢書》曰：戴封，字平仲，遷西華令。其年大旱，禱請無獲，乃積薪坐其上以自焚。火起而大雨。遠邇歎服，遷中山相。㊴漂麥已稱於高鳳，《後漢書》曰：高鳳好學不休。其家曝麥，令鳳守雞，以竿授其手中。鳳執竿讀書，雨大至，鳳讀書不覺〔九〕，執竿如故。其妻還，見麥流，甚以爲怒。鳳亦不愧。㊵流粟仍傳於買臣。《鄒子》曰：朱買臣孜孜修學，不覺雨之流粟。㊶隨景山之行車，謝承《後漢書》曰：百里嵩，字景山，爲徐州刺史。境遭旱，嵩出巡處，甘雨輒澍。東海祝其、合鄉等二縣父老訴曰：「人等是公百姓，獨不迁降。」乃迴赴之，雨隨車而下。㊷折林宗之角巾。《後漢書》曰：郭林宗於陳梁間行，遇雨，巾一角墊，時人乃故折巾角，以爲林宗巾。其見慕如此。㊸亦聞文侯期獵而守信，《戰國策》曰：魏文侯與虞人期獵。是日天雨，文侯將出，左右諫止，公曰：「吾與虞人期，不可失。」乃往。魏於是始強。㊹謝傅出行而致怒。《世説》曰：謝太傅安無嗔喜，曾送兄征西葬還，日暮遇雨，馭人皆醉。公乃於車中，手取車柱撞馭人，聲色甚厲。㊺或勤閔而求，《穀梁傳》曰：春正月，書不雨者，勤雨也。夏四月，又書不雨者，閔雨也。㊻或霖淫爲苦。《爾雅》曰：暴雨謂之涷，小雨謂之霢霂。久雨謂之淫，淫雨謂之霖。㊼忤羅浮之神龜，《羅浮山記》曰：山有龜淵，淵有神龜，龜鼻貫銅環。若有人穢此淵，便即澍雨。㊽鳴武昌之石鼓。《武昌記》曰：城西有石鼓山，上有三石鼓，鼓鳴，天必雨也。㊾復見商羊奮躍，《家語》曰：齊有一足之鳥，飛集殿前，舒翅而跳。齊侯異之，訪諸孔子。孔子曰：「此鳥名曰商羊。昔童兒有屈一脚、振迅兩臂而跳，且謡曰：『天將大雨，商羊鼓舞。急治溝渠，修堤防。』果大霖雨，諸國傷害人民，唯齊有備。」㊿石燕飛翔，《湘州記》曰：零陵山有石燕，遇風雨即飛，還止爲石。(51)玉女披衣，王采《安成記》曰：萍鄉西城津，有玉女岡，天當雨，輒先涌五色氣於石間，俗謂「玉女披衣」。(52)雷君出裝。《易林變占》曰：雷君出裝，隱隱西行。霖雨不止，流爲江河。(53)認天河之浴豨，黄子發《雨書》曰：四方北斗中無雲，唯河中有雲三枚，相連如浴豬豨，三日大雨。(54)觀卯日之羣羊。《師曠占》曰：五卯日，候西北有雲如群羊者，雨至矣。(55)利物爲神，《尸子》曰：神農治天下，欲雨則至。五日爲行雨；旬爲谷雨；旬五日爲時雨。萬物咸利，故謂之神雨。⑯零雲有香。見《雲賦》「燃石聞香」注。⑰霈則喻宣尼之相魯，《鹽鐵論》曰：孔子，大聖也。嘗居小位，相魯三月，不令而行，不禁而止，沛若時雨之灌萬物，莫不興起也。⑱霖則爲傅説之輔商。《尚書·説命》曰：若歲大旱，用汝作霖雨。⑲又云欒巴噀酒，《神仙傳》曰：欒巴，蜀人。徵尚書郎。大朝得酒，不飲，西南噀之。詔問巴，巴曰：「臣本縣成都大火，臣以酒爲雨救之。」帝驛問，咸云：「雨從北來，有酒氣。」⑳樊英嗽水，《晉書》曰：樊英隱於壺山，嘗有暴風從西南起，英謂學者曰：「成都市火甚盛。」因含水西向嗽之，乃命記其時日，後有從蜀來者云：「是日大火，有雲從東起，須臾大雨，火滅。」㉑浮朱鼈於波上，《淮南子》曰：朱鼈浮於波上，必大雨。㉒躍黑蜧於水底。《淮南子》曰：黑蜧神蚓，潛泉而居，將雨則躍。㉓陰陽吻合而風多，《西京雜記》：董仲舒曰：陰陽二氣之初蒸也，若有若無，風多則合速，故雨大而疏；風少則合遲，故雨細而密。㉔日月蔽虧而雲細。京房《易飛候》曰：有蒼雲，細如杼軸，蔽日月，五日必雨。㉕或因掩骼而降，謝承《後漢書》曰：周暢，性仁慈，爲河南尹。夏旱，久禱無應，因收葬洛城傍客死骸骨萬餘，應時澍雨。㉖或爲省寃而致。《東觀漢記》曰：永初二年三月，京師旱。至五月，和熹鄧太后幸雒陽，省獄舉寃。未還宫，澍雨大降。㉗考於犧易，悵西郊之未零；《易》曰：密雲不雨，自我西郊。㊽翫彼麟經，踡北陵而可避。《左傳》曰：殽有二陵：其南陵〔一〇〕，夏后皋之墓；其北陵，文王之所避風雨也。

校勘記

〔一〕洒烟　「洒」，宋本、黄校本作「涌」。

〔二〕武仲　原作「文仲」，據《左傳·襄公二十二年》、《御覽》卷十引注文改。

〔三〕涉旬　原作「涉塗」，據宋本改。

〔四〕雨輜重車　宋本、《御覽》卷十引並作「輜車至軫」。

〔五〕半相代　「代」字下原有「候」字，據宋本並《御覽》卷十引、《史記·滑稽列傳》删。

〔六〕輒聞　「聞」字原無，據宋本並《太平御覽》卷十引增。

〔七〕欲使　「使」字原無，據宋本並《御覽》卷十引、《左傳·僖公十九年》增。

〔八〕庭中　原作「度中」，據白本、華本改。

〔九〕鳳讀書　三字原無，據宋本並《後漢書·逸民列傳》、《御覽》卷十引增。

〔一〇〕其南陵　此三字原無，據宋本並《左傳·僖公三十二年》增。

霧

①夫霧者，地氣發而天不應者也。《爾雅》曰：地氣發，天不應，曰霧。②爾其蒙冒霿濡，《釋名》曰：霧，冒也。氣蒙冒覆物也。昏暗之時，則爲妖災；明王聖主，則爲祥瑞。霿濡，見下「置以文犀」注。③冥冥曉敫，《禮》曰：仲冬行夏令，則氛霧冥冥。④玄豹潛藏而炳蔚，劉向《列女傳》曰：陶答子化陶三年，名譽不興，家富三倍。其妻諫曰：「夫子能薄而官大，是謂嬰害；無功而家昌，是謂積殃。妾聞南山有玄豹，霧雨七日不下食者，何也？欲以澤其衣毛，而成其文章，故藏以遠害。今君與此背，得無後患乎？」⑤騰蛇游泳而紆餘。《韓子》曰：飛龍乘雲，騰蛇游霧。雲罷霧散，與螾蟻同矣。⑥馬援既居於浪泊，《後漢書》曰：馬援南征交址，斬徵側，乃釃酒勞軍。從容謂官屬曰：「吾從弟少游常哀吾慷慨多大志，曰：『士生一世，但取衣食才足，乘下澤車，御款段馬，爲郡掾吏，守墳墓，鄉里稱善人，斯可矣。』當吾在浪泊、西里間，虜未滅時，下潦上霧，毒氣薰蒸，仰視飛鳶跕跕墮水中〔一〕，卧念少游平生時話，何可得也！」⑦欒巴方還於蜀都，葛洪《神仙傳》曰：欒巴爲尚書郎，正旦，天大霧，對坐不相見，失巴所在。後問其故，乃是巴還成都與親故別也。⑧劉猗之負國璽，《燕書烈祖後記》曰：元璽六年，蔣幹遣侍中繆嵩、太子詹事劉猗，賫傳國璽，詣晉求救。猗負之，行數里，黄霧四塞，迷荒不得進，乃還。易取行璽，始得去。⑨軒轅之得大魚。《帝王世紀》曰：黄帝時，天大霧三日，帝遊洛水之上，見大魚，殺五牲以醮之。天乃甚雨，七日七夜，魚流始得圖書焉。今之《河圖》，即

其書也。世傳「大霧三日，必有甚雨」，自此始也。⑩若夫祖和半天，《李先生傳》曰：先生名曠，字祖和，南陽人。劉備遣軍取先生，先生起霧半天，備騎自相殺，先生乃入吴。⑪公超五里，謝承《後漢書》曰：河南張楷，字公超，好道術，居華陰，能作五里霧。時關西人裴優，亦能作三里霧。⑫占彼羣猾，《潛潭記》曰：大霧三十日，羣猾起。上下相蒙，上少下多，故群猾起。⑬推其隱士。京房《妖占》曰：雲霧四起，則時多隱士。⑭觀雍丘之神井，《陳留風俗記》曰：雍丘縣有祠，名夏后祠。有神井，能致霧雹。⑮識茂陵之芳氣，《漢武帝故事》曰：武帝葬茂陵，芳香之氣異常，積於墳埏之間，如大霧。⑯且憂陰盛，《漢書》曰：成帝建始中，黄霧四塞。上問，楊興等對曰：「陰盛侵陽之氣也。」⑰俄聞雨至。《帝王世紀》曰：大霧三日，必有甚雨。雨未降，不可冒行也。⑱淮南被遷而不還，《史記》曰：漢文帝時，淮南王長以罪遷蜀，袁盎諫曰：「王爲人剛，如有遇霧露，行道死，陛下有殺弟之名。」上弗聽。長至雝，病死。⑲雄鳴弗迷而遠逝。《魏畧》曰：劉雄鳴每出行，霧中識道不迷，時人因謂「能爲雲霧」。⑳則有結同行而飲酒，《博物志》曰：王爾、張衡、馬均者，昔俱冒霧行，一人無恙，一人病，一人死。無恙者飲酒，病者食，死者空腹。㉑逢仙客之乘龜，王烈之《安成記》曰：縣人謝廩行路中，忽遇雲霧，霧中有一人，乘龜而行。廩知神人，拜請求隨去。人曰：「汝無仙骨。」㉒嗟五侯之見封，《漢書》曰：王氏五侯，同日俱封。其日黄霧四塞。㉓憂漢高之被圍。《漢書》曰：高祖至平城，爲匈奴所圍七日，天大霧，漢使人還往，胡不覺，後得免平城之難。㉔譬諸善人，《抱朴子》曰：與善人遊，如行霧中，雖不濡濕，潛自有潤。㉕置以文犀。《抱朴子》曰：通天犀角，有白理如線，自本徹末者以此角，大霧重露之夜，置中庭，終不沾濡。㉖宜都則飛煙縹緲，《宜都山川記》曰：丹山天晴時，忽有霧起，廻轉如煙，不過再朝，雨必降。㉗曲江則積素霏微。《湘州記》曰：曲江縣銀山，常多素霧生。㉘或以困蚩尤之術，《志林》曰：黄帝與蚩尤戰於涿鹿之野，蚩尤作大霧，彌三日，軍人皆惑。黄帝乃令風后法斗機作指南車，以别四方，遂擒蚩尤焉。㉙或以傳玄女之機，《黄帝玄女戰法》曰：黄帝與蚩尤九戰九不勝。黄帝歸於太山，三日三夜霧冥，有一婦人，人首鳥形，黄帝稽首再拜，伏不敢起。婦人曰：「吾玄女也。子欲何問？」黄帝曰：「小子欲萬戰萬勝。」遂得戰法焉。㉚識夏桀將亡之兆，《書中候》曰：桀無道，地吐黄霧。㉛想伊尹既卒之時。《帝王世紀》曰：伊尹卒年百有餘歲。天霧三日，沃丁葬以天子之禮，祀以大牢，親臨喪三年，以報大德。㉜文王得姜公而共載，《中論》曰：文王遇姜公於渭陽，執竿而釣。文王得之，灼若披雲而見白日，霍若開霧而覩青天。㉝衛瓘見樂廣而稱奇。《晉書》曰：衛瓘稱樂廣曰：「每見廣，瑩然若披雲霧而覩青天。」㉞亦有竟寧白樹，伏候《古今注》曰：漢元帝竟寧元年，大霧，樹皆白。㉟德陽翳日，《宋書》曰：後漢正月朝，天子臨德陽殿受賀。舍利從南方來〔二〕，戲於殿前，激水化成比目魚，跳躍嗽水，作雲翳日。㊱淮南仙客，《神仙傳》曰：淮南王聞有道術之士，必卑辭厚幣以致之。於是八公乃往。一人能坐致風雨，立起雲霧。㊲東海奇術。《西京雜記》曰：東海人黄公，立興雲霧，坐成山河。㊳猛獸吐嗽以往來，東方朔《十洲記》曰：漢武天漢中，西胡國獻猛獸。使者曰：「猛獸生崑崙，或生玄圃，立起風雲，吐嗽霧露，百邪迸走，因名『猛獸』」。㊴鄧公呼吸而除疾。《蘇子》曰：蜀郡鄧公，呼吸成霧。㊵斯輕霧之侵淫，蓋騰水之上溢。《莊子》曰：騰水上溢故爲霧。

校勘記

〔一〕跕跕　原作「跱」，據華本並《後漢書》改。

〔二〕含利　華本、《御覽》卷十五引並作「舍利」。按獸名「含利」或作「舍利」。

露

①夫露者，蓋陰陽之氣，《大戴禮》曰：露，陰陽之氣也。陰氣盛則凝爲霜雪，陽氣盛則散爲雨露。②神靈之精。《瑞應圖》曰：甘露者，美露也。神靈之精，仁瑞之澤。其凝如脂，其甘如飴。一名膏露，一名天酒。③淪軒轅之積粹，《禮斗威儀》曰：君治政，則軒轅之精散爲甘露。④含天乳之純英。《列星圖》曰：天乳一星在氐北，主甘露。占：明潤則甘露降。⑤承以漢宮之仙掌，《漢武故事》曰：帝作銅承露盤，上有仙人掌擎玉盤〔一〕，以承雲表之露。於其旁生芝草九莖，莖如金葉朱實，夜中有光。上嘉之。⑥擢以魏室之金莖。《魏志》曰：明帝鑄承露盤，莖長十二丈，銅龍繞其根，立於芳林園，甘露乃降。⑦或感至孝於趙郡，《隋書》曰：李德饒，趙郡柏鄉人。性至孝。丁父憂，單縗徒跣。甘露降其樹，白鳩巢其廬。⑧或表善政於零陵。謝承《後漢書》曰：沈豐爲零陵太守，至官一年，甘露降，膏潤草木。⑨若夫色媲渥丹，《拾遺記》曰：崑崙山有甘露，望之，色如丹，着木石則皎然如霜雪。⑩味侔勺蜜，《論衡》曰：甘露味如蜜，王者太平之應。⑪既號天酒，東方朔《神異經》曰：西北海外，有人長二千里，兩脚中間相去一千里〔二〕，但日飲天酒五斗。張華云：「天酒，甘露也。」⑫亦名陰液。蔡邕《月令章句》曰：露者，陰液也。釋爲露，結爲霜。⑬取自方諸，《淮南子》曰：方諸取露於月。⑭飲聞姑射。《莊子》曰：姑射之山有神人焉，不食五穀，吸風飲露。⑮承木蘭之曉墜〔三〕，《楚辭》曰：朝飲木蘭之墜露，夕餐秋菊之落英。⑯挹吉雲之五色。

《洞冥記》曰：東方朔游吉雲之地，漢武問之。曰：「其國俗常以雲氣占吉凶、苦樂之事。吉則滿室雲起，五色照，著於草木皆成五色露〔四〕。露味甘。」帝曰：「可得否？」朔乃東走，至夕而還，得玄黄青露，盛之琉璃器以授帝。帝遍賜羣臣。得露嘗者，老者皆少，疾病皆愈。⑰湛湛露斯，匪陽不晞，出《詩》。⑱詎能綴冕，《東晳集》曰：薄冰凝池，非宗廟之寶；零露垂林，非綴冕之飾。⑲猶堪飲龜。《洞冥記》曰：元封二年，鄭過國獻能言龜。東方朔曰：「唯承桂露以飲之。」⑳履怵惕而見禮，《禮》曰：春雨露既濡，君子履之，必有怵惕之心。㉑行厭浥而聞詩。《詩》曰：厭浥行露，豈不夙夜，謂行多露。注：道露多，故不行，喻禮不足，故婦人不肯行。㉒亦有其凝如脂，其甘如飴，《晉中興書》曰：王者，敬養耆老，則甘露降於松柏；尊賢容衆，則竹葦受之。甘露者，仁澤也。其凝如脂，其美如飴。㉓享遐壽於摇山，《山海經》曰：諸沃之野，摇山之民，甘露是飲，不壽者八百歲。㉔零甘液於三危。《吕氏春秋》曰：伊尹説湯曰：「水之美者，有三危之露。」注：三危者，西極國也。㉕至若盛在囊中，《述征記》曰：八月一日作五明囊，盛取百草頭露洗眼，眼明也。㉖取於雲表，《漢武故事》曰〔五〕：帝作金莖，擎玉杯，以承雲表之露。㉗既溥博以增海，張衡《奏事》曰：飛塵增山，霧露增海。㉘亦霑濡而潤草。《春秋元命苞》曰：霜以殺木，露以潤草。㉙若乃被蒹葭之蒼蒼，《詩》曰：蒹葭蒼蒼，白露爲霜。㉚零蔓草兮瀼瀼，《詩》曰：野有蔓草，零露瀼瀼。㉛爲瑞既聞於如雪，《宋書》曰：文帝元嘉中，甘露頻降，狀如細雪。㉜因寒常見於爲霜。《詩含神霧》曰：陽氣終，白露爲霜。㉝若夫貯之寶器，《拾遺記》曰：崑崙甘露，其味如飴。人君聖德則下。㉞承之瓊爵，曹植《魏德論》曰：玄德洞幽，飛化上蒸。甘露以降，蜜淳冰凝。睹陽弗晞，瓊爵是承。獻之帝朝，以明聖徵。㉟遠遊始訝於騰蛇，《説苑》曰：騰蛇遊於霧露，千里不止。㊱宵警仍聞於白鶴。周處《風土記》曰：白鶴性警，至八月露降，流於草葉上，滴滴有聲則鳴。㊲子胥豫見其霑衣，《吴越春秋》曰：子胥諫吴王，王怒。胥暮歸，舉衣出宫中，曰：「宫中生草棘，霧露沾吾衣。」㊳少孺假言於補雀。劉向《説苑》曰：吴欲伐荆，王令曰：「敢有諫者死。」舍人有少孺子者欲諫，懷彈於後園，露沾其衣，如是三朝。王曰：「子求何苦？露沾衣如是。」對曰：「園中有樹，其端有蟬，蟬高居悲鳴，吸風飲露，不知螳螂在其後，曲跗欲取之；而螳螂又不知黄雀居其後，延頸欲啄之。然黄雀又不知臣操彈丸在其下。臣但捕其黄雀，不覺露濕衣。如此者，爲貪其利，而不思後患。」王聞之，遂不伐荆。㊴亦有著水凝素，已見上「色皎如霜」注。㊵下地騰文，江淹《别賦》曰：日出天而耀景，露下地而騰文。㊶傳美味於仙丘，《山海經》曰：仙丘降甘露〔六〕，仙人常飲之。㊷識運氣於崑崙。徐整《長曆》曰：北斗當崑崙上氣運〔七〕。注：天下春夏爲露，秋冬爲霜。㊸爾其畢勒含丹，《洞冥記》曰：畢勒國人，長三寸，有翼，善言語戲笑，因名「語國」。飲丹露爲漿。丹露者，日初出，有露汁如珠也。㊹揭雩布紫，《吕氏春秋》曰：和之美者，揭雩之露。揭雩之露，其色紫。㊺終陽氣而斯凝，《詩含神霧》曰：陽氣終，白露凝爲霜。㊻應立秋而下委，《易通卦驗》曰：立秋，白露下。㊼唱薤歌以申哀，《古今注》曰：《薤露》，喪歌也。其一章曰：「薤上露，何易晞。明朝更復落，人死何時歸。」㊽宴諸侯而有禮。《詩》曰：湛露，天子燕諸侯也。「湛湛露斯，匪陽不晞。」〔八〕㊾嘉零露之溥兮，含滋廣被。《詩》曰：野有蔓草，零露溥兮。

校勘記

〔一〕「擎玉盤」至「上嘉之」三十字，宋本並《御覽》卷十二引作「以承露」三字。

〔二〕一千里　宋本、《御覽》卷十二引並無「一」字。
〔三〕曉墜　「墜」字原空闕，據宋本、白本、華本補。
〔四〕草木　宋本、《御覽》卷十二引並作「草樹」。
〔五〕漢武　原作「後漢」，據宋本、華本改。
〔六〕甘露　「甘」字原無，據宋本並《御覽》卷十二引增。
〔七〕北斗　「北」原作「其」，據宋本、白本、華本改。
〔八〕湛湛露斯匪陽不晞　此八字原無，據宋本、黄校本增。

霜

①蒹葭蒼蒼，白露爲霜。出《詩》。②物當收縮，《詩》曰：九月肅霜。注：肅，縮也。霜降而收縮萬物也。③義取喪亡。《釋名》曰：霜，喪也。其氣慘毒，物皆喪也。《考異郵》曰：霜之爲言亡也，物以終也。④庭樹槭以落，潘岳《秋興賦》曰：庭樹槭以洒落。⑤桑葉鬱其黄。《古豔歌》曰：秋霜白露下，桑葉鬱爲黄。⑥非宜介樹，《唐書》曰：寧王憲疾時，寒甚，凝霜封樹，或以爲春秋雨水冰即此，亦名樹介，言象介胄也。憲歎曰：「此俗謂樹稼者也。諺曰『樹稼達官怕』，吾其死乎？」憲果薨。⑦無爲檻羊。《後漢書》曰：光武崩，廣陵王荆作飛書與東海王彊構逆曰：「當爲秋霜，無爲檻羊。」注：秋霜，肅殺於物。檻羊，受制於人。⑧動感時之悽愴，《禮》曰：霜露既降，君子履之，必有悽愴之心，非其寒之謂也。注：感親念時也。⑨增正月之憂傷。《詩》曰：正月繁霜，我心憂傷。注：正月，夏四月，正陽之月。⑩爾其皎潔凝條，何瑾《悲秋夜賦》曰：霜凝條而璀璀，露霑葉兮泠泠。⑪紛披殺木，《春秋元命苞》曰：霜以殺木，露以潤草。⑫皚然皓白，《説文》曰：皚，霜雪之白貌。⑬凜乎慘毒。慘毒，已見「義取喪亡」注。⑭伯奇被逐以援琴，《琴操》曰：尹吉甫聽後妻之言，疑其孝子伯奇，遂逐之。伯奇清朝履霜，自傷無罪，乃援琴而鼓之，作《履霜操》。⑮鄒衍遭讒而慟哭。《淮南子》曰：鄒衍事燕惠王盡忠，左右譖之，王繫之獄，仰天而哭。夏五月，天爲之下霜。⑯既聞地升，《五經通義》曰：寒氣凝以爲霜，從地升也。⑰還知露凝。蔡邕《月令章句》曰：露

凝爲霜。⑱房星見而衣裘具，《國語》曰：駟見而隕霜，隕霜而冬裘具。注：駟，房星也。⑲百工休而膠漆停。《禮》曰：霜始降則百工休。注：膠漆之作停。⑳至於嗛州味甘，見《雪賦》「西母貢嗛州之味」注。㉑廣延色碧，《拾遺記》曰：廣延國有霜，色紺碧。㉒鴻雁厲翼而南飛，《五經鉤沈》曰：天霜，樹落葉，而鴻雁南飛。㉓鷹隼順時而始擊。《感精符》曰：霜，殺伐之表。季秋，霜始降，鷹隼擊。王者順天行誅，以成肅殺之威。㉔於是行冬令，《考異郵》曰：霜者，陰精冬令也。四時代謝，以霜收斂。㉕成婦功，《家語》曰：霜降而婦功成，嫁娶者行焉。㉖覆員嶠之寒蠶，《拾遺記》曰：員嶠，山名。環丘有冰蠶，以霜雪覆之，然後作繭。其色五采，織爲文錦，入水不濡，投火不燎。唐堯之代，海人獻以爲黼黻。㉗振豐山之洪鍾。《山海經》曰：豐山有九鍾，霜降則鳴。㉘亦聞鷫鳿蔽葉，《古今注》曰：鷫鳿常向日而飛，畏霜露，夜棲以樹，葉覆其背。㉙崑崙運氣〔一〕，見《露賦》「識運氣於崑崙」注。㉚知馬蹄之所踐，《莊子》曰：馬蹄可以踐霜雪，毛可以禦風寒。㉛思葛屨之曾履。《詩》曰：糾糾葛屨，可以屨霜。㉜當陰氣之始凝，《大戴禮》曰：陰氣勝，則凝而爲霜。㉝至堅冰而馴致。《易》曰：履霜堅冰，陰始凝也。馴致其道，至堅冰也。㉞或應候而挫物，《援神契》曰：霜以脞物。㉟或當春而大摯。《禮》曰：孟春行冬令，則霜雪大摯。注：摯，傷也。㊱若其神爲青女，《淮南子》曰：至秋三月，青女乃出，降以雪霜。注曰：青女，天神。青天玉女，主雪霜也。㊲威立侯文，《漢書》曰：孫寶爲京兆尹，以立秋日，署侯文東部督郵入見。勑曰：「今日鷹隼始擊，當順天氣，取奸惡，以成嚴霜之誅。」㊳故不殺，知其失政；《考異記》曰：魯僖卽位，隕霜不殺草，臣威彊也。㊴夏隕，表其暴君。《命曆序》曰：桀無道，夏隕霜。㊵然則，道義得，則時令順，夫復何云。

校勘記

〔一〕運氣　原作「連氣」，據宋本並本書《露賦》改。

雪

①雪之時義遠矣哉！蓋陰氣之凝，《元命苞》曰：陰氣凝而爲雪。②五穀之精。《氾勝之書》曰：取雪汁漬原蠶屎五六日，待釋，手挼之，和穀種之，能禦旱，故謂「雪爲五穀精」也。③始布同雲之影，《詩》曰：上天同雲，雨雪雰雰。④俄飄六出之霙。《韓詩外傳》曰：凡草木，花多五出，雪花獨六出。雪花曰霙，音英。⑤謝女之風中絮起，《晉書》曰：太傅謝安，因雪驟降，欣然曰：「白雪紛紛何所似？」兄子胡兒曰〔一〕：「散鹽空中差可擬。」兄女道蘊曰：「未若柳絮因風起。」⑥侍臣之衣上花明。《宋書》曰：大明中，元日，雪花降殿庭。右將軍謝莊下殿，雪集衣白，上以爲嘉瑞，群臣皆作雪花詩。⑦若夫雪苑創於梁王，謝惠連《雪賦》曰：梁王不悅，遊於兔園，俄而微霰零，密雪下，王乃歌北風於衛詩，詠南山於周雅，授簡命於司馬大夫，曰：「抽子祕思，騁子好詞，侔色揣稱，爲寡人賦之。」⑧雪宮建於齊國，《孟子》曰：齊宣王見孟子於雪宮，王曰：「賢者亦有此樂乎？」孟子曰：「爲人上而不與民同樂者，非也。」⑨應時而不必封條，《西京雜記》曰：董仲舒曰：「太平之世，雪不封條，可以弭毒害而已。」⑩爲瑞而每聞盈尺。謝惠連《雪賦》曰：盈尺則呈瑞於豐年，袤丈則表沴於陰德。⑪角哀道窮而併衣，見《琴賦》「憐窮士之投楚」注。⑫東郭履穿而留迹。《史記》曰：東郭先生久待詔公車，貧困飢寒，履有上無下，行雪中，足盡踐地，道中人笑之。⑬武王之五車兩騎，《金匱》曰：武王伐紂，都洛邑，雨雪十餘日，深丈餘。甲子平旦，有五丈夫乘五車，從兩

騎，止門外。王使尚父謝五丈夫，曰：「賓幸臨之，失不先問，方脩法服。」太師尚父使人持一器粥出，進之曰：「先王之大夫在内，方對王。子寒，故進熱粥。」尚父告武王曰：「客可見矣。五車兩騎，四海之神，與河伯雨師耳。」⑭楚子之翠被豹舄。《左傳》曰：楚子次于乾谿，雨雪，王皮冠，秦復陶，翠被，豹舄，執鞭以出。注：秦復陶，秦遺羽衣也。⑮焦先露寢以自若，《高士傳》曰：焦先，世莫知所出，野火燒其廬，因露寢。遭冬雪大至，先袒卧不移。人以爲死，就視如故。⑯袁安高卧而不出。《録異傳》曰：大雪丈餘，洛陽令身出案行，見民家皆除雪。出至袁安門，無有行路，謂安已死，令人除雪入户，見安僵卧。問何不出，安曰：「大雪，人皆餓，不宜干人」。⑰至於王恭鶴氅，《晉書》曰：王恭衣鶴氅，夜繞雪行，時人謂之「神仙中人」。⑱曹國麻衣，《詩》曰：蜉蝣掘閲，麻衣如雪。注：麻衣，深衣也。⑲麗見相如之賦，見「雪苑創於梁王」注。⑳皓如姑射之肌。《莊子》曰：藐姑射之山，有神人居焉。肌膚若氷雪，綽約若處子。㉑楚客之歌陽春，見《歌賦》「楚國陽春」注。㉒周文之詠來思，《詩》曰：文王歌采薇以遣帥也。「昔我往矣，楊柳依依。今我來思，雨雪霏霏。」㉓曾子梁山之操，《琴操》曰：曾子耕太山下，雨雪不得歸。思父母，作《梁山操》。㉔穆滿黄竹之辭。《穆天子傳》曰：獵于鈃山，北風雨雪，有凍死人，天子作《黄竹》詩三章以哀民。㉕訪戴逵而乘輿，《語林》曰：王子猷居山陰，大雪，夜開室命酌，四望皎然，因詠《招隱》詩。忽憶戴安道，安道時在剡〔二〕，乘輿棹舟，經宿方至，既造門而返。或問之，對曰：「乘興而來，興盡而返，何必見戴！」㉖葬滕文而弛期。《孟子》曰〔三〕：滕文公卒，葬有日矣。天大雨雪，至牛目，群臣請弛期，太子不許。惠子諫曰：「昔王季葬渦山之尾，欒水齧其墓，見棺前和，文王曰：『先君欲見群臣百姓矣。』乃出爲帳，三日而後葬。今太子宜曰『先君欲少留而撫社稷，故使雪甚。』弛期而更爲日，此文王義也。」太子曰：「善。」㉗訝雲南於五月，《廣志》曰：雲南郡，四五月猶積雪皓然。代郡陰山，五月猶宿雪，八月末復雪。㉘怪空桑於四時。《山海經》曰：由首之山、卜成之山、空桑之山，並冬夏有雪。㉙爾其玄陰晦，司馬相如《美人賦》曰：時既西夕，玄陰晦冥。涼風肅然，素雪飄零。㉚朔風厲，王韶之《詠雪離合詩》曰：霰先集兮雪乃零，散輝素兮被簷庭。曲室寒兮朔風厲，川陸涸兮百籟鳴。㉛當空而初認散鹽，見「謝女風中絮起」注。㉜入夜而猶能映字。《宋齊記》曰：孫康家貧，常映雪讀書。㉝青雨廣延之國，《拾遺記》曰：廣延國在扶桑，常雨青雪，冰霜之色皆如紺碧。㉞赤布河陰之地，《晉朝雜事》曰：太康七年，河陰雨赤雪二頃。㉟周王駭昆明之唱，《拾遺記》曰：周靈王起昆明之臺，召諸方士，有二人乘飛遊之輦，上席酣醉。時赤旱地裂，其一人能以歌召霜雪，於是引氣一吸，則雲起雪飛。㊱西母貢嵰州之味。《拾遺記》曰：穆王東至大𡼖之谷，西王母來，進嵰州甜雪。嵰州，去玉門三千里，地寒多雪，露著木石之上，皆融而甘，可以爲菓。注：𡼖，音奇。嵰，音丘儼反。㊲亦嘗見蘇武之持節，《漢書》曰：蘇武持節使于匈奴，單于幽武置大窖中，絕不與飲食。天雨雪，武卧齧雪與毡毛并咽之，數日不死，匈奴因以爲神。㊳明漢女之無罪，《漢書》曰：漢女者，居東海養姑。姑女讒之於姑，姑徑詣太守訴而殺之。五月下雪。㊴悟晏子而流恩〔四〕，《晏子春秋》曰：景公時，雪三日，公被狐白之裘。晏子入，公曰：「怪哉！雨雪三日不寒。」晏子曰：「古之賢君，飽而知人飢，温而知人寒。」公曰：「善。」乃脫裘。發粟以與飢寒者。㊵感負薪而施惠。《孫子》曰：昔衛君重裘累裀而坐，見路有負薪而哭之者，問何故也。對曰：「雪下衣薄，是以哭之。」於是衛君懼，見於顔色，曰：「爲君而不知民，孰以我爲君？」於是開府金，出倉粟，以賑貧窮。㊶豈獨獵豣山而爲藥，見「穆滿黄竹」注。㊷獲玉馬而稱瑞云爾而已哉！見《玉賦》「訝積雪之消亡」注。

校勘記

〔一〕胡兒　原作「客兒」。查「客兒」爲謝靈運小名，此處當爲「胡兒」。「胡兒」是謝安侄謝朗的小名。關於此事，《晉書·王凝之妻傳》記作「兄子朗」，《世説新語·言語篇》記作「兄子胡兒」，並注云「胡兒，謝朗小字也」。本書各本、《御覽》卷十二引並誤，今改。

〔二〕安道時在剡　「安道」原無，據宋本、《御覽》卷十二引增。

〔三〕「孟子曰」以下引文不見於今本《孟子》。查孔廣陶校注的《北堂書鈔》卷九二「葬三十二」，「葬日大雪」句注云《吕氏春秋·開春論》記魏惠王死，葬日天大雪，至於牛目。《御覽》卷五五五引亦作「孟子曰」，是否引書有誤，待考。

〔四〕悟晏子　原作「悮晏子」，據宋本、華本改。

雷

①夫動萬物者，莫疾乎雷者也。《易》曰：動萬物者，莫疾乎雷〔一〕。②若夫虩虩方來，《易》曰：震來虩虩。③虺虺未已，《詩》曰：曀曀其陰，虺虺其雷。④挺出萬物，《説文》曰：雷霆餘聲，所以挺出萬物。⑤震驚百里。《易》曰：震驚百里，不喪匕鬯。⑥既明罰而勑法，《易》曰：雷電噬嗑，先王以明罰勑法。⑦亦驚遠而懼邇。《易》曰：震驚百里，驚遠而懼邇也。⑧若夫名之天鼓，《河圖帝通紀》曰：雷，天之鼓也。⑨主以軒星，《合成圖》曰：軒轅星，主雷雨之神。⑩驗雊雉之先覺，洪範《五行論》曰：正月，雷微動而雊雉。⑪知玉虎之晨鳴。《河圖》曰：玉虎晨鳴，雷聲也。⑫君子所以作樂崇德，《易》曰：雷出地奮豫，先王以作樂崇德，殷薦之上帝。⑬折獄致刑，《易》曰：雷電皆至豐，君子以折獄致刑。⑭敬天之怒，雖夜必興者也。《禮》曰：君子若有疾風、迅雷、甚雨，則必變。雖夜必興，衣服冠而坐。注：敬天之怒也。⑮爾其天地大駭，《莊子》曰：陰陽錯行，天地大駭，於是有雷有電。⑯陰陽相薄，《穀梁傳》曰：陰陽相薄，感而爲雷，激而爲霆也。⑰或入夜推車，《搜神記》曰：義興人周永和出行田，日暮，道傍有女子留宿。一更後，有呼阿香者云：「官喚汝推雷車。」女遂辭周，云：「有官事須去。」俄而大雷。既明，周自異其處，返尋，惟見一新塚，塚口有馬跡。⑱或先時奮鐸。見《春賦》「先雷振鐸」注。⑲至夫地中爲復，《易》曰：雷在地中，復。先王以至日閉關，商旅不行，后不省方。⑳澤中則隨〔二〕，《易》曰：澤中有雷，隨。君子嚮，晦入宴

息。㉑納大麓兮弗迷，《書·舜典》曰：納於大麓，烈風雷雨弗迷。㉒在南山而殷其。《詩》曰：殷其雷，在南山之陽。㉓徒聞蓋醬之爲忌，《風俗通》曰：雷不蓋醬，俗説令人腹中雷鳴。㉔豈容掩耳而先知。《文子》曰：疾雷不及掩耳。㉕隱爾發聲〔三〕，洪範《五行志》曰：春後十日，雷乃發聲。㉖轟然急激，《爾雅》曰：疾雷爲霆霓。注云：雷之急激者爲霹靂。㉗或以歌梁子之引，《琴操》曰：楚高梁子出游九皋之澤，覽漸水之臺，張罛罝罟於荆山，臨曲池而漁，疾風、震雹、雷電晦冥，玄鶴翔其前，白虎吟其後，乃援琴作《霹靂引》。㉘或以破高禖之石。《晉朝雜事》曰：元康七年，霹靂破城南高禖石。賈后將誅應也。高禖，中宮求子祠也。賈后妬忌，將殺愍懷，故天怒。㉙則有蔡順環冢，《汝南先賢傳》曰：蔡順母，平生畏雷，自亡後，每有雷震，順輒環冢泣，曰：「順在此。」㉚樊重置室。《荆州記》曰：湖陽縣樊重，母畏雷，爲母立石室以避之。悉以文石爲階砌，至今猶存。㉛會稽曾擊於羊羣，《論衡》曰：建武四年夏六月，雷擊會稽鄞縣羊五頭，羊有何陰過而雷之乎？俗以爲天取龍也。殺人罰陰過，與取龍吉凶不同，非實道也。㉜臨賀嘗覩於斧迹。孟奥《北征記》曰：臨賀有石，方二丈。石有磨刀斧迹甚新，名「雷公磨石」。㉝既爲長子，《洪範》論曰：雷於天地爲長子。㉞還喻人君。《洪範》論曰：夫雷，人君象也。入能除害，出能興利。㉟觀繇嘗聞於噬嗑，見上「明罰勑法」注。㊱考象亦著於經綸。《易》曰：雲雷屯，君子以經綸。㊲撞八荒千里之鼓，《神異經》曰：八方之荒有石鼓，其徑千里，撞之，其音卽雷也。天以此爲喜怒之威。㊳爲折衝拒難之臣。京房《易傳》曰：《五星占》云：雷電殺人何？雷，天拒難折衝之臣也。君承用節度，卽雷以節暴人，威福則雷電殺人。㊴亦有食飛魚而不懼，《山海經》曰：飛魚如豚，赤文無羽。食之，辟兵，不畏雷。

㊵服嘉榮而靡畏；《山海經》曰：半石山有草，名曰「嘉榮」，服之，不畏霹靂。㊶去不祥而弗蔭，《淮南子》曰：蔭不祥之木，爲雷霆所撲。㊷指石室而云避。孟奥《北征記》曰：陵雲臺南角一百步，有白石室，名「避雷室。」㊸至其成於積風，《物理論》曰：積風成雷。㊹起自金門，《師曠占》曰：雷從金，金門起上旬者，田熟。㊺傷王裒之繞墓，《晉書》曰：晉人王裒母畏雷。母終，每天雷，裒輒繞墓曰：「裒在此。」㊻嘉笁彌之伏墳。《孝子傳》曰：笁彌，字道綸。父生時畏雷，每至天陰，輒馳至墓，伏墳哭，有白兔在其左右。㊼太初焦衣而自若，《世説》曰：夏侯玄嘗倚柱讀書。時暴雨〔四〕，霹靂破所倚柱，衣服焦然，玄色無變，讀書如故。㊽諸葛倚柱而無聞。曹嘉之《晉紀》曰：諸葛誕以氣邁稱。嘗倚柱讀書，霹靂震其柱，誕自若。㊾亦云其聲出地，《易》曰：雷出地奮豫。㊿其形連鼓，《古今注》曰：成帝建始四年，無雲而風，天雷如擊連鼓，音可四五刻，隆隆如車聲不能絶。㉛擊東海之菑丘，《韓詩外傳》曰：東海上有勇士，曰「菑丘訴」，以勇遊於天下。過神淵飲馬，馬沉。訴去朝服，援劍而入，三日三夜，殺二蛟龍而出。雷神隨而擊之，十日十夜，眇其左目。㉜感齊臺之庶女。《淮南子》曰：淮齊庶女寡，養姑。姑女殺母，誣之庶女，女以寃叫天〔五〕，雷電下擊景公臺。㉝至於碎滕放之石枕，《異苑》曰：滕放夏枕文石枕卧。雷震，其枕四解，傍人莫不怖懾，而放獨自若。㉞震王導之柏樹。《世説》曰：郭璞嘗爲王導作卦，曰：「公有震厄，可命駕西出數里，當得一柏樹，截如公長，至寢處，災可消。」數日中果震，柏樹粉碎。㉟既觀作解，《易》曰：雷雨作解，君子以赦過宥罪〔六〕。又曰：天地解而雷雨作，雷雨作而百果、草木皆甲坼。㊱還聞奮豫。見上。㊲禀精已聞於黄帝，《河圖》曰：黄帝以雷精起。㊳感氣仍傳於子路，《論衡》曰：子路感雷精而生，尚剛好勇，親涉衞難，結纓而死。孔子每聞雷鳴，

則中心惻怛。㊾仰乎一震之威，無忘恐懼。《華陽國志》曰：曹公嘗與劉先生共坐，從容謂先主曰：「天下英雄，唯使君與操爾。本初之徒不足數也。」先主方食，失匕箸，會雷大震。先主曰：「聖人言：迅雷風烈必變，良有以也。」一震之威，乃可致此，公亦悔失言。

校勘記

〔一〕「雷」字下宋本、黄校本有「撓萬物莫疾乎風」七字。

〔二〕「則隨」以下至本卷終，宋本殘闕無文，疑爲裝訂闕葉所致，黄校本存。

〔三〕隱爾　原作「隱耳」，據黄校本改。

〔四〕時暴雨　「時」原作「將」，據黄校本並《世説新語·雅量篇》改。

〔五〕女以寃　「女」字原無，據黄校本增。「寃」原作「冤」，據黄校本改。

〔六〕君子以　「以」字原無，據黄校本、《周易》卷四《解》增。

事類賦卷之四

歲時部一

春　夏

春

①春日遲遲，采蘩祁祁。出《詩》。注云：祁祁，舒緩也。②翫柔風兮韶景，睠芳節兮嘉時。梁元帝《纂要》曰：春風曰柔風，景曰韶，景節曰芳節，時曰嘉時。③勾芒兮太皞，《禮·月令》曰：正月，其帝太皞，其神勾芒。注云：昔太皞氏以木德繼天而王，故爲春帝。高辛氏帝天下，置五行之官。木正曰勾芒，爲木神，佐太皞。④乘震兮執規。《淮南子》曰：何謂五星？東方木也。其帝太皞。太皞，庖犧氏有天下號也，死託於東方帝也。其佐勾芒，執規而治春。《漢書》曰：魏相上書云：「太皞乘震，執規治春。」⑤遒人遵路以徇鐸，《書》曰：每歲孟春，遒人以木鐸徇於路。注云：遒人，宣令之官。木鐸，金鈴木舌，所以振文教。⑥太師奉職而陳詩。《禮》曰：二月，命太師陳詩以觀民風。⑦候當振蟄，《禮·月令》曰：立春之日，東風解凍。後五日，蟄蟲始振。後五日，魚上冰。⑧時將釁龜。《夏書》曰：上春釁龜，祭祀先卜。注云：釁者，殺牲以血塗之。⑨或以命樂正而習舞，《禮·月令》曰：

天子乃以元日祈穀于上帝，命樂正習舞。注云：春夏尚舞，故習之。⑩**或以敇獄吏而決辭。**《孝經鉤命決》曰：先立春七日，敇獄吏決辭訟。有罪當入，無罪當出。⑪**爾其舉正於中，履端於始。**《史記》曰：正月爲端月。《左傳》曰：履端於始，舉正於中。⑫**瞻青旂之在御，**《禮·月令》曰：立春之日，天子迎春於東郊，乘青輅，載青旂。⑬**見斗杓之東指。**《鶡冠子》曰：斗柄指東，天下皆春。⑭**農祥晨正，土膏脉起。**《國語》曰：周宣王即位〔一〕，不藉千畝。虢文公諫曰：「古者，太史順時覛土，陽癉憤盈，土氣震發，農祥晨正，土乃脉發。先時九日，太史告稷曰：『自今至于初吉，陽氣俱蒸，土膏其動。』」注云：農祥，房星。立春之日，晨中于午。農事之候，故曰農祥。⑮**望三素之雲，**《修真入道祕言》曰：以立春日，清朝北望有紫緑白雲者〔二〕，爲三元三素飛雲。⑯**飲八風之水，**《淮南子》曰：孟春之月，天子服八風水。注云：取銅露盤中露水，八方風所吹也。又云：八方風至浚井，取新泉，四時皆服之，非獨春也。⑰**既布令於五時，**《晉書·禮志》曰：太史每歲上年曆，立春讀五時令，服各隨其方色。帝御座，尚書已下就席，讀訖，賜酒一巵。⑱**復傷心於千里。**《楚辭》曰：目極千里傷春心。⑲**風已解凍，魚方上冰。**見上「候當振蟄」注〔三〕。⑳**戴勝降桑而翔集，**《禮·月令》曰：三月中氣，戴勝降于桑，命有司無伐桑柘。㉑**王雎鼓翼以嚶鳴。**張衡《歸田賦》曰：「仲春令月，時和氣清。原隰鬱茂，百草滋榮。王雎鼓翼，倉庚哀鳴。交頸頡頏，關關嚶嚶。於焉逍遥，聊以娱情。」㉒**若夫孔門浴沂之詠，**《論語》曰：曾點曰：「暮春者，春服既成，冠者五六人，童子六七人，浴乎沂，風乎舞雩，詠而歸。」㉓**老氏登臺之樂，**《老子》曰：衆人熙熙，如享太牢，如登春臺。㉔**知盛德之在木，**《禮·月令》曰：太史以先立春三日，謁於天子：「某日立春，盛德在木。」天子乃齋。立春之日，天子親率公卿、諸侯、大夫，以迎春於東郊。㉕見平秩於東作。《書》曰：分命羲仲，宅嵎夷，曰暘谷，平秩東作，日中星鳥，以殷仲春。㉖雨潤榆莢，《氾勝之書》曰：三月，榆莢雨，高地彊土可種秋。㉗雲飛白鶴，《易説》曰：春白鶴雲。㉘既薦鮪以乘舟，《禮》曰：三月之節，天子始乘舟，薦鮪于寢廟。㉙亦先雷而奮鐸。《吕氏春秋》曰：仲春之月，先雷三日，奮鐸以令于兆民曰：「雷且發聲，有不戒其容止者，生子不備，必有凶災。」不戒容止，謂以雷霆合房室，生子必有瘖躄痴狂之疾。㉚若乃佩蒼璧，《尚書考靈耀》曰：春佩蒼璧，乘蒼馬以出遊。㉛施土牛，《續漢書》曰：立春之日，夜漏未盡五刻，京都百官皆衣青，立春旛，施土牛耕人于門外。㉜其祀户，《禮》曰：正月之節，其祀户。注：春，陽氣出〔四〕。祀户順陽氣也。㉝其兵矛。《淮南子》曰：春，其兵矛，有鋒鋭，似萬物鑽地而生。㉞至若綵樹初頒，《景龍文館記》曰：景龍四年立春，上令侍臣自芳林門經苑東度入仗，至望春宫迎春。内出綵花樹，人賜一枝。㉟含桃始薦。《史記》曰：漢惠帝嘗春出遊離宫，叔孫生曰：「古者有春嘗果，今櫻桃熟，願陛下因取獻宗廟。」諸果獻由此興也。㊱舉此青旛，《後漢書》曰：立春之日，皆青旛幘，迎春於東郭外。㊲戴之綵燕。《荆楚歲時記》曰：立春日，悉剪綵爲燕戴之，帖宜春之字。㊳渟神水以釀酒，《四時纂要》曰：立春貯水，謂之神水，釀酒不壞。㊴用桃花而醴面。虞世南《史略》曰：北齊盧士深妻，崔林義之女，有才學。春日以桃花醴兒面，呪曰：「取紅花，取白雪，與兒洗面作光悦。取白雪，取紅花，與兒洗面作妍華。取花紅，取雪白，與兒洗面作光澤。取雪白，取花紅，與兒洗面作華容〔五〕。」㊵亦復歌《豳》詩，《周禮》曰：籥章。中春，晝擊鼓，歌《豳》詩以逆暑。㊶舞雲翹。《後漢書》曰：元始中，立春，于東郊祭青帝勾芒，車旂、服飾皆青，歌青陽八佾，舞雲翹之舞。㊷

后妃之穜稑初獻，《周禮》曰：仲春，后帥六宮之夫人，生穜稑之種而獻于王。㊸東宮之琴瑟方調。《淮南子》曰：東宮御女，衣青采，鼓琴瑟。注云：春王東方，故處東宮〔六〕。琴瑟木，木春生，故鼓之。㊹亦云候屬青陽，《爾雅》曰：春爲青陽，一日發生。㊺氣漸東陸。《易通統圖》曰：春月行東青道，曰東陸也。㊻食以蓬餌，《西京雜記》曰：賈佩蘭云：「在宮時，正月上辰，出池邊盥濯，食蓬餌以祓邪。」㊼飲之漿粥，《齊人月令》曰：立春之月，食生菜不可過，取迎新之意而已〔七〕。及進漿粥，以導和氣。㊽進彼柔良，京房《易占》曰：春退貪殘，進柔良，卹幼孤，賑不足。求隱士，則萬物應節而出，隨氣而生。㊾去其桎梏。《禮》曰：二月之節，省囹圄，去桎梏。㊿復聞青鳥司啓，玄鳥司分。《左傳》曰：郯子對孔子曰：「少皞摯爲鳥師而鳥名，青鳥氏，司啓者也。玄鳥氏，司分者也。」注：青鳥倉庚，立春鳴，立夏而止。玄鳥，鳦也，春分來，秋分去。㊿51萬物孚甲之際，《釋名》曰：二月夾鍾何。夾者，甲也。言萬物孚甲，種類分也。㊿52精華結紐之辰。《春秋元命苞》曰：春者，神明推移，精華結紐。注：神明猶陰陽也。相推使物精華結成紐〔八〕。結，要也。㊿53可以論爵賞之序，《管子》曰：孟春之朝，君聽朝，論爵賞。㊿54可以流寬大之恩〔九〕。《後漢書》郎顗上疏云：「《公羊傳》曰：元年春王正月。元年者何，君之始年也。正月者何？歲之始。王者則天之象，因時之序，宜開發德號，爵賢命士，流寬大之澤，垂仁厚之恩。」㊿55東郊方見於朝日，《禮記》曰：春分之日，祀朝日於東郊。㊿56靈臺靡忘於書雲。《左傳》曰：分、至、啓、閉，必書雲物，爲備故也。㊿57既而日已載陽，《詩》曰：春日載陽。㊿58時惟獻歲，《楚辭》曰：獻歲發春兮汩吾南征。㊿59必埋胔而掩骼，《禮》曰：正月中氣，掩骼埋胔。㊿60亦行慶而施惠。《禮》曰：迎春於東郊，還，乃賞公卿、大夫於朝，命相布德和令，行慶施惠，下及兆民。㊿61祭馬祖而祀高禖，《禮》曰：春分之日祭馬祖。注：祭於大澤用剛日。又曰：祀高禖。注：高辛之代，玄鳥遺卵，簡狄吞之而生卨。後王以爲禖氏嘉祥，而立其祀。⑫薦鞠衣而修蠶器。《禮》曰：三月之節，天子薦鞠衣於先帝。蓋黄桑之服。又，三月乃修蠶器，后妃齋戒，享先蠶而躬桑，以勸蠶事。⑬元日祈穀，見上「樂正習舞」注。⑭東郊迎氣。見上「盛德在木」注。⑮女夷鼓歌，《淮南子》曰：女夷鼓歌，以司天和，以長百穀、禽獸、草木。注：女夷，主春夏長養之神。⑯士人秉耒。《論衡》曰：立春，爲土象人，男女各二，秉耒鉏。或立土象牛，順時應氣，示率下也。⑰若乃三朔三元，時惟正始。《玉燭寶典》曰：正月爲端月，其一日爲元日，亦云上日，亦云正朝，亦云三元，亦云三朔。注：三元爲歲、時、月之元。三朔：夏以平明爲朔；殷以雞鳴爲朔；周以半夜爲朔。《晉熊遠議》曰：履端元日，正始之初，有識之士，於是乎崇禮樂，榮耳目之觀。⑱進椒花以獻壽，劉臻妻，正月獻《椒花頌》曰〔一〇〕：「旻穹周迴，三朝肇建。青陽散暉，澄景載焕。美此靈葩，爰采爰獻。聖容映之，永壽於萬。」⑲酌白獸以言事。臧榮緒《晉書》曰：元會設白獸樽於殿上，樽蓋上施白獸。能獻直言，則發樽飲酒，乃杜舉之遺式也。白獸示不忌憚。⑳設五木之湯，《雜修養書》曰：正月一日，取五木煮湯以浴，令人至老鬚髮黑。道家謂青木香爲五香，亦云五木。㉑列五辛之味。《風土記》曰：元日造五辛盤，辛所以發五臟氣。㉒戴憑重席而譚經，《東觀漢記》曰：戴憑，字次仲，爲侍中。正旦朝賀，百寮畢會。帝令羣臣能説經史者，更相難詰。義有不通，輒奪其席以益通者。憑遂重坐五十餘席。㉓江夏舉衣而告瑞。《宋書》曰：孝武大明五年正月，旦雪。江夏王義恭以衣承雪，作六出花，進以爲瑞，帝甚悦。㉔畫雞葦索以皆陳，《荆楚歲時記》曰：元日，先於庭前爆竹，帖畫雞於户上，亦有挂雞於户，懸葦炭於其上，樹桃其傍，則鬼畏之。《括地圖》曰：桃都山有大桃樹，盤屈三千里。上有金雞，日照則鳴。下有二神：一名鬱，一名壘。並執葦索，以伺不祥之鬼，得則殺之。(75)柏酒桃湯而具備。《風土記》曰：元日，長幼悉正衣冠，以次拜賀，進椒酒，飲桃湯及柏葉酒。(76)放邯鄲之鳩，《列子》曰：邯鄲之民，以正月旦獻鳩於簡子，簡子厚賞之。客曰：「民知君欲放之，故競捕將獻之，死者衆矣。君欲生之，不若禁民弗捕。捕而放之，恩與過不補也。」(77)獻凋胡之米。《晉起居注》曰：武帝咸康四年，倉部奏：下揚州貢凋胡米一升，至正旦進御。詔停之。(78)或懸羊而磔雞，裴玄《新言》曰：正旦，縣官殺羊，懸其頭於門，又磔雞以覆之，俗說厭厲氣。玄以問河南伏君，曰：「是月也，土氣上升，草木萌動，羊齧百草，雞啄五穀，故殺之以助生氣。」(79)或獻琛而執贄。張衡《東京賦》曰：孟春元日，羣后傍戾。時惟帝臣，獻琛執贄。(80)斯謂上日，《書》曰：正月上日，受終於文祖。注：上日，朔日也。(81)四時肇啓。《漢書》曰：正月朔，歲之首。立春，四時之始。(82)至其元日，命社以祈農祥。《禮》曰：二月之節，擇元日，命人社。注：爲祀社稷也。春事興，故祈農祥。元日，近春分前後戊日。(83)伊句龍之所主，在水土而允臧。《史記》曰：共工氏之子曰句龍，能平水土，故祀以爲社焉。(84)漢祖治榆而事著，《漢書》曰：高祖定天下，詔御史，令治榆社。春，用羊彘祀之。(85)陳平分肉而道光。《漢書》：陳平爲里中社宰，分肉甚均，父老善之。平曰：「使平得宰天下，亦如此肉。」(86)實以陰而主殺，《書》曰：用命賞於祖，不用命戮於社。注：社主陰，陰主殺。(87)豈伐樹以斯亡，《晉書》曰：或社而爲樹，伐樹則社移；樹而爲社，伐樹則社亡也。(88)亦以封土達氣，《孝經緯》曰：社，土地之主也。土地闊，不可盡祭，故封土爲社，以報功也。達氣，見下注。(89)報本返始，《史記》曰：社必受霜露風雨，以達天地之氣也。社所以親地也，地載萬物，天垂象取材於地，取法於天，所以尊天而親地也。社共粢盛，所以報本返始也。

⑳或爲羣姓而立，《禮》曰：王爲羣姓立社曰太社；王自爲立社曰王社。諸侯爲百姓立社曰國社，自爲立社曰侯社。大夫以下立社曰置社。⑼或以百家共置。《荆楚歲時記》曰：社日，四鄰並結綜，會社牲醪，爲屋於社下。先祭神，然後饗其胙〔二〕。鄭氏云：「今百家所立社綜，卽共立之社也。」⑽爾其寒食之節，禁火藏煙。見下注。⑼鬪鷄蹋鞠，《玉燭寶典》曰：寒食節，城市尤多鬪雞卵之戲。劉向《别録》曰：寒食蹋鞠，黄帝所造，本兵勢也。或云起於戰國。⑼佐以鞦韆。《古今藝術圖》云：寒食鞦韆，本北方山戎戲，以習輕趫也。⑼桐華始秀，《禮》曰：清明，桐始華。⑼榆火將然。《時訓》曰：春取榆柳之火。⑼古有司烜之禁，俗有介推之言。陸翽《鄴中記》曰：寒食斷火，起於子推，據《左傳》、《史記》並無介推被焚之事。《周禮》：司烜，仲春以木鐸脩火禁于國中。注：季春將出火也。今寒食准節氣是仲春之末，清明是三月之初，然則禁火蓋周之舊制。⑼故周舉之書已布，《後漢書》曰：周舉遷并州刺史。太原舊俗，以介推焚骸，有龍忌之禁。乃移書子推之廟，於是衆惑稍解。注云：龍，星，木之位也，春見東方。心爲大火，懼火之盛，故爲之禁火。俗傳子推以此日被焚而禁火。⑼而魏武之令方傳。魏武帝《明罰令》曰：聞太原上黨、西河、鴈門，冬至後百有五日皆禁火，云爲介推。且子胥沉江未有絶水之事。今沍寒之地，老少羸弱，將有不堪之患？令人不得寒食。若犯者，家長半歲刑，主吏百日刑，令長奪一月俸。⑽又有暮春之首，王羲之三日《蘭亭序》曰：永和九年，暮春之初，會于山陰之蘭亭，脩禊事也。⑽布和之辰。顔延年《曲水詩序》曰：皇祇發生之始，后王布和之辰。⑽臨流高會，禊飲斯陳。《續漢書·禮儀志》曰：三月上巳日，官人並禊飲於東流水。⑽過平陽之第，《漢書》曰：平陽公主求良家女十餘人，飾置於家。武帝祓灞上，還過主。主見所侍美人，帝不悦。既飲，謳者進，帝獨悦衛子夫。應劭云：

祓，除也。今上巳祓禊是也。⑽臨薄洛之津。《魏志》曰："袁紹上巳，大會賓從於薄洛津，聞魏郡兵及黑山賊共覆鄴城，坐中客家在鄴，皆憂怖失色。紹容貌自若，不改常度。⑽集彼張裴，《竹林七賢論》曰："王濟嘗解禊洛水〔二三〕，明日或問濟曰：'昨日遊者何語？'答曰：'張華善説史漢，裴逸民敍前言往行，袞袞可聽。'"⑽翫茲洧溱。《韓詩章句》曰："溱與洧方涣涣兮，士與女方秉蕑兮。注：蕑，蘭也。三月桃花水下，鄭國之俗，上巳於此祓除不祥。⑽復有蕙肴輕泛，梁簡文帝《三日曲水詩序》曰："上巳屬辰，餘萌達壤，倉庚應律，女夷司候。爾乃分階樹羽，疏泉泛爵，羽觴沿泝，蕙肴來往，賓儀式序，盛德有容。⑽犢車見尋。《續搜神記》曰："盧充獵，見麞便射，中之，隨逐，不覺遠。忽見一黑門如府舍，問鈴下，對曰：'崔少府府也。'進見少府，少府語充云：'尊府君爲索小女婚，故相迎爾。'三日婚畢，以車送充至家。母問之，具以狀對。既與崔别。正四年之三月三日，臨水戲，遥見傍水犢車，充往開車户，見崔女與三男共載，情意如初。抱兒還充，又與金鋺乃别。⑽周公之城洛邑，《續齊諧記》曰："晉武帝問尚書郎摯虞曰：'三日曲水，其義云何？'答曰：'漢章帝時，平原徐肇以三月初生三女，至三日俱亡，一村以爲怪，乃相攜之水濱盥洗，因水以泛觴，曲水之義，起於此也。'帝曰：'若如所談，便非佳事。'尚書郎束晳曰：'摯虞小生，不足以知之，臣請説其始。昔周公城洛邑，因流水以泛酒，故逸詩云：羽觴隨波。又秦昭王三日置酒河曲，有金人出，捧水心劍曰：令君制有西夏，秦霸諸侯。乃因此處立爲曲水。二漢相緣，皆爲盛集。'帝曰：'善。'賜金五十斤，左遷摯虞陽城令。⑽秦昭之受水心。已見上注。⑾或執蘭而容與，見上"翫茲洧溱"注。⑾或暴藥以沉吟。《夏統别傳》曰："統詣洛。三月三日，洛中公主已下，莫不方軌連軫，並至南浮橋邊祓禊。統時在船中，暴所市藥，穩坐不摇。賈充望見，深奇其節，使問船中安坐者爲誰。徐答曰：'會稽民閒夏仲御。'統字仲御。⑾天淵則壇名積石，戴延之《西征記》曰："天淵之南，有積石壇，云三月三日御坐流杯之處。⑾華林則隄號千金。《鄴中記》曰：華林園，千金隄上作兩銅龍，相向吐水。注：天淵池，上巳臨池會賓。⑮叢花繞練以凝望，《宋書》曰：武帝三月三日登八公山劉安故臺，望曰：「城郭如疋練之繞叢花。」⑯流鶯滿枝而轉音。梁沈約《三日篇》曰：麗日屬元巳，年芳具在斯。開花已匝樹，流鶯復滿枝。⑰斯並著於時令，故存之於翰林。

校勘記

〔一〕周宣王　「王」字原無，據宋本、白本增。

〔二〕有紫緑　「有」字原無，據宋本並《御覽》卷二十引增。

〔三〕見上　「上」字而無，據宋本並本書增。

〔四〕陽氣出　「出」字原無，據宋本並《禮記・月令》增。

〔五〕洗面　「面」字原無，據宋本、白本、華本增。

〔六〕故處　原作「故取」，據宋本並《淮南子・時則訓》、《御覽》卷十九引改。

〔七〕取迎新　「取」字上宋本有「人多」二字，《御覽》卷二十引則僅有「多」字。

〔八〕使物　原作「移物」，據宋本並《御覽》卷十九引改。

〔九〕流寬大　「流」原作「留」，據宋本、黄校本改。

〔一〇〕正月　宋本、黄校本作「正日」。

〔一一〕饗其胙　「饗」原作「嚮」，據宋本、黄校本改。

〔一二〕洛水　原作「谷水」，據宋本改。王濟解褉洛水事，亦見《世説新語・言語篇》。

夏

①夏，大也。養萬物，令長大者也。出《三禮義宗》。②若乃節號朱明，《爾雅》曰：夏爲朱明。③時爲長嬴。《爾雅》曰：夏爲長嬴。④祝融作輔，《禮》曰：夏，其帝炎帝；其神祝融。⑤炎帝持衡。《漢書》：魏相上書曰：「南方之神炎帝，乘離執衡司夏。」注：火爲禮者，齊平故爲衡。⑥含桃先薦，《禮》四月中氣，以含桃先薦寢廟。⑦反舌無聲。《禮》曰：五月之節，反舌無聲。⑧或見三星之在户，《詩》曰：綢繆束楚，三星在户。箋云：心星在户，謂五月之中，六月之節。⑨或以五彩而辟兵。《風俗通》曰：夏至，著五彩辟兵，題曰游光。游光，厲鬼也。知其名者，無温疾。⑩苦菜秀而靡草死，《禮》曰：小滿之日，苦菜秀；後五日，靡草死。⑪丘蚓出而王瓜生。《禮》曰：立夏之日，螻蟈鳴。後五日，丘蚓出。後五日，王瓜生。⑫若夫四月維夏，五月徂暑，出《詩》。⑬或聞蟋蟀之居壁，《禮》曰：六月之節，蟋蟀居壁。⑭或見莎雞之振羽。《詩》曰：六月莎雞振羽。⑮獵西土而陳議，《太公金匱》曰：紂以六月獵於西土，發民逐禽。或諫曰：「今六月，天務覆施，地務長養，而發民逐禽，元元懸於野，君踐一日之苗，則民百日不食，天子失道，後必無福。」紂以妖言而誅之。天暴風雨，拔屋折木。⑯濫泗淵而斷罟。《國語》曰：魯宣公夏濫於泗淵，里革斷其罟而棄之，曰：「古者大寒降，土蟄發，水虞於是乎講罛罶，取名魚，登川禽，而嘗之寢廟，行諸國人，助宣氣也。今魚方別孕〔一〕，不教魚長，又行網罟，貪無藝也。」公曰：「吾過矣。」注云：濫，謂漬網罟以

取魚。寒氣下，謂季冬。土蟄發，謂孟春。水虞，漁師也。罛，漁網。罶，笱也。⑰天毒則草木皆乾，《括地圖》云：天毒國最暑熱，夏，草木皆乾。⑱朱提則飛禽不度。《永昌郡傳》曰：朱提郡堂狼山多毒草，盛夏之月，飛鳥過之，不能得去。⑲嘉賓詣謝安而交扇，《世說》曰：郗嘉賓，三伏之月詣謝公，雖復當風交扇，猶沾汗流離。⑳王公見真長而吴語。《世說》曰：劉真長始見王丞相時，盛暑之月，丞相以腹熨彈棊局曰：「何如乃淘？」吴人以冷爲淘，音楚敬切。劉既出〔二〕，人問見王公如何，劉曰：「未見他異，惟作吴語。」㉑或以節嗜欲而止聲色，《禮》曰：仲夏，陰陽交，死生分，君子齋戒，止聲色，節嗜欲。㉒或以教車甲而觀才武。《大戴禮》曰：夏，以教士車甲。士執伎論力，修四衛，彊股肱，質射御才武，爵士之有慶者七人，成夏事也。㉓顧此溽暑，《禮》曰：大暑之日，腐草爲螢，後五日，土潤溽暑。㉔誠爲任方。《尚書大傳》曰：南方者何？任方也。任方者，物之方任。何以謂之夏？夏者，假也。假者，吁荼萬物，養之外也。吁荼，讀曰嘘舒。㉕吴猛不敺於蚊蚋，《搜神記》曰：吴猛，性至孝。小兒時，父母邊臥，夏多蚊宝，而不摇扇，懼蚊去己及父母也。㉖子平每避於清凉。宋躬《孝子傳》曰：何子平事母至孝，年六十，有孺子之慕，夏避清凉。㉗越王念吴而握火，《吴越春秋》曰：越王念吴之復，夏則握火。㉘陸機在洛而思鄉。《語林》曰：陸機，夏在洛，忽思東頭竹篠飲，語劉寶曰：「吾思鄉轉深矣。」㉙戀嵇康之鍛竈，《晉書》曰：嵇康性巧而好鍛，宅有一柳樹，甚茂，乃激水環之。夏月，居其下以鍛。㉚翫武子之螢囊。《晉陽秋》曰：車武子家貧，讀書不常得油，夏月，則練囊盛數十螢，以夜繼日。㉛念師文之飛雪，見《琴賦》「師文雲浮而魚躍」注。㉜憶鄒衍之降霜。見《霜賦》「鄒衍遭讒而慟哭」注。㉝若夫宗伯之禬凶荒，《周禮》曰：宗伯以夏至致地祇物鬽，以禬國之凶荒，民之札喪。注：

澮，除也〔三〕。髟，音味。㉞周穆之游溠澤。《穆天子傳》曰：天子四月休於溠澤，於是射鳥。溠澤，今平陽溠縣。溠，音護。㉟已見班馬，《禮》曰：五月之節，班馬政。注謂：十二閑養馬之政教。㊱復聞鳴鶪。《禮》曰：五月之節，鶪始鳴。㊲火既鑽於棗杏〔四〕，《時訓》曰：夏取棗杏之火。㊳兵亦先於劍戟。《淮南子》曰：孟夏之月，其兵戟；季夏之月，其兵劍。注：戟有枝幹，象陽氣布也；劍有兩刃，象無所不生。㊴爾其長風扇暑，《風土記》曰：仲夏，長風扇暑。此節東南常有風至，俗名黄雀長風。㊵茂樹連陰。梁元帝《纂要》曰：夏草曰茂草，木曰蔚林。茂林密樹。陸機《纂要》曰：夏樹名連陰，夏雨名綿雨。㊶輕箑薦而纖絺御，潘岳《秋興賦》曰：屏輕箑，釋纖絺。㊷甘瓜浮而朱李沉。魏文帝《與吴質書》曰：浮甘瓜於清泉，沉朱李於寒水。㊸葛洪之見仙翁，每乘醉而入水；《抱朴子》曰：洪從祖仙翁，每大醉，夏輒入源泉底，一日許乃出。能閉氣胎息故也。㊹延陵之逢高士，豈披裘而取金。見《金賦》「當暑有衣裘之節」注。㊺當此南訛，《書·堯典》曰：申命羲叔宅南交，平秩南訛。注：訛，化也。南方化育之事也。㊻時惟龍見。《左傳》曰：龍見而雩。注：龍角亢星也。建巳月，昏見東方。㊼天子飲酎，《禮》曰：四月中氣，天子飲酎，用禮樂。㊽后妃獻繭。《禮》曰：四月中氣，蠶事既登，后妃獻繭。㊾蜀相嘗見於渡瀘，諸葛亮《出師表》曰：五月渡瀘，深入不毛。㊿禮將不聞於操扇。《六韜》曰：夏不操扇，冬不服裘，天雨不張蓋，名曰禮將。(51)復聞浚井改水，《續漢書·禮儀志》曰：夏至，浚井改水；冬至，鑽燧改火，可去温病。(52)當風鼓翣。《論衡》曰：盛夏之時，當風鼓翣；隆冬之月，嚮日然爐。然而天終不爲冬夏易氣者，寒暑有節，不爲人改變也〔五〕。(53)孫登容與於草裳，《晉書》曰：孫登，字公和。時人於汲縣北山土窟中得之，夏則編草爲裳。(54)羊茂逍遥於版榻。謝承《後漢書》曰：羊茂，字季實，爲東郡守〔六〕，夏處單版榻。(55)及夫腐草爲螢，見上「顧此溽暑」注。(56)朱索連葦。《續漢書·禮儀志》曰：仲夏之月，陰氣萌作，恐物不茂。其禮以朱索連葦，以施門户。(57)柞氏之刊陽木，《周禮》曰：柞氏，夏至令刊陽木而火之，冬至令剥陰木而水之。(58)羊欣之衣練裙。《宋書》曰：羊欣父不疑，爲烏程縣令，欣時年十二，王獻之爲吴興守，甚知愛之。嘗夏月入縣，欣着新練裙晝寢，獻之書數幅而去。欣本攻書，因此彌善。(59)亦聞肅氏居巢，《晉書》曰：肅慎國，一名挹婁，夏則巢居。(60)賈生賦鵩。賈誼《鵩鳥賦》曰：單閼之歲，四月孟夏。庚子日斜，鵩集予舍。(61)當清和之首夏，謝靈運詩曰：首夏猶清和，芳草亦未歇。(62)見恢台之化育。宋玉《九辯》曰：收恢台之孟夏兮，然坎傺而沈藏。(63)凌人頒冰，《周禮》曰：凌人掌冰，夏頒冰。(64)山虞斬木。《周禮》曰：山虞以仲夏斬陰木，仲冬斬陽木。注：陰木生山北，陽木生山南。冬斬陽，夏斬陰，堅濡調。(65)或以服玄冰之丸，《抱朴子》曰：或問不熱之道，答曰：「立夏之日，或服玄冰丸，或服飛雪散，及六壬六癸之符，則不熱。幼伯子、王仲都此二人，衣之以重裘，暴之於夏日，周以十爐之火，口不稱熱，身不流汗。蓋用此方也。」(66)或以聽秋霜之曲。《拾遺記》曰：洞庭之山，浮於水上，其下有金堂數百間，帝女居之。四時聞金石絲竹之音，徹於山頂。楚懷王舉羣才賦詩於水湄〔七〕，故云瀟湘洞庭之樂，聽者令人難老，雖《咸池》、《簫韶》不能比焉。每四仲之節，王嘗繞山遊晏，各舉四仲之氣以爲樂章。仲夏律中蕤賓，乃作「皓露秋霜之曲」〔八〕。(67)至於平叔流汗，《語林》曰：何平叔美姿儀而絶絜白，魏文帝疑傅粉，夏與熱湯餅，既食，大汗出，隨以朱衣自拭，色轉皎然。(68)仲都暴日。見上「玄冰之丸」注。(69)驗秀葽之應候，《詩》曰：四月秀葽。注：不榮而實。(70)識蕤賓之中律。《釋名》曰：五月之律蕤賓。蕤，下也。賓，敬也。言陽氣下，陰氣上極，陰氣始賓敬於陽。⑦⑴獸既希革，《書·堯典》曰：日永星火，以正仲夏〔九〕。厥民因，鳥獸希革。注：夏時，鳥獸毛羽希少改革。⑦⑵物皆華實，《素問》曰：夏三月，天地氣交〔一〇〕，萬物華實。夜卧早起，使志無怒；英華成秀，使氣得泄。⑦⑶知離氣之初來，《易通封驗》曰：夏至，日中赤氣，出直，離此正氣也，出右，萬物半死；出左，赤地千里。⑦⑷見陽蟲之乍出。《論衡》曰：虎出有時，猶龍見有期也。陰物以冬見，陽蟲以夏出。出應其氣，氣動其類。參伐以冬出〔一一〕，心尾以夏見；參伐則虎星，心尾則龍象。星出而物見，氣至而類動，天地之性也。⑦⑸既而衣暑服，《禮》曰：四月中氣，夫子初衣暑服。《論語》曰：當暑袗絺綌。⑦⑹戴赤旂。《禮》曰：立夏，天子乘赤輅，駕赤騮，戴赤旂，迎夏於南郊。⑦⑺冷則飲明義之井，《壽陽記》曰：明義樓南有明義井，夏有冷漿、甘飲、米飯、羅扇、綾扇、羽扇。有三浴室：上以清王侯宰吏〔一二〕，中以涼君子士流〔一三〕，下以浴庶類也。⑦⑻寒則涉樊山之溪。《武昌記》曰：樊山東有小溪，盛夏時，凜然常有寒氣，謂之寒溪。⑦⑼清露滴崑崙之氣，見《露賦》「運氣於崑崙」注〔一四〕。⑧⑽夏扈趣耕稼之期。崔寔《正論》曰：夏扈趣耘鋤，即竊脂，亦呼稷穀。⑧⑴若乃南郊迎氣，《禮》曰：太史以先，立夏三日，謁于天子，曰：「某日立夏，盛德在火。」天子乃齋。立夏之日，天子親率公卿、諸侯、大夫，迎夏於南郊。⑧⑵方丘祀地。《禮》曰：夏至，祀皇地祇於方丘。⑧⑶知盛德之在火，見上注。⑧⑷見斗柄之指巳。《淮南子》曰：孟夏，招摇指巳。⑧⑸於是惠賢良。《淮南子》曰：夏令曰：爵有功，賞有德，惠賢良，救飢渴。⑧⑹施爵位，《淮南子》曰：景風至，則施爵位，賞有功。⑧⑺挺重囚，《禮》曰：小暑至，挺重囚，出輕繫。注：挺，寬也。⑧⑻行慶賜。《禮》曰：天子迎夏於南郊，還，乃賞公卿大夫於朝。慶賜遂行，無不欣悦。⑧⑼既升黿而伐蛟，《吕氏春秋》曰：季夏之月，令魚師伐蛟升黿。注云：蛟能害人，難得故言伐。

龜神可以決吉凶，入宗廟，尊之故言升。(90)亦補腎而助胏。《攝生月令》曰：四月爲乾，生氣卯，死氣酉。是月也極熱，勿大汗後當風，勿暴露星宿，皆成惡病。是月肝藏以病，神氣不行，火氣漸臨，水力漸衰。稍補腎助肺，調和胃氣，無或失時。(91)南宮御女之繁奏，《淮南子》曰：孟夏之月，南宮御女，赤色衣赤采，吹竽笙。注：火生南方，故處南宮也。竽笙，空中象陽，故吹之。(92)北牕羲皇之傲睨。《陶潛集》曰：潛常言五六月中〔一五〕，北窗下卧，涼風暫至，自謂羲皇上人。(93)若能角黍應時令之制，《風土記》曰：仲夏五日曰「端午」。端，初也。俗重之與夏至同。以菰葉裹粘米，一名糉，一名角黍，蓋取陰陽包裹未散之象。(94)綵絲通問遺之情。《風俗通》曰：五月五日，以五綵絲繫臂，名長命縷，一名續命縷，一名辟兵繒，一名五色縷，一名朱索，又有條達等，織組雜物，以相問遺。古詩云「繞臂雙條脱」是也。(95)縈朱索以飾户，《後漢·禮儀志》曰：五月五日，朱索五色桃印，爲門户飾，以止惡氣。(96)帶靈符而辟兵。《抱朴子》曰：或問辟五兵之道，答以五月五日〔一六〕，作赤靈符，著於心前。(97)鴝鵒之舌初剪，《異苑》曰：五月五日，剪鴝鵒舌，能學人語。(98)蟾蜍之角俄生。《抱朴子》曰：蟾蜍萬歲者，頭上有角，頷下丹書八字，再重五月五日中時取之，陰乾百日，以其足畫地〔一七〕，即爲流水。(99)葅龜義著，《風土記》曰：端午食葅龜。龜，骨表肉裏，陰内陽外之形，所以贊時也。(100)鑄鏡功精。《國史補》曰：揚州舊貢江心鏡，五月五日，楊子江中流所鑄也。(101)蹋百草以遐騖，《荆楚歲時記》曰：五月五日，四人並蹋百草，故有鬬百草之戲。(102)棹飛鳧而迅征。《荆楚歲時記》曰：五月五日競渡，俗爲屈原投汨羅日，傷其死，故以舟檝拯之。其舟輕，謂之飛鳧。(103)蓄蘭爲沐，《大戴禮》曰：五月五日，蓄蘭爲沐。(104)縛艾成形。《荆楚歲時記》曰：五月五日，採艾以爲人，懸門户上，以禳毒氣。(105)投汨羅而楝葉斯在，《續齊諧記》

曰：屈原五月五日投汨羅，楚人哀之，至此日，以竹筒貯米，投水祭之。漢建武中〔一八〕，長沙歐回者，見人自稱三閭大夫。謂回曰：「嘗見祭甚善，但患蛟龍所竊，可以楝葉塞其上，以五綵絲約縛之。此二物，蛟龍所畏也。」今人五日作糉子，帶五綵及楝是也。⑯祠蒼梧而童舞方呈。謝承《後漢書》曰：陳臨爲蒼梧太守，推誠而治，導人以孝悌。臨徵去後，本郡以五月五日祠臨東城門上，令小童潔服舞之。⑰世偉曹娥之節，《會稽典録》曰：女子曹娥者，會稽上虞人，父能絃歌爲巫，五月五日，泝濤迎波神於縣江，溺死。娥年十四，沿江號哭，晝夜不絶聲七日，遂投江而死。數日，抱父屍出。⑱俗傳介子之名。《鄴中記》曰：并州俗以介子推五月五日燒死，世人爲其忌，故不舉食。非也。北方五月五日，自作飲食祠神，及作五色辛盤相問遺，不爲子推也。《琴操》曰：子推燒死，晉文公令民五月五日不得發火。⑲田文以高户獲舉，《史記》曰：田文以五月五日生。父勑勿舉，母私舉之。文長，以實告之。文啓父曰：「不舉五日子，何？」父云：「及户不利于父。」文曰：「壽命在天，不在户；設有是，何不高其户，使其不至。」父賢之，立以爲嗣。⑳胡廣以流甕復生。《世説》曰：胡廣本姓黄，五月五日生，父母惡之，置瓮中，流於江湖。胡公見瓮中有兒啼，取之，養爲己子。七登台司。㉑彼鎮惡之與紀邁，《宋書》曰：王鎮惡以五月五日生，家人欲棄之。其祖猛，曰：「昔孟嘗君以此日生，卒得相齊。此兒必興吾宗。」乃以鎮惡爲名。《孝子傳》曰：紀邁五月五日生，其母棄之。村人紀淳妻養之。年六歲，本父母云：「汝是我兒。」邁泣，後傭賃所得，輒以上母。㉒王鳳之於信明。《西京雜記》曰：王鳳以五月五日生。其父欲勿舉，其叔曰：「以田文推之，非不祥。」遂舉之。《唐書》曰：崔信明以五月五日正中時生，有異雀數頭，身形甚小，五色皆備，集于庭樹，鳴聲清亮。隋太史令占之。曰：「五月爲火，火爲離，離爲文綵。日中，文之盛也。有雀文綵而鳴，此兒必文藻，聲名擢於天下。雀形既小，禄位殆不高矣。」及長，博聞彊記，下筆成章，官果不達〔一九〕。(113)並兹辰之誕育，咸垂世而揚名。若夫火行畏金，伏於庚日。《曆忌釋》曰：伏者何也？金氣伏藏之日也。四時代謝，皆以相生。至於立秋，以金代火，金畏火，故至庚日必伏。庚者，金也。(114)曼倩之割賜肉，《漢書》曰：東方朔爲郎，伏日，詔賜諸郎肉。朔獨拔劍割肉，曰：「伏日當早歸，請受賜。」即懷肉去。上問朔曰：「賜肉，不待詔，何也？」令其自責。朔曰：「受賜不待詔，何無禮也！拔劍割肉，一何壯也！割之不多，又何廉也！歸遺細君，又何仁也。」上曰：「令生自責，而反自譽也。」(115)張氏之祠黄石。見《石賦》「祠彼穀城」注。(116)羊酪既云其供費，《漢官儀》曰：厲鬼所行，故伏。漢魏伏日，有酒食之會，故《漢書》曰：楊惲《閑居》云：「養羊沽酪，供伏臘之費。」(117)巴蜀亦聞其自擇。《風俗通》曰：漢中巴蜀自擇伏日。俗云其地温暑，草木早生、晚落，氣異中國，夷狄畜之，故令自擇伏日。謹案：《漢書》：高祖還定三秦，席卷天下，蓋君子所因者本也，故重復寵異，令自擇伏。(118)嵇含困熱以思風，嵇含《困熱賦序》曰：三伏之節始奏，商秋之辰未期。下俚貧生，居室卑狹。陋巷不來清風，短廡不足增蔭。並天而寒暑殊，同世而憂樂異。(119)程曉閉門而避客。程曉詩曰：平生三伏時，道路無行車。閉門避暑卧，出入不相過。傳誡諸高明，熱行宜見訶。(120)玄謨之井方開，見上「冷則飲明義之井」注〔二〇〕。(121)秦穆之祠始益。《史記》曰：秦穆始爲伏祠。(122)河朔有避暑之飲，《典略》曰：大駕都許，使光禄大夫劉松北鎮袁紹軍，與紹子弟日共宴飲，常以三伏之際，晝夜極醉，云：「以避一時之暑。」故河朔有避暑之飲。(123)鄴下有頒冰之錫。《鄴中記》曰：石季龍於冰井臺藏冰，三伏之月，以冰賜其大臣。(124)遵湯餅於時俗，《荆楚歲時記》曰：六月伏日，並作湯餅，名爲避惡。(125)薦麥瓜於宗祏。《四民月令》曰：初伏薦麥瓜於祖禰。(126)斯皆夏令之所施，故紀之以備遺逸也。

校勘記

〔一〕今魚方别孕　「今」原作「金」，據華本並《御覽》卷二十一引、《國語·魯語》改。「孕」字原無，據《魯語》、《御覽》增。

〔二〕劉既出　「劉」字原無，據宋本增。

〔三〕除也　原作「祭也」，據宋本並《周禮·春官宗伯·神仕》改。

〔四〕火既鑽於　「火」原作「光」，據宋本並本注改。

〔五〕改變　宋本、《御覽》卷二十二引並作「變改」。

〔六〕東郡守　「郡」上原衍「海」字，據宋本並《御覽》卷二十一引删。

〔七〕舉羣才　「舉」原作「率」，據宋本並《拾遺記》卷十改。

〔八〕皓露　原作「浩露」，據宋本並《拾遺記》卷十改。

〔九〕仲夏　原作「中夏」，據宋本並《尚書·堯典》改。

〔一〇〕天地氣交　「交」原作「上」，據宋本並《御覽》卷二十二引改。

〔一一〕參伐　原作「參昴」，據宋本並《論衡·遭説篇》、《御覽》卷二十二引改。下同。

〔一二〕清王侯　「清」原作「浴」，據宋本、黄校本改。

〔一三〕涼君子　「涼」原作「浴」，據宋本、黄校本改。

〔一四〕崑崙注　「注」字原無，據宋本增。

〔一五〕潛常言　「常」字原無，據宋本並《御覽》卷二十二引增。

〔一六〕答以　原作「合以」，據宋本、黄校本改。

〔一七〕「頷下」至「其足畫地」　「頷下」原作「頸下」，據宋本並《抱朴子·紀藥》改。「再重」，《抱朴子》作「體重」。「五月」上，

《抱朴子》有「以」字。「取」字下原無「之」字，據《抱朴子》增。「其足」，《抱朴子》作「其左足」。

〔一八〕建武　原作「武帝」，據宋本並《續齊諧記》改。

〔一九〕不違　原作「不崇」，據宋本並《舊唐書·文苑列傳》改。

〔二〇〕冷則飲　「飲」字原無，據上文增。

事類賦卷之五

歲時部二

秋　冬

秋

①秋日淒淒，百卉具腓。《詩》曰：秋日淒淒，百卉具腓。注：腓，病也。②溽暑闌而清商至，古詩曰：曒曒窗中日，照我室南端。清商應秋至，溽暑隨節闌。③鴻雁來而玄鳥歸。《禮》曰：八月，白露之日，鴻雁來，後五日，玄鳥歸。④月下清吟，賞袁宏之自適；《晉書》曰：袁宏，孤貧，運租自業。謝尚時鎮牛渚，秋夜，乘月泛江，會宏在舫中諷詠。遣問，即其詠史之作。尚迎舟與談，申旦不寢〔一〕，自此名譽日盛。⑤吴中歸思，伏張翰之知機。《世説》曰：張翰，字季鷹。辟齊王冏東曹掾。在洛見秋風起，因思吴中蓴菜羹、鱸魚鱠，曰：「人生貴適意耳，何能從宦千里以要名乎？」遂命駕便歸。俄而齊王敗，人皆謂見機而作。⑥爾其縮内在時，《淮南子》曰：孟秋始縮，仲秋始内。⑦貙膢是祭。《後漢書》曰：申屠建等，與御史大夫隗囂合，欲以立秋日貙膢時共劫更始。《前書音義》曰：貙，以立秋日祭獸。王者亦此日獵獸，祭宗廟。冀州北，八月朝作飲食爲膢，其俗曰膢臘。膢，音婁。⑧其事言，其性

義。《月令注》云：《洪範五行傳》曰：西方金，其性義，其事言。言曰從，從作乂。王者言從義和，則神龜至。⑨藏帝藉於神倉，《禮》曰：九月，藏帝藉於神倉，祗敬必飭。⑩命樂正而習吹。《禮》曰：八月，命樂正習吹。注：秋冬尚吹，故習之。⑪敕司爟而行火令，《周禮》曰：司爟掌行火之政令，季秋內火。注云：九月昏，心星伏在戌，使民內火爟，音貫。⑫歌《豳詩》以迎寒氣。《周禮》曰：籥章氏掌仲秋，擊土鼓，吹《豳詩》，以迎寒氣。注：迎寒，以夜來諸陰也。⑬白露斯零，寒蟬則鳴；《禮》曰：立秋之日，白露降，後五日，寒蟬鳴。⑭絡緯悲啼，宋鮑照《答湯惠休》曰：枯桑葉易零，疲客心易驚。今茲亦何早，已聞絡緯鳴。⑮蟋蟀宵征。《九辯》曰：悲哉秋之爲氣也！雁廱廱而南遊，鶤鷄啁哳而悲鳴。獨申旦而不寐，哀蟋蟀之宵征。⑯於是行肅殺，《春秋感精符》曰：霜殺伐之，表季秋。霜始降，鷹隼擊。王者順天行誅，以成肅殺之威。⑰務收成，梁元帝《纂要》曰：秋曰白藏，亦曰收成。⑱既決獄而斷刑，《尚書大傳》曰：天子以秋命三公將率，選士厲兵，以征不義，決獄訟，斷刑罰，趣收斂。以順天道，以佐秋殺。⑲亦選將而厲兵〔二〕。《禮》曰：天子迎秋於西郊。還，乃賞軍帥、武人於朝，乃命將帥，選士厲兵，簡練傑俊。專任有功，以征不義；詰誅暴慢，以明好惡。⑳爾其天地始肅，《禮》曰：七月，天地始肅，禾乃登。㉑鷹隼方擊，《元命苞》曰：立秋，鷹隼擊。㉒青女降霜，見《霜賦》「神爲青女」注。㉓司裘率職。《周禮》曰：司裘，仲秋獻良裘，季秋獻功裘。㉔見一葉而可知，《淮南子》曰：一葉落，知天下秋。㉕觀萬物之成實。《淮南子》曰：春氣發而百草生，正得秋而萬實成。㉖其帝少皞，其神蓐收。出《禮》。㉗當乘兑而執矩，《淮南子》曰：西方帝少皞，其佐蓐收，執矩治秋。其神爲太白。㉘推巽廢而離休。《五行休王論》曰：立秋，坤王兑相，乾胎坎没，艮死震囚，巽廢離休。㉙見斗杓之西指，《鶡冠子》曰：斗杓西指，天下皆秋。㉚識大火之斯流。《詩》曰：七月流火。注：流，下也。㉛若其取柞楢之火，《鄒子》曰：秋取柞楢之火。㉜樹槐柘之木，《淮南子》曰：孟秋之月，西宮神女，白色白采，撞白鍾，其兵鉞。八月官尉，其樹柘。九月官候，其樹槐。㉝壽星既見於南極，《禮》曰：秋分，享壽星於南郊。注：南極，老人星也。㉞日馭亦行於西陸。《易通統圖》曰：日行西方白道曰西陸。㉟羣鳥由其養羞，《禮》曰：八月羣鳥養羞。㊱司矢以之獻箙。《周禮》曰：司弓矢，中秋獻矢箙。注：箙，盛矢器。㊲詔司馬而治兵，《周禮》曰：大司馬仲秋教治兵。㊳命輶軒而採俗。《風俗通》曰：周秦常以八月遣輶軒使採異俗方言，藏之秘府。㊴若夫寅餞納日，《書》曰：分命和仲，宅西，曰昧谷。寅餞納日，平秩西成。㊵盛德在金。《禮》曰：太史以先立秋三日，謁於天子曰：「某日立秋，盛德在金。」立秋之日，天子親率公侯大夫，以迎秋於西郊。㊶吟嘯成羣，感李陵於塞上；漢李陵《與蘇武書》曰：窮秋九月，塞外草衰。胡笳互動，牧馬悲鳴。吟嘯成羣，邊聲四起。㊷應接不暇，勞子敬於山陰。《世說》曰：王子敬云：「從山陰道上行，山川自相映發，使人應接不暇，若值秋冬之時，尤難爲懷。」㊸可以脩城郭，《淮南子》曰：西方之極，三色之山。石城金室，飲氣之民，不死之野，少皞蓐收之所司者，萬二千里。其令曰：「審用法，誅必辜。修城郭？補決竇。揜溪谷〔三〕，守門閭。」㊹可以謹門閭。《管子》曰：秋，以庚辛之日，發五政：一，禁博塞；二，無見五兵之刃；三，慎旅農，趣聚收；四，補缺坼，修垣牆，謹門閭；五，循時五穀。㊺漢徹淋池之神物，《拾遺記》曰：漢武嘗以季秋泛靈鶂舟於淋池，以香金爲鉤，縮紐絲爲綸，丹鯉爲餌，釣得白蛟，付大官爲鮓。肉紫骨青，香美無倫。㊻穆滿羽陵之蠹書。《穆天子傳》曰：仲秋甲戌，天子東遊，次雀梁，蠹書于羽陵。注：謂暴書蠹蟲，因曰「蠹書」也。㊼望高丘之雲，潛通吉夢；《元命苞》曰：堯爲天子，季秋下旬，夢白帝遺以烏喙子。其母索扶〔四〕，始升高丘。白帝上有雲如虎，感己生皋陶。《淮南子》云：皋陶，鳥喙也。⑱會雕房之弈，自叶祥符。《西京雜記》曰：賈佩蘭云：「在宫時，八月四日出雕房北户竹林下圍棋，勝者終年有福；負者終年疾病。」⑲及夫草木黄落，蟄蟲坏户。《禮》曰：秋分之節，蟄蟲坏户。⑳見神龍之潛淵，《説文》曰：龍，鱗蟲之長，春分而登天；秋分而潛淵。㉑識綵囊之盛露。《續齊諧記》曰：弘農鄧紹，八月朝入華山，見一童子，以五色綵囊盛取柏葉下露，云：「赤松先生取以明目。」今八月朝作眼明囊，象此也。㉒至若金氣方勁，鮑照《秋夕》詩曰：金氣方勁殺，降陽微且殫。㉓清風戒寒。《國語》曰：駟見而隕霜，火見而清風戒寒。㉔嚴霜舉侯文之職，見《霜賦》「威立侯文」注。㉕飛蟬集朱异之冠。《梁書》曰：朱异除中書郎時，秋日始拜，有飛蟬正集异武冠上。時咸謂「蟬珥之兆」。㉖露始滋於園菊，謝惠連《擣衣》詩曰：衡紀無淹度，晷運倏如催。白露滋園菊，秋風落庭槐。㉗風已敗於叢蘭。《文子》曰：日月欲明，浮雲蓋之；叢蘭欲茂，秋風敗之。㉘則有鷹祭鳥而無差，《禮》曰：七月，鷹乃祭鳥，後五日，天地始肅。㉙豺祭獸而靡失。《禮》曰：九月，豺乃祭獸〔五〕。㉚西宫之鐘既撞，見上「樹槐柘之木」注。㉛蕭丘之火自息。見《火賦》「指赫赫於蕭丘」注。㉜露凝冷以淒清，潘岳《秋興賦》曰：月朣朧以含光，露淒清以凝冷。㉝蟬含風而蕭瑟。謝惠連《懷秋》詩曰：蕭瑟含風蟬，寥唳度雲雁。㉞若夫蒹葭蒼蒼，白露爲霜；出《詩》。㉟菊有黄華，《禮》曰：九月，菊有黄花。㊱雲見羣羊；《月令占候圖》曰：立秋，坤卦用事。晡時，西南涼風至，黄雲如羣羊，宜粟穀。㊲木葉微脱，謝希逸《月賦》曰：洞庭始波，木葉微脱。㊳綠草芸黄。劉鑠詩曰：昊天清且高，秋氣發初涼。白露下微津，明月流素光。凝烟泛城闕，淒風入軒房。朱華先零落，緑草就芸黄。纖羅還笥篋，輕紈改衣裳。(69)肅清景於素節，陸機詩曰：肅肅素秋節，湛湛濃露凝。(70)循時令於白藏。《爾雅》曰：秋爲白藏。(71)若乃雲漢靈匹，見於七夕。謝惠連《七夕》詩曰：雲漢有靈匹，彌年月相從〔六〕。(72)阮巷矜綈錦之衣，《竹林七賢論》曰：諸阮頗善居室，内足於財，唯籍一巷，好酒而貧。舊俗七月七日，法常曝衣，諸阮庭中爛然，莫非綈錦。籍兄子咸，時總角，乃竪長竿，標大布犢鼻褌於庭中，曰：「未能免俗，聊復然耳。」(73)魏宫愴琉璃之筆。《風土記》曰：陸機書曰：在平原，嘗按行曹公器物，書刀五枚，瑠璃筆一枝。景初二年七月七日，劉婕妤云：「見此使人悵然。」按：魏武帝於漢爲相，不得有婕妤。又，景初是魏明帝年，知此則文帝物也，與曹公器玩同處，故致舛雜耳。(74)或張雲錦之帷，《漢武帝内傳》曰：七月七日，掃除宫掖，張雲錦之帷，燃九微燈，夜二唱後，西王母駕九色班龍上殿。(75)或履玄瓊之舄。《漢武帝内傳》曰：七月七日，西王母降，武帝戴太真晨纓之冠，履玄瓊鳳文之舄。(76)道武則參合分祥，《後魏書》曰：道武帝七月七日生於參合陂〔七〕。(77)漢帝則猗蘭告吉。《漢武帝故事》曰：景帝夢高祖謂己曰〔八〕：「王美人生子，可名爲彘。」以乙酉年，七月七日旦，生武帝於猗蘭殿。《洞冥記》曰：景帝夢一赤彘從雲中下崇芳閣，帝覺而坐於閣上，果見赤氣如林，來蔽户牖，乃改閣爲猗蘭殿。後王夫人生武帝。據此則武帝初名彘也。(78)層城嬉戲，《輿地志》曰：齊武帝起層城觀，七月七日，宫人多登之穿針，世謂之穿針樓。(79)開襟縫適。《西京雜記》曰：漢綵女常以七月七日穿針於開襟樓。(80)西母則青鳥傍侍〔九〕，《漢武故事》曰：七月七日，上於承華殿齋正中，忽有一鳥從西方來集殿前。東方朔曰：「此西王母欲來也。」有頃，王母至，有二青鳥夾侍王母傍。(81)竇后則神光照室。《後漢書》曰：竇后少小頭禿，不爲家人所齒，遇七夕，人皆看織女，獨不許后出，乃有神光照室，爲后之瑞。㉜亦有針穿七孔，《荆楚歲時記》曰：七夕，婦人結綵樓，穿七孔針，或以金銀鍮石爲針。㉝燈燃九微。見上「張雲錦之帷」注。㉞命五龍之駕，《列仙傳》曰：吴蔡經去家時已老，及還，更少壯，鬢髮皆黑。語家中，言七月七日，王君當來，可作數百斛飲擬之。至期日，王方平果來，乘羽車，駕五龍。聞金鼓簫管人馬之聲。㉟臨百子之池。《西京雜記》曰：戚夫人侍兒賈佩蘭云：「在宫時，見戚夫人侍高祖，至七月七日，臨百子池，作《于闐樂》畢，以五色縷相羈，謂爲連綬。」㊱登舜山而騁望，《酉陽雜俎》曰：魏僕射收臨代，七月七日，登舜山，徘徊顧眺，謂主簿崔撫曰：「吾所經多矣。於山川沃壤，襟帶形勝，天下名州，不能過此。唯未審東陽何如耳。」㊲侍玄圃以裁詩。晉潘尼《七月七日侍皇太子宴玄圃園》詩曰：商風初授〔一〇〕，辰火微流。朱明送夏，少昊迎秋。嘉禾茂園〔一一〕，芳草被疇。於時我后，以豫以遊。㊳晉宣曝書而迫遽，王隱《晉書》曰：魏武辟高祖，高祖以漢祚將終〔一二〕，不欲屈於曹氏，辭以風痹，不能起居。魏武遣親信令史微服於高祖門外樹陰下息。時七月七日，高祖方曝書，令史竊知。還，具以告。乃重遣辟之，勑行者曰：「若復不動，便可收之。」高祖懼而應命。㊴郝隆曬腹而逶迤；《世説》曰：郝隆，七月七日，見鄰人皆曝晒衣服，隆乃仰卧出腹，云晒書。㊵陶安騎龍而遐騖，見《火賦》「散陶安之治」注。㊶子喬乘鶴而難追。見《山賦》「見王喬於緱氏」注。㊷若其重陽令辰，時惟九日。《齊人月令》曰：重陽日必以餻酒，登高眺迥，以暢秋志，採茱萸甘菊泛酒。㊸落孟嘉之帽，王隱《晉書》曰：孟嘉爲桓温參軍，九月九日温遊龍山〔一三〕，僚屬畢集，風吹嘉帽落，不覺，如厠。孫盛時在坐，温授紙筆命嘲之，著嘉坐處。嘉還見之，笑請紙作答，了不容思。㊹傳長房之術。《續齊諧記》曰：汝南桓景隨費長房遊學，長房謂曰：「九月九日，汝家有厄，急去，令家人各作絳囊，盛茱萸以繫臂，登高飲菊酒，此禍可消。」景歸，如言。還，見雞、狗、牛、羊，一時暴死。九日登高飲酒，帶茱萸囊，因此也。⑮白衣，王弘之遺，《續晉陽秋》曰：陶潛嘗九月九日無酒，宅邊東籬下，菊叢中摘盈把，坐其側。未幾，望見白衣人至，乃王弘送酒也。便卽酣飲。⑯黄菊，魏文之錫。魏文帝《九日與鍾繇書》云：昔屈平念冉冉之將老，思餐秋菊之落英，輔體延年，莫斯之貴。謹奉一束，以助彭祖之術。⑰登高颷而爲樂，《南齊書》曰：高祖以九月九日登高颷館。館在孫陵寺岡，世呼爲九日臺。⑱指戲馬而爰出。《南齊書》曰：宋武帝爲宋公，在彭城，九月九日出項羽戲馬臺，至今相承，以爲故事。⑲三隥則山簡登躋。《襄陽記》曰：望楚山，舊名馬鞍山〔一四〕，宋武陵王駿爲刺史，改爲望楚山，後遂龍飛，人號爲鳳嶺。高處有三隥，卽劉弘山簡九日宴賞之所。⑳九井則仲文遊陟。《姑熟記》：縣南十里有九井山，卽殷仲文九日從桓公九井賦詩之所。⑳耽靈運之吟思，謝靈運《九日從宋公遊戲馬臺》詩曰：季秋邊朔苦，旅雁違霜雪。⑳諷謝瞻之詩筆。謝瞻《九日從宋公戲馬臺》詩曰：風至授寒服，霜降百工休。⑳晉則執經以明道，《晉陽秋》曰：寧康三年，九月九日，上嘗講《孝經》，謝安侍坐，陸納、卞躭執讀，謝石、袁宏執經，車胤、王温摘句。⑳齊則講武以應祥。《南齊書》曰：南齊以九月九日馬射，或説秋金氣，講習武事，象漢立秋之禮。⑳斯九日之盛集，見前賢之軌迹。

校勘記

〔一〕不寢　宋本作「不寐」。

〔二〕選將而厲兵　宋本作「選士而勵兵」。

〔三〕擁溪谷　原作「老溪谷」，據宋本、白本、華本並《淮南子·時則訓》、《御覽》卷二十四引改。
〔四〕索扶　原作「曰扶」，據《御覽》卷二十四引改。
〔五〕豺乃祭獸　「乃」字原空闕，據宋本並《禮記·月令》補。
〔六〕月相從　「月」、黄校本、白本、華本並《文選》卷三十《七月七日夜詠牛女》作「闕」。
〔七〕參合陂　「陂」原作「殿」，據宋本並《北史·魏本紀·太祖道武帝》改。
〔八〕景帝夢　「夢」字上宋本有「嘗」字。
〔九〕傍侍　宋本作「侍傍」。
〔一〇〕初授　原作「初援」，據宋本並《晉詩》卷八改。
〔一一〕嘉禾　宋本作「嘉木」。
〔一二〕漢祚　「漢」字原無，據宋本增。
〔一三〕九日　此兩字原無，據宋本並《晉書》卷九十八《桓温傳》增。
〔一四〕舊名　宋本作「有一名」。

冬

①冬，終也，萬物於是而終者也。《釋名》曰：冬，終也，萬物所以終成也。②若夫冬日烈烈，飄風發發，出《詩》。③履此玄英，《爾雅》曰：冬爲玄英，亦曰安寧。④感兹陽月，《爾雅》曰：十月爲陽。注：純陰用事，嫌於無陽，故以名云。⑤知盛德之在水，《禮》曰：太史以先立冬三日，謁於天子，曰「某日立冬，盛德在水」，天子乃齋。立冬之日，迎冬於北郊。⑥慨窮陰之殺節。鮑照《舞鶴賦》曰：窮陰殺節，急景凋年。⑦若乃地氣下降，天氣上騰，《禮》曰：小雪之日，天氣上騰，地氣下降。⑧水澤腹堅，《禮》曰：大寒之日，水澤腹堅。⑨閉塞而成。《禮》曰：十月，天氣上騰，地氣下降，閉塞而成冬。⑩既習射而角力，《禮》曰：小寒之日，命將帥講武，習射角力。⑪亦聽獄而論刑。《大戴禮》曰：季冬，聽獄論刑。⑫爾其磬擊北宫，《淮南子》曰：冬至之日，北宫御女黑色衣，黑采，擊磬石。⑬禮成長樂。《史記》曰：漢高祖既定天下，叔孫通定朝儀，於是，羣臣朝十月於長樂宫。尊卑次序，諸侯王以下，莫不震恐。帝曰：「吾今日知皇帝之貴也。」⑭方乘坎而執權，《前漢書》曰：魏相書云：「顓頊乘坎，執權司冬。」⑮見水凝而木落。袁宏《北征賦》曰：天高地凋，木落水凝。⑯魏則季冬而平夷，唐則孟冬而磽确。《詩含神霧》曰：魏，地處季冬之位，土地平夷。唐，地處孟冬之位，得常山太岳之風，音中羽，其地磽确，故其民儉而好畜。⑰燧竈必脩，《管子》曰：以冬至之日始，數四十九冬盡。春，始教民鑽燧墐竈，所以壽人也。⑱槐檀斯改。《鄒子》

曰：冬取槐檀之火。⑲日馭行北，《續漢書》曰：日行北陸謂之冬。⑳斗杓指亥。《月令》注：孟冬之月，日月會於析木而斗建亥位〔一〕。㉑無祁寒而怨咨〔二〕，《書》曰：夏暑雨，小民惟曰怨咨；冬祁寒，小民亦惟曰怨咨。㉒蓋呼吸而藏内。《尚書大傳》曰：北方，伏方也，萬物之方伏也。冬，中也，物方藏於中也。陽盛，則吁荼萬物而養之外；陰盛，則呼吸萬物而藏之内，故曰「呼吸者，陰陽之交接，萬物之終始。」㉓善卷方衣於皮毛，《高士傳》曰：舜以天下讓善卷，善卷曰：「予立宇宙之中，冬則衣皮毛，夏則衣絺葛，何以天下爲哉！」㉔孝子更驚於梅柰。《齊書》曰〔三〕：齊孝子王虚之，庭中楊梅樹隆冬三實，又每夜所居白光如燭，墓左樹柰，一冬再實，時人咸以爲孝感所致。㉕或求堇而流漣，《晉書》：劉長盛母王氏〔四〕，盛冬思堇。長盛時年九歲，乃於澤中慟哭，聲不絶者半日，於是忽若有人云：「止聲。」長盛收淚視地，便有堇生焉，因得斛餘而歸。㉖或泣竹而悲慨。見《竹賦》「孟宗之泣」注。㉗至於應北陸而藏冰，見《冰賦》「出于朝覿」注。㉘當南至而書雲。見《雲賦》「觀臺書啓閉之祥」注。㉙循薙氏之去草，《周禮》曰：薙氏去草，夏日至而夷之，秋繩而芟之，冬日至而耜之，若欲其化也，則以水火變之。注謂：以火燒其所芟萌之草，已而水之，則其土亦和美矣。㉚美顔斐之致薪。《魏略》曰：顔斐，字文林，爲京兆尹，課民當輸租時，車牛各致薪兩束，爲冬寒氷炙筆硯。㉛孝武嘗被於單衣，《商芸小説》曰：晉孝武帝卽位時，年十三、四，冬天晝日不著複衣，但着單絹裙衫五、六重，夜則累茵重蓐。謝公云：「體宜令有常，陛下晝過冷，夜過熱，非攝養之術。」帝曰：「夜靜，故也。」謝公嘆曰：「上明理不減先帝。」㉜西華猶衣於練裙。《梁書》曰〔五〕：任昉素清貧。卒後，其子西華，冬月着葛帔練裙，道逢劉孝標，孝標泫然矜之，乃著《廣絶交論》，譏其舊交也。㉝至有問來歲之吉凶，《周禮》曰：天府掌季冬陳玉，以貞來歲之美惡。注云：問事之正曰貞，謂問於龜。㉞獻羣臣之夢寐。《周禮》曰：占夢：季冬，聘王夢，獻吉夢于王，王拜而受之。注云：聘，問也。獻羣臣之吉夢歸美焉。㉟詔司寇而獻民數，《周禮》曰：小司寇孟冬祀司民，獻民數於王，王拜受之，以圖國用，而進退之。注：司民，星，軒轅角也。㊱命司空而論地事。《大戴禮》曰：司空司冬，以制度地事。准揆山林，規表衍沃，畜水行表灌浸，以節四時之事。理地遠近，以任民力，以節民食。㊲歲既暮而時既昏，《雪賦》云：歲將暮，時既昏，寒風積，愁雲繁。㊳月窮紀而日窮次。《禮》曰：十二月，日窮于次，月窮于紀，星周于天。數將幾終，歲且更始。㊴延年流血於決獄，《漢書》曰：嚴延年爲河南太守〔六〕，冬月，傳屬縣囚，會府下〔七〕，流血數里，河南號爲屠伯。㊵温舒頓足於用事。《漢書》曰：王温舒爲河内守，奏誅郡中豪猾千餘家，大者族，小者死。盡十二月，郡中無犬吠之盜。其失旁郡，追求，會春徵，温舒頓足歎曰：「嗟乎，令冬日益展一月，足吾事矣。」注云：立春後，不行刑，故云然。㊶盛吉書法以垂泣，《會稽典録》曰：盛吉爲廷尉，每至冬月，罪囚當斷。其妻執燭，吉持丹筆，相向垂泣。㊷虞經斷囚而流涕。《後漢書》曰：虞詡祖父經，爲郡縣獄吏，案法平正，務寬恕。冬月上其狀，嘗流涕隨之。嘗稱曰：「東海于公高爲里門，而其子定國卒至丞相。吾決獄六十年矣〔八〕，雖不及于公，其庶幾乎！子孫何必不爲九卿邪？」故字詡曰升卿。詡仕至尚書令。又，後漢傳賢，亦冬至斷獄流涕。㊸此時令之攸遵，而循酷之異致。至若守關梁而塞蹊徑，《禮》曰：十月，命有司：閉塞而成冬〔九〕，謹關梁，塞蹊徑。㊹謹蓋藏而閉門閭。《書大傳》曰：天子以冬命三公，謹蓋藏，閉門閭，固封境，以佐冬固地藏也。㊺凌人斬氷，《周禮》曰：凌人掌氷，正歲十有二月，令斬氷，三其凌。注：「正歲十二月，謂夏之十二月。三其凌，爲消釋度。㊻天子嘗魚。

《禮·月令》：十二月，大寒之日，天子親往嘗魚。注云：時魚潔美。⑰趙衰之賢同愛日，見《日賦》「比畏愛於衰盾」注。⑱和叔之職在幽都。《書》曰：申命和叔，宅朔方，曰幽都，平在朔易。⑲農既云其事畢，崔寔《四民月令》曰：十月，農事畢，五穀既登，家備儲畜。⑳學方勤於歲餘。《魏畧》曰：董遇好學，人從學，遇曰：「當先讀書百遍，義自見。」從者云：「苦難得暇日。」遇曰：「當以三餘：冬歲之餘，夜與陰雨日之餘。」㉑笑田夫之負暄，見《日賦》「還欣負暄」注。㉒美掾史之送徒；《後漢書》曰：鍾離意辟大司徒侯霸掾。詔部送徒詣河内，時冬寒，徒病不能行。路過弘農，輒移屬縣使作徒衣，縣不得已與之，上書言狀，意亦具以聞。光武得奏，以見霸曰：「君所使掾何乃仁於用心？誠良吏也。」㉓歎黃香之無袴，《後漢書》曰：黃香身執勤苦，冬無袴，而親極滋味。㉔偉王祥之得魚。《孝子傳》曰：王祥早失母。後母憎而譖之。祥孝彌謹，盛寒，河水堅冰，網罟不施，母欲得生魚，祥解褐，扣冰求之。冰忽小開，有雙魚出遊，祥垂綸而獲之。于時謂至孝所致。㉕營窟攸居，《禮》曰：上古之人，冬則居營窟，夏則居橧巢。㉖旨蓄以禦。《詩》曰：我有旨蓄，亦以禦冬。㉗以黃鍾爲天統，《感精符》曰：天統者，十一月，建子，天始施之端也。注：周以爲正。《漢書》記律，以黃鍾爲天統。㉘謂良月爲盈數。《左傳》曰：魯公父定叔出奔衛〔一〇〕，三年而復之。使以十月入，曰：「良月也，就盈數焉。」㉙苦志而越王抱氷，《吴越春秋》曰：越王念復吴怨，卧則切之以蓼；足寒，則漬之以水。冬則抱氷。㉚勵俗而隱之披絮。《晉書》曰：吴隱之爲牧守，冬月無被，嘗澣衣乃披絮，勤苦同於貧庶也。㉛若乃周正在候，履長伊始。《玉燭寶典》曰：建子，周之正月，冬至，日極南，影極長，律當黃鍾。其管最長，故有履長之賀。㉜閉蘆灰而潛應黃鍾，《太玄經》曰：調律者，度竹爲管，蘆莩爲灰，列之九閉之中，漠然無動，寂然無聲，微風不起，纖塵不形。冬至夜半，黄鍾以應。⑥③獲寶鼎而自當天紀。《史記》曰：皇帝得寶鼎宛朐，問於臾區。對曰：「帝得寶鼎神筴，是歲己酉，朔日冬至，得天之紀，終而復始。」於是，皇帝迎日推筴。⑥④融風布序，《符瑞圖》曰：冬至，東北方融風至。⑥⑤亞歲迎祥，《宋書》曰：魏晉冬至日，受萬國及百寮稱賀，因小會，儀亞歲朝。曹植冬至獻《襪履頌》曰：「亞歲迎祥，履長納慶。」⑥⑥立以八神，《易通卦驗》曰：冬至之日，立八神，樹八尺之表。日中視其晷。晷如度者，則歲美人和；不卽歲惡人惑。晷入則水，晷退則旱。進二寸則月食，進尺則日食。注：進謂長於度也。⑥⑦成以三光。《易通卦驗》曰：冬至，成天文。注：祭而成之，所以報也。⑥⑧或以安形性而去聲色，《禮》曰：仲冬，日短至，陰陽爭，諸生蕩，君子齋戒，處必掩身，無躁，去聲色，禁嗜慾，安形性，事欲靜，以待陰陽之所定。⑥⑨或以繕宫室而修囷倉。《禮》曰：立冬，築城郭，造宫室，修囷倉。⑦⓪日軌巽維，《曆義疏》云：日之行天，至於巽維，東南角極之於此，故曰冬至。⑦①風行廣莫。《考異郵》曰：冬至，風曰廣莫風。⑦②動彼水泉，解兹麋角。《史記》曰：冬至短極，懸土炭，炭重，麋鹿解角，蘭根出，泉水涌，以知日至，要訣晷景。孟康曰：「先至三日，懸土炭於衡兩端，輕重適均，冬至日，陽氣至則炭重；夏至日，陰氣至則土重。」晉灼曰：「蔡邕《律曆紀》『候鍾律，權土炭，冬至，陽氣應，黄鍾通，土炭輕而衡仰。夏至，陰氣應，蕤賓通，土炭重而衡低。進退先後，五日之中。』」⑦③或以合八能之士，《續漢書》曰：天子常以冬夏至日，御前殿，合八能之士，陳八音，聽樂均，度晷景，候鐘律，權土炭，傚陰陽也。⑦④或以從五日之樂。《易通卦驗》曰：冬至之始，人主與羣臣左右，縱樂五日。天下之衆，亦家家縱樂五日，爲迎日至之禮。⑦⑤君道方長，《漢書》曰：冬至，陽氣起，君道長，故賀。夏至，陰氣起，君道消，故不賀。⑦⑥天地交讓。《神農書》曰：冬至，陰陽合精，天地交讓。天爲尸濕，地爲不凍，君爲不朝，百官爲不親事。(77)斯長至之令旦，故時訓之攸尚。復有嘉平之節，《史記》曰：秦惠文王初臘〔二〕，始皇更名嘉平。(78)祭本伊耆。《禮》曰：天子大蜡八，伊耆氏始爲蜡。(79)索饗有戴記之説〔三〕，《禮》曰：蜡，索也。歲十二月，合聚萬物而索饗之也。(80)問賀有徐氏之儀。《徐爰家儀》曰：蜡本施祭，故不賀。其明日爲小歲賀，稱初歲，福始罄，無不宜。正旦賀，稱元正，首慶百福惟新。小歲之賀，既非大慶，禮止門内。(81)鳴楚鼓以逐疫，《荆楚歲時記》曰：諺云：「臘鼓鳴，春草生。」村人並擊細腰鼓，戴胡頭，及作金剛力士以逐疫。(85)出土牛而應時。《續漢書》曰：十二月，立土牛六頭，於國都郡縣城外丑地，送大寒。(83)蓋一日之澤，《禮》曰：百日之蜡，一日之澤。(84)而百神是祠。《禮》曰：十二月，天子蜡百神於南郊，爲來年祈福於天宗。注：天宗，日月星辰之屬也。(85)故其新故交接，《風俗通》曰：夏曰清祀，殷曰嘉平，周曰大蜡，漢曰臘。臘者，獵也。因獵取獸以祭先祖。或曰：臘，接也。新故交接，狎臘大祭以報功也。漢火行衰於戌，故以戌爲臘。(86)星回歲終。司馬彪《續漢書》曰：季冬星回歲終，勞農享臘以送故也。(87)或游於魯觀，《禮》曰：孔子與於蜡賓，事畢，游于觀之上，喟然而嘆曰：「大道之行也，與三代之英，丘未之逮也，而有志焉。」(88)或祈彼天宗。見上「百神是祠」注。(89)於是先以大儺，《禮》曰：十二月，命有司，大儺旁磔，以送寒氣。(90)次之小歲，見「問賀有徐氏之儀」注。(91)吹《豳詩》以愉樂，《周禮》曰：國祭蜡則吹豳頌，擊土鼓以息老。(92)覽魏臺之訪議：高堂隆《魏臺訪議》曰：詔問何以用未祖丑臘，臣隆對曰：「案《月令》，孟冬臘，先祖五祀，謂薦田獵所得禽獸。《左傳》曰：『虞不臘矣。』唯見此二者而皆不書日。聞先師説曰：『王者各以其行之盛祖，以其終臘。若水始生於申，盛於子，終於辰，水行之君以子祖辰臘之類是也。土始於未，盛於戌，終於辰，魏土德，宜戌祖辰臘。」(93)慕范喬之寬恕，《晉書》曰：范喬，字伯孫。喬邑人臘夕盜斫其樹，有告者，喬佯不聞，邑人愧而還柴。喬曰：「取柴故與父母相歡耳，何以愧乎？」遂不取。(94)識五倫之悲涕。謝承《後漢書》曰：第五倫母老，不能之官，每至臘日，常悲戀垂淚。(95)長文有江源之政，《華陽國志》曰：王長文，字德儁。元康初，守江源縣令。縣收得盜馬及發塚賊，長文引見誘慰。時適臘晦，皆遣歸家，謂曰：「教化不厚，使汝等如此，長文之過〔三〕。蜡節慶祚，肆汝就上下善相歡樂，過節來還，當爲汝思他理。」羣吏惶怖，爭請不許。尋有赦，無不感恩。(96)何鳳有建安之治；《梁書》曰：何鳳爲建安太守，物不敢忤。伏臘，每放囚還家，依期而返。(97)景興慕子魚之德，《世說》曰：王朗，字景興。中年以識度推伏華歆。歆蜡日，嘗集子姪宴飲，王亦效之。有人向張茂先稱此事，張曰：「王之學華，皆是形骸之外，去之子魚，所以更遠。」歆，字子魚。(98)魯公旌母師之禮。《列女傳》曰：魯之母師者，魯九子之寡母也。臘日，休家作，召諸子，謂曰：「婦人之義，非有大故不出夫家。然吾父母家幼，初歲時祀不理，吾從汝謁往監之，慎房户之守。吾夕而反。」於是，天陰還。失早，至閭外而止，待夕而入。魯大夫從臺上見而怪之，使人問之。對曰：「妾歸視私家諸奴孺子，期夕而反，妾恐其醻歡醉飽，人情公有也。妾反早，故止閭外，盡期而入。」穆公聞之，賜號母師。(99)斯清祀之嘉辰，而前賢之遺美也。

校勘記

〔一〕「月令」至「亥位」十八字　宋本作「禮曰十月之節斗建亥位之初」。

〔二〕祁寒　原作「祈寒」，據宋本並《周書·君牙》改。

〔三〕「齊書曰」以下引文不見於《南齊書》。查《南史·孝義列傳》上所記同此。

〔四〕劉長盛母王氏　「長盛」，宋本、《御覽》卷二十六引、《晉書·孝友列傳》並作「殷」，「殷」乃長盛之名。「母王氏」，據《晉書》，應作「曾祖母王氏」。

〔五〕「梁書曰」以下引文不見於《梁書·任昉列傳》，查《南史·任昉列傳》所記同此。

〔六〕河南　原作「河内」，據宋本並《漢書·酷吏列傳》改。

〔七〕府下　《漢書·酷吏列傳》作「府上」，似是。

〔八〕決獄　原作「決囚」，據宋本並《御覽》卷二十七引改。

〔九〕閉塞　原作「塞閉」，據宋本並《禮記·月令》改。

〔一〇〕公父定叔　「父定」二字原無，據《左傳·莊公十六年》增。

〔一一〕秦惠文王　「王」原作「皇」，據宋本並《史記·秦本紀》改。

〔一二〕戴記之説　原作「戴紀之記」，據宋本、黄校本改。

〔一三〕長文　原作「良吏」，據宋本與上文改。

事類賦卷之六

地部一

地　海　江　河

地

①夫地者，蓋元氣所生，萬物之祖。《説文》曰：元氣初分，重濁爲地。《白虎通》曰：地者，元氣所生，萬物之祖。②成於積塊，《列子》曰：地，積塊也。充塞四虚，無處無塊。③始於撮土。《禮》曰：今夫地一撮土之多。④性既生草，《論衡》曰：地性生草，山性生木。⑤道惟敏樹。《禮》曰：人道敏政，地道敏樹。⑥曠矣禹迹，《左氏傳》曰：芒芒禹迹，畫爲九州。⑦遼哉穆馭。《帝王世紀》曰：周穆王使造父御八駿，日行千里，車轍馬迹，遍於天下。⑧亦可以考四游之上下，《尚書考靈異》曰：地有四游：冬至，地上北而西三萬里；夏至，地下南而東三萬里；春秋分則中矣。⑨識八寅之風雨。《淮南子》曰：八寅八澤之雲，是雨九州。⑩至哉坤元，萬物資生。《易·坤》彖辭。⑪厚德以載物，《易》曰：地勢坤，君子以厚德載物。⑫承天而時行。《易》曰：坤道其順乎，承天而時行。⑬故其列三壤，《尚書·禹貢》曰：咸則三壤，成賦中邦。⑭存十形。楊泉《物理論》曰：夫土地皆有形名，而人莫察焉。

有龜龍體，有鱗鳳貌，有弓弩勢，有斗升象，有張舒形，有塞閉容，有隱真之安，有累卵之危，有膏腴之利，有墝埆之害。此十形者，氣勢之始終，陰陽之所極也。⑮東西爲緯，南北爲經。牝爲川谷，牡則丘陵。《家語》曰：子夏曰：商聞《山書》曰：地東西爲緯，南北爲經。山爲積德，川爲積刑。高者爲生，下者爲死。丘陵爲牡，川谷爲牝。⑯義既存於含養，《易》曰：坤，地也，故稱乎母。陸績注曰：取含養也。⑰道亦聞其牧生。《春秋説題辭》曰：地之爲言媲也，承天行其義也。山陵之大，非地不制，含功以牧生也。⑱或説絶維而莫繫，《管子》曰：地或維之，地莫之維，地必亡矣。⑲或謂行舟而靡停。《尚書考靈異》曰：地常動不止，人不知。譬如在大舟〔一〕，閉牖而坐，舟行而人不覺也。⑳設準望於裴秀，《晉書》曰：裴秀《禹貢九州地域圖論》曰：今秘書既無古之地圖，又無蕭何所得秦之圖籍，唯有漢氏《輿地》及《括地》諸雜圖，各不設分率，又不考正準望。或稱外荒迂誕之言，不合事實。今制地圖之體有六：一曰分率，所以辯廣輪之度也。二曰準望，所以正彼此之體也。三曰道里，所以定所由之數也。四曰高下，五曰方邪，六曰迂直，此三者各因地而制行，所以校夷險之數也。有圖象而無分率，則無以審遠近之差；有分率而無準望，雖得之於一隅，必失之於他方；有準望而無道里，則施於山海絶隔之地〔二〕，不能以相通；有道里而無高下、方斜、迂直之校，則徑路之數必與遠近之實相違，失準望之正矣。此六者參而考之，故雖有峻山巨海之隔，絶域殊方之迥〔三〕，登降詭曲之因，皆可得舉而定矣。㉑驗動靜於張衡。《續漢書》曰：張衡作地動儀，精銅以鑄其器，圓徑八尺，形似酒樽，樽中有都柱，旁行八道，施關發機，外有八龍，首銜銅丸，蟾蜍承之。地或動，則隨其方面，龍吐丸。其機關巧制，皆在樽中。㉒若乃關令説自然之柱，《關令內傳》曰：地厚萬里，其下得大空，大空四角下，有自然金柱，輒方員五千里。㉓張華識相牽之軸。《博物志》曰：地祇之位，起形於崑崙。崑崙東北，地轉下六千六百里，有八玄幽都，下有四柱，柱廣十萬里，地有三千六百軸，互相牽制也。㉔布之以原隰丘陵，蔡邕《月令章句》曰：總丘陵原隰阪險曰地。㉕錯之以山川陵谷。《論衡》曰：山川陵谷，爲地之理。㉖爾其含弘光大，《易》曰：坤厚載物，德合無疆，含弘光大，品物咸亨。㉗博厚直方。《禮》曰：博厚所以載物也，高明所以覆物也。博厚配地，高明配天。《易·坤》：六二：直方大，不習無不利。㉘形有高下，氣有柔剛。楊泉《物理論》曰：地，其卦爲坤，其德曰母。地形有高下，氣有柔剛，物有巨細，味有甘苦。㉙既配天而色黄，《易》曰：天玄而地黄。㉚亦含物而化光。《易》曰：坤至柔而動也，剛至靜而德方，後得主而有常，含萬物而化光。㉛至於八澤八紘，《淮南子》曰：九州之外，乃有八寅，方千里。自東北方曰大澤，曰元通。東方曰大渚，曰少海。東南方曰具區，曰厄澤。南方曰大夢，曰浩澤。西南方曰渚資，曰丹澤。西方曰九區，曰泉澤。西北方曰大夏，曰海澤。北方曰大冥，曰寒澤。凡八寅、八澤之雲，是雨九州。八寅之外，乃有八紘，亦方千里。自東北方曰和丘，曰荒土。東方曰棘林，曰桑野。東南方曰大窮，曰衆女。南方曰都廣，曰反户。西南方曰焦僥，曰炎土。西方曰金丘，曰沃野。西北方曰一目，曰少所。北方曰積冰，曰委羽。八紘之氣，是出寒暑。八紘之外，乃有八極，八極之雲〔四〕，是雨天下。注云：反户在日南，户北向。焦僥人，長三尺，衣冠帶劍。金丘，金所出。一目，其人一目。委羽，山名，其北蓋不見日。㉜四極四荒，《爾雅》曰：東至泰遠，西至邠國，南至濮鉛，北至祝栗，謂之四極。孤竹，北户，西王母，日下，謂之四荒。㉝盡竪亥之所及，大章之所量。《山海經》曰：帝令竪亥，步自東極，至於西極，五億十選九千八百八步。注曰：選，萬也。《淮南子》曰：禹使大章步自東極至於西極，二億三萬三千五百七十里。使竪亥步自北極至於南極，亦然。㉞懿彼柔祇，謝莊《月賦》曰：柔祇雪凝，圓靈水鏡〔五〕。㉟至哉牝馬，《易》曰：坤元亨，利牝馬之貞。㊱既上順於乾，《釋名》曰：地謂之坤。坤，順也，上順乾也。㊲亦本親乎下。《易》曰：本乎天者親上，本乎地者親下。㊳若乃考五土之動植，度九州之廣輪。《周禮》曰：大司徒掌天下土地之圖〔六〕，周知九州之地域廣輪之數。辨五地之物生：一曰山林，動物宜毛，植物宜皁；二曰川澤，動物宜鱗，植物宜膏；三曰丘陵，動物宜羽，植物宜覈；四曰墳衍，動物宜介，植物宜莢；五曰原隰，動物宜贏，植物宜叢。注曰：東西爲廣，南北爲輪。㊴桓公問之而知數，桓公問管仲曰：「地數可得聞乎？」曰：「東西二萬六千里，南北二萬六千里，出水者八千里，受水者八千里。」㊵墨子對之而稱仁。《墨子》曰：禽子問天與地孰仁，墨子曰：「翟以地爲仁，民衣焉、食焉、死焉、冢焉，地終不責德焉，故以地爲仁。」㊶既曰無私，《禮》曰：孔子曰：「奉三無私，以勞天下。天無私覆，地無私載，日月無私照。」㊷亦云後定。《抱朴子》云：太極初搆，清濁始分，故天先成而地後定。㊸道卑而上行，《易》曰：地道卑而上行。㊹德方而至靜。見上「含萬物而化光」注。㊺至若立土訓以詔事，《周禮》曰：土訓掌道地圖以詔地事。㊻命火正而是司。《史記·曆書》曰：顓頊命南正重司天以屬神，命火正黎司地以屬民。應劭曰：黎，陰官也。火數二。二，地數也，故火正司地。㊼六合四極之廣，見下注。㊽七表九域之宜。《河圖括地象》曰：天有五行，地有五岳。天有七星，地有七表。天有八氣，地有八風。天有九道，地有九州。天有四維，地有四瀆。張衡《靈憲賦》曰：地有九域山川。㊾極罔罠之窮野，與汗漫而爲期。《淮南子》曰：盧敖游乎北海，至於蒙穀之上，見一士焉，與之語曰：「唯敖爲背羣離黨，窮觀於六合之外，周行四極，唯北陰之未窺。子殆可與敖爲友乎？」若士者盎然而歎曰：「嘻！子中州民，寧肯向遠至此。若我南游乎罔罠之野〔七〕，北息乎沈墨之鄉，西窮冥冥之黨，東開澒濛之光，此其下無地而上無天，聽焉無聞，視焉無眴。子游始於此，乃語窮觀，豈不亦遠哉！然子處矣，吾與汗漫期於九垓之上。」舉臂而竦身，遂入雲中。注曰：盧敖，燕人。秦始皇帝召之爲博士，使求神仙，亡而不返也。盎，音拳。汗漫，不可知之也。九垓，九天也。㊿

若夫成以積陰，《黄帝素問》曰：積陰爲地。⑤①寧於得一，《老子》曰：地得一以寧，地無以寧將恐發。⑤②振河海而不洩，《禮》曰：今夫地，一撮土之多，及其廣厚，載華嶽而不重，振河海而不洩，萬物載焉。⑤③起畢昴而右闢。《尸子》曰：八極之内有君長者，東西二萬八千里，南北二萬六千里，故曰「天左舒而起牽牛，地右闢而起畢昴。⑤④承之八柱，《抱朴子》曰：地下有八柱，廣十萬里，有三千六百軸，互相牽制，名山大川，孔穴相遇〔八〕。⑤⑤分之九則，《楚辭》曰：地方九則何以墳之？康回馮怒，地何以西南傾？注曰：墳，分也，謂九州之地凡九品，禹何以能分别之。康回，共工也。⑤⑥石骨而草毛，土肉而川脉。《博物志》曰：地以名山爲之輔佐〔九〕，石爲之骨，川爲之脉，草木爲其毛，土爲其肉。三尺以上爲糞，三尺以下爲地。⑤⑦著以瘞埋之法，《禮》曰：瘞埋於泰折，祭地也。⑤⑧示以謙虚之德。《孝經援神契》曰：地順受澤，謙虚開張。注云：開張九竅，受流灑潤，是其謙虚也。⑤⑨百川既集於東南，《列子》曰：地不滿東南，百川歸焉。⑥⓪形勢亦高於西北。楊泉《物理論》曰：地，天之根也。形，西北高而東南下，東西長，南北短。其盡四海者也。⑥①然則，方地之爲輿，沈潛剛克。宋玉《大言賦》曰：方地爲輿，圓天爲蓋。《書》曰：沈潛剛克。

校勘記

〔一〕大舟　原作「夫舟」，據宋本、白本、華本並《御覽》卷三十六引改。

〔二〕絶隔　原作「絶隅」，據宋本、黄校本並《御覽》卷三十六引改。

〔三〕迴　原作「迫」，據宋本、白本、華本並《晉書·裴秀列傳》改。《御覽》卷三十六引作「過」。

〔四〕八極　二字原無，據宋本並《淮南子·墬形訓》、《御覽》卷三十六引增。

〔五〕水鏡　原作「冰鏡」，據宋本並《昭明文選》卷十三謝莊（字希逸）《月賦》改。

〔六〕土地　原作「地土」，據宋本、黄校本並《周禮·大司徒》、《御覽》卷三十六引改。

〔七〕若我　「若」字原無，據宋本並《淮南子·道應訓》、《御覽》卷三十六引增。

〔八〕相遇　華本作「相通」。

〔九〕以名山　「名」字原無，據《博物志》卷一並《御覽》卷三十六引增。

海

①於廓靈海，百川委輸。木玄虚《海賦》曰：於廓靈海，長爲委輸。②浮天無岸，木玄虚《海賦》曰：滺溶瀲灩，浮天無岸。③含形内虚。木玄虚《海賦》曰：何奇不育？何怪不儲？芒芒積流，含形内虚。④浹天墟而浮析木，木玄虚《海賦》曰：南瀹朱崖，北灑天墟〔一〕，東演析木，西薄青徐。注：《爾雅》曰：析木謂之天津。⑤薄碣石而蕩之罘。楊師道《奉和望海詩》曰：碣石朝烟滅，之罘歸雁翔。⑥峙以沃焦，《玄中記》曰：天下之强者，東海之沃焦焉，水灌而不已。沃焦者，山名也，在海東三萬里。⑦泄之尾閭。見下「員嶠方壺」注。⑧黑齒裸人之國，木玄虚《海賦》曰：或掣掣洩洩於裸人之國，或泛泛悠悠於墨齒之邦。⑨聶耳窮髮之區。《山海經》曰：聶耳國在無腸國東，兩手聶其耳，懸居海水中。《莊子》曰：窮髮之北有溟海者，天池也。⑩瀛洲蓬島，《博物志》曰：滄海之中，有蓬萊、方丈、瀛洲三神山。⑪員嶠方壺。《列子》曰：渤海之東有大壑，名曰歸墟。其中有岱輿、員嶠、方壺、瀛洲、蓬萊五山。注曰：歸墟卽尾閭也。⑫鯤鵬之所變化，《莊子》曰：北溟有魚，其名曰鯤，化而爲鳥，其名曰鵬。海運則徙於南溟。⑬神仙之所宅廬。《博物志》曰：海上有三神山，以金銀爲宫闕，仙人所集。⑭若夫聳榑桑於碧津，木玄虚《海賦》曰：若乃大明鑣轡於金樞之穴，翔陽逸駭於榑桑之津。《十洲記》曰：榑桑植於碧津。⑮鼓洪波於滄溴。《南越志》曰：海安縣有小水，南注於海。極目滄溴，渺望洪波。⑯或浮槎而犯斗，《博物志》曰：舊説天河與海通。近世有居海

渚者，年年八月有浮槎去來，往返不失期。此人乃立屋於槎上，齎糧，乘槎去。忽忽不覺晝夜。奄至一處，有城郭屋舍。望見室中多織婦，見一丈夫牽牛渚次飲之。驚問此人：「何由至此？」此人即問：「此爲何處？」答曰：「君可詣蜀問嚴君平。」此人還，問君平，君平曰：「某月有客星犯牛斗。」即此人到天河也。⑰**或熬波而出素。**《齊書》曰：張融作《海賦》，文詞詭激，以示鎮軍將軍徐凱之，凱之曰：「公此賦實超玄虚，但恨不道鹽爾。」融即求筆注曰：「漉沙搆白，熬波出素。積雪中春，飛霜著路。」⑱**齊景忘歸，**《説苑》曰：齊景公游海上而樂之，六月不歸，告左右曰：「敢有先言歸者死。」顏蠋進曰：「君樂治海，不樂治國，彼若有治國者，君安得樂此海乎？」遂歸。中道聞國人謀將不内之。⑲**秦皇欲渡。**《三齊略》曰：秦始皇作石橋於海上，欲過海觀日出處，有神人驅石，石去不速，神人鞭之，皆流血。今石橋猶赤色〔二〕。⑳**祖瑩望之而賦詩，**北齊祖瑩《望海》詩曰：登高臨巨壑，不知千萬里。雲島相連接，風濤無極已。㉑**王粲游之而作賦。**王粲《游海賦》曰：若夫長洲別島，棋布星峙。桂蘭叢乎其上，珊瑚生乎其址。㉒**想慕容之涉冰，**王隱《晉書》曰：慕容晃上言曰：「臣躬征乎北郭，遠假陛下天地之威，海爲結冰凌，行海中三百餘里。臣及諸老言：『自立國，初無海水冰凍之事。』」㉓**仰仲連之辭組。**《史記》曰：田單屠聊城，欲爵魯仲連，仲連逃於海上，曰：「吾與富貴而屈於人〔三〕，寧貧賤而輕意肆志焉〔四〕。」㉔**爾乃鹿渾陽池，**《後魏書》曰：太祖西征，次鹿渾海。郭義恭《廣志》曰：羌中之西有潭彌海、陽池海。㉕**蒲昌勃鞮。**《漢書》曰：蒲昌海，一名鹽澤，皆以爲潛行地下，南出積石，爲中國之河。《後漢書》曰：竇憲伐匈奴，至勃鞮海。㉖**百谷之所總集，**《老子》曰：江海所以能爲百谷王者，以其善下之。㉗**萬穴之所會歸。**木玄虚《海賦》曰：江河既導，萬穴俱流。㉘**憫波臣之在轍，**《莊子》曰：周顧視車轍，有鮒魚焉。曰：「我東海之波臣也，君豈有斗升之水活我哉！」㉙駭馬銜之當蹊。木玄虛《海賦》曰：若其負穢臨深，虛誓愆祈，則有海童塞路，馬銜當蹊。㉚陳茂拔劍以息波，謝承《後漢書》曰：陳茂嘗爲交阯別駕，舊刺史行部不渡漲海。刺史周敞涉海遇風，船欲覆没。茂拔劍訶罵水神，風即止息。㉛鮑靚煮石而療饑。《晉書》曰：鮑靚爲南海太守，嘗行部，入海遇風，饑甚，取白石煮食之以濟。㉜見遁世之姜肱，《高士傳》曰：姜肱十辟公府，九舉有道，皆不就。靈帝時，曹節白帝徵肱，肱隱身遁命，浮桴入海也。㉝識乘桴之仲尼。《論語》：子曰：「道不行，乘桴浮於海。」㉞觀夫控清引濁，梁簡文帝《海賦》曰：坎德洊臻，水源深博，灌注百川，控清引濁，始乎濫觴，委輸大壑。㉟蕩雲沃日，木玄虛《海賦》曰：灌泲濩渭，蕩雲沃日。㊱望彼幼少，《山海經》曰：無皐之山，南望幼海。注：幼海，少海也。㊲觀兹朝夕。王簡棲《頭陀寺碑》曰：挹朝夕之池者，無以測其淺深。朝夕，池海也。㊳聳黃金之宮，見「神仙宅廬」注。㊴開紫石之室。《十洲記》曰：滄海島中有紫石室，九老仙都。㊵怪精衛之銜木，《山海經》曰：發鳩之山，有鳥精衛。炎帝之女，游於東海，溺而不返，常取西山之木石以堙東海。㊶驚徐衍之負石。《漢書》曰：鄒陽書曰：「申屠狄蹈雍之河，徐衍負石入海，不容於世。」㊷時清而雖不揚波，《禮斗威儀》曰：君乘土而王則海夷。注曰：海夷，不揚波也。《韓詩外傳》曰：成王時，越裳氏重三譯而朝曰：「天之不逆風疾雨，海之不揚波三年矣，中國必有聖人乎。」㊸彗墜而曾聞決溢。《淮南子》曰：彗星墜而渤海決。㊹至若歎朝宗之美，《書》曰：江漢朝宗于海。㊺考善下之言。見「百谷總集」注。㊻嘗窺鮫室，木玄虛《海賦》曰：則有天琛水怪鮫人之室。㊼屢見桑田。《神仙傳》曰：麻姑謂王方平曰：「自接侍以來，見東海三爲桑田，向到蓬萊，水乃淺，於往者畧半也，豈復將爲陵陸乎？」㊽子牟傾馳而戀闕，《淮南子》曰：中山公子牟謂詹子曰：「身處江海之上，心存魏闕之下，爲之奈何？」詹子曰：「重生，重生則輕利。」子牟曰：「雖知之不能勝。」詹子曰：「不能自勝則從之。」㊾管寧危殆而思愆。周景式《孝子傳》曰：管寧避地遼東，嘗遇風，船人危懼，皆叩頭悔過。寧思惟釁咎〔五〕，念嘗如厠不冠而已，向天叩頭，風亦尋静。㊿亦有靚陰火於波中，木玄虚《海賦》曰：陽冰不冶，陰火潛然。51採石華於山際。郭璞《江賦》曰：玉珧海月，土肉石華。注：《山海經》曰：玉珧，蚌屬也，音姚。《臨海水土物志》曰：海月，大如鏡，白色，正圓。土肉，正黑，如小兒臂大，有腹無口、目，有三十足。石華，附石生。52羅珊瑚之的皪，《外國傳》曰：大秦西南，漲海中可八百里，到珊瑚洲。洲底有盤石，珊瑚生其上，人以鐵網取之。53烝雲霧之薈蔚，木玄虚《海賦》曰：瀝滴滲淫，薈蔚雲霧。54祭在禮而先河，《禮記》曰：三王之祭川也，先河而後海。55波有時而動地。《户子》曰：海水三歲一周，流波相薄，故地動。56人君法之而成大，《文子》曰：善爲君者，法海以象其大，注下以成其廣。57百川學之而則至。《法言》曰：百川學海而至於海，丘陵學山而不至於山。58是知畧羣山，木玄虚《海賦》曰：羣山既畧，百川潛渫。59涸九州，木玄虚《海賦》曰：掎拔五岳，竭涸九州。60非宜讓水，《文子》曰：海不讓水，積小以成其大。61當須積流。《孫卿子》曰：不積跬步，無以至千里；不積小流，無以至江海。62既駕黿以爲梁，江文通《恨賦》曰：方將駕黿鼉以爲梁，巡海右以送日。63亦吐蜃而成樓。《漢書》曰：海旁有蜃氣爲樓臺。64搴芳林於聚窟，《十洲記》曰：聚窟洲在西海中，有大樹與楓木相似，其芳香數百里聞，名反魂樹也。65訪瓊田於祖洲。《十洲記》曰：祖洲東海中，地方五百里，上有不死草，生瓊田中，草似菰苗。人已死者，以草覆之皆活。66井蛙見拘，成視聽之非廣；《莊子》曰：東海之鼈謂陷井之蛙曰：「夫海千里之遠，不足以舉其大千仞之高，不足以極其深。禹之時，九年十潦，而水弗加益；湯之時，八年七旱，而涯不加損。夫不爲頃久推移，不以多少進退者，此亦東海之大樂也〔六〕。」67河伯自視，知大小之不侔也。《莊子》曰：秋水時至，百川灌河，兩渚涯涘之間，不辨牛馬。河伯欣然自喜，以天下之美爲盡在己。順流東行，至於北海，東面而視，不見水端，向若而歎。北海若曰：「井蛙不可以語於海者〔七〕，拘於墟也；夏蟲不可以語於冰者，篤於時也；曲士不可以語於道者，束於教也。天下之水，莫大於海，萬川歸之，不知何時止而不盈；尾閭泄之，不知何時已而不虛。春秋不變，水旱不知。此過江河之流，不可爲量數。」司馬彪曰：「尾閭，水之從海外出者也。」

校勘記

〔一〕北灑　原作「西浹」，據宋本、黄校本並《文選》卷十二《海賦》改。

〔二〕赤色　黄校本作「色赤」。

〔三〕屈於人　《史記·魯仲連列傳》作「詘於人」。

〔四〕輕意　《史記·魯仲連列傳》作「輕世」。

〔五〕夔咎　宋本、黄校本、《御覽》卷六十引並作「僁咎」。

〔六〕東海之大樂　「之」字原無，據宋本並《莊子·秋水篇》、《御覽》卷六十引增。

〔七〕不可以語　「以」字原無，據宋本並《莊子·秋水篇》、《御覽》卷六十引增。

江

①水德靈長，郭璞《江賦》曰：咨五材之並用，寔水德之靈長〔一〕。②伊嶓山兮發源濫觴。《荀子》曰：江出嶓山，其源可以濫觴，及其至江之津也，不方舟，不避風，不可涉。③仰井絡之淪耀，《河圖括地象》曰：岷山之地，上爲井絡。郭璞《江賦》曰：岷精淪耀於東井。④陰牛女以垂芒。《春秋元命苞》曰：牛女爲江湖，江湖者，所以開神潤化，故其氣湍急〔二〕。⑤總括漢泗，吸引沮漳。郭景純《江賦》曰：揔括漢泗，兼包淮湘，并吞沅澧，吸引沮漳。⑥分二源於岷崍，《山海經》曰：岷東北百三十里崍山，江水出焉。又東北五十里崌山，江水出焉，而東流注于大江。郭璞《江賦》曰：分二源於崌崍，流九派於潯陽。⑦流九派於潯陽〔三〕。《水經》曰：江至潯陽，分爲九道。又《潯陽記》曰：九江：一白烏江，二蜯江，三烏土江，四嘉靡江，五畎江，六浮江，七廩江，八提江，九菌江。⑧滔滔江漢，南國之紀，出《詩》。⑨激迅湍於巫峽，郭景純《江賦》曰：銜巫峽以迅激，躋江津而起漲〔四〕。⑩鼓洪波於彭蠡。《水經》曰：東會于彭蠡，經蕪湖，名爲中江。⑪陶侃之局已投波，《晉書》曰：陶侃語人曰：「大禹聖人，乃惜寸陰，至於衆人，當惜分陰。」參佐或以戲廢事者，乃取其蒱博之具，悉投於江。⑫吴猛之扇曾畫水。《晉書》曰：吴猛年四十許，邑人丁義始授神方。因還豫章，江水甚急，猛不假舟楫，以白羽扇畫水而渡。⑬魏文南伐而興歎，《魏志》曰：文帝伐吴，至長江而歎曰：「天固以限南北也。」⑭祖狄北征而爲誓。《晉書》曰：祖逖北渡江，中流誓曰：「逖不清中原

而復濟者，有如大江。」⑮温嶠燬犀〔五〕，《晉書》曰：温嶠至牛渚磯，傳言水深不可測，乃燬犀角照之。須臾，見水族奇怪，或乘車馬。至夜，夢人謂曰：「與君幽明道隔，何苦相照。」嶠甚惡之，未幾而卒。⑯琴高控鯉。《列仙傳》曰：琴高浮游冀州。二百餘年，後入碭水中，乘赤鯉魚來，出留一月，復入水去。郭璞《江賦》：海童之所游巡，琴高之所靈矯。⑰張禹治訟而波清，《續漢書》曰：張禹拜揚州刺史，當過江，行部中，士人皆以江有子胥之神，難於濟涉。禹厲聲言曰：「子胥如其有靈，知吾志在理察枉訟，豈危我哉！」遂鼓楫而過。⑱王閎拔劍而風止。謝承《後漢書》曰：吴郡王閎渡錢塘江，遭風，船欲覆。閎拔劍斫水，罵伍子胥，風息得濟。⑲爾其馳百谷，《老子》曰：江海所以能爲百谷王者，以其善下之。⑳導雙流，左太冲《蜀都賦》曰：帶二江之雙流。㉑瀉驚湍於白帝，庾信《泛江》詩曰：春江下白帝，畫舸向黄牛。㉒縈曲岸於黄牛〔六〕。隋薛道衡《入郴江》詩曰：征途非白馬，水勢類黄牛。㉓陽侯鼓波而傲睨，《淮南子》曰：陽國侯溺於水，其神能爲大波。郭璞《江賦》曰：陽侯遁形於大波。㉔冰夷倚浪而夷猶。《山海經》曰：從極之川，惟冰夷常都焉。冰夷，人面而乘龍。郭璞《江賦》曰：冰夷倚浪而傲睨，江妃含嚬而矊眇。冰夷，馮夷也。㉕偉周穆之叱鼉，《紀年》：周穆王東至于九江，叱黿鼉以爲梁。㉖想項王之艤舟。《史記》曰：項羽欲東渡烏江，烏江亭長艤船待之。㉗至若遊三山而澄練，謝玄暉《晚登三山還望京邑》詩曰：餘霞散成綺，澄江静如練。㉘經西陵而縈帶。袁山松《宜都記》曰：對西陵南岸有山，其峯最秀〔七〕。人自山南上至頂，俯臨大江如縈帶，視舟船如鳧雁。㉙越荆門以退鶩，盛弘之《荆州記》曰：郡西陵泝江六十里〔八〕，南岸有山，名曰荆門；北岸有山，名曰虎牙，夾岸相對〔九〕，楚之西塞也。郭景純《江賦》曰：虎牙磔竪以屹崒，荆門闕竦而盤薄。㉚出信陽而長邁。郭景純《江賦》曰：出信陽而長邁，淙大壑與沃焦。臧榮緒《晉書》曰：建平郡有信陵縣。信陽，即信陵也。㉛**灌五湖而浩洋**〔一〇〕，《史記》太史公曰：「余登姑蘇望五湖」。張勃《吴録》曰：五湖者，太湖之别名也。周行五百餘里。郭璞《江賦》曰：注五湖而漫漭，灌三江而漰沛。㉜**集三江而澎湃。**《尚書》曰：三江既入，震澤底定。孔安國曰：彭蠡江分爲三，入震澤。㉝**亦聞靈均任石而慷慨，**郭璞《江賦》曰：悲靈均之任石，嘆漁父之棹歌。《史記》曰：屈原作《懷沙賦》，抱石自投汨羅而死。㉞**魚父鼓櫂而延緣。**《楚辭》曰：《漁父鼓棹歌》曰：「滄浪之水清，可以濯吾纓〔一一〕。滄浪之水濁，可以濯吾足。」㉟**笑失策於囊沙，**《吴録》曰：步騭表言：北降人説北多作布囊，欲以盛沙，塞大江。吴王曰：「此曹必不敢來，若不如孤言，當以牛千頭爲君作主人。」後見呂岱説騭言，失笑曰：「此江自開闢而然，寧可以囊塞乎？」㊱**挫鋭氣於投鞭。**臧榮緒《晉書》曰：苻堅北定九州，將大舉南伐，苻融等咸諫止之，不聽，曰：「吾百萬之衆，投鞭可以濟江。」既至，淝水大，爲謝玄等所敗。㊲**楚姬著節於漸臺，**《列仙傳》曰：楚昭王出遊，留夫人貞姜漸臺。江水大至，遣使者迎夫人。忘持符，夫人曰：「王與宫人約，召必以符，今使者不持符，妾不敢行。」於是使者返取符。未還，臺已壞。沉水而死。㊳**姜婦明孝於涌泉。**《列仙傳》曰：廣漢姜詩妻，事姑至孝。姑好飲江水，水去家七里，妻常雞鳴泝流而汲。值風雪，不時得水，詩責遣之。妻寄鄰家紡績〔一二〕，以市珍味，使鄰母遺姑。詩聞追還。舍側忽有涌泉出，味如江水。㊴**觀夫靡迤黄岑，**盛弘之《荆州記》曰：始安郡有東、北二江〔一三〕；北江發源於桂陽之臨武黄岑山〔一四〕；東江發源於南康大庾嶺〔一五〕。㊵**奔騰赤岸，**山謙之《南徐記》曰：京江，《禹貢》：北流也，闊漫三十里，通望大壑，常以春秋朔望〔一六〕，輒有大濤，聲勢駭壯，極爲奇觀。濤至江北激赤岸，尤爲迅猛。郭璞《江賦》曰：鼓洪濤於赤岸，淪餘波乎柴桑。㊶**經雲夢而**

汪洋，《尚書》曰：雲土夢作乂。郭景純《江賦》曰：其傍則有雲夢雷池，彭蠡青草。㊷灌具區而澶漫，郭景純《江賦》曰：具區洮、滆。注：皆澤名。洮音姚，滆音核。㊸怪泉客之泣珠，《吴都賦》曰：泉客慷慨而泣珠。㊹識鮫人之搆館。郭璞《江賦》曰：泉客築室於巖底，鮫人搆館於懸流。㊺至其弱柳白烏之號，《緑江記》曰：西江別支爲弱柳江，水經潯陽九江，其一曰白烏」。㊻嘉靡瓜步之名。《水經》：嘉靡江者，九江之一也。瓜步江在揚州六合縣界，即魏文帝及後魏太武所臨處。㊼感交甫之喪珮，《列仙傳》曰：江妃二女，遊於江濱，逢鄭交甫，遂解珮與之。交甫受珮而去，去數十步，懷中無珮，女亦不見。㊽思楚昭之得萍。《家語》曰：楚昭王渡江，江有物，大如斗，圓而赤，直觸王舟，舟人取之。王大怪，使之魯，問孔子。孔子曰：「此萍實也，可割而食之，吉祥。惟霸者能獲之。」使返，王遽食之，甚美。㊾激怒氣於子胥，《論衡》曰：儒書言伍子胥恨吴王，驅水爲濤。今會稽錢唐丹徒江，皆立子胥祠，欲止其濤也。㊿泝懸流於鼈令。《蜀王本紀》曰：望帝治汶山下郫百餘歲。荆州有一死人名鼈令，其屍亡去，隨江水上至郫遂活，望帝以爲相。又以德薄不及鼈令，乃委國授之。51仰奇相之得道，《廣雅》曰：江神謂之奇相。郭璞《江賦》曰：奇相得道而宅神。52憫神使之輕生。《莊子》曰：宋元君夜半夢人被髮而窺阿門，曰：「予爲清江使河伯之所，漁者豫且得予。」元君覺，召占夢者占之。占者曰：「此神龜也。」元君得而刳之以卜，七十鑽無遺筴。53要離圖慶而名立，《吕氏春秋》曰：要離之走，往見王子慶忌於街，慶忌喜，要離曰：「請與王子往奪之國。」王子慶忌與要離共涉於江中，要離拔劍以刺慶忌，慶忌捽而投之於江。浮出，又取而投之，如此者三。其卒曰：「汝天下之國士也，幸汝以成名。」要離不死而歸吴。54漢武射蛟而景清，《漢書》曰：武帝元封五年，狩于盛唐，望祀虞舜于九疑。自潯陽親射蛟江中，獲之。舳艫千里。㊺投書已善於光禄，蕭方等《三十國春秋》曰：光禄勳殷羨之還豫章，貴游多憑其書，羨之至板橋投書於江，曰：「沉者自沉，浮者自浮。殷洪喬不能作致書郵。」㊻毁璧仍聞於滅明。事見《河賦》「澹臺毁璧」注。或曰：斬蛟於江。㊼總百川以遐覽，余見之於水經。

校勘記

〔一〕寔水德　「寔」原作「嘉」，據宋本並《文選》卷十二郭璞（字景純）《江賦》改。

〔二〕遄急　原作「遄息」，據宋本並《御覽》卷六十引改。

〔三〕流九派　「流」，宋本作「別」。

〔四〕起漲　原作「高漲」，據宋本、《文選》卷十二《江賦》改。

〔五〕温嶠燬犀　「燬」原作「燃」，據黄校本改。黄校本於本卷末手書云：「《江賦》中『温嶠燬犀』句，注中仍引《晉書》作『燬犀』是也。近因校刊宋本《輿地廣記》引用『燬犀』，復檢《晉書》並旁考他書，舊本無作『燃犀』者。」下同。

〔六〕縈曲岸　「縈」原作「索」，據宋本改。

〔七〕最秀　宋本、黄校本並《御覽》卷六十引作「孤秀」。

〔八〕郡西陵　宋本無「陵」字。

〔九〕夾岸　宋本、黄校本作「二山」。

〔一〇〕浩漾　原作「浩渺」，據宋本、黄校本改。

〔一一〕吾纓　原作「我纓」，據宋本、黄校本改。

〔一二〕寄鄰家　「寄」原作「往」，據宋本並《御覽》卷六十引改。

〔一三〕二江　原作「三江」，據宋本與下文改。

〔一四〕北江　此二字原無，據宋本增。

〔一五〕大庾嶺　「大」原作「之」，據宋本、黄校本改。

〔一六〕朔望　「望」字原無，據宋本增。

河

①伊洪河之下流，《釋名》曰：河下也，隨地下處而通流也。②出崑崙之絶域。《山海經》曰：崑崙山縱廣萬里，有青白赤黑河環其墟。其白水出東北，陬屈向東南流，爲中國河也。《爾雅》曰：河出崑崙墟，色白。③究博望之遐蹤，《漢書》曰：張騫使大夏，窮河源，烏睹所謂崑崙者乎？④考夏王之遠跡。《吕氏春秋》曰：龍門未開，吕梁未發，河出孟門，大溢逆流，名曰洪水。禹決江疏河，爲彭蠡之鄣，所治者千八國。⑤漢已亡其八枝，《吕氏春秋》曰：鉅鹿之北，分爲九河，又合爲一河以入海。齊桓公塞九河以廣田居，漢世河決金隄，議者欲求九河故迹而穿之，未知其所，是以班固云：「自茲距漢，亡其八枝也。」⑥賈復言其三策。《漢書》曰：哀帝時，賈讓奏言：「治河有上中下三策。若徙其當水衝之人以避之，放河使北入海。泛濫朞月自定，不勞人力，此功以立，河定人安，千載無患，謂之上策。若多穿漕渠，使人得以溉田，雖非聖人法，然亦救敗術也。今據堅地作石隄，東西水門但用木與土耳，旱則開東方水門以溉田，水則開西方高門以分河。此誠富國、安人、興利、除害，謂之中策。苟繕完故隄，增卑倍薄，勞費無已，數逢此害，最下策也。」⑦爾其觀瀰瀰，《詩》曰：新臺有泚，河水瀰瀰。⑧悅洋洋，《詩》曰：河水洋洋，北流活活。⑨出葱嶺，注蒲菖。《山海經》曰：河出崑崙東流，潛行地下，至規期山北流。分爲兩源，一葱嶺，一出于闐。復合流，東注蒲菖海。⑩後海既知於務本，《禮》曰：三王之祭川也，皆先河而後海。或源也，或委也，此之謂務本。⑪一葦曾稱於可

杭。《詩》曰：誰謂河廣，一葦杭之。⑫若夫傾竹箭之流，《慎子》曰：西河下龍門，其流駃竹箭。⑬激桃花之水，桓譚《新論》曰：大司馬張仲議曰：「河水濁，一石水六斗泥，而民競決河溉田，令河不通利。至三月，桃花水至則決，以其噎不泄也，可以禁民勿復引河。」⑭泥既盈於六斗，已見上注。⑮曲亦聞乎千里。楊泉《物理論》曰：河百里小曲，千里一曲一直。⑯黄帝之夢兩龍，《河圖》曰：黄帝夢兩龍授圖，乃齊，詣河洛，有魚泛白圖，折溜而止，跪而受之。⑰漢武之歌瓠子，《史記》曰：元光中，天子臨瓠子決河，沉白馬玉璧，令羣臣從官，自將軍以下皆負薪填決河，取淇園之竹以爲楗，天子悼功之不成，乃作《瓠子之歌》。⑱簡絜鉤盤，胡蘇太史。《爾雅》：九河：徒駭、太史、馬頰、覆鬴、胡蘇、簡、絜、句盤、鬲津。注：徒駭、太史，未詳。馬頰，狀如馬頰。覆鬴，水中可居，狀如覆鬴。胡蘇，東莞有胡蘇亭。簡，水道簡易。絜，水多絜約。句盤，水曲如鉤流盤桓也。鬲津，水多阨狹，可隔以爲津，而橫渡。⑲至於激三門之險，《水經》曰：禹鑿砥柱以通河水，謂之三門。⑳號四瀆之精。《春秋考異郵》曰：河者，水之氣，四瀆之精，所以流化，故曰「河潤千里」。㉑縈九折兮注海，《淮南子》曰：河九折注海而流不絶者，有崑崙之輸也。㉒歷千年兮一清。《拾遺記》曰：黄河千年一清，聖人之大瑞也。李霄遠《運命論》曰：黄河清而聖人生。㉓豈作楚昭之祟，《左傳》曰：楚昭王有疾，卜河爲祟。大夫請祭，王曰：「江漢沮漳，楚之望也，河非所獲罪也。」㉔但聞王莽之名。《史記・河渠書》云：河之爲災害，中國尤甚。《尚書》導河，自積石至於龍門。又釃二渠以引河。如淳注：二渠，一出貝丘，一則漯川。王莽時廢塞，故俗謂之「王莽河」。㉕識三州之負土，《孝子傳》曰：三州人者，皆孤單煢獨，相約爲父子。老者因命二人於大澤中作舍，且欲成。父曰：「此不如河邊。」二人曰「諾」。河邊舍幾成〔一〕，父曰：「又不如在河中〔二〕。」

二人復填河，二旬不立。有一書生過之，爲縛兩土肫投河中。父往呼止之曰：「嘗見河可填耶！觀汝行耳〔三〕。」明日望見河中土高丈餘。㉖見五老之飛星。見《星賦》「五老遊河」注。㉗則有魚鱗紫貝之居，《楚辭》曰：魚鱗屋兮龍堂，紫貝闕兮珠宫。注云：言河伯所居。㉘玄貉白狐之祭。《穆天子傳》曰：天子西狩，獲白狐玄貉以祭于河。㉙或以作柏舟之矢，《詩》曰「柏舟」，共姜自誓也。「泛彼柏舟，在彼中河。髧彼兩髦，實惟我儀。之死矢靡它。」㉚或以申如帶之誓。《漢書》：高祖定天下，封功臣百四十三人，誓曰：「使黄河如帶，泰山若礪，國以永存，爰及苗裔。申以丹書之信，重以白馬之盟。」㉛仲尼適趙而廻車，《家語》曰：孔子之晉，及河，聞趙簡子殺竇鳴犢及舜華，乃臨河而嘆曰：「美哉洋洋乎！丘之不濟此，命也。」子貢趨而進曰：「敢問何謂？」子曰：「竇鳴犢、舜華，賢大夫也而殺之。丘聞之『剖胎殺夭，則麒麟不至其郊；竭澤取魚，則蛟龍不處其淵；覆巢破卵，則鳳凰不翔其邑』。何則？君子諱傷其類！」遂還。㉜方叔去魯而遐逝。《論語》曰：鼓方叔入於河。注曰：入，謂其居河内。魯哀公時，禮壞樂崩，樂人皆去。㉝晉侯聽伯尊之言，《穀梁傳》曰：梁山崩，壅河三日不通。晉君召伯尊。伯尊遇輦者問焉，輦者曰：「君親素縞，帥羣臣哭之，既而祠焉。」伯尊至，君問之，伯尊如其言，而河流矣。㉞軒皇聞風后之對。《河圖》曰：風后對皇帝曰：「河凡有五，皆始開于崑崙之墟。」㉟白馬既中於漢禱，見上「漢武歌瓠子」注。㊱黄龍亦稱於舜瑞。《運斗樞》曰：舜與諸侯觀河洛，有黄龍負圖出，置帝前，躉入水而前去。注云：躉，去也，之逝切。又音帝〔四〕。㊲亦聞經於張掖，《山海經》曰：黄河東注蒲菖，潛流地下，出積石山，東南流。又東廻入塞，過燉煌、酒泉、張掖南，與洮河合。㊳導彼隰川，見上「但聞王莽之名」注。㊴灌於上嶺，《前漢書·溝洫志》曰：武帝時，齊人延年上書言：「河出崑崙，經中國，注勃海，是其地勢西北高而東南下也。可准高下，開大河上嶺，出之胡中，東注之海。如此，關東長無水災，北邊不憂匈奴。此功一成，萬歲大利。」上壯之，報曰：「延年計議甚深。然河乃大禹所道也，聖人作事，通於神明，恐難改更。」注：上嶺，山頭也。㊵**通於華山。**郭緣生《述征記》曰：華山與首陽本一山，河神巨靈擘其上，足踏其下，分兩山以通河流。今掌足迹猶存。㊶**秦名德水，**《史記》曰：秦滅六國，自以爲獲水德之瑞，更名河曰德水。㊷**漢起龍淵。**《漢書》曰：武帝元光中，河水徙頓丘，發卒十萬救決河，起龍淵宫。㊸**非寸膠之可治，**《抱朴子》曰：寸膠不能理黄河之濁，尺水不能却蕭丘之火。㊹**豈撮壤之能填？**《抱朴子》曰：撮壤不能填決河，升水不能冷原火。㊺**至若澹臺毁壁，**《水經注》曰：昔澹臺子羽，齎千金之璧渡河，陽侯波起，兩蛟挾舟，子羽曰：「吾可以義求，不可以威刼。」操劍斬蛟。蛟死波休，乃投璧於河。三投而輒躍出，乃毁璧而去，示無悋意。㊻**申徒負石**〔五〕，《韓詩外傳》曰：申徒狄非世，將自投於河。崔嘉止之曰：「聖人，民之父母也。今爲濡足之故，不救溺人，可乎？」申徒狄曰：「昔桀殺龍逢、紂殺比干，而亡天下。吴殺子胥、陳殺泄冶，而滅其國。非無聖知，不用故也。」遂負石而沉於河。㊼**武侯屈中流之喜，**《史記》曰：魏武侯浮西河而下，中流，顧謂吴起曰：「美哉乎！山河之固，此魏國之寶也。」起對曰：「在德不在險。昔三苗，左洞庭，右彭蠡，恃此險也，德義不修，禹滅之。夏桀之居，左河濟，右太華，伊闕在其南，羊腸在其北，修政不修仁〔六〕，湯破之。殷紂之國，左孟門，右太行，常山在其北，太河經其南，修政不修德〔七〕，武王滅之。由此觀之，在德不在險。」武侯曰：「善。」㊽**晉人有泛舟之役。**《左傳》曰：晉荐饑，乞糴于秦，秦輸粟于晉，自雍及絳相繼，命之曰「泛舟之役」也。㊾**爾乃應于天漢，**《孝經援神契》曰：河者，水之伯，上應天漢。㊿**決波金隄，**見上「白馬申於漢禱」注。(51)**起積石而浮砥柱，過洛汭而至大伾。**《尚書·禹貢》曰：導河積石，至于龍門，南至華陰，東至於砥柱。又東至于孟津，東過洛汭，至于大岯。(52)沮授臨流而屢歎，《魏志》曰：袁紹渡河，沮授臨舟歎曰：「上盈其志，下矜其功。悠悠黄河，吾其濟乎！」(53)甘茂持檝而非宜。《説苑》曰：甘茂使齊，渡河。船人曰：「河水猶澗耳，君不能渡，何王之能説乎？」甘茂曰：「持揖隨流，我不若子；説萬乘之君，子不如我。」(54)觀其鑿彼龍門，見上注。(55)分於鉅鹿，《山海經》曰：今邢州、鉅鹿，北播爲九河，同爲逆河入海也。(56)笑孟津之捧土，朱浮《與彭寵書》曰：奈何以區區漁陽，結怒天子。此猶河濱之人，捧土以塞孟津，多見其不知量也。(57)識淇園之取竹。見上「漢武歌瓠子」注。(58)周武之麾陽侯，《淮南子》曰：武王伐紂至孟津，陽侯之波逆流而擊，疾風晦冥，人馬不相見。於是武王左操黄鉞，右執白旄，瞋目而麾曰：「余在天下，誰敢害余者！」於是風濟波罷。(59)嬴政之承玉牘。《河圖考靈耀》曰：秦王政以白璧沉河，有黑公從河出，謂政曰：「祖龍來授天寶。」開，中有尺二玉牘。(60)或以灌四郡而爲災，《漢書》曰：成帝時，河決潰金隄，凡灌四郡。河隄使者王延世塞以竹落，長四丈，大九圍，盛以小石，兩船夾載而下之。三十六日，河隄成。改元爲河平。(61)或以潤九里而蒙福。張璠《漢記》曰：郭伋爲潁川太守〔八〕，光武詔曰：「賢能太守去帝城不遠，河潤九里，冀京師并蒙其福。」(62)亦聞魚人覯禹，《水經注》曰：禹理水，觀於河，見白面長人〔九〕，魚身，出曰：「吾河精也。」授禹《河圖》而還於淵。(63)馬圖授羲。《禮》曰：河出馬圖。(64)慶榮光之四塞，《書中候》曰：榮光出河，休氣四塞。(65)歎人壽之難期。《左傳》曰：周詩有之曰：「俟河之清，人壽幾何。」(66)識潛流之隱伏，見上「經於張掖」注。(67)驚迅逝之逶迤。《淮南子》曰：河以逶迤故能遠，山以陵遲故能高，道以優游故能化。(68)高竝之言要妙，《漢書》曰：長水校尉高竝言：河決率常於平原、東郡左右，其地形下而土疏惡也〔一〇〕。聞禹治河〔一一〕，本空此地，以爲水隄。近察秦漢河決曹衛之域，不過百八十里，可空此地，弗以爲官亭民室。⑲王景之識精微。《水經注》曰：漢明帝永平中，議治汴渠，上引樂浪人王景問水形，便因賜景《山海經》、《河渠書》、《禹貢圖》。發卒數十萬，詔景與將作謁者王吳，治渠防，起滎陽至千乘海口千餘里，景商度地勢，鑿山開澗，防遏衝要〔一二〕，疏決壅積，十里一門，水更相迴注，無復潰漏之患。明年，渠成。帝親巡行，詔濱河郡國，置河隄員吏，如西京舊制。⑳斯皆得河渠之至術〔一三〕，後世胡爲而弗思。

校勘記

〔一〕「父曰」以下十六字原無，據宋本、黄校本並《御覽》卷六十一引增。《御覽》引蕭廣濟《孝子傳》，文字略繁。

〔二〕又不如在河中　原作「此不如河河中」，據宋本、黄校本並《御覽》卷六十一引改。

〔三〕「父往」以下十六字原無，據宋本、黄校本並《御覽》卷六十一引增。

〔四〕音帝　宋本作「音帶」。

〔五〕申徒　原作「申屠」，據宋本、黄校本改。下同。

〔六〕不修仁　「修」字原無，據宋本、黄校本並《史記・吴起列傳》增。

〔七〕不修德　「修」字原無，據宋本、黄校本並《史記・吴起列傳》增。

〔八〕郭伋　原作「郭純」，據宋本並《御覽》卷六十一引改。

〔九〕長人　原作「二人」，據宋本、黄校本並《御覽》卷六十一引改。

〔一〇〕地形　原作「地最」，據宋本、黄校本並《御覽》卷六十一引改。

〔一一〕治河　宋本、黄校本並《御覽》卷六十一引作「理河」。

〔一二〕防遏　原作「隄遏」，據宋本、黄校本改。

〔一三〕斯　原作「期」，據宋本、黄校本改。

事類賦卷之七

地部二

山　水　石

山

①夫山者，宣也，宣氣生萬物者也。出《説文》〔一〕。②爾其天孫日觀，《博物志》曰：泰山，一曰天孫，言爲天帝孫也。主召人魂魄。東方萬物始成，知人主命之長短。應劭《漢官儀》曰：泰山東南名曰日觀，雞一鳴，時見日始出。③終南太一，《五經要義》曰：太一山在扶風武功縣，與終南山相連。④蓬萊九氣，《十洲記》曰：蓬萊山外則員海，謂之溟海，無風而洪波百丈，上有九氣丈人，九天真官。⑤崑崙五色，《博物志》曰：崑崙從廣萬一千里，神物所集，出五色雲氣，五色流水。其水東南流爲中國河〔二〕。⑥天台赤城，孫綽《天台賦》曰：赤城霞起以建標，瀑布飛流而界道。⑦龍門積石。《書》曰：浮于積石，至于龍門西河。⑧訪至道於崆峒，《莊子》曰：皇帝聞廣成子在崆峒之上，往問道焉。⑨識神人於姑射。見《氷賦》「想肌膚於姑射」注。⑩江郎之一子還家，《郡國志》曰：江郎山三峯，上又各有巨石。昔山下民，兄弟三人化於此。晉永嘉之亂，滛滿者亦居山側，有一子仕宦不得歸，禱於

三石。旬日中，湛子出洛水，見三少年，使閉目，入車中，悅然不知所之。良久至家。⑪林慮之雙童不食。《顔修內傳》曰：「橋順二子，曰瑋、曰瑞，師事仙人盧子基，於隆慮山棲霞谷，服飛龍藥一丸，千年不饑，故魏武詩曰：「西山有雙童，不飲亦不食。」⑫節彼南山，《詩》曰：節彼南山，維石巖巖。⑬始於一拳。《禮》曰：今夫山，一拳石之多，及其廣大，草木生之，禽獸居之，寶藏興焉。⑭庋懸之祭，《爾雅》曰：祭山曰庋懸。⑮配林是先。《禮》曰：齊人將有事於泰山，必先有事於配林。⑯故梁爲晉望，《爾雅》曰：梁山，晉望也。注云：在馮翊〔三〕。⑰岷實江源。《書》曰：岷山道江。⑱聳香爐之秀出，《南雍州記》云：武當山，山高隴峻，若博山香爐。廬山亦有香爐峯。⑲抗射的之高懸。《水經注》云：會稽有射的山，遠望如射侯。士人以占，暗則米貴。諺曰：「射的白，斛一百；射的玄，斛一千。」⑳至若觸石吐雲，《説苑》曰：五嶽能大布雲雨焉，能大斂雲雨焉。觸石而出，膚寸而合，不崇朝而雨天下。㉑含澤布氣，《春秋説題辭》曰：山之爲言宣也，含澤布氣，調於百神者也。㉒鳴陳倉之寶雞，《三秦記》曰：太白山南有陳倉山，山有石與雞不別。趙高燒山，雞飛去，晨鳴山頭，聲聞三十里。或謂是玉雞。㉓翔淳于之白雉。《武陵記》曰：淳于山與白雉山相近，絶壑之半有白石雉，遠望首尾可長二丈，伸足翔翼，若虛中翻飛。㉔既含情於度木〔四〕，《左傳》曰：山有木，工則度之。㉕亦游心於覆簣，《論語》曰：譬如爲山，未成一簣，止吾止也。譬如平地，雖覆一簣，進吾往也。㉖登宛委而得書，《吴越春秋》曰：禹傷父功不成，登衡山血白馬而祭之，夢赤繡文衣男子，稱玄夷蒼水使者，謂禹曰：「欲得我山書者，齋於黄帝之嶽。」禹乃退，齋三日，登宛委，發石得金簡玉字之書，言治水之要。㉗出器車而表瑞。《禮》曰：山出器車，河出馬圖。㉘黄帝之游具茨，《陽城記》曰：黄帝登具茨之山，升於洪隄之上，受神芝圖於黄竈童子〔五〕。㉙夏王之登會計。《吴越春秋》曰：禹巡越，大會計治國之道，更名茅山曰會計。㉚爾其探禹穴，《水經注》：會稽山東有穴，深不見底，謂之禹穴。東遊者多探其穴。㉛紀秦功。《水經注》曰：秦始皇登會稽山，刻石紀功，李斯所篆。㉜或形標九子，《九華山録》曰：峯巒異狀，其數有九，故號九子。李白更號九華。㉝或禮視三公。《禮》曰：五嶽視三公，四瀆視諸侯。㉞著屐嘗聞於靈運，《宋書》曰：謝靈運好登山，嘗著木屐，上山則去前齒，下山則去後齒。㉟朽壤曾詢於伯宗。《左傳》曰：梁山崩，晉侯召伯宗。伯宗辟重，曰：「避傳！」重人曰：「待我不如捷之速也。」問其所，曰：「絳人也。」問絳事，曰：「梁山崩，將召伯宗謀之。」問將若之何，曰：「山有朽壤而崩，可若何？國主山川，故山崩川竭，君爲之不舉、降服、乘縵、徹樂、出次，祝幣，史辭以禮焉。」㊱至若汶爲天井，《河圖》曰：汶山之地爲井絡，天以會昌，神以建福，上爲天井。㊲岐爲地乳，《河圖》曰：岐山，在崑崙東南爲地乳。㊳維應桐柏，《河圖》曰：桐柏山爲地穴，上爲維星。㊴畢連鳥鼠。《河圖》曰：鳥鼠同穴山，地之幹也，上爲掩畢星。㊵嘉無恤之臨代，《史記》曰：趙簡子謂諸子曰：「吾藏寶符於常山，往而得者立爲後」〔六〕。諸子競往，無所得。無恤曰：「常山臨代，代可取也。」簡子曰：「是知符矣。」遂立之。㊶美仲尼之小魯。《孟子》曰：孔子登東山而小魯，登太山而小天下。㊷或形類冠幘，《宣城圖經》曰：幘山層峯嵯峩，狀如冠幘。㊸或狀同枹鼓。《隋圖經》曰：燕山在易縣，巖側有石鼓，去地百餘丈，望之，若數百石囷，左右梁貫之。鼓東南有石人，援桴同擊。世云「燕山石鼓，鳴則有兵」。㊹感叱馭之忠臣。《漢書》曰：王陽爲益州刺史，行部至邛郲九折阪，歎曰：「奉先人遺體，奈何數乘此險。」後以病去。及王遵爲刺史，至其阪，問吏曰：「此非王陽所畏道邪？」遵叱其馭曰：「驅之！」王陽爲孝子，王遵爲忠臣。㊺識擣衣之玉女。《郡國志》曰：靈山，昔有神女於此擣衣，因號擣衣山。山南絶巖有方石明瑩，謂之玉女擣練碪。㊻縣圃嘗留於穆滿，《淮南子》曰：崑崙山，去地萬一千里，上有層城九重，或上倍之，是謂閬風；或下倍之，是謂縣圃。《穆天子傳》曰：天子至於崑崙丘，季夏丁卯升於春山之上，以望四野。是惟天下之高山，先王之所謂縣圃。《山海經》曰：實惟帝之平開。㊼疏屬曾拘於貳負。《山海經》曰：貳負之臣曰危，與貳負殺窫窳，帝乃梏之於疏屬之山，桎其右足，反縛兩手，以髮繫之於山上盤石之下，在開題西北。注：漢宣帝時，使人鑿上郡，發盤石得一人，徒裸、被髮、反縛，械一足，莫有識者。劉子政按此言之，宣帝大驚。時人爭學《山海經》。㊽則有石帆孤出，夏侯曾先《志》曰：會稽山有石帆，湧石壁立，臨川亘空，遥望芃芃，有似張帆也。又，《武陵記》曰：石帆山〔七〕，石危起，若數百幅帆。㊾砥柱分流。《水經注》曰：砥柱者，禹治洪水，山陵當水者鑿之，故破山以通河。河水分流包山，見水中若柱然，故曰「砥柱」。㊿巨靈之擘太華，郭緣生《述征記》曰：華山與首陽，本同一山，河神巨靈擘開，以通河流，故掌跡存焉。(51)共工之觸不周。見《天賦》「共工折柱」注。(52)秦望則金簡玉書，靈祕之所潛隱；《水經注》曰：會稽秦望山在州正南，爲衆峯之傑，涉境便見。《吴越春秋》稱：山覆釜盎，盎中有金簡玉書，皇帝之遺讖也。又云：金簡玉字之書，夏禹發之，得百川之理。(53)羅浮則瑇房瓊室，神仙之所嬉遊。《日南志》曰：羅浮山本蓬萊山，一峯有瑇房瓊室七十二所。(54)又聞嬴政曾驅，見《日賦》「秦皇過海」注。(55)愚公欲徙，《列子》曰：太行、王屋二山，方七百里，高萬仞。北山愚公者，年且九十，面山而居。懲山北之塞，出入之迂也，聚室而謀，曰：「吾與汝畢力平險，可乎？」雜然相許。其妻曰：「以君之力，曾不能損魁父之丘。如太行、王屋何〔八〕？且焉置土石？」雜曰：「投諸勃海之尾，隱土之北。」遂率子孫荷擔者三夫，叩石墾壤，運於勃海之尾。鄰人京城之孀妻者有遺男，始齔，往助之。寒暑易節，始一反焉。河曲智叟笑而止之，曰：「甚矣，汝之不慧！以殘年餘力，曾不能毁山之一毛。其如土石何？」北山愚公長息曰：「汝之心曾不若孀妻弱子，雖我之死，有子存焉。子又生孫，孫又生子，孫孫子子，無窮匱也。而山不加增，何苦而不可平！」河曲智叟無以應。操蛇之神聞之，懼其不已，告之於帝。帝感其誠，命夸娥氏二子負山，一措朔東，一措雍南。(56)覩脩羊於華陰，《列仙傳》曰：脩羊公者，蜀人也，於華陰山石室中，有懸石榻，卧其上，石盡穿陷。(57)見王喬於緱氏。《列仙傳》曰：王喬，周靈王太子晉也，好吹笙作鳳鳴，遊伊、洛之間，浮丘公接以上嵩高山。三十餘年後，於山上見桓良，曰：「告我家，七月七日待我於緱氏山頭。」至日，果乘白鶴駐山巔。望之不得到，舉手謝時人，數日去。(58)指闕遠屬於牛頭，《晉書》曰：元帝渡江草創，欲立石闕於宫門，未定。王導隨，駕出宣陽門，乃遥指牛頭山南峯爲天闕，中宗從之。(59)積甲遥齊於熊耳。《東觀漢記》曰：赤眉初降，輦輸鎧甲兵弩，積與熊耳山等。(60)至有羣玉册府，《穆天子傳》曰：癸巳，至於羣玉之山，四徹中繩，先王之所謂策府也。注：四徹中繩，言皆平直也。(61)崑崙下都，《搜神記》曰：崑崙之山，是惟帝之下都，環以炎火之山。(62)洞臺濳霍，《道經》曰：霍山下有洞臺，方二百里，司命君之府也。(63)員嶠方壺。《列子》曰：勃海之東有大海，其中有山：一曰代輿，二曰員嶠，三曰方壺，四曰瀛洲，五曰蓬萊。其上臺觀有金玉〔九〕。珠玕之樹皆叢生〔一〇〕，實皆有滋味，食之不死。人皆仙聖，一日一夜飛翔來往也。(64)觴百神者帝臺，《山海經》曰：鼓鍾之山，帝臺之所，以觴百神者也。今名鍾山，在陸渾縣。(65)迎四皓者高車。《高士傳》曰：高車山上有四皓碑及祠，皆漢惠帝所立也。漢高后使張良詣南山迎四皓之處，因名高車山。(66)及夫瞻挂鶴之悠揚，《臨海記》曰：郡西有白鶴山，山上有池泉水懸溜，遠望如倒挂白鶴，因名「挂鶴泉」。(67)望盤龍之宛轉。徐鉉《釋問》曰：

諸葛亮以爲鍾山龍盤，卽蔣山也。(68)聞蘇門之清嘯，《十道志》曰：蘇門山，一曰蘇嶺，卽阮籍見孫登長嘯，有鳳凰集登所隱之處，故號登蘇門先生。(69)訪酉陽之逸典〔一一〕。《荆州記》曰：小酉山上，石穴中有書千卷，相傳秦人於此學，因留之，故梁湘東王云：「訪酉陽之逸典。」(70)詠干言之飲宿，李公緒《趙記》曰：柏仁縣有干言山，《衛》詩云「出宿于干，飲餞于言」是也。(71)紀云亭之封禪。《後漢書》曰：光武封太山，禪梁甫。注：云云、亭亭、肅然、蒿里、社首、梁甫，皆泰山下小山也。石閭在西巖之下焉。(72)亦有蘭巖唳鶴，《神境記》曰：滎陽縣有蘭巖山，峭拔千丈。傳云：昔有夫婦隱此山數百年，化爲雙鶴〔一二〕。忽一旦，一鶴爲人所害，其一鶴歲常哀鳴，至今響動巖谷，莫知年歲。(73)金華叱羊，見《石賦》「初平叱羊」注。(74)再成三襲，《爾雅·釋山》曰：三襲陟，再成英。(75)朝陽夕陽。《爾雅》曰：山西曰夕陽，山東曰朝陽。(76)桂陽話石，《荆州記》曰：桂陽萬歲山，出靈壽草仙方，云服之不死。又有話石山，石有聲，如人共語。(77)吴宫採香。《吴地記》曰：香山，吴王遣美人採香於此山，因以爲名，故有採香徑。(78)凜冽而風門激吹，《水經注》曰：北屈縣有風山，上有穴如輪，風氣蕭瑟不止。當其衝所，畧無生草，蓋衆風之門也。(79)晶熒而火井揚光。見《火賦》「觀彼熒臺」注。(80)若其戴石爲砠〔一三〕，《爾雅》曰：土戴石爲砠。注云：土山上有石者。(81)多草爲岵。《爾雅·釋山》曰：多草木岵，無草木屺。(82)摘天柱之仙桃，《郡國志》：靈臺山天柱巖，有一桃樹，高五尺，皮是桃，心肉似柏。張陵與王良、趙升試法於此，四百餘年。桃迄今不朽，有小碑記之。(83)采華容之雲母，《荆南志》曰：華容方臺山，山出雲母，土人采之，先候雲所出之處，於其下掘取，無不大獲者。往往有長五、六尺，可爲屏風。當掘時忌有聲，不則所得粗惡矣。(84)尋謝敷之紫石，孔靈符《會稽記》曰：諸暨縣有鳥帶山，其上多紫石，世人莫知。

居士謝敷，少時經始諸山，往往遷易，功費千計，生業將盡，後遊此境，夢山神語之，曰：「當以五十萬相助。」且見主人牀下有異石，色甚明徹，試取瑩拭，乃紫石。因問所從來，云：「出此山。」遂往掘，果得利不訾。(85)訪桓温之白紵，《宣城圖經》曰：白紵山本名楚山。桓温領妓遊此山，奏樂好爲《白紵歌》，因改焉。(86)駭媧宫之臺榭，《南康記》曰：君山，翠麗鮮明，遠若臺榭〔一四〕，名曰媧宫。風雨之後，景氣明静，頗聞鼓吹之聲。(87)識仇池之樓櫓。《秦州記》曰：仇池山本名仇維山。形似覆囊，上廣百頃，壁立千仞，自然樓櫓却敵，分置均調，竦起數丈，有如人力。(88)亦有烏龍白騎，《湘川記》曰：汝城縣有烏龍白騎山，有黑石如龍，白石如馬。(89)紫蓋青泥，《荆州記》曰：衡山三峯，其一名紫蓋。《郡國志》曰：興州青泥嶺，懸崖萬仞，上多雲雨，屢成泥淖，遂以爲名。(90)羊腸鳥翮，《郡國志》曰：羊腸塞在龍門西。《山海經》曰：大翮山、小翮山，有王仲廟。仲，字次仲，秦始皇時，變蒼頡舊文爲今隸書，用之大嘉。使徵，不至。始皇大怒，檻車送之〔一五〕。次仲化爲大鳥，出于車外，翻然高翔，至於西門山，落二翮，因名之。(91)馬鞍牛脾，《郡國志》曰：郴州馬嶺山，本名牛脾山。《續南越志》曰：馬鞍山，始皇時望氣者云：「南海有五色氣。」遂發卒千人，鑿以斷山之岡阜。今其山形如馬鞍，因以名之。又《襄陽記》曰：望楚山〔一六〕，一名馬鞍山，劉弘山簡九日賞宴之所。(92)猿門聳拔，《益州記》曰：猿門山在涪縣，上多猿。其山二峯，傑豎如門。(93)雁塞逶迤，《荆州記》曰：景山，雁南翔北歸，偏經其上，人謂之雁塞山。(94)仙翁種玉，見《玉賦》「羊翁種之而娶婦」注。(95)烈女磨笄，《隋圖經》曰：磨笄山在懷戎縣。昔趙襄子殺代王。其夫人曰：「代已亡矣，吾將何歸？」遂磨笄於山而自殺。代人名其山爲磨笄山。(96)言聽蔡誕，《抱朴子》曰：蔡誕者，自云被謫至崑崙，問曰：「崑崙似何？」答曰：「天不問其高幾里，要於仰視之，去天不過十數里也。」(97)

約信安期。《列仙傳》曰：安期生，瑯邪阜鄉人，皆言壽千秋。秦始皇與語，賜金璧數千萬。出阜鄉亭，皆委去，留以赤玉舄一兩，報曰：「後千秋求我蓬萊山下。」⑱見祝融之降崇，聞鸑鷟之鳴岐。《國語》曰：夏之興也，祝融降于嵩山；周之興也，鸑鷟鳴於岐山。注：崇、嵩字，古通用耳。⑲復聞馬援壺頭，《武陵記》曰：壺頭山在縣東，馬援所穿室也〔一七〕。室内有蛇，如百斛船，云是援之餘靈。⑳羊公峴首。《十道志》曰：羊祜嘗與從事鄒湛共登峴山，垂泣曰：「自有宇宙便有此山，由來賢達勝士登此，遠望如我與卿者多矣，皆堙滅無聞，念此使人悲傷。我百年後，魂魄猶當登此山也。」湛對曰：「公德冠四海，道符前哲，令聞令望，當與此山俱傳。若湛輩，乃當如公語耳。」㉑挹少室之玉膏〔一八〕，《河圖》云：少室山有白玉膏，服即成仙。㉒飲洞庭之美酒。《博物志》曰：洞庭君山，帝之二女居之，曰湘夫人。又《荆州圖經》云：湘君所遊，故曰君山也。有道與吴包山潛通，上有美酒數斗，得飲者不死。漢武帝齋七日，遣男女數十人至君山，得酒欲飲之，東方朔曰：「臣識此酒，請視之。」因一飲致盡。帝欲殺之，朔曰：「殺朔若死，此爲不驗，以其有驗，殺亦不死。」乃赦之。㉓又若望朝霞於赤岸，《南兗州記》曰：瓜步山東五里，有赤岸山，南臨江中。羅君章云：「赤岸若朝霞。」郭景純《江賦》云〔一九〕：鼓洪濤於赤岸。㉔祀黄石於穀城〔二〇〕。見《石賦》「祠彼穀城」注。㉕雖陽岐之能買，《荆州記》曰〔二一〕：石首縣陽岐山，無所出，不足可書。本屬南平界。范玄平記曰：古老相承云：胡伯始以本縣境無山〔二二〕，買此山上計偕簿也。㉖豈北邙之可平？《魏志》曰：明帝欲平北邙，使登臺可觀孟津。辛毗諫曰：「天地之性，高高下下，今而反之，既非其理，加以損費人功，民不堪役。」帝乃止。㉗陳音以之而立號，《會稽記》曰：陳音山，昔有善射者陳音，越王使簡士習射於郊外，死，因葬焉。冢壁悉畫作騎射之象，因以名山。㉘張嵊因之而得名。《宋書》曰：張稷爲剡令，至嵊亭生子，因名嵊，字四山。⑩⑨雲氣或成於宫闕，袁山松《後漢書》曰：光武封泰山，雲氣成宫闕。⑪⓪風雨曾避於崤陵。《左傳》曰：秦穆公，使孟明潛師以伐鄭，出師於東門之外〔三〕。蹇叔之子與師，哭而送之，曰：「晉人禦師必於崤，崤有二陵焉。其南陵，夏后皋之墓也；其北陵，文王之所避風雨也。必死是閒，余收爾骨焉。」⑪①已夫少室登仙之臺，《述征記》曰：少室山中多神藥，漢武築登仙臺於其中。⑪②句曲華陽之洞。《茅君内傳》曰：茅山，一名句曲山，秦時名爲華陽洞天。⑪③燕然勒名，《後漢書》曰：竇憲與單于戰於稽落山，大破之。憲遂登燕然山，刻石勒碑，令班固作銘。⑪④祁連作冢。《漢書》曰：霍去病以驃騎將軍擊匈奴，至祁連山，獲首虜三萬。去病薨，上悼之，發屬國玄甲，軍陣自長安至茂陵，爲冢象祁連山。⑪⑤或功伐攸彰，或靈仙所重。若過之而身熱，經之而頭痛，《漢書》曰：杜欽説大將軍王鳳曰：「罽賓國道歷大頭痛山、小頭痛山，赤土身熱之阪。」⑪⑥徒爲患於蠻貊，而無資於財用。

校勘記

〔一〕説文　原作「説苑」，據宋本、黄校本改。

〔二〕東南流　「流」字原無，據宋本、黄校本增。

〔三〕注云在馮翊　五字原無，據宋本、黄校本增。

〔四〕含情　宋本、黄校本作「留情」。

〔五〕黄蓋　宋本、《御覽》卷四十二引作「黄蓋」。

〔六〕往而　原作「往往」，據華本並《史記・趙世家》改。

〔七〕「湧石」以下二十四字原無，據宋本、黄校本並《御覽》卷四十一引夏侯曾先《會稽地志》增。
〔八〕太行王屋　原作「太得王室」，據宋本並《列子・湯問》改。
〔九〕其上臺觀　「臺」上原有「有」字，據宋本、黄校本並《列子・湯問》删。
〔一〇〕珠玕　原作「珠琅」，據宋本、黄校本並《列子・湯問》改。
〔一一〕訪西陽　「訪」，宋本作「披」。
〔一二〕鵠　宋本並《御覽》卷四十二引作「鵠」。下同。
〔一三〕若其　「若」字原空闕，據宋本、黄校本補。
〔一四〕遠　宋本、黄校本並《御覽》卷四十八引作「遥」。
〔一五〕送之　原作「迫之」，據宋本並《御覽》卷四十五引改。
〔一六〕望楚山　「望」字原無，據宋本並《御覽》卷四十三引增。
〔一七〕馬援　「馬」字原無，據宋本並《御覽》卷四十九引增。
〔一八〕玉膏　原作「石膏」，據宋本、黄校本改。
〔一九〕江賦　原作「山賦」，據宋本並《文選》卷十二《江賦》改。
〔二〇〕祀　原作「祝」，據宋本、黄校本改。
〔二一〕荆州記　《御覽》卷四十九引作「荆南記」。
〔二二〕縣境　原作「境縣」，據宋本並《御覽》卷四十九引改。
〔二三〕以伐鄭出師　此五字原無，據宋本、黄校本並《左傳・僖公三十二年》增。

水

①夫潤萬物者，莫潤乎水。出《易》。②若乃翫文章於濉渙，《述異記》濉、渙二水，波若五色，有文章，故名繢水。③修祓除於溱洧，見《春賦》「翫茲溱洧」注。④飲玄洲之似蜜，《龍魚河圖》曰〔一〕：玄洲在北海中，去南岸十萬里，上有芝生玄澗，澗水如蜜，服之長生。⑤味晉安之如醴。《名山畧記》曰：僧權道人居晉安霍山，晨出，澗忽見白水異常，飲之甘如醴，水過甚迅，以器取得少許，以餉陶晉安，不復中飲。權年百三十餘歲，後不知所終。⑥或見漸車，《詩》曰：淇水湯湯，漸車帷裳。注：帷裳，即婦人之車也。⑦或稱濡軌。《詩》曰：有瀰濟盈，濟盈不濡軌。⑧歌屈原之濯纓，《楚辭》曰：滄浪之水清，可以濯吾纓；滄浪之水濁，可以濯吾足。⑨恥巢父之洗耳。《逸士傳》曰：堯讓天下於許由，由逃之。巢父聞而洗耳於池濱。樊堅，字仲文，方飲牛，乃驅而還，恥令牛飲其洗耳之下流。⑩若夫挹彼注茲，《詩》曰：泂酌彼行潦，挹彼注茲。⑪泳之游之。《詩》曰：就其深矣，方之舟之；就其淺矣，泳之游之。⑫傳既聞於流惡，《左傳》曰：有汾澮以流其惡。⑬詩亦言其樂飢。《詩》曰：泌之洋洋，可以樂飢。⑭象存習坎，《易》曰：水洊至習坎。⑮性在乘衰。《淮南子》曰：水之性，循勢而行，乘衰而流。注：衰，下也。⑯湛靈源於疏勒，《後漢書》曰：耿恭爲戊己校尉，以疏勒城旁有澗水可固，乃據之。匈奴復來攻，恭於城中穿井十五丈無水，乃嘆曰：「昔貳師將軍拔佩刀刺山而泉湧。」乃整衣向井拜，於是有飛流奔出，衆皆稱萬歲。因揚泉示

虜，虜以爲神，遂引去。⑰湧清流於貳師。已見上注。⑱至於懷山襄陵，《書》曰：湯湯洪水方割，蕩蕩懷山襄陵，浩浩滔天。⑲浮天載地，《玄中記》曰：天下之多者水焉，浮天載地，高下無不至，萬物無不潤。⑳滿而後進，揚子《法言》曰：或問進，曰：「水。」或曰：「爲不捨晝夜歟？」曰：「有是哉。滿而後進者，其水乎！」㉑盈而不概。《孫卿子》曰：孔子見大水必觀焉，曰：「夫水柔而無爲也似德，其浩浩乎不屈似有道，其赴百仞之谷不懼似勇。主量必平似法，盈不求概似正，發源必東似志。」㉒知檻、氿之殊名，《爾雅》曰：檻泉正出，湧出也；沃泉縣出，下出也；氿泉穴出，仄出也。㉓識瀵肥之異義。《爾雅》曰：異出同流，肥；糞，大出尾下。注曰：尾，猶底也〔二〕。㉔涉冬春而凝泮，《淮南子》曰：夫水向冬，則凝而爲氷；迎春，則泮而爲水。㉕量淺深而揭厲〔三〕。《爾雅》曰：深則厲，淺則揭。揭者，揭衣也。以衣涉水曰厲。㉖觱其流觱沸，《詩》曰：觱沸檻泉。㉗道靈長，郭璞《江賦》曰：咨五材之並用〔四〕，寔水德之靈長〔五〕。㉘天齊之泉，《漢書》曰：秦始皇東游海上，祠八神將，一曰天主，祠天齊。天齊淵水，居臨菑南郊山下。注云：五泉並出。㉙帝臺之漿。《山海經》曰：高前之山，其上有水焉，甚寒而清，帝臺之漿水也。㉚驚迅湍於灩預，《夔州圖經》曰：灩預在瞿唐口，夏水迅激，至爲艱難。諺曰：「灩預大如襆，瞿唐不可觸。灩預大如馬，瞿唐不敢下。」㉛駭懸流於吕梁。《莊子》曰：孔子觀於吕梁，懸水三十仞，流沫四十里，黿鼉魚鼈不能游，見一丈夫游之。與齎俱入，與汩偕出。㉜則有臭過椒蘭，《列子》曰：禹治水土，迷之一國。無風雨霧露，不生鳥獸。有山名壺領，頂有口，若圓環，名曰滋穴。有水湧出，名曰神瀵，臭過椒蘭，味過醪醴。㉝利穿金石，《淮南子》曰：水之爲物，擊之無創，射之不傷，斬之不斷，焚之不然。利穿金石，功濟天下。㉞河分箭絜，見《河賦》「箭絜鈎盤」注。㉟渠名鄭白。

《漢書·溝洫志》曰：鄭國，韓之水工。韓欲疲秦，無令東伐，乃使國間説秦，令鑿涇水，自中山西邸瓠口爲渠，以溉田禾。就而詐覺，秦欲殺國，國曰：「臣爲韓延數歲之命，爲秦建萬世之功。」遂成之，名鄭國渠。又，漢太始二年，趙大夫白公復奏穿秦渠，傍引涇水注渭，名曰白渠。民歌曰：「田於何所？池陽、谷口。鄭國在前，白渠起後。舉鍤爲雲〔六〕，決渠爲雨。涇水一石，其泥數斗。且溉且糞，長我禾黍。衣食京師，億萬之口。」㊱美君子之爲交，《禮》曰：君子之接如水，小人之接如醴。君子淡以成，小人甘以壞。㊲歎小人之是溺。《禮》曰：小人溺於水，君子溺於口。㊳禮著淵泉，《禮·中庸》曰：溥博如天，淵泉如淵。㊴祭名清滌。《禮》曰：祭宗廟水曰清滌。㊵偉文公之獨見，《後漢書》曰：任文公，巴郡人，爲治中，時天大旱，白刺史曰：「五月一日，當有大水，宜爲預備。」刺史不聽。文公獨儲大船，百姓或信文公，頗爲防者。至其月，日中雲起，須臾雨至。晡時，湔水涌起十餘丈，突壞廬舍，所害數千人。㊶美公沙之先識。《後漢書》曰：公沙穆鋭思河洛推步之術，永壽元年，大雨水，三輔以東無不漂没。穆豫告百姓徙居高地，故弘農人獨免。㊷異出兮同流，見上「瀵肥之異」注。㊸載舟兮覆舟。袁宏《三國名臣贊序》曰：江湖所以載舟，亦所以覆舟。仁義所以全身，亦所以亡身。㊹美彼上善，《老子》曰：上善若水，水善利萬物而不爭。㊺嘉其至柔。《老子》曰：水，天下之至柔，馳騁天下之至剛。㊻感若思之置坐，《唐書》曰：孔若思常謂人仕至中郎足矣。及遷庫部郎，乃置一石止水於坐右，示止足之意。㊼爲左慈之逆流〔七〕。《抱朴子》曰：左慈以氣禁水，水爲逆流一二丈。禁水著中庭露之，大寒不氷。㊽至於閲彼淪漣，《詩》曰：河水清且漣猗，又清且淪猗。㊾乘之沿泝，《尚書傳》曰：順流而下曰沿。《詩》注：逆流而上曰泝。㊿潤下潛滋，《書》曰：水曰潤下。㉛朝宗遠鶩。《詩》曰：沔彼流水，朝宗于海。(52)歎逝者之如斯，《論語》曰：子在川上曰：「逝者如斯夫，不舍晝夜。」(53)處衆人之所惡。《老子》曰：水善利萬物又不爭，處衆人之所惡，故幾於道。(54)美夫不雜則清，莫動則平。《莊子》曰：水之性，不雜則清，莫動則平。(55)五色不得不彰，《禮》曰：水無當於五色，五色不得不彰。(56)百事不得不成。《淮南子》曰：天下之物莫柔弱於水，上天則爲雨露，下地則爲潤澤，萬物不得不生，百事不得不成。(57)識武都之泥紫，《隴右記》曰：武都紫水有泥，其色紫而粘，貢之用封璽書，故詔誥有紫泥之美。(58)見幽土之蛇青。《唐書》曰：楊朝晟爲邠州刺史，奏：「方渠、合道〔八〕、木波，皆賊路，請城之〔九〕。」軍次方渠，無水，師徒囂然，遽有青蛇垂高而立。視其跡，水隨而流。築防環之，遂爲渟泉。(59)在成都者，以錦爲號；《華陽國志》曰：成都道西城，故錦官也。錦工織錦，濯於江中則鮮明，濯他江則不如，故名錦里城。(60)出房陵者，以粉爲名。《荆州記》曰：陽縣粉水，源出房陵，取其水爲粉，鮮絜異於餘水。(61)別有夫餘沈毛，《廣志》曰：弱水在夫餘北，不勝毛羽。(62)襄城化血。《古今注》曰：漢安帝延平中，河東水化爲血。元初中，潁川襄城水化爲血，不流。(63)范雲慕仁而不怠，《韶州圖經》曰：曲江縣修仁水北，有三楓亭、五渡水。齊范雲爲始興，至脩仁水，酌而飲之，賦詩曰：「三楓何習習，五渡何悠悠。且飲脩仁水，不挹皆邪流。」(64)吴隱酌貪而愈絜。《晉書》曰：吴隱之爲廣州，州石門有貪泉，傳云飲者貪。隱之酌而飲之，爲詩曰：「嶺南有一水，號曰貪泉深。若使夷齊飲，終當不易心。」(65)新豐則時平乃清，《唐書》曰：新豐鸜鵒谷水清。世傳云：「谷水清，天下平。」(66)臨淄則世亂而竭。《述征記》曰：臨淄牛山下有女水，齊人諺曰：「世治則女水流，世亂則女水竭。」慕容起時乾涸彌載，及宋武北征乃激洪流。(67)淮爲滸，江爲沱，漢爲潛，洛爲波。《爾雅·釋水》曰：濟爲濋，汶爲瀾，洛爲波，漢爲潛，淮爲滸，江爲沱，過爲洵，潁爲沙，汝爲濆。⑥⑧美陳宣之納諫，謝承《後漢書》曰：建武中，洛水出，造津城門。或欲築塞之，陳宣諫曰：「昔王尊正身金隄而水退，况聖人也。」言未絶而水去。⑥⑨韙王商之止訛。《漢書》曰：建始中，京師民，無故相驚，言大水至。成帝召公卿議，大將軍王鳳，以爲太后與上及後宫可御舟船，令吏民上長安城以避水。羣臣皆從鳳議。左將軍王商獨曰：「自古無道之國水猶不冒城郭，今聖政和平，上下相安，何因當有大水一日暴至？此必訛言也，不宜重驚百姓。」上乃止。有頃，長安中稍定，問之，果訛言也。⑦⓪投舒姑而靈變，《宣城記》曰：臨城縣蓋山有舒姑泉，俗傳有舒氏女與父析薪，女坐泉處，忽牽挽不動，父遽告家。比還，唯見清泉湛然。母云：「女好音樂。」乃作絃歌。泉涌流，雙鯉赴節。⑦①汎滄浪而浩歌。見上「濯纓」注。⑦②或曰坳堂，《莊子》曰：水之積也不厚，則其負大舟也無力。覆杯水於坳堂之上，則芥爲之舟，置杯焉則膠矣，水淺而舟大也。⑦③或稱瀱汋，《爾雅・釋水》曰：泉，一見一否爲瀱，一有水一無水爲瀱汋。瀱，居例切。汋，仕捉切。⑦④味識淄澠，《列子》曰：白公問於孔子曰：「人可與微言乎？」孔子不應。白公曰：「若以石投水如何？」孔子曰：「吴之善游者能取之。」曰：「若以水投水何如？」孔子曰：「淄、澠之合，易牙嘗而知之。」白公曰：「人故不可與微言也。」⑦⑤鬬閗穀洛。《國語》曰：周靈王二十二年，穀、洛鬬，毁王宫。王欲壅之，太子晉曰：「夫山，土之聚也；藪，物之歸也；川，氣之通也；澤，水之鍾也。夫天地取於高，歸於下。今吾執政無乃實有所闕，以滑二神。」王卒塞之。王室大亂。⑦⑥雖灌注於百川，梁簡文帝《海賦》曰：坎德洊臻，水源深博，灌注百川，控清引濁。⑦⑦蓋權輿於一勺。《禮》曰：今夫水，一勺之多，及其不測，黿鼉蛟龍魚鼈生焉，貨財殖焉。⑦⑧稽夫循而難毁，《淮南子》曰：夫光可見而不可握，水可循而不可毁。⑦⑨親而不尊，《禮》曰：水之於人也，親而不尊。(80)動則叶乎智者，《論語》曰：仁者樂山，智者樂水。智者動，仁者静。(81)静則符乎聖人。《莊子》曰：水静則明燭須眉。水静猶明，而况聖人之心静乎！(82)或浸彼苞蕭，《詩》曰：列彼下泉，浸彼苞蕭。(83)或不流束薪。《詩》曰：揚之水，不流束薪。(84)女媧之積蘆灰，《淮南子》曰：往古之時，四極廢，九州裂，水浩漾而不息。於是，女媧積蘆灰以止淫水。(85)夏禹之鑿龍門。《淮南子》曰：古者，水爲民害，禹鑿龍門，平水土，民乃得而陸處。(86)及夫瞻瀏其，《詩》曰：瀏其清矣。(87)觀毖彼，《詩》曰：毖彼泉水，亦流于淇。(88)玄灞素滻之名，潘岳《西征賦》曰：玄灞素滻，湯井温谷。(89)温洛榮河之瑞。《易乾鑿度》曰：盛德之應，洛水先温，九日乃寒，五日變爲五色玄黄。《尚書中候》曰：堯修壇河，洛榮先出，河休氣四塞。(90)既近之而易溺，《禮》曰：夫水近於人，而易以溺人。(91)亦翫之而多死。《左傳》曰：子産謂子太叔曰：「唯有德者，能以寬服民，其次莫如猛。夫火烈，人望而畏之，故鮮死焉；水濡弱，民狎而翫之，則多死焉。故寬爲難也。」(92)下令斯同，《管子》曰：錯國於不傾之地，下令於流水之源。(93)臣心是比。《漢書》曰：趙昌佞諂，奏尚書鄭崇與宗族通；疑有姦。上責崇曰：「君門如市人，何以欲禁切主上。」對曰：「臣門如市，臣心如水。」(94)任重致遠之功，《尚書大傳》曰：非水無以准萬里之平，非水無以通遠任重也。(95)激濁揚清之美。《尸子》曰：水有四德：沐浴羣生，通流萬物，仁也；揚清激濁，蕩去滓穢，義也；柔而難犯，弱而難勝，勇也；道江疏河，惡盈流謙，智也。(96)承瓠葉以泉渟，《博物志》曰：庭州灞水，以金銀銅鐵器盛之皆漏，唯匏葉則不漏。(97)發績籠而波委。《續述征記》曰：梁鄒城西有籠水，云齊孝婦誠，感神明，涌泉發於室内，潛以績籠覆之，由是無瓮汲之勞。家人疑之。時其出，而搜其室，試發此籠而泉遂涌流，漂居宇，故名曰籠水。(98)至有陷空桑之里，《吕氏春秋》曰：

有侁氏女子，採桑得嬰兒於空桑之中，獻之。其君命庖人養之，察其所以然。曰：「其母伊水之上，嘗夢神告之曰：『臼出水而東走。』母明日視臼，果出水。告其鄰東走十里，而故邑盡爲水，身因化爲空桑，故命之曰伊尹。」(99)**化歷陽之都。**《淮南子》曰：歷陽有老嫗常行仁義，有過之者謂曰：「此當没爲湖，視東城門有血便走上山，勿反顧也。」自此，嫗數往視門，門吏問之，嫗對如其言。吏殺雞以血塗門。明日嫗早往視，門有血，便走上山，歷陽遂没爲湖。(100)**栝浮曲岸，**見《春賦》「秦昭之受水心」注。(101)**月射方諸。**《淮南子》曰：方諸見月，則津而爲水。又，《萬畢術》曰：方諸取水。注曰：方諸，形若栝，無耳，以五石合治之，十二月壬子，夜半作之以承月，水即來也。(102)**詠鮑昭之九塗，**鮑照詩曰：九塗平若水，雙闕似雲浮。(103)**望馬氏之行車。**《後漢書》曰：明德馬后好儉，常曰：「前過濯龍門，見外家起居者，車如流水，馬如龍，顧視御者不及遠矣。」(104)**洛宜禾而渭宜黍，**此《淮南子》之文也。(105)**方有玉而圓有珠。**《尸子》曰：凡水方折者有玉，圓折者有珠。清水有黄金，龍淵有玉英。(106)**勺蠡而滄海寧測，**見《天賦》「誰能管窺」注。(107)**決江則波臣有餘。**《莊子》曰：貸粟於監河侯，侯曰：「我將得邑金，貸子三百金可乎？」周曰：「昨見中道而呼者。」周顧視車轍，中有鮒魚焉。曰：「我東海之波臣也〔一〇〕，若豈有斗升之水活我哉？」周曰：「我且南遊説吴楚之王，激西江之水而迎子，可乎？」魚曰：「吾得斗升之水然活耳，君乃言此，曾不如早索我於枯魚之肆。」(108)**斯流濕之爲美，豈獨薦獻於潢污。**《易》曰：水流濕，火就燥。《左傳》曰：筐筥錡釜之器，潢污行潦之水，可以薦於鬼神，可以羞於王公。

校勘記

〔一〕龍魚　原作「魚龍」，據宋本改。
〔二〕「識漢」以下正文六字、注文十九字原無，據宋本、黄校本增。
〔三〕淺深　原作「深淺」，據宋本改。
〔四〕五材　「五」字原無，據宋本、黄校本增。
〔五〕寔水德　「寔」原作「嘉」，據宋本並《文選》卷十二《江賦》。
〔六〕鍤　原作「鍾」，據宋本並《漢書·溝洫志》改。
〔七〕之逆流　「之」，宋本作「西」。
〔八〕合道　「道」字原無，據《舊唐書·楊朝晟列傳》增。
〔九〕請城之　《舊唐書·楊朝晟列傳》、《御覽》卷五十八引作「請城其地以備之」。
〔一〇〕「我」字原無，據《莊子·外物篇》增。

石

①《易》曰：艮爲山，爲小石。出《易》。②斯蓋土之精，而氣之核者也。《物理論》曰：土精爲玉石，石氣之核也。③若夫落落之姿，《老子》曰：不欲碌碌如玉，落落如石。④粼粼之質，古詩曰：粼粼水中石。⑤雖不可轉，《詩》曰：我心匪石，不可轉也。⑥有時而泐。《周禮》曰：石有時而泐。注曰：泐，解散也。音勒。⑦司馬用之而爲槨，《禮》曰：桓司馬自爲石槨，三年而不成。夫子曰：「若是其靡也，死不如速朽之愈也。」⑧樊重構之而作室。《荆州記》曰：樊重母畏雷，爲石室避之。⑨認柳谷之馬牛，《魏略》曰：梁州柳谷，有石無故自崩，有文如牛馬之狀：司馬氏得天下之應。⑩駭越王之履櫛。《荆州記》曰：興安縣水邊有平石，其上有石櫛、石履各一。俗云，越王渡溪，脱履墮櫛於此。⑪或形似芙蓉，《名山志》曰：芙蓉渚有聳石頭如初生芙蓉，色青白。⑫或礔名霹靂。《玄中記》曰：玉門西南有一國，國中有山石礔數千枚，名爲霹靂礔，從春雷而礔減，至秋礔盡。礔，子林切。⑬爾乃補天五色，見《天賦》「女媧補闕」注。⑭爲山一拳〔一〕，《禮》曰：今夫山，一拳石之多，及其廣大，草木生之，禽獸居之，寶藏興焉。⑮得董威之寢所，《晉陽秋》曰：董威輦遁去，不知所之。於其寢所，得一石，及詩二首。⑯置趙岐之墓前。《後漢書》曰：趙岐曰：「吾死後，置一圓石墓前，刻曰『漢有逸人，姓趙名岐，有志無時，命也如何。』」⑰泗濱有浮磬之美，《書》曰：泗濱浮磬。⑱他山聞攻玉之堅〔二〕。《詩》曰：佗山之石，可以攻玉。

⑲至若祠彼穀城，《史記》曰：張良見下邳圯上老人出一編書，曰：「讀是則爲王者師。後十三年，見我濟北穀城山下，黄石即我也。」良後果得黄石，寶而祠之。及死，並葬黄石，伏臘祠之。⑳燔於東郡。《史記》曰：始皇二十年，星墜於東郡，至地爲石。或刻其文曰「始皇死而地分。」始皇盡誅石傍人，燔銷其石。㉑驚大秦之九色，《魏略》曰：大秦國石爲城郭，出九色玉石。㉒翫沔陽之八陣。《梁州記》曰：沔陽城泝漢上十五里，有諸葛武侯所鎮，在漢水南，背山向水，門前累石以爲陣。水至，壞其行列；水去，輒復故也。㉓符吉夢於高琳，《後漢書》曰：高琳，字季珉。琳母嘗祓禊泗濱，見一石光彩朗潤，遂持以歸。是夜，夢一人謂之曰：「此浮磬之精，若能寶持，必生令子。」俄而有娠。及生子，因名琳。㉔著咎徵於元進。《隋書》曰：帝令江都丞王世充擊劉元進，有大星流墜於江都，未及地而南逝，磨拂竹木皆有聲，至吴都而隕。元進惡之，掘地入二丈，得一石，徑丈餘。數日，失石所在。㉕范文之刀傳魚化，《水經注》曰：范文，本日南西捲縣奴也。爲奴時，牧羊於澗中〔三〕，得兩鯉魚〔四〕，欲私食之。郎知詰文，文詐云：「將礪石還，非魚也。」郎至魚所，果見兩石，文異之。石有鐵，文因入山中，就石治鐵作兩刀，舉刀向鄣呪曰：「鯉魚變化，治石成刀，斫石鄣破者，是有靈神，文當治此。」因斫石鄣，如龍淵干將之斬蘆蒻，遂君其地。㉖滕放之枕曾雷震。見《雷賦》「碎滕放之石枕」注。㉗亦有灌之燃火，《異志》曰：豫章有石黄白色而理疎，以水灌之便熱，加鼎於上，炊足以熟。冷則灌之。雷煥以問張華，華曰：「燃石也。」㉘煎之取鹽。《華陽國志》曰：汶山有鹽石，煎之得鹽。㉙條支黑髮之驗，《洞冥記》曰：元鼎中，條支國貢異石，以和九轉丹，髮白者以此石拭之，應手而黑。㉚昆吾切玉之銛。《十洲記》曰：流州在西海中，上有昆吾石，治之成鐵，作劍光明洞照，如水精狀，割玉如泥土。㉛復聞貢並鉛松，《書》曰：青州厥貢

鉛松怪石。㉜集同楛矢，見《箭賦》「藏陳庭之楛矢」注。㉝豈獨禦衡，鮑照《蕪城賦》曰：製磁石以禦衡。㉞兼能款梓。樂資《春秋傳》曰：秦人鄭容，爲始皇使，還至關，見華山上有素車白馬。既而，素車上人謂容曰：「吾華山使，願託一牘書致鎬池君所，子之咸陽道，過鎬池，見一大梓樹，下有文石，取以款樹，當有應者，即以書與之。」容如其言，果有人從樹出，受書去。㉟識辰韓之押頭，《魏志》曰：辰韓在馬韓之東。兒生便以石押頭，欲其扁。今辰韓人頭皆扁。㊱見孫荆之礪齒，《晉書》曰：孫子荆謂王武子曰：「當枕流漱石。」王曰：「石非可漱，流非可枕。」孫曰：「枕流欲洗其耳，漱石欲礪其齒。」㊲秦政苛而流血，見《日賦》「秦皇過海」注。㊳魏德茂而連理。《拾遺記》曰：泰山下有連理文石，高十二丈。魏明帝之始，稍覺相近，如雙闕。土石陰類，魏土德之應也。㊴應祈嘗爲於塗牛，《郡國志》曰：貴州有洞池，下有石牛，時出池間則歲旱。民殺牛祈雨，以血和泥，置石牛背，祠畢便雨。㊵莫逆或稱於投水。《史記》曰：以石投水，莫之逆也。㊶熊渠射虎，《韓詩外傳》曰：楚熊渠子夜行，見寢石，以爲伏虎，射之飲羽。晝視，知其石也，因復射之，莫能入。㊷初平叱羊，葛洪《神仙傳》曰：皇初平年十五，家使牧羊。有道士見其良謹，將至金華。居石室中四十餘年，不念其家。其兄初起行索初平，見道士引至山，與弟語畢，問平「羊何在」，平與兄往至山東，見白石，因叱之，石皆起成羊數萬頭。㊸夜聞狗吠，《郡國志》曰：宋武北伐南燕，至吠狗山，夜聞狗吠，明日視之，見石狗焉。㊹秋覩雁翔。《潯陽記》曰：廬山頂上有池，中有三石雁，霜降則飛。㊺臨川之廩，《臨川記》曰：石廩其中可容千斛。廩口開則歲儉，閉則年豐也。㊻鄱陽之倉。《鄱陽記》曰：錢倉石在饒州，石形如倉囷。昔漁人夜宿石下〔五〕，忽見石開，窺其石中有錢，取之盈艇，因名焉。㊼或高懸蜀鏡，《蜀本紀》曰：武都丈夫化爲女子，顏色甚美好，蓋山之精也，蜀王娶以爲妻。無幾物故，於成都郭中葬之。有石鏡一枚，徑二丈，高五尺。㊽或遠涉秦梁。《述征記》曰：秦梁，坭名也。或云：秦始皇東遊過此水〔六〕，率百官已下，人投一石以填之，俄而梁成。㊾至夫山上望夫，《世説》曰：武昌北山上有望夫石，狀若人立者。傳云：昔有貞婦，其夫從役，遠赴國難，攜弱子餞送此山，立望化而爲石。㊿牀頭化女，《幽明録》曰：陽美縣小吏吳龕，嘗於溪中見五色浮石，因取内牀頭，至夜，化成女子。(51)既傳秦婦，《蜀記》曰：梓桐縣有五婦山，昔秦遣蜀五美人，蜀遣五丁迎之。至此，五丁踏地大呼，五女皆化爲石。(52)復聞啓母。《淮南子》曰：禹娶塗山，化爲石，在嵩山下，禹曰：「歸我子。」石破北方而生啓。(53)吞之既見於充宗，《西京雜記》曰：五鹿充宗，授學於彌成子。彌成子嘗遇人以文石如卵授之，成子吞之，遂聰悟。後成子病，吐出此石授充宗，充宗吞之，又爲明學。(54)採之亦聞於石虎。石虎，《鄴中記》曰：穀城山，土中有文石鮮明，虎使採取，以治宫室。(55)爾其王翦欣於超距，《史記》曰：王翦擊荆，荆兵數挑戰，終不出。久之，翦使人問軍中戲乎？對曰：「方投石超距。」翦曰：「士卒可用矣。」(56)高固勇於投人，《左傳》曰：齊高固入晉師，礫石以投人。(57)鞭陰陽而應禱，見《雨賦》「洞中鞭石」注。(58)坐嘉肺以臨民。《周禮》曰：大司寇以嘉石平罷民，有罪者，坐諸嘉石；以肺石達窮民，凡煢獨老幼欲復於上而求達者，立於肺石。注：嘉，文石。肺，赤石。(59)又若乞子馬湖，《郡國志》曰：乞子石在馬湖南岸，東石腹中出一小石，西石腹中懷一小石，故僰人乞子於此，有驗，因號焉。(60)磨刀臨賀，《荆州記》曰：臨賀有青石，上有磨刀斧迹，春夏明浄，秋冬蕪穢，云是雷公磨刀。(61)梁相之祥覩鵲化，《搜神記》曰：張顥爲梁相，有鳥如山鵲，飛翔入市，市人擲之，墮地化爲圓石。顥椎破之，得金印，文曰「忠孝侯印」。(62)竇后之吉聞燕墮。《西京雜記》曰：竇太后在家，嘗有白燕銜石大如指，墮后績筐中。后取石剖爲二，中有文曰「母天地后」，乃合之，遂不復開。後爲皇后，常並置璽櫝中，號曰天璽也。⑥³或得於到公之宅，《南史》曰：到溉山池有奇礓石，長一丈六尺，梁武賭得之，卽迎置華林宴居殿前。移石三日，都下傾城縱觀，所謂到公石也。⑥⁴或感於道衡之坐。《唐書》曰：薛元超，道衡孫也，爲中書舍人。中書省有一大盤石，初，道衡爲内史侍郎，嘗踞而草制，元超每見此石，未嘗不泫然流涕。⑥⁵稽夫吉則介如，《易》曰：介于石不終日，貞吉。⑥⁶凶言困于。《易》曰：困于石，據于蒺藜。入于其宫，不見其妻，凶。⑥⁷或煮之而爲糧，《神仙傳》曰：白石生者，常煮白石爲糧，常就白石居。⑥⁸或洗之而上車。《周禮》曰：王行洗乘石。注云：乘石，王所登上車之石。⑥⁹在零陵者飛燕，顧凱之《啓蒙記》曰：零陵郡有石燕，得風雨則飛如真燕。⑦⁰置九疑者覆書。《吴越春秋》曰：禹按《黄帝中經》，見聖人所記曰：「在乎九疑上，東南號曰宛委，承以文玉，覆以磐石，其書金簡玉字。」禹乃退齋三日，發石取書。⑦¹至其嫣皓懷之而叩頭，謝承《後漢書》曰：吴郡嫣皓，父爲南郡，坐事繫獄。皓懷小石至公卿門，輒出石叩頭，流血覆面，父遂得免。⑦²張豐囊之以繫肘。《東觀漢記》曰：涿郡太守張豐，舉兵反。初，豐好方術，有道士言豐當爲天子，以五綵囊盛石繫豐肘，云：「有玉璽。」豐信之，遂反。既敗當斬，猶曰：「肘有玉璽。」⑦³或以浮來而應讖，《丹陽記》曰：晉惠永寧中，湖熟縣湖中有大石，去渚二百步，浮來登岸，百姓驚觀，咸曰「石來」。明年，石氷入揚州。⑦⁴或以入用而去垢。《山海經》曰：錢來之山，多洗石，若澡洗，可以磢去垢也。⑦⁵別有宫亭星落，《尋陽記》曰：落星石在宫亭湖子，周廻百餘步。⑦⁶員嶠雲飛，《拾遺記》曰：員嶠山東有雲石，廣五百里，駮落如錦，扣之片片，蓊然雲起。⑦⁷便金蜀滅，《蜀王本紀》曰：秦惠王欲伐蜀，以路不通，乃刻五石牛，置金其後。蜀人見之，以爲牛能大便金。蜀王發卒千人，使五丁力士拖牛成道，於是秦遂伐蜀。(78)韞玉山輝。陸機《文賦》曰：水懷珠而川媚，石韞玉而山輝〔七〕。(79)驚孝子之取水，《蜀中記》曰：隗叔通，僰人也，性至孝，母每食必須江水，水深難汲。一旦，水中石爲之出，叔通因之以汲。今江中有石，號孝子石。(80)感女郎之浣衣。《郡國志》曰：梁州女郎山，張魯女浣衣於石上，女便懷孕，生二龍。及女死，將殯，柩車忽騰躍升此山〔八〕，遂葬焉。其水旁浣衣石猶在，謂之女郎山。(81)問公幹而其摽彌厲〔九〕，《文士傳》曰：魏文在東宮宴諸文學，酒酣，命甄后出拜，衆皆伏，唯劉楨仰觀之。太祖聞之怒，罰令徒作。後太祖閲諸徒，諸徒咸敬，而楨坐磨石不動。太祖問：「石如何性？」楨對曰：「石出荆山懸崖之下，彫之不增文，磨之不加瑩。」太祖曰：「名豈虚得也。」(82)懼長房而其心不移。《神仙傳》曰：壺公内費長房於石室，頭上有大石方數丈，以茅繩懸之，諸蛇齧繩欲斷，長房不移。公撫之曰：「子可教矣。」(83)或以布帝臺之棊，《博物志》曰：桃林休牛之山有石焉，曰帝臺之棊也。五色而文，狀如鶉卵。(84)或以支大漢之機。《荆楚歲時記》曰：張騫尋河源，得一石示東方朔，朔曰：「此是天上織女支機石。」(85)虞愿之來，無輕雲之隱蔽；《齊書》曰：虞愿爲晉平太守，海邊有越王石，嘗隱蔽雲霧。相傳云：「清廉太守乃得見。」愿往觀視，清徹無隱蔽。(86)陳總既至，著高文而禱祈〔一〇〕。王隱《晉書》曰：陳總遷殿中侍御史，遣詣終南山請雨，總先除小石祠，唯存大石一所而祈之。祈文曰：「峩峩大石，佐岳通理，含滋吐潤，惠我四海。」(87)以至言晉，聞諸舊傳〔一一〕，《左傳》曰：石言於晉魏榆。晉侯問於師曠曰：「石何故言？」對曰：「石不能言，或憑焉。不然，民聽濫也。抑臣又聞之曰：『作事不時，怨讟動於民，則有非言之物而言。』」(88)隕宋見於前志，《左傳》曰：隕石于宋五隕星也。(89)訝玉女之掩扉，《益州記》曰：龍盤山有石，當中有户及扉，若人掩閉。傳云玉女房。⑽怪督郵之攘袂。劉義慶《幽明録》曰：宜都、建平二郡之界，有五、六峯，參差互出，上有奇石，如二人像，攘袂相對，俗謂二郡督郵争界於此。⑼刻昆明而表奇，《西京雜記》曰：漢武昆明池養魚，往往飛去，後刻石爲鯨魚，置水中，魚乃不飛去。每雷雨，鯨常鳴吼。⑽擊臨平而記異，見《鼓賦》「聞臨平之擊石」注。⑽負之既見於申徒，《孫卿子》曰：「負石而赴河，行之難者也，申徒狄能之。」⑽銜之亦聞之精衛。《山海經》曰：發鳩之山，有鳥狀如烏，而文首、白喙、赤足，名曰精衛。其鳴自呼也。炎帝之女遊東海，溺而不還，常取西山木石以塡海。注：發鳩山，在上黨長子縣。⑽斯堅潤之奇姿，亦美名之所萃。

校勘記

〔一〕一拳　原作「一卷」，據宋本、黄校本改。注文同。
〔二〕「堅」字原空闕，據宋本、黄校本、華本補。
〔三〕潤中　原作「閏中」，據宋本、黄校本改。
〔四〕鯉魚　原作「鯉魚」，據宋本改。
〔五〕石下　原作「石上」，據宋本並《御覽》卷五十二引改。
〔六〕東遊　「東」字原無，據宋本增。
〔七〕石韞玉　「韞」字原空闕，據宋本、白本、華本補。
〔八〕柩車　原作「柩事」，據宋本、白本改。
〔九〕摽彌厲　「摽」，宋本作「操」。
〔一〇〕禱祈　原作「禱祥」，據宋本改。
〔一一〕以至　宋本作「已夫」。

事類賦卷之八

地部三

井　冰　火

井

①井之時義大矣哉！若乃素綆寒漿，古歌曰：後園鑿井銀作牀，金瓶素綆汲寒漿。②冬温夏涼。《風土記》曰：靈井謂冬温夏涼，石井也。③方外嘗聞於玉檻，《山海經》注云：崑崙墟在西北，帝之下都，高萬仞，面有九井，以玉爲檻。④園中乍識於銀牀。見上。⑤挈壺舉徹宫之職，《周禮》曰：挈壺氏掌挈壺，以令軍井。注：爲軍穿井成，挈壺懸其上，令士衆知之。⑥亭長託新室之祥。《漢書》曰：王莽居攝，劉京上言：「齊郡臨淄縣亭長辛當數夢人謂曰：『吾，天使也。攝皇帝當爲真，卽不信我，此亭中當有新井。』亭長起視亭中，有新井，入地百尺。」⑦則有鮑陸懸鞭，王隱《晉書》曰：上黨鮑陸家多凶喪，淳于智卜之，曰：「君安宅不利爾，可徑至市門，當有一人賣新馬鞭者，便就買還，懸舍東北大樹，三年當暴得財。」陸承言詣市，得馬鞭，懸之。後三年，井中得錢數十萬，於是業用既展，家亦無恙。⑧陳遵投轄。《漢書》曰：陳遵嗜酒，每飲賓客，取轄投井中，雖有急，終不得去。⑨雖云取而無

損，李尤《井銘》曰：多取不損，少取不盈，執憲若斯，何有邪傾。⑩亦以甘而先竭。《莊子》曰：直木先伐，甘井先竭。⑪鴻臚初得於丹砂，《抱朴子》曰：余亡祖鴻臚，少時曾爲臨沅令，云此縣有廖氏家世壽，疑其井水殊赤，乃試掘井左右，得古人埋丹砂數十斛。鴻臚名玄。⑫虞舜方趨於旁穴。《史記》曰：瞽叟使舜穿井，叟與象共下土填井，舜爲穴旁出也。⑬爾其伯益既作，《淮南子》曰：伯益作井，而龍登玄雲，神棲崑崙。注：龍恐害，故登雲去，棲其神於崑崙也。⑭神農已生。《荆州記》曰：隨郡重山有一穴，傳云：神農所生，地有九井。云神農既育，九井自穿。⑮象存改邑，《易》曰：改邑不改井。注：以不變爲德。⑯義見羸瓶。《易》曰：汔至亦未繘井，羸其瓶，凶。⑰憂彼夷竈，《左傳》曰：楚晉戰于鄢陵。伯州犂侍于王後。王望晉師曰：「甚囂，且塵上矣。」「何也？」曰：「將塞井夷竈而爲行也〔一〕。」⑱隘哉望星。《尸子》曰：自井中視星，所見不過數星，自丘上以望，則見其始出也。非明益也，勢使然也。⑲鄭軍嘗見於木刊，《左傳》：楚及陳師伐鄭，當陳隧者，井堙木刊。⑳晉世曾聞於龍見。《晉書》曰：龍見武庫井中，武帝親視，有喜色，百官皆賀，而劉毅獨有異議。㉑或以笑子陽之小，《後漢書》曰：隗囂使馬援往觀公孫述於蜀。援與述有舊，以爲當握手如平生，而述盛陳陛衛以延援。援曰：「公孫不吐哺走迎國士，乃脩邊幅。」還謂囂曰：「子陽井底蛙耳。」㉒或以救魏騰之譴。《會稽典録》曰：孫策功曹魏騰，以忤意見譴，將殺之。夫人吴氏乃倚大井而謂策曰：「汝新造江南，其事未集，魏功曹在公盡規，汝今日殺之，則人明日叛汝，吾不忍見禍之及，當先投此井中。」策大驚，遽出騰。㉓若乃易象之言勿幕，《易》曰：上六，井收勿幕，有孚元吉。注：不擅其有，不私其利，故曰勿幕。㉔仲尼之稱有仁。《論語》曰：宰我問曰：「仁者雖告之曰『井有仁焉』〔二〕，其從之也？」子曰：「君子可逝也，不可陷也，可欺也，不可罔也。」㉕疏勒耿恭之拜，見《水賦》「湛靈源於疏勒」注。㉖梁朝郗后之神。《梁書》曰：高祖郗后性妬忌，及終，化爲龍，入後宫井中，通夢于帝。或見形，光彩照灼。帝體不安，龍輒激水騰涌，於是井上設衣服百味祠之，故帝竟不立后。㉗獲羊既駭於季子，《國語》曰：季桓子穿井，獲一土缶，中有羊焉。使問仲尼，對曰：「木石之怪夔、魍魎，水之怪龍、罔象，土之怪曰墳羊。」又《韓詩外傳》曰：魯哀公穿井得土羊，公懼，孔子聞之，見公曰：「臣聞水之精爲玉，土之精爲羊。是羊肝必土。」殺羊視之，果然。㉘得人方驚於宋君。《吕氏春秋》曰：宋之丁氏，家無井而出汲，常一人居外，及其穿井，告人曰：「吾穿井得一人。」聞於宋君，君令人問之，丁氏對曰：「得一人使，非得一人於井中也。」㉙則有獲灌嬰之銘，《潯陽記》曰：湓城，灌嬰所築。孫權經此城，自標井地，令人掘之，得故《井銘》云：「潁陽侯所開，三百年當塞。後不滿百年，當爲應運者所開。」權欣悦以爲己瑞。井甚深，大江中風浪，此井輒動。㉚解鮑照之謎。鮑照《井謎》曰：一八四八，飛泉仰流。解云：一八四八，五八也。五八四十，卽「井」字。㉛或能興於霧雹，《陳留風俗記》曰：雍丘縣夏后祠有神井，能興霧雹。㉜或潛祛於疫癘。《桂陽列仙傳》曰：蘇躭啓母曰：「有賓來會，躭當仙去，違於供養。今年疫癘，有此井水飲之，可得無恙。賣此水過於供養。」㉝飲牛見淳于之德，《東觀漢記》曰：淳于恭家，井在門所，鄰兒飲牛，恭惡不净，多置器在井上。㉞設器聞管寧之義〔三〕。《高士傳》曰：管寧所居七落，會汲男女錯雜，爭井喧鬧，寧患之，乃多買器，分井旁，汲以待之。㉟飲明義之甘，見《夏賦》「泠則飲明義之井」注〔四〕。㊱望甄官之氣。《吴志》曰：孫堅討董卓入洛，屯軍城南，望見甄官井上有五色氣，使人入井，得傳國璽。㊲太極則轆轤博山，戴延之《西征記》曰：太極殿上有井，博山鹿盧，交龍負山於井，又有金獅子在龍下。㊳

九龍則蟾蜍含水。《魏略》曰：明帝九龍殿前爲玉井，蟾蜍含受，神龍吐水。㊴別有鹽煎天水，《十六國春秋》曰：隴土少鹽，唯天水一井常煮，供州餮，賜兵羌。㊵火熾臨邛。見《火賦》「臨邛之井」注。㊶或視之而生子，《後漢書》曰：東沃沮耆老說：「海中女國有神井，視之輒生子。」㊷或穿之而得銅。見《錢賦》「龐儉鑿井」注。㊸可用汲焉，叶彼九三之象；《易·井卦》曰：九三，井渫不食，爲我心惻。可用汲，王明並受其福。㊹鑿而飲也，寧知堯舜之功。《逸士傳》曰：堯時，有老人擊壤而歌曰：「日出而作，日入而息，鑿井而飲，耕田而食。帝力何有於我哉！」㊺至其北斗狗伏〔五〕，《幽明録》曰：王姥，吴時人。黄龍中，年九歲病死。自朝至暮復蘇，云：「見一老嫗挾將飛〔六〕，見北斗君有狗如獅子大，深目，伏井欄中，云此天公狗也。」㊻東箱龍出，《凉州記》曰：慕容氏，咸寧二年，夜見龍出東箱井中，行大殿前蟠卧。旦見其鱗甲、足跡，尚有濕處。㊼華林瑩玉，《水經注》曰：華林園中有古井，悉以珉玉爲之，鑽石爲口，工作精密。㊽陵雲投石。朱超石《與兄書》曰：陵雲臺上有奇井，望之幽然。以一石子擲之，久方聞聲。㊾訪金墉之古製，《水經注》曰：南鄭，大城内有小城，環帶金墉，有七十井，皆漢高祖所脩築。㊿窺江陵之潛室。《荆州記》曰：江陵縣有天井臺，東臨天井，井周二里許，中有潛室，人時見之，輒有兵寇。(51)鬱林有司命之名，《廣州記》曰：鬱林郡有古井，名曰司命井。(52)豫章有洪涯之迹。《豫章記》曰：獻源山有洪井，飛流懸注，其深無底。舊説「洪涯先生井」也。(53)嘗聞弗鑿而自成，《典略》曰：浪井者，弗鑿而成。(54)豈可爲田而見塞？《淮南子》曰：解門以爲薪，塞井以爲田，雖有小利而所喪大矣。(55)抱罋既説於漢陰，《莊子》曰：子貢過漢陰，見一丈夫方將爲圃畦，鑿隧而入井，抱罋而出灌。子貢曰：「有械於此，後重前輕，汲水若抽，名曰桔槔，日浸百畦，用力寡而見功多，子不欲乎？」圃者曰：「有機事必有機心，機心存于胸中〔七〕，則道之所不載也。」(56)灌韭亦聞於鄧析。《說苑》曰：衛有五大夫，俱負缶入井，出而灌韭，終日竟一區。鄧析過，下車教之，曰：「爲機重其後，輕其前，名曰桔槔，終日溉韭，百區不倦。」(57)見華山之鳥巢，《異苑》曰：蘭陵華山有井，鳥巢其中，金翅而黑色，見則大水。井不可窺，窺者盈歲輒死。(58)怪北宮之水溢。《漢書》曰：成帝北宮，井水溢出。(59)試葛氏之雞毛，葛洪方曰：深井多有毒氣，五月五日以雞毛試投井中，毛直下，無毒；若迴四邊，不可入。(60)得於陵之螬實。《孟子》曰：陳仲子居於陵。井上有李，螬食。匍匐將食之，三咽，而後耳有聞，目有見。(61)亦聞哭兹茅經，《左傳》曰：楚子伐蕭，蕭大夫還無社與楚申叔展言：「目於眢井而出之。」展曰〔八〕：「若爲茅經，哭井則已。」明日，蕭潰，申叔視其井，則茅經存焉，號而出之。(62)列彼寒泉。《易》曰：井列寒泉食。(63)或著法以投酒，《茅君内傳》曰：合丹，先清齋百日，乃泥土釜。齋日，先投清酒五斛於流水中。無流水，即於井中。(64)或騁術而飛錢。見《錢賦》「仙翁見呼」注。(65)已而究彼無禽，《易》曰：井泥不食，舊井無禽。(66)考兹射鮒。《易》曰：井谷射鮒，甕敝漏。(67)月支之涌酒泉，《漢書》曰：武帝立酒泉郡，郡中有井水，色白，有酒氣，故名焉。(68)少室之傳雲母。《嵩高記》曰：少室山有雲母井。(69)每見蛙休，《莊子》曰：埳井之蛙謂海之鼈曰：「跳梁于井幹之上，入休於缺甃之崖，莫吾能若也。」(70)嘗窺雀乳。傅玄詩曰：燕巢丘城側，雀乳空井中。居不附龍鳳，嘗畏蛇與蟲。(71)或說銅人之掩泉，《南康記》曰：雩都盤固山，其峯有井，大銅人常守之，五十年一涌，水起數十丈，銅人每以手掩之。(72)或謂金人之持杵。《荊州記》曰：衡陽溢陽縣有平岡，岡上有金井數百所，深者不測。相傳有金人以杵撞地，輒便成井，意者昔人鑿之採金〔九〕，故曰「金井」。(73)訝僵李之摧殘，古詩曰：種桃露井上，李樹生桃傍，蟲來食桃根，李樹代桃僵。⑭見雙桐之繁茂。魏明帝《猛虎行》曰：雙桐生空井，枝葉自相加。通泉浸其根，玄雲潤其柯。⑮斯金井之爲功，不能悉數。

校勘記

〔一〕夷　原作「庚」，據宋本、黄校本改。

〔二〕仁　原作「人」，據宋本並《論語・雍也》改。

〔三〕聞　宋本作「美」。

〔四〕「飲」字原空闕，據本書《夏賦》補。

〔五〕狗伏　原作「狗吠」，據宋本改。

〔六〕挾將　宋本、黄校本作「與我」。

〔七〕存于胸中　原作「存乎腦中」，據宋本並《莊子・天地篇》改。

〔八〕展曰　此二字原在上句「目於」之前，據宋本並《左傳・宣公十二年》移此。

〔九〕「意者」以下八字原無，據宋本、黄校本增。

冰

①《易》曰：履霜始凝，馴致其道，而至于堅冰。《易》曰：履霜堅冰，陰始凝也。馴致其道，至堅冰也。②爾其納於凌陰，《毛詩·七月》曰：三之日納於凌陰。③出于朝覿，《左傳》曰：申豐曰：「古者日在北陸而藏冰，西陸朝覿而出之。其藏之也，黑牡秬黍，以享司寒；其出之也，桃弧棘矢，以除其災。」注：十一月，日在虚危，春分之中，奎星朝見東方。④冲冲以鑿，見《詩》。⑤峨峨斯積。《楚辭》曰：魂兮歸來，北方不可以止。層冰峨峨，飛雪千里。⑥洞清澈於玉壺，鮑照詩曰：直如朱絲繩，清如玉壺冰。⑦想肌膚於姑射。《莊子》曰：藐姑射之山有神人焉，肌膚若冰雪，綽約若處子。⑧若夫得東風而自解，《禮記》曰：立春之日，東風解凍。⑨當北陸而斯藏。見上，「出于朝覿」注。⑩王祥求魚而見臥，《晉書》曰：王祥事後母孝謹。母冬月思鯉魚，祥遂脱衣叩冰，冰開，有雙鯉躍出。⑪子馮闕地而爲牀。《左傳》曰：楚子使薳子馮爲令尹，遂以疾辭，方暑闕地下冰而牀焉。重繭衣裘，鮮食而寢。楚子使醫視之，復曰：「瘠則甚矣，而血氣未動。」⑫六尺積胡貉之地，《漢書》：晁錯上書曰：「胡貉之地，水皮三寸，冰厚六尺。」⑬五斛給汝南之喪；《八王故事》曰：汝南王葬，詔賜冰五斛。⑭室在宜陽之側，陸機《洛陽記》曰：冰室在宜陽門内，天子用賜王公衆官。⑮井鑿雲臺之傍。戴延之《西征記》曰：凌雲臺有冰井，延之以六月持去，經日猶堅。⑯至其梓慎曾占，《左傳》曰：春無冰，梓慎曰：「今兹宋、鄭其饑乎！陰不勝陽也。」⑰凌

人是掌。《周禮》曰：凌人掌冰，祭祀供冰鑑，賓客供冰，大喪供夷槃冰〔一〕。⑱懷疑每見於狐聽，《述征記》曰：狐聽冰，河水無聲，狐方行。⑲應候則聞於魚上。《禮》曰：立春後十日，魚上冰。⑳自立冬而始結，及仲冬而益壯。《禮》曰：孟冬之月，水始冰，地始凍。仲冬之月，冰益壯。㉑想慕容之涉海，自叶威靈；《晉書》曰：慕容皝上書曰：「正月十三日躬征郭遠，假陛下天地之威，將士竭命，精誠感靈，海爲冰凌海，行三百餘里。」㉒憶黄巾之渡河，俄聞敗喪。《後漢書》曰：黄巾羣起，青州刺史焦和恐賊乘冰渡河，多作陷冰丸投河中，賊衆遂潰。㉓爾乃不礱自朗，《抱朴子》曰：五玉不染而堅；寒冰不礱而朗。㉔向日方燃。《博物志》曰：削冰令圓，舉以向日，艾承其影則有火。㉕遇勁風而自合，《述征記》曰：北土涉寒下雨，勁風鼓之不得流，便冰合，合便厚數尺。㉖當白日而難全。《魏子》曰：居危殆之國，治不善之民，是猶薄冰當白日，藁毛遇猛火也。㉗王充一尺之説，《論衡》曰：夫爊一炬火，爨一鑊水，終日不熱也。倚一尺冰，置庖厨中，終夜不寒也。㉘東門五寸之言。《晏子》曰：景公伐魯，得東門無澤，問曰：「魯年穀何如？」對曰：「陰不凝陽，冰厚五寸者，寒温節也〔二〕。寒温節則政平，政平則年穀熟。請禮魯以息怨。」㉙庚儵之賦寒井，庚儵《冰井賦》曰：余昔宅近南城，有冰井，方夏之月，乃攜友生，登而游從，彷徨徘徊，淒其以寒，乃作《寒井賦》。㉚馬彪之詠長川。司馬彪詩曰：烈烈玄飈起，粲粲繁霜凝。勁風廻白雪，長川激素冰。㉛驗以一瓶之論，《淮南子》曰：見一葉之落，知歲時將暮；觀瓶中之冰，而知天下之寒。以近論遠者也。㉜誦兹七月之篇。見上「納於凌陰」注。㉝至夫斲彼積雪，《楚辭》曰：桂櫂兮蘭枻，斲冰兮積雪。㉞生於寒水，《荀子》曰：冰生於水，而寒於水。㉟思讐而常以在抱，《吴越春秋》曰：越王念復吴怨，冬寒則抱冰，夏熱則握火。㊱**負重而那勝見履**。鄧析書曰：明君御民，若乘奔而去轡，履冰而負重。㊲**既泮而男女始合**，《風俗通》曰：周禮：媒氏因三十之男，二十之女，冰泮鳴雁，於是乎合。《家語》曰：霜降而婦功成，嫁娶者行焉。冰泮而農桑起，婚禮殺焉。㊳**將釋而農桑並起**。《續漢書》曰：靈帝元和六年，冬大寒，北海東萊琅邪，井中冰厚尺餘者也。㊴**井怪琅邪之寒**，《東觀漢記》曰：光武自邯鄲避王郎兵，南至豐。曲陽吏言：「滹沱河流澌，無船不可渡。」左右皆怖。上令王霸前視之，實然。霸念還言驚衆，且白曰：「冰堅可渡。」上大笑曰：「果妄言也。」比至河，冰已合，上乃渡，未畢數車，冰陷也。㊵**河訝滹沱之異**。《東晳集》曰：薄冰凝池，非登廟之寶，零露垂珠，非綴冕之飾。必將採素璧於層山，掇圓珠於重淵。㊶**雖非登廟之寶**，㊷**實作羣臣之賜**。《周禮》：凌人夏頒冰。注云：賜羣臣。㊸**開於春仲，方祭韭而獻羔**；《詩》曰：四之日其蚤，獻羔祭韭。謂開冰也。㊹**祠以司寒，必桃弧而棘矢**。見上「出于朝覿」注。

校勘記

〔一〕夷槃冰　「冰」字原空闕，據宋本、華本並《周禮·凌人》補。

〔二〕寒温　原作「寒井」，據宋本與下文改。

火

①火之於人也，尊而不親，出《禮記》。②出内既觀於天象，内，音納。《左傳》曰："古之火正，或食於心，或食於咮以出内火。是故咮爲鶉火，心爲大火。又《周禮》："司爟掌火之政令，季春出火，民咸從之，季秋納火，民亦如之。③内外亦見於家人。《易》曰："風自火出，家人。王通曰："「内明而外齊也。」④司烜效官，則取之陽燧；《周禮》曰："秋官司烜，掌以火燧，取火於日。⑤莊周著論，或言其指薪。《莊子》曰："指窮爲薪，火傳也，前火非後火，故爲薪而火傳。⑥爾其觀彼熒臺，《郡國志》曰："連渾府遥火山西，有火井，深不可見底。炎氣上升，常若微電，以草爨之，則烟騰火發，故名熒臺。⑦取之然石，《拾遺記》曰："秦始皇世，有宛渠之民乘螽舟，泛黑水，而至於雍部。始皇與之語及天地初開之時，了如親見。又曰："「臣之國，去咸池日没之所九萬里，日月之所不照，以萬歲爲晝，萬歲爲夜。其晝則天豁然中開，闊數百丈，萬歲還合，則爲一日也。夜則琢然石以代日光。此石出於然山。其土石皆有光明，鑽斫則火出，火大如粟，輝耀一室。」⑧既不戢而自焚，《左傳》曰："兵猶火也，不戢將自焚也。⑨亦禍發而必克。《陰符經》曰："火生於木，禍發必克。⑩每見焚和，《莊子》曰："利害相摩，火生甚多，衆人焚和。⑪嘗聞燥物。《易》曰："燥萬物者莫熯乎火。⑫祓管仲於齊境，《吕氏春秋》曰："齊桓公使人告魯曰："「管夷吾，寡人之讐也，願生得之。」魯君許諾，乃使膠其目，置之匣中，至齊境。桓公使以朝車迎之，祓以爟火。⑬隨王莽於宣室。《漢書》

曰：漢兵圍王莽城中，少年房朱、張魚等燒作室門，呼曰：「反虜王莽，何不出降？」火及掖庭，莽避火宣室前殿，火輒隨之。⑭若夫牧童之燒秦冢，《三輔黄圖》曰：秦始皇葬驪山，六年之間爲項籍所發。牧兒放羊，而墮羊冢中，然火求羊，燒槨藏。⑮項羽之屠咸陽。《漢書》曰：項羽西屠咸陽，燒其宫室，火三月不絶。⑯炎洲照灼，《十洲記》曰：火林山有火獸似鼠，毛長二三寸，績之可爲火浣布。⑰上郡熒煌。《古今注》曰：宣帝地節元年，上郡沙中，夜有火如粟，出不熱。⑱當畚挶以爲備，《左傳》曰：宋災，樂喜爲司城，火所未至，撤小屋，塗大屋，陳畚挶，具綆缶。⑲豈瓘斝之能禳。《左傳》曰：裨竈言於子産曰：「宋衛陳鄭將同日火，若我用瓘斝玉瓚，鄭必不火。」子産弗與。注：天災流行，非禳所息。⑳胡母之得子博，鄧粲《晉紀》曰：胡母輔之過河南尹門下，將飲酒，使門卒王子博取火。子博曰：「卒也惟不乏吾事，安能爲人使？」輔之與語，歎曰：「吾不及。」因言之於河南尹，以爲功曹。㉑孫登之訓嵇康。《晉書》曰：嵇康從孫登游，三年，將别，登曰：「子識火乎？火生而有光，而不用其光，果然在於用光；人生而有才，而不用其才，果然在於用才。故用光在乎得薪，所以保其焰；用才在於識真，所以全其年。今子多才寡識，難乎免於今之世。」康不能用，果遭非命。㉒至於崌山白首，《山海經》曰：崌山上有鳥焉，其狀如鴞而赤身白首，名曰竊脂，可以衛火〔一〕。崌，音居。㉓符愚赤喙，《山海經》曰：符愚之山，有鳥名鴟，其狀如翠而赤喙，可以衛火〔二〕。㉔伏鄭玄之先識，《鄭玄别傳》曰：玄年十七，在家見大風起，詣縣曰：「某時當有火災，宜廣設禁備。」火果起而不爲害。㉕嘉韓康之幼惠。《晉書》曰：韓康家貧，年數歲，天寒，母爲作襦，令伯捉熨斗而謂之曰：「且着襦，尋當作複褌。」伯曰：「不復須。」母問其故。對曰：「火在斗中而柄尚熱，今既着襦，下亦當暖。」㉖祖瑩蔽窗而服勤，《後魏書》曰：祖瑩好學，以書繼夜。父母恐其成疾，禁之。後然火讀書，以衣被蔽塞窗户，恐爲家人所覺。㉗管寧望島而來至。《傅子》曰：管寧嘗從海遇暴風，餘船皆没，莫知所適。忽望見火光，趣之得島，無居人，又無火燼，衆以爲神光之祐。㉘驚此浣布，見上「炎洲照灼」注。㉙戒兹燎原。《書》曰：若火之燎于原，弗可嚮邇，其猶可撲滅乎？㉚或蕭芝共弊，《淮南子》曰：順風縱火，紫芝與蕭艾俱盡。㉛或玉石俱焚。見《書》。㉜彰孝感於君仲，《汝南先賢傳》曰：蔡君仲母終，棺在堂，西舍失火，君仲伏棺號哭，火越向東家。㉝施至化於劉昆。《陳留耆舊傳》曰：劉昆爲江陵令，民有火災，昆向火叩頭，即霈然而雨。事見《虎賦》「感劉昆弘農之政」注〔三〕。㉞或以散陶安之冶，《列仙傳》曰：陶安公，六安冶師也。數行火術，火一旦散上，紫色衝天。須臾，朱雀上冶上，曰：「安公安公，冶與天通，七月七日，迎汝以赤龍。」龍至，安公騎之，東南而上。㉟或以燒子布之門。《吴志》曰：張昭，字子布。孫權以公孫淵稱蕃，遣張彌、許晏至遼東拜淵爲燕王。昭諫，權不從。昭忿稱疾不朝，權恨之，土塞其門，昭又於内以土封之。淵果殺彌、晏。權數慰謝，昭固不起。權因出過其門呼昭，昭辭病篤。權燒其門，欲以恐之，昭更閉户。權使人滅火，住門良久〔四〕，昭諸子扶昭起，權載以還宫。㊱則有伊尹九變，《吕氏春秋》曰：伊尹説湯五味九沸九變，火爲之紀。㊲甯生五色，《列仙傳》曰：甯封子，黄帝陶正掌火，能作五色烟。㊳越王握之而報吴，見《冰賦》「思讐而常以在抱」注。㊴仙翁吐之而待客。《葛仙翁别傳》曰：公與客談話時天寒，公謂客曰：「居貧不能得爐火，請作之。」因吐氣，火赫然從口中出。須臾，火滿室。客皆减衣。㊵嘉叔度之不禁，《東觀漢記》曰：廉范，字叔度，爲蜀郡太守。成都地迫屋狹，百姓夜作以供衣，食又禁火，民覆蔽之，失火者日屬。范放令夜作，但使儲水，百姓皆悦。歌曰：「廉叔度，來何暮，不禁火，民安作。昔無襦，今五袴。」㊶笑阿奴之下策。《晉書》：周顗弟嵩，嘗因酒瞋目謂顗曰：「君才不及弟，何乃横得盛名。」以所執蠟燭投之。顗神色無忤，徐曰：「阿奴火攻，固出下策。」㊷宋姬亳社之妖，《左傳》曰：鳥鳴于亳社，如曰「譆譆」。甲午，宋災。伯姬卒，待姆也。注：譆譆，熱意也。㊸閼伯商丘之職。《左傳》：唐虞之火正閼伯居商丘，祀大火，而火紀時焉。相土因之，故商主大火也。㊹因彼錯木，《河圖》曰：伏羲錯木作火。㊺生於積油，《博物志》曰：積油萬石，則自然生火。昔泰始中武庫火，積油所致。㊻日已出而宜息，《莊子》曰：堯讓位，詔於許由，由曰：「日月出矣，而爝火不息，其於光也〔五〕，不亦難乎？」㊼金相守而斯流。《莊子》曰：木與火相摩則然，金與火相守則流。㊽覩炎炎於燧木，《拾遺記》曰：燧明國不識四時晝夜，有火樹名「燧木」，屈盤萬頃。有鳥名鴞，啄樹則燦然火出。聖人感焉，因取小枝以鑽火，號燧人氏。㊾指赫赫於蕭丘。《抱朴子》曰：南海蕭丘之上，有自生之火，春起秋滅。丘上純生一種木，雖爲火所著，但小焦黑，人或得以爲薪者，炊熟則灌滅之，用之不窮。㊿至其雨裏常燃，《山海經》注曰：火山國雖經霖雨，火常燃。火中有白鼠毛，可作火浣布。(51)口中忽吐，《山海經》曰：厭火國，人首獸身，火出口中。(52)類既就燥，《易》曰：水流濕，火就燥。(53)味惟作苦。《書》曰：火曰炎上，炎上作苦。(54)智伯曾言於入夢，《瑣語》曰：智伯敗，夢火見於西方，乃出奔秦。又夢火見於南方，遂奔楚。(55)曾子每聞於不舉。《莊子》曰：曾子居衞，三日不舉火，十年不製衣。(56)亦有望炎山之草木，《玄中記》曰：南方有炎火山，四月生火，十二月火滅。火滅之後，草木皆生枝條，至火然，草木葉落，如中國寒時也。取此木以爲薪，燃之不盡，以其皮績之，爲火浣布。(57)瞻夢澤之雲霓，《戰國策》曰：楚王游雲夢，野火之起也若雲霓。(58)憶田單之縱牛，《史記》曰：燕攻卽墨，田單乃收城中牛千頭，爲繒衣，畫以五色龍文〔六〕，束兵於角，結火於尾，穿城而出。壯士銜枚隨牛而出。所觸輒死，壯士擊之，燕師大敗。(59)思江逌之放雞。《晉書》曰：殷浩北伐，江逌爲長史。逌取數百雞〔七〕，以長繩連脚，皆繫火。一時驅放，過塹集敵營，皆燃焉。(60)佛圖曾說於救燕，《晉書》曰：佛圖澄嘗與石季龍升中臺，澄忽驚曰：「變，變，幽州當火災。」乃取酒噀之，久而笑曰：「救已得矣。」季龍遣驗幽州，云爾日火從四門起，西南有黑雲來，驟雨滅之，雨頗有酒氣。(61)郭憲嘗聞於噀齊。《汝南先賢傳》曰：郭憲從南郊含酒，東北三噀，云：「齊失火，以厭之。」後齊果上火事。(62)樊英之神寧測，《樊英別傳》〔八〕曰：英隱於苑山，嘗有黑風從西方起，英謂學者曰：「成都市火甚盛。」因含水西向噉之。後有客從蜀來，云是日有大火，黑雲平旦從東起，須臾大雨，火遂滅。(63)欒巴之術難躋。《列仙傳》曰：欒巴爲尚書，正會得酒，西南噀云：「成都失火。」噉而作雨。驛至，果如其言。(64)則有驚武庫之焚蕩，《晉書》曰：武庫火，張華懼，因此變作列兵固守，然後救之，故累代之寶盡焚焉。(65)訝圓淵之照灼。《拾遺記》曰：岱輿山東有圓淵千里〔九〕，孟夏月，水常騰沸，以金投之，則爛如土。山人掘地，得焦石如炭，往往有火焉。(66)或涉之而不知，《列子》曰：趙襄子率徒十萬狩於中山，藉芿燔林，熇赫百里。有一人自石壁中出，從爐上下。衆謂鬼神。襄子徐察之，形色七竅，人也；氣息音聲，人也。問奚道而處石？奚道而入火？其人曰：「奚物而謂石？奚物而謂火？」芿，音仍。(67)或處之而自若。《博物志》曰：魏明世有焦先者，裸而不衣，處火不焦，處寒不凍。(68)亦云燧人用之而紀物，《尚書大傳》曰：燧人爲燧皇，以火紀物，火陽尊，故託燧皇於天。(69)炎帝以之而名官。《左傳》曰：郯子曰：「炎帝以火紀，故爲火師而火名。」(70)孝緒既云於徹屋，《梁書》曰：阮孝緒家貧，無以爨，僮妾竊鄰人樵以繼火，孝緒知之，乃不食，更令徹屋而炊。(71)古初亦聞乎伏棺。《郡國志》曰：長沙古初父喪未葬，鄰人火起，初冒火伏棺上，火乃滅。(72)別有生彼老槐，《莊子》曰：老槐生火，久血爲燐，人弗怪也。注：燐，野火。(73)出於槁竹，《淮南子》曰：槁竹有火，弗鑽不燃；土中有水，弗掘無泉。(74)雀集公車，《魏略》曰：秦伯出獵，至於咸陽，有火流下，化爲白雀，銜緑字青書，集於公車。(75)烏流王屋。《史記》曰：武王渡河，而火自上復下，至王屋，流爲烏，其色赤。(76)行司爟之政令，《周禮》曰：司爟掌火之政令，四時變國火以救時疾。注云：春取榆柳之火，夏取棗杏之火，季夏取桑柘之火，秋取柞楢之火，冬取槐檀之火。(77)絶令丘之草木，《山海經》曰：令丘之山無草木，其上多火。(78)憫池魚之及禍，《風俗通》曰：城門失火，禍及池魚。案：《百家書》：宋城門失火，汲取池中水以沃之，魚悉露見，但就取之。注云：一説司門尉姓池，名魚，城門火，救之，燒死。(79)喜藏臺之爲福。《韓詩外傳》：晉平公藏寶臺火，公子晏束帛而賀，曰：「王者藏於天下，諸侯藏於百姓，農夫藏於囷庾，商賈藏於篋匱。今百姓乏於外而賦斂無已，昔桀紂殘賊爲天下戮，今皇天降火於藏臺，是君之福也。」(80)又聞燒木不死，《齊地記》曰：東武有勝火之木，燒之不死，亦無損也。(81)灼獸不燃。《十洲記》曰：炎洲在南海中，上有風，生獸似豹，青色，大如貍。積薪數車，燒之不燃，鐵鎚鍛頭十數下，乃死。以口向風，須臾復活。以石上菖蒲塞鼻卽死。取其腦，以菊花服之盡十斤，得壽五百歲。(82)舉於雝時，《漢書》曰：秦以十月郊見，通權火。注：權，舉也。凡祭通舉火者，或以天子望拜，或以衆祠〔一〇〕，各處欲其一時饗祭，須知早晚，以火爲節也。(83)照彼甘泉。《漢書》曰：孝文時，匈奴侵暴北邊，烽火通甘泉。(84)孫子用之而攻敵，《孫子》曰：火攻有五：一曰火人；二曰火積；三曰火輜；四曰火庫；五曰火墜。注云：火人，謂近草則燒之。火積，燒其積聚。火輜，燒其輜重。火庫，燒敵兵庫。火墜，射火墜敵營。(85)赤松蹈之而成仙。見《玉賦》「赤松蹈火」注。⑧⑥糜竺之貨財殆盡，《搜神記》曰：糜竺嘗從洛歸，路次見一新婦，求載。既而謝竺曰〔二〕：「我天使也。當往燒東海糜家。感君見載，君便去，我緩行，日中必火發。」竺乃急行達家，出財物。日中，火大發。⑧⑦獻之之神色恬然。《晉書》曰：王獻之，初與兄徽之齊名，時人莫能優劣。嘗共在一室，忽火發，徽之遽走出，不遑取履。獻之神色恬然〔三〕，徐呼左右扶出。以是方知徽之之劣。⑧⑧猶有臨邛之井，《博物志》曰：臨邛有火井，縱廣五尺，深二三丈。諸葛丞相往觀，後火轉盛，以盆著井上，煮鹽得熱〔三〕。後人以家燭投井中，火即滅，迄今不復燃。⑧⑨神丘之穴。《括地圖》云：神丘有火穴，光照千里。⑨⓪感通嘗見於鳥銜，《拾遺記》曰：郅奇，字君珍，喪親盡禮。去墓百里，夜行嘗有鳥銜火夾之。⑨①焚燎忽驚於突決。《呂氏春秋》曰：燕雀處一屋之下，自以爲安。竈突決，火起，棟將焚，燕雀不知禍之將至也。⑨②爲子推而見禁，見《春賦》「魏武之令方傳」注。⑨③逼仲都而不熱。見《夏賦》「玄冰之丸」注。⑨④斯配禮而主夏，實離象之餘烈也。《洪範五行傳》曰：南方火，其性禮。《易》曰：離爲火。

校勘記

〔一〕〔二〕衛火　《山海經》卷五作「禦火」。
〔三〕「事見」以下十二字原無，據宋本、黃校本增。
〔四〕往問　《三國志・吴書・張昭》作「住門」。
〔五〕其於　原作「於其」，據宋本並《莊子・逍遥游》改。
〔六〕五色　宋本作「五彩」。

〔七〕「逌」字原無，據宋本增。

〔八〕樊英別傳　「樊」原作「楚」，據宋本、白本改。

〔九〕岱輿山東　「輿」字原無，據《拾遺記》卷十增。「東」字原無，據宋本並《拾遺記》增。

〔一〇〕衆祠　「祠」字原空闕，據宋本、白本、華本補。

〔一一〕謝竺曰　「竺」字原無，據宋本增。

〔一二〕神色　原作「神氣」，據宋本並《晉書·王羲之列傳》改。

〔一三〕煮鹽得熱　宋本作「煮鹽得熱」，並誤。據《博物志》卷二似作「煮水得鹽」爲是。

事類賦卷之九

寶貨部一

金　玉　珠

金

①夫西南之美者，有華山之金石焉。出《爾雅》。②斯蓋西方之行，百陶不輕。《説文》曰：五金，黄爲長，久埋不生衣，百陶不輕，從革不違，西方之行也。③性惟從革，《書》曰：金曰從革。注曰：金可以改更。④才堪贖刑。《書》曰：金作贖刑。⑤責冶築梟桃之業，《周禮》曰：攻金之工，築氏執下齊，冶氏執上齊，梟氏爲聲，㮚氏爲量，段氏鎛器，桃氏爲刃。金有六齊。六分其金而錫居一，謂之鍾鼎之齊。五分其金而錫居一，謂之斧斤之齊。四分其金而錫居一，謂之戈戟之齊。三分其金而錫居一，謂之大刃之齊。五分其金而錫居二，謂之削殺之齊。金錫半，謂之鑒燧之齊。注曰：多錫爲下齊，少錫爲上齊。鑒，鏡也。金多錫則刃白且明。⑥問銑盪鏐鈑之精。《爾雅》曰：黄金謂之盪，其美者謂之鏐。鉼金謂之鈑，絶澤謂之銑。注云：絶澤爲美金，最有光澤。⑦王陽則或聞能作，《漢書》曰：王陽好車馬衣服，及遷徙，所載不過囊衣。俗傳王陽能作黄金。⑧欒大則妄言可成〔一〕。《漢書》曰：

武帝卽位，欒大曰：「臣之師曰：『黄金可成，而河決可塞。』」⑨鄱陽投沙而乍得，王隱《晉書》曰：鄱陽樂安出黄金，鑿土十餘丈，披沙所得，大如豆，小如粱米。⑩清河隱粟以方驚。《晉書》曰：清河王覃，初爲清河王世子，所佩金鈴欻生隱起，狀如麻粟者。祖母陳大妃以爲不祥，毁而賣之。占者以爲金是晉行大興之祥，覃爲皇裔，是其瑞也。毁而賣之，則覃見廢，不終之象也。⑪若夫陽邁奇光，《宋書》曰：南海扶南王陽邁，初在孕，其母夢生兒，有人以金席藉之，其色光麗，夷人謂金之精者爲陽邁〔二〕。中國云紫磨者，因以爲名。⑫狼𦟛夜市，《異物志》曰：狼𦟛民與漢人交關，常夜市，以鼻齅金，知其好惡。⑬噬之得乾肉之象，《易·噬嗑卦》曰：六五，噬乾肉，得黄金。⑭斷之有同心之利。《易》曰：二人同心，其利斷心。⑮躍大冶者知其不祥，《莊子》曰：今大冶鑄金，金踊躍曰：「我且必爲鏌鋣。」大冶必以爲不祥之金。⑯雨櫟陽者稱其爲瑞。《史記》曰：秦獻公十八年，雨金櫟陽，自以得金瑞，故作鄜畤於櫟陽，祀白帝。⑰至於巴丘牛躍，《幽明録》曰：巴丘縣百金岡上有黄金潭，潭上有瀨，亦名黄金瀨。古有釣於此潭，獲一金鎖，引之，遂滿一船，而有金牛出，聲貌奔壯。釣人駭懼，牛因奮躍還潭。⑱林邑螢飛。《梁書》曰：林邑國有山赤色，其中生金，夜則出飛，狀如螢火。⑲美陳翼之無取，《廬江七賢傳》曰：陳翼，字子初。到覽鄉，見馬傍有一人病，呼曰：「我長安魏少公，聞卿廬江樂，來游，今病不能前。」翼迎歸，養之。有金十餅，素二十疋。既死，翼賣素買棺衾，以金置棺下，騎馬出入。後其兄長公見馬，告之。吏捕翼，翼具言。棺下得金，長公叩頭謝，以金十餅投其門，翼送長安還之。⑳重王忳之不欺。《益都耆舊傳》曰：王忳，字少林。詣京師，於客舍見諸生病甚。因謂忳曰：「腰下有金十斤，願以相與，乞收葬骸骨。」未問姓名，因絶。忳賣金一斤，以給棺，絮九斤，置生腰。㉑既稱汝敦之婦，《列女傳》曰：廣漢汝婦者，汝敦妻也。敦以所受田地、奴婢三百餘萬，悉讓兄嫂〔三〕。裁留園地數十畝，起舍耕作，土中得金一器，敦以示妻，妻曰：「本言讓先祖所有，此獨非其有邪？」敦曰：「固吾意也。」俱擔金送與兄嫂。㉒**復歎樂羊之妻。**《列女傳》曰：樂羊子出學，其妻貞義，截髮供其費。後羊子得遺金一餅，以與貞義。貞義曰：「君子不以利污行。」羊子慙而棄之。㉓**不疑豈盗於同舍，**《漢書》曰：直不疑爲郎，其同舍郎有告歸，誤持同舍郎金去。主意不疑〔四〕，不疑買金償之。而告歸者來歸金，亡者大慙。㉔**楊震自明於四知。**《續漢書》曰：楊震爲東萊太守，道經昌邑。初，震舉王密茂才，密時爲令，夜謁見震，懷金十斤以遺震〔五〕，震曰：「故人知君，君不知故人。何也？」密曰：「暮夜無知者。」震曰：「天知，神知，子知，我知，已是四知，何謂不知？」密慙而出。㉕**或以寵疏廣之告老，**《漢書》曰：太子太傅疏廣及兄子少傅受，乞骸骨，皆許之，賜黄金二十斤，皇太子賜以五十斤。㉖**或以奬叔孫之制儀。**《漢書》曰：叔孫通草創朝儀，拜泰常，賜金五百斤。㉗**爾其登郭隗之臺，**《新序》曰：燕昭王置千金於臺上，以延天下之士，謂之黄金臺。先禮郭隗，於是樂毅自魏往，鄒衍自齊往，劇辛自趙往。㉘**散竇嬰之廡，**《史記》曰：吴楚反，孝景以竇嬰爲大將軍，賜金千斤。嬰陳之廊廡下，軍吏過，輒令自財取，無入家者。㉙**書著三品，**《書》曰：淮海惟揚州，厥貢惟金三品。注曰：金、銀、銅也。㉚**詩稱大賂。**《詩》曰：憬彼淮夷，來獻其琛。元龜象齒，大賂南金。㉛**韋賢匪重於滿籯，**《漢書》曰：韋賢少子玄成，復以明經歷任至丞相。故鄒魯諺曰：「遺子黄金滿籯，不如一經。」淳曰：籯，竹器，受三升。㉜**陳平每間於間楚。**《史記》曰：漢王與陳平金四萬斤，以間疏楚君臣，不問其出入。㉝**利稱鼎耳，**《易·鼎卦》曰：六五，鼎，黄耳，金鉉，利貞。㉞**巧聞瓦注。**《莊子》曰：以瓦注者巧，以鉤注者憚，以黄金注者昏。注曰：重則心矜。㉟

或服之而成仙，《神仙傳》曰：容成公服三黄得仙。謂雄黄、雌黄、黄金。㊱或遺之而得土。《蜀王本記》曰：秦王以金一笥遺蜀王，蜀以禮物答，而盡化爲土。秦王怒，羣臣拜賀曰：「土者，地也。秦當得蜀矣。」㊲獲蘇秦之舊宅，《郡國志》曰：蘇秦宅在洛陽利仁里，後魏高顯業每夜見赤光，於光處掘得金百斤〔六〕，《銘》曰「蘇家金」。業爲之造寺。㊳得董卓之遺塢。《英雄記》曰：董卓塢有金二三萬斤。㊴陳爵則波底求樽，《論衡》曰：廬江民小男曰陳爵、陳挺，相與浴於湖涯〔七〕。有酒樽，色正黄，没水中。爵以爲銅，涉水取之，重不能舉。挺往助之，樽更爲沉盤〔八〕，動入深淵中。挺、爵留顧，見如錢等正黄數百千枚，即共掇摭，各得滿手。歸示其家，乃黄金也。㊵郭巨則地中得釜。宋躬《孝子傳》曰：郭巨，河内温人也。妻生男，謀養子則不得營業，妨於供養，當殺而埋焉。鍤入地，有黄金一釜，上有鐵券曰：「黄金一釜，賜孝子郭巨。」㊶嘉邴原之見還，《邴原别傳》曰：原字根矩，以喪亂方熾，遂往遼東。時同郡劉舉亦在遼，圖奪太守公孫度，度掩捕其家，而舉得免，窘迫歸原〔九〕。東萊太守太史子義，素有義，原以舉付之，舉臨去，以其手所杖劍金三餅與原，原受金辭劍。還，謂度曰：「將軍平日與舉無隙，而欲殺之，但恐其爲蜂蠆爾。今舉已去，若必拘閉其家，毒螫必滋甚矣。」度即出舉家，原以金還之。㊷慕管寧之靡顧。《世説》：管寧、華歆共園中鋤菜，見地有片金，管揮鋤與瓦石不異，華捉而擲之。㊸則有應嫗探社，《後漢書》曰：中興初，有應嫗者生四子而寡。見神光照社，試探之，乃得黄金。自是，諸子宦學，並有才名。至瑒七代通顯。㊹張氏得鈎。《幽明録》曰：長安有張氏者，晝獨處室，有鳩自入，止於對牀。張惡之，披懷祝曰：「鳩爾來，爲我禍耶止承塵，爲我福耶入我懷。」鳩飛入懷。以手探之，不知所在，而得金帶鈎焉，遂寶之。自是，子孫盛昌。㊺齊王之遺孟子，《孟子》曰：齊王以兼金一百遺孟子。注：兼金，好金也。㊻楚襄之聘莊周。《韓詩外傳》曰："楚襄王遣使者持金千斤、白璧百雙聘莊子，欲以爲相，莊子固辭。"㊼及夫葬驪山而雁成，《史記》曰："秦始皇葬驪山，以黄金爲鳧雁。"㊽懸咸陽而書就。《史記》曰："不韋乃使其客人人著所聞，號《吕氏春秋》。書成，布咸陽市門，懸千金其上，有能增損一字者予千金。"㊾遺雷義以知廉，謝承《後漢書》曰："雷義，字仲公。常濟人，死罪者後以金二斤謝之，義不受，金主伺義不在，默投於承塵上。後葺治屋得金，主已死，義乃以付縣曹。"㊿贈袁叔而爲壽。《漢書》曰："董偃見寵館陶公主，安陵袁叔謂偃曰：'顧成廟遠無宿宫，何不白主獻長門園於上？'董君入白主，獻之。上大悦，更名爲長門宫。主大喜，使董君以黄金百斤爲袁叔壽。"㉛或舉袖而不逆，《魏畧》曰："田豫爲并州，有胡密懷金三十斤，曰：'以此上公。'豫張袖受之，答其厚意。胡去之後，皆悉付外，具狀以聞。於是，詔褒之曰：'昔魏絳開懷以納戎，今卿舉袖以受狄，朕甚嘉焉。'"㉜或投園而靡受。謝承《後漢書》曰："張載，字仲宗，爲廣陵太守，舉吴奉爲孝廉。載罷郡，奉齎金爲禮，載不受。奉以囊盛，投載園中而逝。載齎金至廣陵還奉。"㉝攫之豈憚於市人，《列子》曰："齊人有欲金者，清旦衣冠之市，適鬻金者之所，因攫其金而去。吏捕得之，問曰：'人皆在焉，子攫人之金何故？'對曰：'取之時，不見人，徒見金。'"㉞鑠之每聞於衆口。《論衡》曰："衆口鑠金者，在五行，二曰火，五事，二曰言。言與火宜，故云鑠金。"㉟亦聞埋於幕下，《唐書》曰："開元中，杜暹爲監察御史，往西覆屯，蕃人賫金以遺暹，暹固辭不受，左右以不可失蕃人之情，暹受而埋於幕下。既出境，乃移牒令取之。"㊱生自碑中。《魏志》曰："繁昌縣授禪石碑中生金，表送上，羣臣盡賀。又，王隱《晉書》曰："永嘉初，陳國項縣賈逵石碑中生金，人盜鑿取賣。賣已復生，此江東之瑞也。晉金德，元帝中興於江東，故云江東之瑞。"㊲入夜方驚於白鼠，《白澤圖》

曰：白鼠以昏時見於丘陵之間，視所出入中有金。(58)積年或化於黃龍。《淮南子》曰：玦五百歲生黃傾，又五百歲生黃金，又千歲爲黃龍。注：玦，美石。(59)當暑有衣裘之節，《韓詩外傳》曰：延陵季子游於齊，見遺金於路，呼牧者取之。牧者曰：「何子居之高，而視之下也！類君子而言野也。有君不臣，有友不友，當暑衣裘，吾豈取金者乎？」季子知其賢，請問姓名。牧者曰：「子皮相之士，何足語姓字哉！」(60)下聊見高士之風。《春秋後語》曰：秦圍趙邯鄲，魏使將軍新垣衍入邯鄲，令趙尊秦爲帝，魯仲連説罷之，邯鄲既存。平原君欲封仲連，仲連三辭不受。平原君乃置酒，以千金爲仲連壽，仲連笑曰：「所貴於天下之士者，爲人排患、釋難、解紛而無取也，則有取者，乃商賈之人，仲連不忍爲。」遂辭去。(61)別有積之巨萬，《隋書》曰：楊素嘗射爲第一，帝以外國所獻金精盤，價直巨萬以賜之。又《漢書》曰：梁孝王，金以巨萬計。(62)賜之千鎰。《漢書》曰：文帝立，以陳平爲丞相，賜金千鎰，封三千户。(63)數王莽之既敗，《漢書》曰：王莽敗，省中黃金萬斤爲一匱者，尚六十匱。(64)料梁王之已卒。《漢書》曰：梁孝王死，藏府餘黃金尚三十餘萬斤。(65)井邊之黃鳥初飛，《異苑》曰：永康王曠井上，有一洗浣石，時見赤氣，後有胡人寄宿，忽求買之。未及度錢，子婦孫氏覩二黃鳥鬭於石上，疾往掩取，變成黃金。胡人不知，索市愈急。既得，撞破石，内正空二鳥處。(66)壁下之高冠乍出。《搜神記》曰：魏郡張巨賣宅與程應。舉家疾，賣與何文。文獨持大刀，暮入北堂宿。一更中，有人丈餘，高冠赤幘，呼細腰曰：「何以有人氣？」答曰：「無。」文問細腰者曰：「高冠者誰？」答曰：「金也。在西屋壁下。」文掘，得金三百斤。(67)亦云逐韓嫣之彈，《西京雜記》曰：韓嫣好彈，常以金爲丸，一日所失者十餘。長安爲之語曰：「若飢寒，逐彈丸〔一〇〕。」京師兒童每聞嫣出彈，輒隨往，望丸所落而拾之。(68)獻梁冀之蛇，張璠《漢記》曰：永昌太守鑄黃金爲蛇，獻梁冀。益州刺史种暠發其事。(69)投烈女之瀨，《吴越春秋》曰：伍子胥伐楚，還溧陽瀨水上，欲報自殺婦人百金，不知其家，投金瀨水中而去。須臾，一姥哭而來，自言是女母，取金而去。(70)雨仲孺之家。《述異記》曰：翁仲孺，家貧力作，居渭川。一旦，天雨金十斛於其家，由是與王侯爭富。今秦中有雨金，翁氏世世富。(71)季布之諾誠重，《漢書》曰：季布任俠有名，楚人諺曰：「黄金百，不如季布諾。」(72)郭況之穴難加。《東觀漢記》曰：京師號郭況家爲金穴，言其富貴。(73)復聞置在轜中，《後魏書》曰：段暉自慕容瓚歸魏太武，人告暉欲南奔，云置金於馬轜中。帝密遣視之，果如告者，斬之於市。(74)唾之盤裏。《述異記》曰：南康雩都縣西，沿江有石室，名夢口穴。嘗有船人遇一人通身黄衣，擔兩籠黄紙求寄載。過至崖下，此人唾盤上，徑下崖直入石中。船主初甚忿之，見其入石，始知神異。視盤上唾，悉是黄金。(75)或戒貪而藏山，《淮南子》曰：舜藏千金於嶄巖之山，所以塞貪鄙之心也。(76)或施仁而贖子，《管子》曰：湯以杜山之金，禹以歷山之金，贖民之賣子者。(77)或覩於北荒高闕，東方朔《神異經》曰：北荒中有二金闕，高百丈。(78)或取於荆南麗水。《韓子》曰：荆南麗水之中生金。(79)入懷詎見於張奂，《續漢書》曰：張奂遷安定屬國都尉，羌豪感奂恩德，上馬二十四，先零酋長上金鐻八枚，奂受之，而召主簿於諸羌前，以酒酹地，曰：「使馬如羊，不以入廄，金如粟，不以入懷。」悉以還之。(80)投海但聞於甘始。陳思王《辯道論》曰：甘陵甘始語余曰：「本師姓韓，字世雅。始常與師於南流作金，前後數四〔二〕，投數萬斤金於海。」(81)漢皇之重阿嬌，《漢武故事》曰：帝年數歲，長公主遍指侍者：「與作婦好不？」皆不肯。後指陳后，帝曰：「若得阿嬌作婦，當以金屋貯之。」(82)勾踐之思范蠡，《國語》曰：范蠡乘輕舟以浮於五湖，莫知其所終。越王令工以良金寫范蠡之狀，而朝禮之。(83)斯生土之精剛，誠汝漢之至美也〔一二〕。《管子》曰：「玉起於禺氏山，金起於汝漢，珠起於赤野。此寶相去各七千里。上有丹砂，下有黄金；上有慈石，下有銅金。葛盧山發而出金，蚩尤取以爲劍鎧。雍狐山發而出金，蚩尤取以爲戟。

校勘記

〔一〕妄言　原作「忘言」，據宋本、華本改。

〔二〕謂金之精　「金」字上原有「之」字，據宋本删。

〔三〕兄嫂　原作「兄兄」，據華本改。

〔四〕主意不疑　「主」字原無，據宋本並《御覽》卷八〇九引增。

〔五〕以遺震　「以」字原無，據宋本並《御覽》卷八〇九引增。

〔六〕於光處　「於」字原空闕，據宋本、白本、華本並《御覽》卷八一一引補。

〔七〕浴於　「於」字原無，據宋本並《御覽》卷八一一引增。「浴」，《論衡・驗符篇》作「鈞」。

〔八〕更爲　「爲」字原無，據宋本增。

〔九〕窘迫　宋本並《御覽》卷八一一引並作「窘逼」。

〔一〇〕彈丸　宋本並《御覽》卷八一一引並作「金丸」。

〔一一〕數四　原作「數日」，據宋本並《御覽》卷八一一引改。

〔一二〕美也　「也」字原無，據宋本增。

玉

①古人有言曰：「君子於玉比德。」《禮》曰：子貢問曰：「敢問君子貴玉而賤珉，何也？」孔子曰：「昔者君子比德於玉焉〔一〕。温潤而澤，仁也；縝密以栗，知也；廉而不劌，義也；垂之如墜，禮也；叩之，其聲清越以長，其終詘焉，樂也；瑕不掩瑜，瑜不掩瑕，忠也；孚尹旁達，信也；氣如白虹，天也；精神見於山川，地也；圭璋特達，德也；天下莫不貴者，道也。《詩》云『言念君子，温其如玉』，故君子貴之也。」注曰：栗，堅貌。劌，傷也。義者不苟傷。孚尹，讀如浮雲。②若夫周官六器，《周禮》曰：玉作六器以禮天地四方。蒼璧禮天，黄琮禮地，青珪禮東方，赤璋禮南方，白琥禮西方，玄璜禮北方。③大秦五色。《魏略》曰：大秦國出采玉五色。④趙之連城，《史記》曰：趙惠文王得楚和氏璧，秦昭王請以十五城易璧，趙使藺相如奉璧入秦。相如見秦無償城意，乃謂秦王曰：「璧有瑕，請指示。」王使授璧，相如持璧却立，倚柱責秦，欲以璧擊柱。秦王恐碎璧，不敢逼。相如乃使人間道懷璧歸趙。⑤晉之垂棘。《左傳》曰：晉荀息請以屈産之乘，與垂棘之璧，假道於虞，以伐虢。⑥或瓘斝以禳，《左傳》曰：鄭裨竈言於子産曰：「宋衞陳鄭將同日火，若我用瓘斝玉瓚，鄭必不火。」子産弗與。注：天災流行，非禳祈所息。⑦或苕華是刻。《燉煌紀年》曰：桀伐珉山，珉山女于桀二女，曰琬曰琰。桀愛二女，無子，刻其名於苕華之玉。苕是琬，華是琰。⑧愛一環而韓子受賜，《左傳》曰：晉韓起聘于鄭。宣子有環，其一在鄭商。宣子謁諸鄭伯，子産弗與。子太叔、子羽請與之。子産曰：「僑聞君子非無

賄之難，而無令名之患。僑聞爲國非不能事大字小之難，無禮以定其位之患。夫大國之人令於小國，而皆獲其求，將何以給之？一共一否，爲罪滋大。」韓宣子私覿於子產，以玉與焉，曰：「子命起舍夫玉，是賜我玉而免吾死也，敢不藉手以拜。」注：宣子即韓起也。謁，請也。⑨納十轂而衛侯見釋。《左傳》曰：晉執衛侯，歸之于京師，王使醫衍酖衛侯。甯俞貨醫，使薄其酖，不死。魯公爲之納玉於王與晉侯，皆十轂，王許之，乃釋衛侯。⑩爾乃觀瑟彼，《詩》曰：瑟彼玉瓚，黄流在中。⑪翫温其，《詩》曰：言念君子，温其如玉。⑫偉祁子之不佩，《禮》曰：石駘仲卒，無適子，有庶子六人，卜所以爲後者，曰「沐浴佩玉則兆」，五人者皆沐浴佩玉。石祁子曰：「孰有執親之喪而沐浴佩玉者乎？」不沐浴佩玉。石祁子兆，衛人以龜爲有知也。注曰：駘仲，衛大夫。沐浴佩玉則兆，言齊潔則得吉兆。⑬美襄仲之見辭。《左傳》曰：秦伯使西乞術來聘。襄仲辭玉，曰：「君不忘先君之好，照臨魯國，重之以大器，寡君敢辭玉。」對曰：「不腆敝器，不足辭也。」主人三辭。賓曰：「寡君願徼福於周公、魯公以事君，不腆先君之敝器，使下臣致諸執事，以爲瑞節，要結好命，所以藉寡君之命，結二國之好。」襄仲曰：「不有君子，其能國乎？」注：魯公謂伯禽。節，信也。⑭虞卿受賜於趙國，《史記》曰：虞卿躡屩擔簦，一見趙王，賜白璧一雙，黄金百鎰〔二〕。⑮楚相加辱於張儀。《史記》曰：張儀已學而游諸侯，常從楚相飲，已而楚相亡璧，門下意儀盜之，掠笞數百，不服，釋之。⑯贈之則報其繡段，張平子《四愁》詩曰：美人贈我錦綉段，何以報之青玉案。⑰沉之則繫以朱絲。《左傳》曰：晉侯伐齊，將濟河，獻子以朱絲繫玉二轂而禱，沈玉而濟。注：雙玉曰轂。⑱寧有餘而抵鵲，《鹽鐵論》曰：南越以孔雀珥門户，崑山之傍以玉抵烏鵲。⑲不蒙污以投泥。《後魏書》曰：穆弼有風格，善自位置。高祖欲以弼爲國子助教，弼辭曰：「先臣以來，蒙恩累世，比較徒流，實用慙屈。」高祖曰：「朕欲勵冑子，故屈卿耳。以玉投泥，豈能相汚？」弼曰：「既遇明時，耻沉於泥滓。」⑳至於温嶠鏡臺，《世説》曰：温嶠娶姑女，下玉鏡臺一枚。征劉聰所得。㉑胡綜如意，《胡綜别傳》曰：吴時掘得銅印，以琉璃爲蓋，布雲母於其上。又得白玉如意。太帝以問君〔三〕，君曰：「秦皇以金陵有天子氣，處處埋寶物，以當王氣〔四〕，此抑是也。」㉒著兹五德，《五經通義》曰：玉有五德：温潤而澤，似智；鋭而不害，似仁；抑而不撓，似義；有瑕於内，必見於外，似信；垂之如墜，似禮。㉓班斯六瑞。《周禮》：以玉作六瑞以守邦國。王執鎮圭，公桓圭，諸侯信圭，伯躬圭，子穀璧，男蒲璧。㉔堅而不蹙，《管子》曰：夫玉之所爲貴者，九德出焉。温潤以澤，仁也；鄰以理者，智也；堅而不蹙，義也；廉而不劌，行也；鮮而不垢，潔也；折而不撓，勇也；瑕適皆見，情也；茂華光澤並通而不相陵，容也；叩之其音清專徹遠，純而不殺，辭也。是以人主貴之，藏以爲寶，剖以爲符瑞。㉕廉而不劌。見上「君子於玉比德」注。㉖白圭以夜光受賜，《史記》曰：鄒陽書曰：「白圭顯於中山，人惡之於魏文侯，文侯賜以夜光之璧。」㉗林回雖千金必棄。《莊子》曰：孔子問子桑雽曰：「吾見逐於魯，伐樹於宋，親而益疏，何也？」對曰：「獨不聞假之亡與？林回棄千金之璧，負赤子而趨，彼以利合者，迫窮相棄；天屬者，迫窮相收。」注：假，國名。㉘甕不汲而自盈，《瑞應圖》曰〔五〕：玉甕者，聖人之應也，不汲自盈。王者飲食有節則出。㉙管方吹而有異。《西京雜記》曰：高祖初入咸陽，周行庫藏，見玉笛長二尺三寸，二十九孔。吹之則見車馬山林，隱嶙相次。吹息不復見。名曰昭華之琯。㉚斯皆攻以它山，而使之成器者也。《詩》曰：它山之石，可以攻玉。《禮》曰：玉不琢不成器。㉛若乃山玄表德，《禮》曰：天子佩白玉而玄組綬，公侯佩山玄玉而朱組綬，大夫佩水蒼玉而純組綬，世子佩瑜玉而綦組綬，士佩瑜玟而緼組綬。㉜白虹象天，見「君子於玉比德」注。㉝先於駟馬，《老子》曰：雖有拱璧以先駟馬，不如坐進此道。㉞假夫許田。《左傳》曰：鄭伯以璧假許田，爲周公祊故也。㉟或食之以禦水，《周禮》曰：玉府，王齋則共食玉。注云：玉是陽精之純者，食之所以禦水氣。㊱或服之而成仙。《抱朴子》曰：玉脂者，生玉之山。其膏流出萬年以上，則凝而成脂，鮮明如水精。以無心草木和之，須臾成水，服之一升得千歲。服玄真者，其命不極。玄真，玉别名也。服玉當得于闐白玉。赤松子，以玄蟲而漬玉爲水服之，故得乘烟霞上下也。㊲賈害見虞叔之志，《左傳》曰：初，虞叔有玉，虞公求旃。不獻。既而悔之，曰：「周諺有之：『匹夫無罪，懷璧其罪。』吾焉用此，以其賈害。」乃獻之。㊳不貪知子罕之賢。《左傳》曰：宋人或得玉，獻諸子罕。子罕弗受，曰：「我以不貪爲寶，爾以玉爲寶。若以與我，皆喪寶也，不若人有其寶。」稽首而告曰：「小人懷璧，不可以越鄉，納此以請死也。」子罕寘諸其里〔六〕，使玉人爲之攻之，富而後使復其所。㊴爾其石變山中，《隋書》曰：王邵上表云：「稽覽圖史，政道得則陰物變爲陽物。」鄭玄云：「若葱變爲韮是也。」謹按：自六年以來，山中石變爲玉。石爲陰，玉爲陽。㊵瓜積冢裏，《抱朴子》曰：吳時發廣陵大冢，兵人共舉死人以倚壁。有一玉，長一尺，形似冬瓜，從人懷中頽出墮地。㊶火出夜山，《漢武内傳》曰：西王母云：「昌城玉蘂，夜山出火〔七〕。」㊷膏流丹水。《山海經》曰：稷翼之山及鹿臺山，其上多白玉〔八〕。瑜次之山，多嬰垣之玉。泰冒之山，洛水出焉，其中多藻玉。蜜山之上，丹水出焉，其中多玉膏，其源沸湯，黄帝是食。玉膏之出，五色乃清，五味乃馨。堅栗精密，澤而有光。五色發作，以和柔剛。天地鬼神，是食是饗；君子服之，以禦不祥。㊸燕人瑶甕之遺，《左傳》曰：燕暨齊平，燕人賂以瑶甕、玉櫝、斝耳。注云：斝耳，玉斝。㊹子玉瓊弁之美，《左傳》曰：楚子玉自爲瓊弁、玉纓，未之服也。先戰，夢河神謂己曰：「畀余！賜汝孟諸之麋。」弗致也。榮季曰：「死而利國，猶或爲之，況瓊玉乎？是糞土也。」注云：畀，與也。孟諸，宋澤名。多草薦曰麋。㊺劉聰汾水之祥，《趙書》曰：劉聰徙治平陽，於汾水中得白玉璽，廣四寸，高二分，龍紐。㊻呂光于闐之市。《前涼雜録》曰：呂光稱王，遣使市六璽於于闐。㊼亦聞德推旁達，見上「玉比德」注。㊽質重方流，顔延年《贈王僧達》詩曰：玉水記方流，璿源載圓折。㊾潤木逾茂，《大戴禮》曰：玉在山而木潤；淵生珠而岸不枯〔九〕。珠者，陰中之陽也，故勝火；玉者，陽中之陰也，故勝水。㊿輝山更幽。陸士衡《文賦》曰：石韞玉而山輝，水懷珠而川媚。(51)採於龍首，出彼平丘，《山海經》曰：龍首之山，若水出焉，其中多美玉。放皐之山，明水出焉，其中多蒼玉。平丘，在三桑東，爰有遺玉。(52)常山有命，《晉書》曰：前燕常山大樹自拔，根下得璧七十二〔一〇〕，光色精奇，有異常玉。慕容儁以爲岳神之命。(53)靈昌載浮。《晉書》曰：石季龍起河橋於靈昌津，採石爲中濟，石無大小，下輒隨流，用功五百餘萬而不成。季龍遣使致祭，沉璧于河。俄而所沉璧浮于渚上。(54)或登臺而不取，《帝王世紀》曰：周武王伐殷爲天子，登臺見玉，王曰：「誰之玉？」或曰：「諸侯之玉。」王不取，反歸之。天下聞之，曰：「王廉於財矣。」(55)或破石而斯求。《論衡》曰：玉變爲石，珠變爲礫，毁謗使然也。採玉者，破石拔玉；選士者，棄惡取善。(56)別有瀛洲酌酒，《十洲記》曰：瀛洲有玉膏如酒，名曰玉酒。飲數升，令人長生。(57)扶桑觀日。《梁四公記》曰：扶桑國使使貢觀日玉。大如鏡，方圓尺餘，明徹如琉璃。映日以觀，見日中宫殿，皎然分明。(58)晉侯受之而容惰，《左傳》曰：天王使召武公、内史過賜晉侯命，受玉惰。過曰：「晉侯其無後乎？」(59)邾子執之而禮失。《左傳》曰：邾隱公來朝。子貢觀焉。邾子執玉高，其容仰；公受玉卑，其容俯。子貢曰：「以禮觀之，二君者，皆有死焉。」注云：玉，朝者之贄。

⑥⓪張伯懷之而見欺，《鍾離意别傳》曰：意爲魯相，省視孔子教授堂〔一一〕，男子張伯，剗草階下，土中得璧七枚，懷藏其一，以六白意。意開解〔一二〕，中素書文曰：「後世修吾書，董仲舒；撰吾車，拭吾履，發吾笥，會稽鍾離意；璧有七，張伯取其一。」意召問伯：「璧有七，何藏一耶？」伯叩頭出之。⑥①亞父碎之而靡惜。《漢書》：高祖與項羽會於鴻門。高祖歸去，使張良獻玉斗於亞父范增。亞父撞碎之，曰：「吾屬爲虜矣。」⑥②或類彼珷玞，《戰國策》曰：骨疑象，珷玞類玉。⑥③或疑於燕石，《闕子》曰：宋之愚人得燕石於梧臺，藏之以爲大寶。周客聞而觀焉。主人齋七日，端冕玄服以出，華篋十重，緹巾十襲，客見掩口盧胡而笑，曰：「此燕石也，與礫不殊。」主人大怒，藏之愈密。⑥④得楚山而被刑，《韓子》曰：楚人卞和得玉璞於楚山，獻厲王。使玉人相之。曰：「石也。」王以和爲謾，刖右足。及武王即位，又獻之。復相曰：「石也。」刖其左足。及文王即位，和乃抱其璞而哭於楚山，三日三夜，泣盡繼之以血。王使玉人治之，得寶玉焉，名曰和氏之璧。⑥⑤詒鄭人而求直。《文子》曰：鄭人謂玉未治者爲璞〔一三〕，周人謂鼠未腊者爲璞。周人懷璞問鄭賈曰：「欲之乎？」出其璞。視之乃鼠璞也。⑥⑥斯皆真僞混淆，而不精識也。亦有齊之甗磬，《左傳》曰：晉及齊戰于鞍，齊師敗。齊侯使賓媚人賂以甗、玉磬與地。「不可，則聽客之所爲。」⑥⑦魯之璠璵，《逸論語》曰：璠璵，魯之寶也。孔子曰：「美哉！璠璵。遠而望之，煥若也；近而視之，瑟若也。一則理勝，一則孚勝。」⑥⑧價踰十萬，桓譚《新論》曰：雒陽李幼賓，有小玉檢，衛謁者史子伯，素好玉器，見而奇之，使予報以三萬錢請買焉。幼賓曰：「我與好事長者，傳之已顧十萬，非三萬錢主也。」予驚駭云：「我若於路見此，千錢亦不市也。」故知與不知，相去甚遠。⑥⑨名重五都。《尹文子》曰：魏田父於野得玉徑尺，弗知其玉也，以告鄰人。鄰人詐之，曰：「此怪石也，畜之弗利。」田父雖疑，猶置於廡

下〔一四〕。其夜，玉明照一室。其家大怖，遽棄之於野。鄰人盗之，以獻魏王。魏王召玉工相之。玉工望玉再拜却立，曰：「敢賀大王，得天下之寶。臣所未嘗見。」王問價，玉工曰〔一五〕：「此無價以當之。五城之都僅可一觀。」王立賜獻者千金，長食上大夫禄也。(70)辨其䚡理，《説文》曰：玉，石之美者五德：潤澤以温，仁之方也；䚡理自外，可以知中，義之方也；其聲舒揚，尃以遠聞，智之方也；不撓而折，勇之方也；鋭廉而不劌〔一六〕，絜之方也。(71)見此瑕瑜。見「君子於玉比德」注。

(72)想老耽之被褐，《老子》曰：被褐懷玉。(73)思穆滿之披圖。《穆天子傳》曰：天子大朝黄之山，披圖視典，周觀天子之寶器〔一七〕、玉果、璿珠。注云：玉果，玉如果者。璿，玉類〔一八〕。(74)復聞執則不趨，《禮》曰：執玉不趨。注云：志重玉也。(75)受之以掬。《禮》曰：受珠玉者以掬。(76)釵留而閣號招靈，《洞冥記》曰：漢武元鼎元年，起招靈閣有一神女，留玉釵與帝。帝以賜趙婕妤。至昭帝元鳳中，宫人猶見此釵，共謀欲碎之。明視釵匣，惟見白燕直升天。後宫人常作玉釵，因名玉燕釵，言其吉祥。(77)玦見而山名奚禄。《隋巢子》曰：奚禄山壞，天賜玉玦於羿，遂殘其身。以此爲福，而至於禍。(78)無故而豈可去身，《禮》曰：君子無故，玉不去身。(79)待價而常宜韞櫝。《論語》：子貢曰：「有美玉於斯，韞櫝而藏諸？求善價而沽諸？」子曰：「沽之哉！沽之哉！我待價者也。」(80)覩其黑如純漆，白若截肪，王逸《玉部論》曰：或問玉符。曰：「赤如雞冠，黄如蒸栗，白如脂肪，黑如純漆，玉之符也。」魏文帝《與鍾繇書》説玉，亦云「白如截肪，黑譬純漆。」(81)琭之碌碌，《老子》曰：不欲碌碌如玉，落落如石。(82)佩以將將，《詩》曰：將翱將翔，佩玉將將。(83)曾城是植，《淮南子》曰：崑崙山曾城九重，有珠樹玉樹。(84)海島斯藏。《後魏書》曰：崔挺爲光州刺史。掖縣有人年踰九十，板輿造州。自稱少曾充使林邑，得一美玉，方一尺四寸，甚有光彩，藏於海島，垂六十歲。欣逢明政，今願奉之。挺曰：「吾雖德謝古人，未能以玉爲寶。」遣船隨取，光潤果然，訖不肯受，乃表送都。

⑮駭流虹之變化，《搜神記》曰：孔子作《春秋》，制《孝經》，既成，齋戒告天。天降赤虹，化爲黄玉，長三尺，上有文。

⑯訝積雪之消亡。《異苑》曰：晉東嬴公騰鎮鄴，大雪，門前方數十步融液不積。騰怪，掘之，得玉馬，高一尺許，口齒缺。騰以馬者國姓爲吉瑞，或謂馬無齒則不復食。

⑰毁櫝中而咎罰焉避，《論語》曰：虎兕出於柙，龜玉毁於櫝中，是誰之過歟？

⑱獻闕下而詐諼以彰。《漢書》曰：文帝始幸雍，新垣平以望氣見平使人持玉杯詣闕下獻之〔一九〕，平上言曰：「闕下有寶玉氣。」果有獻玉杯者。

⑲思滈池之反璧，《史記》曰：始皇三十六年，有使者從關東夜過華陰平舒道，有人持璧遮使者曰：「爲吾遺滈池君。」因言曰：「今年祖龍死。」使者奉璧具以聞。始皇使御府視璧，乃二十八年行渡江所沉璧也。

⑳想磻溪之釣璜。《尚書中候》曰：太公卽磻溪之水，釣其涯，得玉璜，刻曰「姬受命，吕佐之，報在齊。」

㉑納懷曾聞於叔帶，《左傳》曰：襄公薨于楚宫。叔仲帶竊其拱璧，以與御人，納諸懷而從取之，由是得罪。

㉒壓紐更見於平王。《左傳》曰：楚共王無冢嫡，有寵子五人，無適立焉。乃大有事於羣望。而祈曰：「請神擇於五人者，使主社稷。」乃遍以璧見於羣望，曰：「當璧而拜者，神所立也。」既，乃與巴姬密埋璧於太室之庭，使五人齋，而長入拜。康王跨之，靈王肘加焉，子干、子晳皆遠之。平王弱，抱而入，再拜，皆壓紐。

㉓當入用之時，氣騰光禄；《續漢書》曰：桓帝時，光禄吏舍下，夜有青氣，視之，得玉鈎玦各一，身中皆雕鏤。

㉔及焚如之際，火烈崑岡。《書》曰：火炎崑岡，玉石俱焚。

㉕別有漢武樹之於前庭，《漢武故事》曰：上起神屋，前庭植玉樹，以珊瑚爲枝，碧玉爲葉，華子青赤，以珠玉爲之。空其中，如小鈴鎗鎗有聲。

㉖周成陳之於東序。《尚書・顧命》曰：大玉、夷玉、天球、

河圖在東序。(97)赤松服之而蹈火，《列仙傳》曰：赤松子者，神農時雨師也。服水玉，教神農，能入火不燒。(98)羊公種之而娶婦。《搜神記》曰：羊公雍伯，洛陽縣人。性篤孝。父母終，葬無終山，遂居焉。山高八十里，上無水，公汲水，作義漿於阪頭，行者皆飲之。三年，有一人就飲，以石子一斗與之，使至高平好地有石處種之，玉當生其中。羊公未娶。又語：「汝後當得好婦。」語畢不見。後種其石〔二〇〕，數歲，時時往視，玉子生，人莫知。有徐氏，右北平著姓，女甚有名，時人求，多不許。公乃試求徐氏。徐氏以爲狂，因戲云：「以白璧一雙來，當聽爲婚。」公至所種石中，得五雙白璧，以贄徐氏。徐氏大驚，遂以女妻公。天子異之，拜爲大夫。於種玉處四角作大石柱，各一丈，中央一頃地曰玉田。(99)虞舜之受昭華，《尚書大傳》曰：堯致舜天下，贈以昭華之玉。(100)齊侯之得龍輔。《左傳》曰：公賜公衍羔裘，使獻龍輔於齊侯，遂入羔裘。齊侯喜，與之陽穀。注云：龍輔，玉名。陽穀，齊邑。(101)賜虢公以五瑴，《左傳》曰：虢公、晉侯朝王。饗禮，命之宥，皆玉五瑴。(102)錫子家之雙琥。《左傳》曰：魯昭公疾，徧賜大夫，大夫不受。賜子家子雙琥、一環，一璧，輕服，受之。大夫皆受其賜。公薨，子家子反賜於府人，曰：「吾不敢逆君命也。」大夫皆反其賜。注：琥，玉器。輕服，細好之服。(103)王莽潛姦於椎瑑，《漢書》曰：王莽就國，孔休守新都相。休謁見莽，莽進其玉具寶劍，休不肯受。莽因曰：「誠見君面有瘢，美玉可以滅●，獻其瑑耳。」即解其瑑。休復辭。莽遂椎碎之〔二一〕，自裹以進休。瑑，音衛。(104)宋人留情於刻楮。《列子》曰：宋人有爲其君以玉爲楮葉者，三年而成。鋒鎩莖葉，毫芒繁澤，亂之楮葉中不可別也。此人遂以巧食宋國。(105)莒僕竊之而來奔，《左傳》曰：莒太子以其寶玉來奔。(106)膠鬲索之而不與。《韓子》曰：周有玉版，紂令膠鬲索之，文王不予。費仲來求，因予之。是膠鬲賢，而費仲無道也〔二二〕。周惡賢者之得志也，故予費仲。⑩⑦取其象德，《白虎通》曰：玉者，象君子之德，燥不輕，濕不重，是以人君寶之。⑩⑧非宜改步。《左傳》曰：季平子行東野。還，未至，丙申，卒于房。陽虎將以璵璠斂，仲梁懷弗與，曰：「改步改玉。」注云：昭公之出，季孫行君事，佩璵璠，祭宗廟。及定公立，復臣位，改君步，則亦當去璵璠。⑩⑨既閱咸陽之宫，《西京雜記》曰：高祖初入咸陽宫，周行庫藏，金玉珍寶，不可勝言。其尤異者，有青玉燈五枚。燈高七尺五寸，作蟠螭以口含燈。燈燃則鱗甲皆動，煥爛盈室。⑪⓪更覩玄菟之庫。《魏志》曰：漢時夫餘王葬用玉押，常豫以付玄菟郡，王死則迎取以葬。⑪①識白首之老翁，《吴氏本草》曰：白玉體如白首翁。⑪②見紫衣之神女。《録異傳》曰：江巖常到吴採藥，及富春縣清泉山南見一美女〔二三〕，紫衣，踞石而歌，有碣石之音。巖徃，未及數十步，女輒不見。如此數日，巖乃破石，得一紫玉，廣長一尺。⑪③斯天地精粹之徵，不能悉數。《淮南子》曰：鍾山之玉〔二四〕，炊以鑪炭，三日三夜而色澤不變，得天地之精也。

校勘記

〔一〕昔者　「者」字原無，據宋本並《御覽》卷八〇四引增。
〔二〕百鎰　原作「五鎰」，據宋本並《史記・虞卿列傳》改。
〔三〕太帝　《御覽》卷八〇五引作「太皇帝」。
〔四〕王氣　原作「玉氣」，據宋本、華本改。
〔五〕瑞應圖　原作「瑞國圖」，據宋本、華本改。
〔六〕寘諸　原作「寘請」，據華本並《左傳・襄公十五年》改。

〔七〕出火　宋本、黄校本並《御覽》卷八〇五引作「火玉」。

〔八〕其上　「其」字原無，據宋本並《御覽》卷八〇五引增。

〔九〕淵生珠　原作「珠在淵」，據宋本、黄校本並《御覽》卷八〇四引改。

〔一〇〕七十二　宋本作「七十三」。《晉書・慕容儁載記》云：「根下得璧七十、珪七十三，光色精奇，有異常玉。」

〔一一〕省視　宋本作「省修」。

〔一二〕開解　宋本作「開瓫」。

〔一三〕未治　宋本並《御覽》卷八〇五引作「未理」。

〔一四〕置於　宋本並《御覽》卷八〇五引「置」上有「録」字。

〔一五〕玉工　「玉」字原無，據宋本並《御覽》卷八〇五引增。

〔一六〕不劌　「劌」字原空闕，據華本補。宋本作「技」。

〔一七〕周覩　宋本並《御覽》卷八〇五引作「用覩」。

〔一八〕璿玉類　「璿」字原空闕，據宋本、白本、華本補。

〔一九〕「以望氣見平」五字原無，據宋本並《御覽》卷八〇四引增。

〔二〇〕後種　「後」字原無，據宋本並《御覽》卷八〇五引增。

〔二一〕遂　原作「就」，據宋本並《御覽》卷八〇四引改。

〔二二〕而費仲　「而」字原無，據宋本並《御覽》卷八〇五引增。

〔二三〕及富春縣　「及」字原無，據宋本並《御覽》卷八〇五引增。

〔二四〕鍾山之玉　「之」字原空闕，據宋本、白本、華本補。

珠

①德至淵泉，明珠出焉。《白虎通》曰：德至淵泉，即江出大貝，海出明珠。②銜光芒於照乘，《史記》曰：魏王與齊威王會田於郊。魏王曰：「寡人國小，尚有徑寸之珠照車前後各十二乘者十枚，奈何以萬乘國而無寶乎？」③發晶熒於媚川。陸士衡《文賦》曰：水懷珠而川媚，石韞玉而山輝。④出於赤野，《管子》曰：玉起於禺山，珠起於赤野。⑤產自丹淵。《任子》曰：丹淵之珠，沉於黄泥。⑥映秋波而圓折，《尹子》曰：凡水方折者有玉，其圓折者有珠。⑦與夜月而虧全。左太沖《吴都賦》曰：蚌蛤珠胎，與月虧全。⑧若夫列淮夷之貢，《書》曰：徐州，厥貢淮、夷蠙珠曁魚。注云：淮、夷二水名〔一〕。⑨挺霍山之美，《爾雅》曰：西方之美者，有霍山之多珠玉焉。⑩識夫餘之似棗，《廣志》曰：夫餘地美，珠如酸棗。⑪見館陶之若李。《古今注》曰：章帝元和元年〔二〕，明珠出館陶，大如李，有明耀。三年，明月珠出豫章海昏，大如鷄子，圍四寸八分。⑫或埋青蛉于地中，《博物志》曰：五月五日取青蛉頭，正中門埋，皆成青珠。⑬或採赤蜯于泉底。《幽明録》曰：漢武幸河渚，聞弦歌之音，有老翁及年少數人出，皆長八九寸，爲帝奏樂。老翁顧命取洞穴之寶，一人受命，下没川底，得一大珠，徑數寸，明耀絶世。上問東方朔，朔曰：「河底有穴，深數百丈，中有赤蜯，生此珠也。」⑭漢武通夢於昆明，《三輔決録》曰：昆明池中有神泉，通白虎原。人釣，魚綸絶而去，夢於漢武帝，求去釣。帝明日戲於池，見大魚銜索，帝取放之。後三日，池邊得明珠一雙。帝曰：

「魚之報也。」⑮馬援被讒於薏苡。范曄《後漢書》曰：馬援在交阯，常餌薏苡實，及還，載之一車。後有上書譖之者，以爲前所載還，皆明珠、文犀也。⑯若夫却文礱之貢〔三〕，《東觀漢記》曰：永建四年，漢陽太守文礱獻大珠，順帝詔曰：「海内頗有災異，而礱不推忠竭誠，而喻明珠之瑞以求媚。今封珠却還。」⑰納蘇則之詞，《魏志》曰：文帝問蘇則曰：「前西域通使，燉煌獻徑寸大珠，可復求市得否？」則曰：「若陛下德流沙漠，不求自至；求而得之，不足貴也。」帝默然。⑱在易粟而猶可，《説苑》曰：墨子謂滑釐曰：「今凶年，有欲與子隋侯之珠者，曰不得賣也，以爲飾。又欲與子一鍾粟者，得粟不得珠，得珠不得粟，子將何擇？」滑釐曰：「粟可取也。」⑲顧彈雀以非宜。《吕氏春秋》曰：以隋侯之珠，彈千仞之雀，世必笑之。所用重，所要輕也。⑳王章之孤，既採之而致富；《漢書》曰〔四〕：成帝時，王章死，妻子皆徙合浦，其家屬採珠，致産數百萬。㉑弘節之後，亦賣之而被疑。《唐書》曰：貞觀中，桂州都督李弘節以清慎聞。身殁之後，其家賣珠，上聞疑之，將罪所舉者。魏徵諫曰：「陛下言此人不清，未見受財之所。且清白不渝者，屈突通、張道源而已。今通子三人來選，共有羸馬一匹。道源兒子不能存立，未見一言及之。而弘節立功，大蒙賞賜，妻子買珠，未爲有罪，雖疾惡情深，亦好善不篤矣。」上善其言。㉒則有怒闇投而按劍，《史記》曰：鄒陽《獄中上吴王書》曰：「明月之珠，夜光之璧，以闇投人於道路，人無不按劍相眄者，何則？無因而至前也。」㉓感清節而還浦。謝承《後漢書》曰：孟嘗爲合浦太守，郡俗舊採珠以易米。先時二千石貪穢，使人採珠，積以自入。珠忽徙去，合浦無珠，饑死者盈路。孟嘗化行，一年之間，去珠復還。㉔哂楚人之賣櫝，《尸子》曰：楚人賣珠於鄭者，爲木蘭之櫝，薰以桂椒，綴以玫瑰，輯以翡翠。鄭人買其櫝而還其珠。此可謂善賣櫝矣，未可謂善鬻珠也。㉕悞趙相之去婦。謝承《後漢書》曰：

汝南李敬，少時遷趙相。奴於鼠穴中得繫珠及璫珥，以問主簿，對曰：「前相夫人嘗亡珠，不知所在，疑其子婦竊之，因去婦。」敬送珠付前相，慚，乃還去婦。㉖鍾離辭之而委地，《東觀漢記》曰：顯宗時，鍾離意爲尚書，時交阯太守坐贓千金，徵還伏法，以其資物頒賜群臣。意得珠璣，悉以委地而不拜賜。上怪，問其故。對曰：「臣聞孔子忍渴於盗泉之水，曾參廻車於勝母之閭，惡惡名也。此贓穢之物，誠不敢拜。」帝嗟歎曰：「清乎，尚書之言。」乃更以庫錢三十萬賜意。㉗黄向得之而歸主。謝承《後漢書》曰：豫章黄向，晨步路中，得珠琪一囊，可直三百餘萬，求主還之。主以半物謝向，向委去不顧。㉘至於名傳火齊，《南史》曰：中天竺國出火齊珠，狀如雲母，色如紫金，列之則蟬翼，積之則如紗縠之重沓也。㉙價重木難，《廣志》曰：莫難珠，其色黄，生東夷，又云木難。㉚輦彼百斛，盧綝《四王起事》曰〔五〕：張方劫帝西遷，輦真珠百餘斛〔六〕。㉛遺之一簞。《左傳》曰：越圍吴，晉趙孟使楚隆告于吴王曰〔七〕：「今君在難，無恤不敢憚勞，非晉國之所能及也。」王曰：「寡人不能事越，以爲大夫憂，拜命之辱。」與之一簞珠。注云：簞，小笥也。㉜張丑欺吏以出境，《戰國策》曰：張丑質於燕，燕欲殺之，走出境。境吏得丑，丑曰：「燕所欲將殺我者〔八〕，人有言我有寶珠也，王欲得之。今我已失之矣，而燕不信我，且言子之奪我珠而吞之，王必且刳子之腹。」境吏恐而放之。㉝伍員行詐而度關。《吴越春秋》曰：伍員奔吴，至昭關，關吏欲執之。伍員曰：「王所以索我者，以我有美珠也。今執我，我將言爾取之。」關吏因捨焉。㉞亦有麻姑擲米，《神仙傳》曰：麻姑見蔡經母及經弟婦，弟婦新産十數日，麻姑望見之，曰：「噫！且止勿前。」即求少許米，便以擲地。視米墮地皆成珠。方平笑曰：「姑固年少，吾老矣，不喜復作此變化也。」㉟漢皐解佩。《列仙傳》曰：鄭交甫至漢皐臺下，見二女佩兩珠，大如荆鷄卵。二女解與之。既行反顧，二女不見，佩珠亦失。㊱或以照北荒之闕，《神異經》曰：西北荒中有二金闕，上有明月珠，徑三丈，光照千里。㊲或以飾九華之蓋。《洞冥記》曰：帝起甘泉望風臺，臺上得白珠如花一枝，帝以飾九華之蓋，望之若照月。㊳秦宓之薦定祖〔九〕，《蜀志》曰：秦宓薦任定祖於劉焉曰：「甫欲剖蚌求珠〔一〇〕，今乃隨、和炳然。」㊴武子之稱衛玠，《衛玠別傳》曰：驃騎王武子，君之舅也。嘗與君同遊，語人曰：「昨與吾甥並坐，冏若明珠之在我側，朗然映人〔一一〕。」㊵雖曰陰精，《後漢書》曰：珠，蚌中陰精也。玓瓅，明珠色也。璣，珠不圓者也。《管子》曰：珠者陰之陽也，故勝火；玉者陽之陰也，故勝水。其化如神，故天子藏珠玉，諸侯藏金石。㊶不能無纇。《淮南子》曰：明月之珠，不能無纇。㊷爾其罻茲鯨目，裴氏《廣州記》曰：鯨鯢目卽明月珠，故死不見有目精。㊸捋彼羊鬚，《幽明録》曰：洛下有洞穴〔一二〕，婦有殺夫，推而下之。久乃至底。得一穴，行數十里，見人皆長三丈，披羽衣，如此九處。最晚所至，告饑。長人指中庭栢樹下有一羊，令跪捋羊鬚，三捋得三珠，令食後所得者，遂不飢。復尋穴行，出交州。還洛，問張華，云：九處地仙，名九館大夫。羊爲癡龍，初一珠食之，天地等壽，次者延年，後者療飢而已。㊹魚雖聞於及禍，《吕氏春秋》曰：宋桓司馬有寶珠，抵罪出亡，王使人問珠之所，因投之池中。於是竭池而求之，魚得禍焉。㊺岸或爲之不枯。《大戴禮》曰：玉居山而木潤，淵生珠而岸不枯。㊻秦冢徒懸於日月，《三秦記》曰：始皇冢中以夜明珠爲日月，殿懸明月珠，晝夜光明。㊼大儒且解於裙襦。《莊子》曰：儒以《詩》《禮》發冢。大儒曰：「東方作矣，事之何若？」小儒曰：「未解裙襦，口中有珠。《詩》固有之，曰：『青青之麥，生陵之陂。生不布施〔一三〕，死何用含珠爲？』」㊽亦聞朱仲出入於漢庭，《列仙傳》曰：朱仲，會稽販珠人也。高后時，募三寸珠，乃詣闕上之。珠好過度，賜五百金。魯元公主私以七百金從仲市四寸珠。景帝時復獻三寸珠數十枚，去不知所之。㊾董偃優游於主弟。《漢書》曰：董偃與母賣珠爲事，偃十三，隨母養館陶公主家，左右言其姣好，召見曰：「吾爲養之。」得幸。㊿得鮫人之泣，《博物志》曰：鮫人從水出，寓人家，積日賣綃。將去，從主人索一器，泣而成珠滿盤，以與主人。(51)伺驪龍之睡。《莊子》曰：河上有貧窮待織蕭而食者，其子投淵〔一四〕，得千金之珠。父謂其子曰：「取石來鍛之。夫千金之珠，必在九重之淵驪龍頷下，子能得珠者，遭其睡，使驪龍寤，子尚奚有哉！」(52)百琲獲季倫之賞，《拾遺記》曰：石季倫所愛婢數十人，季倫嘗屑沉水香如塵末〔一五〕，布象床上，使踐之。無迹則賜珠百琲，有跡即節其飲食，令體輕。故閨中相戲曰：「爾非細骨輕軀，那得百琲真珠？」(53)一斛受孫權之賜。《蜀志》曰：宗預復聘吴，孫權握預手曰：「今君年長，孤亦衰老，恐不復相見。」遺預大珠一斛。(54)或涉海以遐求，《漢書》曰：武帝時，使使入海市明珠，得之，圓二寸已下。(55)或入關而見棄。《列女傳》曰：珠崖令卒官，妻息送喪還。漢法：内珠入關者死。妻弃其係臂珠。前妻子年九歲，好而取之，置其母鏡奩中，母不知也。至關，吏搜索得珠，劾問誰當坐者。前妻子初曰：「我當坐之。」繼母請吏曰：「幸無劾兒，誠不知也，妾當坐。」初又曰：「夫人哀初之孤，欲以活初耳。」因號泣。傍人莫不酸鼻隕涕，關吏執筆不能就一字，乃棄珠遣之。(56)亦有蒼梧作壟，王子年《拾遺記》曰：舜葬蒼梧之野，有鳥如雀，名曰憑宵，自丹州而來。至蒼梧之野，銜青沙珠積成壟阜，名曰珠丘。今蒼梧之外，採藥者時得青石，潔如珠，服之不死，帶者身輕。(57)京洛揚灰，《後魏書》曰：尔朱世隆將敗，洛中先謡曰：「三月末四月初，揚灰簸士覓珍珠。」(58)楚王之問奚恤，《新序》曰：秦使使者往觀楚之寶器，楚王召子西而問焉，曰：「吾和氏之璧、隨侯之珠，可以示諸？」子西對：「不知。」召昭奚恤而問焉〔一六〕，對曰：「國之寶器在賢臣；珠玉，玩好之物，非寶之重。」

⑲太叔之納桓魋，《左傳》曰：衛太叔疾出奔，臣於宋，向魋納美珠焉，與之城鉏。宋公求珠〔一七〕，魋不與，由是得罪。注：城鉏，宋邑。⑳象罔之求赤水，《莊子》曰：黄帝遊赤水之北，登于崑崙之丘，遺其玄珠。使智索之，弗得。使離朱索之，弗得。使象罔索之，乃得。㉑商丘之泳河隈。《列子》曰：子華之門徒指河曲之隈謂商丘開曰：「彼中有寶珠，泳可得也。」商丘開泳之，既出，果得珠。㉒復聞滋水魮魚，《山海經》曰：鳥鼠同穴之山，滋水出焉，西注于漢水，多如魮之魚，是生珠玉。注：亦蚌類。魮音居脂反。㉓瀛洲紺翼，《拾遺記》曰：瀛州有鳥如鳳，身紺翼丹，名藏珠，每鳴翔，則吐新珠累斛。仙人以飾仙裳，輕而耀於日月也。㉔曾城列樹，《淮南子》曰：曾城九重，有珠樹在其西。禹填鴻水以爲山，堙崑崙以爲土，中立曾城九重，其高萬一千里，上有木禾，禾長五丈五尺，珠樹、玉樹、不死樹，沙棠、琅玕、絳樹並在焉。㉕開明廣植。《山海經》曰：開明山北有珠樹。《廣志》曰：有明珠，稱夜光，大徑寸，出黄支。有至圓珠，置平處，終日不得停。今尚方名以甲乙爲次第。㉖成於咳唾，《莊子》曰：夫唾，大者如珠，小者如霧。㉗第其甲乙。㉘蛇知隋氏之恩，《搜神記》曰：隋侯行，見大蛇傷，救而治之。其後蛇銜珠以報之，徑盈寸，純白，而夜光可燭室〔一八〕，故歷世稱隋珠焉。㉙鶴報噲參之德。《搜神記》曰：噲參養母至孝。曾有玄鶴爲戎人所射，窮而歸參。參收養療治，瘡愈放之。後鶴夜到門外，參秉燭視鶴，雌雄雙至，各銜明月珠報參。㉚復有綴衣致飾，《魏志》曰：東夷俗以瓔珠爲財貨，或以綴衣爲飾，或以懸頸垂目，不以金銀錦罽爲珍。㉛照夜爲明。《魏略》曰〔一九〕：大秦國出夜光珠。《墨子》曰：和氏之璧，夜光之珠，諸侯所寶。㉜嘗聞求火以向日，《唐書》曰：婆利東有羅刹國，其人極陋，朱髮黑身，獸牙鷹爪，與林邑人作市〔二〇〕，以夜而來，自掩其面。其國出火珠，狀如水精，日午時，以珠承影，取艾依之，即火出。㉝更因

買劍以傾城。《吴越春秋》曰：越王允常聘歐冶子造五劍。秦客薛燭善相劍，示之，燭曰：「雖傾城量珠玉，猶未可與也。」⑭飾首見步摇之狀，《釋名》曰：王后首飾曰副。副，覆也。上有垂珠，步則摇也。⑮褰簾聞佩玉之聲。《西京雜記》曰：昭陽殿織珠爲簾，風至則鳴，如珂珮之聲。⑯採濁水以無失，《抱朴子》曰：識珍者，必拾濁水之明珠；賞氣者，必採穢藪之芳蕙。⑰握靈蛇而自矜。《魏略》曰：曹植與楊脩書曰：「今世作者，人人自謂握靈蛇之珠，家家自謂抱荆山之璧。」⑱鳥集燕昭之館，《拾遺記》曰：燕昭王時，有鳥白頭，集王之所，銜洞光之珠，圓徑一尺，此珠色黑如漆，而懸室内，百神不能隱其精靈。⑲鳳儀少昊之庭。《拾遺記》曰：少昊之時，有鳳銜明珠至於庭，少昊拾珠懷之，照於天下。⑳斯九品之奇秘，固希世而垂名者也。沈懷遠《南越志》曰：珠有九品，大五分以上至一寸八九分〔二〕，尤爲入品〔三〕，有光彩。一邊小平似覆釜者，名璫珠。璫珠之次爲走珠，走珠之次爲滑珠，滑珠之次爲磥砢珠，磥砢珠之次爲官兩珠，官兩珠之次爲税珠，税珠之次爲蔥符珠。磥音來猥反。砢音來可反。蔥音松。

校勘記

〔一〕注云淮夷二水名　此七字原無，據宋本增。

〔二〕元和　「元」字原空闕，據華本並《御覽》卷八〇三引補。

〔三〕文礱　「礱」原作「襲」，據《御覽》卷八〇二引改。下同。

〔四〕「曰」字原無，據宋本補。

〔五〕四王起事　「王」原作「注」，據宋本並《御覽》卷八〇三引改。

〔六〕百餘斛　原作「百斛餘」，據宋本並《御覽》卷八〇三引改。

〔七〕趙孟　原作「趙鞅」，據《左傳・哀公二十年》改。趙孟卽趙襄子無恤，趙鞅爲其父，作趙鞅誤。
〔八〕所欲　宋本並《御覽》卷八〇三引作「所爲」。
〔九〕秦宓　「宓」原作「密」，據《三國志・蜀書・秦宓傳》改。下同。
〔一〇〕甫欲　「甫」原作「爾」，據《御覽》卷八〇二引並《三國志・蜀書・秦宓傳》改。
〔一一〕朗然映人　宋本「然」下有「照」字。《御覽》卷八〇三引「然」下有「來」字。
〔一二〕洛下有洞穴　「洞」原作「田」，據宋本並《御覽》卷八〇三引改。
〔一三〕生不布施　「不」字原無，據宋本並《御覽》卷八〇三引增。
〔一四〕投淵　《莊子・列御寇》作「没淵」。
〔一五〕嘗屑沉水香　「嘗」字原無，據宋本並《御覽》卷八〇三引增。
〔一六〕召昭奚恤　「昭」字原無，據宋本並《御覽》卷八〇三引增。
〔一七〕宋公求珠　「公」字原無，據宋本並《御覽》卷八〇二引增。
〔一八〕燭室　「室」，宋本並《御覽》卷八〇三引作「堂」。
〔一九〕魏略　原作「魏志」，據宋本並《御覽》卷八〇二引改。
〔二〇〕林邑人　「人」字原無，據宋本並《御覽》卷八〇三引增。
〔二一〕一寸八九分　《御覽》卷八〇三引無「九」字。
〔二二〕尤爲入品　《御覽》卷八〇三引作「分爲八品」。

事類賦卷之十

寶貨部二

錦　絲　錢

錦

①伊織文之重錦，《説文》曰：錦，襄邑織文也。②炳爛兮之織麗。《詩》曰：角枕粲兮，錦衾爛兮。③辟邪天馬之奇，《唐書》曰〔一〕：代宗勑曰：「所織大張錦、軟錦、透背及竭鑿，六破，已上錦並宜禁斷。其長行高麗白錦、雜色錦等，任依舊制。其盤龍、對鳳、麒麟、獅子、天馬、辟邪、孔雀、仙鶴、芝草，亦宜禁斷。④博山交龍之制。《鄴中記》曰：織錦署有黄地博山文錦、大交龍、小交龍、大茱萸、小茱萸錦。⑤昆昭有鸞章之美，《拾遺記》曰：周靈王起昆昭之臺，以享羣臣。張鸞章錦文如鸞翔。⑥員嶠有霜蠶之異。《拾遺記》曰：員嶠之山名環丘〔二〕，東有雲石，廣五百里，有蠶長七寸，黑色有鱗角，以霜雪覆之，然後作繭，長一尺，其色五采，織爲文錦，入水不濡，其質輕暖柔滑。⑦比管仲之登朝，《淮南子》曰：管仲，文錦也，雖醜登朝〔三〕。子産，練帛也，美而不尊。注云：管仲雖不及聖，猶文錦也。子産先恩後法，如練帛也，雖温，不堪爲宗廟服。⑧哂尹何之學製。《左傳》曰：子皮欲使尹何爲邑。子産

曰：「少，未知可否。」子皮曰：「吾愛之，使夫往而學焉。」子産曰：「吾子愛人以政，猶未能操刀而使割也，其傷實多。子有
美錦，不使人學製焉。大官、大邑，身之所庇也，而使學者製焉，其爲美錦，不亦多乎？」⑨懸鄴中之斗帳，《鄴中記》
曰：石虎冬月施熟錦流蘇斗帳，四角安純金龍頭，銜五色流蘇，或用黄地博山文錦，或用紫綈小明光錦。⑩易護軍之
縹被。《吴志》曰：蔣欽爲右護軍，孫權嘗入其内，母練帳縹被。權歎其在貴守約，勅御府爲其母作錦被，改易帷帳。⑪
四十里石氏之奢，《世説》曰：石崇錦步障四十里。⑫三十兩齊桓之歸。《左傳》曰：衛遷於曹，齊桓公歸夫人
魚軒重錦三十兩。歸音饋。⑬憲英或聞於反卧，《夏侯孝若集》載羊太常妻辛夫人傳曰：夫人字憲英，魏衛尉肅侯
毗之女，不好華麗。從外孫胡母暢上夫人錦被，乃反卧。⑭朱寵不當於殊賜。謝承《後漢書》曰：朱寵爲太尉，家貧，
食脱粟，卧布被。朝廷賜錦被、粱肉，皆不敢當。⑮玉案報美人之贈，張平子《四愁詩》曰〔四〕：美人贈我錦繡段，
何以報之青玉案。⑯回文識竇滔之寄。臧榮緒《晉書》曰：竇滔妻蘇氏，善屬文。苻堅時，滔爲秦州刺史，被徙流
沙。蘇氏思之，織錦爲回文詩寄滔。循環宛轉以讀之，詞甚悽切。⑰雖其價如金，《釋名》曰：錦，金也。作用功重，
其價如金，故制字，帛與金也。⑱而不鬻於市。《禮》曰：錦文珠玉成器，不鬻於市。⑲文彩之功，翻鴻走龍，
《洞冥記》曰：漢武起招仙靈閣於甘泉宫，而編翠羽麟毫爲簾〔五〕，有走龍錦，有翻鴻錦。⑳尚方既聞於鄴下，《鄴中
記》曰：織錦署在中尚方。㉑鬬場亦列於江東。《丹陽記》曰：鬬場錦署，平關右，遷其百工所置也。㉒裼之將見於
狐白，《禮》曰：君衣狐白裘，錦衣以裼之。㉓禁之恐傷乎女工。《漢書》曰：景帝二年，下詔曰：「雕文刻鏤傷農事，錦
繡纂組害女工，宜禁之。」㉔若乃垂居士之帶，《禮》曰：居士錦帶。注：居士，道藝處士也〔六〕。㉕被虎賁之服，

《漢官儀》曰：虎賁郎將衣紗縠單衣，虎文錦袴。㉖蒲陶兮鳳皇，《鄴中記》曰：錦署有蒲陶文錦、班文錦、鳳皇錦、朱雀錦、韜文錦、桃核文錦。㉗明光兮温熟，《鄴中記》曰：織錦署有大登高、小登高、大明光、小明光錦。張温表曰：劉禪送臣温熟錦五端〔七〕。㉘賄荀偃而加璧，《左傳》曰：晉侯先歸。公享晉六卿于蒲圃，賄荀偃束錦加璧。㉙饋左師而先玉。《左傳》曰〔八〕：左師見夫人之步馬者，問之，對曰：「君夫人氏也。」左師曰：「誰爲君夫人，余胡弗知？」圉人歸以告夫人，使饋之錦與馬〔九〕，先之以玉。㉚別有蚪龍列象，見下「指閒結彩」注。㉛樓堞成形。《拾遺記》曰：周成王時，因祇國貢女工，能以五色絲内口中，手引而結之，使成文錦。有雲昆錦，文如雲霞。有樓堞錦，有雜珠錦〔一〇〕，文似佩珠。有篆隸錦，有列明錦，文如燈燭。㉜甄琛既欣於晝服，《後魏書》曰：甄琛爲定州刺史，既至鄉，衣錦晝遊。㉝項羽亦嫌於夜行。《漢書》曰：項羽在關中，懷思東歸，曰：「富貴不歸故鄉，如衣錦夜行。」㉞挽車曾用於劉備，《江表傳》曰：陸遜攻劉備於夷陵，備捨船步走，燒皮鎧以斷道，使兵以錦挽車，走入白帝。㉟纜舟更説於甘寧。《吴志》曰：甘寧住止，常以繒錦維舟，去輒割棄，以示奢。㊱入夢而嘗聞割截，《齊書》曰：江淹爲宣城太守時罷歸，始泊禪靈寺渚，夜夢一人自稱張景陽，謂曰：「前以匹錦相寄，今可見還。」淹探懷中，得數尺與之，此人大恚曰：「那得割截都盡。」顧見丘遲，謂曰：「餘此數尺既無用，以遺君。」自爾淹文章躓矣。㊲濯魚而愈見鮮明。《潛夫論》曰：夫攻玉以石，治金以鹽，濯錦以魚，浣布以灰，物故有以醜治好，以賤治貴者矣。㊳至若懷中探圖，《漢武内傳》曰：帝見西王母巾器中有一卷小黄書，盛以紫錦之囊。帝問：「此何書？」王母曰：「五岳真形圖也。其文秘禁。」即命女宋靈賓更取一圖以與帝。靈賓探懷中，得一卷，盛以雲錦之囊。母以付帝。㊴指閒結彩，

《拾遺記》曰：吴趙達之妹善書畫〔一一〕，巧妙無雙，能於指間以綵絲爲雲龍虬鳳之錦，大則盈尺，小則方寸。㊵周王百純之獻，《穆天子傳》曰：吉日甲子，天子乃執白圭玄璧以見西王母，獻錦組百純。西王母再拜而受之。㊶劉主千匹之賚。《蜀志》曰：先主入益州，賜諸葛亮、法正、張飛、關羽錦各千疋。㊷别有童子束髮，《禮》曰：童子之節也，緇布衣，錦緣，錦紳并紐，錦束髮，皆朱錦。㊸碩人褧衣，《詩》曰：碩人其頎，衣錦褧衣。《禮》曰：衣錦尚絅，惡其文之大著。㊹帆掛龍艦，《大業記》曰：煬帝幸江都，所乘龍舟，錦帆錦纜。㊺帳開粉闈。《漢官儀》曰：尚書郎直，中官供錦帳。㊻籍孺以褁塵爲比，《抱朴子》曰：籍孺董鄧，猶錦紈之褁塵埃。㊼元方以覆被貽譏。《語林》曰：陳元方遭父喪，骨立，其母愍之，以錦被蒙其上。郭林宗往弔，見而責之，賓客絶百許日。㊽白地韜杠，《爾雅》曰：素錦韜杠。㊾緑地蔽泥。《西京雜記》曰：武帝時，得貳師天馬，以玫瑰石爲鞍轡，緑地，五色錦爲蔽泥。㊿或取於范氏之藏，《列子》曰：范氏之藏火，子華曰：「能入火取錦者，從所多少，皆予之。」商丘開入火往回而身不燒。(51)或濯於蜀江之涯。左思《蜀都賦》曰：貝錦斐然，濯色江波。(52)淮南之待八公，《神仙傳》曰：淮南王爲八公張錦綺之帳，燔百和之香。(53)周穆之亡盛姬。《穆天子傳》曰：盛姬之喪，贈用文錦。(54)閻憲行化之美，《華陽國志》曰：閻憲爲綿竹令，以禮讓化人。縣民杜成夜行，得遺賄一囊，有錦二十疋，求其主還之，曰：「縣有明君，何敢負也！」(55)武侯決敵之資。《諸葛亮集》曰：今民貧國虚，決勝之資唯錦耳〔一三〕。(56)絳地交龍之麗，《魏志》曰：景初中，賜倭女王絳地交龍錦五疋，紺地勾文錦三疋。(57)虎頭連璧之奇。魏文帝詔曰：前後每得蜀錦殊不善，鮮卑尚復不受也。吴所織如意虎頭連璧錦，來至洛邑，亦皆下惡，是爲下士之物，皆有虚名。(58)或以重灘涣之彩，《陳留風俗傳》

曰：襄邑縣南有涣水，北有濉水，傳曰：濉涣之間能文章，故有黼黻藻錦，日月華蟲，以奉天子宗廟服御焉。⑲或以況萋斐之詞。《詩》曰：萋兮斐兮，成是貝錦。彼譖人者，亦以太甚。⑳忘免懷於顧復，傷宰予之見譏。《論語》曰：宰我曰：「三年之喪，亦以久矣。」子曰：「食夫稻，衣夫錦，於汝安乎？」曰：「安。」「汝安，則爲之。」

校勘記

〔一〕唐書　「書」原作「詩」，據華本改。

〔二〕名環丘　「名」原作「有」，據宋本、《拾遺記》卷十並《御覽》卷八一五引改。

〔三〕登朝　《御覽》卷八一五引並《淮南子·繆稱訓》作「登廟」。

〔四〕四愁詩曰　「曰」字原無，據宋本增。

〔五〕麟毫　「麟」字原空闕，據宋本補。

〔六〕注居士道藝處士也　此八字原無，據宋本增。

〔七〕温熟錦　「熟」原作「熱」，據宋本、白本並《御覽》卷八一五引改。賦文亦據改。

〔八〕左傳曰　原作「禮曰」。查此段引文見《左傳·襄公二十六年》，因改。

〔九〕錦與馬　原作「饋與錦」，據宋本並《御覽》卷八一五引改。

〔一〇〕雜珠錦　「雜」原作「離」，據《拾遺記》卷二改。

〔一一〕趙逵之　原作「趙逵之」，據《拾遺記》卷八並《三國志·吴書》改。

〔一二〕決勝　宋本並《御覽》卷八一五引作「決敵」。

絲

①皎皎素絲，郭泰機《答傅咸詩》曰〔一〕：皎皎白素絲，織爲寒女衣。②女所治兮。《詩》曰：緑兮絲兮〔二〕，女所治兮。③周官有辨物之職，《周禮》曰〔三〕：典絲掌絲入而辨其物，以賈揭之，掌其藏與其出，以待興功之時，頒絲于内外，皆以物授之。④時令著分繭之期。《禮》曰：孟夏蠶事既登，分繭秤絲。⑤唯朱藍之是染，《漢記》曰：童子魏照求入事郭泰，供給灑埽。泰曰：「當精義講書，何來相近？」照曰：「經師易獲，人師難遭，欲以素絲之質附近朱藍。」⑥勿菅蒯以輕遺。《左傳》曰：雖有絲麻，無棄菅蒯。⑦㡛氏湅之而有法，《周禮》曰：㡛氏湅絲，以涚水漚其絲，七日，去地尺，暴之，晝暴諸日，夜宿諸井，七日七夜，是謂水湅。⑧方儲斷之而得宜。謝承《後漢書》曰：方儲爲郎中，章帝使文郎居左，武郎居右，儲正住中，曰：「臣文武兼備，在所施用。」上嘉其才，以繁亂絲付儲使理。儲拔佩刀三斷之，對曰：「反經任勢，臨事宜然。」⑨羔羊之革，素絲五緎。出《詩》，又五紽、五緵。⑩出綸方訒於王言，《禮》曰：王言如絲，其出如綸。王言如綸，其出如綍。⑪縈社更聞於日蝕。見《日賦》「繫柝縈絲」注。⑫分貴賤於繒錦，《士緯》曰：絲俱生於蠶，爲繒則賤，爲錦則貴。⑬隨青黄於藍蘖。《正部》曰：皎皎練絲，得藍則青，得丹則赤，得蘖則黄，得泥則黑。⑭繅之既見於三盆，《禮》曰：夫人繅三盆手。⑮漚之亦言於七日。見上注。⑯則有書稱厥篚，《書》曰：青州厥篚檿絲。⑰詩著其紑。《詩》曰：絲衣其紑，戴弁俅俅。注曰：絲衣，祭

服也，俅音求〔四〕。⑱**或棼之而益亂**，《左傳》曰：衆仲曰：「以德和民，不聞以亂。以亂猶治絲而棼之也。」⑲**或貿之而來謀**。《詩》曰：氓之蚩蚩，抱布貿絲。匪來貿絲，來卽我謀。⑳**凶則灰浮於水上**，《晉書》曰：吕光竊號河右，中書監張資病，光博營救療。有外國道人羅叉，云能差資病。光喜，給賜甚重。羅什曰：「叉不能爲益，徒煩費耳。可以五色絲作繩，燒爲灰，投水中，灰若出水還成繩者，病不可愈。」須臾，灰聚浮出，復爲繩。少日資死。㉑**吉則夢掛於山頭**。《後魏書》曰：幽州刺史張亮，初，有薛琡，夢亮於山上掛絲，覺而告亮，且占之曰：「山上絲，是幽字，君爲幽州乎？」未朞而受。㉒**亦有力系金鑪**，《梁四公記》曰：扶桑國貢黄絲三百斤，卽扶桑蠶所吐，扶桑灰汁所煮之絲也。帝有金鑪，重五十斤。係六絲以懸爐，絲有餘力。㉓**細同密雨**，古詩曰：密雨如散絲。㉔**直似朱繩**，古詩曰：直如朱絲繩，清如玉壺冰。㉕**續聞命縷**。《風俗通》曰：五月五日五色縷命絲，俗説益人命。㉖**或吐之而成錦**，見《錦賦》「樓堞成形」注。㉗**或歐之而跪樹**。《山海經》曰：歐絲之野，有一女子跪樹而歐絲。郭璞曰：蠶類也。㉘**山濤收袁毅之遺**，《竹林七賢傳》曰：鬲令袁毅賄遺朝廷，以營虛譽，遺山濤絲百斤，濤不欲爲異，乃受之，命内閣之梁上。後毅事露，吏驗至濤所，濤於梁上下絲，絲已數年，塵埃黄黑，封印如初，以付吏。㉙**長倩誡孫弘之語**。《西京雜記》曰：公孫弘舉賢良，國人鄒長倩贈以素絲一襚，爲書以遺之，曰：「五絲爲䋭，倍䋭爲升，倍升爲緎，倍緎爲紀，倍紀爲緵，倍緵爲襚，此自少之多，自微之著也。士之立勳効名節，亦復如之，勿以小善爲不足脩，而不爲也。」㉚**爾其責兹楚貢**，《管子》曰：齊桓公伐楚，濟汝水，踰方城，使貢絲於周室。㉛**絶彼商絃**，《淮南子》曰：蠶餌絲而商絃絶。注云：商金聲，春蠶吐絲，金死故絶也。㉜**墨子見之而興歎**，《墨子》曰：見染絲者歎曰：「染於蒼則蒼，染於黄則黄，五入則爲五色，不可不慎。非獨染絲，治國亦然。」㉝園客繅之而上仙。《神仙傳》曰：園客者，濟陰人，貌美，邑人多欲妻之，客終不娶。嘗種五色香草，積數十年，服食其實。忽有五色蛾集香草之上，客收而薦之以布，生華蠶焉。至蠶時，有一女自來助客養蠶，亦以香草食蠶，得繭百二十枚，繭大如瓮，每一繭繅六七日絲乃盡，繅訖，此女與園客俱仙去。㉞乍想淑人之帶，《詩》曰：淑人君子，其帶伊絲〔五〕。㉟遥思初仕之年。謝靈運《初去郡詩》曰：牽絲及元興，解龜在景平。李善曰：牽絲，初仕也。應璩詩曰：不悮牽朱絲，三署來相尋。㊱釣有伊緡之美，《詩》曰：其釣維何，維絲伊緡。㊲琴聞野繭之妍。枚乘《七發》曰：龍門之桐，高百尺而無枝，斬以爲琴。野繭之絲以爲絃。㊳伊絲枲之爲務，亦生民之所先。《書》曰：岱畎絲枲。注：畎，谷也。

校勘記

〔一〕郭泰機　「泰」下原漏「機」字，據《先秦漢魏晉南北朝詩·晉詩》補。

〔二〕緑兮　原作「緑衣」，據宋本並《御覽》卷八一四引改。

〔三〕周禮曰　「曰」字原無，據宋本增。

〔四〕注曰絲衣祭服也俅音求　此十字原無，據宋本增。

〔五〕伊絲　原作「如絲」，據宋本並《御覽》卷八一四引改。

錢

①若夫布貨之用，《周禮》曰：外府掌邦布之出入。注云：布，泉也。其藏曰泉，其行曰布。取名於水泉，其流行無不徧也。王莽作貨布、大泉、貨泉。②錢刀之制，《風俗通》曰：錢刀，俗説利傍有刀，言人治生，卒多得錢財者，必有刀劍之禍也。案《漢書》，王莽造大錢，作契刀、錯刀、五銖錢，凡四品並行，故稱錢刀也。③夏商之前，其詳靡記。《漢書》曰：金錢布貨之用，夏殷以前，其詳靡記。④爾乃太公九府，《漢書》：太公立九府圜法。注云：圜卽錢也。九府，《周官》有太府、玉府、内府、外府、泉府、天府、職内、職幣、職金，皆掌貨財官也。⑤上林三官。《漢書》曰：孝武時鑄赤仄錢，非赤仄不得行。後又禁郡國無鑄錢，專令上林三官鑄錢。天下非三官錢不得行，諸郡國錢皆廢銷之。⑥子母相權，單穆之諫周景；《國語》曰：周景王將鑄大錢，單穆公曰：「不可。古者，天災降戾，於是乎量資幣，權輕重，以振救民。民患輕，則爲之作重幣以行之，於是乎有母權子而行。若不堪重，則多作輕而行之，亦不廢重，於是乎有子權母而行。今王廢輕而作重，民失其資，能無匱乎？」王弗聽，卒鑄大錢。注云：民患輕，謂幣輕物貴。不堪重，謂幣重物輕。錢，古曰泉，後轉曰錢。重曰母，輕曰子。⑦輕重爲制，管仲之輔齊桓。《漢書》曰：太公行錢法於齊，至管仲相桓公，通輕重之權，曰：「民有餘則輕之，故人君斂之以輕。民不足則重之，故人君散之以重。」桓公遂霸。⑧則有嚴道之賜鄧通，《史記》曰：上使善相者相鄧通，曰：「當貧餓死。」文帝曰：「能富通者在我，何謂貧！」於是賜通蜀嚴道

銅山自鑄錢，鄧氏錢布天下。⑨豫章之資吴濞。《漢書》曰：吴有豫章銅山，即招致天下亡命者盗鑄錢，富埒天子。⑩五分半兩之名，《齊書》曰：昔漢文帝以五分錢小，改鑄四銖。《漢書》曰：建元元年，行三銖錢。五年，罷三銖，行半兩錢。又曰：秦銅錢質如周錢，文曰半兩，重如其文。⑪契刀錯刀之制。見上「錢刀之制」注。⑫二品十品之差，《周禮》注曰：泉之始，蓋一品。周景王鑄大泉，而有二品。王莽改貨，多至十品。⑬三銖四銖之異。三銖見上「五分半兩」注。又《漢書》曰：孝文爲錢益多而輕，乃更鑄四銖錢。⑭索輔凉州之説，《晉書》曰：張軌爲凉州〔一〕，參軍索輔曰：「古以金貝皮幣爲貨，息穀帛量度之耗。二漢制五銖錢，通易不滯。太始中，河西荒廢，遂不用錢，裂疋以爲段數。縑布既壞，市易又難，徒壞女工，不任衣用，弊之甚也。今中州雖亂，此方安全，宜復五銖以濟通變之會。」軌納之，立制准布用錢，錢遂大行，人賴其利。⑮秀之漢川之利。《宋書》曰：劉秀之爲南秦州都督。先是，漢川悉以絹爲貨，秀之限令用錢，百姓利之。⑯黄牛白腹，知漢祚之復興；《後漢書》曰〔二〕：公孫述廢銅錢，置鐵官錢，貨幣不行。蜀中童謡言：「黄牛白腹，五銖當復。」好事者竊言王莽稱「黄」，述自號「白」。五銖錢，漢貨也，言天下當并還劉氏〔三〕。⑰青綺文襦，駭神童之遽至。《洞冥記》曰：漢武升望月臺，有三青鴨化爲三小童，皆著青綺文襦，各握鱗文大錢五枚，以置帝几前，身止而影動，因名曰輕影錢。⑱翫兹赤仄，《漢書》曰：武帝時，民姦鑄錢多輕〔四〕，公卿請令京師鑄官赤仄。注云：赤銅爲其郭也。今錢尚有赤仄者，不知作法云何。⑲集此青蚨。《搜神記》曰：南方有蟲，其形若蟬而大，名曰青蚨。其子著草葉，如蠶種。得子以歸，其母飛來就之。殺其母以塗錢，以其子塗貫，用錢貨市，旋則自還，故《淮南子》術用之也。⑳考肉好之制，《漢書》曰：周景大錢，文曰「寶貨」，肉好皆有輪郭。注曰：肉，錢形也。好，孔也。㉑辨幺幼之殊。《漢書》曰：王莽改錢布之品，小錢徑六分，重一銖，文曰「小錢直一」。次七分，三銖〔五〕，曰「么錢十一」。次八分，五銖，曰「幼錢二十」。次九分，七銖，曰「中錢三十」。次一寸，九銖，曰「壯錢四十」。因前「大錢五十」，是爲錢貨六品。

㉒使趙勤而不拜，《東觀漢記》曰：趙勤字益卿，劉賜姊子，童幼有志操。賜國租適到，時勤在傍，賜指錢示勤曰：「拜，乞汝三十萬。」勤曰：「拜而得錢，非義所取。」終不肯拜。㉓勞仙翁之見呼。《葛仙翁別傳》曰〔六〕：公取十錢，使人一一投井中。公井上以器呼錢，錢從井中一一飛出〔七〕，入公器中。㉔至於積彼水衡，藏於少府，《漢書》曰：元帝時，都中錢三十萬萬，水衡錢二十五萬萬，少府錢十八萬萬〔八〕。帝溫恭少欲，賞賜節約，故少府水衡錢多。㉕寶此函方，《漢書》：錢圓函方，輕重以銖。注：函與含同，方，孔也。㉖薄茲阿堵，《晉書》曰：王衍之妻郭氏貪鄙。衍口不言錢，妻候其睡，令婢以錢繞之。及起，曰：「却此阿堵物。」㉗龐儉鑿井，《風俗通》曰：魏郡龐儉因亂失父，時儉三四歲，母鏹抱轉客廬中，鑿井得錢千餘萬，遂巨富。堂上作樂，老蒼頭在厨中竊言曰：「堂上老母，我婦也。」婢以告母。呼問事實，復爲夫婦。時人爲之語曰：「廬里龐公，鑿井得銅，買奴得翁。」㉘邴原繫樹。《邴原別傳》曰：原常行遼東，得遺錢，拾以繫樹枝。此錢既不見取，而繫錢者多，原問其故，答曰：「謂之神樹。」原惡其由己而成淫祀，乃辨之里中，遂斂其錢，以爲社供。㉙嘉賓施之而並盡，《世說》曰：郗愔好聚斂，有錢數千萬，愛其子超，嘗令開庫任意取用。愔始謂止損數百萬許。超遂一日散施都盡。㉚孔祐遇之而不顧。《宋書》曰：山陰孔祐，至行通神。隱於四明山。嘗見山谷中有數百斛錢，視之瓦石不異。㉛蒙闔敞之見還，《汝南先賢傳》曰：闔敞字子張，爲郡五官掾。太守第五嘗被徵，以俸錢百三十萬寄敞。敞埋置堂上。後嘗舉家病死，唯孤孫九歲。嘗未死語孫云：「吾有錢三十萬寄掾闔敞。」孫長

大，來求敞。敞見之悲喜，取錢還之。孫曰：「祖唯言三十萬，今乃百三十萬，誠不敢取。」敞曰：「府君病困謬言耳，郎君無疑。」㉜使五倫而督鑄。《後漢書》曰：長安鑄錢多姦巧，尹以第五倫爲督鑄錢掾，領長安市，市無阿枉。㉝發此鹿臺，《周書》曰：武王克商，發鹿臺之錢，散鉅橋之粟。㉞銷其鍾虡，《後漢書》曰：董卓壞五銖錢，更鑄小錢，悉取洛陽及長安銅人、鍾虡、飛廉、銅馬之屬以充鑄焉，故貨賤物貴，穀石數萬。又錢無輪郭文章，不便人用。㉟或以掛杖頭而游酒肆，《晉書》曰：阮孚日常杖頭掛百錢，造市店，酣飲而歸。㊱或以貯壺中而通泉路。《齊書》曰：趙僧巖栖遲山谷，常以一壺自隨。一旦謂弟子曰：「吾今夕當死。壺中大錢一千，以通九泉之路；蠟燭一挺，以照七尺之尸。」至夜而亡。㊲別有聚令貫朽，《史記》曰：武帝漢興七十餘年，國家無事，京師之錢累百巨萬，貫朽而不可校。㊳散若泉流〔九〕，《漢書》曰：夫貨寶於金，利於刀，流於泉，布於門。注云：行若泉，布於民間〔一〇〕。㊴剷山不竭，鮑照《蕪城賦》曰：孳貨鹽田，剷利銅山。㊵掘地斯求。《魏書》曰：劉類爲弘農太守，使人掘地求錢，所在市里皆有孔穴。㊶輔國鑄鐘而表異，《唐書》曰〔一一〕：乾元中，李輔國奏內飛龍廄鑄銅鐘，投乾元新錢二文於爐中而祈曰：「如聖躬萬福，國祚無疆，兇孽殄除，四方寧謐，則願不銷不爍，一陰一陽，並見於外。」鐘成，一如所祈。㊷子廉飲馬而見投。《風俗通》曰：潁川黃子廉，每飲馬，輒投錢於水。㊸或見生塵，《殷仲堪集・太子令》曰：朝廷爲吾營宮室，冬氣已應，作者寒苦，可使監殿舍人一月賫酒肉再勞賜之。吾蒙月俸，錢上生塵，無所用之，可以供事。㊹或聞使鬼。杜恕《體論》曰：可以使鬼者，錢也。可以使神者，誠也。㊺少則坐之堂下，《史記》曰：單父人呂公，善沛令，避仇從之。沛中豪傑吏皆往賀，蕭何爲主進，令諸大夫曰：「不滿千錢，坐堂下。」注云：進與賮同。㊻多則藏之都內。《漢書》曰：張安世以父子封侯，在位太盛，乃避不受禄。詔都内别藏張氏無名錢，以百萬數。㊼塘因華信，劉道真《錢塘記》曰：議曹華信家富，議立防海塘。始開募，有致土石一斛，即與錢一斗。旬日間，來者如雲。塘未成，而謬云不復取土，於是載土者皆棄置而去。塘成，遏絶湖魚，一境蒙利。縣本名泉亭，於是改錢塘。百姓懷德，立碑塘所。㊽埒聞王濟。《世説》曰：王武子私第近北邙，于時人多地貴，濟好馬射，買地作埒，編錢布地竟埒，時人號爲金埒。㊾魏文家事之占，《魏書》曰：文帝夢磨錢文，欲令滅而更明。周宣占之曰：「此陛下家事。」時帝欲治弟植，逼於太后，但加貶爵。㊿淮陰亭長之賜。《漢書》曰：韓信爲布衣時，數從下鄉南昌亭長寄食，數月，亭長妻患之，乃晨炊蓐食。信往，不爲具食。信怒，絶去。及信爲楚王，召亭長，賜錢百，曰：「公小人，爲德不卒。」(51)或以敵戴碩之兒，《宋書》曰：戴碩子延壽善書，延興好學。山陰有陳載者，家富，有錢三千萬，鄉人云：「戴碩兒敵陳載三千萬錢。」(52)或以買王導之子。《晉書》曰：王導子悦爲中書侍郎。導夢人以百萬錢買悦，意甚惡之。後掘地得錢，一皆藏閉，而悦果死。(53)若其安息王面之象，《史記》曰：安息國以銀爲錢，錢如其王面。王死，轉效嗣王面焉。(54)罽賓騎馬之形，《漢書》曰：罽賓國以銀爲錢，文爲騎馬，縵爲人面。(55)嘲崔烈之銅臭，《後漢書》曰：桓帝時，開鴻都賣官。崔烈用錢五百萬買官，得三公，謂其子曰：「吾爲三公，外論如何？」其子曰：「人嫌大人銅臭。」(56)笑江禄之鍾鳴。《梁書》曰：江禄爲武寧郡，頗有資産，積錢於壁，壁爲之倒迮，銅物皆鳴。人戲之曰：「所謂銅山西傾，洛鍾東應者也。」(57)送謝譓而稱愧，《梁書》曰：謝譓爲東陽内史，及還，五官送錢一萬，止留一百。答書曰：「數多留少，更以爲愧。」(58)餞劉寵而逾清。《續漢書》曰：劉寵字祖榮，自會稽太守徵將作大匠。山陰民去治數十里，有若耶水在山谷間，五六老翁年七八十，聞寵遷，相率共送寵，人賫百錢，寵謝之，爲選受一大錢。故寵在會稽，號爲取一錢。其清如是。(59)**或聞成公之著論，**成公綏《錢神論》曰：路中紛紛，行人悠悠。載馳載驅，唯錢是求。朱衣素帶，當塗之士。愛我家兄，皆無能已。執我之手，託分終始〔一二〕。不計優劣，不論能否。賓客輻輳，門常如市。諺曰：「錢若無耳，何可闇使。」豈虚言也。(60)**或以沈郎而得名。**《晉書》曰〔一三〕：吴興沈充鑄小錢，謂之沈郎錢。(61)**復聞應彼白水，**《漢官儀》曰：王莽篡位，罷五銖，更作小錢，文曰貨泉，其文乃白水真人，此則世祖中興之瑞也。(62)**翫兹紫石，**《鹽鐵論》曰：教與俗改，幣與世易。夏后以具，周人以紫石，後世或金錢刀布。物極而衰，終始之運也。(63)**周官外府，**見上「布貨之用」注。(64)**漢靈四出。**《獻帝春秋》曰：靈帝作五銖錢，有四道連於邊輪，識者以爲京師將破壞，此錢四出，散於四方乎！《後漢書》謂之四出錢。(65)**或細甚浮水，**《宋書》曰：廢帝鑄二銖錢，形式轉細。官錢每出，民間即模效之。景和中，沈慶之啓通私鑄，一千錢長不滿三寸，大小稱是，謂之鵞眼錢。劣於此者，謂之綖環錢〔一四〕。貫之以縷，入水不沉，隨手破碎。市井不復料數〔一五〕，十萬錢不盈一掬〔一六〕。(66)**或姦聞摩質。**《漢書》曰：錢法重四銖，而姦或盗摩錢質而取鋊，錢益輕薄而物貴。注云：鋊，銅屑也。摩錢漫面取屑，更以鑄錢也。鋊，音浴。(67)**故道穆之論尤精，**《北齊書》曰：高恭之，字道穆，時用錢稍薄，道穆表曰：「自頃以來，私鑄薄濫，官司糾繩，絓網非一。在市銅價，八十一文得銅一斤，私鑄薄錢，斤餘二百。既示之以深利，又隨之以重刑，得罪者雖多，奸鑄者彌衆。今錢徒有五銖之文，而無二銖之實，薄甚榆莢，上貫便破，置之水上，殆欲不沉。宜改鑄大錢，文載年號，以記其始。則一斤所成，止七十六文。縱復私營，不能自潤。直置無利，自應息心〔一七〕。以臣測之，必當泉貨永通，公私獲允。」後遂用楊侃計〔一八〕，鑄永安五銖錢。(68)**賈誼之言斯極。**《漢書》：孝文爲錢益多而輕，乃更鑄四銖錢，文爲半兩，除盜鑄令，使民放鑄。賈誼諫曰：「法使天下得鑄銅錫爲錢，敢雜以鉛鐵爲它巧者，其罪黥。然鑄錢之情，非殽雜爲巧，則不可得贏。夫事有召禍，法有起姦，今細民操造幣之勢，因欲禁其厚利微奸，雖黥罪日報，其勢不止。夫縣法以誘民，使入陷阱，孰積於此。今農事棄捐，採銅者日蕃，奸錢日多。善人怵而爲奸邪，刑戮將甚。吏議必曰禁之。禁鑄則錢必重，重則利深，盜鑄如雲起，棄市之罪不足以禁矣。故銅布於天下，爲禍之矣。」上不聽。注云：積猶多也。怵，誘也。(69)彼鴻都之聚，《後漢書》曰：崔烈有重名於北州，歷位九卿。靈帝時，開鴻都門榜賣官，崔烈時因傅母入錢五百萬〔一九〕，得爲司徒。及拜日，天子臨軒，百僚畢會。帝顧親倖者曰：「悔不小靳，可至千萬。」(70)西園之積，桓範《世論》曰：漢靈帝置西園之邸，賣爵，號曰禮錢。又《續漢書》曰：靈帝於西園造萬金堂以爲私藏。(71)咸賣官而鬻爵，斯爲政之大失。若乃和嶠之癖，《語林》曰：杜預道王武子有馬癖，和長輿有錢癖，己有傳癖。(72)魯褒之神，魯褒《錢神論》曰：大哉，錢之爲體，字曰孔方，失之則貧弱，得之則富昌。無翼而飛，無足而走。解嚴毅之顔，開難發之口。錢多者居前，錢少者居後。(73)三斗嗤元誕之濫，《後魏書》曰：元誕遷齊州刺史，在州貪暴，大爲人患。有沙門爲誕採藥，還見，問外消息，對曰：「唯聞王貪，願王早代。」誕曰：「齊州七萬家，吾至來，一家未得三斗錢，何言貪也？」(74)一囊矜趙壹之貧。趙壹《疾邪賦》曰：文籍雖滿腹，不如一囊錢。(75)始興之戲袁淑，《宋書》曰：始興王濬嘗送錢三萬餉袁淑，一宿復遣追取，言使人謬誤，欲以戲淑。淑致書曰：「聞之前志，七年之中，一與一奪，義士猶或非之，况密邇旬次，何其哀益之亟也。竊恐二三諸侯，何以覿之。」(76)季雅之賀僧珍，《梁書》曰：宋季雅罷南康郡，市宅居吕僧珍宅側。僧珍問宅價，曰：「千一百萬。」怪其貴，季雅曰：「一百萬買宅，千萬買鄰。」及僧珍生子，季雅往賀，署函曰「錢一千」。閽人少之，不爲通。强之乃進。僧珍疑其故，親自發，乃金錢也。(77)利則如刀，見上「散若流泉」注。(78)氣或如雲。《地鏡圖》曰：

錢銅之氣，望之如青雲。⑲綖貫兮鶩眼，見上「細甚浮水」注。⑳楡莢兮鯨文。《漢書》曰〔一〇〕：漢興，以爲秦錢重難用，更令民鑄莢錢。注曰：如楡莢也。「鯨文」見上「青綺文襦」注。㉑當千兮直百，《後周書》曰：大象元年初，鑄永通萬國錢，以一當千，與五銖大布並行。《蜀志》曰：先主初拔成都，軍用不足，劉巴曰：「但當鑄直百錢，平諸物價。」備從之，數月之間，府庫充足。㉒厚郭兮大輪。《齊書》曰：曹武爲右衛將軍，晚節在雍州，致見錢七千萬，皆厚輪大郭。㉓揔金銀龜貝之異，誠難爲而具陳也。《三輔黄圖》曰：王莽創金寶一、銀寶二、龜寶三、貝寶四、布寶五、泉寶六，凡寶貨六種二十八品。

校勘記

〔一〕涼州　原作「梁州」，據《御覽》卷八三五引並《晉書·張軌傳》改。
〔二〕後漢書　原作「漢書」，據宋本、《後漢書·公孫述傳》並《御覽》卷八三五引改。
〔三〕並還劉氏　「并」字原無，據宋本並《御覽》卷八三五引增。
〔四〕民姦　原作「民間」，據宋本、《漢書·食貨志》并《御覽》八三五引改。
〔五〕三銖　「三」原作「二」，據《漢書·食貨志》改。
〔六〕葛仙翁　「翁」，宋本、《太平御覽》卷八三六引並作「公」。
〔七〕飛出　「出」字原無，據宋本並《太平御覽》卷八三六引增。
〔八〕都中錢三十萬萬水衡錢二十五萬萬少府錢十八萬萬　「都中」，宋本、《御覽》卷八三五引、《漢書·王嘉傳》並作「都内」。三處「萬萬」，原皆作「萬」，據《漢書》改。
〔九〕泉流　原作「流泉」，據宋本、黄校本改。
〔一〇〕民間　原作「民人」，據宋本、《漢書·食貨志》並《御覽》卷八三五引改。

〔一一〕唐書曰　「書」下原有「記」字，據宋本删。
〔一二〕終始　原作「始終」，據宋本、黄校本並《御覽》卷八三六引改。
〔一三〕晉書曰　「曰」字原無，據宋本增。
〔一四〕綖環錢　「綖」原作「綫」，據《宋書・顔竣傳》並《御覽》卷八三五引改。
〔一五〕料數　「數」原作「敬」，據宋本、《宋書・顔竣傳》並《御覽》卷八三五引改。
〔一六〕不盈一掬　「不盈」原作「成」，據宋本、《宋書・顔竣傳》並《御覽》卷八三五引改。
〔一七〕息心　「息」原作「忘」，據宋本並《御覽》卷八三六引改。
〔一八〕楊侃　「侃」原作「保」，據《魏書・高崇傳》、《北史・高道穆傳》改。
〔一九〕時因傅母　「傅」原作「專」，據華本並《後漢書・崔駰列傳》改。
〔二〇〕漢書　原作「後漢書」，據宋本改。

事類賦卷之十一

樂部

歌　舞　琴　笛　鼓

歌

①若夫瑶池白雲，《穆天子傳》曰：帝宴西王母於瑶池之上，西王母爲天子歌曰：「白雲在天，山陵自出。道里悠遠，山川間之。將子無死，尚能復來。」天子答曰：「予歸東土，和治諸夏。萬民平均，吾顧見汝〔一〕。比及三年，將復西野。」②楚國陽春，《襄陽耆舊傳》曰：宋玉識音而善文，襄王好樂而愛賦，既美其才，而憎其似屈原也，乃謂之曰：「子盍從楚之俗，使人貴子之德乎？」對曰：「昔楚有善歌者，王其聞歟？始而曰下里巴人，國中唱而和之者數萬人。中而曰陽阿薤露〔二〕，國中唱而和之者數百人。既而曰陽春白雪，朝日魚離，含商吐角，絶節赴曲，國中唱而和之者不過數人。蓋其曲彌高，其和彌寡。」③林類優游於拾穗，《列子》曰：林類年且百歲，拾遺穗於故畦，並歌而進。孔子適衛，望之於野，使子貢往訊之。林類行不留，歌不輟。④宣父傷嗟於獲麟。《孔叢子》曰：叔孫氏之車子鉏商樵於野，而獲麟焉。莫之識，以爲不祥，棄之五父之衢。冉有告曰：「麇而肉角，豈天之妖乎？」夫子曰：「今何在？吾將往觀焉。」遂

泣曰：「予之於人猶麟，仁獸出而死，吾道窮矣。」乃歌曰：「唐虞世兮麟鳳游，今非其時來何求？麟兮麟兮我心憂。」⑤聞越婦之采葛，《吴越春秋》曰：采葛，越之婦人傷越王用心，乃作若何之歌曰：「嘗膽不苦味若飴，今我采葛以作絲。」⑥聽買臣之負薪，《漢書》曰：朱買臣家貧，好書。常刈薪樵，賣以給食。束薪行且誦書。其妻負戴相隨，數止買臣毋行歌道中。買臣愈疾歌。妻羞之，求去。買臣笑曰：「我年五十當富貴，今已四十餘矣。汝苦日久，待我富貴報汝。」妻恚怒曰〔三〕：「如公等，終餓死溝中耳〔四〕。」買臣不能止，即聽去。⑦憐被杖之曾子，《説苑》曰：曾參耘瓜而悞斬其根，曾晳怒，援大杖擊之。曾子仆地，有頃乃蘇，蹶然而起，進曰：「曩者參得罪於大人，大人得無疾乎？」退，鼓琴而歌。⑧美投壺之祭遵。謝承《後漢書》曰：祭遵爲將，取士皆用儒術，對酒設樂，必雅歌投壺。⑨石崇之哂郭訥，鄧粲《晉紀》曰：太子洗馬郭訥嘗入洛觀伎人歌，言佳。石崇問其曲，訥不知，崇笑：「卿不識曲，那得言佳？」訥答：「譬如見西施，何必識其姓名然後知美〔五〕。」⑩孟嘉之答桓温。《孟嘉别傳》曰：桓温問嘉曰：「聽伎，絲不如竹，竹不如肉，何謂也？」答曰：「漸近自然。」一座咨嗟。⑪斯皆善於繼聲，《禮》曰：善歌者使人繼其聲，善教者使人繼其志。⑫妙能入神者也。古詩曰：清歌妙入神。⑬又聞匏竹在下，人聲是貴，《禮》曰：歌者在上，匏竹在下，貴人聲也。⑭故手之舞而足之蹈，《詩序》曰：情動於中，而形於言。言之不足，故嗟嘆之；嗟嘆之不足，故詠歌之；詠歌之不足，不知手之舞之，足之蹈之。⑮上如抗而下如墜。《禮》曰：歌者上如抗，下如墜，曲如折，止如槁木。⑯是以堯民擊壤，《逸士傳》曰：堯時有八九十老人，擊壤而歌曰：「日出而作，日入而息。鑿井而飲，耕田而食。帝力何有於我哉〔六〕！」⑰漢宮連臂，《西京雜記》曰：賈佩蘭説昔在宮時〔七〕，常以絃管歌舞相娱，競爲妖服，以趨良時。十月十五共入靈女廟，吹笛擊筑，歌《上雲》之曲，而相連臂，踏地爲節，歌《赤鳳來》也。⑱**聽峽裏之鳴猿**，《宜都山川記》曰：峽中猿鳴清山谷，其響泠泠不絶。行者歌之曰：「巴東三峽猿鳴悲，猿鳴三聲淚沾衣。」⑲**聞隴頭之流水。**辛氏《三秦記》曰：隴右西關，其阪九迴，不知高幾里。欲上者，七日乃越，上有清水，四注流下。俗歌曰：「隴頭流水，鳴聲幽咽。遥望秦川，心肝斷絶。」⑳**薰風既調於虞舜**，《帝王世紀》曰：舜恭己無爲，歌《南風》之詩。詩曰：「南風之時兮，可以阜吾民之財兮。南風之薰兮，可以解吾民之愠兮。」㉑**《麥秀》更傷於箕子。**《史記》曰：箕子朝周，過故殷墟，咸生禾黍。箕子傷之，欲哭則不可，欲泣爲近婦人，乃作《麥秀》之詩以歌詠之，曰：「麥秀漸漸兮，禾黍油油。彼狡僮兮，不我好仇。」所謂狡僮者，紂也。民爲流涕。㉒**雝門得韓娥之妙**，《列子》曰：韓娥東之齊，匱糧，過雝門，鬻歌假食。故雝門人善娥之遺聲。㉓**薛譚伏秦青之異。**《博物志》曰：薛譚學謳秦青，未窮其技而辭歸。青餞於郊，乃撫節悲歌，聲振林木，響遏行雲。譚乃謝求返。㉔**卿雲天馬之辭**，《尚書大傳》曰：舜爲賓客，禹爲主人，帝乃唱曰：「卿雲爛兮，糺縵縵兮。日月光華，旦或旦兮。」注云：禹爲主，受舜禪也。旦或旦，明明相代也。《漢書》曰：武帝時，馬生渥洼水中，作《天馬歌》曰：「天馬來兮從西極，經萬里兮歸有德。垂靈威兮降外國，涉流沙兮四夷服。」㉕**寶鼎靈芝之瑞。**《漢書》曰：武帝得寶，鼎於汾陰，作《寶鼎》之歌。班固頌漢論功歌詩《靈芝歌》曰：「因靈寢兮産靈芝〔八〕，象三德兮瑞應圖。延壽命兮光此都，配上帝兮象太微，參日月兮揚光輝。」㉖**梁塵爲之而自飛**，劉向《别録》曰：漢興以來，善歌者魯人虞公，發聲清哀〔九〕，蓋動梁塵，受學者莫能及也。㉗**行雲爲之而忽止。**見上「薛譚秦青」注。㉘**爾其馮諼彈鋏**，《史記》曰：馮諼見孟嘗君，孟嘗君置傳舍，諼彈鋏歌曰〔一〇〕：「長鋏歸來乎，食無魚。」孟嘗君遷之幸舍，食有魚矣。復歌曰：「長鋏歸來乎，出無輿。」遷之代舍，出入乘車輿矣。又歌曰：「長鋏歸來乎，無以爲家。」孟嘗君不悅。㉙甯生飯牛，《淮南子》曰：齊桓公郊迎客，夜開門，甯戚飯牛車下，望見桓公而悲，擊牛角而疾爲商歌曰：「南山矸，白石爛，生不逢堯與舜禪，短褐單衣適至骭。從昏飯牛薄夜半，長夜漫漫何時旦〔一一〕。」桓公聞之曰：「異哉，歌者非常人也。」命後車載之。㉚横汾壯麗，《漢書》曰：武帝幸河東，祠后土，顧視帝京，欣然中流，歌曰：「汎樓船兮濟汾河，横中流兮揚素波。」㉛過沛遲留，《漢書》曰：高祖破黥布，還，過沛，置酒沛宫，悉召故人。父老子弟佐酒，發沛中兒，得百二十人，教之歌。酒酣，上擊筑自歌曰：「大風起兮雲飛揚，威加海内兮歸故鄉，安得猛士兮守四方。」令兒皆和習之。㉜悠揚六引，沈約《宋書》曰：箜篌引第一，商引第二，徵引第三，羽引第四。古有六引，宫引本第二，角引本第四。謝靈運樂府《會吟行》曰：「六引緩清唱，三調佇繁音。」㉝纏綿九秋。古樂府《日出東南隅行》曰：悲歌吐清響，雅舞播幽蘭。丹脣含九秋，妍節陵七盤。㉞曳履嘗聞於參也，《莊子》曰：曾子居衛，捉襟而肘見，納履而踵決，曳履而歌《商頌》，聲滿天地，若出金石。㉟鼓盆復見於莊周。《莊子》曰：莊子妻死，惠子弔之。箕踞鼓盆而歌。惠子曰：「不哭亦足矣，歌不亦甚乎？」莊子曰：「人且偃然寢乎巨室，而我噭噭然哭而隨之，是不通乎命，故止之也。」㊱至於石城莫愁，《古今樂録》曰：《莫愁樂》者，亦名《石城樂》。石城西有女子名莫愁，善歌謡，且《石城樂》和中有忘愁聲，因有此歌。㊲北園瑣女，魏文《答繁欽書》曰：守宫王孫世有女曰瑣，始年九歲，夢與神通，寤而悲吟，哀聲激切，體若飛仙，於今十五，是日戊午，祖於北園，博延衆賓，迭奏名倡，世女須臾而至，振袂徐進，揚娥微眺，衆倡騰逝，羣賓失席。然後脩容飾裝，改曲變度，激清角，揚白雪，接孤聲，赴危節。於是商風振條，飛霧成霜，可謂聲協鍾石，氣應風律，網羅《韶》《濩》，囊括鄭衛者也。㊳吐角含商，見上「楚國陽春」注。㊴陽阿激楚。《古今樂録》曰：《陽春》、《白雪》、《流風》、《激楚》、《陽阿》，皆曲名也。㊵鼓棹泛滄浪之水，《孟子》曰：孺子歌曰：「滄浪之水清兮，可以濯我纓。滄浪之水濁兮，可以濯我足。」㊶倚瑟望邯鄲之路。《漢書》曰：張釋之爲中郎將，從行至灞陵，是時慎夫人從，上指視慎夫人新豐道曰：「此走邯鄲道也。」使慎夫人鼓瑟，上自倚瑟而歌。㊷詠之元首，《書》曰：帝庸作歌曰：「股肱喜哉，元首起哉，百工熙哉。」乃賡載歌曰：「元首明哉，股肱良哉，庶事康哉。」㊸陳其九序。《書》曰：九功惟序，九序惟歌，勸之以九歌，俾勿壞。⑭役人既唱於管仲，《吕氏春秋》曰：管子得於魯，束縛而檻之，使役人載而送之齊，皆謳歌而引。管子恐魯止而殺己也，欲速至齊，因謂役人曰：「我爲汝唱，汝爲我和。」其和適宜，役人不倦而取道甚遠。管子可謂能因事役人，人得其所欲，己亦得其所欲。以此術也而用萬乘之國，其霸猶少乎？㊺決河曾傷於漢武。《史記》曰：天子既臨河決，悼功之不成，乃作歌曰：「瓠子決兮將柰何，皓皓旰旰兮閭殫爲河。爲我謂河伯兮何不仁，氾濫不止兮愁吾人。齧桑浮兮淮泗滿，久不反兮水維緩〔一三〕。」於是塞瓠子，築宫其上，名曰宣房宫。㊻彈劍每想於子由，《家語》曰：孔子厄於匡，謂子路曰：「歌，予和汝。」子路彈劍而歌，孔子和之，曲終，匡人解甲而罷。㊼蓋世復悲於項羽。《史記》曰：項羽軍壁垓下，兵少食盡，軍四面皆楚歌。項王大驚曰：「漢已皆得楚乎？是何楚人之多歟？」項王乃悲歌忼慨曰：「力拔山兮氣蓋世，時不利兮騅不逝。騅不逝兮可柰何，虞兮虞兮柰若何。」㊽則有傳於《子夜》，《晉書》曰：孝武太元中，琅耶王軻之家有鬼歌《子夜》。殷允爲章郡，僑人庾僧度家亦有鬼歌《子夜》。㊾聽彼綿駒，《孟子》曰：昔王豹處於淇，而河西善謳；綿駒處於高唐，而齊右善歌。㊿曼聲宛轉，《列子》曰：韓娥曼聲長歌，一里老幼喜躍抃舞。51清響紆餘。陸機詩曰：悲歌吐清響。㊾止如槁木，見「上如抗，下如墜」注㊿端如貫珠。《禮》曰：歌者倨中矩，勾中鉤，纍纍乎端如貫珠。㉞夏后三嬪之獻，《山海經》曰：夏后開上三嬪于天，得《九辯》與《九歌》以下焉。開始歌《九招》於大穆之野。帝俊八子是始爲歌。注：言上美人於天帝，得天樂以下也。帝俊即帝舜。㉟太康五子之須，《書》曰：太康尸位以逸豫，畋于有洛之表，十旬不返。兄弟五人須于洛汭，作《五子之歌》。㊱仲尼陳蔡之厄，《莊子》曰：孔子窮於陳蔡之間〔一三〕，七日不火食，藜羹不糝，顔色甚憊，歌於室不輟。㊲文王羑里之拘。《古今樂録》曰：羑里歌者，紂拘文王於羑里歌也。詞曰：「殷道溷溷，浸濁煩兮。朱紫相合〔一四〕，不分別兮。迷亂聲色，信讒言兮。炎炎之雪，使我愆兮。幽閉牢阱，由其言兮〔一五〕。遘我四人，憂動勤兮〔一六〕。」㊳荆軻之渡易水，《燕丹子》曰：荆軻入秦，不擇日而發，太子與知謀者皆素衣冠送之於易水之上。荆軻起爲壽，歌曰：「風蕭蕭兮易水寒，壯士一去兮不復還。」高漸離擊筑和之。㊴細君之入穹廬。《漢書》曰：漢以江都王女細君妻烏孫，悲愁，自作歌曰：「吾家嫁我兮天一方，遠託絶國兮烏孫王。穹廬爲室兮毡爲牆，肉爲食兮酪爲漿。居常悲思兮心内傷，願爲黄鵠兮歸故鄉。」㊵師乙見傳而盡妙，《禮》曰：子貢問師乙曰：「賜也聞聲歌各有宜也，如賜者宜何歌也？」師乙曰：「乙賤工也，何足以問其所宜，請誦其所聞，吾子自擇焉。寬而静、柔而正者宜歌頌，廣大而静、疏達而信者宜歌大雅，恭儉而好禮者宜歌小雅，正直而静、廉而謙者宜歌風，肆直而慈愛者宜歌商，温良而能斷者宜歌齊也。」㊶延年特善而難踰。《漢書》曰：李延年善歌，能爲新聲，與女弟俱幸於武帝〔一七〕。時人語曰：「一雌復一雄，雙飛入紫宫。」㊷懸瓠竹堂，賞詠言之清麗；《後魏書》曰：高祖征河北，饗侍臣於懸瓠大竹堂，樂作酒酣，高祖歌曰：「日月光天兮無不曜，江左一隅兮獨未照。」彭城王勰續歌曰：「願從聖主兮登衡會，萬國馳誠兮混日外。」鄭懿歌曰：「雲雷大振兮天地闢，率土來賓兮一正曆。」邢巒歌曰：「舜舞干戈兮天下歸，文德遠被兮莫不思。」鄭道昭歌曰：「皇風一鼓兮九地匝，戴日依天兮清六合。」高祖又歌曰：「遵彼汝墳兮昔化貞，未若今日兮道風明。」宋弁歌曰：「文王政教兮暉江沼，寧知大化兮光四表。」㊸北林明月，含清韻之虚徐。《世説》曰：王曇首年十四五便歌，諸妓向謝公稱歎，公甚欲聞之。而王名家年少，無由得聞。諸妓又具向王説謝公意。謝後出東府土山上作技，王時作兩丸髻，著袴褶，騎馬往土山下庾家墓林中，作一曲歌，於時秋月，王因舉頭看北林，卒曲便去。妓白謝公曰：「此王郎歌也。」㊹別有葛天八闋，《吕氏春秋》曰：八闋，葛天氏之歌也。㊺梁鴻五噫，《三輔決録》曰：梁鴻東出關，過京師，作《五噫》之歌曰：「陟彼北邙兮，噫！顧瞻帝京兮，噫！宫闕崔嵬兮，噫！民之劬勞兮，噫！遼遼未央兮，噫！」肅宗聞而悲之，求鴻不得。㊻夫子反之，《論語》曰：子與人歌而善，必使反之，而後和之。㊼接輿已而。《論語》曰：楚狂接輿歌而過孔子曰〔一八〕：「鳳兮鳳兮，何德之衰？往者不可諫，來者猶可追。已而已而，今之從政者殆而。」㊽覆鄂君之繡被，《説苑》曰：襄成君始封之日，衣翠衣，帶王璏劍，履蹻舄，立乎流水上。楚大夫莊辛過而悦之，曰：「臣願把君之手，其可乎？」襄成君忿然作色而不言。莊辛遷延而稱曰：「君獨不聞夫鄂君方乘青瀚之舟，張翠蓋，會鍾鼓之音，越人擁楫而歌曰：『今夕何夕兮，搴洲中流。今日何日兮，得與王子同舟。山有木兮木有枝，心説君兮君不知。』於是鄂君乃舉繡被而覆之。」㊾采南山之紫芝，崔琦《四皓頌》曰：昔有南山四皓者，蓋用里先生、綺里季、夏黄公、東園公是也。秦世道滅德消，坑黜儒術，於是退而作歌曰：「莫莫高山，深谷逶迤。曄曄紫芝，可以療飢。唐虞世遠，吾將何歸。四馬高蓋，其憂甚大。富貴畏人兮，不如貧賤之肆志。」㊿夢兩楹兮曳杖，《禮》曰：孔子蚤作，負手曳杖，逍遥於門，歌曰：「太山其頹乎，梁木其壞乎，哲人其萎乎。」(71)隱首陽兮采薇。《史記》曰：武王克殷，伯夷叔齊耻之，不食周粟，隱首陽而作歌曰：「登彼西山，言采其薇矣。以亂易暴兮，不知其非矣。神農虞夏，忽焉没兮，我安適歸矣〔一九〕。(72)觀搏髀撫絃之怨，《風俗通》曰：百里奚爲秦相，堂上作樂。所賃浣婦自言知音，呼之搏髀，援琴撫絃而歌曰：「百里奚，初娶我兮五羊皮，臨當別行烹乳鷄，今適富貴忘我爲。」尋問之，乃其妻也。(73)驚繞梁動葉之奇。《洞冥記》曰：漢武帝使董謁乘浪霞之輦以升壇候王母，王母至，與帝晏歌，奏春歸之樂，歌聲繞梁三匝，草樹枝葉皆動。(74)嘉有辭之津女，《列女傳》曰：趙簡子南擊楚，津吏醉不能渡，怒將殺之。津吏女娟持檝而前曰：「昔父聞君東渡不測之水，恐風波之起，故禱九江三淮之神，不勝巫祀盃酒餘瀝，醉至於此矣。妾願以鄙軀易父之死。」簡子將渡，用檝少一人，娟曰：「願備員用檝。」遂與渡。中流奏《河激》之歌曰：「升彼河兮西觀，清水揚波兮杳冥。禱求福兮醉不醒，誅將加兮妾心驚。蛟龍助兮主將歸，呼來棹兮行勿疑。」簡子大悦，立爲夫人。(75)偉守節之陶妻。《列女傳》曰：魯陶嬰妻者，夫死，守志不二，作歌詩曰：「悲夫，黄鵠之早寡，七年不雙。宛頸獨宿，不與衆同。夜半悲鳴，想其故雄。天命早寡，獨宿何傷。寡婦念此，泣下數行。嗚呼悲哉，死者不可忘，飛鳥尚然，況於其良。雖有賢雄，終不可重行。」(76)齊莊拊楹而及禍，《左傳》曰：齊莊通于崔姜，崔杼稱疾不視事。公問崔子，遂從姜氏入于室，公拊楹而歌，杼殺之。(77)原壤登木而見譏。《禮》曰：原壤之母死，登木歌曰：「狸首之斑然，執女手之拳然。」(78)故曰詩言志，歌永言，其義在斯。《書》曰：詩言志，歌永言，聲依永，律和聲。

校勘記

〔一〕萬民平均吾顧見汝　「民」原作「事」，「顧」原作「願」，據宋本並《太平御覽》卷五七二引改。

〔二〕蕤露　宋本、《太平御覽》卷五七二引作「采菱」。

〔三〕妻恚怒曰　「怒」字原無，據宋本並《漢書·朱買臣傳》增。

〔四〕終餓死溝中耳　「耳」字原無，據宋本並《漢書·朱買臣傳》增。

〔五〕姓名　原作「姓符」，據宋本、白本、華本並《太平御覽》卷五七〇引改。

〔六〕帝力何有於我哉　此句宋本、《太平御覽》卷五七二引作「帝何力於我哉」。

〔七〕昔在宫時　「昔」原作「求」，據華本改。

〔八〕因靈寢兮　「靈」，宋本作「露」。

〔九〕清哀　「哀」原作「泉」，據宋本並《御覽》卷五七二引改。

〔一〇〕諼彈鋏歌曰　「鋏」，宋本作「劍」。《史記·孟嘗君列傳》，句作「彈其劍而歌曰」。

〔一一〕歌曰　此歌詞句，宋本並《御覽》五七二引作：「南山粲，白石爛，短褐單衣長止骭。生不逢堯與舜禪，終日飼牛至夜半，長夜漫漫何時旦。」

〔一二〕久不反　「久」原作「去」，據《史記·河渠書》改。

〔一三〕陳蔡之間　「蔡」字原無，據宋本並《御覽》卷五七一引增。

〔一四〕朱紫　宋本作「丹紫」。

〔一五〕炎炎之雪使我愆兮幽閉牢阱由其言兮　宋本作「閭閻之虎，使我騫兮。無辜桎梏，誰所宣兮」。《御覽》卷五七一引作「閭閻之虎，使我騫兮。幽閉牢獄，誰其言兮。無辜桎梏，誰所宣兮」。

〔一六〕遣我四人憂動勤兮　宋本無此句。「憂動勤」，《御覽》卷五七一引作「皆憂勤」。

〔一七〕俱幸於武帝　「於」字原無，據宋本補。

〔一八〕接輿歌而過孔子　「歌」上原有「而」字，據宋本並《御覽》卷五七〇引删。

〔一九〕我安適歸矣　原作「我適安居矣」，據宋本並《史記·伯夷列傳》改。

舞

①夫舞者，所以節八音而行八風，見下「問數衆仲」注。②故曰樂以舞爲主，《魏名臣奏》曰：凡音樂，以舞爲主。③舞爲樂之容。見下注。④非徒明德，《史記》曰：孝景皇帝元年詔御史曰：「蓋聞歌者所以發德，舞者所以明德。」⑤亦將象功。《魏名臣奏》曰：樂所以表君之德，舞所以象君之功。⑥習干戈於春夏，學羽籥於秋冬。《禮》曰：春夏學干戈，秋冬學羽籥。⑦則有迅如飛燕，飄若驚鴻。《樂府雜記》曰：舞者樂之容也，或象驚鴻，或如飛燕。⑧李陵之别蘇武，《漢書》曰：李陵在匈奴中置酒與蘇武别曰：「異域之人，一别長絶。」因起舞屬之。⑨王智之銜蔡邕。《後漢書》曰：蔡邕坐事徙邊，及歸，五原太守王智餞之。酒酣，智起舞屬邕，邕不爲報，智銜之。智中常侍甫之弟，乃密告邕怨於囚放，謗訕朝廷。邕慮不免禍，乃亡命江海，遠跡吴會。⑩瞻彼兩階，《尚書》注：干、楯、羽、翳，皆舞者所執，苗民逆命，帝乃誕敷文德，舞干羽于兩階。⑪舞行八佾，《禮》曰：天子宫懸四面，舞行八佾。⑫玉戚兮朱干，皮弁兮素積。《禮》曰：季夏以禘禮祀周公於太廟，朱干玉戚，冕而舞《大武》，皮弁素積，裼而舞《大夏》。⑬聽籥師之傳教，《周禮》曰：籥師掌教國子舞羽歈籥〔一〕，祭祀，則鼓羽籥之舞。賓客享食，則亦如之。⑭識旄人之舉職。《周禮》曰：旄人掌教舞散樂，舞夷樂。凡四方之以舞仕者屬焉。凡祭祀賓客，舞其燕樂。⑮皇祈旱暵，帗祠社稷。《周禮》曰：舞師掌教兵舞，帥而舞山川之祭祀。教帗舞，帥而舞社稷之祭祀。教

羽舞，帥而舞四方之祭祀。教皇舞，帥而舞旱暵之事。注云：四方祭祀，謂四望也。旱暵之事，謂雩也。暵災，熱氣也。⑯既垂手而側弁，《樂録》云：舞有《大、小垂手》。又《詩》云：側弁之俄，屢舞傞傞。⑰亦執籥而秉翟。《詩》曰：左手執籥，右手秉翟。⑱觀彼行綴，察其勞逸，《禮》曰：治民勞者，其舞行綴遠；治民逸者，其舞行綴短，故觀其舞知其德。⑲周穆嘗駭於東朔，《周穆王傳》曰：有偃師者，縛草作人，以五采衣之，使舞。王與美人觀之，草人以手招美人，王怒。⑳齊武不容於簪筆。《齊書》曰：永明中，舞人冠幘並簪筆，武帝曰：「筆笏蓋以記事受言，舞不受言，何事簪筆？豈有身服朝衣而足綦讌履？」於是去筆。㉑若乃西楚拔劍，《史記》曰：沛公在鴻門，范增令項莊劍舞，因擊沛公，莊入曰：「軍中無以爲樂，請以劍舞。」拔劍起舞。項伯亦起舞，以身蔽沛公。㉒東夷荷矛，《五經通義》曰：東夷之樂，持矛舞助生也。㉓蹲蹲不已，《詩》曰：坎坎鼓我，蹲蹲舞我。㉔僛僛未休。《詩》曰：屢舞僛僛。㉕或見稱於鴝鵒，《晉書》曰：王導補謝尚爲掾，知有勝會，謂之曰：「聞君能鴝鵒舞，一坐傾想。」尚起著衣幘，令坐上擊節爲應，傍若無人。㉖或被責於沐猴。《漢書》曰：平思侯許伯入第，丞相已下皆賀，酒酣樂作，少府檀長卿起舞，爲沐猴與狗鬭，坐上皆笑。蓋寬饒劾長卿爲列卿而爲沐猴舞，失禮。許伯爲謝乃解。㉗爾其取彼成童，《禮·內則》曰：年十三舞勺〔二〕，成童舞象，二十舞《大夏》。㉘教之小舞，《周禮》：樂師掌國學之政，以教國子小舞。㉙兵事以干，宗廟以羽。《周禮》注云：干舞者，兵舞也，兵事以干。羽舞，析羽也，宗廟以羽。㉚手之足之，《詩序》曰：詠歌之不足，不知手之舞之、足之蹈之也。㉛進旅退旅，《禮》曰：進旅退旅，絃匏笙簧，會手拊鼓。㉜致右而憲左，《禮》曰：孔子問賓牟賈曰：「武坐致右憲左，何也？」對曰：「非武坐也。」注：武，周舞也，言武事之無坐也。憲讀爲軒。

㉝再始兮三步。《禮》曰：三步以見方，再始以著往，復亂以飾歸。注：三步爲將舞，必先三舉足。再始象武王至盟津，還歸，二年，遂伐之，故武舞再，更始。復亂，謂鳴鐃而退，以整歸也。㉞值其鷺翿，《詩》曰：無冬無夏，值其鷺翿。箋云：值，持也。翿，翳也，舞者所持以指麾也。㉟曳兹繭緒，傅武仲《舞賦》曰：白鶴飛兮繭曳緒。㊱忽鴻翥而龍游，傅武仲《舞賦》曰：體若游龍，袖如素蜺。曹子建《七啟》曰：長裾從風，悲歌入雲。翩爾鴻翥，檝然鳧没。㊲俄縈塵而集羽。王子年《拾遺記》曰：燕昭王時，廣延國獻二舞女，其舞曲一名縈塵，言體輕與塵霧相亂也。一曰集羽，言宛轉若羽毛之從風也。㊳揚徵兮騁角，傅武仲《舞賦》曰：揚激徵，騁清角。㊴結風兮激楚。傅武仲《舞賦》曰：激楚、結風，陽阿之舞。材人之窮，觀天下之至妙。㊵若夫問數於衆仲，《左傳》曰：考仲子之宫將萬焉，公問羽數於衆仲，對曰：「天子用八，諸侯用六，大夫四，士二。舞所以節八音而行八風也，故自八以下。」㊶振萬于夫人。《左傳》曰：楚令尹子元欲蠱文夫人，爲舘于其宫側，而振萬焉。夫人聞而泣曰：「先君以是舞也，習戎備也。今令尹不尋諸仇讐，而於未亡人之側〔三〕，不亦異乎。」㊷龍朔之一戎大定，《唐書》曰：龍朔元年三月一日，上召李勣等讌于城門，觀屯營新教之舞，名之《一戎大定樂》，皆象親征遼東而用武之勢也。㊸調露之六合還淳。《唐書》曰：調露初，上御洛城南樓，賜宴，太常奏《六合還淳之舞》。㊹懿夫唐之上元，《唐書》曰：上元中，勑新造《上元之舞》，圓丘方澤，太廟祠享，然後用此舞，餘祭並停。㊺漢之文始，《漢書》曰：高祖廟奏《武德》、《文始》、《五行之舞》。㊻俯仰屈伸，《禮》曰：屈伸俯仰，綴兆舒疾，樂之容也。㊼發揚蹈厲。《禮》曰：發揚蹈厲，太公之志也，言志在鷹揚。㊽鷲旌夏之忽來，《左傳》曰：宋公享晉侯，舞師題以旌夏〔四〕，晉侯懼，退入于房，去旌，卒享。㊾歎象箾之爲美。《左傳》

曰：吴季札至魯觀樂，見舞象箾南籥者，曰：「美哉，猶有憾」。注曰：文王樂也，恨不及己致太平。㊿嘉陸遜之受賜，《吴書》曰：陸遜破曹休，上與羣僚大會，酒酣，命遜舞，解所著白鼯子裘賜之。(51)鄙顧譚之不止。《江表傳》曰：孫權召顧雍父子及其孫譚飲，譚時爲選曹尚書，見任貴重。是日，孫權飲極懽，譚醉，三起舞，舞又不知止。雍内怒之，明日，召譚訶責之：「君王以含垢爲德，臣下以恭謹爲節，何有舞不復知止？雖爲酒後，亦由恃恩，損吾家者必汝也。」(52)師經之撞魏文，《史記》曰：師經撫琴，以琴撞魏文侯，侯怒。經曰：「臣撞桀紂之主，不撞堯舜之君。」文侯悦，掛琴於室爲戒。(53)晏子之慚晉使。《晏子春秋》曰：晉欲攻齊，使范昭往觀，景公觴之。范昭請公之樽酌，公曰：「諾。」告侍者酌樽進之。晏子曰：「徹樽更之。」范昭曰：「調成周之樂，吾爲之舞。」太師曰：「暝臣不習。」范昭趨而出。昭歸報曰：「齊未可伐也。臣欲慚其君，而晏子知之；臣欲犯其禮，而太師識之。」(54)聞陶謙之勝人，《吴書》曰：陶謙爲舒令，郡守張磐，謙耻爲之屈。磐舞屬謙，謙不爲起。强之乃舞，舞不轉。磐曰：「不當轉耶？」曰：「轉則勝人。」(55)見長沙之益地。《前漢書》注曰：景帝時，諸王來朝，有詔更前稱壽歌舞。長沙定王發但張袖小舉手，左右笑其拙。上怪，問之。對曰：「臣國小地狹，不足回旋。」帝乃以武陵、零陵、桂陽益焉。(56)及夫六成功立，四伐威行，《禮》曰：子謂賓牟賈曰：「夫樂者，象成者也。揔干而山立，武王之事也。發揚蹈厲，太公之志也。武亂皆坐，周召之治也。且夫武始而北出，再成而滅商，三成而南，四成而南國是疆，五成而分周公左召公右，六成復綴以崇。天子夾振之，而駟伐，盛威於中國也。注云：揔干，象武王持盾正立待諸侯也。發揚蹈厲，象威武時也。皆坐，謂失行列則皆坐，象以文止武也。每奏曲一終爲一成。南國是疆，荆蠻服也。復綴反位，止也。崇，充也。六奏以充武樂也。夾振之，王與大將夾舞者，振鐸以爲節也。一擊一刺爲一伐。《牧誓》曰：不過於四伐五伐。⑰鞞聞曹植，曹植《鞞歌序》曰：漢靈時，李堅善鞞舞，遭亂播遷，帝聞其舊伎，召之。堅既中廢，故古曲多繆。⑱拂見楊泓。楊泓《拂舞序》曰：自到江南，見白符舞，或言白鳧鳩舞。察其辭旨，乃是吴人患孫皓虐政。⑲廣延既衒於無迹，《拾遺記》曰：燕昭王即位，廣延國獻舞者二人〔五〕，綽約絶妙，或行無迹影，或經年不飢。⑳飛燕亦矜其體輕。《拾遺記》曰：趙飛燕體輕，能掌上舞。㉑超趫鳥集〔六〕，傅毅《舞賦》曰：超趫鳥集，縱弛殟歿〔七〕。殟歿，舒緩貌，言舞勢超趫如鳥集，縱弛之際，又且舒緩也。殟，烏骨切。㉒拉揩鵠驚，傅毅《舞賦》曰：鶣䴔燕居，拉揩鵠驚。鶣，音篇。㉓赴節奏以投袂，陸機《文賦》曰：譬猶舞者赴節以投袂，歌者應絃而遺聲。㉔當指顧而應聲。傅毅《舞賦》曰：兀動赴節，指顧應聲。㉕漢有延年之善，《漢書》曰：孝武李夫人，本以倡進。兄延年知音善歌舞。延年侍上，起舞曰：「北方有佳人，絶世而獨立。一顧傾人城，再顧傾人國。寧不知傾城與傾國，佳人難再得。」上歎息曰：「世豈有此人乎？」平陽公主因言延年女弟。上召見，實妙麗善舞，由是幸。㉖魏有馮肅之能。《魏志》曰：舞師馮肅，曉知先代舞名。㉗駭操干之刑天，《山海經》曰：刑天與帝争神，帝斬其首，葬之常羊之山，乃以乳爲目，以臍爲口，操干戚以舞。㉘驚拔戟之甘寧。《吴書》曰：凌統怨甘寧殺其父操，嘗於吕蒙舍會，酒酣，統以刃舞，寧起曰：「寧能雙戟舞。」蒙曰：「君雖能，未若蒙之工也。」因操刃持楯以身蔽之。㉙周武王之山立，見上「六成功立」注。㉚唐高祖之龍興。《唐書》曰：郊廟祭享，奏武舞之樂，凡有六變，一變象龍興參野〔八〕，二變象克靖關中，三變象華夏賓伏，四變象江淮寧謐，五變象獫狁來朝，六變象凱旋振旅。㉛風起而纓綏乍拂，《拾遺記》曰：廣延國獻善舞者於燕昭王，王登崇霞之臺，在側，時香風欻起，二人隨風宛轉，殆不自支，王以纓綉屢拂之。⑫蓮開而掘柘初呈。《樂苑》曰：羽調有《柘枝曲》，商調有《掘柘枝》，此舞因曲爲名，用二女童，帽施金鈴，抃轉有聲。其來也，於二蓮花中藏之，花坼而後見，對舞相呈，實舞中雅妙者也。⑬斯繁態之萬變，雖辯捷而難名。

校勘記

〔一〕掌教國子　「教」字原無，據宋本、《周禮・籥師》並《御覽》卷五七四引增。

〔二〕舞勺　原作「舞樂」，據《禮記・内則》改。

〔三〕未亡人之側　「人之」原作「之人」，據宋本、《左傳・莊公二十八年》並《御覽》卷五七四引改。

〔四〕舞師題以旌夏　「師」字原無，據宋本、《左傳・襄公十年》並《御覽》卷六八〇引增。

〔五〕舞者二人　「者二」二字原無，據宋本並《御覽》卷五七四引增。

〔六〕超逾鳥集　「鳥」原作「烏」，據宋本並《文選・舞賦》改，注文亦據改。

〔七〕縱弛殟殁　「殟」字原無，據宋本並《文選・舞賦》增。

〔八〕一變象龍興參野　「一變」二字原無，據宋本並《舊唐書・音樂志》增。

琴

①伊朱絃之雅器，含太古之遺美。《説文》曰：琴者，禁也，神農所作。洞越練朱絃，周加二絃。②扣清徵於雲和，《韓子》曰：師曠鼓清徵。《周禮》曰：雲和之琴瑟，冬至日於地上圓丘奏之。③激流泉於緑綺。傅玄《琴賦序》曰：蔡邕有緑綺琴，天下名噐也。《琴譜》有石上流泉曲。④神女落霞，《洞冥記》曰：漢武帝嘗夕望，東邊有青雲，俄見雙白鵠翻翔來集，倏忽變爲二神女，舞於樓上。握鳳管之簫，舞落霞之琴，歌清吴春波之曲。⑤蔡邕焦尾。《搜神記》曰：吴人有燒桐以爨者，蔡邕聞其爆聲曰：「此良桐也。」因削以爲琴，而燒不盡，因名焦尾琴，有聲焉。⑥陶潛撫之以寄意，《宋書》曰：陶潛不解音聲〔一〕，而畜素琴一張，每有酒適，輒撫弄以寄其意。⑦宓子彈之而爲治。《家語》云：宓子賤治單父，不下堂，彈琴而邑自理。⑧周公之善越裳，《琴操》曰：《越裳操》，周公所作。⑨文王之拘羑里。《琴録》曰：文王爲西伯種德修仁，紂怒其仁心也，召而朝之，拘於羑里。文王憂愁，援琴而鼓之，曰《拘幽操》。⑩傳古法於嵇康，《世説》曰：會稽賀思令善彈琴，嘗夜坐月中，臨風鳴絃。忽有一人，形貌甚偉，著械，有慘色，在中庭稱善。便與交語，自云是嵇中散，謂賀云：「卿手下極快，但於古法未備。」因授以《廣陵散》。賀遂傳之，于今不絶。⑪感幽靈於女子。《世説》曰：王敬伯嘗泊洲渚中，升亭而宿。是夜月華露輕，敬伯泠然鼓琴，感劉惠明亡女之靈。須臾女至，就體如平生。敬伯撫琴歌曰：「低露下深幕，垂月照孤琴。空絃益宵淚，誰憐此夜心。」女和之曰：「歌宛

轉，情復哀。顧爲煙與霧，氛氳君子懷。」⑫若乃前廣後狹之制，圓天方地之儀，《琴書》曰：琴長三尺六寸，法朞數也。前廣後狹，尊卑之象也。上圓而斂，象天也。下方而平，法地也〔二〕。⑬或懸壁以爲戒，《十二國史》曰：周師經仕魏文侯，善鼓琴。文侯躭之，起舞，經怒，以琴撞文侯，侯怒，使人曳下殿，將殺之。經曰：「乞申一言而死。」文侯曰：「何？」經曰：「臣撞桀紂之君，不撞堯舜之主。」文侯曰：「寡人過矣。」乃捨之，懸琴於壁以爲戒。⑭或去軫以觀辭。《韓詩外傳》曰：孔子適楚，至於阿谷之隧，有處女珮璜而浣。孔子曰：「彼婦人可與言矣。」抽琴去軫以授子貢曰：「善爲之辭，以觀其對。」子貢曰：「於此有琴而無軫，願借子以調其音。」婦人對曰：「吾野鄙之人也，僻陋而無心，五音不知，安能調琴？」⑮衛女思歸之引，《樂府解題》曰：《思歸引》，衛有賢女，邵王聞其賢，請聘之。未至，王薨，太子將納之，大夫諫曰：「今衛女賢，必不我聽；聽亦不賢，不足取。」太子不聽，遂留拘深宮。思歸不得，援琴作《思歸》之引，自縊而死。⑯伯奇違養之悲。揚雄《琴清英》曰：尹吉甫子伯奇至孝，後母譖之，自投江中。衣苔帶藻，忽夢見水仙賜其美藥，伯奇思念養親，揚聲悲歌〔三〕，船人聞而學之。吉甫聞船人之聲，疑似伯奇，援琴作《子安》之操。⑰玩之有龍鸞之狀，《西京雜記》曰：趙后有寶琴曰鳳凰，以金玉隱起爲龍鳳螭鸞，古賢列女之象也。⑱聽之有志義之思。《禮》曰：絲聲哀，哀以立廉，廉以立志。君子聽琴瑟之聲，則思志義之臣。⑲師襄既拱於夫子，《家語》曰：孔子學琴於師襄子，師襄子曰：「子琴已習，可以益矣。」孔子曰：「丘未得其數〔四〕。」又問曰：「已習其數，可以益矣。」曰：「丘未得其志也。」又問曰：「已習其志，可以益矣。」曰：「丘未得其爲人也。」又問曰：「子有所繆然深思焉，有所皇然高望而遠眺。」曰：「丘殆得其人矣，黮然黑，頎然長，曠然如望羊，奄有四方，非文王其孰能爲此？」師襄子避席揖拱而對曰〔五〕：「君子，聖人也。」其傳曰《文王操》。⑳伯牙亦哀於子期。《家語》曰〔六〕：伯牙鼓琴，鍾子期聽之。伯牙志在泰山，子期曰：「善哉！巍巍乎若泰山。」少選之間，志在流水，子期復曰：「善哉！湯湯乎若流水〔七〕。」子期死，伯牙破琴絶絃，終身不復鼓。㉑則有寒山之榦，張景暘《七命》曰：寒山之桐，出自太冥。注：太冥，北方也。㉒龍門之枝，空桑之美，《周禮》曰：空桑之琴瑟，夏至於澤中方丘奏之。龍門之琴瑟，於宗廟奏之。又枚叔《七發》曰：龍門之木，高百尺而無枝。㉓嶧陽之奇。《尚書》曰：嶧陽孤桐。注云：嶧山之陽，特生桐中琴瑟。㉔則九星而象六合，《琴書》曰：琴本七絃，宫、商、角、徵、羽、文、武也〔八〕。後漢蔡邕又加二絃，象九星，在人法九竅。又《琴操》曰：伏羲作琴，廣六寸，象六合也。㉕應八風而法四時。《琴書》曰：五分其身，三爲上，二爲下，三天兩地之義也。上廣下狹，尊卑之象也。中翅八寸，象八風，腰廣四寸，象四時也。㉖烏曾夜啼，雉亦朝飛。《樂府解題》云：《雉朝飛操》者，齊宣王時，處士犢沐子所作也。年五十無妻，出採薪於野，見雉雌雄相隨，則心悲，乃仰天嘆曰：「聖王在上，恩及草木。鳥獸尚爾，我獨不獲。」援琴而歌，以自傷。《烏夜啼》亦曲名。㉗伯喈之許顧雝，《江表傳》曰：顧雝少從蔡伯喈學鼓琴，伯喈貴異之，謂曰：「卿必有成，故以名與卿。」故雝與伯喈同名。㉘鄒忌之識齊威。《周書》曰：鄒忌以鼓琴見齊威王，威王悦之，舍之右室。須臾，王自鼓琴，鄒忌推户入曰：「善哉！鼓琴也。」王勃然不悦，去琴按劍曰：「夫子見之未察，何以知其善？」忌曰：「大絃濁以温，小絃廉折以清，推之深而釋之舒，均諧以鳴，大小相益，回邪而不害，是以知其善。」㉙至於禮著坐遷，《禮》曰：先生琴瑟在前，坐而遷之，戒勿越。㉚傳聞踞轉，《左傳》曰：張骼輔轢，復踞轉而鼓琴。㉛漢則文姬，《蔡琰别傳》曰：琰字文姬，陳留人，漢中郎將蔡邕之女，聰惠秀異。年六歲，邕夜鼓琴，絃絶，琰曰：「第二絃。」邕故斷一絃，問之，琰曰：「第四絃。」邕曰：「偶得之耳。」琰曰：「吴札觀化，知興亡之國；師曠吹律，識南風不競。由此言之，何云不知也？」㉜魏稱盧女。《樂志》曰：魏武帝宫人有盧女者，故將軍應叔之姊也。七歲入漢宫學鼓琴，善爲新聲。㉝嗣宗之見孫登，《孫登傳》曰：登字公和，魏末居北山。嘗被髪端坐巖下，逍遥鼓琴。阮嗣宗造之，因長嘯，與琴音諧。會登亦嘯和〔九〕，妙響動於林壑。㉞穆丘之迎漢武。《列仙傳》曰：穆丘公，華山道士也。漢武帝封禪，公乃冠章甫，擁琴來迎。㉟憐窮士之投楚，《琴操》曰：《三士窮操》者，其思革子之所作也。其思革子、石文子、叔谿子三人相與爲友，聞楚王之賢而好士，俱往見之。至於嶔巖之間，空柳之下，衣寒乏糧。自度不得俱活，二人俱以其思革子爲賢，推衣糧與之，二子遂凍餓而死。其思革子往見於楚王，楚王旨酒嘉殽，設鍾鼓以樂之。革子愴然有憂悲之意，援琴而鼓之，作相與别散之志。王聞曰：「琴何悲哉？」革子推琴離席長跪，涕流而下，對曰：「臣友三人，石文子、叔谿子，竊慕大王高義，欲俱來謁。至於嶔巖之間，逢飄風暴雨，衣寒糧乏。度不能俱活。二子不以臣爲不肖，推糧與臣，二子逢凍飢而死。今王雖陳酒殽設樂，誠不敢酣樂也。」楚王曰：「嗟乎！乃如是耶。」於是賜革子黄金百斤，命左右棺斂收二子而葬之。以革子爲相。㊱悵龜山之蔽魯。《琴纂》曰：《龜山操》，孔子所作。季桓子受齊女樂，孔子欲諫不得，退而望龜山作曲，喻季氏若龜山之蔽魯。㊲至如鬼谷之調五曲，《琴纂》曰：蔡邕字伯喈，嘗入清溪訪鬼谷先生。其所居山五曲，曲有幽居靈跡，每一曲制一弄，三年曲成。出示馬融、王允、董卓，皆異之。㊳女訓之著三終，蔡邕《女訓》曰：舅姑若命之鼓琴，必正坐操琴而奏曲。若問名，則捨琴興對。凡鼓小曲五終，大曲三終則止。㊴斲兹美櫝，《左傳》曰：穆姜使擇美櫝，自以爲櫬與頌琴。㊵伐彼椅桐。《詩》曰：椅桐梓漆，爰伐琴瑟。㊶楚莊之有繞梁，齊桓之重號鍾。傅休奕《琴賦》曰：楚莊有琴曰繞梁，齊桓有琴曰號鍾。㊷松石方期於思話，《宋書》曰：蕭思話領左衛將軍，嘗從太祖登鍾山北嶺，中道有盤石清泉，上使於石上彈琴，因賜銀鍾酒，謂曰：「相賞有松石間意。」㊸林澗初從於戴顒。《宋書》曰：衡陽王義季鎮京口，戴顒衣野服爲義季鼓琴，並新聲變曲。其三調，遊絃、廣陵、止息之流，皆與世異。太祖聞之，嘗曰：「吾東巡之日，當燕戴公山也。」以其好音，長給正聲伎一部。㊹神氣冲和，獨推於千里；《晉書》：阮瞻字千里，善彈琴。人聞其能，多往聽之。不問貴賤長幼，皆爲彈之，神氣冲和，不知向人所在。内兄潘岳每令鼓琴，終日達夜，曾無忤色。㊺風韻清遠，唯稱於世隆。《宋書》曰：尚書令柳世隆少立功名〔一〇〕，晚專以談義自業，善彈琴，世稱柳公雙瑣爲士品第一。嘗自云：馬矟第一，清談第二，彈琴第三。在朝不趨世務，垂簾鼓琴，風韻雅遠。㊻若夫水仙之引，《樂府解題》曰：《水仙操》，伯牙學琴於成連先生，三年不成。成連云：「吾師方子春今在東海中，能移人情。」乃與伯牙俱往。至蓬萊山，留伯牙曰：「子居習之，吾將迎之。」刺船而去，旬時不返。伯牙延望無人，但聞海水洞湧，山林杳冥，愴然嘆曰：「先生移我情矣。」乃援琴而歌〔一一〕，作《水仙之操》。曲終，成連回，刺船迎之而還。伯牙遂爲天下妙矣。㊼文王之操，見「文王拘羑里」注。㊽揩擊稱工，《禮》曰：拊搏〔一二〕、玉磬、揩擊、大琴、大瑟、中琴、小瑟，四代之樂器也。揩居八切。㊾操縵盡妙。《禮》曰：不學操縵，不能安絃。㊿桓譚被責以失次，《東觀漢記》曰：上嘗問宋弘通達之士，弘嘗薦譚。譚善鼓琴，喜鄭聲。上數聽，悦之。弘聞，坐府上，遣吏召譚，責問之。譚叩頭謝，良久乃遣。後大會，上令譚鼓琴，譚見弘，失次，上問之。弘言其故，不復令譚給事中。51戴逵循聲而赴召。《晉中興書》曰：戴逵字安道，少有文藝，善鼓琴。太宰武陵王晞聞其能琴，使人召焉。逵對使者前破琴曰：「戴安道不爲王門伶人。」晞怒，乃更引其兄述。述亦能樂，聞命欣然，操琴而往。52或云晏龍初製，《山海經》曰：帝俊生晏龍，始爲琴瑟。(53)或曰神農始造。《琴清英》曰：昔者神農造琴以定神，禁淫僻〔一三〕，去邪慾，反其天真者也。舜彈五絃之琴而天下治，堯加二絃，以合君臣之恩也。(54)趙師之辨吴蜀，《唐書》曰：趙師字耶利，善琴。貞觀初，獨步上京，嘗云吴聲清婉，若長江廣流，綿綿徐逝，國士之風。蜀聲躁急，若激浪奔雷，亦一時俊決。(55)漢宣之得龍趙。劉向《別録》曰：雅琴之意事，皆出龍德《諸琴雜事》中。趙氏者，渤海趙定也。宣帝元康、神爵間，丞相奏能鼓琴者，渤海趙定、梁國龍德，皆召入見温室，使鼓琴，時閑燕爲散操，多爲之涕泣者。(56)爾乃汧公韻磬，《國史補》曰：李汧公勉雅好琴，自斵桐爲之，多至數百張，求者與之。有絶代者響泉、韻磬，自保於家。(57)張生響泉，張茂樞《響泉記》曰：余家世所寶琴書圖畫，廣明之亂散失蕩盡。其中二琴，一名響泉，一名韻磬，皆希代之寶也。(58)閔子初駭於取鼠，《孔叢子》曰：孔子晝息於室而鼓琴焉。閔子自外聞之，以告曾子曰：「嚮也，夫子之音清徹以和，淪入至道；今也，更爲幽沉之聲。夫子何感，一至斯乎？吾從子入而問焉。」孔子曰：「然，有之。嚮見狸方取鼠〔一四〕，欲其得之，故爲之音也。汝二人者孰識諸？」曾子對曰：「閔子。」夫子曰：「可與聽音矣〔一五〕。」(59)蔡邕始驚於捕蟬。《後漢書》曰：蔡邕鄰人以酒食召邕，比往，而酒以酣。客有彈琴於屏，邕至，曰：「以樂召我，而有殺心，何也？」遂返。主人追問其故，邕具以告。彈琴者曰：「我向見螳螂方向鳴蟬，蟬將去而未飛，螳螂爲之一前一却，吾心聳然，唯恐螳螂之失蟬也。此豈爲殺心而形於聲者乎？」(60)傷中散之被刑，《竹林七賢傳》曰：嵇康臨刑，顧視日影，索琴彈之，曰：「袁孝尼嘗從吾學《廣陵散》，吾每靳固不與。《廣陵散》於是絶矣。」(61)哂師曹之見鞭。《左傳》曰：衛侯有嬖妾，使師曹誨之琴。師曹鞭之，公怒，鞭師曹三百。(62)爾其倚扆而悲，向風而聽，阮籍《樂論》曰：漢桓帝聞楚琴，悽愴傷心，倚扆而悲，慷慨長息曰：「善哉！爲聲若此足矣。昔季流向風而鼓琴，聽之者淚下。」⑥③見文王之思士，《琴録》曰：文王得太公於渭陽，大悦，曰：「吾先人太公有言，當有聖人適周，子其是耶？」遂以爲師，號曰太公望。乃援琴而鼓之，自敍思士之意，故有《文王思士操》。⑥④美琴高之養性。《琴書》曰：琴高以琴養性，初學於羅浮山，後遊四海。⑥⑤舞玄鶴於郭門，《韓子》曰：師曠鼓琴，一奏之，有玄鶴二八自南方來〔一六〕，集於郭門之邑。⑥⑥受清風於上景。《琴書》曰：潁陽李氏處女，年十五。天寶中遘疾，七日不食，魂飛冥冥，如升上景，在雲霧中，於女仙人蘆藕苗間，受《弄清風》等五十曲。⑥⑦至有明光宛轉，吴均《續齊諧記》曰：王彦伯嘗至吴郵亭，維舟理琴，見一女子披帷而進，取琴調之，似琴而非，聲甚哀。彦伯問何曲，答曰：「此曲所謂《楚明光》也。唯嵆叔夜能爲此聲。自此以外，傳者數人而已。」彦伯欲請受，女曰：「此非艷俗所宜，唯岩棲谷隱可以自娛爾。」鼓琴且歌，歌畢，止於東榻，遲明辭去。《琴録》曰：曲有《中揮清》、《暢志清》、《看客清》、《宛轉清》。⑥⑧霹靂笠筷，《琴録》曰：《霹靂引》，楚商梁出遊九皋之澤，遇風雷霹靂，畏懼而歸，作此引。又曰：《笠筷引》，霍里高所作，即《公無渡河》曲。⑥⑨松間風入，石上泉流。《琴譜》有《風入松》、《石上流泉》二曲。⑦⓪季鷹之哭彦先，《世説》曰：顧榮字彦先，平生好琴。及喪，家人常以琴置靈座上。張季鷹往哭之，不勝慟，遂徑上牀鼓琴數出，曰：「顧彦先復能賞此否？」⑦①賈子之對應侯。《説苑》曰：應侯與賈子坐，聞有鼓琴聲，應侯曰：「今日琴一何悲也？」賈子答曰：「張急調下，故使之悲耳。夫張急者，良材也；調下者，官卑也。取夫良材而卑之官，安能無悲乎？」應侯曰：「善。」⑦②亦有蔡氏五弄，《琴譜》曰：琴曲有《蔡邕五弄》。⑦③啓期三樂，《家語》曰：孔子遊於泰山，見榮啓期行郕之野，鹿裘帶索，抱琴而舞。孔子問曰：「先生何爲也？」對曰：「天生萬物，唯人爲貴。吾既爲人，一樂也。男尊女卑，吾既爲男，二樂也。人生有不見日月，不免襁褓，吾行年九十五矣，三樂也。貧者士之常，死者人之終，處常得終，又何憂哉？」孔子曰：「善。」⑭曾子殘刑，《琴録》曰：《殘刑操》，曾子夢見一狸，不見其足，而作此曲。⑮商陵別鶴。《琴録》曰：商陵牧子娶妻三年無子〔一七〕，父母欲爲改娶，乃援琴爲《別鶴操》。⑯師文雲浮而泉涌，瓠巴鳥舞而魚躍。《列子》曰：瓠巴鼓琴，鳥舞魚躍，師文聞之，從師襄學，三年不成。無幾，見師襄曰：「文得之矣。」於是當春而叩商弦，以召南呂，涼風忽至，草木成實。秋而叩角，温風徐迴，草木發榮。夏而叩羽，霜雪交下，川池暴涸。冬而叩徵〔一八〕，陽光熾烈，堅冰立散。將畢而景風翔，慶雲浮，甘露降，醴泉涌。⑰鍾儀之操南音，《左傳》曰：晉侯觀於軍府，見鍾儀，問其族，曰：「伶人也。」與之琴，操南音。公曰：「君子也。言稱先職，不背本也；樂操土風〔一九〕，不忘舊也。」⑱師曠之調清角。《韓子》曰：晉平公登虒祁之臺〔二〇〕，令師曠鼓清角，師曠曰：「不可。昔黄帝合鬼神於西山之上，駕象車，六蛟龍，畢方並舘，蚩尤居前，風伯清途，雨師洒道，虎狼在前，蟲蛇伏地，鳳凰覆上，大合鬼神，作爲清角。今君德薄，不足以聽之。」公不聽。師曠不得已鼓之，一奏，雲從西北方起。再奏，大風隨之〔二一〕，裂幃幕，破俎豆，墮廊瓦。坐上散走，平公恐懼，伏于廊室。晉國大旱，赤地千里。⑲周人避之於岐山，《琴操》曰：《岐山操》，周人爲太王所作。⑳孺帝棄之於大壑。《山海經》曰：東海之外大壑，少昊孺帝顓頊於此棄其琴瑟。郭璞注云：孺義未詳。㉑彈薰風而解愠，《禮》曰：舜作五絃之琴以歌南風曰：「南風之薰兮，可以解吾民之愠兮。南風之時兮，可以阜吾民之財兮。」㉒鼓緇帷而講學。《莊子》曰：孔子遊乎緇帷之林，休坐杏壇之上，弟子讀書，孔子絃歌鼓瑟。㉓亦嘗詠兹在御，《詩》曰：琴瑟在御，莫不静好。㉔痛彼俱亡。《晉書》曰：王獻之卒，兄徽之奔喪不哭，直上靈牀坐，取獻之琴彈之，久之不調，歎曰：

「嗚呼子敬，人琴俱亡。」因頓絶。先有背疾，遂潰裂，月餘亦卒。㉟相如之挑卓氏，《史記》曰：司馬相如素與臨邛令王吉相善。臨邛富人卓王孫聞令有貴客，召之。卓氏有女文君，新寡，好音。故相如以琴心挑之，文君竊從户窺，心悦，恐不得當也。㊱荆軻之揕秦王。《史記》曰：荆軻左把秦王，右揕其胸。王乞聽琴死，召姬人鼓琴，琴聲曰：「羅縠單衣，可裂而絶；八尺屏風，可超而越；鹿盧之劍，可負而拔。」王奮袖而去。㊲或傳之濮水，《琴纂》曰：師涓寫濮水琴聲，爲晉平鼓之。㊳或受自華陽。《靈異志》曰：嵇中散嘗西南，去洛數十里有亭名華陽，投宿。一更中，操琴先作諸弄，而聞空中稱善，中散撫琴呼之曰：「君何不來此？」答云：「身是古人，幽殁於此數千年矣〔三〕。聞君彈琴，幽曲清和，故來聽爾。而就中殘毀，不宜接侍君子。」由是髣髴漸見，以手持其頭與中散共論音聲，乃以琴授之，作衆曲，亦不出常，唯《廣陵散》絶倫。中散受之，半夕悉得，誓不得教他人。㊴晉王之感孫息，《琴清英》曰：晉王謂孫息曰：「子鼓琴能令寡人悲乎？」息曰：「今處高臺邃宇，連屋重户，藿肉漿酒，倡樂在前，難可使悲者。乃謂少失父母，長無兄嫂，當道獨居，暮無所止，如此者乃可悲爾。」乃援琴而鼓之。晉王酸心哀涕曰：「子來何遲也。」㊵雍門之悲孟嘗。《説苑》曰：雍門周以琴見孟嘗君，孟嘗君曰：「先生鼓琴，能令我悲乎？」周曰：「所能令悲者，先貴後賤，先富後貧，屈折擯壓，無所告訴。今足下千乘之君，雖有善琴，未能使足下悲也。然千秋萬歲之後，高臺傾，曲池塹，墳墓既以平，嬰兒豎子樵採者躑躅其足而歌其上曰：『夫以孟嘗君尊貴，乃若是乎？』」孟嘗君遂泣下垂臉。周引琴而鼓之，徐動宮徵，拂羽角。孟嘗君涕泣增哀，下而就之曰：「聞先生鼓琴，立若破國亡邑之人也。」㊶斯豈聲音之至妙，故聽之而易傷者乎？

校勘記

〔一〕音聲　原作「聲音」，據宋本、《宋書·陶潛傳》並《御覽》卷五七七引改。

〔二〕下方而平法地也　「而」原作「面」，「法」原作「池」，據宋本改。

〔三〕悲歌　「歌」字原無，據宋本並《御覽》卷五七八引增。

〔四〕其數　「數」原作「教」，據宋本改。下句同。

〔五〕揖拱　宋本、《御覽》卷五七七引作「揖拱」。

〔六〕家語曰　查此段引文不見於《家語》，見《吕氏春秋·孝行覽·本味》篇，文字稍有不同。

〔七〕若流水　「若」下宋本有「在」字。

〔八〕琴本七絃宫商角徵羽文武也　「七」，宋本並《御覽》卷五七九作「五」。又，「羽」下有「加二絃」三字。

〔九〕會登亦嘯和　「和」下宋本、《御覽》卷五七九引有「之」字。

〔一〇〕宋書曰尚書令　二「書」字原空闕，據宋本、白本、華本補。

〔一一〕援琴而歌　「歌」下原有「曰」字，據宋本删。

〔一二〕拊搏　原作「搏拊」，據《禮記·明堂位》並《御覽》卷五七七引改。

〔一三〕浮僻　宋本作「淫僻」。

〔一四〕狸方取鼠　「狸」原作「猫」，據宋本並《御覽》卷五七九引改。

〔一五〕可與聽音矣　「與聽」，宋本作「以言」。

〔一六〕玄鶴二八　「八」字原無，據宋本並《御覽》卷五七九引增。

〔一七〕三年　宋本作「五年」。

〔一八〕冬而叩徵　宋本作「冬叩清徵」。

〔一九〕樂操土風　「操」字原無，據宋本增。

〔二〇〕虒祁　原作「祁虒」，據《韓非子·十過》改。

〔二〕大風 「風」下宋本有「雨」字。

〔三〕數千年 「年」原作「里」，據宋本並《御覽》卷五七九改。

笛

①惟籦籠之脩篠兮，生萬仞之石谿。馬融《長笛賦》曰：惟籦籠之奇生兮，于終南之陰崖。託九成之孤岑兮〔一〕，臨萬仞之石谿。注曰：《竹譜》曰：籦籠，竹名。②不假飾於雕鐫兮〔二〕，稟自然之天資。馬融《長笛賦》曰：昔庖羲作琴，神農造瑟，女媧製笙，暴辛爲塤。倕之和鍾，叔之離磬，或鑠金礱石，華睆切錯。窮極巧麗，曠以日月，而後成器。唯笛因其天資，不變其材，伐而吹之，其聲如此。③學龍吟兮相似，見下「飛鴻流水」注。④截馬箠兮易持。馬融《長笛賦》曰：剡其上孔通洞之，截以當箠使易持。⑤蔡邕識高遷之異，《文士傳》曰：蔡邕告吳人曰：「吾昔嘗經會稽高遷亭，見屋東間第十六竹椽可爲笛，取用，果有異聲。」⑥漢祖驗昭華之奇。《西京雜記》曰：高祖初入咸陽宮，周行府庫，金玉珍寶不可稱言。其尤異者玉笛，長二尺三寸，六孔，銘曰「昭華之琯」。⑦考其清濁之制，《樂纂》曰：歌聲濁者用長笛，清者用短笛。⑧辨夫長短之宜。古歌詞曰：長笛短笛，常願陛下保壽無極。⑨爾其伐昆谿之翠竹，《史記》曰：黃帝使伶倫伐竹於昆谿而作笛，吹之作鳳鳴。⑩翦雲夢之霜筠。《樂書》曰：笛者，滌也，爲三尺二，調成均，翦雲夢之霜筠，法龍吟之異韻。⑪爲《氣出》以《精列》，馬融《長笛賦·序》曰：融爲督郵，無留事，臥郿平陽塢中。有洛客舍逆旅，吹笛，爲《氣出》、《精列》相和。注云：《氣出》、《精列》，二曲名。⑫采《延露》與《巴人》。馬融《長笛賦》曰：上擬法於韶箾南籥，中取度於《白雪》、《綠水》，下采制於《延露》、《巴人》。⑬

則有卧平陽之塢，見上「氣出精列」注。⑭宿代郡之亭，《幽冥記》曰：代郡界有一亭，常有怪，不可詣。忽有諸生壯勇，行歌止宿。鬼吹五孔笛，有一手〔三〕，都不能得攝笛。諸生便笑謂：「汝止有一手，那得徧笛？我爲汝吹來。」鬼云：「謂我少指耶？」乃數十指出。諸生拔劍斫之，得一老雄鷄，從者並鷄雛耳。⑮聆宋同之新引，沈約《宋書》曰：晉中書監荀勗、中書令張華，嘗令郝生鼓筝，宋同吹笛，以爲新引相和。⑯聽朝霞之變聲。《唐書》曰：文宗時，雲朝霞以善吹笛進，上爲新聲雅樂，朝霞能承意變聲，頗符上旨，由是有寵。⑰固可以滌邪納正，《風俗通》曰：笛，漢武帝時工人丘仲所造也，本出羌中。笛，滌也，所以滌邪穢，納之雅正也。長尺四寸，七孔。⑱感物通靈者也。馬融《笛賦》曰：可以通靈感物，寫神喻意。溉盥汙穢，澡雪垢滓矣。⑲若乃傳妙理於馬融，馬融《長笛賦·序》曰：余性好音，能鼓琴吹笛。⑳美脩能於丘仲，見「滌邪納正」注。㉑加之既自於君明，馬融《長笛賦》曰：易京君明識音律，故本四孔加以一。君明所加孔後出，是謂商聲，五音畢。注云：京房，字君明，修《易》，故曰易京。㉒減之復因於奚縱。《樂纂》曰：黄鍾笛，晉時三尺八寸。元嘉九年，太樂令鍾宗之減爲三尺七寸。十四年，治書令奚縱又減五分，爲三尺六寸五分。㉓或以起路傍之愁，《樂纂》曰：横笛，小篪也。梁朝歌云：「快馬不須鞭，拗折楊柳枝。下馬吹横笛，愁殺路傍兒。」㉔或以助軍中之勇。《樂纂》曰：《司馬法》：軍中之樂，鼓笛爲上，使聞之者壯勇而樂和。細絲高竹不可用也，慮悲聲感人，士卒思歸之故也。㉕別有黄門之署，馬融《長笛賦》曰：退理於黄門之高廊。桓譚《新論》曰：漢之三主，内置黄門工倡也。㉖東箱之制，《樂纂》曰：劉和之東箱之笛，長四尺二寸。㉗向秀怊悵而思舊，《晉書》曰：向秀《思舊賦序》云：余少與嵇康、吕安居止接近，其後各以事見法。逝將西邁，經其舊廬，于時日薄虞淵，寒冰淒然。鄰人有吹笛者，發聲寥亮。追想疇者游宴之好，感音而嘆之，故作賦云。㉘王愷忍暴而殺妓。《晉中興書》曰：帝舅王愷嘗置酒，王導、王敦俱往。女妓吹笛小失愷意，便令黄門毆殺之。一坐改容，愷神色自若。㉙歌閒夜者已訝神奇，《幽明記》曰：永嘉中，泰山巢氏先爲相縣令，居在晉陵。家婢採薪，忽有一人隨婢還家。不使人見，見形者唯婢而已。每與婢飲晏，輒吹笛而歌，歌曰：「閒夜寂以清，長笛亮以鳴。若欲知我者，姓郭名長生。」㉚寶煙竹者忽驚裂碎。《國史補》曰：李舟好事，嘗得村舍烟竹，截以爲笛，堅如鐵石，以遺李牟。牟吹笛天下第一，嘗月夜汎江，與舟吹之，寥亮逸發。俄有客立於岸，呼船請載。既至，請笛吹之。其音清壯，山石可裂，牟平生未嘗見。及入破，呼吸盤辟，而此笛應指粉碎，客散不知所之。舟著記，疑其蛟也。㉛石崇每賞於宋偉，《世説》曰：天下能笛者，石崇婢緑珠之妹曰宋偉。㉜謝氏曾矜於阿紀。《世説》曰：謝仁祖妾阿紀有國色，善吹笛。仁祖死，阿紀誓死不嫁。郗曇時爲北中郎，設權詐以誘阿紀爲妾，阿紀終身不與曇言。㉝李牟瓜洲之逸思，《國史補》：李牟秋夜吹笛於瓜洲，舟檝甚隘，初發調，羣動皆息；及數奏，微風飄然而至；又俄頃，舟人賈客有怨嗟悲泣之聲。㉞桓伊青谿之遺美。《晉書》曰：桓伊字叔夏，善音樂，有蔡邕柯亭笛。嘗自吹之。王徽之赴京，泊舟青谿側，伊素不相識，於岸上過，徽之便使人謂之曰：「聞君善吹笛，試爲我一奏。」伊時已貴顯，素聞徽之名，便下車踞胡牀爲作三調之弄，訖上車去，客主不交一言。㉟傳於樂府，有《折柳》兮《落梅》；《折楊柳》、《落梅》，並笛曲名。㊱起自羌人，見飛鴻兮流水。馬融《長笛賦》曰：近世雙笛從羌起，羌人伐竹未及已。龍吟水中不見已，截竹吹之聲相似。又曰：狀似流水，又若飛鴻。

校勘記

〔一〕孤岑兮　「兮」字原無，據《文選·長笛賦》增。

〔二〕雕鐫兮　「兮」字原無，據宋本增。

〔三〕有一手　「有」字原無，據宋本並《太平御覽》卷五八〇引增。

鼓

①鼓，動也，含陽而動者也。《古今樂録》曰：鼓，動也，冬至之陰，萬物含陽而動也。②若夫鼉鼓逢逢，矇瞍奏公，見《詩·靈臺》。③應春分而著義，《説文》曰：鼓，郭也。春分之音，象萬物郭皮甲而出，故謂之鼓。④當啓蟄以施功。《周禮》曰：凡冒鼓必以啟蟄之日。⑤聞臨平之擊石，《異苑》曰：晉武帝時，吴郡臨平岸，山崩，出一石鼓，打之無聲。問張華，華曰：「可取蜀中桐樹，刻作魚形，扣之則鳴矣。」於是如其言，聲聞數十里。⑥見南郡之銘銅。虞喜《志林》曰：建武二十四年，南郡男子獻銅鼓，有銘。⑦坎其擊鼓，宛丘之下。出《詩·陳風》。⑧伐以鉦人，《詩》曰：方叔率止，鉦人伐鼓，陳師鞠旅。⑨御之田祖。《詩》曰：琴瑟擊鼓，以御田祖。⑩識伊耆之蕢桴，《禮》曰：土鼓、蕢桴、葦籥，伊耆氏之樂也。⑪考籥章之毛土。《周禮》曰：籥章氏掌土鼓。注：以毛土爲匡，以革爲面。⑫訝雷門之鵠飛，《臨海記》曰：郡西有白鵠山，山上有石鼓。元嘉中，居人祀山神，乃椎此鼓，數十里聞如金石之響。相傳云，此山有鵠，飛入會稽郡雷門鼓中，打鼓聲洛陽聞之。後逆賊孫恩斫破此鼓，見一白鵠飛出。⑬驚建康之鷺翥。劉瓛《定軍禮》曰：或云鷺，鼓精也。昔吴王夫差啟蛇門以厭越人，越爲雷門以禳之，擊大鼓於雷門之下，而蛇門聞焉。後移鼓於建康宮之端門，有雙鷺從鼓飛出。⑭爾其廣首纖腹之制，《正樂》曰：腰鼓，大者瓦，小者木，皆廣首而纖腹也。⑮八面四足之奇，《通禮義纂》曰：建鼓，大鼓也。夏加四足，謂之節鼓。《樂書》曰雷

鼗者。《周禮》，瞽矇掌播鼗，鼗如鼓而小，以木貫之作柄，柄各四枚，爲八面也。⑯或狀如博局，《正樂》曰：節鼓如博局，中開圓孔，適容其鼓擊之，以節樂者也。⑰或形同麝臍。《古今樂録》曰：齊鼓如漆桶大，一頭設齊於鼓面，如麝臍，故曰齊鼓。⑱擊其小而導其大，《周禮》曰：懸鼓，周鼓也。其小者曰胤，先擊小鼓，爲大鼓導引，故曰胤，一名鞞。⑲應在東而懸在西。《禮》曰：廟堂之下，懸鼓在西，應鼓在東。⑳姚泓既駭於石鳴，《後秦記》曰：姚泓永和元年，天水石鼓鳴聞數百里，野雉皆雊。㉑李陵俄知其氣衰。《漢書》曰：李陵擊匈奴，夜擊鼓起士，鼓不鳴。陵曰：「吾士氣少衰而鼓不起，何耶？軍中豈有女子乎？」搜軍中，得卒妻，皆斬之。㉒承乾聞玄素之諫，《唐書》曰：太子承乾嘗於宮中擊鼓，聲聞於外。張玄素叩閤請見，極言切諫，承乾乃出宮内鼓，對玄素毁之。㉓孫挹遭高爽之譏。《南史》曰：孫挹爲延陵縣令，國子助教高爽詣之，挹了無故人情。爽出，從閤下過，取筆書鼓面云：「徒有大大腹，了自無肝腸。面皮如許厚，被打未遽央。」㉔則有製自黄帝，《帝王世紀》曰：黄帝殺夔〔一〕，以其皮爲鼓，而聲聞百里〔二〕。㉕始於少昊，《通禮義纂》曰：建鼓，大鼓也，少昊氏作焉，爲衆鼓之節。㉖雖云無當於五聲，《禮》曰：鼓無當於五聲，五聲不得不和。㉗豈可不擊而不考。《詩》曰：子有鍾鼓，不擊不考。宛其死矣，他人是保。㉘至於王侯路賁之制，《周禮》曰：王執路，侯執賁，軍將執晉，師帥執提，旅帥執鼙。㉙商周懸置之殊，《周禮》曰：夏后足鼓，殷人置鼓，周人懸鼓。注：置，植也。㉚樹以崇牙，《詩》曰：有瞽有瞽，在周之庭。設業設虡，崇牙樹羽，應田懸鼓。㉛駕以樓車。《古今注》曰：漢有黄門鼓吹，一名樓車。㉜都曇兮答臘，《古今樂録》曰：都曇鼓，似腰鼓而小，小槌擊之也。又曰：答臘鼓，制廣於羯鼓而短，以指指之，其聲甚震，俗謂之揩鼓。㉝雞婁兮密須。《樂録》曰：雞婁鼓，正圓，而首尾可擊之處平可數寸。《左傳》曰：分唐叔以密須之鼓。注云：密須，國名也。㉞禰衡解衣而不怍，《後漢書》曰：曹操聞禰衡善鼓，乃召爲鼓史。因會賓客，閱試音節。諸吏過者，皆令脱其故衣，更著岑牟單絞之服。次至衡，方操撾踊躍而前，吏呵之曰：「鼓史何不解服而輕進？」衡於是先解褻衣，次釋餘服，裸身而立，徐取岑牟單絞而著之，復操撾，顔色無怍。操笑曰：「本欲辱衡，衡反辱孤。」衡對曰：「不敢以先王之法服爲伶倫之衣。」㉟王公揚桴而自如。《世説》曰〔三〕：王大將軍年少時〔四〕，舊有田舍之名，語音亦楚。武帝唤時賢共言伎藝之事，人人皆有所能，唯王都無所解，意色殊惡。自言解打鼓，帝即令取鼓使擊之。於坐振袖而起，揚桴奮擊，音節諧捷，傍若無人。舉坐皆歎其雄爽。㊱伐彼淵淵，《詩》曰：伐鼓淵淵，振旅闐闐。㊲奏兹簡簡。《詩》曰：猗與那與，置我鞉鼓。奏鼓簡簡，衎我烈祖。㊳或置在西房，《書》曰：大貝鼖鼓，在西房。㊴或列之下管。《書》曰：下管鼗鼓。㊵辨徒擊與播鼗，《爾雅》曰：徒擊鼓謂之咢。播鼗，見上「四足八面」注。㊶美登聞兮敢諫。《樂録》曰：馬上之鼓曰提鼓，有不可提執，施之於朝則登，聞鼓，敢諫鼓也。㊷復有思話騎棟，沈約《宋書》曰：蕭思話年十許歲，好騎屋棟，打細腰鼓。㊸楚王警民，《韓子》曰：楚厲王有警鼓，與百姓爲戒。後飲酒過之而擊，民大驚。使人止之曰：「吾醉戲而擊之。」民皆罷。居數月，警而擊鼓，民不起也。㊹山中石鳴，郭緣生《述征記》曰〔五〕：逢山在廣固南三十里，有祠并石人石鼓，齊世將亂，石人輒打鼓，聞數十里。㊺荒外雷震。《神異經》曰：八方之荒有石鼓焉，蒙之以皮，其音如雷。㊻穆滿黎丘之樂，《穆天子傳》曰：天子讀書于黎丘，奏廣樂而遺其靈鼓。㊼王喬鄴縣之神。《後漢書》曰：王喬爲鄴令〔六〕，每當朝，鄴門下鼓不擊自鳴。聞於京師，昭帝取置都亭，無復有聲。㊽亦云擿以銅丸，《漢書》曰：建昭之後，元帝留好音樂。或置鼙殿下，天子自臨軒檻上，隤銅丸以擿鼓，聲中嚴鼓之節。後宮及左右習知音者莫能爲之。而定陶王亦能之，上數稱其能。史丹進曰：「凡所謂材者，敏而好學，温故知新，皇太子是也。未聞器人於絲竹鼓鼙之間也。」(49)節之金鐲，《古今樂録》曰：鎛師掌金奏之鼓，以金鐃止鼓，以金鐸通鼓，以金鐲節鼓。以鍾鼓者，前擊鍾，次擊鼓也。鎛音博。鐃，奴交切。鐲音濁，又音獨　。(50)羅浮神鉦，《羅浮山記》曰：山東石樓下有兩石鼓，扣之清越，所謂神鉦也。(51)始興聖木。《荆州記》曰：始興郡陽山縣有豫章木，本徑可二丈，名爲聖木。秦時伐此木爲鼓顙，顙成忽奔逸，北至桂陽。又王韶之《始興詩・序》云：息於臨武，遂之洛陽，因名聖鼓城。今在臨武。(52)周官列職，著雷靈鼖晉之差；《周禮》曰：鼓人掌教六鼓四金之音聲，以節聲樂，以和軍旅，以正田役。教爲鼓，而辨其聲用。以雷鼓鼓神祀，以靈鼓鼓社祀，以路鼓鼓鬼享，以鼖鼓鼓軍事，以鼛鼓鼓役事，以晉鼓鼓金奏〔七〕。(53)爾雅著名，有鼖應䥫麻之目。《爾雅》曰：大鼓謂之鼖，小者謂之應〔八〕，大鼗謂之麻，小者謂之料〔九〕。

校勘記

〔一〕黄帝殺夔　「黄」原作「皇」，據《御覽》卷五八二引改。「夔」原作「兕」，據宋本並《御覽》引改。

〔二〕百里　「百」，宋本作「五」，《御覽》卷五八二引作「五百」。

〔三〕世説　原作「世本」，案所引文見《世説新語・豪爽》篇，今據改。

〔四〕年少時　「年」字原無，據宋本、《世説新語・豪爽》篇並《御覽》卷五八二引增。

〔五〕述征記　原誤作「迷記」，今正。

〔六〕王喬　「王」字原無，據宋本並《御覽》卷五八二引增。

〔七〕役事以晉鼓鼓　此六字原無，據宋本、《周禮·鼓人》並《御覽》卷五八二引增。

〔八〕謂之應　「應」下原有「鼓」字，據宋本、《周禮·鼓人》並《御覽》卷五八二引删。

〔九〕謂之料　「謂」原作「常」，據宋本、《周禮·鼓人》並《御覽》卷五八二引改。

事類賦卷之十二

服用部一

衣　冠

衣

①黄帝垂衣裳而天下治，蓋取諸乾坤。出《易》。注云：上衣下裳，乾坤之象。②若夫縞衣綦巾，聊樂我員，出《詩》。注云：縞，色白，男服也。綦，蒼艾色，女服也。③或以取睢涣之麗，《陳留風俗傳》曰：襄邑睢涣之水出文章，故曰黼黻藻錦，日月華蟲，以奉天子宗廟御服焉。④或以象翬翟之文。《漢輿服志》曰：聖人觀翬翟之文、榮華之色，乃染帛以效之，始作五采以爲服，凡十二章。⑤無褐而寧能卒歲，《詩》曰：一之日觱發，二之日栗烈，無衣無褐，何以卒歲。⑥不衷而還復災身。《左傳》曰：鄭子臧奔宋，好聚鷸冠，鄭伯使盜誘而殺之。君子曰："服之不衷，身之災也。"⑦蜉蝣之羽，衣裳楚楚。出《詩》。又曰：蜉蝣之翼，采采衣服。蜉蝣掘閲，麻衣如雪。⑧纊爲繭而緼爲袍，《禮》曰：非列采不入公門，振絺綌不入公門，表裘不入公門，襲裘不入公門。纊爲繭，緼爲袍，襌爲絅，帛爲褶。⑨袂應規而袷如矩。《禮·深衣》曰：袂圓應規，曲袷如矩。⑩中山則悟其顛倒，《説苑》曰：

魏文侯封太子擊於中山，三年使不往來〔一〕。舍人趙倉唐奉使，文侯問：「子之君長大孰與寡人？」倉唐曰：「君賜之外府之衣則能勝之。」文侯遣倉唐賜太子衣一襲，令倉唐鷄鳴時至。太子迎拜賜，發篋，衣盡顛倒。太子趣具駕曰：「賜之衣，非以爲寒也，欲召擊也。無誰與謀，故遣子。以詩曰：『東方未明，顛倒衣裳。顛之倒之，自公召之』。」⑪若敖則始於藍縷。見《車賦》「篳閈楚子」注。⑫短毋見膚，長毋被土，《禮·深衣》曰：古有深衣，蓋有制度，短毋見膚，長毋被土。⑬襜則蔽前，《爾雅》曰：衣蔽前謂之襜。注：今蔽膝也。⑭幅閈在下。《詩》曰：赤芾在股，邪幅在下。注：芾，大帶，古蔽膝之象也。⑮周瑜既荷於百領，《吳書》曰：孫權每賜周瑜衣，寒暑皆百領，諸將莫有及者。⑯南粤亦蒙於三褚。《漢書》曰：帝賜南粤王佗上褚五十衣，中褚三十衣，下褚二十衣。注：以綿裝衣曰褚。⑰驚耿恭之穿決，《後漢書》：耿恭自疏勒迴，衣屨穿決，形容枯槁。⑱訝張融之粗故。《齊書》曰：高帝手詔賜張融衣曰：「見卿衣服粗故，誠乃素懷有本，交爾藍縷〔二〕，亦虧朝望。今送一通故衣，意謂雖故，乃勝新也。是吾所著，已令裁減稱卿之體。」⑲范曄致思以精微，《宋書》曰：范曄性精微，有思致，衣裳器服莫不增損制度，世人皆法之。⑳到溉顯名於率素。《南史》曰：到溉性率儉，不好聲色，虛室單牀，旁無姬侍，冠履十年一易，朝服或至穿補。㉑襲此黼領，《爾雅》曰：衣裗謂之視，黼領謂之襮。㉒被茲繡裳。《詩》曰：君子至止，黻衣繡裳。㉓我韍兮子佩，《莊子》曰：祝牧謂其妻曰：「天下有道，我韍子佩；天下無道，我負子戴。」㉔上玄兮下黃。《輿服志》曰：黃帝、堯、舜垂衣裳而天下治。蓋取諸乾坤，故上衣玄而下衣黃也。㉕笑何容之焦背，《南史》曰：何敬容爲吏部尚書，性矜莊，衣冠鮮麗。梁武帝雖衣浣衣，而左右衣必須鮮潔。嘗有侍臣衣帶卷摺〔三〕，帝怒曰：「卿衣帶如繩，欲何所縛？」敬容希旨，常以膠清刷鬒，衣裳不整，伏牀熨之，或暑月背爲之焦。㉖驚陳暄之上堂。《陳書》曰：徐陵爲吏部尚書，精簡人物，縉紳之士皆嚮慕焉。陳暄以玉帽簪插髻，紅絲布裹頭，袍拂踝，靴至膝，不陳爵里，直上陵坐。陵不之識，命吏持下。暄徐步而出，舉止自若，竟無怍容。作書謗陵，陵甚病之。㉗楚莊既見於博袍，《墨子》曰：楚王絳衣博袍。㉘沈慶俄聞於急裝。《宋書》曰：沈慶之領隊防東門〔四〕。劉湛被收之夕，開門召慶之，慶之戎服履韎縛絝入，上見而驚曰：「卿何意，乃爾急裝？」慶之曰：「夜半召隊主，不容換服。」㉙爾其更始諸于，《後漢書》曰：更始時，授官爵皆羣小賈豎、膳夫庖人，多著繡面衣、錦袴、襜褕、諸于，時智者見之，以爲服之不衷也。注曰：諸于，大掖衣也，如婦人之袿衣〔五〕。《方言》曰：襜褕，其短者，自關之西謂之統屈〔六〕。郭璞云：俗名裾掖，據此，即是諸于上加繡裾，如今之半臂也。統音充。裾音屈。㉚申生偏裻，《國語》曰：晉獻公使太子申生伐東山，衣之偏裻之衣〔七〕。裻音篤。㉛衯褘戍削，紆餘委曲。《子虛賦》曰：雜纖羅，垂霧縠。紆餘委曲，鬱撓谿谷。衯衯褘褘，揚施戍削。注云：言衣文理如谿谷。衯褘，衣長貌。揚，舉也。施，衣袖。戍削，裁制也。㉜被以曳婁，《詩》曰：子有衣裳，弗曳弗婁。㉝樂茲安燠。《詩》曰：豈曰無衣七兮，不如子之衣安且吉兮。豈曰無衣六兮，不如子之衣安且燠兮。㉞戴禮既明於五法，《禮·深衣》曰：制十有幅〔八〕，以應十有二月。袂圓以應規，曲袷如矩以應方，負繩及踝以應直，下齊如權衡以應平。故規者，行舉手以爲容，負繩抱方者以直其政，方其義也。下齊如權衡者，以安志而平心也。五法已施，故聖人服之。㉟齊國亦供其三服。《漢書》曰：齊國有三服，官奉獻冠幘縰爲首服，紈素爲冬服，輕綃爲夏服。㊱至於彥回羅襬，《宋書》曰：明帝疾，召褚彥回入，帝坐帳中流涕曰：「吾近危篤，故召卿，欲使著黃羅襬耳。」指床頭大函曰：「文書函內，冀此函不復開。」彥回亦悲不自勝。黄羅襹，乳母服也。襹，來可切。㊲邊讓襜褕，《邊讓别傳》曰：讓才辨俊逸，孔融薦於魏武曰：「邊讓爲九州之被則不足，爲單衣襜褕則有餘。」㊳聊以旌禮，《春秋左氏傳》曰：服以旌禮。㊴期之暖膚。《商君書》曰：上世之人，衣不煖膚，食不滿腹。㊵美朱勃之方領，《後漢書》曰：朱勃字叔陽，年十二能誦《詩》《書》。嘗候馬援兄况。勃衣方領，能矩步。注：頸下施衿領正方，學者之服也。㊶偉江充之曲裾。《漢書》曰：江充初召見犬臺宫，衣紗縠單衣，曲裾後垂交輸，冠蟬纚步摇冠，飛翮之纓，容貌甚壯。帝謂左右曰：「燕趙固多奇士。」注云：交輸，若燕尾垂之兩旁，見於後也。冠蟬纚，故步則摇，又以鳥羽作纓。㊷意惻西華之葛，見《冬賦》「西華綀裙」注。㊸價騰王導之綀。《晉書》曰：蘇峻平後，帑藏空竭，庫中唯有綀數千疋，賣之不售，而國用不足。導與朝賢俱制綀布單衣，於是士庶翕然競服之，綀遂貴，端至一金。㊹至夫法圭刀之形，《釋名》曰：婦人上服曰袿，其下垂者，上廣下狹，如刀圭也。襡，屬也，衣裳上下相連屬。㊺列鶡鴈之制，《唐書》曰：德宗賜節度觀察使時服，尚方織作呈閲所宜，上曰：「頃來賜衣，文采不常，非制也。朕今思之，節度使以鶡銜綬帶，取武毅以靖封内。觀察使以鴈銜威儀委，取其行列有序，牧人有威儀也。」威儀委，瑞草也。㊻刺彼維鵜，《詩》曰：維鵜在梁，不濡其翼。被己之子，不稱其服。㊼戒其在笥。《書》曰：惟衣裳在笥。㊽既順序而有文，《左傳》曰：狄伐衛，衛懿公與石祁子玦，與甯莊子矢，使守曰：「以此贊國，擇利而爲之。」與夫人繡衣，曰：「聽於二子。」注：取其文章順序。㊾亦從容而不貳。《禮·緇衣》曰：長民者，衣服不貳，從容有常，以齊其民，則民德一。㊿或被之而象天，《禮》曰：郊祭之日，王被衮以象天，戴冕藻拾有二旒，則天數也。(51)或斷之而離地。《漢書》曰：蓋寬饒左遷衛司馬，未出殿門，斷其單衣，令離地。(52)尹范則互爲出入，謝承《後漢書》曰：陳留尹苞與同郡范史雲善，二人俱貧，出入共一單衣。到人門外，苞年長，常先着衣入，須臾出，解與史雲。㊿3僑札則交相贈遺。《左傳》曰：吴季札聘鄭，見子産如舊相識，與之縞帶。子産獻紵衣焉。㊿4三命有葱衡之錫，《禮》曰：一命緼韍黝衡，再命赤韍黝衡，三命赤韍葱衡。注：緼，赤黄色。㊿5一篋慰寒泉之思。《後漢書》曰：章帝嘗幸南宫，閱陰太后器服，愴然動容，乃留五時衣各一襲，及常所御衣五十篋，餘悉分布賜諸王主〔九〕。賜東平王蒼及瑯邪王京書曰：「間饗衛士於南宫，因閱視舊時衣物，惟王孝友之德。今送光烈皇后假髻帛巾各一，及衣一篋，可時奉瞻，以慰《凱風》寒泉之思。又欲令後生子孫得見先后衣服之製。」㊿6則有顯宗之嘉郭賀，《後漢書》曰：郭賀爲荆州刺史，有殊政。顯宗巡狩到南陽，特見嗟嘆〔一〇〕，賜以三公之服，黼黻冕旒。勑行部去幨帷，令百姓見其容服，以彰有德。㊿7宋高之喜超宗。《宋書》曰：謝超宗嘗詣東府門自通，其日風寒，高帝謂四座曰：「此客至，使人不衣自暖。」㊿8或挂神武之門上，《齊書》曰：陶弘景，永明十年，脱朝服挂神武門，上表辭禄。詔許之。㊿9或爛郭文之户中。《晉書》曰：高士郭文，字文舉，居大辟山，常着鹿裘葛巾。餘杭令顧颺與葛洪造之，颺使致韍衣，文不納，使置室中，乃爛於户内，竟不服用。㊿0伏儉德於晏子，《韓子》曰：晏嬰相齊，妾不衣帛，馬不食粟。又《孟子》曰：晏子一狐裘三十年。

61挹清節於祭彤，《後漢書》曰：祭彤在遼東幾三十年，衣無兼副。顯宗美其清約，賜之衣被什物，無不悉備。62載寢而暗驚持玉，《魏畧》曰：文昭甄后始生，每寢寐，家中髣髴見有人持玉衣覆其上。63長裾而乍喜陵風。《拾遺記》曰：員嶠山南有池移國，人長三尺，壽萬歲，茅爲衣，衣服皆長裾大袖，因風以升煙霞，若鳥用羽毛。64豈曰無衣，與子同澤。《詩》曰：豈曰無衣，與子同袍。豈曰無衣，與子同澤。豈曰無衣，與子同裳。注：澤，褻衣。65莊子之對魏王，《莊子》曰：莊子衣大布之衣而過魏王，魏王曰：「何先生德之憊耶？」莊子曰：「士有道德不能行，憊也。衣弊履穿，貧也，非憊也。」⑥⑥豫讓之報智伯。《春秋後語》曰：趙襄子滅智伯，智伯之臣豫讓變姓名，入宫塗厠，以刺襄子。襄子覺而赦之。後讓伏於橋下，襄子至橋，馬驚，使視之，復得讓。襄子嘆曰：「嗟乎！豫讓之爲智伯，名既成矣，寡人赦子亦足矣，子自爲計，寡人不釋子矣。」讓曰：「臣固伏誅〔一〕，願得君之衣而擊之。」襄子義之，脱附身之衣以與之。讓拔劍三躍呼而擊之，曰：「吾可以下報智伯矣。」遂伏劍而死。⑥⑦亦聞美管寧之儉〔二〕，《魏志》曰：明帝徵管寧，辭不就。詔問青州刺史程喜：「寧守節高乎，審老疾尩頓耶？」喜上言：「寧常著皁帽、布襦袴、布裙，出入閨庭，能自拄杖，不須扶持。四時祭祀，輒自力彊，改著絮巾，故在遼東所有白布單衣，親薦饋饌，跪拜成禮。」⑥⑧歎王允之清，《魏氏春秋》曰：王允爲吏部郎，選郡守，明帝疑其所用非次，召入乃釋。遣出，望其衣敗，曰：「清吏也。」⑥⑨識榮啓之縣蓑，《淮南子》曰：林類、榮啟期衣苫縣蓑。⑦⑩見董威之結繒。王隱《晉書》曰：董威輦至洛陽，止宿白社中，於市得殘碎繒，輒結以爲衣，號曰百結衣。⑦①若夫展白無文，《釋名》曰：展，衣展坦也，坦然正白無文采也。展或作襢。⑦②緑黑有裏，《詩》曰：緑兮衣兮，緑衣黄裏。注：鞠衣黄，展衣白，緣衣黑，皆以素紗爲裏。今非其制，以喻妾上僭。⑦③授之九月，《詩》曰：七月流火，九月授衣。⑦④戒其三褫。《易》曰：或錫之鞶帶，終朝三褫之。象曰：以訟受服，亦不足敬也。⑦⑤在齊國而曾聞至骭，見《歌賦》「甯生飯牛」注。⑦⑥入漢宫而未嘗曳地。《史記》曰：文帝衣綈衣。所幸慎夫人，衣不曳地。⑦⑦子夏既困於縣鶉，《孫卿子》曰：子夏家貧，衣若懸鶉。人曰：「子何不仕？」曰：「諸侯之驕我者，吾不爲臣；大夫之驕我者，吾不復見。」⑦⑧林既亦傳於衣葦。《説苑》曰：齊林既者，衣葦朝景公，公曰：

「何服小人衣耶？」林既曰：「衣狗裘者不必狗吠，服羊裘者不必羊鳴。今君衣狐裘，音能狐乎？」(79)紱見方來，《易·困》九二曰：朱紱方來。(80)繡聞直指。《漢書》曰〔一三〕：武帝末，郡國賊盜羣起，暴勝之爲直指使者，衣繡衣，持斧捕之。(81)觀采錯於張嵊，《南史》曰：張嵊少敦孝行，年三十餘，猶斑衣受父穆杖，動至數百，收淚歡然。(82)喜爛斑於萊子。《孝子傳》曰：老萊子年七十，父母猶在，萊子常服斑衣，爲嬰兒戲。(83)復有袁忠之詣王朗，謝承《後漢書》曰：袁忠乘船戴笠詣王朗，見朗左右僮從皆著青絳彩衣，非其奢麗，卽辭疾發而退。(84)魏文之待楊彪。《楊彪別傳》曰：魏文帝令彪著布單衣，待以賓客之禮。(85)江湛浣之而稱疾，《宋書》曰：江湛字徽深，爲吏部尚書，無兼衣餘食。嘗爲上所召，遇澣衣〔一四〕，稱疾經日，衣成然後起。(86)子服言之而見囚。《國語》曰：季文子相宣成，無衣帛之妾，無食粟之馬。仲孫他諫曰：「人其以子爲愛，且不華國乎？」文子告孟獻子，獻子囚之七日。自是子服之妾衣不過七升之布。注：仲孫他，獻子之子子服也。愛，悋也。(87)至若朱博大袑，《漢書》曰：朱博爲瑯邪太守，勑官屬多作褒衣大袑，不中節度。自今掾吏衣令去地三寸。袑，袴也，音紹。(88)雋生盛服，見《劍賦》「雋生佩欙具」注。(89)齊桓惡紫，《尹文子》曰：齊桓好服紫，國人盡服之，公患之。管仲曰：「君謂左右，甚惡紫臭。」於是，三日境內莫有衣紫者。(90)晉文矯俗。《尹文子》曰：昔晉國苦奢，文公以儉矯之，乃衣不重帛，食不兼肉。無幾時，國人皆大布之衣，脱粟之飯。(91)析淪之網，《拾遺記》曰：西方析淪國，其俗淳和，人壽三百歲，綴草毛爲網衣，如羅紈也。元狩六年，獻網衣一襲〔一五〕，帝懼後世徵求之，焚於九逵之道，烟如金石之氣。(92)頻斯之玉。《拾遺記》曰：晉太始初，頻斯國人來朝，以五色玉爲衣，如今之鎧。(93)宋景之於翡翠，《拾遺記》曰：宋景公懸四時之衣，春夏以珠玉爲飾，秋冬以翡翠爲溫。(94)田文之譏綺縠。《春秋後語》曰：田文謂其父靖郭君曰：「君後宫蹈綺縠之衣，而士不得短褐。」(95)乘大車者如菼，《詩》曰：《大車》，聽男女之訟也。大車檻檻，毳衣如菼。大車哼哼，毳衣如璊。注：天子大夫服毳冕以巡行。菼，蘆始生也。璊，赬色。(96)祭先蠶者如鞠。《周禮》曰：内司服掌王后六服鞠衣。注：鞠衣，黄桑服也，色如鞠塵，象桑葉始生。鞠，又丘六切。(97)委委蛇蛇，象服是宜。《詩》曰：委委蛇蛇，象服是宜。注曰：象服者，謂褕狄、闕狄也。(98)狐尾虎文之飾，《梁冀别傳》曰：冀作狐尾單衣，上短下長。《輿服志》曰：虎賁武騎皆衣虎文單衣。(99)雉頭火浣之奇，《晉書》曰：武帝時，太醫司馬程據獻雉頭裘，帝以奇技異服，典禮所禁，焚之殿前。《傅子》曰：「梁冀作火浣布，單衣會賓客，行酒失盃而汙之，僞怒，解衣而燒之，垢盡火滅，粲然潔白。」(100)正色閒色之異，《禮》曰：衣正色，裳閒色。(101)執衽扱衽之儀，《爾雅》曰：執衽謂之袺，扱衽謂之襭。(102)商火夏山之制，《禮》曰：有虞氏服韍，夏后氏山，殷火，周龍章。注曰：韍，韠也。舜始作之，以尊祭服。禹湯至周，增以畫文。(103)前方後剉之規。《禮》曰：韠，君朱，大夫素，士爵韋。圜，殺，直。天子直，公侯前後方，大夫前方後剉角。士前後正。韠，蔽也，以韋爲之。(104)識唐帝之三浣，《唐書》曰：肅宗性節儉，嘗出袖示近臣曰：「此衣三浣也。」(105)辨漢高之五時。《漢雜事》曰：高祖時，大謁者臣章受詔長樂宫，令羣臣議天子所衣服以安天下。謁者趙堯舉春，李舜舉夏，倪湯舉秋，貢禹舉冬，五時衣始於此。(106)逢山甫而見補，《詩》曰：衮職有闕，仲山甫補之。(107)遇武公而改爲。《詩》曰：《緇衣》美鄭武公也。緇衣之宜兮，敝，予又改爲兮。緇衣之好兮，敝，予又改造兮。緇衣之席兮，敝，予又造作兮。注：席，大也。(108)商紂投火以蒙寶，《六韜》曰：武王伐紂，紂蒙寶衣投火而死。(109)宋明憎風而用皮。見《風賦》「宋明令史」注。(110)三世方知其被服，《魏志》

曰：文帝詔曰：「三世長者知被服，五世長者知飲食」。言被服、飲食，難曉也。」⑪五采則見其彰施。《書》曰：「予欲觀古人之象，日、月、星辰、山、龍、華蟲〔一六〕，作會，宗彝、藻、火、粉米、黼、黻、絺、繡，以五采彰施于五色，作服，汝明。⑫馬援都布，《後漢書》曰：馬援爲隗囂使公孫述，述盛陳陛衛以延援入，交拜禮畢，使出就館，更爲援制都布單衣。注：《東觀記》作答布。答布，白氎也。⑬仲尼逢掖。《禮》曰：孔子對魯公曰：「丘少居魯，衣逢掖之衣。長居宋，冠章甫之冠。」注曰：逢猶大也。大袂禪衣，君子有道藝者所衣也。⑭粗疎既訝於馬后，《後漢書》曰：明德馬后，常衣大練，裙不加緣。朔望諸姬主朝請，望見后袍衣疎粗，反以爲綺縠，既視，乃笑。后辭曰：「此繒特宜染色〔一七〕，故用之耳。」六宮莫不歎息。注：大練，厚繒也。⑮鮮明復稱于王吉。《漢書》曰：王吉字子陽，好車馬衣服，自奉養極爲鮮明，而遷徙所載不過囊衣〔一八〕，天下服其廉而怪其奢。世傳子陽能作黄金。⑯或振之而因浴，《離騷》曰：新沐者必彈冠，新浴者必振衣也。⑰或題之而見易。《拾遺記》曰：任末年十四，好學。覩書有合意處，則題其衣裳及掌裏以記其事，門徒悦其勤學，更以净衣易之。⑱王敦脱故而自如，《晉書》曰：石崇以奢豪矜物，厠常有十餘婢列侍。有客如厠，皆易新衣而出。客多羞脱故，而王敦脱故着新，意氣無怍。婢相謂曰：「此必能作賊。」⑲桓冲怒新而理屈。《世説》曰桓冲不好着新衣，浴訖，妻送新衣，冲怒，催使將去。婦遣持還，語云：「衣不經新，何緣得故？」冲大笑而服之。⑳既韜文而尚褧，見《錦賦》「碩人褧衣」注。㉑亦用兵而去韍。《漢·輿服志》曰：五霸遞興，戰兵不息。韍非兵飾，於是去韍。㉒斯蓋後聖有作而治其麻絲，變上古羽皮之質。《禮》曰：孔子曰：「昔先王未有麻絲，衣其羽皮。後聖有作，治其麻絲以爲布帛。」

校勘記

〔一〕三年　此二字原無，據宋本並《御覽》卷六八九引增。
〔二〕交爾纚縷　「交」原作「久」，據宋本並《御覽》卷六。
〔三〕衣帶　原作「衣冠」，據宋本並《御覽》卷六八九引改。
〔四〕沈慶之　「慶」字原空闕，據白本補。
〔五〕如婦人之袿衣　「如婦」原作「始服」，據宋本並《御覽》卷六八九引改。
〔六〕自關之西　「之」字原無，據宋本並《御覽》卷六八九引增。
〔七〕衣之偏裻之衣　「裻之衣」三字原無，據宋本並《御覽》卷六八九引增。
〔八〕十有　原作「有十」，據宋本並《禮記·深衣》改。
〔九〕賜諸王主　「主」原作「上」，據宋本並《後漢書·光武十王列傳》改。
〔一〇〕特見嗟嘆　「特」上原有「時」字，據宋本並《御覽》卷六八九引删。
〔一一〕讓曰臣固伏誅　「曰臣」二字原無，據宋本並《御覽》卷六八九引增。
〔一二〕亦聞　「亦」字原無，據宋本增。
〔一三〕漢書　「書」字原無，據《漢書·武帝紀》。
〔一四〕遇澣衣　「衣」字原無，據宋本並《御覽》卷六八九引增。
〔一五〕網衣　「衣」字原無，據宋本並《御覽》卷六八九引增。
〔一六〕日月星辰　「星辰」二字原無，據宋本並《御覽》卷六八九引增。
〔一七〕特宜染色　「特」原作「持」，「染」原作「深」，據《後漢書·明德馬皇后傳》改。
〔一八〕而遷徙　「遷」原作「曰」，據宋本並《御覽》卷六八九引改。

冠

①夫冠者，所以飾首而别成人者也。《白虎通》曰：冠，帣也，所以帣持髮也。人示成禮，有脩飾文章，故制冠以飾首，别成人也。②若夫藹藹揚輝，左思《魏都賦》曰：藹藹列侍，金貂齊光。③金蟬翠緌，《梁書》曰：帝臨軒，冠太子于太極殿。舊制，太子著遠遊冠、金貂蟬、翠緌纓，至是詔加金博山。④周之委貌，夏之毋追。《禮》曰：委貌，周道也。章甫，殷道也。毋追，夏后氏之道也。毋，音牟。追，音堆。⑤柱後惠文，執法近臣之服；《三禮圖》曰：法冠曰柱後惠文，一曰獬豸冠。柱，高五寸，以纚爲展筩，以鐵爲卷柱。蔡邕《獨斷》曰：法冠，秦制，執法者服之。漢制，侍中中常侍皆冠惠文，加貂附蟬。⑥高山側注，行人謁者之儀。《三禮圖》曰：高山冠，一曰側注。高九寸，鐵爲卷梁。秦制，行人使者所服，今謁者服之。⑦爾其本於縮縫，《禮》曰：古者冠縮縫，今也衡縫，故喪冠之反吉，非古也。注：解時人之惑，喪冠縮縫，古冠耳。⑧始於緇布，《三禮圖》曰：緇布冠，始冠之冠也。太古冠布，齋則緇之，未有絲繒，故麻耳。⑨黈纊如橘，《隋書》曰：六等之冕皆有黈纊，黄綿爲之，其大如橘，自皇太子以下並犀道青纓。⑩垂旒若露。《古今注》曰：牛亨問：「冕旒稱繁露何也？」答曰：「綴而下垂，如露之繁多，故曰繁露。」⑪楚子通梁，《淮南子》曰：楚莊王通梁組纓。注：通梁，遠遊冠。⑫魯儒章甫。見《衣賦》「仲尼逢掖」注。⑬見諸侯之續緌，識天王之朱組。《禮》曰：玄冠朱組纓，天子之冠也。緇布冠繢緌，諸侯之冠也。注云：皆始冠之冠也。⑭招

虞人而不進，見《弓賦》「虞人不進」注。⑮問仲尼而寧語。《家語》曰：「哀公問孔子曰：『昔舜何冠？』孔子不對。公曰：『有問於子，不對何也？』對曰：『舜之爲君，好生惡殺，任能授賢。君舍是不遵，而冠是問，是以緩對。』」⑯卑狹已傳於梁冀，《續漢書》曰：梁冀改輿服制，卑幘狹冠。⑰毀裂詎堪於伯父。《左傳》曰：王使詹桓伯辭於晉曰：「我在伯父，猶衣服之有冠冕，水木之有本源，民人之有謀主。伯父若裂冠毀冕，拔本塞源，而棄其謀主，雖戎狄其何有余一人？」⑱若其戴北斗之奇製，曹植《與陳琳書》曰：夫披翠雲以爲衣，戴北斗以爲冠，帶虹蜺以爲紳，連日月以爲佩，此服非不美也。然而帝王不服者，望殊於天，志絶於心矣。⑲題南部之嘉名，《後漢書》曰：崔林給事黄門，參定禮儀。帝嘗閲故府，得舊冠，題曰「南部尚書崔逞制」，顧謂休曰：「此卿家舊事也〔一〕。」⑳文雅既訝於欣泰，《梁書》曰：張欣泰爲直閣部兵校尉，領羽林監，通涉雅俗，交結多是名素。下直着鹿皮冠，挾素琴。有以啟武帝，帝曰：「將家兒何敢作此舉止？」㉑簡彝復怪於陳靈。《國語》曰：定王使單襄公聘楚，假道於陳。陳靈公與孔寧、儀行父南冠以如夏氏。單子歸，告王曰：「棄袞冕而南冠以出，不亦簡彝乎？」注云：謂簡略常服也。㉒鄙宋康之示勇，桓子《新論》曰：宋康王爲無頭之冠以示勇。㉓傷子路之結纓。《左傳》曰：石乞、孟黶作亂，子路以戈擊之，斷纓。子路曰：「君子死，冠不免。」結纓而死。㉔大有寬饒之制，《漢書》曰：蓋寬饒初拜衛司馬，冠大冠，帶長劍。㉕小聞子夏之稱。《漢書》曰：杜欽字子夏，家富而目偏盲。茂陵杜業亦字子夏，時人號欽爲盲杜子夏，以相別。欽惡以疾詆，迺爲小冠，廣裁一寸。由是京師更謂欽爲小冠杜子夏。㉖彈之蓋申於知己，《漢書》曰：王陽與貢禹爲友，陽爲益州刺史，禹聞之，彈其冠以待陽薦。陽薦禹於成帝，召爲大夫。㉗溺之不喜於儒生。《漢書》曰：沛公略地陳留，麾下騎士酈食其，里中子也。食其見之曰：「沛公吾所欲從遊。」騎曰：「沛公不喜儒，諸客冠來者，沛公輒解冠溺其中，未可以儒生說也。」㉘至於魯國紫緌，《禮·玉藻》曰：玄冠紫緌，自魯桓公始也。注云：蓋僭宋王者之後服，緌當用繢。㉙衛文大帛，《左傳》曰：狄人滅衛，齊桓封衛于楚丘。衛文公大布之衣，大帛之冠。注：用諸侯諒闇之服。㉚奇服青雲，《楚辭》曰：余幼好此奇服，帶長鋏之陸離，冠青雲之崔嵬。㉛華纓飛翮。張衡《七辯》曰：微霧之冠，飛翮之纓。㉜漢高之作竹皮，《漢書》曰：高祖爲亭長，以竹皮爲冠。及貴，所謂劉氏冠也。後令爵非公乘以上，無得冠劉氏。㉝段熲之爲赤幘。《東觀漢記》曰：段熲滅羌，詔賜熲赤幘大冠一具。㉞則有服兹黼冔，《詩》曰：殷士膚敏，祼將于京。厥作祼將，常服黼冔。注：黼，白與黑。冔，殷冠也。㉟戴此紘綖。《左傳》曰：衡紞紘綖，昭其度也。注：紘纓從下而上者，綖冠上覆。㊱弁師之司五冕，《周禮》曰：弁師掌王之五冕，朱裏延紐，五采繅，十有二就。注：延，冕之覆。紐，小鼻。笄，所貫。繅，合五色絲爲之，垂於延之前後，各十有二，所謂邃延也。就，成也。繩之每一匝而貫五采。十二旒則十二玉也。㊲彦回之惜三蟬。《齊書》曰：何戢爲侍中，上欲轉戢領選，問尚書令褚彦回，以戢資重，欲加散騎常侍。彦回曰：「宋時王球從侍中中書令單作吏部尚書，資與戢相似。領選職方惜小輕，不容頓加常侍。臣與王儉已左珥，若復加戢，則八座便有三蟬。若帖以驍、游，亦不爲少。」迺以戢爲吏部尚書，加驍騎將軍。㊳豈畏郭彰之截角，《晉書》曰：劉暾字長升，轉侍御史，武庫火，尚書郭彰率百人自衛而不救火，暾正色詰之，彰怒曰：「我能截君角也。」暾勃然謂彰曰：「君何敢恃寵作威作福，天子法冠而欲截角乎？」求紙筆奏之。彰伏不敢言，衆人解釋乃止。㊴唯訝劉虞之補穿。《後漢書》曰：劉虞爲公孫瓚所誅。初，虞以儉素爲操，冠敝不改，乃就補其穿。及遇害，瓚兵搜其內，而妻妾服羅紈盛飾，時人以此疑之。㊵復有上元九星之華，王母晨纓之美，《漢武內傳》曰：上元夫人戴九星靈芝夜光之冠，西王母戴太真晨纓之冠。㊶衛叔芙蓉之飾，《神仙服食經》曰：漢武帝閒居未央殿，有人乘白雲車，駕白鹿，冠芙蓉冠，曰：「我中山衛叔卿也。」㊷籍孺鵔鸃之麗。《史記》曰：高祖時籍孺，孝惠帝時閎孺，婉佞貴倖，與上同卧起。故惠帝時，郎中皆冠鵔鸃貝帶，傅脂粉，比閎、籍之屬。㊸宋文拔貂以接下，蕭子顯《齊書》曰：侍中世爲親近職，魏晉選用稍增華重。宋文帝元嘉中，王曇首、殷景仁等並爲侍中，情任親密。景仁與帝接膝共語，貂拂帝，帝手拔貂置案上，語畢復手插之。㊹楚莊絶纓而待士。《説苑》曰：楚莊王賜羣臣酒，日暮燭滅，有引美人之衣者。美人援絶其冠纓，告王趣火來視絶纓者。王曰：「賜人酒，使醉失禮，柰何顯婦人之節而辱士乎？」乃命皆絶去其冠纓，然後復舉燭。㊺集烏曾感於曾參，見《烏賦》「集庭於有虞」注。㊻飛蟬更欣於朱异。《梁書》曰：朱异除中書郎，時秋日始拜，有飛蟬正集异冠上。時咸謂蟬珥之兆，後果如其言。㊼收冔之名既異，《禮》曰：周弁、殷冔、夏收，三王共皮弁素積。冔音詡。㊽齊楚之制亦殊。《墨子》曰：昔齊桓公高冠博帶以治其國，楚莊王鮮冠組纓絳衣博袍以治其國。㊾管仲曾言於救失，見《酒賦》「醉裏遺冠」注。㊿孫敖方喜於行誅〔二〕。《淮南子》曰：楚莊王誅史里，孫叔敖製冠浣衣。注云：史里，佞臣也。惡人誅，自知當見用。(51)嘗聞伯之獺皮，《梁書》曰：陳伯之好著獺皮冠。(52)江充蟬纚，見《衣賦》「偉江充之曲裾」注。(53)御史豸角，《唐書》曰：侍御史宋放請復置朱衣豸冠於內廊，有犯法者，御史服以彈之。(54)虎賁鶡尾，《漢官儀》曰：虎賁冠插鶡尾。鶡，鷙鳥中之果勁者也，每所攫撮，應爪摧碎。尾，上黨所貢。(55)士會黻冕，《左傳》曰：士會滅赤狄，晉侯請于王，以黼冕命士會將中軍，且爲太傅。(56)晉侯端委。《國語》曰：周襄王賜晉文公，命晉侯端委而入。注云：玄端之衣，委貌之冠也。(57)或以樊噲作名，周遷《輿服志》曰：樊噲裂衣包楯，戴以爲冠，排入項羽營。今司馬殿門衛士服之，制似冕。(58)或以慕容爲氏。《前燕録》曰：慕容廆曾祖父莫護跋，見燕代少年多冠步摇冠，好之，乃斂髮襲冠，諸部因呼之爲步摇。其後音訛，而爲慕容，遂以慕容爲氏。(59)垂緌既表於游惰，縞武因知其不齒。《禮》曰：垂緌五寸，惰游之士也。玄冠縞武，不齒之服也。注云：惰游，罷民也。垂緌於縞冠，不齒，所以放不帥教者。(60)亦有冠之而曾無醜士，陸機詩曰〔三〕：冠冕無醜士；長纓皆儁民。(61)遺之而信是小人。《瑣語》曰：范獻子卜獵，占之繇曰：「君子得黿，小人遺冠。」范獻子獵而無得，遺其豹冠。(62)雲公見戲於燒燭，《齊書》曰：陸雲公善弈棋〔四〕，嘗夜侍武帝，冠觸燭火。帝笑謂曰：「燭燒卿貂。」帝將用爲侍中，故以此戲之。(63)江淹獨欣於採薪。蕭子顯《齊書》曰：江淹年十三，時孤貧，嘗採薪以養母，曾於樵所得貂蟬一具，將鬻以供養其母。母曰：「此乃汝之休徵也，汝才行若此，豈長貧賤？可留待得侍中著之。」後果拜侍中。(64)見彈治於梁相，《漢書》曰：張敞弟武爲梁相，敞遣吏送之，問曰：「何以治梁？」武曰：「馭黠馬者，利其銜策，當以柱後惠文彈治之耳。」吏還告，敞曰：「必辨治梁矣。」注：秦執法，法冠也，今御史服之。(65)從嗜好於鄒君。《韓子》曰：鄒君好服纓，左右皆作長纓，纓甚貴，鄒君患之。於是鄒君自斷冠纓，國中皆不服。(66)望汲黯而避武帳，《史記》曰：丞相公孫弘宴見，上或時不冠。至於汲黯見，上不冠不見。曾坐武帳中，黯前奏事，上不冠，望見黯，避帳中。(67)辭王莽而挂東門。《東觀漢記》曰：王莽居攝〔五〕，子宇諫莽，而莽殺之。逢萌謂其友人曰：「三綱絶矣，不去，禍將及人。」卽解冠挂東門而去。(68)交讓知求舊之旨，《東觀漢記》曰：馬援與公孫述有舊，援入蜀，述見之，甚喜。冠之交讓之冠，立舊友之位。(69)枝木闡訾聖之言。《莊子》曰：盜跖責孔子曰：「爾詐言造語，妄稱文武，冠枝木之冠，帶死牛之脅，摇唇鼓舌，擅生是非，以迷天下主。」(70)觀其飾以貂鱓，劉楨《答魏文帝牋》曰：貂鱓之尾，挂侍臣之幘。(71)簪之玳瑁，班固《與竇憲牋》曰：將軍哀憐，賜以王躬所喜駿玳瑁簪。《史記》曰：趙平原君使人於春申君，趙使欲夸楚，爲玳瑁簪。春申君客三千餘人，上客皆躡珠履，趙使大慙。(72)莊子縵胡之稱，見《劍賦》「改此縵胡」注。(73)齊將兜鍪之對。《齊書》曰：周盤龍爲東平太守，求解職，見許。還爲散騎常侍。武帝戲之曰：「卿著貂蟬，何如兜鍪？」盤龍曰：「此貂蟬從兜鍪中生耳。」(74)賜遠游於于禁，魏文帝《與于禁詔》曰：昔漢高脱衣以衣韓信，光武解綬以帶李忠誠，皆人主當時貴敬功勞。今以遠游冠與將軍。(75)加進賢於李繪。《北齊書》曰：文襄嗣業，以前司徒侯景進賢冠賜李繪曰：「卿但直心事孤，當用卿爲三公，勿學侯景叛也。」(76)或以金貂換酒，《晉書》曰：阮孚字遥集，爲安東府參軍，蓬髮飲酒，不以王務嬰心。後拜散騎常侍，性既耆酒，嘗以金貂换酒，爲有司所彈，帝宥之。(77)或以氂纓請罪。《家語》曰：大夫請罪用白冠氂纓。(78)又若象玄武之威，《春秋繁露》曰：冠之在首，玄武之象也。玄武，貌之最嚴威者，其象在後，反居首者，武之至而不用者矣。(79)採零陵之竹，《周書》曰：成王將加元服，周公使人來零陵，取文竹爲冠。(80)認都人之緇撮，《詩》曰：彼都人士，臺笠緇撮。注云：緇撮，緇布冠。(81)見野夫之草服。《禮》曰：黄衣黄冠而祭，息田夫也。野夫黄冠，黄冠，草服也〔六〕。(82)從楚莊之好，《淮南子》曰：楚莊王好觟冠，楚國傚之。注曰：觟冠，今力士冠，胡瓦切。(83)笑夫差之欲。《穀梁》曰：哀公會晉侯吴子于黄池，吴王夫差曰：「好冠來。」孔子曰：「夫差未能言冠，而欲冠也。」注云：不知冠有差等，唯欲好冠。(84)魏牟之諷敗縰，桓子《新論》曰：魏牟見趙王，王方使冠工制冠於前，問治國於牟。對曰：「大王誠能重國若此二尺縰，則國治且安。」王曰：「社稷至重，而比之二尺縰，何也？」牟曰：「大王制冠，不使親近，而必求良工者，非爲其敗縰而冠不成與？今治國不求良士，而任其私愛，此非輕國於二尺縰之制耶〔七〕？」王無以應。(85)**王升之言愛穀。**《戰國策》曰：王升謂齊王曰：「王之愛國愛民，不若王愛尺穀也。」王曰：「何謂？」升曰：「王使人爲冠，不使左右便辟，而使工者，何也？爲能之也。今王治齊非左右便辟無使也，臣故曰不如愛尺穀也。」(86)**及有練纓麻冕，**《尉繚子》曰：天子玄冠玄纓，諸侯素冠素纓，大夫以下練冠練纓。《論語》曰：麻冕，禮也，今也純，儉。(87)**瓊弁金顔，**晉成公綏《七唱》曰：瓊弁曜首，玉纓照軀。徐爰《釋辭》曰：通天冠，金博山蟬謂之金顔。(88)**宦者四星，咸加於巧士，**《漢輿服志》曰：巧士冠高七寸，不常服，唯郊天黄門從官四人冠之，在鹵簿中，次乘輿車前，以備宦者四星。(89)**舞人八佾，並戴乎方山。**《三禮圖》曰：五采方山冠，各以其采穀爲之。祠廟天子八佾樂，《五行》舞人所服。(90)**愛此附蟬，**蔡邕《獨斷》曰：侍中、中常侍皆冠惠文加貂附蟬。(91)**鄙夫聚鷸，**《左傳》曰：鄭子臧好聚鷸冠，鄭伯使盜誘而殺之。君子曰：「服之不衷，身之災也。」(92)**范子但言於求貨，**《左傳》曰：范獻子求貨於叔孫，使請冠焉。取其冠法，而與之兩冠，曰：「盡矣。」注：請貨，以求冠爲辭。(93)**許子未聞於自織。**《孟子》曰：陳相言許行之道於孟子曰：「滕君雖賢，未聞道也。賢者與民並耕而食。今滕有倉廩府庫，則是厲民以自養也。」孟子曰：「許子冠乎？」曰：「冠素。」曰：「自織之歟？」曰：「以粟易之。」〔八〕曰：「許子奚爲不自織冠〔九〕，何爲紛紛然與百工交易也？」曰：「百工之事固不可耕且爲也。」曰：「然則治天下者獨可耕且爲與？」(94)**陳思之願武弁，**《魏志》曰：陳思王植上疏曰：「臣若得辭遠游，戴武弁，解朱組，佩青綬，乃臣之至願也。」(95)**御史之簪白筆。**見《筆賦》「毦白識於辛昆注。⑯皆所以表成人之義，盡文章之飾也。

校勘記

〔一〕後漢書曰崔林　「漢」當作「魏」，「林」當作「休」。崔休，《魏書》有傳。此處所引文字不見今本《魏書》，可能爲佚文。

〔二〕喜於　原作「嘉於」，據宋本改。

〔三〕陸機　「機」字原無，據宋本補。

〔四〕弈棋　「弈」原作「變」，據宋本改。

〔五〕居攝　「居」原作「殺」，據宋本並《御覽》卷六八四引改。

〔六〕草服也　「草」原作「車」，據宋本、白本並《禮記·郊特牲》改。

〔七〕制耶　「制」原作「効」，據《御覽》卷六八四引改。

〔八〕以粟易之　「之」下宋本有「曰許子以釜甑爨以鐵耕乎曰然自爲之歟曰以粟易之」二十一字。

〔九〕不自織冠　「冠」下宋本有「而爲陶冶於舍」六字。

事類賦卷之十三

服用部二

弓　箭　劍

弓

①昔聖人弦木爲弧，剡木爲矢，出《易》。②故天下以服而萬民以治。若乃六材七幹之妙，《周禮》曰：弓人爲弓，取六材必以其時。六材既聚，巧者和之，幹也者以爲遠也，角也者以爲疾也，筋也者以爲深也，膠也者以爲和也，絲也者以爲固也，漆也者以爲受霜露也。凡取幹之道七：柘爲上，檍次之，檿桑次之，橘次之，木瓜次之，荆次之，竹爲下。注：檍，於力反。檿桑，山桑也。③三鈞九和之美，《周禮》曰：材美、工巧、爲之時，謂之參鈞。角不勝幹，幹不勝筋，謂之參鈞。量其力，又參鈞。鈞者三，謂之九和。注：又參鈞者，謂若幹勝一石，加角而勝二石，被筋而勝三石。④著以角端，《說文》曰：角端，獸狀似豕，角善爲弓，出胡尸國。端，音端。《續漢書》曰：鮮卑有野馬、原羊、角端牛，以角爲弓，世謂之角端弓。⑤飾之象弭。《詩》曰：四牡翼翼，象弭魚服。注：弭弓反末，象骨爲之。⑥繡質良材，陳琳《武庫賦》曰：弓則烏號越棘，繁弱角端，象弭繡質，哲附文身。⑦烏號徑理。《史記》曰：黃帝騎龍

上天，小臣不得上，悉持龍髯。髯拔墮，墮黄帝之弓，百姓望黄帝抱其弓而號。後世因名其弓曰烏號。《古史考》曰：烏號，柘木枝長而烏集，將飛，枝彈烏〔一〕，烏乃號呼。以柘爲弓，因名烏號。⑧或爲備盗之用，《天文要集》曰：弧者備盗賊。⑨或著爲箕之旨。《禮》曰：良弓之子，必學爲箕。⑩賞功有彤玈之賜，《書》曰：平王錫晉文侯彤弓一、彤矢百、玈弓十、玈矢千。⑪射遠著往來之體。《周禮》曰：司弓矢掌六弓四弩八矢之法。注曰：六弓：王、弧、夾、庾、唐、大也〔二〕。往體寡，來體多，曰王、弧。往體多，來體寡，曰夾、庾。往來體若一，曰唐、大。射遠者用勢，射深者用直。⑫得繁弱於封父，《左傳》曰：周公相王室以尹天下，於周爲睦。分魯公以大路大旂，夏后氏之璜，封父之繁弱。注：封父，古諸侯。繁弱，大弓。⑬，用桃弧於楚子。《左傳》曰：楚靈王次于乾谿，右，尹子革夕，王與之語曰：「昔我先君熊繹，僻在荆山，篳路藍縷，唯見桃弧棘矢，以供禦王事。」⑭爾其仰高舉下之道，見《天賦》「張弓之道」注。⑮執消承弣之儀，見上「《禮》標垂帨」注。⑯或言其始於倕羿〔三〕，《孫卿子》曰：倕作弓。《墨子》曰：羿作弓。⑰或傳其本自般揮。《山海經》曰：少昊生般，始爲弓矢。注：般音班。《世本》曰：牟夷作矢，揮作弓。弓矢一器，作者兩人，於義有疑。此言般作之，是也。⑱初觀宛轉之形，翩其反矣；《淮南子》曰：宛轉弓，今之弭弓也。又《鄭中記》曰：石虎女騎持雌黄宛轉角弓。《詩》曰：騂騂角弓，翩其反矣。⑲乍得穹隆之狀，受言藏之。《釋名》曰：弓，穹也。穹，隆然也。《詩》曰：彤弓弨兮，受言藏也。⑳若夫檿弧箕服，嘗見於亡周，《國語》曰：周宣王時，有童謡：「檿弧箕服，實亡周國。」有夫婦鬻是器者，王執而戮之，乃奔褒。得棄女子於野而養之，是爲褒姒，卒以亡周。注云：箕音期，木名。服，矢箙。㉑大屈亦聞於賜魯。《左傳》曰：楚子享魯昭王于新臺，使長鬛者相。好以大屈，既而悔之。

注：大屈，弓名。㉒綦連四疊，《三國典略》曰：齊綦連猛有勇力，梁使來聘，有武藝人求欲相角，猛帶兩鞬，左右馳射，併取四弓，疊而挽之，梁人嗟服。㉓陳球千步。《漢記》曰：陳球爲零陵，州兵朱蓋等反，球城守，弦大木爲弓，羽矛爲矢，引機發之，射千餘步，斬蓋等。㉔招虞人而不進，《左傳》曰：齊景公田于沛，招虞人以弓，不進，公使執之。辭曰：「旃以招大夫，弓以招士，皮冠以招虞人。臣不見皮冠，故不敢進。」㉕佞齊宣而寧悞。《吕氏春秋》曰：齊宣王好射，悦人之謂己能用彊弓也。其常所用弓不過三石，以示左右，左右引之，及半而止，皆曰不下九石，非王孰能用。是宣王所用不過三石，而終身自以爲九石，豈不悲哉？非直士，其孰能不阿主？故亂國之主，悉存乎用三石爲九石也。㉖若其晉平七札，《列女傳》曰：晉平公使工人爲弓，三年乃成，射不穿一札。公怒，將殺工。其妻見公曰：「妾之夫造此弓亦勞矣。幹生太山之阿，一日三覩陰三覩陽〔四〕，傳以燕牛之角，纏以荆麋之筋，附以河魚之膠，此四者，天下之選也。不穿一札，是君不能射也，而反欲殺妾之夫，不亦謬乎？妾聞射之道，左手如拒，右手如附枝，右手發之，左手不知，此射之道也。」公以其言爲儀，而穿七札。弓工得出，賜金三鎰。注：札，鎧札也。燕角善，楚筋細，河膠粘。㉗顔高六鈞，《左傳》曰：魯伐齊，士皆坐列。顔高之弓六鈞，皆取傳而觀之。注：三十斤爲鈞。㉘麟膠兮棘竹，揚師道《奉和詠弓詩》曰：霜重麟膠勁，風高月影圓。烏飛隨帝輦，鴈落逐鳴弦。沈懷遠《南越志》曰：宋昌縣有棘竹，長十尋〔五〕，里人取之，以爲弓焉。㉙燕角兮楚筋。《列子》曰：紀昌學射於飛衛，飛衛曰：「爾先學不瞬，而後能。」又使視小如大，紀昌縣虱於牖，南面而望，三年之後，如輪，乃以燕角之弧，朔蓬之簳射之，貫虱。楚筋見上。㉚尹襄之問郤至，《左傳》曰：晉楚戰於鄢陵，郤至三遇楚子之卒，見楚子必下，免冑而趨風。楚子使工尹襄問之以弓。杜預注曰：問，遺也。㉛朱穆

之呵虎賁。謝承《後漢書》曰：朱穆爲尚書，歲初百官朝賀，有虎賁當階，置弓於地，謂羣寮曰：「此天子弓，誰敢干越？」百寮皆避之。穆呵之曰：「天子之弓，當戴之於首上，何敢置地？大不敬。」卽收虎賁付獄治罪，衆皆肅然服之。㉜則有韜於韣韔之衣，《說文》曰：韣，弓衣也。《禮》曰：帶以弓韣。《詩》曰：交韔二弓。㉝加以金玉之飾。《爾雅》曰：有緣者謂之弓，無緣者謂之弭。以金者謂之銑，以蜃者謂之珧，以玉者謂之圭。注：有緣，今宛轉弓。無緣，今角弓。銑、珧、圭者，以金、蚌、玉飾弓兩頭，因以爲名。珧，音遥。㉞或重男子之事，《禮》曰：男子生以桑弧蓬矢，六射天地四方。注：天地四方，男子所有事也。㉟或小楚人之得。《家語》曰：楚共王出遊，亡其烏號之弓。左右請求之，王曰：「止也。楚人失弓，楚人得之，又何求焉？」孔子聞之，曰：「惜乎其不大也，宜曰『人遺弓，人得之』而已，何必楚也？」㊱賀以屈盧，《史記》曰：子貢說越王以兵從吴伐齊，越王乃使以秦屈盧之弓、步光之劍以賀。㊲並茲越棘。《禮》曰：越棘大弓，天子之戎器也。㊳盡高鳥而見藏，《史記》曰：漢高祖擒韓信，信曰〔六〕：「高鳥盡，良弓藏。敵國滅，謀臣亡。天下已定，固當烹。」㊴射太陰而救蝕。《周禮》曰：庭氏掌射國中之妖鳥，若不見其鳥獸，則以救月之矢夜射之。若其神也，則以太陰之弓與枉矢射之。注：妖鳥，梟鴞，惡聲之鳥也。救日蝕，則伐鼓北向，射太陰。救月蝕，則伐鼓南向，射太陽。以此弓矢射之。㊵爾其東明擊水，《魏略》曰：北方有槀離之國，其王侍婢有身，王欲殺之。婢云：「有氣如雞子來下，故我有身。」後生太子，王捐之於溷中，豬以喙嘘之；徙馬閑，馬以氣嘘之。王疑，以爲太子，令其母收畜之，名曰東明，常令牧馬。東明善射，王恐奪其國，欲殺之。東明走，南至奄水，以弓擊水，魚鱉浮爲橋，東明得渡。魚鱉解散，追兵不得渡。東明因都，王夫餘之地。㊶混填貫船，吴時《外國傳》曰：扶南之先，女人爲主，名柳葉。有模扶國人，字混填，好事神。神感至意，夜夢之，賜神弓一張，教載賈人船入海。混填入廟，神樹下得弓，便載大船入海，神廻風，令至扶南。柳葉欲刼取之，混填舉神弓而射焉，貫船通渡。柳葉惧伏，混填因王扶南。㊷**必麻筋而楊幹**，劉向《説苑》曰：齊攻魯，子貢見哀公，請救於吴，公曰：「奚先君寶之用？」子貢曰：「使吾用寶而與我師，是不可恃也。」於是以楊幹麻筋之弓六往。㊸**豈金弧而玉弦**。見《舟賦》「豈用瓊艘」注。㊹**二十石獨有羊侃**，《梁書》曰：羊侃膂力絶人，所用弓至二十石，馬上用六石弓。㊺**三百斤兼聞蓋延**。《東觀漢記》曰：蓋延彎弓三百斤。又曰：祭彤貫三百斤弓。㊻**青檀既其勁利**，《遁甲開山圖》曰：河東有獨頭山，多青檀，可以爲良弓。㊼**緑沈亦復精堅**。《廣志》曰：緑沈，古弓名。劉卲《趙郡賦》曰：其器用則六弓四弩，緑沈、黄間、堂溪、魚腸、丁令、角端。㊽**極妙理於九合**，《周禮》曰：天子之弓，九合而成規，諸侯七合而成規，大夫五合而成規，士三合而成規。注：材良則句少也。㊾**窮精思於三年**。見上「晉平七札」注。㊿**亦有麻林之造**，《越絶書》曰：麻林山，句踐欲伐吴，種麻爲弓弦。(51)**挹婁之美**，《魏志》曰：挹婁弓長四尺，力如弩，矢用楛，長尺八寸，青石爲鏃。古肅慎國也。(52)**嘉此陽聲**，《周禮》曰：凡相幹，欲赤黑而陽聲，赤黑則鄉心，陽聲則遠根。(53)**寳兹上制**。《周禮》曰：弓長六尺有六寸，謂之上制，上士服之。六尺有三寸，謂之中制，中士服之。六尺謂之下制，下士服之。(54)**《詩》著載櫜**，《詩·周頌》曰：載戢干戈，載櫜弓矢。(55)**《禮》標垂帨**。《禮》曰：凡遺人弓者，張弓尚筋，弛弓尚角，右手執簫，左手承弣，尊卑垂帨。注：帨，佩巾也。磬折則佩垂。(56)**徐偃之受禎祥**，《博物志》曰：徐偃王治其國，仁義著聞，欲舟行上國，乃通溝陳、蔡之間，得朱弓矢，以己得天瑞，自稱徐偃王。(57)**太宗之詢脉理**。《唐書》曰：太宗謂蕭瑀曰：「朕少好弓矢，自謂能盡其妙。近得良弓十數，以示弓工，乃曰木心不正，脉理皆邪，弓雖剛勁，而遣箭不直，非良弓也。朕以弧矢定四方，使弓多矣。有天下之日淺，得爲治之意，故未及於弓。弓猶失之，何况於治乎？」自是遂延京官五品以上更宿中書内省，詢訪政教之得失焉。㊽至若號以推亡，《春秋佐助期》曰：天弓主弓弩之張，神名推亡。㊾名之曲張，《河圖》曰：弓神名曲張，亦見《太公兵法》。㊿倚於西序，《儀禮》曰：射告賓曰：「弓矢既具，有司請射。」賓與大夫弓，倚于西序，矢在弓下。(61)寶在東房。《書》曰：和之弓在東房。(62)或插於雕服，鮑照詩曰：氈帶佩雙韃，象弧插雕服。(63)或掛以扶桑。宋玉《大言賦》曰〔七〕：駢弓掛扶桑，長劍倚天外。(64)故大侯既抗，《詩》曰：大侯既抗，弓矢斯張。(65)我弓既張。《詩》云：既張我弓，既挾我矢，發彼小豝，殪此大兕。(66)則見其威儀棣棣，而射矢斯臧。《詩》曰：射則臧兮。

校勘記

〔一〕枝彈烏　「枝」原作「軍」，據宋本並《御覽》卷三四七引改。
〔二〕王弧夾庾唐大也　「弧」原作「矢」，據《周禮·夏官司馬·司弓矢》並《御覽》卷三四七引改。
〔三〕或言　「言」原作「創」，據宋本改。
〔四〕一日三覿陰　「三」原作「二」，據宋本並《御覽》卷三四七引改。
〔五〕長十尋　「十」原作「千」，據宋本並《御覽》卷三四七引改。
〔六〕信曰　「信」字原無，據宋本並《御覽》卷三四七引增。
〔七〕大言賦　「賦」原作「詩」，據《全上古三代秦漢三國六朝文》改。後《劍賦》所引「大言賦」亦據改。

箭

①若夫勾越之簳，《亢倉子》曰：勾粤之簳，鏃以精金，鶩隼爲之羽，以之掊筆則其與槁朴也無擇，及夫盪寇争衡，覩武決勝，加之駭弩之上，則三百步之外不立敵矣。②會稽之美，《爾雅》曰：東南之美者，有會稽之竹箭焉。③寶東房之垂竹，《書》曰：垂之竹矢，在東房。④藏陳庭之楛矢。《國語》曰：仲尼在陳，有隼集于陳侯之庭而死，楛矢貫之，石砮矢長尺有咫。陳惠公使人以隼如仲尼之館問之。仲尼曰：「隼之來也遠矣，此肅慎氏之矢也。昔武王克商，通道于九夷八蠻，使各以其方賄來貢，無忘職業。於是肅慎貢楛矢、石砮，以分太姬，虞公，而封諸陳。君若使有司求諸故府，其可得也。」使求之金櫝，如言。⑤耿恭傳毒，《續漢書》曰：匈奴破殺後王安得〔一〕，攻金蒲城〔二〕，耿恭以毒藥傅矢，傳語匈奴：「漢家箭神，中其瘡者必有異。」因發弩射之。虜中矢者，視瘡皆沸，並大驚。相謂曰：「漢兵神，真可畏也。」遂解去。⑥郎基剪紙，《北齊書》曰：郎基字世業，嘗征西，爲賊所圍，糧杖皆盡，乃削木爲箭，剪紙爲羽，得圍散還朝。僕射楊愔勞之曰：「卿本文吏，遂有武畧，削木紙羽，皆無故事，班墨之思，何以過之？」⑦飛衛見困於甘蠅，《列子》曰：飛衛學射於甘蠅，諸法並善，唯嚙法不教。衛密持矢以射蠅，蠅嚙得鏃矢，還射，衛遶樹而走，矢亦遶樹而走。⑧由基擅能於吕錡。《左傳》曰：吕錡射恭王中目，王召養由基，與之兩矢，使射吕錡。中項伏弢，以一矢復命。⑨爾其夏服忘歸之已作，《子虛賦》曰：左烏號之彫弓，右夏服之勁箭。《新序》曰：楚王載繁弱之弓，忘歸之矢，以

射隨兕於夢也。⑩三鏃八法之既脩，《開元文字》曰：三鏃，謂今鏑射箭也。平題，今戲射箭也。鏃，稜也。題，頭也。《周禮》曰：司弓矢掌八矢之法，一曰枉，二曰絜，三曰殺，四曰鍭，五曰矰，六曰茀，七曰常，八曰痺。凡枉、絜利火射，用諸守城車戰。殺、鍭用諸近射田獵。矰、茀用諸弋射。常痺、用諸散射。此八矢者，弓弩各有四焉，枉、殺、矰、常，弓所用也；絜、鍭、茀、痺，弩所用也。⑪拾之如破，《詩》曰：不失其馳，拾矢如破。⑫束之其搜。《詩》曰：角弓其觩，束矢其搜。注：搜，衆意，五十矢爲束。⑬中肩兮夾脰，《左傳》曰：齊師遁，晉州綽及之，射殖綽，中肩，兩矢夾脰。脰，脛也。⑭貫轂兮汏輈。《左傳》曰：楚子與若敖戰，伯棼射王，汏輈，以貫笠轂。王使巡師曰：「吾先君文王克息，獲三矢焉。伯棼竊其二，盡於是矣。」鼓而進之，遂滅若敖氏。注：汏，過也，音逸。⑮或廻船而受敵，見《舟賦》「孫權迴之而受箭」注。⑯或緣水以相求。《朱循之傳》曰：魯秀擊襄陽，連弩亂發，循之使軍人緣水拾箭。⑰則有魯莊僕姑，《左傳》曰：魯莊公以金僕姑射南宮長萬。注曰：矢名。⑱鴻超綦衛，《列子》曰：逄蒙之弟子曰鴻超，怒其妻而怖之，引烏號之弓，綦衛之箭，射其目。注眸子而眶不睫，矢墜地而塵不揚。⑲關羽中之而刮骨，《蜀志》曰：關羽爲流矢所中，貫其左臂。醫曰：「矢鏃有毒，當須刮骨。」即伸臂與之。醫破肉刮骨而羽自若。⑳項羽叱之而墜地。《漢書》曰：婁煩射項羽，弓發矢欲到，羽怒目叱矢，矢墜地。婁煩亦恐死。㉑至於飛梟電影，太公《六韜》曰：陷堅陣，敗強敵，大黄參連弩，飛梟、電影矢自副。注：飛梟，赤莖白羽，以鋼爲之首。電影，青莖赤羽，以銅爲首。㉒毒鐵焦銅，《博物志》曰：交州山夷曰俚子，其弓長數尺，以焦銅爲鏑，塗毒藥於鏑鋒，中人即死，不時斂藏，則須臾焦煎都盡，唯骨在耳。其俗誓不以藥法語人。治之，飲婦人月水及糞汁，時有差者。唯射猪犬者無他，以其食糞故也。陳琳《武庫賦》曰：

矢則申息、肅慎、箘簵、空流、㸅錦、毒鐵、鉾鏃、鳴鏃。㉓取董澤而寧既，《左傳》曰：晉楚戰，楚熊負羈囚智罃，智莊子以其族反之。厨武子御，每射〔三〕，抽矢菆，納諸厨子之房。武子怒曰：「非子之求，而蒲之愛，董澤之蒲，可勝既乎？」注：智罃，莊子之子也。菆，好箭也，側留反。房，箭舍。蒲，楊柳，可以爲箭。董澤在聞喜縣。㉔採蒲臺而欲空。《三齊略記》曰：厭次東南有蒲臺，秦始皇嘗頓臺下，縈蒲繫馬。至今蒲生夾道百步。蒲似水楊，而勁堪爲箭。㉕或有蓬桑共施，《禮》曰：男子生，設弧於門左，三日始負。男子射，射人以桑弧蓬矢六，射天地四方。注：桑弧蓬矢，本太古也。天地四方，男子所有事。㉖彤旅並錫，見《弓賦》「賞功有彤旅之錫」注。㉗圉人既見於浴馬，《禮》曰：乘丘之役，縣賁父御，馬奔敗績，賁父死之。圉人浴馬，有流矢在白肉，公曰：「非其罪也。」遂誄之。㉘漢將方驚於射石。見《虎賦》「李廣射石」注。㉙或以勉由也之學，《家語》曰：子路見孔子，子曰：「何好？」對曰：「好長劍。」子曰：「以子所能，加之以學，豈可及乎？」曰：「南山有竹，不扶自直，斬而用之，射達於犀革。以此言之，何用學爲？」子曰：「括而羽之，鏃而礪之，其入不益深乎？」㉚或以比史魚之直。《論語》曰：子曰：「直哉史魚！邦有道如矢，邦無道如矢。」㉛喻隨人而侯景能言，《後周書》曰：賀拔岳遇害于河曲，太祖率輕騎馳赴平涼，時齊神武遣長史侯景招引岳衆，太祖至安定遇之，謂景曰：「賀拔公雖死，宇文泰尚存，卿何爲也？」景對曰：「我猶箭耳，隨人所射，安能自裁？」於此卽還。㉜譬弦上而陳琳見釋。《魏志》曰：陳琳爲袁紹作檄，紹敗，歸太祖，太祖謂曰：「卿昔爲本初作書，但可罪狀孤而已，何乃上及祖父？」琳曰：「矢在弦上，不可不發。」乃赦之。㉝至夫威號天策，《唐書》曰：太宗討劉黑闥於肥鄉，有一突將勇壯絶人，直衝太宗，刃將接，太宗以天策上將大箭射之，中心洞背，應弦而斃。遂傳此箭於北蕃，突厥見而驚歎。㉞神名續長，《太公兵法》曰：箭之神，名續長。㉟射丁侯而則病，《太公金匱》曰：武王伐殷，丁侯不朝，尚父畫丁侯，三旬射之。丁侯病，遣使請臣。尚父乃以甲乙拔頭箭，丙丁拔目箭，戊己拔腹箭，庚辛拔足箭，丁侯病乃愈。四夷聞皆懼，越裳獻白雉。㊱異函人之恐傷。《孟子》曰：矢人非不仁於函人，函人惟恐傷人，矢人惟恐不傷人。㊲魯連之下聊城，《魯連子》曰：燕伐齊，取七十餘城。田單破燕軍，復齊城，唯聊城不下。魯仲連乃爲書，著之於矢，以射城中。燕將得書，泣三日，乃自殺。㊳安于之備晉陽，《韓子》曰：智伯將伐趙，趙襄子召張孟談問之曰：「柰無箭何？」孟談曰：「董安于之治晉陽也，公宫之垣皆以荻蒿楛楚廧之，發而用之，有餘箭矣。」君曰：「柰無金何？」孟談曰：「董子之治晉陽，公宫令舍之堂皆以鍊銅爲柱質，發而用之，有餘金矣。」荻音秋，廧音牆。㊴先驅既爲於無忌，《史記》曰：魏公子無忌進兵擊秦，秦軍解去，遂救邯鄲。趙王及平原君自迎公子，平原君負韊矢爲公子先引。注：韊，盛弩矢，音蘭。㊵居守仍聞於甯莊。見《衣賦》「順序有文」注。㊶亦有高禖祈子，《禮》曰：玄鳥至之日，以太牢祠于高禖，天子親往，后妃率九嬪御，禮天子所御，帶以弓韣，授以弓矢，於高禖之前。注：燕以施生時來巢堂宇，而孚乳産育之象。媒氏之官以爲候變。媒言禖，神之也。餘義見《春賦》「祀高禖」注。㊷夏官獻箙，《周禮》曰：司弓矢，仲秋獻矢箙。注：箙，盛矢器，獸皮爲之。㊸翫彼鶡尾，《魏百官名》曰：三公拜曰，賜鶡尾鶡尾鷮箭十二枚。鷮，許交切。㊹重兹金鏃。揚雄《方言》曰〔四〕：金鏃翦羽謂之鍭〔五〕，骨鏃不翦羽謂之志〔六〕。注：金鏃，今錍箭也。骨鏃，今骨骲不翦，謂以鳥羽自然淺狹，不復翦也。骲音雹。㊺李陵兵盡而徒手，《漢書》曰：李陵擊匈奴，一日五十萬矢皆盡。虜攻急，陵歎曰：「復得數十矢，足以脱矣。」㊻隗囂勢窮而發屋。《漢書》曰〔七〕：來歙擊隗囂，囂守洛陽，發屋斵木爲箭〔八〕。(47)張侯既言於貫肘，《左傳》曰：晉與齊戰，郤克傷，流血及屨，不絶鼓音，曰：「余病矣。」張侯曰：「自始合，而矢貫予手及肘，余折以御，左輪朱殷，豈敢言病！吾子忍之。」(48)顯達更欣於拔目。《齊書·陳顯達傳》曰：顯達出杜姥宅，大戰破賊，矢中左眼，拔箭而鏃不出。地黄村番媪善禁，先以釘釘柱，媪禹步作氣，釘即時出，乃禁顯達目中鏃出之。(49)白猿擁樹以長號，《韓子》曰：楚王有白猿，王自射之，則搏矢而嬉戲。使養由基射之，調弓矯矢未發，而猿擁樹號矣。(50)神女銜寃而晝哭。《異苑》曰：永陽李增行經大谿，兩蛟在水，引弓射之，中一則死。增歸，因復出市，有女子素服銜涕，持所射箭，增怪而問焉。女答曰：「何用問爲？若是君許，便以相還。」授矢而滅。增反未達家，暴死於路。(51)翦蒿楛以無餘，見上「安于備晉陽」注。(52)伐淇園而未足。《續漢書》曰：上拜寇恂河内太守，移書屬縣，講兵肄射，伐淇園之竹，治矢百餘萬。(53)至其麗龜以獻，《左傳》曰：晉楚戰，樂伯致師，晉人逐之，左右角之。樂伯左射馬而右射人，角不能進，矢一而已。麋興於前，射麋麗龜。注：麗，著也，龜背之隆高者。(54)策馬言歸，《左傳》曰：孟之側後人以爲殿〔九〕，抽矢策馬曰：「馬不進也。」(55)紛然雨集，《漢書》曰：左賢王圍李廣，矢下如雨，漢兵死者過半。(56)欻爾虹飛〔一〇〕。《諸葛子》曰：若能力兼三人，身與馬如膠漆，手與箭如飛虹，誠宜寵異。(57)中楯瓦以猶勁，《左傳》曰：齊子淵捷從泄聲子，射之中楯瓦。繇朐汰輈，匕入者三寸。注瓦，楯脊也。朐，車軛。輈，車轅。汰，激也。匕，矢鏃。朐，音劬。汰，音溢。(58)穿楊葉以無虧。梁昭明太子《弓矢贊》曰：弓用筋角，矢用良工。亦以勸德，非止臨戎。楊葉命中，猨墮長空〔一一〕。(59)飲石梁而已絶，《闕子》曰：宋景公使弓人爲弓，三年而獻之，曰：「臣之精盡於弓矣。」獻弓而歸，三日而死。公張弓登虎圈之臺，東面而射，矢踰西霜之山，集彭城之東，其餘力逸勁，猶飲羽於石梁。夫盡精於一弓而身爲之死，況天下奈何其獨也。⑹0定天山而更奇。《唐書》曰：薛仁貴破鐵勒之衆於天山，時九姓之衆十餘萬，令騎數人逆來挑戰，仁貴發三矢，射殺三人，自餘一時請降。軍中歌曰：「將軍三箭定天山，戰士長歌入漢關。」⑹1斯聖人剡木之利，亘萬古而中威。見《弓賦》「弦木爲弧」注。

校勘記

〔一〕破殺　「殺」原作「離」，據《後漢書・耿恭傳》並《御覽》卷三四九引改。

〔二〕金蒲城　「蒲」原作「滿」，據《後漢書・耿恭傳》並《御覽》卷三四九引改。《後漢書》注云：金蒲城，車師後王庭也，今庭州蒲昌縣城是也。

〔三〕每射　原作「每出」，據宋本、《左傳・宣公十二年》並《御覽》卷三五〇引改。

〔四〕揚雄方言　《御覽》卷三四九引作「爾雅」。按查《爾雅》有此文，現存《方言》無此文。

〔五〕謂之鍭　「鍭」原作「鏃」，據《御覽》卷三四九引改。

〔六〕骨鏃　「鏃」字原無，漢宋本並《御覽》卷三四九引增。

〔七〕漢書　《御覽》卷三四九引此文作「續漢書」。

〔八〕斲木　宋本、白本並《御覽》卷三四九引作「斷木」。

〔九〕以爲殿　「殿」原作「敗」，據宋本、白本並《御覽》卷三四九引改。

〔一〇〕欻爾虻飛　「虻」原作「虹」，據宋本、白本並《御覽》卷三五〇引改。注文亦據改。

〔一一〕猨墮長空　「猨」原作「爰」，據宋本並《御覽》卷三五〇引改。

劍

①昔雷煥既得豐城之寶劍，致其一於張華。《晉書》曰：斗牛之間常有紫氣，華聞雷煥妙達象緯，問之。煥曰：「寶劍之精在豫章豐城。」即補煥豐城令。到縣，掘獄屋基，得一石函，光氣非常，中有雙劍。以南昌西山土拭劍，光芒豔發。送一劍與華，留一自佩。華得劍報曰：「詳觀劍文，乃干將也，莫耶何爲不至？雖然，神物終當合耳。」華又以華陰土勝西山者，乃以一斤致煥。煥以拭劍，倍以精明。其後煥子華佩煥劍過延平津，劍忽躍入水，使人没水求之〔一〕，見兩龍，恐而返。②且言曰，自葛盧發金，蚩尤造始，見《金賦》「女漢之美」注。③竭楚鐵之利，《史記》曰：秦昭王臨朝歎息，范雎請罪，王曰：「吾聞楚之鐵劍利而倡優拙，鐵劍利則士勇，倡優拙則慮遠，以遠慮御勇士，恐楚之圖秦也。」④涸齊金之美。《國語》曰：齊桓公問管仲曰：「齊國寡甲兵，柰何？」對曰：「小罪讁以金，美金以鑄劍戟，試諸狗馬；惡金以鑄鉏夷，試諸土壤。」甲兵大足。⑤淬以清波，斂之越砥。張協《太阿劍銘》曰：太阿之劍，世載其美。淬以清波，斂以越砥。⑥曄若流星，《古今注》曰：吴大帝有寶劍六：曰白虹、紫電、辟邪、流星、青冥、百里。⑦湛如照水。梁吴均《寶劍詩》曰：我有一寶劍，出自昆吾谿。照人如照水，切玉如切泥。。⑧斯乃羊頭精利，張景陽《七命》曰：邪谿之鋌，赤山之精，消以羊頭，鍱以鍛成。注云：以羊頭骨消之。⑨水心靈秘，見《春賦》「周公城洛邑」注。⑩七彩九華之飾，《西京雜記》曰：高祖斬蛇劍以七彩九華玉爲飾，五色琉璃爲匣，刃上常如霜雪，光景照

外，開囊拔鞘，輒有風氣射人。⑪龜文龍藻之麗。《魏都賦》曰：劍則流彩之珍，素質之寶，虹蔚波映，龜文龍藻。⑫陽文陰縵之奇，見下「豐隆奮椎」注。⑬紫電白虹之異。見上「曄若流星」注。⑭雖曰一人之敵，《漢書》曰：項羽學劍不成，乃曰：「劍一人敵，不足學，學萬人敵耳。」⑮且應八方之氣。《拾遺記》曰：越王句踐以白牛白馬祀昆吾山神，以成八劍，應八方之氣。一名奄日，以之指日，日光晝暗。二曰斷水，畫水開卽不合。三曰轉魄，指月，蟾兔爲之倒轉。四曰懸剪，飛鳥觸其刃，如斬截焉。五曰驚鯢，以之沈海，鯨鯢深入。六曰滅魂，挾以夜行，不遇魑魅。七曰卻邪，妖魅見之則止。八曰真剛，切玉斷金，如削土木。⑯故三賢所以受賜，《後漢書》曰：韓棱爲尚書令，與僕射郅壽、尚書陳寵，同時俱以才能稱。肅宗嘗賜諸尚書劍，惟此三人特以寶劍，自手署其名曰：「韓稜楚龍泉，郅壽蜀漢文，陳寵濟南椎成」。時論者以稜淵深有謀，故得龍泉；壽明達有文章，故得漢文；寵敦朴善不見外，故得椎成。⑰而君子所以自衛也。《家語》曰：子路戎服見孔子，拔劍舞之，曰：「古之君子，以劍自衛。」子曰：「古之君子，忠以爲質，仁以爲衛，不善則以忠化之，寇暴則以仁禦之，何必恃劍？」子路攝齊受教。⑱茂先見之矍然而驚曰：此蓋邪谿之粹，見上「羊頭精利」注。⑲赤堇之精。見下「薛燭之鑒」注。⑳傾秦去吴之異，張景陽《七命》曰：或馳名傾秦，或夜飛去吴。注：吴王有湛盧劍，王無道，劍夜飛去，入水，楚王得之。秦王聞之，求而不得，與師擊楚，卒不與也。㉑五山六合之英。《吴越春秋》曰：干將作劍，採五山之精，合六合之英，候天伺地，陰陽同光。㉒純鈎湛盧之器，豪曹巨闕之名。《吴越春秋》曰：越王允常聘歐冶子作名劍五枚，三大二小，一曰純鈎，二曰湛盧，三曰豪曹，或曰磐郢，四曰魚腸，五曰巨闕。㉓掩三鄉而擅價，張景陽《七命》曰：形震薛燭，光駭風胡。價兼三鄉，聲重兩都。㉔敵千户以騰聲。梁崔融《詠劍詩》曰：寶劍出昆吾，龜龍夾彩珠。五精初獻術，千户竟論都。匣氣衝斗牛，山形轉鹿盧。欲知天下貴，持此問風胡。㉕定光既聞於太甲，陶弘景《刀劍録》曰：太甲以甲子歲鑄一劍，文曰定光。㉖照膽仍傳於武丁。《刀劍録》曰：武丁以戊午歲鑄一劍，名曰照膽。㉗兵動則飛，《拾遺記》曰：顓頊有畫影劍〔二〕、騰空劍，若四方有兵，此則飛指其方，故戰則剋。未用時，在匣中，常如龍虎吟。㉘月蝕而成。《漢書》曰：御史大夫蕭望之案左馮翊韓延壽前在東郡時取官銅物，候月蝕作刀劍鈎鐔，放效尚方，延壽坐腰斬。㉙顧此神物，終當合并。見上「雷焕得豐城之寶劍」注。㉚然則薛燭之鑒，《吴越春秋》曰：越王允常聘歐冶子作名劍五枚，以豪曹示薛燭，燭曰：「夫寶劍五色，今見豪曹黯然無華，殞其光芒，其神亡矣。」示之巨闕，薛燭曰：「非寶劍也。夫寶劍金錫和同，氣如雲煙，今其光已離矣。」示之魚腸，燭曰：「金精從理，至本不逆，今魚腸倒本從末，逆理之劍也。」示之純鈎，燭矍然曰：「光乎如屈陽之華，沈沈如芙蓉始生於湖，其文如列星之行，其光如水之溢塘，此純鈎也。」王曰：「客有以鄉三十、駿馬千匹、千户之都二賈此劍，可乎？」薛燭曰：「不可。臣聞初造此劍，赤堇之山破而出錫，若耶之谿涸而出銅，雨師灑道，雷公發鼓，天帝裝炭，太一下觀。」示之湛盧，燭曰：「善哉！銜金鐵之英，吐銀錫之精，可以折衝伐敵，人君有逆謀則去之他國。」允常以湛盧獻吴，吴公子光弒吴王僚。湛盧去如楚，昭王寤而得之，召風胡子問之：「此劍直幾何？」對曰：「赤堇之山已合，若耶之谿深而不測，羣神上天，歐冶已死，雖傾城量金，珠玉滿河，不借一觀，況駿馬、萬户之都乎？」㉛歐冶之作，見上「純鈎湛盧」注。㉜桃氏靡差於廣狹，見下「周官列三制」注。㉝質氏尤工於灑削。《漢書》曰：質氏以灑削而鼎食。注：灑削，治刀劍也。㉞越女擊猿之妙，《吴越春秋》曰：范蠡謂越王曰：「越有處女，出於南林之中，願君問以手戰之道。」女將見，道逢老人，自稱袁公，曰：「聞子善爲劍，願一觀之。」因拔竹林。女即捷其末，公操其本而刺女〔三〕，女因舉杖擊之。袁公飛上樹，變爲白猿。女去見越王，王命五校之高才習之，當此之時，皆稱越女劍。㉟莒子試人之虐。《左傳》曰：莒子庚輿虐而好劍，苟鑄劍，必試諸人。大夫烏存帥國人以逐之。㊱至於採牛頭之鐵，《刀劍録》曰：孔甲甲辰歲採牛頭山鐵，鑄一劍，長四尺一寸。㊲獲汲郡之銅，《山海經》注曰：汲郡冢中得銅劍一枚，長三尺五寸，所謂干將也。㊳利能切玉，《列子》曰：周穆王征西戎，西戎獻昆吾之劍，赤刃，切玉如切泥。㊴銘聞劓鐘。見下「攝履詎如錐」注。㊵雖鎮山而沈水，《刀劍録》曰：後魏道武鑄二劍，一名曰鎮山，一名曰沈水。㊶亦斷犀而截鴻。曹植《七啓》曰：陸斷犀象，未足稱儁。隨波截鴻，水不漸刃。㊷佩北斗之寒星，《吴越春秋》曰：伍子胥過江，解劍與漁父曰：「此劍中有七星北斗文，其直百金。」㊸伐南山之茂松。《列仙傳》曰：干將莫耶爲晉君作劍，三年而成。劍有雌雄，天下名器也。乃以雌獻君，留其雄者，謂其妻曰：「吾藏劍在南山之陰，北山之陽，松生石上，劍在其中矣。君若覺，殺我，爾生男以告之。」㊹詠宋玉之詞，倚於天外；宋玉《大言賦》曰：彎弓挂扶桑，長劍倚天外。㊺登王喬之墓，停在空中。《世説》曰：王子喬墓在京陵，戰國時人。有盜發之者，都無所見。唯有一劍停在空中，欲進取之，劍作龍鳴虎吼，徑飛上天。㊻亦有改此縵纓，《莊子》曰：趙文王喜劍，太子悝患之。莊子將往見，太子曰：「吾王所好，劍士也，皆蓬頭突鬢，垂冠，縵胡之纓，短後之衣。今夫子儒服，事必大逆。」莊子乃治劍服。王脱白刃以待之，莊子入曰：「臣欲以劍見。臣之劍十步一人，千里不留行。」王悦，曰：「天下無敵矣。」子曰：「臣有三劍，唯王所用。天子之劍，以燕谿石城爲鋒〔四〕，齊岱爲鍔，晉衛爲脊，周宋爲鐔，韓魏爲鋏，包以四夷，裹以四時。此劍直之無前，舉之無上，按之無下。此劍一用，天下服矣。諸侯之劍，以智勇士爲鋒，以清廉士爲鍔，以忠信士爲鐔，以豪傑士爲鋏。此劍一用，四封之内無不服。庶人之劍，蓬頭突鬢，垂冠，縵胡之纓，短後之服，相擊於前。今大王有天子之位而好庶人之劍，臣竊爲大王薄之。」王乃罷。㊼**鑄爲農器**，《家語》曰：顔回曰：「願得明王聖主而輔相之，敷其五教，教之以禮樂。使城郭不修，溝池不越，鑄劍戟爲農器，放牛馬於原藪。」㊽**或刻漢平之名**，《刀劍録》曰：漢平帝衎掘得一劍，上有帝名，故佩之。㊾**或鐫魏武之字**。《刀劍録》曰：魏武帝嘗於谷中得一劍，有金字銘，曰：「孟德王」，常服之。㊿**莊子之説趙文**，見上「改此縵纓」注。(51)**張陵之呵梁冀**，《漢書》曰：梁冀帶劍入省，尚書張陵呵叱令出。冀跪謝，陵不應，因劾奏之。詔以一歲俸贖罪。(52)**七見闌子之弄**，《列子傳》曰：有闌子者，以數千宋元君，弄七劍，迭躍之，五劍常在空中。(53)**六聞衛綰之賜**。《漢書》曰：孝景賜衛綰劍，綰曰：「先帝賜臣劍凡六，不敢奉詔。」上曰：「劍，人之所施易，獨至今乎？」綰曰〔五〕：「具在。」上使取六劍，尚盛，未嘗服也。(54)**不可躍大冶而自衒**，《莊子》曰：大冶鑄金，金躍曰：「我必爲莫耶。」此不祥之金也。(55)**唯宜絶重甲而稱利**。張協《七命》曰：斷浮翮以爲工，絶重甲而稱利。(56)**寒暑兼華**，梁簡文帝《謝勑賚方諸劍啓》曰：已匹丹陵之輝，乍比青雲之制。寒暑兼華，左右相照。(57)**堅柔異制**。《呂氏春秋》曰〔六〕：相劍者曰：「白以爲堅也，黄以爲紐也，黄白相雜，堅且紐，良劍也。」難者曰：「白以爲不紐，黄以爲不堅，黄白相雜〔七〕，不堅且不紐，焉得爲利劍？劍之情未革，而或以爲良，或以爲惡，説使然也。」(58)**斯希代之神兵，佩服之巨麗也。於是并華陰之士遺之而爲詩曰**：見上「雷焕得豐城之寶劍」注。(59)**「赤霄與步光**〔八〕，《刀劍録》曰：漢高祖初得一鐵劍，長三尺，名赤霄，卽斬蛇劍也。曹植《七啓》曰：步光之劍，華藻繁縟〔九〕，綴以驪龍之珠，錯以荆山之玉。⑥⓪辟閭兼墨陽。《廣雅》曰：斷蛇、魚腸、純鈎、燕文、蔡倫、屬鏤、干勝、棠谿、墨陽，並劍名也。《孫卿子》曰：干將、莫耶、巨闕、辟閭，皆古良劍也。⑥①楚子問風胡，吴國得干將。見下「白首嘗彼指」注。⑥②嬴秦佩鹿盧，見《琴賦》「荆軻揕秦王」注。⑥③虎丘葬魚腸。《越絶書》曰：闔閭冢在吴縣閶門外，葬以磐郢魚腸之劍，葬三日，白虎居上，號曰虎丘。⑥④陸賈百金重，《漢書》曰：陸賈使南越，得橐中裝價千金，分其五子，子二百金。賈常乘安車駟馬，從歌鼓瑟侍者十餘人，寶劍直百金，謂其子曰：「過汝，汝給人馬酒食極飲，十日而更，所死家，得寶劍。」⑥⑤高皇三尺長。《漢書》曰：高祖擊黥布，爲流矢所中，問醫，醫曰：「病可治。」高祖曰：「吾提三尺劍取天下，非命乎？命在天，雖扁鵲何益？」⑥⑥魏傳飛景制，魏文帝《典論》曰：魏太子丕造百辟寶劍，長四尺二寸，重一斤十有五兩，淬以清漳，礪之磁礵，飾以文玉，表以通犀，光似流星，名曰飛景。磁礵，青礪石也，音監諸。⑥⑦漢應大横祥。《刀劍録》曰：漢文鑄三劍，名曰神龜，多刻龜形，以應大横之兆。⑥⑧佩牛化已遠，《漢書》曰：龔遂爲渤海太守，務農，勸人賣劍買牛，賣刀買犢，曰：「何爲佩牛戴犢乎〔一〇〕？」⑥⑨守路德彌臧。《先賢行狀》曰：王烈字彦芳，國中有盗牛者，主得之，盗曰：「我邂逅迷惑，子既赦宥，幸無使王烈知之。」烈聞，以布一端遺之曰：「耻惡則善生，故賞之。」間年之中，行路父老擔重，人代擔，行數十里。頃之父老復行，失劍於路，有行人守之，至暮，劍主還，見之，前代擔人也。父老以告烈，乃昔盗牛人也。⑦⓪及寢嘗貽怒，見車賦「楚子之及蒲胥」注〔一一〕。⑦①倚户舊傳方。《萬畢術》曰：拔劍倚户，兒夜不驚。⑦②白帝號大澤，《漢書》曰：高祖以亭長送徒驪山，夜經澤中，有大蛇當道，拔劍斷蛇，蛇分爲兩，道開。行數里，醉，因卧。後人來者至蛇所，有一嫗夜哭，人問嫗何哭，嫗曰：「吾子白帝子也，化爲蛇，當道，爲赤帝子殺之，故哭。」

人以嫚爲不誠，欲苦之，因忽不見。⑬朱雲請尚方。《漢書》曰：成帝丞相張禹，以帝師位特進，甚尊重。朱雲上書求見，公卿在前，雲曰：「今朝廷大臣上不能匡國，下亡以益民，皆尸位素飡，臣願請尚方斬馬劍，斷佞臣一人頭，以厲其餘。」上大驚，問誰也。對曰：「安昌侯張禹。」上大怒。⑭虞公求不已，《左傳》曰：初，虞叔有玉，虞公求旃，弗獻，既而悔之，乃獻之。公又求其寶劍，叔曰：「是無厭也，無厭將及我。」遂伐虞公。⑮宣帝意難忘。」《漢書傳》曰〔一二〕：宣帝既立，許皇后爲婕妤，是時霍將軍小女與皇太后有親，公卿議立皇后，皆心議霍將軍女，未有所言。上乃詔求微時故劍，大臣知指，白立許后。⑯雷煥繼而和之曰：「季札嘗心許，《史記》曰：吴季札過徐，徐君好季札劍，口不敢言。季札知之，爲使上國，未獻。還至徐，徐君已死，乃解寶劍繫其冢樹而去。從者曰：「徐君已死，當誰予乎？」季子曰：「始吾心已許之，豈以死背吾心哉！」⑰楊脩曾見思。《文士傳》曰：魏文帝愛楊修才，修誅，後追憶修，修曾以寶劍與帝，帝佩之，告左右曰：「此楊修劍也。」⑱昭王投五岳，《刀劍録》曰：周昭王瑕鑄五劍以投五岳。⑲文命藏會稽〔一三〕。《刀劍録》曰：夏禹字高密，以庚戌年鑄一劍，藏之會稽秦望山腹上，刻二十八宿，文有背面，面記星辰，背記山水。⑳穫稻寧同剛，《亢倉子》曰：蜚景之劍，威奪白日，氣成紫蜺。以之刈穫，則與剛刃也。無擇。注：剛，鐮也。

㉑攝履詎如錐。《説苑》曰：干將莫耶制鐘不錚〔一四〕，以之攝履，不如兩錢之錐也。㉒白首嘗被指，血流俄見揮。《越絶書》曰：楚王令風胡子之吴，見歐冶、干將，使之爲鐵劍。歐冶、干將鑿茨山，洩其谿，取鐵英爲三劍〔一五〕，一龍淵，二太阿，三工市。劍成，晉鄭聞之，求之不得。晉師圍楚之城，三年不解。於是引太阿之劍，登城而麾之，三軍破敗，士卒迷惑，流血千里，晉鄭之頭畢白。楚王問風胡曰：「夫劍，鐵耳，固能有精神乎？」風胡曰：「神農以石爲兵，黄帝以

玉爲兵，禹以銅鐵爲兵，天下皆服，此亦銅鐵之神，玉石之德。」㉝朱虛一何壯，《史記》曰：朱虛侯章忿呂氏專權，常侍呂后飲宴，高后使章爲酒吏，章曰：「臣將種，請得以兵法行酒。」高后可之。酒酣，章起舞曰：「請爲耕田歌。」太后笑曰：「汝安知田事，試説之。」章曰：「深耕概種，植苗欲疎，非其種者，鋤而去之。」高后默然。有頃，諸呂有亡酒者，章追拔劍斬之，太后業已許章以軍法行酒，無以罪也。㉞項莊徒爾爲。《漢書》曰：沛公自霸上從百餘騎見項羽於鴻門，羽因留沛公飲。范增數目羽擊沛公，羽不應。范增起出，謂項莊曰：「君王爲人不忍，汝入，以劍舞，因擊沛公，殺之。」莊入，爲壽曰：「軍中無以爲樂，請以劍舞。」因拔劍起舞。項伯亦起舞，常以身蔽翼，高祖乃獲免。㉟鑠身有所就，《吳越春秋》曰：干將作劍未成，乃曰：「昔吾師之作冶也，金鐵之穎不消，夫妻俱入冶爐之中。」莫耶曰：「先師親鑠身以成物，妾何難也。」於是干將夫妻斷髮剪指投之爐中，使童女三百鼓橐裝炭，金鐵乃濡，遂以成劍。陽曰干將，而作龜文；陰曰莫耶，而作縵理。干將匿其陽出其陰，而獻之闔閭。㊱代形那可追。《神仙傳》曰：真人去世，多以劍代形，五百年後，劍亦能靈化。㊲屬鏤既受賜，《左傳》曰：吳將伐齊，越子率其衆以朝，吳人皆喜，唯子胥懼曰：「是豢吳也。」王怒，使賜之屬鏤以死。注：屬鏤，劍也。㊳杜郵方見貽。《史記》曰：秦昭王使白起攻邯鄲，辭不肯行，乃使王齕代之，而秦軍果敗。起曰：「不聽臣計，今如何？」秦王聞之怒，免爲士伍，遷之陰密。行至咸陽西十里杜郵，賜劍自裁。㊴雋生佩櫑具，《漢書》曰：暴勝之爲直指使者，巡郡國，素聞雋不疑賢，至渤海，遣吏請與相見。不疑冠進賢冠，帶櫑具劍，盛服至門上謁。注曰：櫑具，木標首之劍也。櫑謂磊落壯大。㊵韓卒得棠谿。《戰國策》曰：韓卒之劍出於冥山棠谿，墨陽、宛馮、龍淵、太阿，皆陸斷馬牛，水截鵠鴈，天下名器也。㊶騎士徒云賜〔一六〕，《東觀漢記》曰：世祖時，王國有獻名馬〔一七〕、寶劍，直百金，上以馬駕鼓車，劍賜騎士。㉒黑卵竟無虧。《列子》曰魏黑卵以匿嫌殺丘邴章也，丘邴章之子來丹謀復父仇〔一八〕，而丹氣甚猛，形甚露，又耻假力於人，誓以手劍黑卵。而黑卵力抗百人，其視來丹猶鷇鷇也。來丹垂涕謀於友申抱，申抱曰：「吾聞衛孔周其祖得殷之寶劍三，僮子服之，却三軍之衆，奚不請爲？」來丹適衛，見孔周，執僕禮，請先納妻子，後言所欲。周曰：「吾有三劍，唯子所擇。一曰含光，視不可見，運之不知其所觸，泯然無際，經物而不覺。二曰承影，昧爽之交，日夕昏明之際，北面察之，淡淡焉若有物存，莫有其狀。其觸物也，竊然有聲，經物而物不疾。三曰霄練，晝則見影而不見光，夜見光而不見形，其觸物騞然而過，隨過隨合，覺疾而不血刃。此三寶傳之十三世矣，而無施於事。」來丹請其下者，孔周乃歸其妻子，跪而授其下劍。丹再拜受之。執劍從黑卵，黑卵醉，偃卧牖下，自頸至腰三斬黑卵。黑卵醒，怒其妻曰：「醉而覆我，使我嗌疾而腰急。」注：匿嫌，私恨也。露，羸也。騞，音休伯反。無施於事，不能害物也。㉓刻舟愚已甚，見《舟賦》「愚者既見求劍」注。㉔斬蛟勇可奇。《吕氏春秋》曰：荆有佽飛者，得寶劍于干遂，涉江至于中流，有兩蛟夾其舟，佽飛攘臂袪服，拔劍赴江，刺蛟殺之。㉕新都椎美玉，見《玉賦》「王莽藏姦於椎𩋿」注。㉖馮石受文犀。《東觀漢記》曰：馮石襲母公主封獲嘉，爲安帝所寵。帝嘗幸其府，留飲十數日，賜駮犀具劍，紫艾綬玉玦各一。㉗雷公爲發鼓，見上「薛燭之鑒」注。㉘豐隆方奮椎。萬辟雖云就，張景陽《七命》曰：乃鍛乃鑠，萬辟千灌。豐隆奮椎，飛廉扇炭。神器化成，陽文陰縵。留綺星連，浮彩豔發。光如散電，質如耀雪。霜鍔水凝，冰刃露結。㉙千金持贈誰。」《吕氏春秋》曰：伍員逃楚，楚追之急。至江，見一丈人刺小船方將漁，從之求涉焉。丈人刺船渡之，已絶江，問其名族，不告。員解劍以與之，曰：「千金劍也，願獻之丈人。」丈人曰：「荆國之法，得伍員者，爵執圭，禄萬石，金千鎰，豈直千金劍乎？」卒不受。⑩張華見之，懣然心伏。繹精理之沉邃，翫驚采之繁縟。客有挹此餘風，過乎三復，千載神交，敢揚末曲，乃系之而爲歌曰：「管涔輝五色，《晉書》曰：前趙劉曜，自以形質異衆，恐不容於俗，隱迹管涔山，以琴書爲事。嘗夜閑居，二童子入跪曰：「管涔王使小臣奉謁趙皇帝。」獻劍一口，置前再拜而去。以燭視之，劍長二丈，光澤非常，赤玉爲室〔一九〕，背有銘，云：「神劍服御，除衆毒曜。」遂服之。劍隨四時變爲五色也。⑩周官列三制。《周禮》曰：桃氏爲劍，身長五其莖長，重九鋝，爲之上制，上士服之。身長四其莖長，重七鋝，謂之中制，中士服之。身長三其莖長，重五鋝，謂之下制，下士服之。注：莖長五寸，在夾内者。夾，人所握鐔以上也。鋝，鍰也，六兩有奇。⑩已服甘蔗工，《魏志》曰：文帝爲太子時，與鄧展飲酣〔二〇〕，論及劍術，不決。時方食甘蔗，因以習之，下殿數交，三中其腕。⑩俄驚水精墜。《梁書》曰：侯景篡位，白虹貫日三重。其夜月入太微，掩帝座，景所帶劍，水精標無故墜落。⑩隴西專斷割，《晉書》曰：張軌鎮涼州，遣主簿令孤亞聘南陽王模，模甚悦〔二一〕，遺軌以帝所賜劍，謂軌曰：「自隴以西，征伐斷割悉心相委，如此劍矣。」⑩河内增歔欷。謝承《後漢書》曰：吴郡張業字仲叔，爲郡門下掾，送太守歸鄉里，至河内遇賊，業拔劍與賊交戰而死。子武時幼，不識父，傷父喪不還〔二二〕，每至節日，持業遺劍至河内，到業死處醊祭〔二三〕，悲哀感動路人。⑩周瑜嘗秉持，《刀劍録》曰：吴孫權赤烏中有人得韓信劍，帝賜周瑜。⑩陶君方鍛治。《刀劍録》曰：梁武帝命弘景造神劍十三口，以象閏月也。⑩已荷孟嘗恩，沈約《爲東宮謝勑賜孟嘗君劍啓》曰：田文重氣徇名，四豪莫及。寶劍雄身，故能威陵秦楚。人高事遠，遺物足奇，謹加玩服，以深存古也。⑩復感方諸賜。梁簡文《謝賜方諸劍啓》曰：才發玉函，彫奇溢目；始開牙檢，麗飾交陳。⑩延平終化去，見上「雷煥得豐城之寶劍」注。⑪武庫俄焚弃。《晉書》曰：「武庫火，歷代之寶，孔子履、高祖斬蛇劍、王莽頭盡焚焉。張華見龍劍排户飛去。」⑫聊此續陽春，顧慙妍唱麗。

校勘記

〔一〕使人没水求之　「使」上原有「焕」字，據《晉書·張華傳》並《御覽》卷三四二引删。

〔二〕晝影劍　「晝」，《拾遺記·顓頊》作「曳」。

〔三〕公操其本而刺女　「刺女」二字原無，據宋本增；《御覽》卷三四三引作「刺處女」。

〔四〕以燕谿石城爲鋒　「以」上原有「見」字，據宋本删。

〔五〕綰曰　「綰」字原空闕，據《御覽》卷三四二引補。

〔六〕吕氏春秋　「吕」原作「吴」，據宋本、白本改。

〔七〕黄白相雜　「雜」原作「難」，據宋本改。

〔八〕步光　「步」原作「少」，據宋本、白本改。

〔九〕繁縟　「繁」字原空闕，據《文選·七啟》補。

〔一〇〕何爲　「爲」字原無，據宋本並《漢書·循吏傳》增。

〔一一〕車賦　原作「連城」，據宋本改。

〔一二〕漢書傳曰　查此段引文爲《漢書·外戚傳》文。

〔一三〕文命　「命」原作「帝」，據宋本改。按《史記·夏本紀》：「夏禹名曰文命。」

〔一四〕制鐘不錚　「制」，宋本作「剬」。《御覽》卷三四三引作「拂」。

〔一五〕爲三劍　「三」原作「二」，據《御覽》卷三四三引改。

〔一六〕騎士徒云賜　「云」，原作「公」，據宋本改。

〔一七〕王國　原作「國王」，據宋本並《御覽》卷三四二引改。

〔一八〕丘邴章　「章」字原無，據《列子·湯問》篇補。

〔一九〕赤玉爲室　「室」原作「飾」，據宋本並《御覽》卷三四二引改。

〔二〇〕飲酣　「酣」原作「醋」，據宋本並《御覽》三四二引改。

〔二一〕模甚悦　「模」字原無，據宋本並《晉書·張軌傳》增。

〔二二〕傷父喪不還　「傷父」二字原無，據《御覽》卷三四二引增。

〔二三〕醊祭　「醊」原作「醱」，據宋本並《御覽》卷三四二引改。

事類賦卷之十四

服用部三

几　杖　扇

几

①几，庋也，所以庋物者也。出《釋名》。庋，閣也，音軌。②故吉事變几，凶事仍几。《周禮》曰：春官司几筵，吉事變几，凶事仍几。③或以見祭祀之典，或以供饗射之禮。《周禮》曰：春官司几筵，掌五几，大朝覲，大饗射，封國命諸侯，王位設，左右玉几。諸侯祭祀，右彫几。酢席，左彤几。甸役，熊席，右漆几。喪事，葦席，右素几。春官司几筵，掌五几，右素几。④喪偶既傳於南郭，《莊子》曰：南郭子綦隱几而坐，嗒然似喪其偶。⑤不言仍聞於孟子。《孟子》曰：孟子去齊，宿於晝，有欲爲王留行者，坐而言。不應，隱几而卧。客不悦曰：「弟子齊宿而後敢言，夫子卧而弗聽，請勿復敢見矣。」孟子曰：「昔者魯繆公無人乎子思之側，則不能安子思。泄柳、申詳無人乎繆公之側，則不能安其身。子爲長者慮，而不及子思，子絶長者乎？長者絶子乎？」注：晝，齊邑。⑥若乃鵠膝狐蹯之飾，《語林》曰：任元褒爲光禄勳，孫馮翊往詣之，見門吏憑几視之，孫入語任曰：「吏几對客爲不禮。」任便捶之。吏答云：「得罰體痛，以横木扶持，非憑几

也。」孫曰：「植木横施，植其兩足，便爲憑几，何必狐蹯鵠膝，曲木抱腰？」⑦白玉青石之奇，《漢舊儀》曰〔一〕：祭天用玉几〔二〕。《南岳記》曰：衡山石室有石牀石几。⑧既拂以獻矣，《禮》曰：獻几杖者拂之。⑨亦操而從之。《禮》曰：謀於長者，必操几杖以從之。⑩或以致幽冥之召，《異苑》曰：歷陽石秀之刻，見一人着平巾袴褶，語之云：「聞君巧侔班爾〔三〕，刻几尤妙，泰山府君相召。」秀之自陳云：「劉政能造。」其人乃去。數旬，政果殞。劉作几有名，遂以致薨也。⑪或以紀訓誦之詞。《國語》曰：左史倚相曰：「倚几有訓誦之戒。」⑫内則嘗聞於斂席，《禮·内則》曰：父母舅姑坐御者，舉几斂席。⑬時令攸稱其養衰。《禮》曰：八月之節，養衰老，授几杖。⑭觀夫黄金之質，《漢武内傳》曰：帝受西王母《五岳真形經》，庋以黄金之几。⑮雲紈之覆，《拾遺記》曰：瀛州南有金鑾之觀，中有寶几，覆以雲紈之素。⑯學重麟士，《宋書》曰：沈麟士以篤學爲務，常憑素几鼓素琴。⑰名推卓茂。《東觀漢記》曰：光武拜故密令卓茂爲太傅，封褒德侯，賜之几杖。⑱撫之驚劉毅之亡，《晉書》曰：司隸劉毅卒，武帝撫几驚曰：「失吾名臣，不得生作三公。」⑲抵之見朱君之怒。《漢書》曰：朱博遷琅邪守，齊部舒緩養名，右曹掾史皆移病卧。故事，二千石新到，遣吏存問致意，乃起就職。博奮髯抵几曰：「觀齊兒欲以爲俗耶！」皆斥罷諸病吏。⑳至於黄帝垂法，李尤《几銘敍》曰〔四〕：昔帝軒轅仁智，察事之有闕，作輿几之法〔五〕。㉑張華著銘，張華《倚几銘》曰：倚几之設，設而不倚。作器於此，成禮於彼。㉒荀罃投之而怒士匄，《左傳》曰：晉侯會諸侯于柤，晉荀偃、士匄請伐偪陽，而封宋向戌。荀罃曰：「城小而固，勝之不武，弗勝爲笑。」固請，圍之，弗克。偃匄請班師，智伯怒，投之以几，出於其間，曰：「汝既勤君而興諸侯，牽帥老夫以至於此，既無武守，而又欲易余罪，曰：『是實班師，不然，克矣。』七日不克，必爾平取之。」遂滅偪陽。㉓呂布斫之而責陳登。見《鷹賦》「飢而爲用」注。㉔爾其虎附兩頭，《會稽典録》曰：葛仙翁憑白桐几學道數年，白日登仙，几化爲白虎，三脚兩頭，往往人見之。㉕花攢五色，《鄴中記》曰：石虎所坐几悉漆雕畫，皆爲五色花。㉖或斵棐以備用，《晉書》曰：王羲之字逸少，嘗往門生家，見棐几滑淨，因書之，真草相半。後其父誤刮去之，門生驚懊累日。㉗或加綈以爲飾。《西京雜記》曰：漢制，天子玉几，冬則加綈錦其上，謂之綈几。公侯皆以木爲几，冬則以細罽爲橐。㉘戴勝既見於王母，《山海經》曰：西王母梯几而戴勝〔六〕。注：梯謂憑也。㉙草文仍傳於阮籍。《竹林七賢論》曰：魏封晉文王，王辭，公卿皆當喻旨。司空鄭冲馳使從阮籍求其文，立待之。籍時在袁孝尼家宿，醉，扶而起，書几板爲文，無所治定，乃寫付信。㉚別有毛玠古風，《魏志》曰：太祖爲司空丞相，毛玠爲東曹掾，太祖平柳城，頒所獲器物，特以素屏風、素憑几以賜玠，曰：「君有古人之風，故賜君古人之物。」㉛楊彪舊德，《續漢書》曰：魏文帝賜楊彪几杖，以彰舊德。㉜魏舒遜位，《晉書》曰：魏舒以年老稱疾遜位，詔賜以几杖不朝。㉝吴王稱疾。《漢書》曰：吴王濞稱疾不朝。驗問不實，文帝責問吴使。使者曰：「察見淵中魚，不祥。」於是天子賜吴王几杖。㉞靈産以止足荷賜，吴均《齊春秋》曰：孔靈産授光禄大夫，覽止足之分，不肯拜。太祖以白麈毛扇、素几遺之，曰：「以君有古人之風，故賜卿以古人之物。」㉟王冲以尊大蒙錫。《陳書》曰：王冲爲太子少傅，武帝以冲前代舊臣，特申長幼之敬。及即位，益加尊大。嘗從幸司空徐度宅，宴筵之上，賜之以几。㊱斯所以表王澤之褒崇，優耆年於閑適也。

校勘記

〔一〕漢舊儀　「舊」原作「書」，據宋本並《御覽》卷七一〇引改。

〔二〕祭天　《御覽》卷七一〇引作「天子」。

〔三〕巧倕班爾　「爾」，白本改作「匠」。

〔四〕蚩尤　「尤」原作「亢」，據宋本、黄校本並《御覽》卷七一〇引改。

〔五〕「昔帝」至「之法」云云　原作「黄帝軒轅之智察事之有闕作輿几」，據宋本、黄校本、《御覽》卷七一〇引改。

〔六〕西王母　「王」原作「山」，據宋本、黄校本、白本改。

杖

①夫杖者，所以褒元老，彰淑德。《魏志》曰：文帝引漢太尉楊彪，待以客禮，賜之几杖。詔曰：「先王制几杖之錫，所以賓禮黄耇，褒崇元老也。昔孔光、卓茂，並以淑德年高受茲殊賜，其賜公延年杖及憑几。」②故六十杖於鄉，七十杖於國。《禮·王制》曰：五十杖於家，六十杖於鄉，七十杖於國，八十杖於朝。③則有號以延年，見上注。④賜之朝直。《後漢書》曰：甄琛拜侍中，以其衰老，詔賜御府杖，朝直杖以出入也。⑤荷蓧曾見於丈人，《論語》：子路從而後，遇丈人，以杖荷蓧，子路問曰：「子見夫子乎？」丈人曰：「四體不勤，五穀不分，孰爲夫子？」植其杖而耘。⑥吹火仍聞於太一。《拾遺記》曰：劉向於成帝之末，校書天禄閣，專精覃思。夜有老人，着黄衣，植藜杖，杖端出火，用以照向，具説開闢以前。向因受《五行洪範》之文，恐辭説繁廣，向乃裂裳及紳，以記其言。至曙而去，請問姓名，答曰：「我是太一之精，天帝聞金卯之姓有博學者，下而觀焉。」乃出懷中竹牒，有天文地圖之書，以授之。至向子歆，從父受術，亦不語人。⑦若夫邛竹之來大夏，《史記》曰：張騫云：「臣前在大夏時，見邛竹杖、蜀布，問安得此？大夏人曰：『賈人往市之身毒。』」身毒在大夏之東南數千里云〔一〕。⑧靈壽之出九真，《廣志》曰：九真出靈壽杖。⑨金則有少千之侈，《搜神記》曰：漢文帝微服懷金過魯少千，少千拄金杖出應門。⑩藜則有原憲之貧。《莊子》曰：子夏乘大馬軒車不容巷，往見原憲，原憲杖藜應門。⑪若其刻塔狀新，《塔寺記》曰：謝尚嘗夢其父告之曰：「西南

有氣至，衙人必死，勿當其鋒。建塔寺可禳。未暇立寺，可杖頭刻作塔形，見有氣來擬之。」尚如其言，置杖左右，果有黑氣衝尚家，尚以杖指之，氣即迴散，闔家獲全。氣所經處，數里無復孑遺。⑫飾鳩製古，《續漢書·禮儀志》曰：仲秋按户比，民年七十者授之玉杖，杖端以鳩爲飾。鳩不噎之鳥，欲老人不噎。⑬麟角既傳於劉向，劉向《别録》有麒麟角杖。⑭桃枝亦聞於魏武。《魏武帝與楊彪書》曰：今賜足下銀角桃枝一枚。⑮投葛陂而遽化，《神仙傳》曰：壺公遣費長房歸，以一竹杖與之，曰：「騎此當還家，以投葛陂中。」長房騎杖，忽然如眠，便到家。以杖投葛陂，顧之，乃青龍也。⑯棄鄧林而自茂。見《日賦》「棄杖聞於夸父」注。⑰長房得之而靈變，《神仙傳》曰：費長房欲求道，而顧家憂，壺公乃斷一青竹杖，與長房身等，使懸之舍後。家人見，以爲縊死，大小驚哭，遂殯葬之。長房立其傍，人無見者。後長房歸，家人不信是房，乃發往日所葬，竹杖猶存。⑱介象與之而遐騖。《神仙傳》曰：介象令人騎青竹，自吴往蜀。⑲則有賜於卓茂，見《几賦》「名推卓茂」注。⑳錫以袁逢，華嶠《後漢書》曰：嘉平中，袁逢爲三老，錫玉杖。㉑協楊沛之嘉夢，《魏志》曰：周宣爲郡吏，太守楊沛夢人曰：「八月二日曹公當至，必與君杖，飲以藥酒。」宣占之曰：「夫杖起弱，藥治人病，八月一日，黄巾必滅。」至時，果敗賊。㉒報糜竺之陰功。《拾遺記》曰：糜竺用陶朱計術，日益富，有寶庫千間。竺賑生恤死。家馬廄旁有古冢，夜聞泣聲，尋之，見一婦人，訴云：「漢末爲赤眉所害，扣棺見剥，乞弊衣自掩。」竺從其言。復見婦云：「君應遭火厄，今以青蘆杖一枚，長九尺，報君衣冠之惠。」竺挾杖而歸。後鄉人見竺家有一青氣如龍蛇之形，旬日火從庫起，燒其珠玉，十分遺一。火盛之時，見青衣童子十數人來撲火，又見青氣如雲覆火上，火即滅。㉓聞負手於仲尼，《禮》曰：孔子蚤作，負手曳杖，逍遥於門，歌曰：「泰山其頹乎，梁木其壞乎，哲人其萎乎。」蓋寢疾七日而卒。㉔逢掛錢於阮氏。見《錢賦》「或掛杖頭」注。㉕山賓對巨源之目，《談藪》曰：後魏邢巒字山賓，嘗有疾，策山桃杖。帝問：「此何杖？」答曰：「巨源杖」。太武諱燾，故言焉。㉖昌邑求積竹之製。《新序》曰：昌邑王徵爲天子，到滎陽，買積竹刺杖二枚。龔遂諫曰：「積竹刺杖者，驕蹇少年杖也。」㉗誦武王踐阼之銘，《大戴禮》曰：武王踐阼，杖之銘曰：「惡乎失道於嗜欲，相忘於富貴。」㉘行鄉人飲酒之義。《論語》曰：鄉人飲酒，杖者出，斯出矣。㉙既執末以爲獻，《禮記》曰：獻杖者執末。㉚亦在函而當祭。《周禮》曰：伊耆氏掌國之大祭祀，共其杖函。注：老臣雖杖於朝，事鬼則去之。有司以函藏之，既事乃授之。㉛仲尼制禮，問之有貴賤之差；《吕氏春秋》曰：孔子弟子從遠方來者，孔子荷杖而問曰：「子之父母不有恙乎？」置杖而問曰：「子兄弟不有恙乎？」故孔子以六尺之杖，論貴賤之等，辨親疏之義。㉜陸賈著書，用之在傾危之際。《新語》曰：夫居高者，自處不可以不安，履危者，任杖不可以不固。自處不安則墜，任杖不固則顛。是以聖人居高處上，則以仁義爲巢；乘危履傾，則以聖賢爲杖。

校勘記

〔一〕東南數千里　「南」下宋本、黄校本有「可」字。

扇

①伊彼紈扇，居然可珍。象明月以常滿，徐幹《團扇賦》曰：惟合歡之奇扇，肇伊洛之纖素。仰明月以取象，規圓體之儀度。②發惠風而愈新。曹植《九華扇賦》曰：隨皓腕以徐轉，發惠風之餘寒。③或以紀羊孚之雪，《世説》曰：羊孚作《雪讚》云：「資清以化，乘氣以霏。值象能鮮，即潔成暉。」桓胤遂以書扇。④或以書柳惲之雲。《梁書》曰：柳惲詩云：「亭皐木葉下，隴首秋雲飛。」琅邪王融見而嗟賞，因書齋壁及所執白團扇。⑤想王莽之屏面，《漢書》曰：王莽有用方技待詔黄門者，或問以莽形貌，待詔曰：「莽所謂鴟目虎吻，豺狼之聲，故能食人，亦當爲人所食。」問者乃告之，莽誅滅待詔，而封告者。後嘗翳雲母屏面，非親近莫能見也。注：屏面即便面，蓋扇之類也。⑥思梁冀之擁身。《續漢書》曰：梁冀作擁身扇。⑦則有介子辭禄，《列仙傳》曰：介推入介山從伯陽遊，後世見在東海賣扇。⑧何植居貧，《晉書》曰：植字元幹，常以縛筆、織扇爲業，以奉供養。⑨張敷纏哀於喪母，《梁書》曰：張敷生而母亡，年數歲問之〔一〕，雖童蒙便有感慕之色。至十歲許，求母遺物，而散施已盡。唯得一畫扇，乃緘録之，每至感思，輒開笥流涕。⑩黄香顯名於侍親。《東觀漢記》曰：黄香至孝，夏以扇侍于親側。⑪塗修反影，《拾遺記》曰：周昭王時，塗修國獻丹鵲，夏至取鵲翅爲扇，一名施風，一名條翮，一名反影。⑫丁緩漆輪，《古今注》曰：長安巧工丁緩作七輪扇，連七輪，大皆徑丈，一人運之，則滿堂寒戰。⑬彦回障日，《齊書》曰：劉祥字顯徵，輕言肆行，不

避高下。建元中，爲正員郎。司徒褚彦回入朝，以腰扇障日，祥從側過，曰：「作如此舉止，羞面見人，扇障何益？」彦回曰：「寒士不遜。」祥曰：「不能賣袁劉，安得免寒士？」⑭諸葛揮軍。《語林》曰：諸葛武侯與晉宣帝戰於渭濱，乘素輿，著葛巾，捉白羽扇，指揮三軍。⑮或畫以秦女，《古詩》曰：綾扇如圓月，出自機中素。畫作秦王女，乘鸞入煙霧。⑯或遺之買臣。《古今注》曰：朱買臣爲會稽太守，懷章綬至金亭，而國人未知。錢勃見其黑露，乃勞之曰：「得無疲乎？」遺以紈扇。買臣至郡，引爲上客。⑰謝安賞袁宏之辯，見《風賦》「扇授袁宏」注。⑱王導蔽元規之塵。《晉書》曰：庾亮出鎮於外，以帝舅内執朝權。王導不能平，嘗遇西風，輒舉扇自蔽曰：「元規塵污人。」⑲若夫太子同心之奇，《東宫舊事》曰：皇太子初拜，供漆要扇，青竹扇各一。太子納妃，供同心扇三十，單竹扇二十。⑳班氏合歡之製，班婕妤《扇詩》曰：新製齊紈素，皎潔如霜雪。裁爲合歡扇，團團似明月。出入君懷袖，動摇微風發。㉑曹植之寶九華，曹植《九華扇賦》曰：昔吾先君常侍，得幸漢桓帝，賜尚方竹扇，名曰九華，因賦曰：「形五離而九折，篾氂解而縷分。倣虬龍之蜿蜒，法雲霓之絪緼。因形致好，不常厥儀。方不應矩，圓不中規。」㉒湘東之題八字，《梁書》曰：臨川王宏，字正表，常執白團扇，湘東王取題八字銘玩之。㉓羊欣不書而偃蹇，《梁書》曰：羊欣字敬元，會稽王世子元顯每使書扇，常不奉命。元顯怒，乃以爲後軍府舍人。㉔子顯一揮而傲睨。《齊書》曰：蕭子顯頗負才氣，及掌選，見九流賓客，不與交言，但舉扇一揮而已。衣冠恨之。㉕製自武王，《世本》曰：武王始作箑。㉖禁於晉帝，《晉中興書》曰：安帝義熙中，禁絹扇及樗蒲。㉗大見扶南，《異物志》曰：扶南國昔但知作大扇〔二〕，遣人持之，不知人各自用也。㉘長聞漢世。《古今注》曰：障扇，長柄扇也。漢世多豪俠，象雉尾而製長扇。㉙至若逸少六角，

《晉書》曰：「王羲之居蕺山，見一老姥持六角扇賣之，羲之書其扇，各爲五字。姥初歎惋，因謂姥曰：『但言是王右軍書，以求百錢。』姥如其言，人競買之。後姥復持扇來請書，羲之笑而不答。」㉚**飛燕七華**，《古今注》曰：「趙飛燕爲皇后，上遺賜雲母扇、五明扇、七華扇、翟扇、蟬翼扇。」㉛**傅咸之矜狗脊**，傅咸《狗脊扇賦》曰：「蓋卑以自居，君子之經。孤寡不穀，王侯修名。尚不媿狗脊之爲號，焉顧九華之妙形。」㉜**少千之持象牙。**《搜神記》曰：「魯少千，山陽人，漢文帝微服懷金，欲問其道，少千執象牙扇出應門。」㉝**見伯仁而障面**，《世説》曰：「王敦在西朝，見周顗轉扇障面而後得住，後渡江不能復爾。王歎曰：『不知吾進伯仁退。』」㉞**目温嶠以披紗。**《世説》曰：「温嶠娶姑女，既婚，交禮，女以手披紗扇，撫掌笑曰：『我嫌是老奴，果如所疑。』」㉟**爾其執以摇風**，見上「班氏合歡」注。㊱**用之逐暑**，《春秋繁露》曰：「以龍致雨，以扇逐暑。」㊲**號彼莫難，飾其雲母。**《鄴中記》曰：「石虎作雲母五明金薄莫難扇，薄打純金如蟬翼，二面彩漆，畫列仙奇鳥異獸，雲母帖其中，彩色明徹。虎出時，用此扇挾乘輿。又有象牙桃枝扇，或緑沉色，或木蘭色，或作紫紺色，或作鬱金色。」㊳**武王救暍以遲留**，《帝王世紀》曰：「武王見暍人，擁而扇之。」㊴**顧榮揮陣而容與。**《晉書》曰：「廣陵相陳敏反，留顧榮、甘卓等與共舉事。榮初僞與和，既而説卓共攻之。榮先斂舟於南岸，敏率萬人將出戰，榮自麾以羽扇，敏衆大潰。」㊵**至於堯廚翣脯**，見《風賦》「廚中翣脯」注。㊶**中宿蒲葵**，《晉書》曰：「謝安鄉人有罷中宿縣者，還詣安，安問其歸資〔三〕，答：『嶺南彫敝，惟有蒲葵扇五萬。』安乃取一中者執之。於是京都士庶競慕，價增數倍。」㊷**五明靡麗**，《古今注》曰：「五明扇，舜所作也。既受堯禪，廣開視聽，求賢人以自輔，故作五明扇。秦漢公卿大夫皆用之，魏晉非乘輿不得用。」㊸**單竹精奇。**見上「太子同心」注。㊹**緑沉之於紫紺，木蘭之與桃枝。**並見

「號彼莫難」注。㊺將軍當夏而不操，《太公六韜》曰：冬不衣裘，夏不操扇，名禮將之也〔四〕。㊻京兆走馬而猶持。《漢書》曰：張敞無威儀，時罷朝會，過走馬章臺街，使御吏驅，自以便面拊馬。注：便面所以障面，蓋扇類也。㊼吴猛渡江而畫水，見《江賦》「吴猛畫水」注。㊽范曄繫獄而題詩。《宋書》曰：范曄謀逆被繫，上有白團扇甚佳，送曄，令出詩賦美句。曄書曰：「去白日之昭昭，襲長夜之悠悠。」上爲循覽悽然。㊾或羽翮有損少之嘆，《晉中興徵説》曰：舊羽扇翮用十毛，王敦始改用八羽、翮損少，飛翥不終之兆也。㊿或篋笥有棄捐之悲。班婕妤《扇詩》曰：常恐秋節至，凉飆奪炎熱。棄捐篋笥中，恩情終斷絶。㊿又聞佳晉宫之卞女，《晉書》曰：武帝泰始中〔五〕，博選良家以充後宫。使楊后選所取，后妬，不取端正妙好，唯取長白。時卞藩女有美色〔六〕，帝舉扇障面語后云：「卞氏女佳。」〔七〕后曰：「藩三世后族，不宜枉以卑位。」帝乃止。52表商宗之雊雉，《古今注》曰：雉尾扇起於殷高宗，有雊雉之祥。服章多用翟羽。周制以爲皇后夫人車服，輦車有翣，即緝雉羽爲之，以障翳風塵也。漢朝乘輿服之，後以賜梁孝王。魏晉以來。以爲常准，諸王皆得用也。53何戢之翫蟬雀，《宋書》曰：何戢爲吴興太守，宋孝武賜戢蟬雀扇，善畫者顧景所畫。時吴郡陸探微、顧寶先皆能畫，並歎其巧絶。54文奂之圖山水。《齊書》曰：竟陵王孫賁字文奂，善畫，於扇上圖山水，咫尺之内，便覺萬里爲遥也。55却三伏而迎九秋，功無與比。

校勘記

〔一〕年數歲　「年」字原無，據宋本、黄校本並《御覽》卷七〇二引增。

〔二〕但知作大扇　「知」字原無，據《御覽》卷七〇二引增。「大」原作「去」，據宋本、黄校本、白本、華本改。

〔三〕安問其歸資　「安」字原無，據《晉書·謝安傳》增。

〔四〕名禮將之也　此五字原無，據宋本並《御覽》卷七〇二引增。

〔五〕泰始　「泰始」原作「太元」，據《晉書·謝安傳》並《御覽》卷七〇二引改。

〔六〕時卞藩女有美色　「時」字原無，據宋本、黄校本並《御覽》卷七〇二引增。

〔七〕卞氏女佳　「女」字原無，據宋本、黄校本並《御覽》卷七〇二引增。

事類賦卷之十五

什物部一

筆　硯　紙　墨

筆

①禮曰：士載言，史載筆。古以爲能述事而言，故謂之爲述。《釋名》云。②又以爲能畢舉萬物之形，亦謂之爲畢。成公綏《筆賦序》云。③故秦謂之筆，楚謂之聿，而吴謂之不律。《説文》曰：楚謂之聿，秦謂之筆，吴謂之不律，燕謂之弗。④若乃漆管緑沈之妙，王羲之《筆經》曰：有人以緑沈漆竹管及鏤管見遺，録之多年，斯可愛玩。詎必金寶雕琢然後爲貴乎？⑤文犀象齒之殊，《傅子》云：漢末，一筆之匣，雕以黄金，飾以和玉，綴以隋珠，文以弱翠。非文犀之楨，必象齒之管，豐狐之柱，秋兔之翰。⑥博山爲牀，《東宫舊事》曰：皇太子初拜，給漆筆四枝，銅博山筆牀副焉。⑦錯寶爲跗。《西京雜記》曰：漢制，天子筆以錯寶爲跗，毛皆以秋兔之毫，官師路扈爲之。又以雜寶爲匣，厠以玉璧翠羽，皆直百金。⑧静女嘗貽於彤管，《詩》曰：静女其孌，貽我彤管。⑨周公曾寫於龜書。《尚書中候》曰：玄龜負圖出，周公援筆以時文寫之。⑩爾其中山之毫，《史記》曰：始皇

令蒙恬與太子扶蘇築長城，恬取中山兔毛造筆也。⑪北宮之製，《漢書》曰：尚書令僕丞郎月給大筆一雙，篆題云「北宮工作。」⑫秦將蒙恬之造始，《古今注》曰：昔蒙恬之爲筆也，以柘木爲管，鹿毛爲柱，羊毛爲被，非謂兔毛竹管也。⑬官師路扈之精麗。見上「錯寶爲跗」注。⑭周舍執之而司過，《韓詩外傳》曰：趙簡子有臣曰周舍，立於門下三日三夜，簡子問其故，對曰：「臣以爲，諤諤之臣，墨筆執牘，從君之後，伺君過而書之。」⑮班超投之而立事。《東觀漢記》曰：班超家貧，傭書，嘗輟書投筆歎曰〔一〕：「丈夫當如傅介子、張騫立功異域以取封侯，安能久事筆硯？」⑯怒王思而逐蠅，《魏書》曰：王思性急，嘗執筆作書，蠅集筆端〔二〕，驅去復來。思怒，逐蠅不得，取筆擲地毀之。⑰傷盛吉而流涕。見《冬賦》「盛吉書法」注。⑱驚何晏而遽失，《魏末傳》曰：司馬宣王欲誅曹爽，呼何晏作奏曰：「宜上君名。」晏失筆於地。⑲駭曹公而忽墜。《吴志》曰：曹公聞孫權以荆州資劉備〔三〕，方書，筆落於地。⑳阮檄而曾訝立成，《文士傳》曰：阮瑀舐筆操檄立成。曹公索筆求改，卒無下筆處。㉑禰賦而未嘗停綴。《後漢書》曰〔四〕：黄祖長子射〔五〕，使禰衡作《鸚鵡賦》，筆不停綴，文不加點。㉒至於湘東三品，《梁書》曰：元帝爲湘東王時，好文學，著書常紀録忠臣義士及文章之美者。筆有三品，或金銀雕飾，或用斑竹爲管。忠孝全者，用金管書之。德行精粹者，用銀管書之。文章贍逸者，以斑竹管書之。㉓春坊四枝〔六〕，見上「博山爲牀」注。㉔含毫緬邈，陸士衡《文賦》曰：或含毫而邈然〔七〕。㉕搦管徘徊。虞世南《筆髓》云：夫筆長短不過五六寸，搦管不過二寸〔八〕、㉖楊璇染血而書帛，謝承《後漢書》曰：楊璇字機平，平零陵賊，爲荆州刺史。趙凱横奏，檻車徵之，仍奪其筆硯。乃噛臂出血，以簿中白毛筆染血以書帛上，具陳破賊形勢，及言爲凱所誣，以付子弟，詣闕自訟，詔原之。㉗陶景用荻而畫灰。《陶弘景傳》曰：弘景年四五歲，常以荻爲筆，畫灰中學書，遂爲善隸。㉘觀其染清松之微煙，成公綏《棄故筆賦》曰：染清松之微煙。㉙奉纖毫之積潤，徐摛《詠筆》詩曰：纖毫奉積潤，弱質散芳煙。㉚白牙碧鏤之奇，《景龍文館記》云：中宗令諸學士入甘露殿，其北壁列書架，架前有銀硯一，碧鏤牙管十，銀函盛紙數十種。白牙，見下「却琉璃而若重」注。㉛鷄距鹿毛之雋。白樂天有《雞距筆賦》。王隱《筆銘》曰：豈其作筆，必兔之毫。調利難秃，亦有鹿毛。㉜王充之户牖牆壁，《後漢書》曰：王充好理實，閉户潛思，户牖牆壁各置刀筆，著《論衡》八十五篇。㉝左思之門庭藩溷。《晉書》曰：左思爲《三都賦》，門庭藩溷皆置筆硯，十稔方成。㉞削荆既自於任末，《拾遺記》曰：任末年十四，學無常師，或依林木之下，編茅爲菴，削荆爲筆，夜則映月望星，暗則燃蒿自照。㉟捶琴更聞於柳惲。《梁書》曰：柳惲常賦詩，未就，以筆捶琴，坐客以筯和之。惲驚其哀韻，乃製爲雅音。後傳擊琴，自筆捶之始也。㊱或以作鋤耒於詞園，《語林》曰：晉蔡洪赴洛，洛中人問曰：「吴中舊姓何如？」答曰：「吴府君聖朝之盛佐，明時之俊乂。朱永長理物之宏德，清選之高望。嚴仲弼九皋之鳴鶴，空谷之白駒。顧彦先八音之琴瑟，五色之龍章。張威伯歲寒之茂松，幽夜之逸光。陸士龍鴻鵠之徘徊，懸鼓之待槌。此諸君以洪筆爲鋤耒，以紙札爲良田，以玄默爲稼穡，以禮義爲豐年。」㊲或以爲刀稍於文陣。羲之《筆陣圖》云：夫紙者，陣也。筆者，刀稍也。墨者，鍪甲也。水硯者，城池也。心意者，將軍也。本領者，副將也。結構者，謀畧也。出入者，號令也。屈折者，殺戮也。㊳若至趙國秋毫，王羲之《筆經》曰：諸郡獻兔毫，出鴻都門。唯有趙國毫中用，意謂趙國平原廣澤，無雜草木，唯有細草，是以兔肥，毫長而鋭也。須用仲秋月收之，孟秋去夏近，毫焦而嫩；季秋去冬近，毫脆而秃。惟八月寒暑調，乃中用。㊴遼西麟角，見《硯賦》「張華麟筆」

注。㊵鋒必九分，管唯二握。王羲之《筆經》曰：毛杪合鋒，令長九分。管修二握，須圓正方可。㊶逢陸機而欲焚，陸雲《與兄士衡書》曰：君苗每見兄文，思欲焚筆硯。㊷過仲宣而見閣。《魏志》曰：王粲才高，屬文舉筆便成。鍾繇、王朗各爲魏卿相〔九〕，至於朝廷奏議，皆閣筆不敢措手。㊸闞澤既自傭書，《吴書》曰：闞澤爲人傭書以給紙筆。㊹安世亦嘗持橐。《漢書》曰：張安世持橐簪筆，事孝武數十年，以備顧問。㊺枕中而每欲傳方，《世説》曰：王羲之，曠之子，早於其父枕中竊讀筆説。父恐其幼，不與，乃拜泣而請之。㊻薦下而還聞辟惡。《搜神記》曰：王祐病，有鬼至其家，留赤筆十餘枝於薦下〔一〇〕，曰：「使人簪之，出入辟惡，舉事皆無恙。」㊼鄭譯假潤以爲辭，《隋書》曰：高祖復鄭譯官爵，令内史令李德林作詔書，高熲戲謂曰：「筆乾。」譯答曰：「出爲方牧，杖策言歸〔一一〕，不得一錢，何以潤筆？」上大笑。㊽曹褒懷鉛而嗜學。《東觀漢記》曰：曹褒字叔通，篤學，常慕叔孫通爲漢禮儀，晝夜沉思。寢則懷鉛筆，行則誦文書，當其念至，忽忘所之。㊾僧虔晦迹而見容，《王僧虔傳》曰：齊孝武欲擅書名，僧虔不敢顯迹，常用掘筆，以此見容。㊿卜商括囊於則削。《史記》曰：孔子聽訟，文詞可以與人共，不獨有也。至於修《春秋》，筆則筆，削則削，子夏之徒不能措一詞〔一二〕。(51)若夫陸倕授之於幼場，《梁書》曰：紀少瑜字幼場，嘗夢陸倕以一束青鏤管筆授之，云：「我以此猶可用，卿自擇其善者。」文詞因此遒進〔一三〕。(52)郭璞取之於江淹，《齊書》曰：江淹夢得五色筆，由是文藻日新。後夢有人稱郭璞取之〔一四〕，爾後爲詩絶無美句。時人謂之才盡。(53)白雲先生以鼠鬚而傳法，《世説》曰：王羲之得用筆法於白雲先生。先生遺以鼠鬚筆。又鍾繇、張芝亦皆用鼠鬚筆。(54)晉陵太守謂牙管之傷廉。《宋書》曰：范岫字懋賓，以廉潔著稱。爲晉陵太守，雖牙管一隻，猶以爲費。(55)至於上剛下柔之名，蔡邕《筆賦》曰：上剛下柔，乾坤位也。新故代謝，四時次也。圓和正直，規矩極也。玄首黄管，天地色也。(56)三束五重之美，成公綏《棄故筆賦》云：結三束而五重，建犀角之玄管。(57)夢大手於詞臣，《晉書》曰〔一五〕：晉王珣夢人以大筆如椽與之，人説曰：「君當有大手筆。」後孝武哀策謚文皆珣所草。(58)表赤心於史氏。《古今注》曰：牛亨問彤管何也？答曰：「彤，赤漆耳。史官載事用赤管，言以赤心紀事。」(59)給相如而賦《遊獵》，《史記》曰：相如爲天子遊獵之賦，賦成，武帝令尚書給筆札。(60)供荀悦而成《漢紀》。《後漢書》〔一六〕：獻帝令荀悦爲《漢紀》三十篇，詔尚書給筆硯。(61)蔡琰求之而寫書，《後漢書》曰：曹公欲令十吏就蔡琰寫書，琰曰：「男女禮不親授，乞給紙筆一月，真草唯命。」於是繕寫送之，文無遺誤。(62)王隱授之而脩史。《晉書》曰：王隱始著國史，成八十八卷。屬免官居家，貧未能就，遂南遊陶侃。又詣江州投庾元規，規給其筆札，其書遂成。(63)毦白見譏於辛毗，《魏書》曰：明帝見殿中侍御史簪白筆側階而立，問此何官。辛毗曰：「御史簪筆書過，以紀陛下不依古法者。今直備官毦筆耳。」(64)搢縹嘗聞於夫子。《孝經援神契》曰：孔子制作《孝經》，使七十二子向北辰磬折，使曾子抱《河》《洛》事北向，孔子搢縹筆，衣絳單衣，向北辰而拜。(65)别有點高洋而作主，《齊書》曰：高洋夢人以筆點其額，王曇哲賀曰：「王當作主。」吴孫權夢亦同，熊循解之。(66)賜渾瑊而録功。《唐書》曰：德宗在奉天與渾瑊無名官告千餘軸，使募敢死之士，賜瑊御筆一管，當戰勝量功伐，卽署其名授之，不足卽以筆書其紳。(67)太初有不畜之慎，《魏末傳》曰：夏侯太初見召，還，路絶人事，不蓄筆。其謹慎如此。(68)歐陽有不擇之工。《唐書》曰：歐陽詢書不擇紙筆，皆能如意。褚遂良須手和墨調，精紙良筆方書。(69)至有寶胡盧而彌珍，《漢上題襟集》有段成式寄温飛卿胡盧筆管，往復書二首。(70)却琉璃而若重。王羲之《筆法》曰：昔人或琉璃象牙爲筆管，麗飾則有之，然筆須輕便，重則躓矣。(71)婕妤折之而尚存，《時鏡新書》曰：魏武帝劉婕妤以七月七日折琉璃筆也。(72)鄭灼削之而更用。《梁書》曰：鄭灼家貧好學，抄義疏，以日繼夜，筆毫盡必削而用之。(73)顔裴則炙以課薪，見《冬賦》「顔裴致薪」注。(74)智永則瘞而作冢。《國朝傳記》曰：虞監草行本師於釋智永。永樓上學書，業成方下。其所棄筆頭盈瓮。後瘞之，因爲《退筆冢銘》。(75)亦聞採彼龍鍾，嵇含《筆銘》曰：採管龍鍾，拔毫和兔。(76)截茲箘簵，戴凱之《竹譜》曰：竹之別類百六十二焉〔一七〕，箘簵堪爲矢，大者爲筆。(77)痛頡爲嘉，韋仲將《筆法》云：以鐵梳梳兔毫及青羊，去其穢毛訖，各別用梳掌痛正，毫齊其鋒，端各作扁極，令勻調平好。用衣青羊毛，羊毛去兔毫頭下二分許，然後合扁，卷令極固。痛頡訖，以所正青羊毛截用衣筆心，名爲筆柱，或曰墨池。復用青毫，外如作柱法，使心齊，痛頡內管中，寧心小不宜大。(78)懸蒸有度。王羲之《筆經》曰：筆成，合蒸之，令熟三斗米飯，以繩穿管，懸之水器上一宿，然後可用。(79)清麗識傅玄之銘，傅玄《筆銘》曰：韡韡彤管，冉冉輕翰。正色玄墨〔一八〕，銘心寫言。光讚天人，深勵未然。君子戒之，無攻異端。(80)瞻逸仰嵇含之賦。嵇含《筆賦序》云：騁韓盧，逐狡兔，季秋之月，毫鋒甚偉，遂刊懸崖之竹而爲筆。(81)行本明佩刀之職，《隋書》曰：劉行本累遷掌朝下大夫。周代故事，天子臨軒，掌朝典筆硯持至御坐，則大夫取進之。及行本爲掌朝，進筆於帝，承御復欲取之。行本抗聲謂承御曰：「筆不可得。」帝問之，對曰：「臣聞設官分職，各有司存。臣既不得佩承御刀，承御亦焉得取臣筆？」帝曰：「然。」因令二司各行所職。(82)公權陳正心之喻。《唐書》曰：柳公權爲司封員外，穆宗政僻，嘗問公權筆何則盡善。對曰：「用筆在心，心正則筆正。」上改容，知其筆諫也。(83)訮蠅集於苻堅，《晉書》曰：苻堅與王猛、苻融密議於露臺，有大蒼蠅入自牖間，鳴聲甚大，集筆而去，於市中爲黑衣小兒，呼曰：「官今大赦。」⑭卜蛇銜於管輅〔一九〕。《魏志》曰：管輅往見安平守王基，基令作卦，輅曰：「牀上當有大蛇銜筆，大小共視，須臾失之。」目曰：「蛇，老書佐也。」⑮仲將留神於製作，韋仲將有《筆墨方》，已見「痛頡爲嘉」注。⑯雉恭見求而靳固。羲之《筆法》曰：余嘗自爲筆，甚可用。謝安石、庾雉恭每就吾求之，靳而不與。⑰傳毛穎於韓公，韓愈有《毛穎傳》。⑱目毫錐於白傳。白樂天與元微之將應制科，各有纖鋒細管筆，携以就試，相顧輒笑，目爲毫錐，故贈元相詩曰：「策目穿如札，毫鋒鋭似錐。」⑲逸少驚入木之七分，《晉事》曰：北郊祭文，命更寫之，工人削之，羲之筆已入七分。⑳仲尼止獲麟之一句。《春秋序》曰：絶筆於「獲麟」之一句，所感而起，因所以爲終也〔二〇〕。㉑斯濡翰之爲用，誠詞家之急務也。

校勘記

〔一〕嘗輟書投筆　「嘗」字原無，據宋本、黄校本並《御覽》卷六〇五引增。
〔二〕蠅集筆端　「筆」字原無，據華本增。
〔三〕以荆州資劉備　「資」，宋本、黄校本作「業」。
〔四〕後漢書曰　以上四字原無，此處引文見《後漢書・禰衡傳》，因據補。
〔五〕黄祖長子射　「長」原作「太」，據《後漢書・禰衡傳》改。黄祖長子名射。
〔六〕春坊四枝　「枝」，宋本、黄校本作「枚」。
〔七〕邈然　「邈」原作「緬」，據宋本、黄校本、華本並《文選・文賦》改。
〔八〕二寸　「二」，宋本、黄校本作「三」。
〔九〕王朗　「朗」原作「凱」，據宋本、黄校本改。

〔一〇〕十餘枝　「枝」字原無，據《搜神記》卷五增。

〔一一〕杖策言歸　「杖」原作「效」，據宋本、黄校本並《御覽》卷六〇五引改。

〔一二〕子夏之徒　「子」原作「游」，據宋本、黄校本並《史記・孔子世家》改。

〔一三〕遒進　「遒」字原無，據宋本、黄校本並《御覽》卷六〇五引增。

〔一四〕後夢有人稱郭璞取之　「夢」字原在「稱」下，據華本改。

〔一五〕晉書曰　「書曰」二字原無，查此段引文見《晉書・王珣傳》，因據補。

〔一六〕後漢書　「書」字原無，據華本增。

〔一七〕百六十二　「百」，宋本作「有」。

〔一八〕玄墨　「墨」原作「黑」，據宋本、黄校本、白本改。

〔一九〕卜蛇　「卜」原作「小」，據宋本、黄校本改。

〔二〇〕因所以爲終也　「因」，宋本作「固」。

硯

①採陰山之潛璞，傅玄《硯賦》曰：採陰山之潛璞，間衆材之攸宜。設方圓以定形，假金鐵而爲池。②琢圓池於璧水，楊師道《詠硯詩》曰：圓池類璧水，輕翰染煙華。將軍欲定遠，見棄不應賒。」今有圓如栝，而中隆起，水環之者，名曰璧雍硯，亦謂之分題硯。③成墨海於一紐，《文房四譜》曰：昔皇帝得玉一紐，治爲墨海焉。其上篆文曰「帝鴻氏之硯。」④侔夏鼎之三趾。繁欽《硯讚》曰：鈞三趾於夏鼎，象辰宿之相扶。⑤選自斧柯，柳公權《論硯》云：硯出斧柯山，即觀碁之所也。⑥置之綈几，《西京雜記》曰：天子玉几加綈錦，以玉爲硯，以酒爲書滴，皆取其不冰。⑦或採於吴都山下，《文房四譜》曰：吴都有硯山石。⑧或取於永嘉谿裏。《永嘉記》曰：硯溪一源多石硯。⑨若夫蓮葉馬蹄之狀，繁欽《硯贊》曰：或規如馬蹄，鋭如蓮葉。⑩圓天方地之形，繁欽《硯贊》曰：或薄或厚，乃圓乃方。方如地象，圓似天光。⑪木則貴其能軟，傅玄《硯賦》曰：木則貴其能軟，石則美其潤堅。加朱漆之膠固，含中德之清玄。⑫玉則取其不冰。見上「綈几」注。⑬鴿曾聞於銜水，《文房四譜》曰：藍田玉順山悟真寺有高僧寫《涅槃經》，羣鴿自空中銜水添硯。曾聞彼山僧傳云，亦見白傅百韻詩。⑭蟻或見於沈罶。《纂異記》曰：有徐玄之者，月夜讀書，見武士數百騎，升牀，於花氈上縱兵大獵。又升案，於硯中施罶網，獲魚數百千頭。有王者顧玄之，怒其無禮，囚之。明日，玄之掘地，得蟻穴，盡焚之。⑮滴蟾除之積潤，《西京雜記》曰：昔人盜發晉靈公塚，獲玉蟾蜍

一枚，大如拳，腹容五合水，潤如新玉，取爲盛滴器也。⑯點鴝鵒之寒星。柳公權嘗論硯云：水中石，其色青。山半石，其色紫。山絶頂者尤潤，如猪肝色者嘉。其貯水處有赤白黄色點者，世謂之鴝鵒眼，或脉理黄者，謂之金線。⑰爾其郎官之樣，繁欽《硯贊》曰：腰半微入，謂之郎官樣。⑱終葵之製，《通典》云：虢州貢終葵石硯二十枚。⑲甄后則以爲常用，《魏書》曰：甄后少喜書，常用諸兄筆硯。其兄戲之曰：「汝欲作女博士耶？」后曰：「古者賢女，未嘗不覽前史以觀成敗。」⑳宇文則不能久事。《隋書》曰：宇文慶少年時曰：「書足以記姓名，安能久事筆硯？」㉑劉弘嘗接於晉武，《晉書》曰：劉弘常居洛陽，與武帝同閈，共硯席書。又《世語》云：曹爽與魏明亦同也。㉒彭祖曾同於宣帝。《漢書》曰：張彭祖嘗與漢宣帝微時同硯席，卽位，以舊恩封陽都侯。㉓盧攜怒以相投，《唐書》曰：僖宗時，盧攜、鄭畋爲相不相得，議黄巢事忿争，盧拂衣而起，擲硯相投也。㉔韓愈述其先瘞。韓愈《瘞硯文》曰：隴西李元賓行於褒谷間，誤毁其硯匣，掃埋於京師。愈贊而識之曰：「土乎成質，陶乎成器，器復其質，非生死類。全斯用，毁不忍棄，埋而識之，仁之義。」㉕至於梁武不珍於翔鳳，《梁書》曰：武帝性純儉，吴令唐鏞進鑄成盤龍火爐，翔鳳硯蓋，詔禁錮終身。㉖道支初得於浮槎，《異苑》曰：新道支於水側見一浮槎，取爲硯，製形象魚，有道家符讖，皆置魚硯中。忽失之，夢人曰：「吾暫游湘水，爲二妃所留。今復還，可於水際見尋也。」道支旦至水側，見罾者得一鯉魚〔一〕。買剖之，得先時符讖。方悟，又失之。有人過湘君廟，見此魚硯在二妃側也。㉗蜂貽庾翼，《晉書》曰：庾翼少爲侍中，袁家所重，贈以鹿角書，格蜂硯，象牙筆管。㉘鐵遺洪涯。《洪涯先生傳》曰：先生欲歸河内，舍人劉守璋與道士吴悋、儒生張隱來謁，贈先生揚雄鐵硯，並四皓鹿角枕。㉙翫薇茫之金線，已見「鴝鵒寒星」注。㉚重點滴之青花。

唐李賀有《青花紫石硯歌》云：端州石工巧如神〔二〕，踏天磨劍割紫雲〔三〕。紗帷晝暖墨花春，輕漚縹沫松麝薰。㉛亦聞稠桑美石，唐李匡文《資暇》云〔四〕：稠桑硯始於元和初，因叔祖宰虢之朱陽，諸阮温凊之隙必訪山水。一日於澗側得一石，時携鐫具以往，因刻其遊山之姓氏年月。覺其石美可琢爲硯，但大不可致。又得小如拳甚多，致於縣中。有胥能琢之，而貨大獲利。稠桑石硯始於此〔五〕。㉜興平青色，劉澄之《江州記》曰：興平縣蔡子池南有石穴，深二百許丈，石色青，堪爲書硯。㉝筆運翰染，王粲《硯銘》曰：墨運翰染，榮辱是懲。㉞浮津輝墨。《墨藪》曰：凡書，硯取新石，潤澁相兼，又浮津輝墨者。㉟學時方俟於凍開，《四民月令》曰：正月硯凍開，命童幼入小學。十一月硯冰冷，命童幼讀學《孝經》、《論語》。㊱洗處常聞於水黑。《文房四譜》曰：越州戒珠寺卽羲之宅也，有洗硯池，至今水常黑色。㊲張華以麟筆同賜，《拾遺記》曰：張華《博物志》成，晉武賜以麟角筆管，遼西所獻也。青鐵硯，用于闐所貢鐵爲之也。側理紙萬番，南越所貢也。側理，一名陟釐，又曰陟理，海苔也。㊳王慈以素琴並得。《齊書》曰：王慈年八歲，外祖宋江夏王義恭出寶物，恣其所取。慈但取素琴、石硯而已，義恭善之。㊴取端谿者價重千金，柳公權《論硯》云：端谿石爲硯，至妙益墨，青紫色者可直千金。㊵出清州者名標第一。柳公權《論硯》云：清州石末爲之第一，絳州者次之。㊶或爲祖先而增感，《陳留志》曰：范喬年二歲時，其祖馨臨終〔六〕，撫其首曰：「所恨不得見汝成人。」以所用硯與之。至五歲，祖母告喬，喬執硯而泣。㊷或因雷霆而遽失。柳公權《論硯》云：斧柯山出石硯，昔人採之，必以中牢祭之，不爾雷霆勃興，失石所在。㊸至其汾水精奇，《文房四譜》云：絳縣人善製澄泥硯，縫絹袋於汾水中，踰年而後取，則泥已實囊矣。

陶爲硯，水不涸焉。㊹墐泥妙絶，《文房四譜》云〔七〕：作澄泥硯法，以夾布囊盛墐泥，水中擺之，得細者，澄去清水，令微乾，入黄丹，團挼如麪，入模中壓，令至堅，以竹刀刻作硯狀，微蔭乾，利刀削成，曝乾。厚以稻糠，並黄牛糞和燒之，一復時，然後入墨蠟，貯米醋蒸之五七度，含津益黑，不亞於石者。㊺歙山既重於龍尾，《文房四譜》云：歙州龍尾亞於端谿。㊻西域但施於竹節。《文房四譜》云：西域無紙筆，但有墨，以瓦合，或竹節，即其硯也。㊼秘雀臺之滑膩，《文房四譜》云：魏銅雀臺遺趾，人多發其古瓦，琢硯甚工，貯水數日不燥。世傳云，昔人製此臺，其瓦俾陶人澄泥以絺綌濾過，加胡桃油埏埴之，故與他瓦異。㊽寶栗岡之潤潔。李白《酬殷十一贈栗岡硯》詩云：殷侯三玄士，贈我栗岡硯。灑染中山毫，光輝吴門練。天寒水不凍，日用心不倦。攜此臨墨池，還如對君面。㊾斯所以作城池於筆陣，羲之《筆陣圖》曰：以水硯爲城池。㊿非徒比石墨於讒説也。《太公金匱》硯之書曰：石墨相著而黑，邪心讒言無待而污白。

校勘記

〔一〕見詈者　「見」字原無，據宋本、黄校本增。

〔二〕石工巧如神　「石工」原作「匠」，據《全唐詩》卷三九二改。

〔三〕踏天磨劍　「踏」原作「露」，據《全唐詩》卷三九二改。「劍」，《全唐詩》引作「刀」。

〔四〕李匡文資暇　「匡」字原無，據《四庫全書總目》補，「文」，《四庫總目》作「乂」，《直齋書録解題》亦作「文」。

〔五〕始於此　「於」原作「如」，據宋本、黄校本、白本改。

〔六〕其祖馨　「馨」字原無，據宋本、黄校本、《御覽》卷六〇五引增。

〔七〕此條未注出處，查爲《文房四譜》文，因據補。

紙

①方絮之體，《通俗文》曰：方絮曰紙。②平滑如砥，《釋名》曰：紙，砥也，平滑如砥也。③在古則無，簡牘而已。《春秋序》曰：大事書之於策，小事簡牘而已。④若乃晉武側理，見《硯賦》「張華麟筆」注。⑤漢成赫蹏，《漢書》曰：趙婕妤妬，後宮傅能生子，詔封緑小篋，裏有藥二枚，赫蹏書曰：「告傅能努力飲藥。」注：赫蹏，薄小紙也。赫音鬩，蹏音啼。⑥松花鳳尾，《資暇》云：松花牋，其來舊矣，世以爲薛濤牋，誤也。陸龜蒙叢書云：鳳尾諾，自晉迄於梁陳以來，藩邸之書也。鳳尾卽所諾之文也。諾如今制可也。鳳尾牋，當番薄縷輕，制作精妙也。⑦玉屑香皮。劉恂《嶺表異録》曰：廣州多棧香，堪作紙，名爲香皮。又蜀中有玉屑，屑骨之號〔一〕。⑧意其裂之以告敗，《神仙傳》曰：蜀先主欲伐吴，問李意其，意其求紙，畫作兵士數十，裂壞之。更畫一大人，又壞之。先主出兵，果敗矣。⑨朱詹吞之而療飢。《顔氏家訓》曰：義陽朱詹好學，家貧，日不爨時，吞紙以實其腹，寒則抱犬而卧，後以學顯。⑩至於平淮桃花，《桓玄僞事》曰：玄詔令平淮，作桃花牋，有縹緑青赤等色。⑪東陽魚卵，《墨藪》云：紙取東陽魚卵，虚柔滑浄。⑫段氏雲藍，段成式《與温庭筠雲藍紙絶句序》云：予在九江，出意造雲藍紙，既乏左伯之法，全無張永之功，輒分送五十枚。詩曰：「三十六鱗充使時，數番猶得裹相思。待將袍襖重抄了，寫盡襄陽播掿詞〔二〕。」《文房四譜》云：今飛卿集中有掘柘詞，恐播掿字誤。⑬王公蠶繭，《世説》曰：王羲之書《蘭亭序》，用蠶繭紙、鼠鬚筆，遒媚勁健，

絶代更無。⑭金花薛骨，剡藤麻面。《杜陽編》曰：德宗廟有朱鳥來，常噉玉屑，聲甚清暢。及爲鷙鳥所搏，宮人皆以金花紙寫《心經》薦其冥福。又《國史補》云：紙之妙者，則越之剡藤苔牋，蜀之麻面、薛骨、金花、魚子、十色牋也。⑮分輕重於黄白，《御史故事》曰：按彈奏，白簡爲重，黄紙爲輕。今一例白紙，無差降矣。⑯隨屈伸於舒卷。傅咸《紙賦》曰：攬之則舒，舍之則卷。⑰至若干寶之賜二百，《干寶表》曰：臣前聊欲撰記古今怪異非常之事，博訪知者，片紙殘行，事事各異。又乏紙筆，或書故紙。詔賜紙二百枚。⑱陶侃之獻三千，見《墨賦》「陶侃獻之晉帝」注。⑲青童琅玕之美，《酉陽雜俎》云：東都龍門有一家，相傳廣成子所居也。天寶中，雅禪師居於此。庭多古桐，桐華時有異蜂，聲如人吟。禪師諦視之，具體人也，乃捲竹羃中網而獲焉。置於紗籠中，意嗜桐華，採置其傍。忽有數蜂翔集，隔籠相慰勉。一曰：「予與青童君弈，勝獲琅玕紙十幅，君出當爲我寫星子詞。」語皆非人世事，僧乃舉籠放之。⑳范甯藤角之妍。范甯教曰：土紙不可作文書，皆令用藤角紙。㉑五色方見於鳳銜，《鄴中記》曰：石虎詔以五色紙著鳳雛口中。㉒純白或遭於蟲蠹。《唐書》曰：高宗上元詔曰：「詔勑施行，既爲永式。比用白紙，多有蟲蠹，宜令今後皆用黄紙。」㉓貢以和熹，《東觀漢記》曰：和熹鄧后臨朝，萬國貢獻悉令禁絶，歲時但貢紙墨而已。㉔求之秘府，虞預《表》曰：秘府有布紙三萬餘枚，不任寫御書，乞四百枚付著作吏寫起居注。㉕嘉百幅於杜暹，《唐書》曰：杜暹爲婺州參軍，秩滿將歸，吏以紙萬張贈，暹唯受百幅。人歎之曰：「昔清吏受一大錢何異也？」㉖美一函於魏武。魏武《令》曰：今諸掾屬侍中〔三〕、别駕常於月朝各進得失〔四〕，給紙函各一。㉗爾其甿茲靡滑，劉孝威《謝官紙啓》曰：雖復鄴殿鳳銜、漢朝魚網、平淮桃花、中宮穀樹，固以慙茲靡滑，謝此鮮華。㉘閲此廉方，傅咸《紙賦》曰：既作契以代緗，又造紙而當策。廉方有體，柔性全真。含章蘊藻，實好斯文。㉙薛濤則矜誇蜀樣，《資暇録》曰：元和之初，薛濤好製小詩，惜其幅大，不欲長賸，乃狹小之。蜀中才子既以爲便，後減諸牋亦如是，特名曰薛濤牋。㉚僧虔則銜耀銀光。《丹陽記》曰：江寧縣有紙官署，齊高帝造紙所也。嘗造凝光紙賜王僧虔，一云銀光。㉛出晉朝者爲山濤之賜〔五〕，山簡《表》曰：臣父濤，奉先帝手澤青紙詔〔六〕。㉜墜郴州者爲温裕之祥。《因話録》曰：大中中，孔温裕因直諫貶郴州，有鵲喜於廷，兒孫拜之，飛去。墜下方寸紙，上有補闕字。未幾，徵還，果有此拜。㉝美東宮之縹紅，《東宮舊事》曰：皇太子初拜，給赤紙、縹紅麻紙各百張。㉞重六合之雲陽。《國史補》曰：雲陽有六合牋，又有蒲州白薄、重抄臨川滑薄。㉟至有樹葉尤珍，《林邑記》曰：九真俗，書樹葉爲紙。又鄭虔爲廣文博士，學書，病無紙，知慈恩寺有柿葉數屋，遂借僧居止，取紅葉學書，歲久殆徧也。㊱桑根更潔，《文房四譜》曰：雷孔璋曾孫穆之，猶有張華與祖書，乃桑根紙也。㊲蔡侯始訝於鮮華，《東觀漢記》曰：黄門蔡倫典作尚方，作紙，所謂蔡侯紙也。《輿服志》曰：蔡侯紙用故麻，名麻紙。木皮，名穀紙。故魚網，名網紙。㊳子良復稱其妙絶。蕭子良《答王僧虔書》曰：子邑之紙，妍妙輝光。仲將之墨，一點如漆。㊴因相如而逾貴，《漢書》曰：司馬相如作《子虚賦》，楊得意誦之，帝善其詞，都下傳寫，爲之紙貴。㊵遇羲之而不節。《語林》曰：王右軍爲會稽，謝公乞牋，庫中有九萬張，悉與之。桓宣武云：「逸少不節。」㊶羊續補被而道隆〔七〕，謝承《後漢書》曰：羊續爲南陽，於清率下，唯卧一幅布，綯敗，糊紙補之。㊷葛洪賣薪而志切。《抱朴子》曰：洪家貧，伐薪賣之，以給紙墨。常乏紙，所寫皆翻覆有字，人少能讀。㊸斯可以資日用於詞園，垂無窮之芳烈者也。

校勘記

〔一〕屑骨之號　「之」，宋本、黄校本作「紙」。
〔二〕播揺詞　「詞」原作「詩」，據宋本、黄校本改。
〔三〕侍中　「侍」原作「治」，據《曹操集·求言令》改。
〔四〕月朝　「朝」，《曹操集·求言令》作「朔」。
〔五〕山濤　黄校本作「山公」。
〔六〕手澤　宋本、黄校本作「手筆」。
〔七〕補被　原作「被補」，據宋本、黄校本改。

墨

①《真誥》曰：墨者陰之象。《真誥》曰：今書通用墨何？蓋文章屬陰，墨，陰象也。②《釋名》曰：墨者晦之義。《釋名》曰：墨者，晦也。言似物晦默也。③陸雲得之於魏臺，《陸士龍與兄書》云：一日上三臺，曹公藏石墨數十萬斤，今送二螺。④陶侃獻之於晉帝。《文房四譜》曰：陶侃獻晉帝牋紙三千枚，墨二十丸，皆極精妙。⑤或名重張金，《石崇奴券》曰：張金好墨，過市數螺也。⑥或妙稱祖氏。《四譜》曰：祖氏本陽定人〔一〕，唐之墨官也。世以易水墨爲上，祖氏之名聞天下也。⑦王郎既受於嘉惠，《陳留耆舊傳》曰：王郎剛猛，能解盤牙，破節目。考驗楚王瑛謀反，連及千餘人，事竟引入，詰問無謬。一見賜御筆墨，再見賜佩帶，三見除司徒西曹掾。⑧張永亦傳其巧思。《宋書》曰：張永善隸書，又有巧思。紙及墨皆自營造，上每得永表啓，輒執玩咨嗟，自歎供御者不及。⑨污扇上而因成駮牛，《晉書》曰：王獻之與桓温書扇，誤爲墨污，因就成一駮牸，甚工。又曹興畫屏風，誤污，因爲蠅，文帝以手彈之。⑩出池中而更驚童子。《四譜》曰：義熙中，三藏佛馱陁住建業謝司空寺，造護淨堂，譯《華嚴經》。堂下忽化出一池，常有青衣童子自池中出，與僧灑掃研墨也。⑪王遠書之而入木，《神仙傳》曰：漢桓帝徵仙人王遠，遠乃題宫門四百餘字，帝惡而削之，外字去，内字復見，墨皆入木裏。⑫班孟噴之而成字。《神仙傳》曰：班孟能嚼墨，一噴皆成字，盡紙有意義。⑬復有二螺九子，二螺見上「陸雲得之於魏臺」注。《四譜》曰：古有九子之墨，祝婚者多子，善禱之

義。祝曰：「九子之墨，成於松煙。本姓長生，子孫圖邊。」又段成式送温飛卿墨書曰：名殊九子，狀異二螺。⑭上黨隃糜，《四譜》曰：上黨松心爲墨尤佳。《漢書》曰：尚書令僕丞郎月賜隃糜大墨一枚、小墨一枚。段成式送温飛卿墨書曰：隃糜松節，絶已多時。⑮其堅如玉，其紋若犀。《四譜》云：黟歙之地有李超者，本易水人，唐末流離，遂居歙，造墨尤妙，其堅如玉，其紋如犀。⑯別有吐於魚腹，陶隱居《本草注》曰：烏賊魚腹中有墨，今作好墨用之。⑰磨之楯鼻。《四譜》曰：潁川荀濟與梁武有舊，而帝素輕之。及梁受禪，乃入北。嘗云，曾於楯鼻磨墨，作文檄梁。⑱和冀公二兩之煙，《冀公墨法》：松煙二兩，丁香、麝香、乾漆各少許，以膠水搜作挺，火煙上薰之，一月可使。入紫草末色紫，入秦皮末色青〔二〕。⑲矜仲將一點之漆。《蕭子良書》曰：仲將之墨，一點如漆。⑳揚雄受賜而石室觀書，《西京雜記》曰：詔令尚書賜揚雄筆墨，觀書石室。㉑王肅通靈而東齋注《易》。《輿地志》曰：漢時王朗爲會稽太守，子肅隨之郡，住東齋中。夜有女子從地出，稱趙王女，與肅語，曉別贈一丸墨。肅方欲注《周易》，因此便覺才思開悟。㉒故有領袖如皂，而脣齒皆黑。趙壹《非草書》曰：十日一筆，月數丸墨。領袖如皂，脣齒皆黑。㉓至於藏廬岳之十年，《墨藪》曰：廬山松煙，代郡之鹿角膠，十年已上，强如石者，妙也。㉔給東宫之四丸，《東宫故事》曰：皇太子初拜，給香墨四丸。㉕王勃之盈衣袖，《唐書》曰：王勃幼，嘗夢人遺之墨丸盈袖，後文章大進。㉖新室之污陵垣。《漢書》曰：光武起，王莽令以墨污渭陵、延陵周垣。㉗亦有斮髓明志，《宋雲行記》曰：西天磨休王斮髓爲墨，寫《大乘經》。㉘刳心表虔，《拾遺記》曰：昔老君居景室山，與老叟五人共談天地之數，撰經書垂十萬言。有溪提國二神人〔三〕，出金壺，中有墨汁，狀若淳漆，以寫之。及金壺汁盡，二人乃刳心瀝血，以代墨焉。五老即五天之釋也〔四〕，景室，太室少室也〔五〕。㉙賣薪著業，見《紙賦》「葛洪賣薪」注。㉚飲水懲愆。《北齊朝會儀》曰：諸郡守勞訖，遣陳土宜，字有謬誤及書跡濫劣者，必令飲墨水一升。㉛玄光有文嵩之傳，文嵩有《松滋侯易玄光傳略》云：光字處晦，燕人也。其先號青松子。玄光與南越石虛中爲研究雲水之交，與宣城毛元鋭爲文章濡染之友。天子重儒，封玄光爲松滋侯，以文章顯用。㉜青松吟曹植之篇。曹植《樂府詩》曰：墨出青松煙，筆出狡兔翰。㉝斯筆陣之鍪甲，羲之《筆陣圖》曰：墨者，鍪甲也。㉞實文苑之攸先也。

校勘記

〔一〕陽定人　「陽」，宋本、黄校本作「易」。
〔二〕色青　「青」，宋本、黄校本作「碧」。
〔三〕溪提國　「溪」，《拾遺記》卷三作「浮」。
〔四〕五天之釋　「釋」，《拾遺記》卷三作「精」。
〔五〕太室少室　原作「大室小室」，據宋本、黄校本改。

事類賦卷之十六

什物部二

舟　車　鼎

舟

①昔聖人刳木爲舟，以利千古。《易》曰：刳木爲舟，剡木爲檝，舟檝之利，以濟不通。②或曰肇自虞姁、工倕，《吕氏春秋》曰：虞姁作舟。姁音劬，又音詡。《墨子》曰：工倕作舟。③或曰起於貨狄、共鼓。《世本》曰：共鼓、貨狄，黄帝二臣也，始作舟。④雖權輿於窾木，《淮南子》曰：古人見窾木浮而爲舟〔一〕。⑤或矜夸於浮土。《世本》曰：廪君名相，姓巴氏，與樊氏、曋氏、相氏、鄭氏，凡五姓爭神，以土爲船，雕文畫之，船浮者，神以爲君。獨廪君船浮，因立爲君。⑥則有吴之餘皇，《左傳》曰：楚敗吴，獲其舟餘皇。⑦漢之雲母。《拾遺記》曰：漢成帝以雲母飾鷁首，名雲母舟。⑧白魚瑞周而斯躍，《周書》曰：武王伐紂，濟河，有白魚躍入王舟，王取而燎之以薪。⑨黄龍感禹而來負。《吕氏春秋》曰：禹南省，方濟于江，黄龍負舟，舟中人五色無主，禹仰天歎曰：「吾受命於天，竭力以養人。生，性也；死，命也，奈何憂於龍焉？」龍弭耳曳尾而逝〔二〕。⑩苟汎然而無繫，《莊子》曰：巧者

勞而智者憂，無能者無所求。食而遨遊，汎若不繫之舟。⑪則觸之而不怒。《莊子》曰：方舟而濟河，有虚舟來觸，則雖有褊心之人，終不怒也。忽有一人在其上，則惡聲隨之。向不怒而今怒，向虚而今實。⑫若乃道濟舴艋，《異苑》曰：檀道濟元嘉中鎮潯陽，有人施罟於柴桑，收得大船，孔鑿若新。使匠作舴艋，工人誤截兩頭，以爲不祥，殺三巧手。及入朝，果伏誅。⑬黄蓋艨艟，《吴志》曰：周瑜逆曹公，部將黄蓋取艨衝鬬艦數十艘，實以薪草，灌膏其中，裹以帷幕，上建牙旗，乘風縱之〔三〕，同時發火。時風猛盛，悉從燒岸上營，曹公軍敗退。⑭徐宣凌波而抗厲，《魏志》曰：徐宣遷司隸校尉，從明帝至廣陵，六軍乘舟，風浪暴起，帝船洄倒。宣舟在後，凌波而前，羣寮無至者，帝壯之。⑮鄧通持櫂以踖容。《漢書》曰：鄧通以櫂船爲黄頭郎。注曰：土勝水，其色黄，故刺船郎皆著黄帽。⑯艤烏江而待項羽，《史記》曰：項羽敗，欲東渡烏江，烏江亭長艤船待。⑰燒赤壁而走曹公。《江表傳》曰：周瑜破魏軍，曹公復書與權曰：「赤壁之役，值有疾疫，孤燒船自退，横使周瑜虚獲此名。」⑱大見馳馬，《晉書》曰：武帝謀伐吴，詔益州刺史王濬修舟艦。濬乃作大船連舫，方百二十步，受二千餘人。以木爲城，起樓櫓，開四門，其上皆得馳馬來往。又畫鷁首怪獸於船首，以懼江神。舟檝之盛，自古未有。⑲祥聞集蜂。《語林》曰：周武王東伐，夜濟河，時月明如晝，八百之旅皆薦寶而歌，有大蜂狀如丹鳥，飛集王舟，因以鳥畫幡旗。翌日而梟紂，名其船曰蜂舟。鄭人擊趙簡子，得其蜂旗，則其遺類。⑳故可以凌迅流，馬融《廣成頌》曰：方餘艎，連舼舟。張雲帆，施蜺幬。靡颸風，凌迅流。發櫂歌，縱水謳。㉑翼長風者也。左思《吴都賦》曰：篙工檝師，選自閩禺。翼御長風，狎翫靈胥。㉒爾乃浮江千里，《漢書》曰：武帝浮江射蛟，舳艫千里。注：舳，船後持柁處。艫，船頭刺櫂處。㉓攻楚萬艘，《蜀王本記》曰：秦爲舶船萬艘，欲攻楚。㉔**水淺而但能浮芥**，《莊子》曰：水之積也不厚，則其負大舟也無力。覆杯水坳堂之上，則芥爲之舟，置杯焉則膠矣，水淺而舟大也。㉕**河廣而曾不容舠**。《詩》曰：誰謂河廣，曾不容舠。㉖**至如沙棠之法**，《拾遺記》曰：漢成帝常與趙飛燕戲太液池，沙棠爲舟，貴不沉没也。㉗**木蘭之麗**，任昉《述異記》曰：魯班刻木蘭爲舟〔四〕，詩家所云木蘭舟出於此。㉘**采菱翔鳳之名**，《西京雜記》曰：太液有采菱舟。陶季直《京邦記》曰：宋武渡六合，龍舟翔鳳以下三千四百五艘，船檝之盛，前代無此〔五〕。㉙**指南常安之制**。《晉宫閣記》曰：靈芝池有鳴鶴舟、指南舟。都池有華潤舟、常安舟。㉚**梁麗晉舶之稱**，《莊子》曰：梁麗不以衝城。注：麗，小船也。《風俗通》曰：晉曰舶。㉛**吴舸越女之類**。張揖《埤雅》曰：舸，吴船也，音凋。《西京雜記》曰：太液池有越女舟。㉜**或實薪芻而舉火**，見「黄蓋艨艟」注。㉝**或建幡旐而照水**。《西京雜記》曰：昆明池中有戈船數百艘，建戈矛，四角悉垂幡，旄旌葆麾，蓋照灼涯涘。旺，音餌。㉞**李郭並汎而登仙**，《後漢書》曰：郭林宗遊洛陽，始見河南尹李膺，膺大奇之，遂相友善。於是名震京師。後歸鄉里，衣冠諸儒送至河上，車數千兩。林宗惟與膺同舟而濟，衆賓望之，以爲神仙。㉟**胡越同心而共濟**。王弼《易傳》曰：同舟共濟，則胡越何患乎異心。㊱**樂兹清曠**，《西京雜記》曰：太液池中有鳴鶴、容與、清曠、采菱等舟。㊲**嘉其輕利**〔六〕。梁王筠《詠輕利船應臨汝侯教》詩曰：君侯飾輕利，摇蕩邁飛雲。陵漾浮鷁采，映水焕蛟文。㊳**卜式博昌之習**，《漢書》曰：卜式願與臨菑習弩。博昌習船者死南越。㊴**賀齊絳襜之侈**，《吴志》曰：將軍賀齊，性奢綺，所乘船雕刻丹鏤，青蓋絳襜，艨艟鬬艦，望之若山。㊵**顔回言賜也之來**〔七〕，《衡波傳》曰：孔子使子貢於吴，久而不來，謂弟子占之，遇鼎，皆言無足不來。顔回掩口而笑曰：「無足者，乘舟而來矣。」子貢朝至，如回言。㊶

郭翻屈庾翼之至。《晉中興書》曰：安西庾翼以帝舅之重，躬往逼郭翻，欲强起之。翻船狹小，欲引就大船，翻曰：「使君不以鄙賤而辱臨之，此固野人之舟也。」翼俯屈入其船中。㊷詠桂櫂而見《楚辭》，《楚辭》曰：桂棹兮蘭枻，斲冰兮積雪。㊸被豹裘而迎晉使。《説苑》曰：晉平公使叔向聘吴，吴人飾舟以逆之，左右各五百人，有繡衣豹裘者，錦衣狐裘者，叔向歸以告平公曰：「吴其亡乎！」㊹巨川則道著傅説，《書·説命》曰：若濟巨川，用汝作舟檝。㊺五湖則功成范蠡。《吴越春秋》曰：范蠡既滅吴，乃乘扁舟，出三江，入五湖，人莫知其所適。㊻亦聞甘寧之錦纜示奢，《吴書》曰：甘寧住止常以繒錦纜舟，去輒割棄，以示奢。㊼顧氏之布帆無恙。《世説》：顧長康作殷荆州佐，請假還東，爾時例不給布帆，顧苦求之。發至破冢，便遭風大敗，作牋與殷云：「行人安穩，布帆無恙。」㊽風波已没於杜畿，《魏志》曰：僕射杜畿作御樓船，於陶河試船，遇風没。文帝詔曰：「冥勤其官而水死，稷播百穀而山死。杜畿忠之至也。」㊾艘檝豈長於梁相。《説苑》曰：梁相死，惠子欲之梁，渡河墮水中。船人救之，曰：「子欲何之而遽也？」曰：「梁無相，吾欲往相之。」船人曰：「子居船檝之間而溺，無我則死矣，子何能相梁乎？」惠子曰：「居廣艘長檝之間，則我不如子，至於安國家利社稷，子比我矇矇如未視狗耳。」㊿孫權回之而受箭，《魏略》曰：孫權乘大船來觀軍，公使弓弩亂發，箭著其船，船偏重將覆〔八〕。權因迴船，復以一面受箭，箭均船平，乃還。(51)蒼舒刻之而秤象。《魏志》曰：鄧哀王仲字蒼舒，五六歲智若成人。孫權曾致巨象，太祖欲知其輕重，訪之羣下，咸莫能出其理〔九〕。仲曰：「置象大船之上而刻其所至，稱物以載之，則較可知矣。」太祖大悦，即施行焉。(52)愚者既聞於求劍，《吕氏春秋》曰：楚人有涉江者，其劍自舟中墜於水，遽刻其船曰：「是吾劍所從墜也。」舟去，從所刻處入水求之。不亦惑乎？(53)智士俄觀其脱衣。《漢書》曰：陳平逃歸漢，渡河，船人疑有金，陰欲害之。平脱衣刺船，遂免害。(54)漢水有沉膠之責，《帝王世記》曰：昭王濟漢，船人惡之，以膠船進王。中流船解，王没于水。(55)河流有泛柏之詩。《詩》曰：汎彼栢舟，在彼中河。注：舟在河中，猶婦人在夫家，是其常處。(56)亦有紼纚見維，《詩》曰：汎汎楊舟，紼纚維之。注：紼，緈也。纚，繫也〔一〇〕。(57)舳艫相接。郭璞《江賦》曰：舳艫相接，萬里聯檣。(58)嘗聞其越舼蜀艅，《淮南子》曰：越舼蜀艅，不能無水而行。(59)豈用夫瓊艘瑶檝。《抱朴子》曰：瓊艘瑶檝，無涉川之用；金弧玉弦，無激矢之能。是以介潔而無政事者，非撥亂之器；儒雅而乏治略者，非翼亮之才。(60)復有蔡姬見蕩，《左傳》曰：齊侯與蔡姬乘舟于囿，蕩公，公懼變色，禁之不可，公怒歸之。(61)秦將曾焚〔一一〕，《左傳》曰：秦孟明伐晉，濟河焚舟，取王官及郊。(62)汎兹五會，周處《風土記》曰：小曰舟，大曰船。温麻五會者，永寧縣出豫章材，合五板以爲大船，因以五會爲名也。晨鳧者〔一二〕，青桐大船名，諸葛恪所造鴨頭船也。浩漂者，言船之在水，如蓮花散落浮於川也。(63)容乎萬人。《漢宫殿疏》曰：武帝作昆明池，周匝四十里，爲豫章大船，可載萬人，船上起宫室。(64)飛雲嘗見於吴國，《江表傳》曰：孫權乘飛雲大船，與張昭、魯肅等共追送敍別〔一三〕。(65)青翰曾聞於鄂君。見《歌賦》「鄂君繡被」注。(66)復有漢武申汾河之歌，見《歌賦》「横汾壯麗」注。(67)廣德有便門之諫。《漢書》曰：上酎祭宗廟〔一四〕，出便門，欲御樓船。御史大夫薛廣德當乘輿，免冠諫曰：「宜從橋。」詔曰：「大夫冠」。廣德曰：「陛下不聽臣，臣自刎以血污車輪，陛下不入廟矣。」上不悦。光禄大夫張猛進曰：「臣聞主聖臣直，乘船危，就橋安，聖主不乘危。御史大夫言可聽。」上曰：「曉人不當如是也。」乃從橋〔一五〕。(68)穆滿之乘龍鳥，《穆天子傳》曰：天子乘鳥舟、龍舟浮于大沼焉。注：舟以龍鳥爲形制，猶今吴之青雀舫。⑲山松之望鳧鴈。見《江賦》「西陵縈帶」注。⑳或以伐江陵之木，《漢書》曰：伍被曰：「吴王伐江陵之木以爲船。」㉑或以習昆明之戰。《漢書》曰：武帝時，越欲與漢用船戰，遂乃大修昆明池，列舘環之，治樓船高十餘丈，旗幟加其上。㉒至若翔螭赤馬，《語林》曰：漢武始穿昆明池，汎翔螭舟，時日已西傾，涼風激水，女伶歌甚清。帝追思李夫人之儔不可復得，悽然賦落葉哀蟬之曲。《釋名》曰：舟名青翰、千翼、赤馬。㉓鷁首鴨頭，《淮南子》曰：龍舟鷁首。注：鷁，水鳥也，畫其象著船首。《吴志》曰：諸葛恪製鴨頭船。㉔汎越王之三翼，《越絶書》曰：越爲大翼、中翼、小翼船以戰。梁孝王《船名詩》曰：「天暝浮雲飛，三翼自相追。」㉕督孫權之伍樓。《吴志》曰：曹公出濡須，孫權使董襲督伍樓船往會戰。㉖先登見號，《晉令》曰：水戰，有小兒先登船，飛鳥船、飛雲船、蒼隼船，各相去四十五步。㉗利涉爲謀。《易·中孚》曰：利涉大川，乘木舟，虚也。㉘亦聞蒼隼晨鳧，王粲《海賦》曰：乘菌桂之舟，晨鳧之舸。蒼隼見上。㉙飛廬青雀，《釋名》曰：船上屋曰廬，重屋曰飛廬。《晉書》曰：陶侃擊蜀賊王真，真鉤得侃青雀船，侃入小舫得脱。㉚或造以爲梁，《詩》曰：親迎于渭，造舟爲梁。㉛或藏之於壑。《莊子》曰：藏舟於壑，藏山於澤，謂之固矣，然而夜半有力者負之而走〔一六〕，昧者不知也。㉜天淵既汎於飛龍，靈芝亦浮於鳴鶴。《晉宫閣記》曰：天淵池有紫宫舟、升進舟、曜陽舟、飛龍舟、射獵舟。靈芝池有鳴鶴舟。㉝岸上人驚，戴延之《西征記》曰：檀山向恪，水道經宜陽三欒，三欒男女老幼未嘗見船，既聞晉使泝流，皆相引蟻聚川側，俯仰傾笑。㉞水中龍躍，《晉書》曰：晉將伐吴，有童謡云：「阿童復阿童，銜刀浮渡江，不畏岸上虎，但畏水中龍。」既而王濬自益州造大船聯舫，順流而下，遂建平吴之功。阿童，濬小字也。㉟所以浮巨浸而濟不通，爲利斯溥。

校勘記

〔一〕見窾木　「見」字原無，據宋本、黄校本增。

〔二〕曳尾而逝　「逝」，宋本作「逃」。

〔三〕縱之　「之」原作「以」，據宋本、黄校本改。

〔四〕刻木蘭爲舟　此五字原無，據宋本、黄校本增。

〔五〕前代無此　「此」，宋本、白本作「比」。

〔六〕嘉其輕利　「其」原作「則」，據黄校本改。

〔七〕顔回言賜也之來　「言」，宋本、黄校本作「知」。

〔八〕船偏重將覆　「船」字原無，據宋本、黄校本並《御覽》卷七六八引增。

〔九〕咸莫能出其理　「出」字原無，據宋本、黄校本並《御覽》卷七六八引增。

〔一〇〕繫也　「繫」，宋本、黄校本作「綏」。

〔一一〕秦將曾焚　「焚」原作「聞」，據宋本、黄校本改。

〔一二〕晨凫者　「者」字原無，據宋本、黄校本增。

〔一三〕追送　原作「送追」，據宋本、黄校本、《御覽》卷七七〇引改。

〔一四〕上酎祭宗廟　「酎」原作「將」，據黄校本並《御覽》卷七六八引改。

〔一五〕乃從橋　「橋」字原無，據宋本、黄校本並《御覽》卷七六八引增。

〔一六〕然而夜半有力者負之而走　宋本、黄校本中「而」作「不知」，「走」作「趨」。

車

①聖人作舟車以濟不通，故車始於椎輪，《文選序》曰：椎輪爲大輅之始。②因彼飛蓬。《淮南子》曰：見飛蓬轉，而知爲車。③金輅則樊纓九就，《周禮》曰：巾車掌王之五路，一曰玉路，錫，樊纓十有再就，建太常以祀。金路，鉤，樊纓九就，建大旗，以賓，同姓以封。象路，朱，樊纓七就，建大赤，以朝，異姓以封。革路，龍勒，條纓五就，建大白，以即戎，以封四衛。木路，前樊鵠纓，建大麾，以田，以封蕃國。注：王在焉曰路。錫，馬面當盧刻金爲之。樊，讀如鞶，馬大帶也。纓，在膺。鉤，婁頷也。以賓，謂會賓客。象路，朱，以朱飾勒也。龍勒，龍駹也，以白黑雜色飾勒也。條，讀爲條，以條絲飾纓。前，讀爲翦，淺黑也。鵠纓，鵠色飾纓。④耕根則青質三重。《鹵簿令》曰：耕根車青質〔一〕，蓋三重，餘同玉輅，籍田則供之。⑤或駕於皁下，沈約《輿服志》曰：輦車，《周禮》王后五路之車也。后居宮中，從容所乘，非王車也。漢制，乘輿御之，或使人挽，或駕以皁下馬。⑥或挽彼轅中。《後漢書》曰：江革遇亂，以母老不欲摇動，自在轅中挽車，不用牛馬，鄉里稱之曰江巨孝。⑦戒驅塵而出軌，《禮》曰：國中以策彗郵勿驅，塵不出軌。⑧當擊轂以移風。《晏子》曰：齊人好擊轂相犯以爲樂，禁之不止。晏子爲新車良馬，出與其人相犯曰：「擊轂者不祥。」下車去之，然後國人不爲。⑨若夫朱英緑縢，《詩》曰：公車千乘，朱英緑縢。注：朱英，矛飾。緑縢，緄也。⑩文茵暢轂，《詩》曰：陰靷鋈續，文茵暢轂，駕我騏馵。注：陰，揜軌也。靷，所以引也。鋈，白金。續，靷也。暢，

長也。⑪公侯則紫蓋兮朱裏，《後魏書》曰：安車紫蓋朱裏，與公侯同，子皂蓋青裏。⑫乘輿則黄屋兮左纛。《宋書》曰：漢制，乘輿，翠羽蓋黄裏，所謂黄屋也。加犛牛尾，大如斗，置左騑馬軛上，所謂左纛也。犛，音猫。⑬力戰則朱血之染輪，《左傳》曰：晉伐齊，戰于鞌，張侯謂郤獻子曰：「自始戰，而矢貫余手及肘，余折以御，左輪朱殷，豈敢言病？吾子忍之。」⑭疾讒則羣輕之折軸。《漢書》曰：中山靖王勝曰：「積羽沉舟，羣輕折軸。衆口鑠金，積毁銷骨。」⑮伏波之思下澤，見《露賦》「馬援浪泊」注。⑯楚子之及蒲胥。《左傳》曰：楚子使申舟聘于齊，曰：「無假道于宋。」申舟曰：「鄭昭，宋聾，晉使不害，我則必死。」王曰：「殺汝，我伐之。」及宋，宋人殺之。楚子聞之，投袂而起，屨及於窒皇，劍及於寢門之外，車及於蒲胥之市。⑰方載脂而載舝，《詩》曰：載脂載舝，還車言邁。⑱豈弗馳而弗驅。《詩》曰：子有車馬，弗馳弗驅。⑲施組銜璧，析羽流蘇。《續漢書・輿服志》曰：大行載車，其飾如金根，加施組，組連璧，交結四角，金龍首銜璧，垂五采，析羽流蘇。⑳陳平方交於長者，《漢書》曰：陳平家乃負郭窮巷，以席爲門，然門多長者車轍。㉑輪扁俄譏其古書。《莊子》曰：桓公讀書，輪扁斵輪於堂下，釋椎鑿謂公曰：「公所讀者，古人之糟粕也。以臣之事觀之，斵輪徐則甘而不固，疾則苦而不入，不徐不疾，得之於手，應之於心，口不能言，有數存於其間。而臣不能喻臣之子，臣之子亦不能受之於臣。古之人與其不傳者死矣，故曰糟粕。」㉒漢則婕妤辭輦，《漢書》曰：成帝游後庭，欲與班婕妤同輦，辭曰：「觀古圖畫，賢聖之君，皆有名臣在側，三代末主，乃有嬖妾，今欲同輦，無乃似之乎？」上善其言，乃止。㉓魏則先主同輿。《蜀志》曰：曹公征吕布還，表先主爲左將軍，禮之愈重，出則同輿。㉔驚彼投人，《左傳》曰：楚與晉戰，叔山冉搏人以投，中車折軾。㉕駭兹載鬼。《易》曰：見豕負塗，載鬼一車。㉖或號追鋒，《傅子》曰：「追鋒車施通幰，遽則乘之。㉗或如流水。見《水賦》「馮氏行車」注。㉘或因叔敖而高，《史記·孫叔敖傳》曰：楚俗好庳車，王以爲不便輿馬，欲下令使高之。叔敖曰：「令數下，民不知所從，不可。王必欲高車，臣請教閭里，使高其梱，乘車者皆君子，君子不能數下車。」王許之。居半歲，民悉自高其車。㉙或鄙慶封之美。《左傳》曰：齊慶封來聘，其車美，叔孫曰：「服美不稱，必以惡終，美車何爲？」㉚不可疾言，《論語》曰：升車必正立執綏，不内顧，不疾言，不親指。㉛寧宜妄指。《禮》曰：車上不廣欬，不妄指。㉜沈慶之乘猪鼻，沈約《宋書》曰：沈慶之每朝賀，常乘猪鼻無幰車，左右從之不過三五騎，履行田園，每農桑劇月，無人從行，過者不知三公也。及廢，帝賜三望車，謂人曰：「我每遊，履田園，有人時與馬成三，無人時則與馬成二，今乘此車，安所之乎？」㉝王導之驅塵尾。《晉書》曰：王導妻曹氏妬，導憚之，乃密營别館以處衆妾。曹氏知，將往焉，導恐妾被辱，遽令命駕。猶遲之，以所執塵尾柄驅牛以進。蔡謨聞之，戲導曰：「朝廷欲加公九錫。」導弗之覺，但謙退而已。謨曰：「不聞餘物，唯有短轅犢車，長柄塵尾。」導大怒。㉞網絡朱絲，《儀制令》曰：諸車，一品青油纁通幰朱裏朱絲絡網，三品以上青通幰朱裏，五品以上青偏幰碧裏，六品以下皆不得用幰。㉟徘徊黑耳。《晉公卿禮秩》曰：安平王孚薨，葬，給徘徊黑耳車一乘。《傳暢故事》曰：尚書令軺車黑耳後户。㊱葦則沛相，《後漢書》曰：袁忠爲沛相，乘葦車到官，以清亮稱。㊲篳聞楚子，《左傳》曰：若敖、蚡冒篳路藍縷以啓山林。注：若敖、蚡冒，楚之先。篳路，柴車。藍縷，弊衣。㊳大路昭儉，《左傳》曰：清廟茅屋，大路越席，大羹不致，粢食不鑿，昭其儉也。㊴竿摩僭擬，《董卓别傳》曰：卓僭擬車服，乘金華青蓋車，畫兩輪，時人號爲竿摩車。㊵趙簡好弊〔二〕，《説苑》曰：趙簡子乘弊車，瘦馬，衣羖羊之裘。其宰諫曰：「車新則安，馬肥則往來疾，衣狐豹之裘温且輕。簡子曰：「吾聞之，君子服美則益恭，小人服美則益倨〔三〕。今我以自備，恐有小人之心也〔四〕。」㊶田差惡侈。《説苑》曰：晉平公爲馳逐之車，挂之以犀，錯之羽，立於殿下，羣臣得觀焉。田差三過而不觀，平公大怒。差曰：「桀以奢亡，紂以侈敗，是以不敢觀也。」平公曰：「善。」乃去車。㊷太警有牧野之陳，《書》曰：武王戎車三百兩，虎賁三百人〔五〕，與受戰于牧野。㊸遠行有祖軷之祭。《周禮》曰：大馭玉路以祭，及犯軷，遂驅之。注：行山曰軷〔六〕。犯之者，封土爲山象，以菩芻棘栢爲神主，既祭之，以車轢之而去，喻無險難也。《晉書》曰：舊説黄帝子纍祖好遠遊，道死，故祭以爲道神也。㊹至如巢望晉軍，《左傳》曰：楚子登巢車以望晉軍。注：巢車，車上樓櫓。㊺樓呼宋人，《左傳》曰：登諸樓車，使呼宋人而告之。㊻陳遵留客以投轄，見《井賦》「陳遵投轄」注。㊼張綱獻直而埋輪。《後漢書》曰：張綱字文紀，與杜喬等八人受詔行天下，號曰八使。七人皆奉命，惟綱獨埋車輪於洛陽都亭，曰：「豺狼當道，安問狐狸。」遂奏梁冀等罪，京師震悚。㊽爾其奚仲初製，《山海經》曰：番禺生奚仲，奚仲生吉光，是始以木爲車。注云：《世本》曰：奚仲造車。此言吉光，明其父子其創意。又《續漢書·輿服志》曰：奚仲爲車正，具物以時，六材皆良。㊾軒轅始作，《古史考》曰：黄帝作車，少皞時駕加牛，禹時奚仲駕馬，廣車之制度。又《釋名》曰：黄帝造車，故號軒轅氏。㊿《書》著肇牽，《書》曰：肇牽車牛，遠服賈，用孝養厥父母。51《詩》稱孔博。《詩》曰：戎車孔博，徒御無斁。㉞狶膏棘軸之喻，《史記》曰：淳于髡曰：「狶膏棘軸，所以爲滑也，然不能運方穿。」53鹽浦染輪之樂。《子虛賦》曰：騖於鹽浦，割鮮染輪。注：切生肉，揳車輪，鹽而食之。揳，而玄切。54或驅蒲輪，《史記》曰：封禪爲蒲輪車，惡傷土石草木。又《漢書》曰：蒲輪安車以徵賢。55或駕皮軒。《漢官解》曰：馬有厩，車有府皮軒，以虎皮爲軒。(56)丞相之容馭吏，《漢書》曰：丙吉爲丞相，馭吏嗜酒，數逋蕩。嘗從吉出，醉嘔丞相車茵上，西曹主吏白欲斥之，吉曰：「以醉飽之失去士，使此人復何所容？西曹第忍之，不過污丞相車茵爾。」(57)尹喜之占老君。《關令内傳》曰：尹喜嘗登樓，望東極有紫氣西邁，曰：「應有聖人過京邑。」果見老君乘青牛車來過。(58)桓榮稽古以荷賜，《後漢書》曰：桓榮爲少傅，賜輜車乘馬。榮大會諸生，陳其車馬印綬曰：「今日所蒙，稽古之力也，可不勉乎！」(59)魏舒喪子而承恩。《晉陽秋》曰：魏舒子亡，詔給陽燧四望車，使出入觀望，散其哀懷。(60)淳于既同於炙輠，《史記》曰：淳于髡其諫説，慕晏嬰之爲人，然而承意觀色爲務，故齊人謂之炙輠。輠者，車之盛膏者，炙之不盡，猶有餘流，言髡之智如此。(61)吴起亦聞於徙轅〔七〕。《韓子》曰：吴起爲西河守，秦有小亭，欲攻之，乃徙車轅於北門外，令曰：「有能徙於南門外者，賜上宅。」民莫徙也。有徙者，賜之如令。又置一石，亦令曰：「有徙者，賜之如初。」民爭徙之。乃令曰：「明旦攻城，有先登者，賜上宅上田。」民爭上，一朝而拔之。(62)直如生而繼如附，《周禮》曰：輿人爲車，輪，圜者中規，方者中矩，立者中縣，衡者中水，直者如生焉，繼者如附焉。注云：治材也，如生，如木從地生，附如木之附枝也。(63)方象地而圓象天。《周禮》曰：軫之方也，以象地也。蓋之圜也，以象天也。輪輻二十，以象日月也。(64)亦有節以鳴鸞，《大戴禮》曰：王升車則聞和鸞之聲，是以非僻之心無自入也。馬動而鸞鳴，鸞鳴而和應。上車以和鸞爲節，下車以佩玉爲度。(65)飾之雲母，《袁子正書》曰：以雲母飾犢車，謂之雲母車，臣下不得乘，時以賜王公。又《晉書》曰：謝玄敗苻堅於淝水，獲所乘雲母車。(66)貳轂重牙，《輿服志》曰：乘輿金根車五乘，輪皆朱班，重牙二轂。(67)倚龍伏虎。《輿服志》曰：諸車之文，乘輿倚龍伏虎，靈文畫輈。皇太子、皇子、諸侯，倚虎伏鹿，靈文畫轓。公侯倚鹿伏熊，黑轓朱班輪。⑱亦聞長萬奔而輦母，《左傳》曰：宋南宫長萬奔陳，以乘車輦其母，一日而至。⑲考叔爭而挾輈。《左傳》曰：公孫閼與穎考叔爭車，穎考叔挾輈以走，子都拔棘以逐之。⑳行澤欲杼，行山欲侔。《周禮》曰：輪人爲輪，行澤者欲杼，行山者欲侔。杼以行澤，則是刀以割塗也，是故塗不附。侔以行山，則是摶以行石也，是故輪雖敝不甐於鑿。注：杼謂薄其踐地者。侔，上下等。摶，圜厚也。甐亦敝也，輪厚則不敝於鑿中。㉑視之不過乎五巂，《禮》曰：立視五巂，式視馬尾，顧不過轂。㉒御之必經乎三周。《禮》曰：御婦車，而壻授綏，御輪三周。㉓則有指南司方，左思《吴都賦》曰：俞騎騁路，指南司方。出車檻檻，被練鏘鏘。㉔起於涿鹿，崔豹《古今注》曰：黄帝與蚩尤戰涿鹿之野，蚩尤作大霧，軍士皆迷路，帝作指南車。㉕駟馬以駕，《鹵簿令》曰：指南車駕四馬，正道匠一人，駕士十四人。㉖信旛是矚。《述征記》曰：尚方北門中有指南車，車上有木仙人，持信旛，車轉而人常指南。㉗見肅慎之獻雉，《鬼谷子》曰：肅慎氏獻白雉於文王，還恐迷路，周公作指南車以送之。㉘聞鄭人之取玉。《鬼谷子》曰：鄭人之取玉也，必載指南之車，爲其不惑也。㉙馬鈞既洞其精微，《魏書·馬鈞傳》曰：先生與高堂隆、秦朗爭，言及指南車，二子謂古無之，記言之虚也。先生曰：「古有之。」明帝乃召先生作之，車果成。㉚解飛亦言其委曲。《後趙録》曰：尚方令解飛，機巧若神，妙思奇發，造指南車。㉛復有備其五色，應劭《漢官儀》曰：天子有五色車，皆駕四馬。沈約《宋書》曰：立車五色，安車亦如之，皆天子之車也。㉜名之七香，魏武《與楊彪書》曰：今贈足下四望通幰七香車二乘，青牸牛二頭。㉝具之輗軏，《論語》曰：大車無輗，小車無軏，其何以行之哉？㉞矩以陰陽。《周禮》曰：轂也者，爲利轉也。凡斬轂之道，必矩其陰陽。陽也者，稹理而堅；陰也者，疏理而柔。是故以火養其陰〔八〕，而濟諸其陽，則轂雖敝不蔽。轂小而長則柞，大而短則摯。稹，音盡。蔽，音秏。柞，鋤革反。摯，音至。(85)杜林推之者鹿，《東觀漢記》曰：杜林寄隗囂而終不屈節，建武六年，弟成物故，囂乃聽林持喪東歸。既遣而悔，令刺客楊賢於隴底遮殺之。賢見林身推鹿車載致弟喪，乃歎曰：「當今之世，誰能行義？我雖小人，何忍殺義士。」因亡去。(86)晉武馭之者羊。《晉書》曰：武帝掖庭，並寵者衆，莫知所適，乘羊車恣其所之。宫人乃取竹葉插户，鹽汁灑地，以引帝車。(87)駕牛聞張湯之禍，《漢書》曰：丞相長史朱買臣三人案捕田信與張湯居物致富，上使讓湯，湯自殺。其母葬以牛車，有棺無槨。上聞，殺三長史。(88)乘騾覩劉禪之降。《蜀志》曰：後主劉禪乘騾車降鄧艾。(89)諫趙同之共處，《史記》曰：孝文帝出，趙同驂乘，袁盎伏車前曰：「臣聞天子所與共六尺輿者，皆天下英豪。今漢雖乏人，獨奈何與刀鋸餘人載？」於是上笑，下同。同泣而下車。(90)戒甯戚之無忘。《户子》曰：甯戚爲桓公祝曰：「使公無忘在莒，管子無忘在魯，戚無忘車下〔九〕。」(91)周道之行有棧，《詩》曰：有棧之車，行彼周道。(92)渭陽之贈乘黄。《詩》曰：我送舅氏，曰至渭陽。何以贈之，路車乘黄。(93)又有三材之輪，《周禮》曰：輪人爲輪，斬三材必以其時。三材既具，巧者和之。轂也者以爲利轉也，輻也者以爲直指也，牙也者以爲固抱也。注：三材以爲轂輻牙也。轂用雜榆，輻用檀，牙用橿。(94)四寸之鍵，《户子》曰：文軒六馼，無四寸之鍵則車不行，小亡則大不成也。(95)千秋駕之而入宫，《漢書》曰：田千秋年老朝見，得乘小車入殿中，故號車丞相。(96)安平御之而升殿。《晉起居注》曰：太始四年正月，上臨軒，詔太宰安平王孚載輿升殿。(97)彼傅祗與王導，並優容於殊睠。《晉諸公讚》曰：司徒傅祗以足疾遜位，不許，板輿上殿。又《晉書》曰：王導有羸疾，不堪朝會，顯宗詔令乘輿入殿，不得施拜。(98)別有祥聞曠左，《禮》

曰：祥車曠左。[99]武則綏旌，《禮》曰：兵車不式，武車綏旌。[100]上帝運斗以爲用，見《星賦》「運中央者帝車」注。[101]天子建德以攸行。《禮》曰：天子以德爲車，以樂爲御。[102]東宫畫輪之制，《東宫舊事》曰：皇太子初拜，有畫輪四望車。[103]王后重翟之名。《禮》曰：王后五路：一重翟，二厭翟，三安車，四翟車，五輦車。[104]不巾不蓋之狀，《續漢書·輿服志》曰：輕車，古之戰車也，不巾不蓋。《孫吴兵法》云：有巾有蓋謂之武剛車，武剛者爲先驅，又爲屬車，後爲殿焉。[105]三望四望之稱。《袁子正書》曰：晉氏有三望車、四望車。見上注。[106]龍首夭矯以銜軶，鸞雀聳峙而立衡。《宋書》曰：漢制，乘輿金根，安車立車皆文獸伏軾，龍首銜軶，鸞雀立衡。[107]閶闔之輂載脂，《詩》曰：閶闔車之輂兮。[108]茱萸之輞尤精。石崇奴券曰〔一〇〕：作車當取大良白槐之輻，茱萸之輞〔一一〕。[109]及夫金薄繆龍之飾，《宋書》曰：漢制，乘輿、金根、安車、立車，輪皆朱斑重轂，兩轄飛軨，以金薄繆龍，爲輿倚較，靈文畫轓。[110]武剛陷軍之制，《漢書》曰：衛青伐匈奴，以武剛車自環爲營。又《史記·三王傳》曰：賞以元戎。注云：元戎十乘，以先啓行，謂兵車也。衡軶之上並有劍戟，名曰陷軍之車，所以冒突先啓敵家之行伍也。[111]如輊兮如軒，《詩》曰：戎車既安，如輊如軒。注：輊音致，前重也。軒，後重也。[112]左實兮右僞。《左傳》曰：齊侯登巫山以望晉師，晉人使乘車者左實右僞，以旆先。輿曳柴而從之。[113]四輪起於王莽，《漢書》曰：王莽造四輪車，駕六馬，力士三百人，黄衣赤幘，輓上人擊鼓，挽者呼登仙。莽出，令在前。百官竊言：「此似輭車，非仙物也。」[114]平上本乎梁冀。《東觀漢記》曰：梁冀僭侈，作平上軿車。[115]張季荷劉詡之仁，謝承《後漢書》曰：潁陽劉詡好賑貧乏，陳國、張季札弔國喪，值冰寒，車毁牛病，不能進，詡逢之，推所乘車强牛與之。[116]汝南受晉武之賜。《晉書》曰：武帝賜汝南王亮追鋒皁車、犢車。(117)或以香衣爲號，《晉太康起居注》曰：齊王歸藩，詔賜香衣輦一乘。(118)或以畫雲表麗，《漢書》記曰：武帝作畫雲車。(119)或軘廣而作路，《左傳》曰：鄭人賂晉侯以廣車、軘車，淳十五乘，甲兵備。注：廣、軘，皆兵車名。(120)或輅軿而更貴，《袁子正書》曰：漢世賤輅車而貴輜軿，魏晉賤軿車而貴輅車。(121)或爲輻以共轂，《老子》曰：三十輻共一轂，當其無有車之用。(122)或駢衡而挂轊。鮑明遠《蕪城賦》曰：當昔全盛之時，車挂轊，人駕肩，廛閈撲地，歌吹沸天。(123)巷出由於鄭人，《左傳》曰：楚伐鄭，鄭人卜行成不吉。卜臨於大宫，且巷出車，吉。(124)轍亂知於曹劌。《左傳》曰：齊與魯戰于長勺，齊師敗績。公將馳之，曹劌曰：「未可。」下視其轍，登軾而望之，曰：「可矣。六國難測也，懼有伏焉。視其轍亂，望其旗靡，故逐之。」(125)至夫專防風之骨，《家語》曰：吴伐越，隳會稽，獲神骨一節，專車。使聘魯問孔子。孔子曰：「昔禹會羣臣於塗山，防風氏後至，戮之。骨專車焉。」(126)見長狄之眉，《穀梁傳》曰：長狄兄弟三人，佚宕中國，瓦石不能害。叔孫得臣射中其目，身横九畝。斷其首載之，眉見于軾。(127)仕俄閈於生耳，《異語》曰：仕宦不止，車生耳。(128)瑞或見於垂綏。《孝經援神契》曰：德至山陵，則山出木根車，應載萬物。金車者，王者至行仁德則出。虞舜德盛於山陵，故山車出。山車者，自然之物也，山藏之精，與象車相似。舜仁德盛，山車垂綏。(129)然丘則剛金爲輞，《拾遺記》曰：周成王六年，然丘之國獻比翅鳥，以玉爲樊。其國使者衣雲霞之布，經百餘國，方至京師。越鐵峴，汎沸海，有蛇洲、蜂岑。鐵峴削礪，車輪皆剛金爲輞，比至京師，輞鋭幾盡。沸海涌起如沸煎也，魚鱉皮骨堅強如石，可以爲鎧。汎沸海之時，以銅薄舟底，蛟龍不得近。經蛇洲，則以豹皮爲屋，於屋中推車。經蜂岑，然胡蘇之木。此木煙能殺百蟲。經塗五十年而至洛也。(130)奇肱則從風以飛。見《風賦》「飛車初駭於奇肱」注。(131)美晏子之能讓，《説苑》曰：晏子朝，乘敝車，駕駑馬。景公遺之輅車乘馬，三反不受，曰：「夫輅車乘馬，君乘之，上臣亦乘之。下民之無義，侈其衣食而不顧其行，何以禁之？」卒不受也。⑫嘉宰予之見辭。《孔叢子》曰：孔子使宰予于楚，楚昭王以安車象飾遺孔子。宰予曰：「夫子無以爲也。夫子言不離道，動不違仁。妻不服綵，妾不衣帛。車器不雕，馬不食粟。若夫觀物之麗靡，窈妙之浮音，夫子遇之弗聽也。故臣知夫子之不用此車也。」⑬辟惡記里之用，《鹵簿令》曰：記里、白鷺、鸞旗等車，並駕四馬。辟惡車，太卜令一人在車執弓箭。皮軒車，左右金吾隊正一人在車執弓〔一二〕。⑭黄鉞豹尾之儀。《鹵簿令》曰：黄鉞車，或曰金鉞車，左武衛隊正一人在車次。豹尾車，右武衛隊正一人在車，皆武弁朱弋。⑮斯國容之爲盛，見文物之彰施。

校勘記

〔一〕耕根車　「車」原作「革」，據宋本、黄校本改。
〔二〕趙簡好弊　「好」原作「妙」，據宋本、黄校本改。
〔三〕君子服美則益恭小人服美則益倨　二「美」字原作「善」，「小」原作「細」，據宋本、黄校本並《御覽》卷七七三引改。
〔四〕小人　「小」原作「細」，據宋本、黄校本並《御覽》卷七七三引改。
〔五〕三百人　「百」原作「千」，據宋本、黄校本並《御覽》卷七七二引改。
〔六〕行山曰軷　「山」原作「三」，據宋本、黄校本並《周禮・夏官・大馭》注改。
〔七〕吴起　「起」原作「楚」，據宋本、黄校本改。
〔八〕是故以火養其陰　「以」字原無，據宋本、黄校本並《周禮・冬官考工記》增。

〔九〕車下　原作「下車」，據宋本、黄校本改。

〔一〇〕奴券　「券」原作「契」，據《御覽》卷七七三引改。

〔一一〕茱萸之輞　「輞」原作「軔」，據正文並《御覽》卷七七三引改。

〔一二〕執弓　「弓」，宋本、黄校本作「弩」。

鼎

①**夫鼎者，鑄九牧之金而調五味者也。**《説文》曰：鼎，三足兩耳，和五味之寶器也〔一〕。昔禹貢九牧之金，鑄鼎荆山之下，民入山林川澤，魑魅魍魎莫能逢之。②**夏氏象物，**《左傳》曰：王孫滿勞楚子，楚子問鼎之大小輕重焉。對曰：「在德不在鼎。昔夏之方有德也，遠方圖物，貢金九牧，鑄鼎象物。桀有昏德，鼎遷于商。商紂暴虐，鼎遷于周。德之休明，雖小重也；其奸回昏亂，雖大輕也。成王定鼎于郟鄏，卜世三十，卜年七百，天所命也。周德雖衰，天命未改，鼎之輕重，未可問也。」③**鄭人鑄刑，**《左傳》曰：鄭人鑄刑書於鼎〔二〕，以爲國之常法也。④**魯有壽夢之賄，**《左傳》曰：魯襄公享晉六卿，賄荀偃束錦加璧乘馬，先吴壽夢之鼎。⑤**衛有孔悝之銘。**《禮》曰：衛孔悝之鼎銘曰：公曰：「乃祖莊叔，左右成公，隨難于漢陽，即宫于宗周。奔走無射，啓右獻公。獻公乃命成叔，纂乃祖服。乃考文叔，興舊嗜欲。其勤公家，夙夜不解。予女銘，若纂乃考服。」悝拜稽首，勤大命於于烝彝鼎。⑥**危見魚游，**丘希範《檄陳伯之書》曰：將軍魚游沸鼎之中，燕巢飛幕之上。⑦**妖聞雉升。**《書》曰：高宗祭成湯，有飛雉升鼎耳雊。注：耳不聰之異。⑧**逸少之紀書迹，**《鼎録》曰：王羲之鑄書鼎，自以真隸書，述已之書功，沉於九江。⑨**張陵之刻丹經。**《鼎録》曰：張陵得仙鼎十，鼎刻丹經，埋於雲臺山下。⑩**識元常之受賜，**《鼎録》曰：鍾繇字元常，魏文帝在東宫賜五熟鼎一口。⑪**嗟主父之見烹。**《漢書》曰：主父偃曰：「丈夫生不五鼎食，死即五鼎烹。」⑫**爾其形觀附耳，**《爾雅》

曰：鼎絶大，謂之鼐。圓弇上，〔三〕謂之鼒。附耳外，謂之釴。注云：鼎耳在表。鼒音兹，釴音翼。⑬**象聞折足，**《易》曰：鼎折足，覆公餗。⑭**或刻以萬壽，**《鼎録》曰：漢武帝登泰山，鑄一鼎，銅銀爲之，其形若甕，文曰「登于泰山，萬壽無疆」。四海寧謐，神鼎傳芳」。⑮**或文之五熟。**《鼎録》曰：漢景帝鑄一鼎，名食鼎，以銅金銀而爲之，其形若瓶，無足。文曰「五熟是資，君王之膳」。⑯**則有陸遜破備，**《鼎録》曰：吴陸遜破劉備軍，鑄一鼎，其文曰「破備鼎」。⑰**蕭何紀功。**《鼎録》曰：蕭何爲丞相，鑄一鼎，大如三石甕，自表己功，其文曰「紀功鼎」。⑱**或云昧旦以猶怠，**《左傳》曰：晉叔向曰：「讒鼎之銘曰，昧旦丕顯，後世猶怠。」⑲**或云三命而益恭。**《禮》曰：宋正考父鼎銘曰：「一命而僂，再命而傴，三命而俯。循牆而走，亦莫余敢侮。饘於是，粥於是，以餬余口。」⑳**王孫滿之責楚子，**見上「夏氏象物」注。㉑**臧哀伯之諫魯公。**《左傳》曰：宋華父督弑殤公，以郜大鼎賂公，納於太廟。臧哀伯諫曰：「武王克商，遷九鼎于洛邑，義士猶或非之，而況將昭違亂之賂器於太廟，其若之何？」㉒**復聞扛自項王，**《漢書》曰：項羽能扛鼎。㉓**舉由秦武，**《史記》曰：秦武王與孟説舉龍文之鼎，絶臏而死。㉔**遺以子産，**《左傳》曰：鄭子産聘于晉，韓宣子私焉，曰：「寡君寢疾，夢黄熊入於寢門，其何厲鬼也？」對曰：「昔堯殛鯀于羽山，其神化爲黄熊，以入于羽淵，實爲夏郊，三代祀之。晉爲盟主，其或未之祀也乎？」韓子祀夏郊。晉侯有間，賜子産莒之二方鼎。注云：方鼎，莒所貢。㉕**旌夫魏祖。**《鼎録》曰：魏武造一鼎於白鹿山，高一丈，記征伐戰陣之能。㉖**既表太師之名，**《鼎録》曰：董卓爲太師，鑄一鼎，文曰「太師」。㉗**亦爲王商而鑄。**《鼎録》曰：王商爲單于長，帝令鑄鼎，刻其功以勸忠臣。㉘**爾其銅簴生毛，**《鼎録》曰：漢宣帝建章銅人簴生毛，以爲美祥，鑄一金鼎，埋之建章宫。㉙**玉璜出渭，**《鼎録》曰：太公於渭水得玉璜，鑄一鼎，刻其文曰「璜鼎」。㉚見彼汾陰，《漢書》曰：漢武得汾陰寶鼎，藏于甘泉，羣臣上壽賀：「陛下得周鼎。」吾丘壽王曰：「非周鼎。」上怒。對曰：「天祚有德，寶鼎自出，此天以與漢，是漢鼎，非周鼎也。」㉛齊于泗水，《史記》曰：太丘社亡，而鼎没于泗水彭城下。始皇過彭城，齋戒禱祠，欲出周鼎，使千人入水求之，不得。又曰：孝文時，新垣平言：「周鼎亡在泗水中，今河溢通泗，臣望東北直汾陰有金寶氣，意周鼎其出乎？兆見不迎，則不至。」於是使治廟汾陰，南臨河，欲祠出周鼎。㉜列之柏寢，《東觀漢記》曰：廬江獻鼎，詔召鄭衆，問齊桓公之鼎在栢寢臺，見何書？《春秋左氏》有鼎事幾？衆對狀，除郎中。㉝陳而礿祭〔四〕。《後漢書》曰：孝明帝時，王雒山出寶鼎，詔曰：「鼎象三公，豈公卿奉職得其理耶？太常礿祭之日，陳鼎於祖廟，以備器用。賜三公帛五十疋，九卿、二千石半之。」㉞動之而必資九萬，《戰國策》曰：秦興師，於周求九鼎，顔率謂齊王曰：「周之君臣内自計畫，以鼎與秦，不若歸之大國，願大王圖之。」齊王發師救周，秦兵還罷。率至齊曰：「願獻九鼎，不識大國何塗之從而致之？」齊王曰：「寡人將寄塗於梁。」對曰：「不可。梁之君臣欲得九鼎，謀之渒臺之下，少海之上，其日久矣，入梁鼎必不出。」齊王曰：「將寄塗於楚。」對曰：「不可。楚之君臣欲得九鼎，謀之華廷之中，其日久矣，若欲入楚，鼎必不出。鼎者，非效醯壺醬甀，可懷藏提挈，非若烏集烏飛，兔興狐逝，而能至於齊。昔周之伐殷也，得九鼎，一鼎九萬人挽之，九九八十一萬人，器機備具稱此。」王乃止。渒，徒旦切。㉟舉之而亦須十二。《周禮》曰：王日一舉鼎，十有二物，皆有俎。注：牢鼎九，陪鼎三。㊱既不汲而自盈，亦不炊而常沸。《晉中興書》曰：神鼎者，仁器也。能輕能重，能息能行。不炊而沸，不汲自盈。絪緼之氣，自然所生也。亂則藏於深山，文明應運而至，故禹鑄鼎以擬之。㊲得美陽者表厥尸臣，《漢書》曰：宣帝時，美陽得鼎獻之，張敞議曰：「鼎有刻書曰「王命尸臣，官此栒邑，賜爾鸞旂，黼黻琱戈」，此鼎殆周之所以襃賜諸侯子孫，刻銘先功也。」㊳鑄荆山者當乎天紀。《史記》曰：黄帝採首山銅，鑄鼎於荆山下。鼎既成，有龍垂胡髯，下迎黄帝。㊴出有莘而見負，《史記》曰：伊尹欲干湯，乃爲有莘氏媵臣，負鼎俎以滋味説湯，致於王道。㊵行鄏賓而未已。孫暢之《述書》曰：禹鑄九鼎，人不覺鼎移，而日移五步。自周郟鄏已來東南移，不知今至何國也？道人商行傳曰：鼎在鄏賓，於陽州是西北。㊶梁武之寫仙經，《鼎録》曰：梁武帝鑄一金鼎，寫老子五千文。蕭子雲書之，沉于九江中。㊷楚子之求分器。《左傳》曰：楚子謂右尹子革曰：「今吾使人於周求鼎以爲分器，王其與我乎？」對曰：「與君王哉！」㊸觀象犧易，利金玉之貞，《易》曰：鼎黄耳、金鉉，利貞。玉鉉，大吉，無不利。㊹致用王家，有崇貫之異。《禮》曰：崇鼎、貫鼎，天子之器也。注：崇、貫皆國名。

校勘記

〔一〕寶器也　「器」原作「濡」，據宋本、黄校本、白本、華本並《御覽》卷七五六引改。

〔二〕鑄刑書　「刑」原作「問」，據宋本、黄校本、白本、華本改。

〔三〕圓弁上　「弁」原作「僉」，據宋本、白本並《御覽》卷七五六引改。

〔四〕陳而礿祭　「而」，宋本、黄校本作「於」。

事類賦卷之十七

飲食

茶　酒

茶

①夫其滁煩療渴，《唐書》曰：常魯使西蕃，烹茶帳中，謂蕃人曰：「滌煩療渴，所謂茶也。」蕃人曰：「我此亦有。」命取以出，指曰：「此壽州者，此顧渚者，此蘄門者。」②換骨輕身，陶弘景《雜録》曰：苦茶輕身換骨，昔丹丘子、黄山君服之。③茶荈之利，其功若神。《説文》曰：茶，苦茶也，即今之茶荈。④則有渠江薄片，《茶譜》曰：渠江薄片，一斤八十枚。⑤西山白露，《茶譜》曰：洪州西山之白露。⑥雲垂緑脚，《茶譜》曰：袁州之界橋，其名甚著，不若湖州之研膏紫笋，烹之有緑脚垂下。⑦香浮碧乳。《茶譜》曰：婺州有擧岩茶，斤片方細，所出雖少，味極甘芳，煎如碧乳也。⑧挹此霜華，《茶譜》曰：傅巽《七誨》云：蒲桃、宛奈、齊柿、燕栗、常陽黄梨、巫山朱橘、南中茶子、西極石蜜，寒温既畢，應下霜華之茗。⑨却兹煩暑。《茶譜》曰：長沙之石楠，採牙爲茶，湘人以四月四日摘楊桐草，搗其汁拌米而蒸，猶餻糜之類。必啜此茶，乃去風也，尤宜暑月飲之。⑩清文既傳於杜育，杜育《荈賦》曰：調神和内，倦懈

康除。⑪精思亦聞於陸羽。《茶譜》曰：唐陸羽著《茶經》三卷。⑫若夫擷此皐盧，《廣州記》曰：皐盧，茗之別名，葉大而澁，南人以爲飲。⑬烹兹苦茶，《爾雅》曰：檟，苦茶。注：樹小似梔子，早採者爲茶，晚採者爲茗荈，蜀人名爲苦茶。⑭品之紫緑，第其卷舒。陸羽《茶經》曰：紫者上，緑者次。笋者上，牙者次。葉卷者上，葉舒者次〔一〕。⑮桐君之録尤重，《桐君録》曰：巴東有真香茗，煎飲令人不眠。又白茶，狀如梔子，其色稍白。⑯仙人之掌難踰。《茶譜》曰：當陽縣青溪山仙人〔二〕掌茶。李白有詩。⑰豫章之嘉甘露，《宋録》曰：新安王子鸞、豫章王子尚，詣曇濟道人於八公山，濟設茶茗，尚味之曰：「此甘露也，何言茶茗。」⑱王肅之貪酪奴。楊衒之《洛陽伽藍記》曰：王肅好魚，彭城王勰嘗戲謂肅曰：「卿不重齊魯大邦，而愛邾莒小國。」肅對曰：「鄉曲所美，不得不好。」勰復謂曰：「卿明日顧我，爲卿設邾莒之飡，亦有酪奴。」因此復號茗飲爲酪奴。時給事中劉縞慕肅之風，專習茗飲。彭城王謂縞曰：「卿不慕王侯八珍，而好蒼頭水戹。」彭城王家有吴奴，以此言戲之。自是朝貴讌會，雖設茗飲，耻不復食。後江表殘民遠來降者，侍中元叉欲爲之設茗，先問：「卿於水戹多少？」蕭正德不曉叉意，答：「下官雖生水鄉，立身以來，未遭陽侯之難。」舉坐笑焉。又《魏録》曰：瑯琊王肅昔仕南朝，好茗飲蓴羹，及過北，又好羊肉酪漿。嘗云：「羊，陸産之宗；魚，水族之長。羊比魯齊之大邦，魚比邾莒之小國，唯茗飲不中，與酪漿作奴〔三〕。」⑲待槍旗而採摘〔四〕，《茶譜》曰：團黄有一旗二槍之號，言一葉二牙也。⑳對鼎鑩以吹噓。左思《嬌女詩》曰：吾家有好女，皎皎常白皙。卜字爲紈素，口齒自清歷。貪走風雨中，倏忽數百適。心爲茶荈劇，吹噓對鼎鑩。㉑則有瘵彼斛瘕，《續搜神記》曰：桓宣武有一督將，因時行病後虚熱，便能飲複茗，必一斛二斗乃飽，裁減升合，便以爲大不足。後有客造之，更進五升，乃大吐。有一物出，如升大，有口形，質縮縐，狀似牛肚。客乃令置之於盆中，以斛二斗複茗澆之，此物噏之都盡而止。覺小脹，又增五升，便悉混然從口中涌出。既吐此物，病遂瘥。或問之：「此何病？」答曰：「此病名斛茗瘕。」㉒困兹水厄，《世説》曰：晉王濛好飲茶，人至輒命飲之。士大夫皆患之，每欲往候，必云：「今日有水厄。」㉓擢彼陰林，陸羽《茶經》曰：藝茶欲茂，法如種瓜，三歲可採，陽崖陰林，紫者上，緑者次。㉔得於爛石。陸羽《茶經》曰：上者生爛石，中者生櫟壤，下者生黄土。㉕先火而造，乘雷以摘。《茶譜》曰：蜀之雅州有蒙山，山有五頂，頂有茶園，其中頂曰上清峯。昔有僧病冷且久，嘗遇一老父，謂曰：「蒙之中頂茶，嘗以春分之先後多搆人力，俟雷之發聲，併手採摘三日而止，若獲一兩，以本處水煎服，即能祛宿疾。二兩當限前無疾，三兩固以换骨，四兩即爲地僊矣。」是僧因之中頂，築室以候，及期獲一兩餘，服未竟而病瘥。時到城市，人見容貌，常若年三十餘。眉髮緑色。其後入青城訪道，不知所終。今四頂茶園採摘不廢，惟中頂草木繁密，雲霧蔽虧，鷙獸時出，人跡稀到矣。今蒙頂茶有霧鋑牙、籛牙，皆云火前，言造於禁火之前也。㉖吴主之憂韋曜，初沐殊恩。《吴志》曰：孫皓每宴席飲，無能不，每率以七升爲限，雖不悉入口，澆灌取盡。韋曜飲酒不過二升，初見禮異，密賜茶茗以當酒。至於寵衰，更見逼强，輒以爲罪。㉗陸納之待謝安，誠彰儉德。《晉書》曰：陸納爲吴興太守時，衛將軍謝安嘗欲詣納，納兄子俶怪納無所備，不敢問，乃私爲具。安既至，納所設唯茶果而已。俶遂陳盛饌，珍羞畢具。及安去，納杖俶四十，云：「汝既不能光益叔父，奈何穢吾素業？」㉘别有産於玉壘，《茶譜》曰：玉壘關外寶唐山有茶樹，産於懸崖，笋長三寸，五寸方有一葉兩葉。㉙造彼金沙，《茶譜》曰：湖州長興縣啄木嶺金沙泉，即每歲造茶之所也。湖、常二郡接界於此。厥土有境會亭，每茶節，二牧皆至焉。斯泉也，處沙之中，居常無水。將造茶，太守具儀注拜敕祭泉，頃之，發源，其夕清溢。造供御者畢，水即微減，供堂者畢，水已半之，太守造畢，即涸矣。太守或還旆稽期，則示風雷之變，或見鷙獸毒蛇木魅焉。㉚三等爲號，《茶譜》曰：邛州之臨邛、臨溪、思安、火井，有早春、火前、火後嫩緑等上中下茶。㉛五出成花。《茶譜》曰：茶之別者，枳殼牙、枸杞牙、枇杷牙，皆治風疾。又有皂莢牙、槐牙、柳牙，乃上春摘其牙，和茶作之。五花茶者，其片作五出花也。㉜早春之來賓化，《茶譜》曰：涪州出三般茶，賓化最上，製於早春。其次白馬，最下涪陵。㉝横紋之出陽坡。《茶譜》曰：宣城縣有丫山小方餅，横鋪茗牙裝面，其山東爲朝日所燭，號曰陽坡，其茶最勝。太守嘗薦於京洛，人士題曰：丫山陽坡横紋茶。㉞復聞灉湖含膏之作，《茶譜》曰：義興有灉湖之含膏。㉟龍安騎火之名。《茶譜》曰：龍安有騎火茶，最上，言不在火前，不在火後作也，清明改火，故曰火。㊱柏巖兮鶴嶺，《茶譜》曰：福州栢巖極佳，又洪州西山白露及鶴嶺茶極妙。㊲鳩阬兮鳳亭。《茶譜》曰：穆州之鳩阬極妙。《茶經》曰：生鳳亭山飛雲、曲水二寺，青峴、涿木二嶺者，與壽州同。㊳嘉雀舌之纖嫩，翫蟬翼之輕盈。《茶譜》曰：蜀州雀舌、鳥觜、麥顆，蓋取其嫩牙所造，以其牙似之也。又有片甲者，牙葉相把如片甲也。蟬翼者，其葉嫩薄如蟬翼也。㊴冬牙早秀，《茶譜》曰：蒙山有壓膏露牙、不壓膏露牙、并冬牙，言隆冬甲坼也。㊵麥顆先成。見上注。㊶或重西園之價，《江氏傳》曰：統遷愍懷太子洗馬，嘗上疏諫曰〔五〕：「今西園賣醯麪茶、菜藍子之屬，虧敗國體。」㊷或侔團月之形。《茶譜》曰：衡州之衡山，封州之西鄉，茶研膏爲之，皆片團如月。㊸並明目而益思，《本草拾遺》曰：皐盧苦平，止渴除痰，不睡，利水道，明目。華陀《食論》曰：苦茶久食益意思。㊹豈瘠氣而侵精。《唐新語》曰：右補闕毋景博學，有著述才，性不飲茶，著《茶飲序》曰：「釋滯消壅，一日之利暫佳；瘠氣侵精，終身之累斯大。獲益則功歸茶力，貽患則不謂茶災。豈非福近易知，禍遠難見者乎？」㊺又有蜀岡牛嶺，《茶譜》曰：揚州禪智寺，隋之故宫，寺枕蜀岡，有茶園，其味甘香如蒙頂也。又歙州牛棿嶺者尤好。㊻洪雅烏程，《茶譜》曰：眉州洪雅、丹陵昌合亦製餅茶，法如蒙頂。《吴興記》曰：烏程縣西二十里有温山，出御荈。㊼碧澗紀號，《茶譜》曰：有小江園明月寮、碧澗寮、茱萸寮之名。㊽紫笋爲稱。《茶譜》曰：蒙頂有研膏茶，作片進之，亦作紫笋。㊾陟仙厓而花墜，《茶譜》曰：彭州蒲村堋口，其園有仙厓、石花等號。㊿服丹丘而翼生。《天台記》曰：丹丘出大茗，服之生羽翼。(51)至於飛自獄中，《廣陵耆老傳》曰：晉元帝時，有老姥，每旦擎一器茗往市鬻之。市人競買，自旦至暮，其器不減。所得錢散路傍孤貧乞人。人或執而繫之於獄，夜擎所賣茗器自牖飛去。(52)煎於竹裹，《茶譜》曰：唐肅宗嘗賜高士張志和奴、婢各一人，志和配爲夫妻，名之曰漁童、樵青。人問其故，答曰：「漁童使捧釣收綸，蘆中鼓枻。樵青使蘇蘭薪桂，竹裹煎茶。」(53)効在不眠，《博物志》曰：飲真茶，令人少眠睡。(54)功存悦志。《神農食經》曰：茶茗宜久服，令人有力悦志。(55)或言詩爲報，《茶譜》曰：胡生者，以釘鉸爲業，居近白蘋洲，傍有古墳，每因茶飲，必奠酹之。忽夢一人謂之曰：「吾姓柳，平生善爲詩而嗜茗，感子茶茗之惠，無以爲報，欲教子爲詩。」胡生辭以不能，柳强之，曰：「但率子意言之，當有致矣。」生後遂工詩焉。時人謂之胡釘鉸詩。柳當是柳惲也。(56)或以錢見遺。《異苑》曰：剡縣陳務妻少寡，與二子同居，好飲茶。家有古塚，每飲輒先祠之。二子欲掘之〔六〕，母止之。夜夢人致感云：「吾雖潛朽壤，豈忘翳桑之報。」及曉，於庭中獲錢十萬，似久埋者，惟貫新耳。(57)復云葉如梔子，花若薔薇，《茶經》曰：茶者，南方嘉木，自一尺二尺至數十尺，其巴川峽山有兩人合抱者。伐而掇之，樹如瓜蘆，葉如梔子，花如白薔薇，實如栟櫚，蒂如丁香，根如胡桃，其名一曰茶，二曰檟，三曰蔎，四曰茗，五曰荈。注，蔎音設。⑱輕飈浮雲之美，霜笴竹籜之差。《茶經》曰：茶千類萬狀，畧而言之，有如胡人鞾者蹙縮然，犎牛臆者廉譫然，浮雲出山者輪囷然，輕飈拂水者涵澹然，此茶之精好者也。有竹籜者，枝幹堅實，艱於蒸搗，故其形籭簁焉。如霜苛者，莖葉凋沮，易其狀貌，故其形萎萃然，此茶之瘠老者也。自采至于封，七經。自胡鞾至霜笴，八等。籭簁，音離師。⑲唯芳茗之爲用，蓋飲食之所資。

校勘記

〔一〕「品之紫緑第其卷舒」及句下注文「陸羽茶經曰」至「葉舒者次」共三十三字原無，據宋本補。

〔二〕青溪山　「青」原作「有」，據宋本改。

〔三〕酪漿　「漿」，宋本作「粥」。

〔四〕採摘　宋本作「採擷」。

〔五〕嘗上疏　「嘗」字原無，據宋本增。

〔六〕欲掘之　「之」，宋本作「冢」。

酒

①魚麗于罶，鰋鯉。君子有酒，旨且有。出《詩》。②若夫儀狄初制，《戰國策》曰：帝女儀狄作酒而進於禹。《孟子》曰：儀狄造酒美，而禹疏之。③少康造始，《世本》曰：儀狄始作酒醪，變五味。少康作秫酒。④九投百品之精，《酒經》曰：空桑穢飯，醖以稷麥，以成醇醪，酒之始也。烏梅女䒩甜醹，九投澄清百品，酒之終也。䒩音晥，醹音乳。⑤一宿三重之美。《説文》曰：酴，酒母也。醴，酒一宿熟也。醪，汁，滓酒也。酎〔一〕，三重之酒也。醨，薄酒也。醑，茜酒也。酴，音途。茜，音縮。⑥既陰陽之相感，《春秋緯》曰：凡黍爲酒，陽據陰乃能動，故以麴釀黍爲酒。注：麴，陰也，相得而沸，是其動也。⑦亦吉凶之所起。《説文》曰：酒，就也，所以就人性之善惡也。一曰造也，凶吉所起造也。⑧挹此思柔，《詩》云：兕觥其觩，旨酒思柔。注云：飲美酒思得柔順中和，與共其樂。兕觥，罰爵也。⑨誦茲反恥。《詩》曰：凡此飲酒，或醉或否。既立之監，或佐之史。彼醉不臧，不醉反恥。注：飲酒有醉有不醉者，則立監使視之。又佐之史，使督酒，令皆醉也，反恥未醉者。恥，罰之。⑩則有優韋曜而賜荈，見《茶賦》「吴主之優韋曜」注。⑪爲穆生而置醴。《漢書》曰：楚元王敬禮申公等，穆生不嗜酒，每置酒，嘗爲穆生設醴。及王戊即位，常設。後忘設焉，穆生退曰：「可以逝矣。醴酒不設，王之意怠，不去，楚人將鉗我於市。」遂稱卧疾。⑫定國數石而精明，《漢書》曰：于定國飲酒至數石不亂，治獄益精明。⑬鄭玄一斛而温偉。《漢書》曰：大將軍袁紹總兵

冀州，遣使要鄭玄，大會賓客，玄最後至，乃起延升上坐。身長八尺，飲酒一斛，秀眉明目，容儀温偉。⑭三日僕射，《晉書》曰：周顗頻有酒失，爲僕射，略無醒日，時人謂之「三日僕射」。庾亮曰：「周侯末年，可謂鳳德之衰也。」⑮百錢阮子。見《錢賦》「或掛杖頭」注。⑯陳諫每唱於廻波，《唐書》曰：李景伯景龍中爲諫議大夫，中宗嘗與幸臣貴戚内宴，酒酣，遞唱《廻波樂》，甚喧雜失禮。次至景伯，歌曰：「廻波爾時酒巵，微臣職在箴規。禮飲只合三爵，君臣雜亂非宜。」席爲之散。時人稱之。⑰養性亦澆於壘隗。《世説》曰：王逐問王忱：「阮籍何如司馬相如？」忱曰：「阮籍胸中壘塊，故須澆之。言同相如，惟有酒異。」⑱爾其樂兹在鎬，《詩》曰：王在在鎬，豈樂飲酒。⑲挹此如澠。《左傳》曰：晉侯與齊侯宴，中行穆子相，投壺，晉侯先，穆子曰：「有酒如淮，有肉如坻，寡君中此，爲諸侯師。」中之。齊侯舉矢曰：「有酒如澠，有肉如陵，寡人中此，與君代興。」亦中之。⑳法鄭君之能釀，《抱朴子》曰：鄭君釀酒法：酒成，因以附子甘草内酒中，曝令乾，如雞子大，一丸投一斗水，立成美酒。㉑憶劉伶之解酲。《世説》曰：劉伶病酒，渴甚，從婦求酒。婦持器泣諫曰：「君飲酒大過，非攝生之道。」伶曰：「我不能自禁，唯當祝鬼神誓之耳。便可具酒肉。」從之。伶跪而祝曰：「天生劉伶，以酒爲名。一飲一石，五斗解酲。婦人之言，慎不可聽。」便引酒御肉，隗然復醉。㉒山濤既聞於八斗，《晉書》曰：山濤飲酒，至八斗方醉。帝欲試之，以酒八斗飲之，密益其酒。濤極本量而止。㉓陸納才堪於二升。《晉書》曰：陸納將爲吴興，往辭桓温，因問温曰：「公至醉可飲幾酒？食肉多少？」温曰：「年大來飲三升便醉，白肉不過十臠，卿復云何？」曰：「素不能飲，止可二升，肉亦不足言。」後伺温閑，曰：「外有微禮〔二〕，方守遠郡，欲與公一醉，以展下情。」温欣然納之。時王坦之、刁彝在坐，及受禮，唯有酒一斗，鹿肉一柈，座客驚愕。納徐曰：「明公近云飲酒三升，納止可二升，今有一斗，以備杯酌餘瀝。」温及賓客並歎其率素〔三〕，温更勑中厨設精饌，酣宴極歡而罷。㉔**陶侃則過限便止，**《晉書》曰：陶侃每飲酒有限，常歡有餘而限已竭。殷浩更勸少進，侃悽然曰：「年少時常有酒失，慈母見約，故不敢過。」㉕**孔顗則彌月不醒。**《宋書》曰：孔顗爲府長史，雖醉日居多，而曉明政事，醒時判決未嘗有壅。衆咸云：「孔公一月二十九日醉，勝世人二十九日醒也。」㉖**文舉嘲曹公之禁，**《九州春秋》曰：曹公制酒禁，而孔融書嘲之曰：「天有酒旗之星，地列酒泉之郡，人有旨酒之德，故堯不千鍾無以成其聖。且桀紂以色亡國，今令不禁婚姻也。」太祖外雖寬容之，而内不能平。㉗**簡雍譏先主之刑。**《蜀志》曰：先主以天旱禁酒，吏於人家索得釀具，論者欲令與作酒者同罰。簡雍從先主遊觀，見一男子行於道，謂先主曰：「彼欲淫，何以不縛？」先主曰：「卿何以知之？」對曰：「彼有其具，與欲釀者同。」先主大笑而原欲釀者。㉘**伐木許許，釃酒有藇。**出《詩》注，釃，所起切，以筐曰釃，以藪曰湑。藇，美貌。㉙**傾荒外之樽，**《神異經》曰：西北荒中有酒泉，此酒美如肉，清如鏡。其上有玉樽，取一樽，復一樽，與天地同休，飲此酒不死。㉚**採海中之樹。**《南史》曰：南海有頓遜國，在海崎上。有酒樹似安石榴，採其花汁停瓮中，數日成酒。㉛**三雅既聞於劉表，**《典論》曰：劉表有酒爵三，大曰伯雅，次曰仲雅，小曰季雅。伯雅容七升仲雅六升，季雅五升。又設大鍼於杖端，客有酒輒以劖之，驗醉醒也。㉜**百榼仍傳於子路。**見下「唐堯千鍾」注。㉝**賞鍾會之不拜，**《世説》曰：鍾毓與鍾會少有令譽，其父晝寢，因共偷服散酒。父時覺，且託寐以觀之。毓拜而後飲，會飲而不拜。父問其故，毓曰：「酒以成禮，不敢不拜。」問會，會曰：「偷酒非禮，所以不拜。」㉞**美孟嘉之得趣。**《晉書》曰：孟嘉爲桓温參軍，嘉好酣飲，愈多不亂。温問嘉：「酒有何好，而卿嗜之？」嘉曰：「公未得酒中趣耳。」㉟**酌此中聖，**

《魏志》曰：徐邈爲尚書郎，時科禁酒，而邈私飲至於沉醉。校尉趙達問以曹事，邈曰：「中聖人。」達白太祖〔四〕，太祖甚怒〔五〕。渡遼鮮于輔進曰：「平日醉客，謂酒清者爲聖人，濁者爲賢人，邈性修慎，偶醉言耳。」由是得罪。後文帝幸許昌，見邈問曰：「頗復中聖人否？」邈對曰：「昔子反斃於穀陽，御叔罰於飲酒，臣嗜同二子，不能自懲，時復中之。然宿瘤以醜見傳，而臣以醉見識。」帝大笑，顧左右曰：「名不虚立。」㊱賜之上尊。《漢書》曰：成帝賜語責丞相翟方進，使尚書令賜上尊酒十石，養牛一，曰：「君審處焉。」方進即日自殺。㊲梁武之稱臧盾，《梁書》曰：梁武帝招延後進二十餘人，置酒賦詩。臧盾以詩不成，罰酒一斗。飲盡顔色不變，言笑自若。蕭介染翰便成，文無加點。帝兩美之曰：「臧盾之飲，蕭介之文，席之美也。」㊳謝奕之逼桓温。《晉書》曰：謝奕爲桓温司馬，謂之方外司馬。因以酒逼桓温，温走入南康主門避之。奕遂引温一兵帥於廳事共飲，曰：「失一老兵，得一老兵，亦何所怪。」㊴行朱虚之軍法，見《劍賦》「朱虚一何壯」注。㊵醉丞相之後園。《史記》曰：曹參代蕭何爲丞相，一遵何約束，日夜飲醇酒。卿大夫及賓客見參不視事，皆欲言。至者，參輒飲醉之，終莫得言。相舍後園近吏舍，吏日飲歌呼〔六〕，從吏惡之，乃請參遊園中。聞吏醉歌呼，幸召按之，乃反取酒張坐飲，亦歌呼，與相應和。㊶或投醪而感義，《黄石公記》曰：昔良將用兵，有饋一簞醪者，使投之於河，令將士近迎流飲之。夫一簞醪不能味一河水，三軍思爲之死，非滋味及之也。㊷或舉杯而殺人。《梁書》曰：邵陵王綸鎮郢州，引吴興吴規爲賓客。張纘爲湘州，路經郢州，綸餞之。纘見規在座，忽舉杯曰：「吴規，此酒慶汝得陪今宴。」規尋起還。其子翁孺見父不悦，問而知之。翁孺因氣結，是夜便卒。規恨纘悲兒，憤哭兼至。信次之間，又殞。規妻深痛夫子，翌日又亡。時人謂張纘一杯酒，殺吴氏三人。㊸謝朏曾聞於指口，《齊書》曰：謝朏爲吴興，與弟瀹於征虜渚別，指瀹口曰：「此中惟宜飲酒。」朏既至郡，致瀹數斛酒，遺書曰：「力飲此物，勿預人事。」㊹管仲嘗憂其棄身。《管子》曰：齊桓公飲管仲酒，仲棄其半，曰：「臣聞酒入舌出，舌出言失，言失身棄。臣以爲棄身不如棄酒。」㊺飲之孔偕，《詩》曰：酒既和旨，飲酒孔偕。㊻樂此今夕。《詩》曰：樂酒今夕，君子維宴。㊼營彼糟丘，《南史》曰：陳暄文才俊逸而沉湎過差。兄子秀致書諫止之，暄復書曰：「速營糟丘，吾將老焉。」㊽溺滋窟室。《左傳》曰：鄭伯有嗜酒，爲窟室，而夜飲酒，擊鐘焉。朝至未已。注：窟室，地室。㊾子良持鎗以乍進，《齊書》曰：高帝幸東宮，召諸王讌飲，因游玄圃園。長沙王晃捉華蓋，臨川王映執雉尾扇，聞喜公子良持酒鎗，南郡王行酒。武帝與豫章王嶷及王敬則自捧肴饌，高帝大飲，賜武帝以下酒，並大醉盡歡焉。㊿延之據鞍而自適。《宋書》曰：顔延之好騎馬遨遊里巷，遇舊知輒據鞍索酒，得必傾盡，欣然自得。(51)既營度于五齊，《周禮》曰：酒正掌酒之政令，辨五齊之名，一泛齊，二醴齊，三盎齊，四緹齊，五沈齊。注：泛者成而滓泛泛然，如今宜成醪。醴者成而汁滓相將，如今甜酒。盎者成而翁翁然葱白色，如今酇白。緹者成而紅赤，如今下酒。沈者成而滓沈，如今造清。齊音薺，緹音體。(52)亦均調乎六物。《禮》曰：孟冬命有司，秫稻必齊，麴櫱必時，湛熾必潔，水泉必香，陶器必良，火齊必得，兼用六物，酒官監之，無有差忒。(53)遺羊祜而弗疑，《晉書》曰：吴陸抗與羊祜推僑札之好，抗嘗遺祜酒，祜飲之不疑。抗有疾，祜饋之藥，抗亦推心服之。于時以爲華元、子反復見於今。(54)折張昭而屢屈。《吴志》曰：孫權嘗命諸葛恪行酒，至張昭前，昭先有酒色，不肯飲，曰：「此非養老之禮也。」權曰：「卿其能令張公辭屈，乃當飲之耳。」恪難昭曰：「昔師尚父九十，擁旄仗鉞，猶未告老也。今軍旅之事將軍在後，酒食之事將軍在先，何謂不養老也？」昭卒無辭，遂爲盡爵。(55)嘉皇甫之質厚，《北齊書》曰：「皇甫亮性質朴純厚，終無片言矯飾，屬有勑下司各列勤惰，亮三日不上省，文宣親詰其故，亮曰：『一日雨〔七〕，一日醉，一日病酒。』文宣以其實，優容之。」56鄙王琨之儉嗇。《齊書》曰：王琨儉於財用，酒不過兩爵，輒云此酒難遇。57則有眠畢卓之甕，《晉中興書》曰：太興末，畢卓爲吏部郎，比舍郎釀酒熟，卓因醉，夜去其瓮間取酒飲之。掌酒者謂是盜，執縛之。郎往視之，乃畢吏部也。卓遂引主人醼於瓮側，取醉而去。58入步兵之廚，《世説》曰：阮籍聞步兵廚有貯酒數百斛及善釀者，乃求爲步兵校尉。59飲瀛洲之玉膏，見《玉賦》「瀛洲酌酒」注。60挹南岳之瓊酥。《南嶽夫人傳》曰：夫人設王子喬瓊酥緑酒。61亦聞醉裏遺冠，《韓子》曰：齊桓公飲酒醉，遺其冠，耻之，三日不朝。管仲曰：「此非有國之耻也，公胡不雪之以政？」公曰：「善。」因發倉賜貧窮，論囹圄，出薄罪。處三日而民歌之曰：「公胡不復遺冠乎？」61甕頭加帽，《後魏書》曰：阮孚性機辨，好酒，貌短而禿。周文帝偏所眷顧，常於室内置酒十缾，缾一斛，上皆加帽，欲戲孚。孚適入室，見即驚喜曰：「吾兄弟輩甚無禮，何爲竊入王家〔八〕，匡坐相對？宜早還宅也。」因持酒歸。周文撫手大笑。62銀鍾之寵思話，見《琴賦》「泉石方期於思話」注。63縹醪之賜崔浩。《後魏書》曰：太宗引崔浩論事，語至中夜，太宗大悦，賜浩縹醪酒十斛，水精戎鹽一兩，曰：「朕味卿言，若此鹽酒，故與卿同其味也。」64裴粲則勤以獻誠，《後魏書》曰：裴粲爲中書令，帝出洛濱，粲再拜上壽酒，帝曰：「昔北海入朝，暫竊神器，爾曰：『卿戒之以酒。』今欲我飲何？」粲曰：「北海志在沉湎，故諫其所失。陛下齊聖温克，臣是以敢獻微誠。」帝爲之飲。65陰鏗則仁而獲報。《梁書》曰：陰鏗常與賓友飲宴，見行觴者，因廻酒炙以授之，衆座皆笑。鏗曰：「吾儕終日酣飲，而執爵者不知其味，非人情也。」及侯景之亂，鏗嘗爲賊擒，或救之獲免。鏗問之，乃行觴者。66逢括頸於消難，《北齊書》

曰：「黄門郎司馬消難嘗過高季式，與之酣飲留宿，重門並閉，取車輪括消難頸，又自以一輪括頸，消難不得已，笑而從之。」⑰見傾家之次道。《晉書》曰：何充字次道，能飲酒，雅爲劉惔所貴。惔每云：「見次道飲，令人欲傾家釀。」言其能温克也。⑱復聞孔羣喻之糟肉，《世説》曰：鴻臚孔羣好飲酒，王導云：「卿常飲酒，不見酒家覆瓿布乎？不久糜爛。」羣曰：「公不見糟中肉乎？乃更堪久。」羣常與親舊書云：「今年田得七百石秫米，不了麴糵事。」⑲孫朝積年麴封〔九〕。《列子》曰：子産之兄曰公孫朝，聚酒千鍾，積麴成封，望門百步，糟漿之氣逆於人鼻。方其荒於酒也，不知政道之安危，人理之悔吝，室内之有無，九族之親疏，雖水火兵刃交於前，不知也。⑳顯父之餞百壺，《詩》云：韓侯出祖，出宿于屠。顯父餞之，清酒百壺。㉑唐堯之舉千鍾。《孔叢子》曰：平原君與子高飲，强子高飲酒曰：「有諺云：『堯飲千鍾，孔子飲百觚，子路嗑嗑，尚飲百榼。』古之賢聖，無不能飲，子何辭焉？」㉒豈顧季鷹之身後，《世説》曰：張季鷹縱任不拘，時人號爲江東步兵。或謂曰：「卿乃縱適一時，獨不爲身後名也？」張答曰：「使我有身後名，不如即時一杯酒。」㉓且醉高歡之手中。《後魏書》曰：齊神武帝嘗在司州饗朝士，舉觴屬别駕宋游道曰：「飲高歡手中酒者，大丈夫。卿之爲人，合飲此酒。」㉔應彼東風，見《風賦》「應類闔於酒溢」注。㉕醞兹狂藥，《晉書》曰：孫季舒嘗與石崇飲，傲慢過度，崇欲奏之，裴楷曰：「飲人狂藥，責人正禮，不亦乖乎？」崇乃止。㉖冬釀兮夏成，《周禮》曰：辨三酒之物，一曰事酒，二曰昔酒，三曰清酒。注云：事酒如今之醳酒也。昔酒，久酒，今之舊醳也。清酒，今之冬釀夏成者。㉗汾清兮鄴酌。《北齊書》曰：武成親愛河南王瑜，嘗在晉陽手敕之曰：「吾飲汾清二杯，勸汝鄴酌兩盌。」㉘亦云王瞻三術，《梁書》曰：王瞻爲吏部尚書，頗嗜酒，每飲，或彌日而精神朗贍，不廢簿領。武帝每稱瞻有三術，射、棋、酒也。

⑲酆舒五罪，《左傳》曰：晉侯將伐潞酆舒，大夫皆曰：「酆舒有三儁才。」伯宗曰：「狄有五罪，儁才雖多，何補焉？不祀，一也。嗜酒，二也。棄仲章而奪黎氏地，三也。虐我伯姬，四也。傷其君目，五也。怙其儁才，而不以茂德，茲益罪也。」⑳漢有長樂之儀，《史記》曰：高帝除秦苛法，爲簡易。羣臣飲酒爭功，帝患之。叔孫通知上益厭也，説上：「願與諸弟子共起朝儀〔一〇〕。」漢七年，長樂宫成，羣臣皆朝十月，復置法酒，諸臣侍坐殿上皆伏，以尊卑次第上壽。觴九行，謁者言「罷酒」，御史執法，舉不如儀者輒引去。竟朝置酒〔一一〕，無敢失禮者。高帝乃曰：「吾乃今日知爲皇帝之貴也。」

㉑吴有釣臺之會。《吴志》曰：孫權於武昌，臨釣臺飲酒，大醉，令人以水灑羣臣，曰：「今日酣飲，醉墮臺中乃當止耳。」張昭正色不言，出外車中坐。權遣人呼昭還，謂曰：「爲共作樂耳，公亦何爲怒乎？」昭對曰：「昔紂爲糟丘酒池、長夜之飲，當時亦不以爲惡也。」權默然有慚色。㉒一斗河東之賜，《後周書》曰：文帝聞韋敻養高不仕，辟之不能屈。明帝即位，禮敬逾重，乃爲詩以貽之。敻得帝詩，顧時朝謁，帝大悦，勑有司日給河東酒一斗，號之曰逍遥公。㉓千日中山之醉。《博物志》曰：劉玄石曾於中山酒家沽酒，酒家與千日酒飲之。至家大醉，其家不知，以爲死，葬之。後酒家計向千日，往視之，云：「已葬。」於是開棺，醉始醒。俗云：玄石飲酒，一醉千日。㉔蘇微爲之而成疾，《宋書》曰：衡陽王義季素嗜酒，畧少醒日。文帝詰責曰：「將軍蘇微酖酒成疾，旦夕待盡。一門無此酣法，汝於何得之？」㉕慶封爲之而易内。《傳》曰：齊慶封好田而嗜酒，以其内實遷于盧蒲嫳氏，易内而飲酒。注：内實，寶物妻妾也。移而居嫳家。㉖至若老羌之渴，《拾遺記》曰：晉有羌人姚馥，字世芬，充廄圉，每醉中好言王者興亡之事。常云：「九河之水不足以漬麴蘖，八藪之木不足以爲蒸薪，七澤之麋不足以充庖俎。」但言渴於酒。羣輩呼爲「渴羌」。後武帝授以朝歌守，

馥顧且爲馬圉，時賜美酒以樂餘年。帝曰：「朝歌，紂之舊都，地有酒池，故使老羌不復呼渴。」固辭，遷酒泉太守。地有清池，其味若酒，馥乘醉拜受焉。(87)次公之狂，《漢書》曰：平恩侯許伯入第，丞相以下皆賀。司隸蓋寬饒東鄉特坐；許伯自酌曰：「蓋君後至。」寬饒曰：「無多酌我，我乃酒狂。」丞相魏侯笑曰：「次公醒而狂，何乃酒也。」次公，寬饒字。(88)倒山公之接離，《世說》曰：山季倫爲荆州，時出酣暢。人爲之歌曰：「山公時一醉，逕造高陽池〔一二〕。日暮倒載歸，酩酊無所知。時復乘駿馬〔一三〕，倒著白接離。」(89)脫相如之鸘鷞。《西京雜記》曰：相如還成都，以鸘鷞裘就市陽昌貰酒，與卓文君爲歡。(90)故其成禮而弗繼以淫，《傳》曰：陳公子完奔齊，飲桓公酒，樂，公曰：「以火繼之。」辭曰：「臣卜其晝，未卜其夜。」君子曰：「酒以成禮，不繼以淫，義也。」(91)無量而不及於亂。《論語》曰：夫子惟酒無量，不及亂。(92)唯公榮而不與，《晉書》曰：王戎嘗如阮籍飲，時兖州刺史劉昶字公榮在坐，籍以酒少，酌不及昶，昶無恨色。戎異之，他日問籍曰：「彼何如人？」答曰：「勝公榮，不可不與飲；減公榮，則不敢不共飲；唯公榮可不與飲。」(93)獨崔暹而可勸。《後魏書》曰：靜帝宴華林園，謂神武曰：「自頃百司貪暴，朝廷有公直彈劾無避者，王可勸酒。」神武降階跪言：「唯御史中尉崔暹一人，謹奉明旨，敢以酒勸，并臣所射賜物千段，乞以廻賜。」帝美之。(94)禮成宴醧，《韓詩外傳》曰：夫飲之禮，不脫屨而即序者謂之禮，跣而上坐者謂之宴。能飲者飲之，不能飲者已，謂之醧。齊顔色，均衆寡，謂之沈。閉門不出者謂之湎。故君子可以宴，可以醧，不可以沈，不可以湎。醧，衣遇反。(95)名稱聖賢。《魏略》曰：太祖時禁酒，而人竊飲之，故斷言酒，以白酒爲賢人，清酒爲聖人。(96)湛酒泉而在地，瞻酒旗之麗天。見上「文舉嗍曹公之禁」注。(97)味兼百末，《漢書》曰：百末，旨酒。注：百華末酒。(98)價重千錢。《典論》曰：孝靈帝末，百司湎酒〔一四〕，酒一斗直千文。(99)嘗美味於酃湖，《湘州記》曰：衡陽縣東有酃湖，釀酒醇美，所謂酃酒。晉平吴，始薦酃酒於廟是也。(100)酌不極於青田。《古今記》曰：烏孫國有青田核，得水則有酒味，甚淳美。飲盡更注水，隨復成酒〔一五〕，名青田酒。(101)復聞敗見宋樽，《王孫子新書》曰：楚莊王攻宋，子重曰：「君厨肉臭而不可食，樽酒敗而不可飲，而三軍之士皆有飢色，欲以勝敵，不亦難乎？」莊王曰：「請有酒投之士，有食饋之賢。」(102)怪消秦獄，《東方朔别傳》曰：武帝幸甘泉，長平阪道中有蟲，赤如肝頭，目口齒悉具，人莫知也。時朔在屬車中，令往視焉。朔曰：「此爲怪氣，必秦獄處也。」上使按地圖，果秦獄地。朔曰：「夫積憂者，得酒而解。」乃取蟲置酒中，立消。後屬車上盛酒，爲此故也。(103)或以青州作號，《世説》曰：桓温有主簿，善别酒，輒令先嘗，好者謂「青州從事」，惡者謂「平原督郵」。青州有齊郡，言至臍；平原有鬲縣〔一六〕，言至膈上住〔一七〕。(104)或以建康爲目。《宋書》曰：顧憲之爲建康令，清儉强力，爲政甚得人和。故都下飲酒者，醇旨輒號爲顧建康，謂其清且美焉。(105)名傳上頓，宋明帝《文章志》曰：王耽嗜酒，一醉或連日不醒，自號上頓。時以大飲爲上頓，起於耽也。(106)味稱美禄。《漢書》曰：酒者，天之美禄，帝王所以頤養天下，享祀祈福，扶衰養疾，百福之會。(107)阮孚以金貂相换，見《冠賦》「金貂换酒」注。(108)淵明以葛巾見漉。《宋書》曰：陶潛好酒，郡將候潛，逢其酒熟，取頭上葛巾漉酒畢，還復著之。(109)亦云曲阿既醲，《後魏書》曰〔一八〕：劉藻爲平東别將，辭孝文於洛水之南，孝文曰：「與卿石頭相見。」藻對曰：「臣才非古人，度亦不留賊虜，而陛下輒當醲曲阿之酒以待百官〔一九〕。」帝大笑曰：「今未至曲阿，且以河東數石賜卿。」(110)邯鄲被圍，《淮南子》曰：楚會諸侯，魯、趙皆獻酒於楚王。主酒吏求酒於趙，趙不與，吏怒，乃以趙厚酒易魯薄者，奏之楚王，以趙酒薄，遂圍邯鄲。故曰「魯酒薄而邯鄲圍」。」(111)步白楊之野，

《宋書》曰：袁粲爲丹陽尹，嘗步屧白楊郊野間，道遇一士大夫，便呼與酣飲。明日，此人謂被知顧，到門求進。粲曰：「昨飲酒無偶，聊相要耳。」竟不與相見。(112)坐黄菊之籬。見《秋賦》「白衣王弘之遺」注。(113)高允敗德以爲訓，《後魏書》曰：高允被勑，論集往世酒之敗德以爲《酒訓》，孝文覽而悦之。(114)元忠坐酌而自怡。《後魏書》曰：李元忠拜南趙郡太守，好酒，無政績。及莊帝崩，棄官，潛圖義舉。會齊神武東出，元忠便乘露車載濁酒以奉迎。神武聞其酒客，未卽見之。元忠下車，獨坐酌酒，擘脯食之，謂門者曰：「本言公招延儁傑，今聞國士到門，不能吐脯輟洗，其人可知。還吾刺，勿復通也。」門者以告，神武遽見之。(115)或取陶陶之樂，劉伶《酒德頌》曰：捧罌承槽，銜杯漱醪。奮髯箕踞，枕麴藉糟。無思無慮，其樂陶陶。(116)或矜抑抑之儀。《詩》曰：其未醉止，威儀抑抑。曰既醉止，威儀怭怭。注：怭怭，媟嫚。(117)及夫行車酌醴，鳴鍾舉燧，張衡《西京賦》曰：酒車酌醴，方駕授饔。升觴舉燧，既釂鳴鐘。(118)哺糟兮歠醨，《楚辭》屈原曰：「衆人皆醉，唯我獨醒。」漁父曰：「衆人皆醉，何不哺其糟而歠其醨。」(119)舉白兮揚觶。《說苑》曰：魏文侯與大夫飲，使公乘不仁爲觴政，曰：「飲若不盡，浮之大白。」文侯不盡，公乘不仁舉白浮君。《禮·射義》曰：孔子射於矍相之圃，使公罔之裘序點揚觶而語。又《鄉飲酒》曰：與洗揚觶，所以致潔也。揚，舉也。觶，角也。(120)高昌洿林之貢，《梁四公記》曰：高昌遣使獻蒲桃乾凍酒，帝命杰公迓之。杰公謂其使曰：「蒲桃，七是洿林，三是無半。凍酒非入風谷所凍者，又無高寧酒和之。」使者曰：「其年風災，蒲桃不熟，故駁雜。凍酒奉王急命，故非時耳。」帝問杰公羣物之異，對曰：「蒲桃洿林者〔二〇〕，皮薄味美。無半者，皮厚味苦。酒是入風谷凍成者，終年不壞。今嗅其氣酸。高寧酒滑而色淺，故云然。」杰，音竭。(121)西域蒲桃之味。《唐書》曰：蒲桃酒，西域有之，前代或有貢獻。及破高昌，收馬乳蒲桃實於苑中種之，並得其酒法，上自損益造酒。酒成凡有八色，芳香酷烈，味兼醍盎，頒賜羣臣，京師識其味。(122)或以蟹螯俱執，《世説》曰："畢茂世嘗云：'一手持蟹螯，一手持酒杯，拍浮酒池中，便足了一生。'"(123)或以彘肩並賜。《史記》曰：沛公先入關，項羽至，與沛公會，謀因擊沛公。樊噲卽帶劍擁楯入。項王曰："壯士，賜之卮酒。"則與斗卮酒，樊噲飲之。王曰："賜之彘肩。"則有一生彘肩。噲覆楯於地，拔劍切而啗之。王曰："壯士，復飲乎？"曰："臣死且不避，卮酒安足辭？"(124)《禮》有生禍之語，《禮》曰：夫豢豕爲酒，非以爲禍也。而獄訟益繁，則酒之流生禍也。(125)《書》著崇飲之旨。《書·酒誥》曰：文王誥教小子，有正有事，無彝酒。自成湯至于帝乙，成王畏相，不敢自暇自逸，矧曰其敢崇飲。(126)邴原有廢業之憂，《魏志》曰：邴原初辭家求學，原舊性能飲酒，自行之後，八九年間，酒不向口。單步負笈，至陳則師韓子助，潁川則宗陳仲弓，汝南則交范孟博，涿郡則親盧子幹〔三〕。臨別，師友以原不飲酒，會米肉送原，原曰："本能飲酒，但以荒思廢業，故斷之耳。今當遠別，因見貺餞，可一飲讌。"於是安坐飲酒，終日不醉。(127)范泰述傷生之理。《宋書》曰：范泰初爲太學博士，外弟荆州刺史王忱請爲天門太守。忱嗜酒，醉輒累旬，及醒，則儼然端肅。泰陳酒既傷生，所宜深誡，其言甚切。忱嗟歎久之，曰："見規者衆，未有若此者也。"(128)苟忘濡首之戒，《易》曰：飲酒濡首，不知節也。(129)將貽腐脅之斃。《晉書》曰：周顗善飲，至一石。過江，每稱無對。後有舊對自北來，顗欣然出酒二石，對飲而罷。明日顗如故，視客已腐脅而死。(130)故三爵以退，《禮》曰：君子之飲酒也，受一爵而色洒如也，二爵而言言斯，三爵油油以退。注：洒，肅敬貌。言，音誾，言言，和敬貌。油油，敬悦貌。(131)而百拜成禮，《禮》曰：一獻之禮，賓主百拜，終日飲酒而不得醉焉。(132)所以喻之於兵而譬之於水也。《南史》曰：陳暄好酒沈湎，兄子秀致書諫之，暄答書云：「吾嘗譬酒猶水也，水可以濟舟，亦可以覆舟，故江諮議有言：『酒猶兵也，兵可千日不用，不可一日不備。酒可千日不飲，不可一飲不醉。』美哉江公，可與共論酒矣。」

校勘記

〔一〕酎　原作「酣」，據宋本並《説文解字》卷十四下改。

〔二〕外有微禮　「外」原作「白」，據《晉書·陸納傳》並《御覽》卷八四四引改。

〔三〕率素　「素」原作「袁」，據宋本並《晉書·陸納傳》改。「率素」，《太平御覽》卷八四四引作「真率」。

〔四〕達白太祖　「達」原作「去」，據宋本、黄校本、白本並《三國志·魏書·徐邈傳》改。

〔五〕太祖甚怒　「太祖」二字原無，據宋本增。

〔六〕吏日飲歌呼　「飲」原作「夜」，據宋本、《史記·曹相國世家》並《御覽》卷八四三引改。

〔七〕一日雨　此三字原無，據宋本並《御覽》卷八四四引增。

〔八〕竊入王家　「竊」字原無，據宋本並《御覽》卷八四四引增。「王」原作「正」，據白本、華本並《御覽》卷八四四引改。

〔九〕孫朝積年麴封　「孫朝積年」，宋本作「公孫積其」。

〔一〇〕弟子　原作「子弟」，據宋本並《御覽》卷八四三引改。

〔一一〕置酒　原作「罷酒」，據宋本並《御覽》卷八四三引改。

〔一二〕高陽池　「高」原作「華」，據《世説新語·任誕》並《御覽》卷八四五引改。

〔一三〕驄馬　宋本、《御覽》卷八四五引作「駿馬」。

〔一四〕百司湎酒　「司」原作「文」，據宋本並《御覽》卷八四五引改。

〔一五〕隨復　原作「隨後」，據宋本改。

〔一六〕鬲縣　「鬲」原作「革」，據《世説新語·術解》改。

〔一七〕言至膈上住　「住」原作「臣」，據宋本並《御覽》卷八四五引改。

〔一八〕後魏書　「魏」原作「漢」，據宋本並《御覽》卷八四四引改。案此段引文見《魏書・劉藻傳》。

〔一九〕百官　原作「百姓」，據《魏書・劉藻傳》改。

〔二〇〕蒲桃　原作「蒲柳」，據宋本並《御覽》卷八五四引改。

〔二一〕盧子幹　「子」原作「士」，據《三國志・邴原傳》注改。

事類賦卷之十八

禽部一

鳳　鶴　鷹　鷄

鳳

①伊九苞之神鳥，《論語摘衰聖》曰：鳳六象九苞。六象：頭象天，目象日，背象月，翼象風，足象地，尾象緯。九苞：口苞命，眼合度，耳聽達，舌詘伸，色光彩〔一〕，冠短周，距鋭鉤〔二〕，音激揚，腹文户。宋均注：緯，五緯也。度，天度也。周，當作朱，户所由出入也。②稟至陽之純粹。《鶡冠子》曰：鳳，鶉火之禽，陽之精也。③既負禮而蹈信，亦戴仁而纓義。《抱朴子》曰：鳳頭上青戴仁，纓白纓義〔三〕，斧赤負禮，胸黑向智，足下黄蹈信。④瞻玄扈而來思，《帝王世紀》曰：黄帝齋于宫中，坐于玄扈，有大鳥，雞頭燕喙，龜頸龍形，體備五色，止帝東園。⑤望黄紳而必至。《韓詩外傳》曰：黄帝即位，宇内和平，未見鳳凰，乃召天老而問之曰：「鳳凰何如？」天老曰：「鳳首戴德，頸揭義，背負仁，足履正，鴻前而麟後，蛇頸而魚尾，龍文而龜身，燕頷而雞喙。」黄帝服黄衣，帶黄紳，戴黄冠，齋于宫中，鳳蔽日而至焉。⑥因離珠以遞飼，《淮南子》曰：南方有鳥，名爲鳳，天爲生食，其樹名瓊枝，以璆琳琅玕爲實。天又爲生離

珠，一人三頭，遞卧遞起，以飼琅玕也。⑦與孟虧而俱逝。《括地圖》曰：孟虧人首鳥身，其先爲虞氏馴百禽。夏后之末〔四〕，民始食卵，孟虧去之，鳳凰隨焉，止於丹山，去九疑萬八千里。此山多竹，長千仞，鳳凰食竹實，孟虧食木實。⑧若乃感六英而鼓舞，《吕氏春秋》曰：帝嚳有聖德，作樂六英，鳳凰鼓翼而舞。⑨聞九成而來儀，《書》曰：簫韶九成，鳳凰來儀。⑩應升中而降止，《禮運》曰：升中于天，而鳳凰降，龜龍假。⑪覽德輝而下之。賈誼《弔屈原》曰：鳳凰翔于千仞兮，覽德輝而下之。⑫歎河圖之不至，《論語》曰：子曰：「鳳鳥不至，河不出圖，吾已矣夫。」⑬知周德之云衰。《論語》曰：鳳兮鳳兮，何德之衰？⑭嘗遊郊藪，《禮》曰：天不愛其道，地不愛其寶，人不愛其情，則鳳凰在郊藪，鳥獸卵胎皆可俯而闚也。⑮詎集藩籬。宋玉《對楚襄王問》曰：鳳凰上擊九千仞，絶雲霓，負蒼天，藩籬之鷃豈能與之量天地之高哉？⑯則有楊雄之吐，《西京雜記》曰：楊雄著《太玄》，夢吐白鳳。⑰蕭史之吹。《列仙傳》曰：蕭史、弄玉同居數十年，吹簫作鳳聲，鳳凰來至其屋，爲作鳳臺，夫婦止其上，一日皆隨鳳凰飛去。⑱賞僧綽之戲，《宋書》曰：王曇首與兄弟集會，子孫任其戲適。僧達跳下地作彪子，僧虔累十二博碁，既墜亦不重作。僧綽採蠟燭珠爲鳳凰，僧達奪取於懷，亦復不惜。伯父强稱其長者。⑲奪荀勖之池。《晉書》曰：荀勖自中書監遷守尚書令，最久。在中書專管機事。失之，甚罔罔。或有賀之者，勖曰：「奪我鳳凰池，諸君賀我耶？」⑳見夢既名於張鷟，《唐書》曰：張鷟字文成〔五〕，聰警絶倫，書無不覽。爲兒童時，夢紫色大鳥，五彩成文，降于家庭。其祖謂之曰：「五色赤文，鳳也。紫文，鸑鷟也〔六〕，爲鳳之佐。吾兒當以文章瑞於明庭。」因以爲名字。㉑爲祥曾貴於穆之。《異苑》曰：劉穆之，字道民，素居京口。鳳凰集于庭〔七〕，相人韋藪曰：「子必協贊大猷。」㉒復有感唐堯而負圖，

《合成圖》曰：堯坐舟中〔八〕，與太尉舜臨觀鳳凰負圖〔九〕，授堯圖，以赤玉爲柙，黄金檢，白玉繩，其章曰「天赦帝符璽」五字也〔一〇〕。㉓爲少昊而司曆。《左傳》曰：郯子對孔子曰：「我高祖少皞之立也，鳳鳥適至，故爲鳥師而鳥名。鳳。鳥氏，司曆者也。」㉔鳴彼高岡，《詩》曰：鳳凰鳴矣，于彼高岡。梧桐生矣，于彼朝陽。㉕食兹竹實。《韓詩外傳》曰：黄帝時，鳳止帝東園，集梧桐，食竹實。㉖或五雛而十子，《易林》曰：鳳有十子，同巢共母。又曰：鳳生五雛，長于南郭，君子康寧，悦樂身榮。㉗或三文而五色。《帝王世紀》曰：黄帝坐于玄扈，有大鳥，其狀如鶴，體被五色三文〔一一〕，首文曰順德，背文曰信義，膺文曰仁智。蓋鳳也〔一二〕。㉘降長樂而止上林，《漢書》曰：五鳳三年，鳳凰集長樂宫，留十餘刻，又集上林。㉙覽九州而觀八極。《天老對黄帝》曰〔一三〕：鳳能究萬物，通天地，律五音〔一四〕，覽九州，觀八極也。㉚或高蹈於大皇之野〔一五〕，《楚辭》曰：獨不見鸞鳳之高翔大皇之野，循四極而周回，見盛德而後下。㉛或傳聞於君子之國。《説文》曰：鳳，神鳥也。《天老》曰：出東方君子之國。㉜復有巢阿閣，《尚書中候》曰：黄帝時，天氣休通，五行期化，鳳凰巢阿閣。㉝止東園，見上「瞻玄扈」注。㉞或因之而作殿，《漢書》曰：元帝時，鳳凰集上林，乃作鳳凰殿。㉟或爲之而改年。《漢書》曰：元帝時，鳳凰五集，乃改元五鳳。㊱既畫象於宫中，《東觀漢記》曰：光武生於濟陽，先是鳳凰集濟陽〔一六〕，故宫中皆畫鳳凰。㊲更鑄銅於殿前。《魏略》曰：文帝欲受禪，郡國奏鳳凰十三見。明帝鑄銅鳳凰，方五丈餘〔一七〕，置殿前。㊳亦有飲湍瀨於砥柱，《淮南子》曰：鳳凰之翔，至德也。過崑崙之疏圃，砥柱之湍瀨〔一八〕。濯羽翰於弱水。《説文》曰：天老云：鳳五色備舉，翺翔四海之外〔一九〕，過崑崙，飲砥柱，濯羽弱水，暮宿風穴，見則天下安。㊴或因惡殺而來，《尚書大傳》曰：舜好生惡殺，鳳凰巢其樹。㊵

或爲好文而止。《帝王世紀》曰：主好文則鳳凰翔。㊶或煎膠而續絃，《十洲記》曰：鳳麟洲在西海之中，四面有弱水繞之，鴻毛不浮不可越也〔二〇〕。上多鳳麟，數萬爲羣，仙家煮鳳喙及麟角，合煎作膠，名之爲續弦膠，或名連金泥，能續弓弩絶絃，連刀劍斷刃。㊷或以毛而免死。《拾遺記》曰：周昭王以青鳳之毛爲二裘，一曰燠質，二曰暄肌。及厲王流于彘〔二一〕，人得之，有陷大辟者，以青鳳毛贖罪，片毛則准千金。㊸王慈捷對於比雞，《宋書》曰：王僧虔子慈，少與從弟儉共學書，謝鳳子超宗嘗候僧虔，因往東齋詣慈，正學書〔二二〕，超宗曰：「卿書何如虔公？」答曰：「慈書比大人，猶雞之比鳳。」㊹承天解嘲於將子。《宋書》曰：何承天爲著作佐郎，年已老，而諸佐郎並名家年少。潁川荀伯子嘲之，常呼爲「妳母」。承天曰：「卿當云鳳凰將九子，妳母何言耶？」㊺超宗既美於得毛，《宋書》曰：謝鳳子超宗有文辭，補新安王常侍，作《王母殷淑儀誄》，帝大嗟賞，謂謝莊曰：「超宗殊有鳳毛。」時右衛將軍劉道隆在御座，出候超宗曰：「聞君有異物，可見乎？」超宗曰：「懸磬之室，復有異物耶？」道隆武人，無識，正觸其父名，曰：「且侍宴，至尊説君有鳳毛。」超宗徒跣還內。道隆謂檢覓毛，至閤，待不得，乃去。㊻江夏亦工於學尾。《齊書》曰：江夏王鋒，年五歲，性方整，好學書。高帝使學鳳尾諾，一學即工，高帝大悦，以玉麒麟賜之，曰：「以麒麟賞鳳尾。」㊼觀其戴德揭義，履正負仁，問天老而知狀，並見上「望黄紳」注。㊽瑞帝舜而司晨。《尚書中候》曰：帝舜曰：「朕惟不乂於百獸鳳晨。」注云：百獸率舞，鳳凰司晨。㊾豈復將鷄鶩而競粒，《抱朴子》曰：鸞鳳競粒於庭，則受辱於鶩雞也。㊿與梟鴟而同羣者哉！《楚辭》曰：梟鴟皆唼夫粱藻兮，鳳逾翺而高舉。(51)至如鳴若簫笙，《帝王世紀》曰：黄帝時，鳳集阿閣，其飲食也，必自歌舞，音如簫笙。(52)音同金鼓，《天老對黄帝》曰：夫鳳小音金鼓。(53)資長風以舉翰，

《唐書》曰：太宗嘗追思王業艱難，佐命之力，乃作《威鳳賦》賜長孫無忌，曰：「有一威鳳，憩翮朝陽。晨遊紫霧，夕飲玄霜。資長風以舉翰，唳天衢而高翔。」(54)集軒丘而載舞。《山海經》曰：軒轅之丘，鸞自歌，鳳鳥自舞。(55)其羽翽翽，《詩》曰：鳳凰于飛，翽翽其羽。(56)其鳴鏘鏘，《左傳》曰：陳大夫卜妻敬仲，其妻占之曰：「吉。鳳凰于飛，和鳴鏘鏘。有嬀之後，將育于姜。」(57)晨云賀世，《論語摘衰聖》曰：鳳行鳴曰歸嬉，止鳴曰提扶，夜鳴曰善哉，晨鳴曰賀世。(58)集曰歸昌。《天老對黃帝》曰：鳳昏鳴曰固常，晨鳴曰發光〔二三〕，晝鳴曰保章，舉鳴曰上翔，集鳴曰歸昌。(59)鎮星順而必至，《樂動聲儀》曰：鎮星不逆行則鳳凰至。(60)天樞得而下翔。《運斗樞》曰：天樞得，鳳凰翔。(61)出丹穴而德茂，《山海經》曰：丹穴之山有鳥焉，五彩而文，名曰鳳。首文曰德，翼文曰順，背文曰義，膺文曰仁，腹文曰信。(62)降紫庭而道光。蔡邕《琴操》曰：周成王《琴歌》曰：「鳳凰翔兮紫庭，余何德兮感靈。」(63)將九鶵而並至，《二石偽事》曰：鄴中有鳳凰將九鶵，在延明門外道西。(64)與四靈而効祥。《禮運》曰：四靈爲畜。何謂四靈？麟、鳳、龜、龍是謂四靈。(65)或刻木作形，自口中而銜詔；《鄴中記》曰：石季龍與皇后在觀上〔二四〕，爲詔書五色紙著鳳口中〔二五〕，侍人以百丈緋繩轆轤廻轉下之。(66)或以金爲象，從樓上以投漳。《鄴中記》曰：鳳陽門五層樓，安金鳳凰二頭。石虎將衰，一頭飛入漳河，會晴日見於水中。一頭以鐵釘足，今存。

校勘記

〔一〕色光彩　宋本並《御覽》卷九一五引作「采色光」。

〔二〕距銳鉤　宋本作「足距銳」。
〔三〕纓白纓義　下「纓」字原無，據宋本並《御覽》卷九一五引增。
〔四〕夏后之末　「之末」，宋本作「末世」，《御覽》卷九一五引作「之末世」。
〔五〕張鶩　「鶩」原作「鶩」，據宋本並《御覽》卷九一五引改。
〔六〕鶩鶩也　「鶩」字原無，據宋本並《御覽》卷九一五引增。
〔七〕集于庭　「于」，宋本、《御覽》卷九一五引作「其」。
〔八〕坐舟中　原作「生丹朱」，據宋本並《御覽》卷九一五改。
〔九〕臨覩　「臨」字原無，據宋本並《御覽》卷九一五引增。
〔一〇〕天勅帝符璽　「勅」，宋本、《御覽》卷九一五引作「赤」。
〔一一〕體被五色三文　「體」字原無，據宋本並《御覽》卷九一五引增。
〔一二〕蓋鳳也　此三字原無，據宋本增。
〔一三〕天老對黃帝　《御覽》卷九一五引此段文，出處作「韓詩外傳」。下同。
〔一四〕律五音　「律」字原無，據宋本並《御覽》卷九一五增。
〔一五〕大皇之野　「野」原作「地」，據宋本及注文改。
〔一六〕先是　此二字原無，據宋本並《御覽》卷九一五引增。
〔一七〕方五丈餘　「方」，宋本、《御覽》卷九一五引作「高」。「五」，《御覽》引作「三」。
〔一八〕注文「淮南子曰鳳凰之翔至德也」原在「弱水」下，今據宋本移。「過崑崙之疏圃砥柱之湍瀨」十一字原無，據宋本增。
〔一九〕「說文曰天老云鳳五色備舉翺翔四海之外」　此十七字原無，據宋本增。
〔二〇〕不浮　此二字原無，據宋本並《御覽》卷九一五引增。
〔二一〕流于飬　「于」字原無，據宋本並《御覽》卷九一五引增。

〔二二〕因往東齋詣慈正學書　「齋」、「正」二字原空闕，據《御覽》卷九一五補。

〔二三〕發光　原作「發明」，據宋本改。

〔二四〕皇后　「皇」字原空闕，據《御覽》卷九一五引補。

〔二五〕爲詔書　「爲」字原無，據《御覽》卷九一五引增。

鶴

①伊羽族之宗長，《淮南八公相鶴經》曰：鶴者，羽族之宗長，仙人之騏驥。②有胎化之仙禽。鮑照《舞鶴賦》曰：散幽經以驗物，有胎化之仙禽。③羣鸞鳳以遐騖，《相鶴經》曰：鶴千六百年，飲而不食，與鸞鳳同羣。④薄雲漢而高並。〔一〕《相鶴經》曰：鶴二年落子毛，易黑點，三年産伏復，五年羽翮具復，七年飛薄雲漢。⑤既稟精於金火，亦受氣於陽陰。《相鶴經》曰：鶴，陽鳥也，而游於陰，因金氣依火精以自養。⑥若乃引員吭，抗纖趾，《相鶴經》曰：高足粗節，洪髀纖指，相之備也。⑦動商陵之悲操，見《琴賦》「商陵别鶴」注。⑧舞晉平之清徵。見《琴賦》「師曠清角」注。亦云清徵。⑨翔集既聞於介象，《神仙傳》曰：介象死，吴大帝思之，以象所住屋爲廟〔二〕，時時往祭之，有白鶴來集坐。⑩感召復傳於蕭史。《列仙傳》曰：蕭史善吹簫，能致白鶴。⑪陶侃之墓頭弔客，《陶侃别傳》曰：侃丁母艱，在墓下，忽有二客來弔，不哭而退，儀形鮮異。知非常人，遣看之，但見雙鶴冲天而去。⑫周穆之軍中君子。《抱朴子》曰：周穆王南征，一軍盡化，君子爲猨爲鶴，小人爲蟲爲沙。⑬至若集蘭巖而顧步，王韶之《神境紀》曰：滎陽郡南百餘里有蘭巖，常有雙鶴，素羽皎然，日夕偶影翔集。傳云，昔夫婦俱隱此，年數百歲，化成此鶴。⑭止金穴而迴翔。《茅君内傳》曰：茅盈留句曲山，告二弟曰：「吾有局任，不得數相往來。」父老歌曰：「茅山連金陵，江湖據下流。三神乘白鶴，各在一山頭。白鶴翔金穴，何時復來游。」⑮豈復畏鶉鷃之羅網，

《邴原别傳》曰：邴君所謂雲中白鶴，非鶉鷃之網能羅也。⑯誠以知天地之圜方。《離騷》曰：黄鶴之一舉兮，知山川之紆曲，再舉兮，知天地之圜方。⑰亦有飲巨蒐之獻，《穆天子傳》曰：至于巨蒐氏，巨蒐之人乃獻白鶴之血，以飲天子。⑱玩崑崙之舞，《瑞應圖》曰：黄帝集崑崙以舞衆神，玄鶴二八翔其右。⑲田饒比之而去魯，《韓詩外傳》曰：田饒事魯哀公而不見察，謂哀公曰：「夫雞有五德，君猶瀹而食之者，以其所從來近也。未若黄鶴，一舉千里，止君園池，啄君稻粱，君猶貴之，以其所從來遠也。將去君，黄鶴舉矣。」⑳莊辛喻之而説楚。《戰國策》曰：莊辛謂楚襄王曰：「黄鶴生於江海，俯啄鰋鯉，仰齗菱藕，自以爲無患，不知夫射者方修弧矢，治矰繳，將加己於萬仞之上。故晝遊江湖，夕調鼎俎。」㉑自西北而遥集，古歌詞曰：飛來白鶴，從西北方。十十五五，羅列成行。妻卒被病，不能相隨。五里還顧，六里徘徊。吾欲銜汝去，口噤不能開。吾欲負汝去，毛羽日摧頹。㉒邈江海而遐舉，見上「莊辛説楚」注。㉓辭吴市而喧闐，《吴越春秋》曰：吴王闔閭與夫人及女食蒸魚，王嘗半以與女，女怨曰：「王食我殘魚辱我，我不忍久生」，乃自殺。闔閭痛之，葬於邦西，金鼎、玉杯、銀樽、珠襦之寶皆以送女。舞白鶴於吴市中，令萬民隨觀之，遂使與鶴俱入羨門，因塞之以送死。㉔出雷門而軒翥。見《鼓賦》「雷門鶴飛」注。㉕孟氏周王之飲，《穆天子傳》曰：天子飲於孟氏，受舞白鶴二八。㉖岱宗漢帝之壇。《東觀漢記》曰：章帝至岱宗柴望畢，白鶴三十從西南來，經祀壇上。㉗緱山識王喬之至，見《山賦》「見王喬於緱氏」注。㉘遼東見丁令之還。《續搜神記》云：遼東城門華表柱忽有白鶴來集，人或欲射之，鶴於空中歌曰：「有鳥有鳥丁令威，去家千歲今來歸。城郭如故人民非〔三〕，何不學仙塚纍纍。」㉙又若鳴必戒露，見《露賦》「宵警聞於白鶴」注。㉚白非日浴。《莊子》曰：鶴不日浴而白，烏不日黔而黑。㉛

或馭於江夏之樓，《述異傳》曰：荀環字叔瑋，潛棲却粒，嘗東遊，憩江夏黄鶴樓上，望西南有物飄然降自霄漢，俄頃已至，乃駕鶴之賓也。鶴止户側，仙者就席，羽衣虹裳，賓主歡對。已而辭去，跨鶴騰空，渺然煙滅。㉜或飴以潭臯之粟。《拾遺記》曰：周昭王時，塗修國獻青鳳丹鶴，各一雄一雌，以潭臯之粟飴之，溶溪之水飲之。㉝觀其瘦頭露眼，《相鶴經》曰：鶴之上相，瘦頭朱頂，露眼黑睛。㉞豐毛疎肉，《相鶴經》曰：鶴翔於雲，故毛豐而肉疎。㉟既鳳翼而龜背，亦燕膺而鼈腹。出《相鶴經》。㊱宣王見誨於聞天，《詩》曰：鶴鳴，誨宣王也。鶴鳴于九臯，聲聞于天。㊲王莽傳方於漬穀。《漢書》曰：王莽以鶴髓漬穀種學仙。㊳至若比鳧脛而爲長，《莊子》曰：鳧脛雖短，續之則憂；鶴脛雖長，斷之則悲。㊴匪鶏羣而可亂。《晉書》曰：嵇紹始入洛，或謂王戎曰：「昨於稠人中始見嵇紹，昂昂然若野鶴之在雞羣。」戎曰：「君復未見其父耳。」㊵賦聞鮑昭之美，鮑昭有《舞鶴賦》。㊶詩播齊高之善。《宋書》曰〔四〕：齊高帝鎮淮陰，爲宋明帝所疑，被徵爲黄門郎，深懷憂慮。見平澤有羣鶴，命筆詠之曰：「八風舞勁翮，九野弄清音。一摧雲間志，爲君苑中禽。」㊷羊公既訝於不舞，《世説》曰：殷中軍嘗稱劉遵祖於庾公，庾公甚忻，便取爲佐。引見，坐獨榻上與語。劉爾日殊不稱，庾小失望，遂名之爲「羊公鶴」。昔羊叔子有鶴能舞，嘗向客稱之，客至，試使驅來，氃氋而不能舞。㊸庾域嘗驚於忽見。《梁書》曰：庾域母好鶴唳，域在位營求，孜孜不怠，一旦雙鶴來下。㊹鳴九臯而寥唳，見上。㊺出華亭而倩練。《八王故事》曰：陸機爲成都王所誅，顧左右而歎曰〔五〕：「今欲聞華亭鶴唳，不可復得也矣。」㊻遊衛國而乘軒，《左傳》曰狄人伐衛，懿公好鶴，鶴有乘軒者。將戰，國人受甲者皆曰：「使鶴，鶴實有禄位，予焉能戰？」㊼向耶溪而取箭。《會稽記》曰：射的山南有白鶴山，此鶴爲仙人取箭。漢太尉鄭弘嘗採薪，得一箭，頃有神人至，問何所欲，弘曰：「嘗患若耶溪載薪爲難，願旦南風，暮北風。」後果然。㊽固一舉而千里，豈耳目之近翫者乎？《世説》曰：僧支道林好鶴，時有遺其雙鶴者，翅長欲飛，林意惜之，乃鎩其翮。鶴軒翥不能復起，乃舒翼反顧，視之如似懊喪意。林公曰：「既有凌霄之姿，何肯爲人作耳目近翫乎？」養令翮成，遂放飛去。

校勘記

〔一〕高並　「並」，宋本、黄校本、白本作「尋」。

〔二〕所住屋　「屋」字原無，據宋本並《御覽》卷九一六引增。

〔三〕如故　宋本作「猶是」。

〔四〕宋書　查此段引文不見於今《宋書》，而見於《南史・荀伯玉傳》。

〔五〕顧左右而嘆　「而」原作「不」，據白本、華本並《御覽》卷九一六引改。

鷹

①伊鍾山之鷙鳥，隋魏彦深《鷹賦》曰：惟兹禽之化育，實鍾山之所生。資金方之猛氣，擅火德之炎精。②稟金方之勁氣，含火德之明輝，見上注。③淪瑶光之純粹。《春秋運斗樞》曰：瑶光星散爲鷹。④或聞於蒼成千日，隋魏彦深《鷹賦》曰：二周作鴘〔一〕，千日成蒼。⑤或重其指如十字。魏彦深《鷹賦》曰：指重十字，尾貴合盧。⑥若乃點血散花之狀，魏彦深賦曰：白如散花，赤如點血，大文如錦，細斑似纈。⑦草眸金距之名，《西京雜記》曰：茂陵少年李亭好馳逐，鷹鷂，皆爲佳名。鷹有青翅、草眸、青冥、金距之屬。⑧既在南而爲鷂，《晉書》曰：崔洪清厲骨鯁，爲尚書左丞相，時人爲之語曰：「叢生荆棘，來自博陵。在南爲鷂，在北爲鷹。」⑨亦與鷂而爲兄。《古樂府》曰：豹則虎之弟，鷹則鷂之兄。⑩亦有下鞲命中，《東觀漢記》曰：趙勤字孟卿，太守桓虞署以爲督郵，於是貪令自責，還印綬去。虞歎曰：「善吏如使良鷹，下鞲即中。」⑪畫壁如真。《陳書》曰：齊廣寧王存珩好綴文，有技藝。嘗於廳事壁自畫一蒼鷹，見者皆以爲真。⑫資僧達之馳獵，《南史》曰：王僧達性好鷹犬，何尚之致仕，嘗入關齋，大集朝士，自行香，次之僧達，曰：「願郎且放鷹犬，弗復遊獵。」⑬教行父之事君。《左傳》曰：季文子對宣公曰：「先大夫臧文仲教行父事君之禮，行父奉以周旋，不敢失墜。曰見有禮於其君者，事之如孝子之養父母也；見無禮於其君者，誅之如鷹鸇之逐鳥雀也。」⑭唐則斷聯而見放，《唐書》曰：太宗初即位，舊苑中有籠鷹，悉斷聯任去，良

犬並解紲放之。⑮漢則斥賣而不用。《東觀漢記》曰：和熹皇后臨朝，上林鷹犬悉斥賣之。⑯逐黄犬於東門，《史記》曰：李斯臨刑歎曰：「思牽黄犬、臂蒼鷹，出上蔡東門〔二〕，不可得矣。」⑰擊鵬雛於雲夢。《幽冥録》曰：楚文王好獵，人有獻鷹，爲獵於雲夢，煙燒漲天，毛羣羽族爭噬競搏。此鷹瞪目雲際，無搏噬之志。王謂獻者曰：「汝將欺余耶？」答曰：「若效於雉兔，臣豈敢獻？」俄而雲際有物，凝翔鮮白，不辨其形。鷹便聳翮而升，須臾毛墮若雪，血下如雨，有大鳥墜地。度其兩翅數十里，衆莫能識。有博物君子曰：「此大鵬鶵也。」乃厚賞之。⑱至若梁冀貪而見求，《益都耆舊傳》曰：廣漢馮顥爲謁者，逐單于至雲中。大將軍梁冀遣人求鷹，止晉陽舍。人不避顥，顥收之，使人擊鷹而亡也，顥追捕甚急，冀辭乃止。⑲大亮忠而不獻，《唐書》曰：太宗謂侍臣曰：「李大亮可謂忠直矣，朕遣使至其所，見有佳鷹，諷令獻朕，大亮因密表責朕云：『陛下久絶畋獵，而使者求鷹，若是陛下之意，深乖昔旨，如其自擅，便是任使非人。』朕覽表嘉歎，不能自已。有臣若是，朕復何憂？」於是賜之金壺，以彰忠讜。⑳馬融既美於出籠，馬融《與伯世書》曰：憒憒愁思，猶不解懷。思在竹間，放狗逐麋。晚秋涉冬，大蒼出籠。黄鶇下兔，芼以乾菜。以送餘日〔三〕，兹樂無已〔四〕。㉑要離亦聞於擊殿。《戰國策》曰：唐雎謂秦王曰：「要離將刺慶忌，蒼鷹擊於殿上。」㉒故其威同尚父，《詩》曰：維師尚父，時維鷹揚。㉓名傳郅都，《漢書》曰：郅都爲濟南太守，時人號爲蒼鷹。㉔魏帝以秋吟見重，魏文帝《答繁欽書》曰：商風振條，秦鷹秋吟。㉕侯文以嚴霜行誅。見《秋賦》「侯文之職」注。㉖支遁則愛其神俊，《建康實録》云：支遁好養鷹馬而不乘放，人或問之，曰：「愛其神俊。」㉗元坦則肆其畋漁。《三國典略》曰：元坦爲冀州刺史，不恤人事，性好畋漁，無日不出〔五〕，鷹犬常數百頭，器網十餘車〔六〕，自云寧三日不食，不能一日不獵。

㉘至於驚蟄靡失於爲鳩，《禮記·月令》曰：驚蟄之日，鷹乃化爲鳩。㉙處暑不差於祭鳥。《周書》曰：處暑之日，鷹乃祭鳥。㉚逐不仁者子産，《左傳》曰：子産始知然明，問爲政焉，對曰：「視民如子，見不仁者誅之，如鷹鸇之逐鳥雀也。」㉛名爽鳩者少皥。《左傳》曰：少皥爲鳥師而鳥名。爽鳩氏，司寇者也。注：鷹也。㉜又若翮短飛急，骹長起遲，魏彦深賦曰：雙骹長者起遲，六翮短者飛急。㉝大雌小雄，彦深賦曰：雌則體大，雄則形小。㉞加毛減肌。彦深賦曰：晝不離手，夜更火宿，微加其毛，小減其肉。㉟時令既傳於學習，《禮》曰：小暑鷹乃學習。㊱《爾雅》亦號於飛翬。《爾雅》曰：鷹隼醜，其飛也翬。注：鼓翅翬翬然疾。㊲亦聞惡彼足黄，彦深賦曰：赤睛黄足，細骨小肘，住不可呼，舉不及走〔七〕，若此之輩，不如勿有。㊳欲其食疾，彦深賦曰：疾食速消，此則有命，兔頸猴立，是爲無病。㊴罻羅設於已化，《禮月令》：七月鳩化爲鷹，然後設羅網。㊵矰弋禁於未擊。《漢書》曰：鷹隼未擊，矰弋不施於蹊隧。㊶飢而爲用，猜防既見於曹公；《魏志》曰：吕布使陳登詣太祖，登因陳布勇而無謀，宜早圖之。太祖悦。布始因登求徐州牧，不獲。及登還，布拔戟斫几責之，登曰：「登見曹公言：『待將軍譬如養虎〔八〕，當飽其肉，否則噬人。』公曰：『不然。如養鷹，飢則爲用，飽則揚去。』」布乃解。㊷飽則高颺，引喻亦聞於權翼。《晉書·載記》曰：慕容垂請至鄴拜墓，苻堅許之。權翼諫曰：「垂猶鷹也，飢則附人，飽便高颺，若遇風塵之會，必有淩霄之志。唯急其羈絆，不可任其所欲。」〔九〕堅不從，去果不還。

校勘記

〔一〕作鴿　「鴿」原作「舟」，據宋本、白本、華本並《御覽》卷九二六引改。

〔二〕上蔡　「上」字原無，據華本、《史記·李斯列傳》並《御覽》卷九二六引增。

〔三〕以送餘日　「以」原作「自」，據《御覽》卷九二六引改。宋本作「目」。

〔四〕無已　原作「而已」，據宋本並《御覽》卷九二六引改。

〔五〕不出　「出」原作「收」，據《御覽》卷九二六引改。

〔六〕器網　「器」原作「置」，據《御覽》卷九二六引改。

〔七〕皋不及走　「皋」，《御覽》卷九二六引作「飛」。

〔八〕養虎　「養」字原無，據宋本並《御覽》卷九二六引增。

〔九〕不可　「可」字原無，據宋本並《御覽》卷九二六引增。

鷄

①伊顙鷄之彩質，《爾雅》曰：雞，大者蜀，蜀子雓〔一〕，未成雞曰僆〔二〕，絶有力，奮。雓音朶。②實淪英於玉衡。《運斗樞》曰：玉衡星散爲雞。③取巽之象，《易》曰：巽爲雞。注：雞知時號令之謂。④禀火之精。《春秋説題辭》曰：雞爲積陽，南方之象，故陽出雞鳴，以類感也。⑤翰音見號，《禮》曰：宗廟之鷄曰翰音。⑥燭夜爲名。《古今注》曰：雞一名燭夜。⑦賓孟既覩於斷尾，《左傳》曰：賓孟適郊，見雄雞自斷其尾，問之〔三〕。侍者曰：「自憚其犧也。」⑧州綽亦效其先鳴。《左傳》曰：齊莊公朝，指殖綽、郭最曰：「是寡人之雄也。」州綽曰：「君以爲雄，誰敢不雄。然臣不敏，平陰之役，先二子鳴。」注：晉伐齊，及平陰，州綽獲殖綽、郭最，故自比於雞鬭勝而先鳴。⑨或以占戎馬之象，《淮南子》曰：雄雞夜鳴，軍兵動而戎馬驚。⑩或以認蒼蠅之聲。《詩》曰：雞鳴，思賢妃也。雞既鳴矣，朝既盈矣，匪雞則鳴，蒼蠅之聲。⑪若乃五指金骹，廣志》曰：雞有胡溝、五指、金骹、反翹之種。⑫花冠承露，《江表傳》曰：南郡獻長鳴承露雞。《南越志》曰：雞冠四開如蓮花，清鳴聲徹也。⑬季平既銜於芥羽，郈氏亦誇其金距。《左傳》曰：季、郈之雞鬬，季氏芥其雞，郈氏爲之金距。⑭或養之而攘火，《山海經》曰：鷩雉一名山雞，養之攘火，羅浮所豐。⑮或畫之而帖户。見《春賦》「畫雞索葦」注。⑯孟嘗效之而獲免，《史記》曰：孟嘗君至關，關法，雞鳴出客。孟嘗君客之居下者有能爲雞鳴，遂發傳出也。⑰燕丹爲之而得度。

《燕丹子》曰：燕太子丹質於秦，逃歸到關，丹爲雞鳴，遂得早度。⑱至於三尺曰鶤，《爾雅》曰：雞三尺爲鶤。鶤，音昆。⑲正旦磔門，見《春賦》「懸羊磔雞」注。⑳性惟司夜，《韓子》曰：使雞司夜，令狸執鼠，皆用其能。㉑職在鳴晨。《太玄經》曰：雌雞晨鳴，雄雞宛頸。㉒候工星而肆赦，《北齊書》曰：武成即位南宮，大赦。於殿門外建金雞，不識其義，問於光禄大夫司馬膺之，對曰：「海中星占曰〔四〕：天雞星動，當有赦，帝王以爲候。」㉓儷金馬而爲神。《漢書》曰：方士云：益州有金馬碧雞之神，可祭祀致也。宣帝使王褒往祀焉。㉔復有越巂長鳴，《西京雜記》曰：漢成帝時〔五〕，交趾越巂獻長鳴雞，卽下漏驗之，晷刻無差。一鳴一食，長距善鬬。㉕馬韓細尾，《魏志》曰：馬韓國出細尾雞，其尾皆五尺餘。㉖子路冠之而示勇，《史記》曰：子路性鄙，好勇力，冠雄雞，佩猳豚，陵暴孔子。孔子設禮義稍誘之，子路乃委質請爲弟子。㉗黄父戴之而吞鬼。《神異經》曰：東方有人，長七丈，頭戴雞，朝吞惡鬼三千，暮吞三百，名黄父，又名食邪，以鬼爲飯，以露爲漿〔六〕。㉘祖逖則舞於夜鳴，《晉書》曰：祖逖與劉琨爲司州主簿，共被同寢。夜中聞荒雞鳴，逖蹴琨覺曰：「此非惡聲？」因起舞。㉙庾翼則怒其愛雉。《晉書》曰：庾翼攻書，少時與右軍齊名。右軍後進，庾猶不分。在荆州與都下人書云〔七〕：「小兒輩，賤家雞，愛野雉，皆學逸少書，須吾下，當比之。」㉚棄之可惜者，漢中之地；《九州春秋》曰：魏王入漢中討劉備，不得進，欲守復難，意欲棄之，乃發令云：「雞肋兒〔八〕。」官屬不知。主簿楊脩曰：「夫雞肋，棄之則可惜，取之無所得，以比之漢中。王欲去也。」乃白戒嚴，王遂還。㉛連之不一者，山東之勢。《戰國策》曰：秦惠王謂寒泉子曰：「蘇秦欺弊邑，欲以一人之智，反覆山東之君。夫諸侯之不可一，猶連雞之不能俱上於棲也。」㉜或食之而數千，《呂氏春秋》曰：善學者，若齊王之食雞也，食其蹠數千而後足。㉝或膳之而日雙。《左傳》曰：公膳日雙雞。㉞候之不差於風雨，《詩》曰：風雨如晦，雞鳴不已。㉟執之必在於工商。《周禮》曰：工商執雞。注云：取其守時而動。㊱亦有羊溝之鬬，《莊子》曰：羊溝之雞，三歲爲株。相者視之，則非良雞也，然而時以勝人者，以狸膏塗其頭也。注：羊溝，鬬雞處。株，魁帥也。雞畏狸膏。㊲尸鄉之養。《列仙傳》曰：祝雞翁者，雒陽人也，居尸鄉北山下。養雞皆有名字，千餘頭，暮棲樹，晝放散食，欲取，呼名即至，販雞及子，得千萬錢，輒置錢去〔九〕。㊳或鳴在雲中，《述異記》曰：濟陽山有麻姑仙處，俗説山上千年則金雞鳴玉犬吠。《論衡》曰：傳云，淮南王昇仙〔一〇〕，雞鳴犬吠，皆在雲中。㊴或葬於山上。《異苑》曰：朱文繡與羅子鍾爲友，俱仕於梁。文繡既死，羅子鍾哭之，其夜俱亡。梁南七里有鷄山〔一一〕，葬繡於其中。北九里有雉澗〔一二〕，埋鍾於其內。繡神靈變爲雞，鍾魂魄化爲雉，清鳴哀響，往來不絶。故詩曰：「雞山別飛響，雉澗和清音。」㊵聞其膈膈，古詞曰：膈膈膊膊雞初鳴，磊磊落落向曙星。㊶聽彼膠膠。《詩》曰：風雨蕭蕭，雞鳴膠膠。㊷見棄黜求於鳳鷩〔一三〕，《陳子要言》曰：棄晨雞侯鳳鷩，亦猶棄當世之實才，須故人之執政也。㊸被割何在於牛刀。《論語》曰：子之武城，聞弦歌之聲，莞爾而笑曰：「割雞焉用牛刀。」㊹至若棲殿中之樹，《魏晉世語》曰：劉放、孫資共典樞要，夏侯獻、曹肇心內不平，殿中有雞棲樹，二人相謂：「此亦久矣，其能復幾。」以指資、放。㊺番妻門之牧，《吳越春秋》曰：妻門外雞陂墟者，王牧雞處。㊻使管輅之占，《魏志》曰：平原太守劉邠，取山雞毛著器中，使管輅射之，曰：「高岳巖巖，有鳥朱身，羽翼玄黄，鳴不失辰。此山雞毛也。」㊼問越巫之卜。《史記》曰：越巫立越祀，而以雞卜，上信之。㊽江逌連之而縱火，見《火賦》「江逌放雞」注。㊾傅琰剖之而斷獄。《齊書》曰：傅琰字季珪，爲山陰令。二野父爭雞，琰問：「雞何食〔一四〕？」一云粟，一云豆。琰使破雞，得粟，罪言豆者。(50)觀奉先之鬭，《漢書》曰：昔許奉先好鬭雞〔一五〕，宣帝微時，數與奉先會，後卽位，以其女爲婕妤，立爲皇后。奉先封侯。(51)記越王之畜。《越絶書》曰：雞山，勾踐以畜雞，將伐吴，以食死士也。(52)天淵曾喜於陸機，陸機《與弟書》曰：天淵池養山雞，甚可嬉。(53)陳倉更聞於秦穆。《辛氏三秦記》曰：陳倉山上有石雞，與山雞各別。趙高使火燒山，山雞飛去，石雞不去，晨鳴山頭，聲聞三十里。或云是玉雞。陳倉城上有神雞，人取不得，雄者王，雌者霸。穆公得雌，故霸。又《史記》曰：秦文公獲若石，於陳倉祠之。其神或歲不至，或來集于祠城，若雄雉，其聲殷殷，則野鷄皆夜鳴。(54)別有長鳴遠飛，長鳴見上注。《洞冥記》曰：遠飛雞，夕還依人，曉則絶飛四海外，朝往夕還。(55)黄冠青綏，《臨海異物志》曰：杉雞黄冠青綏，常在杉樹下，頭上有長黄毛如冠，頭及頸正青如垂綏。(56)并黍而食，《論語》曰：子路遇丈人，以杖荷蓧，止子路宿，殺雞爲黍而食之。(57)鑿垣而棲。《爾雅》曰：雞棲於杙爲桀，鑿垣而棲爲塒。(58)旣牝晨而家索，《書》曰：牝雞無晨。牝雞之晨，惟家之索。(59)亦逆翦而冠萎。《晉書》曰：桓玄旣被殺，安帝反正，其餘擁衆假號皆平〔一六〕，桓氏遂滅。元興中，衡陽有雌雞化爲雄，八十日而冠萎〔一七〕。及玄建國於楚，衡陽屬焉。自簒至敗〔一八〕，凡八旬。(60)則有至北埭而方鳴，《齊書》曰：武帝嘗幸琅邪城，宫人嘗從早發，至湖北埭，雞始鳴，今呼爲雞鳴埭。(61)到新豐而自識。《漢書》曰：七年，高祖以太上皇帝歸，置縣，徙豐人實之，號曰新豐。并移枌榆舊社街巷棟宇，一如舊制，士女老幼各知其室，雖雞犬縱放，亦識其家焉。(62)傳朱公之所化，《風俗通》曰：呼雞朱公，俗説雞本朱公化而爲之。(63)重樂妻之不食。《後漢書》曰：樂羊子妻，嘗有他舍雞誤入垣内，姑盜殺食之。妻對不食而泣，問之，曰：「自傷貧，使食他肉。」姑乃棄之。(64)又若守夜稱信，《韓詩外傳》曰：田饒謂魯哀公曰：「夫雞，頭戴冠者文也，足傅距者武也，敵在前敢鬭者勇也，見食相呼者仁也，守夜不失時者信也。雖有五德〔一九〕，猶淪而食之者何也〔二〇〕？以其所從來近也。」⑮候潮表異，《異物記》曰：伺潮雞，潮水上則鳴。孫綽《望海賦》曰：石雞清響而應潮是也。⑯驅之既喻於馭民，荀悦《申鑒》曰：覩孺子之驅雞，而見御民之術。孺子之驅雞，急則驚，緩則滯，馴則安。⑰夢之亦憂於武吏。《夢書》曰：雞爲武吏，有冠距也。夢見雄雞，憂武吏。⑱若夫鑑形乃舞，《異苑》曰：魏武時，南方獻山雞。帝欲其鳴舞而無由，公子蒼舒取大鏡著其前，雞見形而舞〔二一〕，不知止，遂至死。韋仲將爲之賦其事。⑲映水而溺，《博物志》曰：山雞有美毛，自愛其毛，終日映水，目眩則溺。⑳苻朗知其半露，《晉書》曰苻朗善知味。會稽王道子殺雞以食之，既進，朗曰：「此雞棲常半露。」檢之驗焉。㉑紀渻養其全德。《列子》曰：昔紀渻子爲周宣王養鬭雞，十日而問：「雞可鬭乎？」曰：「未也，方虚驕而恃氣。」十日又問之，曰：「未也，猶疾視而盛氣。」十日又問之，曰：「幾矣，雞雖有鳴者，已無變矣，望之似木雞矣。異雞無敢應者。」㉒含塗既見於能言，《拾遺記》曰：含塗國去王都七萬里，人善服鳥獸〔二二〕，雞犬皆使能言。㉓桃都亦聞於出日。《玄中記》曰：東南有桃都山〔二三〕，上有大樹，名曰桃都，枝相去三千里。上有天雞，日初出，照此木，天雞即鳴，天下雞皆隨之鳴。㉔右廣候之而駕，《左傳》曰：楚子爲乘廣三十乘，分爲左右，右廣雞鳴而駕〔二四〕，日中而説。左則受之，日入而説〔二五〕。㉕子反則之而食。《左傳》曰：晉與楚旦而戰〔二六〕，見星未已。子反命吏察夷傷，補卒乘，雞鳴而食，唯命是聽。㉖見於事始，崔光知翅足之多；《後魏書》曰：崔光字長仁，正始元年夏，有典事史顯獻四足四翼雞，詔以問光，光表曰：「翅足衆多，羣下相扇動之象。脚差小，其勢尚微〔二七〕，易制御也。」後數日，茹皓等並以罪伏法，於是禮光逾重。⑦⑦置在窗間，宋氏得講談之益。《幽冥録》曰：晉兗州刺史宋處宗嘗買一長鳴鷄，愛養甚至，棲籠置窗間，雞遂作人語與宗談論，極有言致，終日不輟。處宗因此言功大進。

校勘記

〔一〕蜀子顈　「顈」，《御覽》卷九一八引作「稚」。《爾雅》卷十作「雓」，注曰：「雛子也。雓音餘。」按：作「雓」較勝。

〔二〕未成雞曰僆　「僆」原作「連」，據宋本並《御覽》卷九一八引改。

〔三〕問之　「之」原作「其」，據宋本並《御覽》卷九一八引改。

〔四〕星占　「星」原作「日」，據宋本並《御覽》卷九一八引改。

〔五〕漢成帝　「漢」，宋本作「孝」。

〔六〕以露爲漿　「露」，宋本、《御覽》卷九一八引作「霧」。

〔七〕書云　「書」字原無，據《御覽》卷九一八引增。

〔八〕雞肋兒　宋本並《御覽》卷九一八引均無「兒」字。

〔九〕「列仙傳曰」至「呼名卽至」一段注文，原在「或鳴在雲中」下，今據宋本移此。「販雞及子得千萬錢輒置錢去」十二字原無，據宋本補。緊接「呼名卽至」下原有「鳴於雲中及子」六字，與上下文意不合，據宋本删。

〔一〇〕述異記曰濟陽山有麻姑仙處俗説山上千年則金雞鳴玉犬吠論衡曰傳云淮南王　此三十三字原無，據宋本補。

〔一一〕有雞山　「雞」字原無，據宋本、黄校本並《御覽》卷九一八引增。

〔一二〕有雉澗　「雉」字原無，據宋本、黄校本並《御覽》卷九一八引增。

〔一三〕鳳鷩　據文意，「鷩」似當作「鷟」。

〔一四〕雞何食　「雞」字原無，據宋本並《御覽》卷九一八引增。

〔一五〕昔許奉先好鬭雞　「昔」字原空闕，據宋本補。

〔一六〕擁衆　「擁」原作「權」，據《晉書·桓玄傳》並《御覽》卷九一八引改。

〔一七〕而冠婁　「冠」字原無，據宋本並《御覽》卷九一八引增。

〔一八〕自篡至敗　「篡」下原有「致」字，據宋本並《御覽》卷九一八引删。

〔一九〕雖有五德　「雖」原作「雞」，據宋本並《御覽》卷九一八引改。

〔二〇〕猶淪而食之者何　此七字原無，據宋本並《御覽》卷九一八引增。

〔二一〕雞見形而舞　「見」，宋本作「鑑」。

〔二二〕人善服鳥獸　「善」原作「喜」，據宋本並《御覽》卷九一八引改。

〔二三〕東南有桃都山　「有桃」二字原無，據宋本並《御覽》卷九一八引增。

〔二四〕右廣雞鳴而駕　「右」字原無，據宋本並《左傳·宣公十二年》增。

〔二五〕左則受之日入而説　此八字原無，據宋本並《左傳·宣公十二年》增。

〔二六〕晉與楚旦而戰　「旦而」二字原無，據宋本並《御覽》卷九一八引增。

〔二七〕其勢尚微　「其」上宋本並《御覽》卷九一八引有「亦」字。

事類賦卷之十九

禽部二

雁　烏　鵲　燕　雀

雁

①邕邕鳴雁，順時翱翔。《詩》曰：邕邕鳴雁，旭日始旦。②東海中歌於漢武，《漢書》曰：武帝太始三年，東海獲赤雁，作《朱雁之歌》。③睢陽見養於梁王。《漢書》曰：梁孝王睢陽國中作鳧雁池。④賀秦繆之得士，《説苑》曰：秦繆公得百里奚，公孫枝歸取雁以賀曰：「君得社稷之臣，實社稷之福。」公不辭，再拜而受。⑤悲虞固而隨喪。《會稽典録》曰：虞固字季鴻，少有孝行，爲日南太守，常有雁止宿廳事上，每行縣，輒飛逐焉。及卒官，雁隨喪至餘姚墓前，歷二年乃去。⑥或曰駕鵝，《廣雅》曰：鴚鵝，雁也。鴚與駕同。⑦亦稱足蹼。《爾雅》曰：鳧雁醜，其足蹼〔一〕。注曰：脚指間有幕蹼屬相著。蹼音卜。⑧既聞其維索飾布，《儀禮》曰：大夫相以雁，飾以布，維之以索，如執雉。注：雁知時，飛翔有别也。飾之以布，謂縫衣其身也。維謂繫連其足。⑨亦同乎三帛五玉。《書·舜典》曰：修五禮、五玉、三帛、二生、一死。注：二生：卿執羔，大夫執雁。⑩可以飼秕，《賈誼書》曰：鄒穆公令食鳧雁必

以秕，無敢以粟。⑪不宜食粟。《博物志》曰：雁食粟，翼重，不能飛。⑫若乃入梁州而逾塞，《梁州記》曰〔二〕：梁州縣界有雁山，傳云此山有大池水，雁棲集之，故因名曰雁塞。⑬過高柳而知門，《山海經》曰：雁門山，雁出其間，在高柳北。⑭應季冬而北嚮，《禮》曰：季冬之月，雁北嚮。⑮候白露而來賓，《周書》曰：白露之日鴻雁來，鴻雁不來人背畔。⑯獻伯陽而聽政，《左傳》曰：曹伯陽卽位，好田弋。曹鄙人公孫彊好弋，獲白雁獻之，且言田弋之說。因訪政事，大說之，有寵，使聽政焉。⑰諫梁君之殺人。《新語》曰：梁君出獵，見白雁，欲自射之。道上有驚雁駭者，梁王怒，命射此人。其御公孫龍諫曰：「昔衛文公時，大旱三年，卜云必須人祀。文公曰：『求雨爲民也，今殺之不仁，吾自當之。』言未卒，雨下。今君重雁殺人〔三〕，何異虎狼！」梁君引龍登車入郭，呼萬歲曰：「善哉！今日獵得善言也。」⑱今有明行列之次，《儀禮》曰：以雁爲贄〔四〕，取其有行列之次。⑲辨長幼之紀。《說苑》曰：以雁爲贄，有長幼之禮。⑳見殺遠殊於山木，《莊子》曰：莊子行於山中，見大木。伐木者止其傍，不取。問其故，曰：「不材之散木無所用。」莊子曰：「此木以不材得終其天年。」出於山，及邑，舍故人之家。故人喜，具酒肉，令豎子殺雁烹之。豎子請曰：「其一雁能鳴，其一雁不能鳴，奚殺？」主人曰：「殺不能鳴者。」明日，弟子問曰：「昨日山中之木以不材得終其天年，主人之雁以不材而死，先生何處焉？」莊子歎曰：「周將處夫材不材之間。」㉑入用近同於士雉。《儀禮》曰：大夫以雁爲贄，士用雉。㉒表女子之得時，《白虎通》曰：贄用雁者，取其隨時南北，不失其節，明不奪女子之時也。㉓唯大夫而爲贄。見上「入用近同於士雉」注。㉔從風後先，《淮南子》曰：雁從風而飛，以愛氣力。《春秋繁露》曰：凡贄，大夫用雁，有類長者在民上，必有先後。㉕隨陽飛止。《春秋說題辭》曰：雁南北，以陽動也。㉖禮既傲於太守，《後漢書》曰〔五〕：度遼將軍皇甫規解官歸安定〔六〕。鄉人有以貨買雁門太守者，亦去職還家，書刺謁見規。規卧不迎，既入而問：「卿前在郡食雁美乎？」㉗色不存於夫子。《家語》曰：孔子之衛，衛公與孔子語，見飛雁過而仰視之，色不在孔子，孔子乃逝。㉘若其遇明月而雙墜，《北齊書》曰〔七〕：斛律光從文襄出野，見雙雁飛來，文襄使明月馳射之，以二矢，俱落焉。㉙集河西而五色，《漢書》曰：宣帝於西河築世宗廟，告祠，有五色雁集殿前。㉚入上虞而治田，《十三洲記》曰：上虞有雁，爲民治田，春銜拔草根，秋啄除其穢。是以縣官禁民不得妄害此鳥，犯則有刑無赦也。㉛在南康而浮石。《南康記》曰：平固縣有覆笥山，上有湖，周回有數十里。有一石雁浮在湖中，每至秋天，石雁飛鳴，如候時也。㉜翔於廣澤，常避繳而銜蘆；《淮南子》曰：雁銜蘆而翔，以避弋繳。㉝來自窮邊，亦傳書而係帛。《漢書》曰〔八〕：蘇武在匈奴中，昭帝遣使和親。常惠夜見漢使，使謂單于曰：「天子射上林中，得雁，足有係帛書，言武等在某澤中。」使者如其言，單于大驚，乃使武還。

校勘記

〔一〕其足蹼　「蹼」字原無，據宋本並《御覽》卷九一七引、《爾雅·釋鳥》增。

〔二〕梁州記　「記」原作「誌」，據宋本並《御覽》卷九一七引改。

〔三〕今君　白本、蔡本作「人君」。

〔四〕以雁爲贄　宋本「贄」下有「者」字。

〔五〕後漢書曰　原作「漢書曰」，按所引文見《後漢書·王符傳》，因改。

〔六〕度遼將軍　「度」原作「廣」，據《後漢書·皇甫規傳》改。

〔七〕北齊書曰　按：所引文《北齊書》未見，《北史·斛律光傳》有此段引文。

〔八〕漢書曰　原作「史記曰」，按所引文見《漢書·蘇武傳》，因改。

烏

①伊莫黑之孝烏，《詩》曰：莫黑匪烏。《春秋元命苞》曰：烏，孝烏也。②實至陽之純精。《元命苞》曰：流火爲烏，陽精，在日中，從天以照也。③既稟受於瑶光，《運斗樞》曰：瑶光散而爲烏。④亦合應於維星。《春秋運斗樞》曰：維星明，則日月光。烏三足，禮義修，物類合。⑤鄭人既瞻於楚幕，《左傳》曰楚子元伐鄭，諸侯救之，楚師夜遁。鄭人將奔桐丘，諜告曰：「楚幕有烏。」乃止。⑥晉師亦候於齊城。《左傳》曰：晉伐齊，齊師夜遁，師曠告晉侯曰：「烏烏之聲樂〔一〕，齊師其遁。」叔向告晉侯曰：「城上有烏，齊師其遁。」⑦若乃城上畢逋，《續漢書》曰：桓帝時童謡云「城上烏，尾畢逋，一年生雛。公爲吏，子爲徒。一徒死，百乘車。」⑧府中朝夕。《漢書》曰：成帝時何武請以御史大夫爲大司空，備三公官。時御史府中列栢樹，常有野烏數千棲宿其上，晨去暮來，號曰朝夕烏，烏去不來者數月，長老異之。⑨感陽顔而口傷，《異苑》曰：陽顔以純孝著聞。後有烏銜鼓，集顔所居村〔二〕，烏口皆傷，銜鼓之象，欲令聾者遠聞。即於其處立縣，名烏傷。莽改爲烏孝，以彰其行。⑩爲燕丹而頭白。《燕丹子》曰：燕太子丹質於秦，秦王遇之無禮，不得意，欲歸。秦王不聽，謬爲令：「烏頭白，馬生角，乃可。」丹仰天歎息，烏即頭白，馬即生角，秦不得已而遣之。⑪子推嘗見於蔽烟，《拾遺記》曰：晉文公燒山求子推，子推抱樹，有一白烏從煙蔽之，推死，文公爲之斷火一月。⑫王母亦聞於傳食。《括地圖》曰：崑崙山在弱水中，非乘龍不得至，有三足神烏爲西王母取

食。⑬至於借樹爲詩，《唐書》曰〔三〕：李義府召見，太宗試令詠烏，云：「日裏揚朝彩〔四〕，琴中伴夜啼。上林多少樹，不借一枝棲。」帝曰：「吾當全樹借汝〔五〕，豈惟一枝！」⑭集廬作賦，成公綏《烏賦·序》曰：有孝烏集余之廬〔六〕，烏善禽，吾嘉焉，因賦之。⑮既瞻之於爰止，《詩》曰：瞻烏爰止，于誰之屋。⑯亦聞之於返哺。《春秋運斗樞》曰：烏爲陽，陽氣仁，故反哺。⑰又若夢豐邑而肇漢，《帝王世紀》曰：沛公祖父家于豐，其妻嘗夢赤烏若龍戲。已而生執嘉，是爲太公。⑱入武昌而瑞吴，《吴志》曰：武昌赤烏見，因改年爲赤烏。⑲豕至而飛精滅迹，郭璞《洞林》曰：寧遠將軍景則，其姊病四十餘年，吾卜之，得《明夷》之《小過》〔七〕，案卦當取獨蹄猪畜之。如其言。後婦人始眠，見一丈夫，衣服盡黑，婦人語其來前，不肯，言有所畏，遂泣而去。病始小間。吾嘗論此事。烏，日禽；猪，月畜，水火相忌，自然之數，取玄陰之伏物〔八〕，消太陽之飛精，日中三足，故以獨足者當之。⑳雀生而有夏爲墟。《説苑》曰：孔子云：「存亡禍福皆由己而已。昔帝辛之時，雀生烏於城隅。占者曰：『小生大，國家必祉。』帝辛信之，而不治國，乃至滅亡。此詭禍爲福也。」㉑斷翎用致於馴狎〔九〕，《韓子》曰：夫馴烏斷其下翎，則必待人而食〔一〇〕，安得不馴乎？夫明主畜臣亦然也〔一一〕。㉒縮掌自分於醜類。《爾雅》曰：烏鵲醜，其掌縮。注：飛縮脚腹下。㉓巢煬帝之帷幄，《隋書》曰：煬帝起宫丹陽，將游於江左，有烏鵲巢於幃幄，驅不能止。㉔感文王之孝悌。《瑞應圖》曰：文王時見蒼烏，王者孝悌則至。㉕應讖則羣飛集樓，《三國典略》曰：侯景簒位，令飾朱雀門。其日有白頭烏萬計集于門樓。童謡曰：「白頭烏，拂朱雀，還與吴。」㉖表偁則一足墮地。《唐書》曰：天授元年，有進三足烏者，天后以爲周室嘉瑞。中宗時爲皇嗣，言前一足偁〔一二〕，天后不悦。須臾，烏一足果墮地。㉗又聞射彼日中，見《日賦》「羿曾見射」

注。㉘愛之屋上，太公《六韜》曰：武王登夏臺以臨殷民，周公旦曰：「臣聞愛其人者，愛其屋上烏；憎其人者，憎其除胥。」㉙集庭既美於有虞，《抱朴子》曰：夫烏何以三足，陽數奇也。是以有虞至孝，三足集其庭；曾子鋤瓜，三足萃其冠。㉚攫肉更聞於亭長。《漢書》曰：黄霸爲潁川太守，遣吏有所伺察。吏不敢舍郵亭，食於道。傍，烏攫其肉。吏見霸，霸迎勞之曰：「甚苦！食於道，烏盗其肉。」吏大驚，乃不敢有所隱。㉛皓質見范雲之對，《齊書》曰：高帝時有獻白烏。帝問：「此何瑞？」范雲位卑，前答曰：「臣聞王者敬宗廟，則白烏至。」㉜朱羽聞薛綜之詞。薛綜《赤烏頌》曰：赫赫赤烏，惟日之精。朱羽丹質，希代而生。㉝長生必飼其丹肉，《抱朴子》曰：取烏之未生毛者，以丹和牛肉使吞之，至長，毛羽皆赤。殺，陰乾擣服，壽五百歲。㉞羣飛或認於旌旗。《北史》曰：齊高世辨性怯，周師入鄴，辨以千餘騎覘候，登高西望，遥見羣烏飛起，以爲旌旗，即馳還，不敢反顧。㉟候宗懔之哭泣，《後周書》曰：宗懔遭母憂，哭嘔血。每有羣烏數千集于所舍〔一三〕，候哭而來，哭止乃去。㊱助蕭放之哀悲。《北史》曰：齊蕭放居喪以孝聞，居廬室前有二慈烏來集，馴庭飲啄，每臨時，舒翼悲鳴，全似哀泣。㊲或啄馬申之口，《陳書》曰：司馬申短毛喜於後主，使其廢錮。申嘗晝寢於尚書省下，有烏啄其口流血。時論以爲讒賢所致。㊳或萃曾子之冠。見上「集庭既美於有虞」注。㊴王吉射之而必中，《漢明帝起居注》曰：上東巡泰山，到滎陽，有烏飛鳴乘輿上，虎賁王吉射之中，而祝曰：「烏鳴啞啞，引弓射之。洞左腋，陛下壽萬萬年，臣爲二千石，賜錢二百萬。」㊵裴俠指之而能言。《北史》曰：西魏裴俠年七歲不能言，後於洛城西見羣烏蔽天，舉手指之而言，因此聰慧異常童。㊶既爲城於田緒之境，《唐書》曰：德宗時，鄭、汴二州羣烏皆入田緒、李納境，銜木爲城，高二三尺，方十餘里。緒、納命焚之，信宿如故，烏口皆流血。㊷亦集戟於仲穎之門。《唐書》曰：柳仲穎自拜諫議後，每遷官，羣烏大集於昇平里第，庭樹戟架皆滿。後爲天平節度，而烏不集，乃卒於鎮。㊸或銜珪而降社〔一四〕，《墨子》曰：赤烏銜珪降周之岐社，命伐殷也。㊹或集柘而爲弓。見《弓賦》「烏號徑理」注。㊺帝業興隆，王屋嘗覩於流火；《尚書中候》曰：周太子發渡孟津〔一五〕，火自上復於王屋，流爲赤烏。㊻皇居壯麗，靈臺亦藉於相風。《述征記》曰：相風烏在靈臺上〔一六〕，遇千里風則動。

校勘記

〔一〕烏烏　原作「烏鳥」，據宋本並《永樂大典》卷二三四五引吴淑《烏賦》改。

〔二〕所居村　「村」原作「林」，據宋本並《永樂大典》卷二三四五引吴淑《烏賦》改。

〔三〕唐書曰　按：新、舊《唐書》均未見此段引文，《御覽》卷九二〇載此事亦引《唐書》。

〔四〕朝彩　宋本、《永樂大典》卷二三四五引吴淑《烏賦》作「朝影」。

〔五〕吾當　宋本、《永樂大典》卷二三四五引吴淑《烏賦》作「吾將」。

〔六〕有孝烏　「孝」字原無，據宋本並《御覽》卷九二〇引增。

〔七〕明夷之小過　「之」字原無，據宋本並《御覽》卷九二〇、《永樂大典》卷二三四五引吴淑《烏賦》增。

〔八〕玄陰　原作「太陰」，據宋本並《御覽》卷九二〇、《永樂大典》卷二三四五引吴淑《烏賦》改。

〔九〕斷翎　原作「斷領」，據宋本並《御覽》卷九二〇、《永樂大典》卷二三四五引吴淑《烏賦》改。

〔一〇〕待人　宋本、《永樂大典》卷二三四五引吴淑《烏賦》作「傳人」，《韓非子·外儲説右上》作「恃人」。

〔一一〕明主　原作「明王」，據宋本並《御覽》卷九二〇、《永樂大典》卷二三四五引吴淑《烏賦》改。

〔一二〕言前一足傴　「言」，宋本作「曰」。《永樂大典》卷二三四五引吴淑《烏賦》「言」下有「烏」字。

〔一三〕集于所舍　「所」字原無，據宋本並《御覽》卷九二〇引吴淑《烏賦》改

〔一四〕銜珪　黄校本作「集珪」。

〔一五〕太子　原作「天子」，據宋本並《御覽》卷九二〇、《永樂大典》卷二三四五引吴淑《烏賦》改。

〔一六〕在靈臺上　「靈」字原無，據宋本並《御覽》卷九二〇、《永樂大典》卷二三四五引吴淑《烏賦》增。

鵲

①鵲鵙醜，其飛也翪。出《爾雅》。注云：翪，竦翅上下，子工切。②應必先事，《易通卦驗》曰：鵲先物而動也，先事而應，見於木風之象。③巢於季冬。《禮》曰：季冬之月，鵲始巢。④性何知而避歲？《説文》曰：鵲知太歲之所在。《博物志》曰：鵲巢開口避太歲〔一〕，此非才智，任自然也。⑤理何由而向風？《淮南子》曰：鵲巢知風之所起。注：言鵲作巢，向風之所起爲户。⑥傳帝女於南陽，《廣異記》曰：南方赤帝女學道得仙，居南陽愕山桑樹上。正月一日，銜柴作巢，至十五日成。或作白鵲，或作女人，赤帝見之，悲慟。誘之不得，以火焚之，女卽昇天，因名帝女桑。⑦見雕陵於莊子。《莊子》曰：莊周游乎雕陵之樊，睹一異鵲自南方來，翼廣七尺，目大運寸，感周之顙而集於栗林。注：樊，藩也。運寸，可曲一寸。感，觸也。⑧方朔則識其順風，《東方朔傳》曰：孝武坐未央前殿，東方朔執戟階傍，屈指獨語。上從殿上見朔，呼問之，朔曰：「殿後栢樹上有鵲立枯枝上，東向而鳴。」使視之，果然。問朔：「何以知之？」對曰：「風從東方來，鵲尾長，傍風則傾，背風則靡，必當順風而立，是以知之。」⑨陸賈則信其有喜。《西京雜記》曰：樊將軍噲問陸賈曰：「自古人君皆云有瑞應，豈有是乎？」賈曰：「有之，乾鵲噪而行人至，蜘蛛集而百事嘉，況人君重位乎！」⑩知來識修短之分，《淮南子》曰：乾鵲知來而不知往，此修短之分也。注：乾鵲見人有吉事之徵則修修然，有凶事之徵則鳴啼，是知來。歲多風則巢於下枝，而童子乃探其卵，是不知往。各有所能，故曰長短之分也。

⑪懸肉見交感之理；《淮南子》曰：赤肉懸則烏鵲集，鷹隼鷙則衆鳥散。物之聚散，交感以然。⑫在至德之世，其巢可窺；《莊子》曰：至德之世，鳥鵲之巢可攀援而窺。⑬集高城之危，失時而起。《莊子》曰：鵲上高城之絶而巢於高樹之顛，城壞巢折，陵風而起。故君子之居世也，得時則蟻行，失時則鵲起。⑭或抵玉於崑山，《鹽鐵論》曰：中國所鮮，外國賤之，崑山之傍，以玉璞抵烏鵲。⑮或墮地於燕池。《五行傳》曰：昭帝元鳳中，烏鵲鬭於燕王池上，烏墮地。烏，君之象。後燕王誅死。⑯化印既聞於雨霽，《搜神記》曰：常山張顥爲梁相〔二〕，天新雨後，有鳥如山鵲，稍下墜地，爭取之，化爲一圓石〔三〕。顥椎破，得一金印，文曰「忠孝侯印。」顥以上聞，藏之秘府。顥後官至太尉。⑰繞樹更見於星稀。魏太祖詩曰：月明星稀，烏鵲南飛，繞樹三匝，何枝可依？⑱則有朱據焚燎，《吴志》曰：赤烏十二年，有兩烏銜鵲墮東觀，孫權使領丞相朱據燎鵲以祭。⑲王澄探取。《晉書》曰：王澄爲荆州，將之鎮，送者傾朝。澄見樹上鵲巢，便脱衣上樹，探鷇而弄之，神氣蕭然，傍若無人。⑳孫和既慮於傾危，《吴志》曰：孫和爲南陽王，之長沙，行過蕪湖，有鵲巢於帆檣，官僚皆憂慘，以爲檣末傾危之象。既而和果敗焉。㉑竇申亦招於權賂。《唐書》曰：竇申，宰相參之族子，參特愛申。每議除授，多訪於申。或泄之以招權受賂。每所至，人謂之喜鵲。㉒亦有葺乾陵之殿，《唐書》曰：大曆八年夏四月，乾陵山仙觀三尊殿有雙鵲銜柴及泥補葺殿之隙壞，凡一十五處。宰臣等上表賀焉。㉓巢發石之車。《唐書》曰：高祖圍堯君素於蒲州，糧盡，人相食。有烏鵲巢其發石車，人心遂離。官軍斬其首，傳之京師。㉔或得名於神女，《古今注》云：鵲，一名神女。㉕或共止於巢烏。《隋書》曰：郭儁字弘文，太原人。家門雍睦，七葉共居〔四〕，犬豕同乳，烏鵲通巢，時人以爲義感。州上其事，上遣平昌公宇

文敬詣其家勞問之。敬音弼。㉖爾其採粟環丘之上，《拾遺記》曰：圓嶠之山名環丘。上有湖，方千里。多大鵲，高一丈，羣飛於湖際，銜採不周之粟於環丘之上。㉗銜火清溪之側。《洞冥記》曰：帝解鳴鴻之刀賜東方朔，朔曰：「鑄此刀者首山之金，雄者以飛，雌者獨在。金出九湯清溪，有鵲銜火於清溪之上。」㉘推子信之妙術，《北齊書》曰：武衛奚永洛與河内人張子信對坐，有鵲鳴於庭樹，鬭而墮焉。子信曰：「鵲言不善，向夕若有風從西南來，歷樹拂堂角，則今夜有人喚，必不得往〔五〕。」子信去後，果有風來，至夜高儼使召永洛，且云勑喚。永洛欲赴，其妻苦留，稱墜馬腰折，免於難。㉙伏管輅之精識〔六〕。《魏志》曰：管輅至安德令劉長仁許，有鳴鵲來在閤屋上，其聲甚急。輅曰：「鵲言東北有婦昨殺夫〔七〕，牽引西家，候不過日在虞淵之際。」到時果有東北同伍民來告，鄰婦手殺其夫，詐言西家人殺我婿。㉚駕言西土，曾聽王母之謡；《穆天子傳》曰：西王母還歸，世民謡憂以吟曰：「徂彼西土，爰居于野。豹虎爲羣，於鵲與處。嘉命不還，我惟帝女。」於讀爲烏。㉛考彼《國風》，亦比夫人之德。《詩》曰：《鵲巢》，夫人之德。國君積行累功，以致爵位，夫人起家而居有之。

校勘記

〔一〕避太歲　「避」，宋本、《御覽》卷九二一引並作「背」。

〔二〕常山　原作「韋山」，據宋本並《御覽》卷九二一引、《搜神記》卷九改。

〔三〕爭取之　「之」，宋本、《御覽》卷九二一引並作「卽」。

〔四〕七葉　原作「七世」，據宋本並《御覽》卷九二一引、《隋書・郭雋傳》改。

〔五〕必不得往　「必」原作「公」，據宋本並《御覽》卷九二一引、《北齊書・張子信傳》改。

〔六〕精識　原作「精誠」，據宋本改。

〔七〕有婦　宋本、華本、《御覽》卷九二一引並作「一婦」。

燕

①懿彼玄鳥，《廣雅》曰：玄鳥，燕也。②淪精瑶光。《春秋運斗樞》曰：瑶光星散爲燕。③賦之者莊姜送妾，《詩》曰：《燕燕》，衛莊姜送歸妾也。「燕燕于飛，差池其羽。之子于歸，遠送于野。燕燕于飛，下上其音」。④吞之者簡狄生商。《詩》曰：天命玄鳥，降而生商。又《史記》曰：帝嚳少妃有娀氏曰簡狄。玄鳥遺卵，簡狄吞之，生契。⑤遺以丹書，《田俅子》曰：少昊之時，赤燕集户，遺其丹書。⑥覆之玉筐。《吕氏春秋》曰：有娀氏有二佚女，爲九成之臺，飲食必鼓，帝令燕視之，鳴若謚隘，二女愛而爭搏之，覆以玉筐，少選發而視之，燕遺二卵，北飛，遂不返。二女作歌曰：「燕燕往飛〔一〕」，實始爲北音。注：北國之音也。⑦或因葦泥而頭秃，或爲擲釵而目傷。《續異記》曰：孫氏妻黄，見一童子當前，以釵擲之，躍入雲去。夜聞户外歌曰：「昔填夏家塚，葦泥頭欲秃。今寄黄氏居，非意傷我目。」尋見集中，得一白燕，左目傷。⑧燕燕于飛，差池其羽，見上注。⑨吴宫既怨於被焚，《吴地記》曰：春申君都吴宫，因加巧飾。春申死，吏照燕窟失火，遂焚。⑩衛婦亦聞於繫縷。《南史》曰：襄陽衛敬瑜妻年十六而敬瑜亡。父母、舅姑咸欲嫁之，誓而不許，截耳置盤中爲誓，乃止。所住户有燕巢，常雙來去，後忽孤飛，女感其偏棲，乃以縷繫脚爲誌。後歲此燕果復更來，猶帶前縷，女因爲詩曰：「昔年無偶去，今春猶獨歸。故人恩既重，不忍復雙飛。」⑪嘉管輅之善占，《魏志》曰：諸葛原嘗取燕卵等著器中，使管輅射覆。輅占至燕卵曰：「含氣須變，依于宇堂。

雌雄以分，翅未舒張。此燕卵也。」⑫美王威之能賦。《王威別傳》曰：白燕來翔，被令爲賦。⑬若其視有娀之女，見上「簡狄生商」注。⑭培曲阜之城。《北涼録》曰：昔人有浮海而失津者，至于亶州，見仲尼及七十子游於海中。與魯人一木杖，令閉目乘之，使歸告魯侯，築城以備寇。魯人出海，投杖水中，乃龍也。具以狀告，魯侯不信。俄而有羣燕數萬銜土培城，魯侯信之。大城曲阜訖而齊寇至，攻魯不克而還。⑮巢幕已危，《左傳》曰：吴公子札自衛如晉，將宿於戚，聞鐘聲，謂孫文子曰〔二〕：「異哉！夫子之在此也，猶燕之巢於幕上也。」⑯集衡益輕。《九章算術》曰：五雀六燕飛集于衡，衡適平。一雀一燕飛而易處，則雀重而燕輕。⑰乘震雷而忽起，見《雨賦》「石燕飛翔」注。⑱賀大厦之方成。《淮南子》曰：大厦成而燕雀相賀，湯沐具而蟣虱相弔。⑲若乃字分尾翅〔三〕，《説文》曰：燕，玄鳥也。籋口，布翅，枝尾象形也〔四〕。⑳性知戊己，《博物志》曰：燕戊己日不銜泥塗巢，此非才智，自然得之。㉑翔景素之煙雲，《談藪》曰：宋宣王景素鎮朱方，嘗與劉璡同在小齋，有燕集承塵，飛鳴相追。景素曰：「萬物各有靈性，而獨賦於鱗羽乎！若斯鳥也，游則參於煙雲之上，止則隱於林木之下，饑則啄，渴則飲，形體無累乎物，得失不關於心，一何樂哉！」㉒集馬樞之案几。《陳書》曰：高士馬樞，目常黄，能視闇中物。有白燕一雙，巢其庭樹，馴狎欄廡，時上几案。春來秋去，幾三十年。㉓爲少皞而司分，《左傳》曰：郯子云：「少皞，鳥師而鳥名。玄鳥氏，司分者也。」注：春分來，秋分去。㉔以高禖而見祀。見《箭賦》「高禖祈子」注。㉕亦聞食之而不宜入水，《博物志》曰：人食燕肉不可入水，爲蛟龍所吞。㉖掘之而可以療饑。《晉書》曰：中原喪亂，鄉人遂共推郗鑒爲主，避難於魯國嶧山。山有重險，百姓饑饉，野無生草，掘野鼠、蟄燕而食之。㉗有志詎知於鴻鵠，《史記》曰：陳勝輟耕，歎曰：

「燕雀焉知鴻鵠之志！」㉘見殺常因於蒺藜。《冥驗記》曰：沛國周氏有三子瘖，並不能言。有人來乞飲，聞其兒聲，問之，具以實對。客曰：「君子還內思過。」既異其言，知非其人。良久出云：「都不憶有罪過。」客曰：「試更思幼時事。」入內，食頃出曰：「記小兒時，當牀有燕巢，中有三子，母出取食，因取三蒺藜各與之，吞即死。母還，不見子，悲鳴而去。常自悔責。」客變爲道人之容，曰：「君既自知悔罪，今除矣！」兒卽皆能言。㉙京房術精，既言於天女；京房《易占》曰：山見白燕，其君宜得貴女。注云：今俗名燕爲天女。㉚茅君仙去，曾食於神芝。《茅君內傳》曰：句曲山上有神芝五種，第三名燕胎芝，其色紫，形如葵藿，葉上有飛燕象，光明洞徹。食一株，拜爲太清龍虎仙君。

校勘記

〔一〕燕燕往飛　原作「燕往北」，宋本作「燕往飛」，據《呂氏春秋・音初篇》改。
〔二〕謂孫文子　「謂」原作「衞」，據宋本改。
〔三〕字分　原作「守分」，據宋本改。
〔四〕枝尾　原作「岐尾」，據宋本改。

雀

①伊翩翻之小鳥，實瑤光之下淪。《春秋運斗樞》曰：瑤光星散爲雀。②既目之曰憑霄，《拾遺記》曰：舜葬蒼梧野，有鳥如丹雀，自丹州來，吐五色氣，氛氳如雲，名曰憑霄雀，能羣飛，銜土成墳。③亦號之爲嘉賓。《古今注》曰：雀一名嘉賓，言棲宿人家如賓客。④變化嘗聞於入水，《禮》曰：季秋，雀入大水，化爲蛤。⑤翔集更見於依人。《説文》曰：雀，依人小鳥也。⑥則有報楊寶而銜環，《續齊諧記》曰：弘農楊寶年九歲，至華陰北，見一黄雀爲鴟梟所搏，墜於樹下，爲螻蟻所困。寶見愍之，取歸，置巾箱中，食以黄花。百餘日，羽毛成，朝去暮還。一夕三更，寶讀書未卧，有黄衣童拜曰：「我王母使者，使蓬萊，不慎爲鴟梟所搏，君仁愛見拯。」以白環四枚與寶曰：「令君子孫位登三公，當如此環。」寶生震，震生秉，秉生賜，賜生彪，四世名公。⑦爲王祥而入帷。《晉書》曰：王祥繼母朱氏思黄雀炙。忽有數十黄雀飛入其幕，得以供母。鄉里以爲孝感所致。⑧或出崑丘，《漢武内傳》曰：西王母仙藥有崑丘神雀。⑨或産條枝〔一〕。《東觀漢記》曰：永元二年〔二〕，安息王獻條支大雀，此雀卵大如甕。⑩嘉不疑之頌，《先賢傳》曰：漢末有白雀之瑞，周不疑已作頌。曹公忽授紙筆，立令復作，既成，操大奇之。⑪美公幹之詩。劉公幹詩曰：翩翩野青雀，棲竄茨棘藩。朝拾平田粒，夕飲曲池泉。猥出蓬蒿中，乃至丹丘邊。⑫探而反之，既稱於齊景；《晏子春秋》曰：齊景公探雀鷇，弱，反之。晏子再拜，賀曰：「吾君有聖人之德矣，探雀鷇，弱，故反之，是長幼也。育

〔禽〕獸而若此，况人乎！」⑬愼所從也，蓋聞諸仲尼。《家語》曰：孔子見羅者所得雀皆黄口也，孔子曰：「黄口盡得，大雀獨不得，何也？」羅者對曰：「黄口從大雀者不得，大雀從黄口者得。」孔子顧謂弟子曰：「君子愼所從。」⑭至若奚奴長嘯，《異苑》曰：上虞孫家奚奴多諸方術〔三〕，向空長嘯，則羣雀來萃。夜哭，蚊虻悉死於側。⑮河南幼射，《北史》曰：後魏河南王曜五歲，嘗射雀於道武前〔四〕，中之，帝驚歎焉。⑯樓上既憂於廉范，《後漢書》曰：楊由，蜀郡人，爲文學掾。郡有大雀，夜集庫樓上。太守廉范問由，由對曰：「此占郡内當有小兵，然不爲害。」後二十餘日，廣柔縣蠻夷反，殺傷長吏。⑰斗下亦驚於思話。《宋書》曰：蕭思話在青州，常所用銅斗，覆在藥厨下，忽於斗下得二死雀〔五〕，思話歎曰：「斗覆而，雙雀殞，其不祥乎！」俄而被繫。⑱亦有狎異類於寒嶺，《沙州記》曰：寒嶺去太陽州三十里，便有雀鼠同穴。雀亦如家雀，色小白，鼠亦如家鼠，色黄而無尾。⑲綴五彩於邯鄲，《孔叢子》曰：邯鄲民以正月日獻雀於趙，而綴以五彩，王大悦。申叔告子順曰：「王何以爲也？」對曰：「正旦放之，示有生也。」子順曰：「此處委巷之鄙事，非先王之法也。」⑳降含章之禁闥，《隋書》曰：開皇中，有神雀降於含章門。高祖因召百官賜宴，許善心於座請紙筆，製頌奏之。高祖喜曰：「文不加點，筆無停毫，常聞此言，今見其事。」因賜物二百段。㉑銜《靈寶》之仙篇。《抱朴子》曰：《靈寶經》，仙術也。吴王伐石治宫，而合石之中得紫文金簡之書，不能讀，使問仲尼，曰：「赤雀銜書以置殿前，不知其義，故遠諮呈。」仲尼曰：「此乃靈方長生之法，禹所服也。禹將仙化，封之名山石函之中。今乃赤雀銜之，殆天授也。」㉒又聞彈以明珠，《太玄經》曰：明珠彈雀，貴不當也。㉓化爲黄玉〔六〕，《春秋孔演圖》曰：鳥化爲書，孔子奉以告天，赤雀集書上，化爲黄玉。㉔郭璞之占集鷄，郭璞《洞林》曰：丞相府有將雛雞，雀飛集其背上，驅之復來，如此再三。令璞卜之，曰：「此晉王即祚之漸也。」㉕楊宣之知覆粟。《益都耆舊傳》曰：楊宣爲河内太守，行縣，有羣雀鳴桑樹上。宣謂吏曰：「前有覆車粟，此雀相隨欲往食。」至前數里，果有覆粟。㉖呈藻翰乎永安，《東觀漢記》曰：永安十七年，公卿以神雀五彩翔集京師，奉觴上壽，令賈逵作《神雀頌》。㉗翔皓羽於東園。《燕書》曰：慜帝時以異雀改東園爲白雀園〔七〕。㉘挾彈見莊辛之説，《戰國策》曰：莊辛謂楚王曰：「夫雀俯啄百粒，仰棲茂樹，鼓翅奮翼，自以爲無患。不知夫公子王孫左挾彈，右攝丸，以加其頸也。」㉙沾衣聞少孺之言。見《露賦》「少孺假言於捕雀」注。㉚東萊傳巨公之異，《漢武故事》曰：拜孫卿爲郎，持節候神，自太室至東萊，云見一人，長五丈，自稱巨公，牽黄犬、持黄雀，云欲謁天子，因忽不見。㉛西域有班超之貢。《曹大家集》：兄超爲西域都護，獻大雀，詔大家作頌。㉜巢桂樹而成篇，古詩曰：桂樹秋不實，黄雀巢其顛。㉝集不其而作頌。謝承《後漢書》曰：琅邪董仲爲不其令，赤雀乳廳事前桑上，民爲作歌頌。㉞亦有生三河而鼓翅，司馬彪《與山巨源》詩曰：翩翩野青雀，受性孤且奇。昔生三河側，鼓翼帝王畿。㉟出貝多而善舞，《述異記》曰：周成王元年，貝多國人獻舞雀，周公命反之。㊱聞集肩於潘樂，《北史》曰：潘樂，字相貴。初生，有一雀止其母左肩，占者咸言富貴之徵，因名相貴，後以爲字。㊲見入懷於唐祖。《唐書》曰：高祖斬王威於太原，有白雀飛入高祖之懷。㊳流火既聞於太伯，《尚書中候》曰：維天降紀，太伯出狩，至于咸陽。天震大雷，有火下，化爲白雀，銜籙集于公車，書曰：「太伯，霸也。」㊴探鷇亦傳於主父。《史記》曰：趙武靈王自號主父，廢長子章而傳國於公子何。主父游沙丘，公子章作難，與何戰，敗。章趨主父，主父開之，何遂圍主父。飢探雀鷇而食之，三月餘，遂餓死沙丘。㊵苟逍遥於藩籬，又安知夫鵬舉！

校勘記

〔一〕或産　原作「或出」，據宋本改。

〔二〕永元二年　「二」字原無，據《東觀漢記》卷二十二增。

〔三〕孫家　「孫」原作「縣」，據宋本並《御覽》卷九二二引改。

〔四〕射雀　原作「緝雀」，據宋本、白本、華本改。

〔五〕得二死雀　「二」字原無，據宋本並《宋書·蕭思話傳》增。

〔六〕黄玉　原作「黄土」（注文同），據宋本並《御覽》卷九二二引改。

〔七〕白雀園　「園」字原無，據宋本、白本、華本並《御覽》卷九二二引增。

事類賦卷之二十

獸部一

麟　象　虎

麟

①伊一角之仁獸，《爾雅》曰：麟，麕身，牛尾，一角。②稟五行之粹精。蔡邕《月令》曰：麟，五行之粹精也。③必含仁而懷義，《説苑》曰：麒麟，含仁懷義，音中律吕。④不羣居而旅行。《説苑》曰：麟，音中律吕，行步中規，折旋中矩。擇土而後踐，位平而後處，不羣居，不旅行。⑤既爲瑞於孝章，《東觀漢記》曰：章帝時，麟五十一見。⑥亦見識於徐陵。《三國典略》曰：徐陵年數歲，家人携之以候沙門寶誌。誌摩其頂曰：「天上石麒麟也。」⑦感王者至仁而出，《詩疏義》曰：麟角端有肉。音中黄鍾。王者至仁則出。⑧遇海内一主乃生。《春秋感精符》曰：麟，一角，明海内共一主也。⑨若夫狼頭、馬足、麕身、牛尾，《晉中興徵祥説》曰：麟，麕身、牛尾、狼頭、黄色、馬足也。⑩視夫子而吐書，遇赤松而見捶。《孝經古契》曰：孔子夢芻兒捶麟，傷前左足。兒曰：「吾爲赤松子，見一禽如麕，羊頭，一角，其末有肉。」孔子束薪覆之，麟向孔子，蒙其耳，吐書三卷，孔子精而讀之。⑪《詩》

著于嗟，《詩》曰：麟之趾，振振公子，于嗟麟兮。⑫歌稱窮矣。《孔叢子》曰：鉏商獲麟，孔子觀之，泣曰：「予之於人，猶麟之於獸，出而死，其道窮矣！」乃歌曰「唐虞之世麟鳳游，今非其時來何求！麟兮麟兮我心憂。」因此幽憤作《春秋》焉。⑬必好生而惡殺，《孫卿子》曰：古之王者好生惡殺，故麟游於野。⑭故修母而致子。蔡邕《月令章句》曰：麟生於火，游於土，故修其母而致其子。⑮或泣之以修魯史，或獲之以賜虞人。《左傳》曰：哀公西狩於大野，叔孫氏之車子鉏商獲麟，以爲不祥，以賜虞人。仲尼覩之，曰：「麟也。」然後取之。注云：仲尼悲周道之不興，因《魯春秋》而修中興之教，絶筆於獲麟一句，所感而起，故以爲終也。⑯懼猛獸者王濬，《晉書》曰：王濬平吴，被謗，上表曰：「夫猛獸當塗，麒麟恐懼。」⑰識同本者終軍。《漢書》曰：終軍從幸雍，獲白麟，一角五蹄。又得木枝旁出，輒復合。上異之，終軍對曰：「野獸并角，明同根也；衆枝内附，示無外也。若此之應，殆將有解編髮，削左衽，襲冠帶，要衣裳而蒙化者。」⑱刳胎破卵則不至，《春秋感精符》曰：王者不刳胎，不破卵，則麟出於郊。⑲視明禮修而必臻。蔡邕《月令》曰：視明禮修則麟臻。⑳則有鳴云遊聖，何法盛《徵祥記》曰：麟，牡鳴曰遊聖，牝鳴曰歸和，夏鳴曰扶幼，秋鳴曰養綏〔一〕。㉑音中黄鍾，《毛詩疏義》曰：麟，馬足，黄色，音中黄鍾。㉒非時則棄放郊外，《家語》曰：叔孫氏之車子鉏商採薪於大野，獲麟焉。折之前足，載以歸，叔孫以爲不祥，棄之郭外。孔子觀之，曰：「麟也，孰爲來哉！」反袂拭面，涕淚沾衿。子貢問：「夫子何泣也？」子曰：「麟出非時而見害，故傷之。」㉓有道則遊於囿中。《尚書中候》曰：黄帝時麒麟在囿。㉔既云稟歲星之精，《春秋保乾圖》曰：歲星散爲麟。㉕亦言得機星之秀。《春秋運斗樞》曰：機星得則麟生。㉖雖曰毛蟲之長，《大戴禮》曰：毛蟲三百六十，而麟爲之長。㉗實有千歲之壽。《抱朴子》曰：麒麟壽千歲。㉘復有從百獸而爲瑞，《晉書》曰：呂光入姑臧，時麟見，百獸從之。光以爲瑞，僭即三河王位。㉙首四靈而效祥。《禮》曰：麟、鳳、龜、龍，謂之四靈。㉚爲畜則獸將不狘，《禮》曰：麟以爲畜，則獸不狘。狘，呼厥反。㉛每鬬則日必無光。《春秋孔演圖》曰：麟，木精也。鬬則日無光。注曰：麟龍少陽精鬬於地，則日月亦將爭於上。㉜在彼郊棷，《禮》曰：天不愛其道，地不愛其寶，人不愛其情，故麟鳳游郊棷，龜龍在宮沼。㉝遠夫網罟。西涼武昭王《麒麟讚》曰：游必擇地，翔而後處。不入陷穽，不罹網罟。無德而至，爲之折股。㉞故效質於漢庭，嘗見孟堅之賦。班固《兩都賦》曰：九貞之麟，大宛之馬。

校勘記

〔一〕養綏　原作「養緩」，據華本並《御覽》卷八八九引改。

象

①南方之美者，梁山之犀象焉。出《爾雅》。②周澄上言，可洗之而療疾；《唐書》曰：高宗時，周澄國遣使上表云：「訶伽國有白象，既有威靈，又弭災患，以水洗牙，飲之愈疾。請發兵迎取以獻。」上曰：「無益之源，不可不過。」勞其使而遣之。③蒼舒有智，亦秤之而刻船。見《舟賦》「蒼舒秤象」注。④則有束刃於鼻，《三國典略》曰：周軍逼江陵〔一〕，梁人出戰。梁以二象被之以甲，束刃於鼻，令崑崙奴馭之以戰，楊忠射之，象反走。⑤繫燧於尾。《左傳》曰：吴伐楚，鍼尹固與王同舟，王使執燧象以奔吴師。⑥雖質大於牛，《文子》曰：見象之牙，知大於牛。⑦而目不逾豨。萬震《南州異物志》曰：象之爲獸，形體特詭，身倍數牛，目不逾豨，鼻爲口役，望頭如尾，服重致遠，行如山徙。⑧初一乳而三年，《説文》曰：象，三年一乳。⑨卒焚身而以齒。《左傳》曰：象有齒，以焚身。⑩若乃放於荆山之陽，《唐書》曰：永徽以來，文單國累獻馴象，凡三十二，皆豢於禁中，頗有善舞者。德宗即位，以爲物性不遂，放於荆山之陽〔二〕。⑪養之皋澤之中，《晉諸公讚》曰：晉時南越獻象，養之皋澤之中。⑫雖禀精於瑶光，《春秋運斗樞》曰：瑶光星散而爲象。⑬終見制於越童。《論衡》曰：夫十圍之牛，爲牧豎所驅；長仞之象，爲越童所鉤。⑭至若出伊水之長洲，王韶之《始興記》曰：伊水有洲，洲廣十里，有羣象、野牛。⑮生乾陀之異域，《後魏書》曰：乾陀國好征戰，有鬭象七百頭，十人乘一象，皆執兵。⑯膽隨月轉，《嶺表異録》曰：象肉

有十二種。膽附肝，隨月轉，在諸肉。⑰鼻爲口役。見上「目不逾豨」注。⑱遇師子而必奔，《宋書》曰：宗慤伐南蠻，蠻人以具裝被象，前後無際。慤以師子能服百獸，乃令舞師子於陣前，象皆返走，遂破之。⑲顧脱牙而尚惜。《異物志》曰：象牙歲脱猶愛惜，掘地藏之，人作假牙潛易之。⑳見皮而泣，蔣濟《萬機論》曰：莊周婦死而歌，夫象見子皮而泣，周何忍哉！㉑爭鼻而食。《嶺表異録》曰：潮、循人捕得象，爭食其鼻，云肥美。㉒臨刑既聞於泣血，《晉諸公讚》曰：晉時南越致馴象，後象以鼻擊害人。有司啓殺之，象泣血流地，不敢動，於是悉還越。㉓喪雌亦致於連洏。《博物志》曰：象各有雌雄，其一雌死，百有餘日，其雄泥土塗身，獨不飲酒食肉，或問其所以，輒流涕若有哀狀。㉔出九真與日南，《吴録·地理經》曰：九真郡多象，日南亦饒之。㉕耕蒼梧及會稽。《帝王世記》曰：舜葬蒼梧，下有群象耕田〔三〕。㉖入彼夢思，既見災於張茂；《晉書》曰：張茂嘗夢大象，以問萬推。推曰：「當爲太守，而不能善。夫象者，大獸。獸者，守也，而以齒焚身，後必爲人所殺。」茂後爲吴興郡守，值王敦問鼎，執正不移，敦滅之。㉗俾之率舞，亦歸功於賀齊。《吴書》曰：賀齊爲新都太守，孫權出祖道，作樂舞象，權謂齊曰：「今定天下，使殊俗貢珍，狡獸率舞，非君而誰也！」

校勘記

〔一〕逼江陵　原作「通江陵」，據華本並《御覽》卷八九〇引改。

〔二〕荆山　原作「荆由」，據宋本、華本並《御覽》卷八九〇引改。

〔三〕耕田　宋本、《御覽》卷八九〇引並作「爲之耕」。

虎

①伊彫虎之猛噬，感樞星之下淪。《運斗樞》曰：樞星散而爲虎。②既目之爲獸長，《風俗通》曰：虎者陽物，百獸之長。③亦號之爲山君。《説文》曰：虎，山獸之君。④眈眈其視，《易》曰：虎視眈眈，其欲逐逐。⑤般般有文。《考異郵》曰：三九二十七者，陽氣成，故虎七月而生。陽立於七，故虎首尾長七尺。般文者，陰陽雜也。⑥牛哀七日而變體，《淮南子》曰：昔者牛哀病七日，化而爲虎。其兄啓户而入，虎搏而殺之。方其爲虎也，不知其嘗爲人也；方其爲人也，不知其將爲虎也。⑦封邵一旦而食人。《述異記》曰：漢宣城太守封邵，一日忽化虎，食郡民。民呼曰「封使君」〔一〕，時人語曰：「無作封使君，生不治民反食民。」⑧則有刻玉爲毛，《拾遺記》曰：始皇二年，謇消國畫工者名烈裔，刻兩白玉虎，其毛如生，不點兩目睛。始皇使余工夜往點之，旦，虎飛去。明年，南郡獻白虎二，視之，乃玉虎也。命去目睛，乃不能復去。⑨鑄銅作器。《西京雜記》曰：李廣獵冥山之北，見卧虎，一矢斃之，以頭爲枕，示服猛也。鑄銅象其形，爲溲器，示厭辱之也。⑩李禹入穽而絶纍，《漢書》曰：李禹有勇，上召使刺虎。懸下圈中，未至地，有詔引出之。禹以劍斫絶纍，欲刺虎，上壯之。⑪朱亥在檻而裂眥。《烈士傳》曰：秦召公子無忌，不行，使朱亥奉璧一雙。秦王大怒，將朱亥著虎圈中，亥嗔目視虎，眥裂血濺，虎終不敢動。⑫别有厄李后於宫内，《幽冥録》曰：晉孝武母李太后本賤人，簡文無子，曾遍令善相者相宫人，李太后給皁役不預焉。相者指之：「此當生

貴子，而有虎厄。」帝因幸之，生孝武及會稽王道子。既登尊位，服相者之驗，而怪有虎害，且生所未見。乃令人畫作虎，因以手打虎戲，便患手腫痛，遂以疾而崩。⑬舐介象於山中。《神仙傳》曰：介象入山，冀遇神仙。卧石上，有一虎，往舐象額，象寤，謂虎曰：「天使汝來侍衛我者，汝且停；若山神使汝試我者，汝自去。」虎乃去。⑭詎能緣木，《淮南子》曰：蛇不可使有足，虎不可使緣木。⑮祇可生風。《萬畢術》曰：虎嘯則谷風生。⑯俛首伏罪，《後漢書》曰：童恢字漢宗，爲不其令。户人嘗爲虎所害，乃設檻捕之，生獲二虎。恢呪虎曰：「天生萬物，唯人爲貴。虎狼當食六畜，而殘暴於人。王法殺人者死，傷人則論法。若是殺人者當垂頭伏罪；自知非者當號呼稱冤。」一虎低頭閉目，狀如震懼，即時殺之。一乃踴躍自奮，遂放之。⑰摇尾求食。《漢書·司馬遷書》曰：猛虎在山，百獸震恐，及在檻穽，摇尾而求食，積威約之漸也。⑱僧照識南山之嘯，《俗説》曰：齊沈僧照嘗校獵，中道而還。左右問：「何故？」答曰：「國家有邊事，須還處分。」問：「何以知之？」曰：「向聞南山虎嘯知耳。」俄而使至。⑲李廣射北平之石。《漢書》曰：李廣在北平出獵，見草中石，以爲虎而射之，中石没羽，視之石也。明日射之，終不能入。⑳食肉則世祖命射，《魏名臣奏》曰：世祖時有獻虎者，問虎何食，對曰：「食肉。」詔曰：「下民厭糟糠，何忍以肉食虎。」乃命虎賁射之。㉑攀鞍則張昭變色。《吴志》曰：孫權每田獵，常乘馬射虎，虎常突攀持馬鞍。張昭變色而諫。權謝曰：「年少慮事不遠。」然猶不能已，乃作射虎車。㉒或名李耳，《風俗通》曰：呼虎爲李耳。俗説虎本南郡中廬李氏公所化，爲呼李耳，即喜；呼班，便怒。又《方言》曰：江、淮、南楚之間謂之李耳，虎食物值耳即止，以觸其諱故也。㉓或號於菟，《左傳》曰：鬬伯比淫於䢵女，生子文焉。䢵夫人使棄諸夢中。虎乳之。䢵子田，見之，遂使收之。楚人謂乳穀，謂虎於菟，故命之曰鬬穀於菟。注：夢，澤也。穀，乃后切。菟音徒。㉔或生於孟山，《山海經》曰：孟山，鳥鼠同穴之山，其上多白虎。㉕或畜之東虞。《穆天子傳》曰：有虎在於葭中，七萃之士曰高奔戎，乃生捕虎而獻之。天子命爲柙而畜之東虞，是曰「虎牢」。㉖至有中黄能搏，《尸子》曰：中黄伯曰：「余左執太行之猱，而右搏雕虎，唯象未試焉。」㉗馮婦善捕。《孟子》曰：馮婦善搏虎，有衆逐虎，望見馮婦，趨而迎之。㉘呂蒙探穴而靡憚，《吴志》曰：呂蒙欲從軍，母止之，蒙曰：「不探虎穴，安得虎子。」㉙王戎逼欄而不懼。《竹林七賢傳》曰：魏明帝於宣武場上爲欄關虎〔二〕，使力士逆與之搏。戎年七歲，亦往觀焉。虎承間薄欄而吼，其聲震地，觀者無不辟易顛仆，戎安然不動。帝於閣上見之，使問姓名而異焉。㉚哭哀既感於仲尼，《禮》曰：孔子過泰山側，有婦人哭於墓者而哀，夫子感而聽之，使子貢問之曰：「子之哭也，一似重有憂者？」對曰：「然，昔吾舅死於虎，吾夫又死於虎，今吾子又死焉。」夫子曰：「何謂不去？」曰：「無苛政。」子曰：「小子識之，苛政猛於虎也。」㉛縛急更憐於呂布。《英雄記》曰：曹公擒呂布，布顧劉備曰：「玄德，卿爲坐上客，我爲降虜，繩縛我急，獨不可一言耶？」操曰：「縛餓虎不得不急」，乃命緩縛布。㉜若夫梁鴦養之而有法，《列子》曰：梁鴦養虎之法，凡順之則喜，逆之則怒，血氣者之性也。夫食虎者不敢以生物與之，爲其殺之之怒也。不敢以全物與之，爲其決之之怒也。㉝卞莊刺之而得宜。《春秋後語》曰：秦惠王謂陳軫曰：「今韓、魏相攻，期年不解，或謂寡人救之便，或謂勿救便，子爲寡人計之。」軫曰：「昔卞莊子方刺虎，而下豎子止之曰：『兩虎方食牛，牛甘必爭，爭必鬭，鬭則大者傷，小者死。從傷而刺之，一舉必有雙虎之名。』卞莊子以爲然，立而顧之。有頃，兩虎果鬭，大者傷，小者死，一舉果有雙虎之功。今韓、魏相攻，期年不解，是必大國傷，小國亡，從傷而伐之〔三〕，一舉必有二實。此猶卞莊子刺虎之類也。」王曰：「善。」㉞惑讒言而游市〔四〕，《韓子》曰：龐共與太子質於邯鄲，謂魏王曰：「今一人言市有虎，王信乎？」王曰：「不。」「二人言，王信乎？」王曰：「不。」「三人言，王信乎？」「寡人信之。」龐共曰：「夫市無虎明矣，然而三人言成市虎。今夫邯鄲去魏遠於市，議臣者過三人〔五〕，願王察之。」龐共從邯鄲還，果不得入。㉟感道術而還兒。《續搜神記》曰：吴猛有道術。同縣鄒惠政迎猛，夜於家中庭燒香。忽有虎來抱政兒超籬去。猛語云：「無所苦，須臾當還。」虎去數十步〔六〕，忽然復送兒歸。政遂精進，乞爲好道士。㊱文彩未成，已有食牛之氣；《尸子》曰：虎豹之駒，雖未成文，已有食牛之氣。㊲爪牙斯備，則全伏狗之威。《韓子》曰：夫虎之所以能伏狗者，爪牙也。使虎釋其爪牙，而使狗用之，則虎反服於狗矣。人主者以刑德制臣，今君若失其刑德，而使臣用之，則君反制於臣矣。㊳至若值法雄而息暴，《後漢書》曰：法雄爲南郡太守，郡濱帶江沔雲夢藪澤，多虎狼暴。前守賞募張捕，反爲所害者甚衆。雄移書屬縣曰：「虎狼在山林，猶人居城市，古者至化之代，猛獸不擾，皆由仁及飛走。太守雖不德，敢忘斯義。記到，其毁壞檻穽，不得妄捕。」是後虎害稍息。㊴避劉陵而遠徙，謝承《後漢書》曰：豫章劉陵，字孟高，爲長沙安成長。先時多虎，百姓患之，皆徙他縣。陵之官，修德政，逾月，虎悉出界去，民皆還之。㊵感劉昆弘農之政，《後漢書》曰：劉昆字桓公，光武時爲弘農太守。先是崤澠驛道多虎〔七〕，行旅不通。昆爲政三年，仁化大行，虎皆負子渡河。後徵爲光禄勳。詔問昆曰：「前在江陵，返風滅火；後守弘農，虎北渡河。行何德政而致是乎？」昆對曰：「偶然耳。」左右皆笑其質訥，帝歎曰：「此乃長者之言也。」命書諸策。㊶識宋均九江之理。《後漢書》曰：宋均遷九江，郡多虎暴，數爲人患。常募設檻穽，而猶多傷害。均到，下記屬縣曰：「夫虎豹在山，黿魚在水，各有所托。勞勤張捕，非憂恤之本也。其務退奸貪，思進忠善，可一去檻穽，除削課制。」其後傳言虎相與東浮渡江。㊷燒皮辟惡，《風俗通》曰：人卒得病，燒虎皮飲之。繫之衣服，亦辟惡，甚驗。㊸懸鼻宜子。《河圖》曰：懸虎鼻門上，宜官子孫，帶印綬。懸虎鼻門中，周一年，取燒作屑，與婦飲之，二月中便有兒生貴子，勿令人知，泄則不驗。亦勿令婦見之。㊹扶南既聞決訟，《異苑》曰：扶南王范尋常畜生虎及鰐魚，若有訟未知曲直，便投與魚、虎，魚、虎不噬，則爲有理。穢貊之人，祭虎爲神，將有以也。㊺度朔亦云食鬼。《風俗通》曰：桃梗、葦茭、畫虎設門者，按黄帝之時，有神荼與鬱壘兄弟二人，性能執鬼。度朔山上桃樹下簡閲百鬼，無道理妄爲人禍者，縛以葦索，執以食虎。於是官常以臘除文飾桃人，畫虎於門。㊻壽至千歲，《抱朴子》曰：虎及鹿、兔皆壽千歲，滿五百歲者色白。㊼長過百里。《抱朴子》曰：蔡誕入山，還其家，云被讁到崑崙，崑崙山下白虎蝼蛇長百餘里〔八〕，其口中牙皆如三百斛船大。㊽石虔跳躍而拔箭，《世説》曰：桓石虔爲兒時，從父征西獵，有虎被數箭，伏在地。諸將請石虔曰：「惡郎能拔虎箭不？」石虔至虎邊拔一箭，虎跳，石虔亦跳，跳乃高虎，虎還伏，石虔復拔一箭。㊾宜咎叱咤而弭耳。《瑣語》曰：周王欲殺王子宜咎立伯服，釋虎將執之，宜咎叱之，虎弭耳而服。㊿或驚駭而放市，《管子》曰：桀之時女樂三萬人，放虎於市，觀其驚駭。51或婆娑而渡水。《風俗通》曰：宋均爲九江太守，虎負子渡江。按虎毛婆娑，寧犯陽侯波，里語曰：「狐欲渡河，無奈尾何〔九〕。」舟人尚懼，況於虎耶！52若乃郭文探鯁，《孝子傳》曰：郭文爲虎探鯁骨，虎銜鹿以報之。53子華斷羊。《商氏世傳》曰〔一〇〕：亮字子華，少學《公羊》，十四舉孝廉。到陽城遇虎爭一羊，亮乃按劍瞋目，斬羊腹，虎乃各以其半去。54或助區寶之祭，王孚《安城記》曰：都區寶者，後漢人。居父喪，鄰人格虎，虎走趨其廬中，即以蓑衣覆藏之。鄰人尋跡問寶，寶曰：「虎豈有可念而藏之乎？」此虎後送禽獸以助寶祭。孝慈之志，通於神明，由是知名。㊺或送王業之喪。《陳留耆舊傳》曰：王業字子香，爲荆州刺史，有德政。卒於支江，有三白虎，低頭曳尾，宿衛其側。及喪去，踰州境，忽然不見。共立碑文，號曰「支江白虎」也。㊻或厭赤刀之術，《西京雜記》曰：鞠道龍善爲幻術，嘗云東海人黄少善爲幻，秦末有白虎見東海，詔遣黄公以赤刀往厭之。術既不行，遂爲虎所殺。三輔人俗用以爲戲。㊼或佩黄神之章。《抱朴子》曰：入山者佩黄神越章，其廣四寸，其字百二十，以泥封，著所住之四方各百步，則虎狼不敢近。㊽豈獨紫葛驗江陵之化，《博物志》曰：江陵有猛人，能化爲虎。俗又云虎化爲人，好着紫葛衣，足無踵。㊾抑亦白質爲魏世之祥。《魏略》曰：文帝欲受禪，郡國奏白虎二十七見。

校勘記

〔一〕封使君　「君」原作「臣」，據宋本、華本改。

〔二〕魏明帝　原作「魏文帝」，據《晉書·王戎傳》改。

〔三〕從傷而伐之　「傷」字原無，據宋本並《御覽》卷八九一引增。

〔四〕惑讒言　「惑」原作「感」，據宋本改。

〔五〕議臣者　「者」原作「有」，據宋本並《御覽》卷八九一引、《韓非子·内儲説上》改。

〔六〕數十步　「十」字原無，據宋本並《御覽》卷八九二引、《續搜神記》卷二增。

〔七〕崤澠　原作「嶠澠」，據宋本並《御覽》卷八九一引改。

〔八〕蝼蛇　原作「蟠蛇」，據宋本並《御覽》卷八九一引、《抱朴子·祛惑篇》改。

〔九〕無奈尾何　「尾」原作「遲」，據宋本並《御覽》卷八九一引、《風俗通義·正失》改。

〔一〇〕商氏世傳　「傳」原作「説」，據宋本並《御覽》卷八九二引改。

事類賦卷之二十一

獸部二

馬

馬

①夫驥不稱力，而稱其德。出《論語》。②若夫産余吾而生渥洼，《漢書》曰：元狩二年，馬生余吾水中。元鼎四年，馬生渥洼水中，上作《天馬之歌》。③來東道而出西極。《漢書》曰：武帝《天馬歌》曰：「天馬來，從西極，涉流沙，九夷服。天馬來，歷無草，徑千里，來東道。天馬來，龍之媒，游閶闔，觀玉臺。」④騰黄、騕褭之姿，《瑞應圖》曰：騰黄、騕褭皆神馬也。王者與服有度則出。⑤俶儻權奇之質，漢武《天馬歌》曰：志俶儻，精權奇，籋浮雲，晻上池。籋音躡。⑥必也資無鬼之精鑒，《莊子》曰：徐無鬼云：「吾相馬直者中繩，曲者中鉤，方者中矩，圓者中規，是國馬也。」⑦藉九方之妙識。《列子》曰：秦穆公謂伯樂曰：「子之年長矣，子姓有可使求馬乎？」伯樂對曰：「臣之子皆下才也，臣有所與九方皋，其於馬，非臣之比也。」穆公見之，使行求馬。三月而反，報曰：「已得之，在沙丘。」穆公曰：「何馬？」對曰：「馬牝而黄。」使人往取之，牡而驪。公不悦，召伯樂曰：「敗矣，子之所使求馬者色物、牝牡弗能知，

又何馬之能知也？」伯樂曰：「若臯之所觀，天機也，得其精忘其粗，在其内而忘其外。」馬至，果天下之馬也。⑧**然後可以驂乘旦，駕齧膝，**《漢書》：王褒《聖主得賢臣頌》云：「及至駕齧膝，驂乘旦，王良執靶，韓哀附輿，縱馳騁騖，忽如景靡，過都越國，蹶若歷塊，追奔電，逐遺風，周流八極，萬里一息。何其遼哉！」⑨**若亡若失，**《列子》曰：伯樂對秦穆公曰：「天下之馬者，若滅若没，若亡若失。」⑩**若喪若一，**《莊子》曰：天下馬有成材，若亡若失，若喪若一，若是者，超軼絶塵，不知其所。⑪**軼昆鷄於姑餘，過歸鴻於碣石，**《淮南子》曰：若夫鉗旦、大丙之御也，除轡銜，去鞭鞍，車莫動而自舉也，馬莫使而自走也。日行月動，星耀而玄運，電奔而鬼駭，過歸鴈於碣石，軼昆鷄於姑餘，非思慮之察，手爪之巧也。嗜欲形於胸中，精神喻於六馬，以弗御御之者也。注云：鉗旦、大丙，太一之御也。姑餘在吴。⑫**超然長騖，萬里一息者也。**見上「驂乘旦」注。⑬**若夫周穆八駿，**《穆天子傳》曰：天子命駕八駿之乘，右服華騮而左緑耳，右驂赤驥而左白義，天子主車，造父爲御。次車之乘，右服渠黄而左踰輪，右驂道驪而左山子，伯天主車，參伯爲御，奔戎爲右。東南翔行，馳驅千里。⑭**漢文九良，**《西京雜記》曰：文帝自代還，有良馬九疋，皆天下駿足，其名曰：浮雲、赤電、絶羣、逸驃、紫燕騮、緑螭驄、龍子、驎駒、絶塵，號爲九逸〔一〕。⑮**劉備的顱，**《世語》曰：劉備屯樊城，劉表曾請宴會，蒯越、蔡瑁欲因會取備〔二〕，備覺之，僞如厠，潛遁，所乘馬名爲的顱。墮襄陽城西檀溪中〔三〕，溺不得出。備急曰：「的顱，今日厄，可不努力。」的顱一踴三丈，遂得出。⑯**唐公肅爽。**《左傳》曰：唐成公如楚，有兩肅爽馬，子常欲之，弗與，三年止之。唐人或相與謀，請代先從者，許之。飲先從者酒，醉之，竊馬而獻之子常。子常歸唐侯。爽音霜。⑰**將軍則白，**《魏志》曰：龐德討關羽，親與羽交戰，射羽中額。時德常乘白馬，羽軍謂之「白馬將軍」。⑱**使君則**

黃。《獻帝春秋》曰：曹操與呂布戰，敗，布騎得操而不知是，問曰：「曹使君何在？」答曰：「騎黃馬者是也。」因得免。⑲絢練半漢，顔延年奉詔作《赭白馬賦》曰：別輩超羣，絢練夐絶。張平子《東京賦》曰：龍雀蟠蜿，天馬半漢。⑳沛艾騰驤。潘岳《籍田賦》曰：金根照耀以景焜，龍驥騰驤而沛艾。㉑象月善走，《春秋說題辭》曰：地精爲馬，十二月而生，應陰紀陽以合功。月度疾，故馬善走。㉒行地無疆。《易·坤卦》曰：牝馬地類，行地無疆。㉓或著翰如之象，《易》曰：白馬翰如。㉔或傳沃若之章。《詩》曰：我馬維駱，六轡沃若。㉕美伯厚之似狗，謝承《後漢書》曰：朱震字伯厚，性剛烈。初爲從事，奏濟陰太守單匡贓罪，并連匡兄中常侍車騎將軍超。三府諺曰：「車如鷄棲馬如狗，疾惡如風朱伯厚。」㉖偉張奂之如羊。見《金賦》「入懷詎見於張奂」注。㉗別有鄭莊置驛，《漢書》曰：鄭當時爲太子舍人。五日洗沐，常置驛馬長安諸郊，請謝賓客，夜以繼日。㉘萬石式輅，《漢書》曰：萬石君石奮，過宮門闕必下車趨，見輅馬必式焉。㉙飲長城之窟，古樂府有《飲馬長城窟》。㉚走章臺之路。見《扇賦》「京兆走馬」注。㉛颯若遺風，《呂氏春秋》曰：青龍之疋，遺風之乘，非先爲天子，不可得而具。注云：青龍、遺風，皆馬名也。㉜夐如飛兔。《淮南子》曰：夫待騕褭、飛兔而駕之〔四〕，則世莫乘車矣。㉝習蟻封而遂勝，《晉紀》曰：王湛有隱德，兄子濟性好馬，所乘駿快，意甚愛之。湛曰：「近見督郵馬，當勝此。」濟不然之。取督郵馬與湛試之，湛曰：「直行平地，何以別馬？」於是就蟻封盤馬，濟馬果躓。㉞惜障泥而不渡。《晉書》曰：王濟善解馬性，嘗乘一馬，著連乾障泥，前有水，終不肯渡。濟云：「此必是惜障泥。」使人解去，便渡。故杜預謂濟有馬癖。㉟兩服上襄，《詩》曰：叔于田，乘乘黃〔五〕，兩服上襄，兩驂雁行。㊱八鑾節步。顔延年《赭白馬賦》曰：勒五校使按部，聲八鑾以節步。㊲鉗旦、大丙之駕，見「軼鶤鷄於姑餘」注。㊳王良、造父之御。《淮南子》曰：王良，造父之御也。上車攝轡，投足調均，勞佚若一。㊴馳日則懸峯不薄，《淮南子》曰：日之行也，不見其移也。騏驥背日而馳，草木爲靡，懸峯未薄而日在其前矣。注：懸峯，馬蹄下鷄舌也。㊵爲龍則慶雲遥覆。《唐書》曰：天寶中，隴右節度皇甫惟明奏：「龍支縣人庫狄孝義，有馬生龍駒，經九旬有九日，身有鱗而不生毛。臣就檢視，時有慶雲五色遥覆馬上，久而不散，請付史官。」㊶又有項籍之騅，《史記》曰：項王駿馬名騅。被圍垓下，乃悲歌慷慨曰：「力拔山兮氣蓋世，時不利兮騅不逝。」及至烏江，謂亭長曰：「吾騎此馬五歲，所當無敵，嘗一日千里，不忍殺，以賜公。」㊷鮑氏之驄，《列異記》曰：故司隸鮑子都，少時舉上計，於道遇一書生，卒得心痛，子都下車爲按摩，奄忽而卒，不知姓字。有素書一卷，銀十餅。即賣一餅，以資殯殮，其餘以枕之，素書著腹上，埋之。未至京師，有驄馬隨之，遇一關内侯家住宿。侯問曰：「君何以致此馬？」子都因説之。侯乃驚愕曰：「此吾兒也。」使迎喪，開棺，視銀、書如所言。侯乃薦子都辟公府，至司隸。子永、孫昱俱爲司隸，皆復乘驄馬。故京師歌之曰：「鮑氏驄，三入司隸，再入公。馬雖瘦，行步工。」㊸昌邑乘之於果下，《漢書》曰：昌邑王賀召皇太后果下馬乘之。㊹石慶數之於車中。《漢書》曰：石慶爲太僕，御出，上問：「車中幾馬？」慶以策數馬畢，曰：「六馬。」㊺或帀日而鶩，《洞冥記》曰：東方朔遊吉雲之地，越扶桑之東，得神馬，高九尺，股裏有旋毛如日月狀。如月者，夜光；如日者，晝光。毛色隨四時之變。帝問，朔曰：「昔西王母乘靈光之輦以適東王公之舍，税此馬於芝田而食芝草，王公怒，棄馬於清津天岸。臣至王公壇，因騎而返，繞日三帀，此馬入漢關，關已半掩。」帝問其名，曰步景。㊻或藏形於空。《洞冥記》曰：修彌國有馬如龍，騰虚逐日，或藏形於空中，唯聞聲耳。㊼望如匹練，《論衡》曰：儒書稱孔子與顔淵俱登魯東山，望吴昌門謂淵曰：「爾何見？」曰：「一疋練前有生藍。」子曰：「白馬蘆芻也。」㊽見似游龍。見《水賦》「馬氏行車」注。㊾若其執轡如組，兩驂如舞，出《詩》。㊿同槽者三，《晉書》曰：魏武察晉宣帝有雄豪志，又嘗夢三馬共食一槽，甚惡之。因謂太子丕曰：「司馬懿非人臣也，必預汝家事。」(51)浮江者五。晉永嘉元年，元帝始渡江鎮建業。初惠帝太安際童謡云：「五馬浮渡江，一馬化爲龍。」帝與西陽、汝南、南頓、沛陽王等獲濟，而元帝竟登大位。(52)雞斯獻之以悦紂，《六韜》曰：商王拘西伯於羑里。太公與散宜生金十鎰，求天下珍物，得犬戎文馬，目如黄金，項如鷄尾，斯之乘，以獻商王，遂免西伯。(53)文駟遺之而敗魯。《家語》曰：孔子相魯，齊人患其霸也。欲敗其正名，乃選女子八十人，衣以文衣而舞《容璣》，及文馬四十駟，以遺魯君。陳女樂，列文馬于魯城南高門外，魯君爲周道遊觀，怠於政事，孔子遂行。注云：《容璣》，舞曲。(54)啖以地黄，《抱朴子》曰：韓子治嘗以地黄、甘草啖五十歲老馬，以生三駒，又百三十歲乃死。(55)哺之棗脯。見下「優孟言其葬禮」注。(56)齊祖龍驤，《齊書》曰：楊王殺宋蒼梧王，太祖夜乘常所騎赤馬入殿，及踐祚，號此馬爲龍驤將軍。(57)休之揚武。《續晉安帝紀》曰〔六〕：司馬休之奔廣固，慕容超欲害之，休之不知。常所乘騅馬忽連鳴不食，注目視鞍，休之試被之，還坐，馬又驚跳，因試騎視。裁出門，便奔馳數里，顧望所住，已有兵至矣。遂南奔，獲免。後加騅馬「揚武」之號。(58)朝但見其發迹，夕不知其何許！伯樂《相馬經》曰：馬生下墮地無毛，行千里。尿舉一脚，行五百里。闌筋豎者千里。膝如團麴，千里。三軍莫逐，但知所發，不知所宿。一云蹄團如麴。(59)有駰有騢，有騅有駓。《詩・魯頌》曰：駉駉牡馬，在坰之野。薄言駉者，有駰有騢，有驔有魚。又曰有騅有駓。注曰：陰白雜毛，駰。彤白雜毛，騢。蒼白雜毛，騅。黄白雜毛，駓。(60)**或遇郭璞而活**，《晉書》曰：郭璞抵將軍趙固，會所乘良馬死。璞曰：「吾能活馬，得健夫二三十人，皆持長竿，東行三十里，有丘林社廟者，便以竿打拍，當得一物，急持歸，馬活矣。」如言得一物，似猴，見死馬便嘘吸其鼻，馬起，奮迅如常，不復見向物。(61)**或濟于謹之危**。《後周書》曰：于謹嘗率騎追茹茹，前後十七戰，盡降其衆。嘗爲賊所圍，謹乘駿馬一紫一騧，賊所先識。乃使二人各乘馬突陣而出。賊以爲謹也，皆争逐之。謹乃入塞。(62)**晏子一言而刑罰必中**，《晏子春秋》曰：景公使人養所愛馬，馬病死，公怒，令殺之。晏子請數之曰：「爾有三死罪：使汝養馬，殺之，一當死也；又殺公所最善馬，二當死也；使公以一馬之故而殺人，百姓必怨叛，諸侯輕伐吾國，三當死也。」公喟然曰：「赦之。」(63)**叔敖三歲而牝牡不知**。《鄒子》曰：董仲舒三年不闚園門，乘馬不知牝牡。又諸葛亮教曰：昔孫叔敖乘馬，三年不知牝牡，稱其賢也。(64)**亦有光武駕鼓**，見《劍賦》「騎士徒云賜」注。(65)**漢文却貢**，《漢書》曰：文帝時，有獻千里馬者。詔曰：「鸞旗在前，屬車在後，吉行日五十里，朕乘千里馬獨先安之。」乃還馬。(66)**及沙衍而飲血**，《穆天子傳》曰：辛丑，天子，渴于沙衍，求飲未至，七萃之士曰高奔戎，刺其馬左驂之頸，取其清血，以飲天子。(67)**至巨蒐而洗湩**。《穆天子傳》曰：天子至于巨蒐，巨蒐之人用其牛馬之湩以洗天子之足。湩，乳也，音凍。(68)**救吴漢而緣尾**，《東觀漢記》曰：吴漢兵守成都，公孫述將延岑遣奇兵出漢兵後，襲擊破漢。漢墮水，緣馬尾得出。(69)**濟苻堅而垂鞚**。《異苑》曰：苻堅爲慕容沖所襲，堅馳馬墮澗，追兵幾及，計無由出。馬卽踟躕臨澗，垂鞚與堅，堅不能及。馬又跪，堅攀之，得登岸西走。(70)**若乃德至山陵**，《孝經援神契》曰：王者德至山陵，則澤出神馬。(71)**政云頌平**，《禮斗威儀》曰：君乘火而王，其政頌平，南海輸駿馬〔七〕。(72)

於是地之類，《易》曰：牝馬地類，行地無疆。(73)月之精，《春秋考異郵》曰：陰合於八，八合陽九，八九七十二。二爲地，地主月，月精爲馬，月數十二，故馬十二月而生。王者駕馬，故字以王爲馬。(74)河水之靈，《瑞應圖》曰：龍馬者，仁馬，河水之精也。額上有翼，旁有垂毛，鳴聲九音，有明王則見。(75)銅器之英，《地鏡圖》曰：銅器之精見爲馬。(76)霑赤汗而沓至，《漢書·天馬歌》曰：霑赤汗，沫流赭。(77)羈堅轡而來庭。枚乘《七發》曰：鍾岱之牡，齒至之駒，前似飛鳥，後類距虛，羈堅轡，附易路，王良、造父爲之御，秦缺、樓季爲之右。注：《漢書》云：趙地鍾代石，北迴近胡寇。(78)乃有太宗十驥，《唐書》曰：貞觀中骨利幹遣使獻良馬十疋，太宗號爲十驥：一騰霜白，二皎雪驄，三凝露驄，四懸光驄，五決波騟，六飛霞驃，七發電赤，八流金騧，九翔麟紫，十奔虹赤。又爲文以叙其事。(79)始皇七名，《古今注》曰：秦始皇有七名馬：一追風，二白兔，三躡影，四追電，五飛翮，六銅雀，七晨鳧。(80)曹真驚帆之號，《古今注》曰：曹虎真有駿馬，名爲驚帆。(81)魏武白鶴之稱。《拾遺記》曰：曹洪與魏武帝所乘之馬名白鶴，時人諺曰：「憑空虛躍，曹家白鶴。」(82)或隨西逝而王地，《宋書》曰：鮮卑嫡子曰若洛廆，庶長曰吐谷渾，二部馬鬭相傷，廆怒，渾遂擁馬西行。廆悔，遣長史乙那樓追渾令還。渾曰：「我是卑庶，理無並大，今以馬致别，殆天所啟。諸君試擁馬令東，馬若還東，我當相隨去。」即使二千騎共遮馬令迴〔八〕，馬迴不盈三百步，歘然悲鳴西走，聲若頹山。如是者十餘迴，樓跪曰：「可汗，此非復人事。」遂王西夷之地。(83)或依奔迹而築城。《搜神記》曰：昔秦人築城於武州塞内以備胡。城將成而崩者數焉。有馬馳走，周旋反覆，父老異之。因依馬跡爲城，城乃定，遂名馬邑。(84)美伍倫之純至，《後漢書》曰：或問第伍倫曰：「公有私乎？」對曰：「昔人有與吾千里馬者，吾雖不受，每三公有所選舉，心不能忘，而亦終不用也。」(85)嘉卓茂之不爭。《後漢書》曰：卓茂爲丞相府史，嘗出行，有人認其馬。茂問曰：「子亡馬幾何時？」對曰：「月餘日矣。」茂有馬數年，心知其謬，默解與之，挽車而去，顧曰：「若非公馬，幸至丞相府歸我。」他日馬主別得亡者，乃詣府送馬，叩頭謝之。(86)慶鄭知還濘之敗，《左傳》曰：秦晉戰于韓，晉惠公乘小駟，鄭入也。慶鄭曰：「古者大事，必乘其產。生其水土，而知其人心；安其教訓，而服習其道。今乘異產，以從戎事，及懼而變，將與人易。亂氣狡憤，陰血周作，張脈僨興，外彊中乾。進退不可，周旋不能，君必悔之。」弗聽。及戰，公馬還濘而止。(87)邢伯識夜遁之聲。《左傳》曰：晉侯伐齊，齊師夜遁，邢伯告中行伯曰：「有班馬之聲，齊師其遁。」注：夜遁馬不相見，故鳴班別。(88)是故春祭天駟，夏祀先牧，冬則講馭，秋則臧僕。《周禮》曰：春祭馬祖，執駒。夏祭先牧，頒馬攻特。秋祭馬社，臧僕。冬祭馬步，獻馬，講馭。注：馬祖，天駟也。執駒，春通淫之時，駒弱，血氣未定，爲其乘匹傷之。先牧，始養馬者。攻特，夏通淫之後，攻其特，爲蹄齧。馬社，始乘馬者。相土作乘馬，臧僕，簡五路之僕。馬步，神爲災害馬者。獻馬，見成馬於王。講馭，講猶簡習。(89)既除蓐而釁廄，見下「委以圉師」注。(90)亦飾幣而執扑。《周禮》曰：校人飾幣馬，執扑而從之。注：幣馬，以馬遺人當幣處者也。(91)或生桃林之野，《山海經》曰：夸父山北有桃林，廣員三百里，其中多馬。(92)或出頗黎之谷。《唐書》曰：吐火羅國有頗黎山，山南崖穴中有神馬，國人每牧牝馬於其側，時產名駒，皆汗血焉。(93)乃有麟腹虎胸，龍頭鳥目，劉琬《馬賦》曰：吾有駿馬，名曰騏雄，龍頭鳥目，麟腹虎胸，尾如雲彗，耳如插筒。(94)郭伋至郡而騎竹，《後漢書》曰：郭伋爲并州牧，行部，到西河美稷，有童兒數百，各騎竹馬於路次迎拜，問：「使君何日當還？」伋謂別駕從事，計日告之。既還，先期一日，伋止於野亭，須期乃入。(95)趙高不臣而指鹿。《史記》曰：

趙高欲爲亂，恐羣臣不聽，乃先設驗，持鹿獻二世，曰：「馬也。」二世笑曰：「丞相誤也，謂鹿爲馬。」問左右，左右或默，或言馬，以阿順趙高。或言鹿者，高因陰中以法。(96)**贖華元之百駟**，《左傳》曰：宋人以文馬百駟以贖華元於鄭，半入，華元逃歸。(97)**食從者之啓服**。《左傳》曰：衛侯來獻其乘馬曰啓服，塹而死，公將爲櫝。子家子曰：「從者病矣，請以食之。」注云：啓服，馬名。塹，謂墮塹。櫝，棺也。(98)**優孟則言其葬禮**，《史記》曰：楚莊王有愛馬，衣以文繡，置華屋之下，啗以棗脯。馬死，欲以大夫禮葬之。樂人優孟入殿門，大哭曰：「請以人君禮葬之，以雕玉爲棺，文梓爲椁，豫章爲題湊，發甲卒爲壙，老弱負土。諸侯聞之，皆知大王賤人貴馬也。」王曰：「爲之奈何？」曰：「請爲王言，六畜之葬，以壟竈爲椁，以銅鑩爲棺，齊以薑桂，薦以木蘭，衣以火光，葬人腹中。」王乃以馬屬太官。鑩音歷。(99)**馬防則明其調穀**。《東觀漢記》曰：上始欲征匈奴，與竇固等議出兵調度，皆以爲塞外草美，可不須穀。固等將兵到燉煌，當出塞上，請馬穀。上以固言前後相違，怒不與穀。皆言案軍出塞無穀馬故事。馬防言，宣帝時五將出征匈奴，候騎得漢馬矢，見其中有粟，知漢兵出，以故引去。以是言之，馬當與穀。上善其用意微，勑調馬穀。(100)**戎事則齊力，田獵則齊足**，出《爾雅》。(101)**豈復與跛猫而校能**，《東方朔傳》曰：驃騎難諸博士，朔對曰：「騏驎、緑耳、蜚鴻、華騮，天下良馬也，若捕鼠於深宮之中，曾不如跛猫。」(102)**將韓盧而並逐者哉**！《孔融論》曰：犬之有韓盧，馬之有騏驥，人之聖也，名號等。設使騏驥與韓盧並走，寧能頭尾相當，八脚如一，無有先後之覺哉。(103)**若乃分三輩**，《春秋後語》曰：田忌與齊諸公子馳逐重射，孫臏見其馬足不甚相遠，有上、中、下輩。於是臏謂田忌曰：「君弟重射，我能令君勝。」田忌與王及諸公子逐射，千金臨質。臏曰：「取君下駟與彼上駟，取君上駟與彼中駟，取君中駟與彼下駟。」三輩畢，一不勝而再勝。忌得千金。注：

重射，射重科爲勝。⑩④駕七騶，《淮南子》曰：季秋殺於田獵以習五戎，命僕及七騶咸駕載旗。⑩⑤過津橋而超渡，《江表傳》曰：孫權征合肥，敗，馬上津橋，橋南已徹丈餘，無板。谷吉利在馬後，使權持鞍緩鞚，於後著鞭，以助馬勢，遂得超渡。⑩⑥飲湛水而不流。《韓子》曰：紂爲甲百萬，左飲馬於湛，右飲馬於洹，洹水竭，湛水不流，武王甲卒三千破而王之。⑩⑦冒頓輕鄰國之遺，《史記》曰：東胡使求匈奴冒頓千里馬，冒頓問群臣，曰：「千里馬，匈奴寶也，勿與。」冒頓曰：「與人鄰國，奈何惜一馬。」遂以與之。東胡謂冒頓畏之，又欲得其一閼氏，冒頓復問左右，左右皆怒，請擊之。冒頓曰：「奈何與人鄰國，愛一女子乎！」與之，東胡愈驕。與匈奴間有棄地，又欲之，冒頓問羣臣，或曰：「此棄地，與亦可，勿與亦可。」冒頓大怒，曰：「地，國之本也，奈何與之。」言與者皆斬之。遂襲擊東胡，滅之。⑩⑧貳師吝漢使之求。《史記》曰：大宛有善馬，在貳師城，匿不肯與漢。天子使壯士車令等持千金及金馬以請宛善馬。宛國相與謀曰：「貳師馬，宛寶馬也。」遂不肯與漢。漢使怒，妄言，椎金馬去。宛貴人攻漢使，取財物。天子大怒，拜李廣利爲貳師將軍，發屬國騎及郡國惡少年數萬人伐宛，期破貳師城，取善馬。⑩⑨食場藿而維縶，《詩》曰：皎皎白駒，食我場藿。縶之維之，以永今夕。⑪⓪戀棧豆而遲留〔九〕。《晉紀》曰：曹爽等從謁高平陵〔一〇〕。司馬宣王舉兵誅爽。桓範出赴爽，宣王謂蔣濟曰：「智囊往矣！」濟曰：「智則智矣，駑馬戀棧豆，必不能用。」⑪①諸葛未獲而先謝，《吳書》曰：諸葛恪爲將，蜀使至，上謂使曰：「元遜爲將，君還蜀可報丞相，爲致嘉馬。」恪起陳謝，上曰：「卿未得馬，何爲謝？」對曰：「夫蜀陛下外廐，陛下有詔，臣必得之，是以謝也。」⑪②杜林受之而必酬。《東觀漢記》曰：杜林與馬援鄉里，素相親厚。援南方還，時林馬適死，援令子持馬一疋遺林曰：「朋友有車馬之饋，可且以備乏。」林受之。居數月，林遣子奉書曰：「將軍內施九族，外存賓客，望恩者多。林父子兩人食列卿，祿常有盈，今送錢五萬。」援受之，謂子曰：「人當以此爲法。」(113)至於匈奴之五方異色，《史記》曰：冒頓圍高祖於平城，其騎西方盡白馬，東方盡青驪，北方盡烏驪，南方盡騂馬。(114)公孫之羣騎皆白。《英雄記》曰：公孫瓚每聞邊警，輒厲色作氣如赴讎。常乘白馬，又選數十白馬爲騎射之士，號曰「白馬義從」，以爲左右翼。胡人甚畏之，相告曰：「當避白馬長史。」(115)綱惡攻駒，教駣佚特，《周禮》曰：馬質掌綱惡馬。注：謂以縻索維綱狎習之。又曰：廋人掌佚特、教駣、攻駒。注：逸特，用之不使甚勞，安其血氣也。教駣，始乘習之。攻駒，騬其蹄齧者開之。二歲曰駒，三歲曰駣。(116)雖東野之善御，必顔回之先識。《家語》曰：魯定公問於顔回曰：「子不聞東野畢之善御乎？」對曰：「善則善矣，雖然其馬將必佚。」既而東野畢之馬佚，兩驂曳兩服，入于廐。公召顔回問之，對曰：「以政知之。昔者帝舜巧於使民，而造父又巧於使馬。舜不窮其民，造父不窮其馬，故舜無佚民，而造父無佚馬。今東野畢之御也，升馬執轡銜，體正矣；步驟馳騁，朝禮畢矣；歷險致遠，馬力盡矣。然而其心猶乃求馬不已，臣以此知之。」(117)然則乘有駑駿，物有苦良。若乃膝本起，汗溝長，馬援《銅馬相法》曰：汗溝欲深長，膝本欲起。(118)眼有紫艷，伯樂《相馬經》曰：眼睛欲如懸鈴，紫艷光。(119)口有紅光，馬援《銅馬式法》曰：口中紅而有光，此千里馬。(120)故頭欲得方，腹欲得張，鼻欲得大，脊欲得强，耳欲近而小，伯樂《相馬經》曰：馬頭爲王，欲得方。腹爲城郭，欲得張。脊爲將軍，欲得强。鼻穴欲得大。耳欲相近而前豎，小而厚。(121)脣欲急而方，《銅馬相法》曰：上脣欲急而方。(122)備此數者，終焉允臧。如其大髂短脅，淺髖薄髀，口有揄寫，目有承淚，烏銜短壽，騰蛇不利，弱脊小頸，大頭緩耳，伯樂《相馬經》曰：相馬之法，先除三羸與五駑，乃相其餘。

大頭小頸，一羸也；弱脊大腹，二羸也；小頸大蹄，三羸也。大頭緩耳，一駑也；長頸不折，二駑也；短上長下，三駑也；大髂短脅，四駑也；淺髖薄髀，五駑也。白額入口，一名榆寫，一名的顱，奴乘客死，主乘棄市。迴毛在目下，名曰承淚，不利人也。口中有黑曰烏御馬〔一〕，短壽。春欲如伏龜，兩邊有迴毛曰騰蛇，殺主。⑫斯八百之下直，《長沙耆舊傳》曰：虞芝，州命部南陽從事。太守張忠連姻王室，罪入重。芝依法執案，刺史畏勢召芝，芝曰：「年往志盡，譬如八百錢馬死生同價，且欲立効於明時耳！」遂投傳去。⑫蓋十駕而方至。《孫卿子》曰：驥一日而千里，駑馬十駕則亦及之矣。⑫至若簡其六節，辨其四時，《周禮》曰：趣馬掌贊正良馬，而簡其六節，辨四時之居治。注：簡其六節，謂差擇王馬以爲六等。居，謂春收夏庌之所處。治，謂春執駒、夏攻特之屬。⑫精陳悲之股脚，《吕氏春秋》曰：古相馬者，寒風口齒，麻朝相頰，女厲相口，管青脣吻，陳悲股脚，秦牙相前，贊君相後，並知其一也。⑫習謝氏之脣鬐。《後漢書》曰：馬援善别名馬，於交阯得駱越銅鼓，鑄爲馬式。上之表曰：「臣事楊子阿，得西河子輿相馬骨法。昔武帝時東門京鑄銅馬法獻之，詔立於魯班門外，更名門曰金馬門。臣謹依儀氏𩍐，中帛氏口齒，謝氏脣鬐，丁氏身中，備此數家骨相以爲法。」馬高三尺五寸。詔置宣德殿下，以爲名馬式。𩍐，居奇切。⑫苟執轡之非人，《楚辭》曰：却騏驥而不乘兮，策駑駘而取路。見執轡者非其人兮，故駒跳而遠去。⑫或持刀而睨之。《鹽鐵論》曰：騏驥負鹽車垂頭於太行之阪，屠者持刀睨之。⑬故卓子制其進退，而造父見之漣洏。《韓子》曰：鉛陵卓子乘蒼龍排父之乘，鉤飾在前，錯綴在後，馬欲進則鉤飾禁之，退則錯綴貫之。造父見而泣曰：「猶人處急世而不知所由也。」或曰乘瞿父之乘。⑬獻珠澤以供膳，《穆天子傳》曰：天子北征，舍于珠澤，以鈎于流水。其人獻食馬三百。注：以供厨膳。⑬投滩水而立威。《呂氏春秋》曰：宋人有取道者，其馬不進，剄而投之澠水。又復取道，其馬不進，又剄而投之澠水。又復取道，其馬不進，又剄而投之。如此者三。雖造父所以威馬，不過此矣。不得造父之道，而徒得其威，無益於御。人主之不肖者，不得其道，而徒多其威，威逾不用。133終戢景於火光，見上「優孟」注。134而淪軀於敝帷也。《禮》曰：敝帷不棄，謂埋馬也。敝蓋不棄，謂埋狗也。135若乃服乘黄，《瑞應圖》曰：乘黄，王者輿服有度則出。騕褭者，神馬也，與飛兔同，以明君有德也。136驂紫燕，見「漢文九良」注。137控裴果之黄驄，《三國典略》曰：周裴果字戎昭，從軍乘黄驄馬，衣青袍。每先登陷陣，時人號爲「黄驄年少」。138馭長孫之閃電。《隋書》曰：長孫晟從晉王破突厥，王引晟入晏。有突厥達官來預坐，説言突厥大畏長孫總管，聞其弓聲，謂爲霹靂，見其走馬，稱爲閃電。王笑曰：「將軍震怒，威行域外，遂與雷霆爲比，一何壯哉！」139衛侯尾鬣以皆朱，《左傳》曰：衛公有白馬四，公嬖向魋，魋欲之，公取而朱其尾鬣以與之。140薛公去來而不見。桓譚《新論》曰：薛公者，長安善相馬者也。於邊郡求得駿馬，騎以入市，去來人不見也。後勞問之，因請觀馬，翁曰：「諸卿無目，不足示也。」141垂法於金馬之門，立程於宣德之殿。並見上「謝氏唇䫜」注。142若夫庾亮的顱，《晉書》曰：庾亮所乘馬的顱，殷浩以爲不詳，勸賣之。亮曰：「曷有己之不安，移於人乎！」143王戎巴騎，《竹林七賢論》曰：王戎簡脱〔一三〕，不持儀形，好乘巴騎馬。雖爲三司，率爾私行。巡省田園，不從一人，自以手巾插腰。144至黄池而噴玉，《穆天子傳》曰：天子東遊于黄澤，宿于西洛，歌曰：「黄之池，其馬噴沙，皇人威儀；黄之澤，其馬噴玉，皇人壽穀。」145飲渭水而投錢。《三輔決録》曰：安陵項仲山飲馬渭水，先投三錢。146燕昭死而猶市，《戰國策》曰：燕昭王使涓人齎千金市千里馬於絶域，至而死，用五百金市其首而還。天下聞之，以王爲好馬，於是未期年，乃有獻千里馬者三。(147)子方老而尚憐。《韓詩外傳》曰：田子方出，見老馬於道，問於御者，曰：「公家畜也，罷而不能用，故出放之。」子方曰：「少盡其力，老棄其身，仁者不爲也。」束帛而贖之。窮士聞之，知所歸心焉。(148)駕鹽車而躑躅，上太行而遷延。《戰國策》曰：汗明見春申君曰：「夫驥之齒至矣，服鹽車，上太行，中坂遷延，負轅不能上。伯樂遭之，下車攀而哭之，解紵衣而羃之。於是俯而噴，仰而鳴，聲造於天，欣伯樂之知己也。」(149)顧一顧而增價，雖賢達而皆然。《春秋後語》曰：蘇代欲見齊王，説淳于髡曰：『人有駿馬欲賣之，見伯樂曰：『比三旦立於市，人莫與言。願子還而視之，去而顧之，臣請獻一朝之價。』伯樂如其言，一旦而馬價十倍。今臣欲以駿馬見於王，莫臣先後，足下有意爲臣伯樂乎？請獻白璧一雙，黄金十鎰，以爲馬食。」淳于髡言於王而見之。注：馬食，不欲斥言之。(150)至若蹙芻有誅，《禮》曰：蹙路馬芻有誅。(151)過關驗齒，《漢書》曰：衛綰奏馬齒未平，不得出關。注：馬十歲齒平。(152)蹶如歷塊，忽如景靡。見前「騄乘旦」注。(153)亦有辯三物，《周禮》曰：馬質掌質馬，量三物。一曰戎馬，二曰田馬，三曰駑馬，皆有物賈。注曰：物賈，物色、賈直。(154)正六閑，《周禮》曰：天子十有二閑，馬六種。邦國六閑，馬四種。家四閑，馬二種。(155)或縛戟而奔陣，王隱《晉書》曰：長沙王司馬王湖與成都王前鋒馬咸戰。湖以數十馬縛戟於鞍，自後刺之，馬驚奔咸軍，敗之。(156)或吐甲而臨壇。《書中候》曰：堯沉璧於河，龍馬赤文緑色，臨壇吐甲圖。(157)或勵其率驥，《楊子》曰：治己以仲尼，率馬以驥，不亦可乎！(158)或比以希顔。《楊子》曰：希驥之馬，亦驥之乘也；希顔之人，亦顔之徒也。(159)師曠有似駮之談，《説苑》曰：晉平公出田，見乳虎伏而不動。還謂師曠曰：「霸王之君出，猛獸伏而不敢起，無乃是乎？」師曠曰：「鵲食猬，猬食鵕鶲，鵕鶲食駮，駮食虎。夫駮之狀有似校馬。今者吾君必驂校馬以出乎？」平公曰：「然。」(160)公孫有非白之説。《孔叢子》曰：公孫龍以白馬爲非馬。或曰此辯而毁大道。子高適趙，謂龍曰：「願受業久矣，所不取先生者，以白馬爲非馬耳，誠能去之，則爲弟子。」龍曰：「若使去之，無以教矣。」(161)嵇紹不畜於駿逸，《晉書》曰：王師敗於蕩陰，嵇紹被害。初侍中秦準謂曰：「今日向難，卿有佳馬否？」紹正色曰：「大駕親征，理必有征無戰。若使皇輿失守，臣節有在，駿馬何爲！」(162)懷遠但虞於驚蹶。《唐書》曰：李懷遠雖久居榮位，而益尚簡率。嘗乘款段馬，左僕射豆盧欽謂之曰：「公榮貴如此，何不買駿乘？」答曰：「此馬幸免驚蹶，無假別求。」聞者莫不歎美。(163)若夫來從西北，《漢書》曰：初，天子發書《易》曰：「神馬當從西北來。」得烏孫馬，號曰天馬。及得宛汗血馬，更名烏孫馬曰西極馬，號宛馬曰天馬。注：發書《易》，謂發《易》書卜。(164)死忌壬申，《説文》曰：驁，駿馬也。以壬申日死，乘馬者忌之。驁，五刀切。(165)或以青絲禍梁，《三國典略》曰：梁普通中，童謡言或云「青絲白馬」者。侯景乃常乘白馬，以青絲爲勒，用應謡言。(166)或以黄班讖陳。《陳書》曰：初有童謡云：「黄班青驄馬，發自壽陽涘，來時秋氣未，去日春風始。」其後陳主果爲韓擒虎所敗。擒虎，黄班之謂也。破建康之後，始復乘青驄馬，往反時節皆相應。(167)委以圉師，《周禮》曰：圉師掌教，圉人養馬。春除蓐，釁廄，始牧。夏庌馬。冬獻馬。注：蓐，馬茲也。日中出馬而除。釁，神之也。庌，廡也，所以庇馬涼也〔一三〕。庌音牙。(168)掌之校人。《周禮》曰：校人掌王馬之政，辨六馬之屬。種馬一物，戎馬一物，齊馬一物，道馬一物，田馬一物。注：種，謂上善似母者，玉路駕種馬。戎路駕戎馬。金路駕齊馬。象路駕道馬。田路駕田馬。駑馬給宫中之役。(169)龜茲之萬計盈廐，《南秦録》曰：吕光討西域，平。上疏曰：「唯龜茲據三十六國之中，入其國城，天驥龍麟、騕褭、丹髦萬計盈廐，雖伯益更生，衛賜復出，不能辨也。」

⑰爾朱之色別爲羣。《三國典略》曰：高歡歸爾朱榮，榮坐歡於牀下，屏左右而訪時事。歡曰：「聞公有馬十二谷〔一四〕，各色別爲羣，將此竟何用也？」榮曰：「且言爾意。」歡曰：「方今天子愚弱，太后淫亂，四方雲擾，朝政不行。以明公雄武，乘時奮發，但將討鄭儼、徐紇爲辭，舉鞭足以定天下，此是賀六渾意。」榮曰：「爾意即我意。」⑰又聞天下無道則生郊，《老子》曰：天下有道，却走馬以糞。天下無道，戎馬生郊。⑰聖人既出則服皁。《淮南子》曰：天下有道則飛黄服皁。又曰：黄帝時，飛黄服皁。⑰升嘏山而不失，《苻子》曰：吾與玄子觀東海，釋騆而升乎嘏山，未中路而忘馬。苻子使人求之，不獲〔一五〕。使鬼索之而獲。苻子曰：「六合不可忘，故知良馬在其中矣〔一六〕。請以六合之觀觀之也。」⑰放孤竹而知道。《韓子》曰：齊桓伐孤竹〔一七〕，春往冬還，迷惑失道。管仲曰〔一八〕：「老馬之智可用。」乃放老馬而隨之，遂得道。⑰別有義渠兹白，《周書》曰：義渠兹白者，白馬鋸齒，食虎豹。⑰翰海驄駒，《隋書》曰：吐谷渾有青海，周迴千餘里，中有小山，其俗至冬輒放牝馬於其上，言得龍種。嘗得波斯草馬，放入海，因生驄駒，日行千里，故時稱「瀚海驄馬」。⑰屈産假道，見《玉賦》「晉之垂棘」注。⑰纖驪遺吴。《魏志》曰：《文帝與孫權書》：纖驪馬，朕常所自乘，其調良善走，數萬疋還之，真可樂也。中國雖饒馬，其知名絶足，亦時有耳。⑰苻堅示其無欲，《載記》曰：苻堅時大宛獻天馬千里駒，皆汗血、朱鬣、五色、鳳膺、麟身，及諸珍異五百餘種。堅曰：「吾思漢文之返千里馬，咨嗟美詠。今獻馬，其悉返之，庶尅念前王，髣髴古人矣。」乃命羣臣作《止馬詩》而遣之，示無欲也。⑱高宗明其有餘。《唐書》曰：永徽中，吐谷渾遣使獻駿馬，上問其馬之種性，使者對曰：「臣國中之最良者，所以獻之。」上曰：「良馬人之所欲，豈可輟彼不足，而加我之有餘哉。」乃命還之。⑱當慎原蠶之禁，《周禮》曰：馬質禁原蠶。注：原，再也。

天文辰爲馬。蠶書蠶爲龍精。月直大火則浴其種，是蠶馬同氣。物莫能兩大，禁再蠶者，爲傷馬歟。(182)宜驗金壺之書。《晏子春秋》曰：景公游於紀，得金壺，發而視之，有丹書，曰：「勿食反魚，無乘駑馬。」晏子曰：「食魚不反，無盡民力也；不乘駑馬，無馭不肖於側也〔一九〕。」公曰：「紀有此書，何以亡？」晏子曰：「紀有此書，藏之金壺，不亡曷待！」(183)彼聾蟲之可教，《淮南子》曰：夫馬之爲草駒之時，跳躍、揚蹄、翹尾而走，人不能制。齕咋足以噬肌碎骨，蹶蹄足以破盧陷胸。及至圉人擾之，良御教之，掩以衡軛，連以轡銜，則雖歷險超塹，弗敢辭也。故其馬之不可化而可駕御，教之所爲也。馬聾蟲而不可以通氣志，猶待教而成，又況人乎！注：聾蟲，無知也。(184)若枹鼓之相符。《呂氏春秋》曰：良工之與千里馬也，相得然後成，譬之若枹之與鼓也。夫高節死義，亦士之千里也。能使士行千里者，其惟賢者乎。(185)於是參以賁戎，《穆天子傳》曰：伯天主車，參伯左御，賁戎爲右。(186)輔以韓哀，見前「騄乘旦」注。(187)豈較能於款段，見《霧賦》「馬援浪泊」注。(188)而角力於虺隤。《詩》注曰：虺隤，馬病也。(189)亦聞氣盛怒發，張景陽《七命》曰：氣盛怒發，星飛電駭。志陵九州，勢越四海。(190)躁中煩外。枚叔《七發》曰：穱麥處服，躁中煩外。注：以穱麥分劑而食馬，馬肥，故中躁而外煩也。穱，側角反。(191)角爲燕丹而生，見《烏賦》「爲燕丹而頭白」注。(192)肝有荆軻之嗜。《燕丹子》曰：太子有千里馬，荆軻謂太子曰：「千里馬肝美。」太子卽進肝。(193)佩杜衡而善走，《山海經》曰：天帝之山有草焉，狀如葵〔二〇〕，臭如蘼蕪，名曰杜衡，可以走馬。注：帶之便馬。或曰馬得之健走。(194)惡衣香而致斃。《魏志》曰：文帝將出，取馬，朱建平道遇之，語人曰：「此馬之相，今日死矣。」帝將乘之，馬惡衣香，嚙帝膝，帝大怒，卽殺之。(195)始教則車在馬前，《禮》曰：始駕馬者反之，車在馬前。注：仍見則慣，卽事易也。(196)任力則人能勝驥。

《吕氏春秋》曰：爲善難，任善易。與驥俱走，則人不勝驥矣。居於車上而任驥，則驥不勝人矣。⑰赤兔乃比於吕公，《曹瞞傳》曰：吕布有駿馬名赤兔，人語曰：「人中有吕布，馬中有赤兔」。⑱白額爰興於李氏。《載記》曰：西涼武昭王暠，嘗與吕光太史令郭黁及其同母弟宋繇同宿。黁謂繇曰：「君當位極人臣，李君有國士之分。家有騧馬生白額駒，此其時也。」吕光末，燉煌護軍郭謙等推玄盛爲寧朔將軍、燉煌太守，玄盛難之，繇曰：「兄忘郭黁之言耶？白額駒今已生矣。」玄盛乃從之。黁，奴敦切。⑲望青雲而一蹴，《宋書》曰〔三〕：劉瑀爲右衛將軍，年位本在何偃前。孝武初，偃爲吏部尚書，瑀圖侍中不得。與偃同從郊祀，時偃乘在前，瑀策駟居後，相去數十步，瑀蹋馬及之，謂偃曰：「君轡何疾〔三〕？」偃曰：「牛駿御精，所以疾耳。」偃曰：「君馬何遲？」曰：「騏驥羅於羈絆，所以居後。」偃曰：「何不着鞭，使致千里。」答曰：「一麾造青雲，何至與駑馬争路！」⑳乘吉疆而千歲。《山海經》曰：犬戎之國有文馬，縞身、朱鬣，目若黄金，名曰吉疆，乘之壽千歲。注：縞，素也。《大傳》曰：駮身，朱鬣。疆或作良。㉑道林養之而不用，見《鷹賦》「支遁愛其神雋」注。㉒延年賦之而特麗。見前「絢練半漢」注。㉓勿矜千駟，終齊景之無稱；《論語》曰：齊景公有馬千駟，死之日，民無稱焉。㉔徒説三長，豈晉侯之所恃。《左傳》曰：楚使椒舉如晉求諸侯。晉侯欲勿許。司馬侯曰：「不可」。公曰：「晉有三不殆，其何敵之有？國險而多馬，齊、楚多難；有是三者，何鄉而不濟？」對曰：「恃險與馬，而不虞鄰國之難，是三殆也。四嶽、三塗、陽城、太室、荆山、終南，九州之險也，是不一姓。冀之北土，馬之所生，無興國焉。齊有仲孫之難，而獲桓公，至今賴之。晉有里、丕之難，而獲文公，是以爲盟主。鄰國之難，不可虞也，君其許之。」乃許楚使。

校勘記

〔一〕紫燕騮緑蝸驄　原作「紫燕緑耳青驄」，據宋本並《西京雜記》卷二改。
〔二〕蒯越　「蒯」原作「荆」，據《三國志・蜀志・先主傳》注引改。
〔三〕墮襄陽城西檀溪中　「墮」原作「至」，據宋本並《御覽》卷八九七引改。
〔四〕待駿褭　「待」原作「符」，據宋本並《御覽》卷八九六引改。
〔五〕乘乘黄　原脱一「乘」字，據宋本並《詩經・大叔于田》增。
〔六〕續晉安帝紀　「續」下原衍「書林」二字，據宋本並《御覽》卷八九五引删。
〔七〕駮馬　原作「駿馬」，據宋本並《御覽》卷八九三引改。
〔八〕二千騎共遮馬令迴　「二」原作「三」、「共」原作「其」，據宋本並《宋書・鮮卑吐谷渾傳》改。
〔九〕戀棧豆　原作「戀短豆」（注文同），據宋本改。
〔一〇〕曹爽等從謁高平陵　宋本作「曹爽從齊王芳拜陵」。
〔一一〕口中有黑　「黑」原作「墨」，據宋本、白本、蔡本、華本改。
〔一二〕簡脱　原作「穎脱」，據宋本並《御覽》卷八九七引改。
〔一三〕庇馬涼也　「馬」字原無，據宋本並《御覽》卷八九三引、《周禮・圉師》增。
〔一四〕有馬十二谷　「谷」字原無，據宋本並《北齊書・神武紀》增。
〔一五〕不獲　「獲」字原空闕，據《御覽》卷八九七引補。
〔一六〕在其中矣　「其」字原空闕，據宋本、白本、華本補。
〔一七〕齊桓　「齊」字原空闕，據宋本、白本、華本補。
〔一八〕管仲曰　「管」字原空闕，據宋本、白本、華本補。
〔一九〕無馭　宋本作「無致」，《晏子春秋》卷五作「無置」。

〔二〇〕狀如葵　「葵」原作「萊」，據《山海經·西山經》改。

〔二一〕宋書曰　按：所引文《宋書·劉瑀傳》未見，《南史·劉瑀傳》有此段引文。

〔二二〕何疾　原作「何病」，據宋本並《南史·劉瑀傳》改。

事類賦卷之二十二

獸部三

牛　羊

牛

①夫物之大者，其狀若垂天之雲。《莊子》曰：有犛牛，其大若垂天之雲。②《禮》稱三月在滌，《禮》曰：帝牛不吉，以爲稷牛，帝牛必在滌三月，稷牛惟具，所以別事天神與人鬼也。③《詩》云九十其犉。《詩》曰誰謂爾無牛，九十其犉。注：黄牛黑脣曰犉。④歧蹄者天，穿鼻者人。《淮南子》曰：牛岐蹄而戴角，馬被毛而全足者，天也。絡馬之口，穿牛之鼻者，人也。⑤或衣繡而入太廟，《莊子》曰：楚聘莊子，莊子應其使曰：「子見夫犧牛，衣以文繡，飼以芻菽，養之牢筴之中。及其牽入太廟，雖欲爲孤犢，其可得乎！」⑥或鞹鼓而正三軍。《淮南子》曰：剥牛皮，鞹以爲鼓，正三軍之衆。爲牛計者，不若服軛也。⑦爾牛來思，其耳濕濕。出《詩》。⑧鼷鼠既忌於見傷，《左傳》曰：鼷鼠食郊牛角，改卜牛。鼷鼠又食其角，乃免牛。⑨風馬亦知其不及。《左傳》曰：齊侯伐楚。楚子使與師言曰：「君處北海，寡人處南海，唯是風馬牛不相及也，不相虞君之涉吾地也，何故？」⑩扣角申甯戚之困，

見《歌賦》「甯戚飯牛」注。⑪燒尾救田單之急。見《火賦》「田單縱牛」注。⑫或爲軍事之占，《晉書》曰：夫餘國若有軍事，殺牛祭天，以其蹄占吉凶，蹄解者爲凶，合者爲吉。⑬或示農耕之候。《禮》曰：季冬出土牛，以示農耕之早晚。⑭畏彼髦頭，《搜神記》曰：武都故道有怒特祠，上生梓樹。秦文公使人伐之，樹瘡隨合，經日不斷。乃益持斧者至四十人〔一〕，猶不斷。士疲還息，其一人傷足，不能起，卧樹下，聞鬼相與言曰：「勞乎攻戰？」其一人曰：「何足爲勞？」人曰：「赭衣灰坌，子如之何？」乃默。卧者以告，於是令工皆衣赭，隨斫瘡，坌以灰，樹斷，化爲青牛。使騎擊之，不勝。或墮於地，髻解被髮，牛畏之，乃入水。於是秦置旄頭騎。⑮寧爲雞口。《史記》曰：蘇秦説韓王曰：「鄙語云『寧爲雞口，無爲牛後』，今西面事秦，何異牛後乎？」⑯晉武以青麻彰德，《晉書》曰：武帝時，有司奏御牛青絲紖斷，詔以青麻代之。⑰何曾以銅鉤被奏。《晉書》曰：何曾性奢豪，都官從事劉享奏曾以銅鉤紱紖車，瑩牛蹄角。⑱至於傷口改卜，《左傳》曰：郊牛之口傷，改卜牛。⑲用犢貴誠。《禮記》曰：郊牲用騂，尚赤也；用犢，貴誠也。⑳或握角而不售，《風俗通》曰：賣牛勿握角，令不售。按恐觸人〔二〕，故人不取。㉑或割肉而復生。《玄中記》曰：大月支及西胡有牛，名反牛，以今日割取其肉三四斤，明日其肉已復，瘡亦愈。㉒偉劉寬之量遠，《後漢書》曰：劉寬嘗行，有人失牛者，乃就寬車中認之。寬無所言，下駕步歸。有頃，認者得牛而送還，乃謝曰：「慚負長者。」寬曰：「物有相類，事容脱誤〔三〕，幸勞見歸，何爲致謝。」㉓羨魯恭之政行，《後漢書》曰：魯恭爲中牟令，時亭長從人借牛不還〔四〕，牛主訟於恭〔五〕。恭召令還牛者三，亭長猶不還。恭涕泣曰：「是教化不行也。」欲解印綬去。亭長還牛，詣獄受罪，恭貰出不問。於是吏人敬信，皆不忍欺。㉔多郭舒之寬恕，《晉書》曰：郭舒，嘗有鄉人盜食舒牛，事覺，來謝。舒曰：

「卿飢，所以食牛耳，餘肉可共啖之。」㉕慕朱冲之不争。《晉紀》曰：南安朱冲，鄉人失犢，與冲犢相類，來認取之，冲不與争。後得之於堅冰之下，慚謝冲，還牛，冲不受。㉖中尉則駕之者赤，《後魏書》曰：元仲景性嚴峭。孝莊時兼御史中尉，京師肅然。每向臺駕赤牛，時號「赤牛中尉」。㉗桃根則獻之者青。《三國典略》曰：陳桃根於所部得青牛，獻之。又上綺文羅文錦被表二，陳主命於雲龍門外焚之，牛亦遣還。㉘王愷既聞於八百，《晉書》曰：王愷牛名八百里駮。王濟請以錢千萬與牛對射賭之。濟先射，一發破的，因據胡牀，叱左右曰：「速探牛心來。」須臾而至，一割便去。㉙荀晞亦稱其千里。《志怪》曰：荀晞爲兗州，鎮去京師五百里。有貢晞珍異食者，欲貽都邑親貴。慮經信宿不復鮮美，募得牛，能日行千里。晞旦發書疏，一更始竟，答書已還。晞以其駿快，疑筋骨有異，殺而觀之。唯有雙筋如小竹大，自頭挾脊著肉裏，故外不覺。㉚雖有雙筋，見上。㉛且無上齒。《淮南子》曰：戴角者無上齒，無角者膏而兑前，有角者脂而兑後。注曰：豕馬之屬前小。㉜别有得於文山，《穆天子傳》曰：天子飲於文山，有獻良馴、牥牛二〔六〕。此牛能行沙中，如橐駝。牥音方。㉝放之桃林。《書》曰：武王放牛桃林之野〔七〕。㉞木則饋糧，《諸葛亮集》曰：木牛者，方腹曲頭，一脚四足，頭入腹中，舌著於腹。載多則行，少則否，宜可大用，不可小使。㉟石則便金。見《石賦》「便金蜀滅」注。㊱設以楅衡，《周禮》曰：封人，凡祭祀，飾其牛牲，設其楅衡，供其水藁。注：楅在鼻，衡在角，令不得觝。㊲養之牢筴。見上「衣繡入廟」注。㊳愚公畜牸於齊山，《說苑》曰：齊桓公獵，逐鹿入山谷中，見一老父〔八〕，問：「此何谷？」曰：「愚公谷。」曰：「何也？」曰：「畜牸牛子大，賣之買駒。」少年曰：「牛不能生馬。」遂持駒去。傍人聞，以爲愚，因以名谷。管子曰：「臣之過也，使堯在上，皋陶爲大理，安有取人駒乎！」㊴百里載鹽於秦國。《説苑》曰：秦穆公使賈人載鹽，百里奚以五羖羊之皮將車之秦，秦穆公觀鹽，見其牛肥，問何以致也，對曰：「臣飲食以時，使之不以暴，有險先後之以身，是以肥也。」穆公知其君子，以爲卿。㊵禴祭乃東鄰之殺，《易》：東鄰殺牛，不如西鄰之禴祭。㊶無妄見行人之得。《易》曰：無妄之災，或繫之牛，行人之得，邑人之災。㊷袁宏見諷於羸牸，《晉書》曰：桓温北伐，與諸寮屬登千乘樓，望中原，概然曰：「神州陸沉，王夷甫諸人不得不任其責！」袁宏曰：「運有廢興，豈必諸人之過！」温作色曰：「頗聞劉景升千斤大牛，噉芻豆十倍於常牛，負重致遠，曾不若一羸牸，魏武入荆州，以享軍士。」意以况宏，坐中皆失色。㊸華元應嘲於有皮。《左傳》曰：宋城，華元爲植，巡功。城者謳曰：「于思于思，棄甲復來。」使驂乘謂之曰：「牛則有皮，犀兕尚多，棄甲則那。」注：植，主巡行城也。于思，多鬚貌。棄甲，謂華元前敗於楚。㊹遺布既因於王烈，見《劍賦》「守路德彌臧」注。㊺置芻亦見於羅威。《廣州先賢傳》曰：羅威字德仁。鄰家牛數食其禾，既不可逐，乃爲斷芻，多著牛家門中，不令人知。數數如此，牛主驚怪，後知之，乃更相約率檢〔九〕，犢不敢復侵威田。㊻復有職人掌芻，《周禮》曰：牛人掌養國之公牛。凡祭祀供其享牛、求牛，以授職人而芻之。注：求，終也，終事之牛，謂所以繹者也。職讀爲樴，樴謂之杙，可以繫牛。樴人謂牧人。㊼封人供藁，見上「設以楅衡」注。㊽彦回靡視於墜井，《宋書》曰：褚彦回，湛之之子也。湛之一牛，至所愛惜，無故墮廳事前井，湛之率左右躬加營救，郡中喧擾，彦回下簾不視。㊾盧愷不烹而哀老。《隋書》曰：盧愷從周武帝在雲陽宫，勅諸屯簡老牛，欲以享士。愷進諫曰：「昔田子方贖老馬，君子以爲美談。向奉明敕，欲以老牛享士，有虧仁政。」帝美其言而止。於是轉禮部大夫。㊿或儥於豚上，《左傳》曰：邾人、莒人朝于晉曰：「魯朝夕伐我，幾亡矣。」晉叔向來辭曰：「寡君有甲車四千乘在，雖以無道行之，必可畏也。況其率道，何敵之有？牛雖瘠，僨於豚上，其畏不死乎！」51或置之樹杪。《神仙傳》曰：吴有徐隨，居丹徒。左慈過隨門下，有客車六七，欺慈云：「徐公不在。」慈去。客皆見牛在楊樹杪，車轂中皆生荆木。客懼，逐慈，叩頭陳謝。客還，見牛如故，轂中亦無復荆木。52詹何既識於白蹄，《韓子》曰：詹何坐，弟子侍，有牛鳴於門外。弟子曰：「黑牛也，而白在其蹄。」詹何曰：「然。」視之信爾。53葛盧亦辨其三犧。《左傳》曰：介葛盧來朝，聞牛鳴，曰：「是生三犧，皆用之矣，其音云。」問之而信。54肅慎占之而入貢，《晉陽秋》曰：肅慎國，武帝時及元帝中興，皆來貢獻。成帝時又通貢於石季龍，曰：「每候牛馬向西南眠者三年矣，是知大國所在，故來。」55弦高用之而犒師。《左傳》曰：秦潛伐鄭，及滑，鄭商人弦高遇之，以乘韋先，牛十二犒師〔一〇〕，且使遽告于鄭。秦將孟明曰：「鄭有備矣。」滅滑而還。56別有盆子主之以建業，《後漢書》曰：劉盆子初與兄茂屬右校卒吏劉俠卿〔一一〕，主芻牧牛，號曰牛吏。及立爲帝，恐畏欲啼，即復依俠卿。57光武騎之以起兵。《後漢書》曰：光武初起兵，騎牛，殺新野尉，乃得馬。58或爲夢於蔣琬，《蜀志》曰：蔣琬嘗夢一牛〔一二〕，頭角及口而血流。趙直曰：「牛角及口，公字也。血者，事明也。夢吉矣。」59或見解於庖丁。《莊子》曰：庖丁爲文惠君解牛，曰：「臣之刀十九年，解數千牛，而刀刃若新發於硎，彼節者有間，而刀刃無厚，以無厚入有間，恢恢乎其有餘地。」60觀其豫章繫絹，《齊書》曰：豫章獻王嶷爲揚州刺史，拜還延陵季子廟，觀沸井，有牛突部伍，直兵執牛推問，王不許，取絹一疋，横繫牛角，放歸其家。61蒲韉掛書。《唐書》曰：李密嘗欲尋包愷，乘一黄牛，被以蒲韉，仍將《漢書》一帙掛於角上，一手捉牛靷，一手翻書讀之。尚書令越公楊素見於道，從後按轡躡之。既及，問曰：「何處書生，躭學若此？」密識越公，乃下牛，再拜，自言姓名，又問：「所讀何書？」答曰：「項羽傳。」

(62)白則識李冰之綬，《風俗通》曰：秦昭王使李冰爲蜀守，開成都兩江，溉田。江神歲取童女二人爲婦。冰至神祠，責之。良久，有兩蒼牛鬬於岸旁。有頃，冰流汗謂官屬曰：「吾鬬大極，不當相助也。南腰中正白者，我綬也。」主簿刺殺北面者，江神遂死。(63)青則駕老子之車。見《車賦》「尹喜占老君」注。(64)季知一搏而思過，《卞子》曰：郭林宗謂仇季知曰：「子嘗有過否？」季知曰：「吾嘗飯牛，牛不食，一搏牛耳。」(65)江湛但飲而無芻。《宋書》曰：江湛性廉儉，爲吏部尚書。牛餓，御人求草，湛良久曰：「可與飲。」(66)又有蹋石成花，《洞冥記》曰：元封中，大秦獻牛，善走多力，使韝銅鐵起望仙宫，迹在石上，皆如花形。故陽関之外有花牛津。(67)塗泥求雨。《廣州記》曰：州有石牛，每旱殺牛，以血和泥泥石牛背，既畢，即雨，泥盡方止。(68)或行詐而書帛，《物理論》曰：漢武拜少翁爲文成將軍。少翁書帛飯牛，揚言此牛有異。殺而視之，得帛書，帝識其手，事急，首服，於是誅文成而隱其事。(69)或争長而殺御。《晉書》曰：石崇嘗與王愷争入洛城，崇牛迅若飛禽，愷絶不能及。乃密貨其帳下，問其所以，對曰：「牛奔不迅〔一三〕，良由御者逐之不及而反制之，可聽蹁轅則駃矣。」因從之，遂争長。崇後知之，殺所告者。(70)既擔矛而衛犢，《鬱林異物志》曰：周留者何？其實水牛蒼毛豕身，角若擔矛，衛護其犢，與虎爲讐。(71)亦結陣而却虎。《抱朴子》曰：知禽銜蘆以逆網，水牛結陣而却虎。(72)至若置於盆簝，《周禮》曰：凡祭祀共其牛牲之互，與其盆簝以待事。注云：盆，所以盛血。簝，受肉籠也。互，若今屠家縣肉格。(73)老在闌牢，《晏子春秋》曰：金公之牛老於闌牢，不勝服也；車蠹於瓦石，不勝乘也。(74)角不失於三色，《周禮》曰：角長二尺有五寸〔一四〕，三色不失，謂之牛戴牛。注：三色：本白，中青，末豐也。戴牛，言角直一牛。(75)香獨稱於四膏。《周禮》曰：春膳膏香，夏膳膏臊，秋膳膏腥，冬膳膏羶。注：牛脂香，豕臊，犬腥，羊羶。(76)

遇夔致問，《莊子》曰：「聲氏之牛夜亡而遇夔，止而問焉：『我有四足，動而不善，子一足而超踊，何以然？』夔曰：『以吾一足，王於子矣。』」(77)喘月辭勞。見《風賦》「施晉武之琉璃」注。(78)稱精鑒者薛公，《相牛經》曰：《牛經》自甯戚傳百里奚。漢世薛公得其書以相牛，千百不失。(79)習遺書者晉祖。《相牛經》曰：魏世高堂生得薛公之書，傳晉高祖，其後王愷祕其書。(80)既曰不能執鼠，《莊子》曰：夫犛牛其大如垂天之雲，此能爲大矣，而不能執鼠。(81)又云難以逐兔。焦贛《易林》曰：殺牛逐兔，費日無功。(82)成牛弘之寬厚，《隋書》曰：牛弘弟弼，好酒而酗，嘗因醉，射殺弘駕車牛。弘來還宅，其妻迎謂之曰：「叔射殺牛矣。」弘聞之，無所怪問，直答云：「作脯。」坐定，其妻又云：「叔忽射殺牛，大是異事。」弘曰：「已知之矣。」顏色自若，讀書不輟。(83)顯盧昌之仁恕。《隋書》曰：盧昌衡爲徐州總管，嘗行至浚儀，所乘馬爲他牛所觸，因致死。牛主陳謝，求還價直。昌衡謂之曰：「六畜相觸，豈人情也，君何謝？」拒而不受。(84)至於千足而富，《史記》曰：馬蹄噭千，牛千足，此亦比千乘之家。(85)夜鳴則庮，《周禮》曰：牛夜鳴則庮〔一五〕。注：庮，朽木臭，音由。(86)顧憲、仲文，咸決獄而人服，《宋書》曰〔一六〕：顧憲之，元徽中爲建康令。時有盜牛者，與本主爭牛，各稱己物，二家辭證等，前後令莫能決。憲之至，覆狀，乃令解牛任其所去，牛徑還本宅，盜者伏其罪。《後魏書》曰：于仲文遷安固太守。有任、杜兩家各失牛，後得牛，兩家俱認，州郡久不能決。仲文令二家各驅牛羣至，乃放所認者，遂向任氏羣中。又陰使人微傷其牛，任氏嗟惋，杜家自若。仲文於是訶詰杜氏，杜氏服罪。(87)時苗、羊氏，並居官而犢留。《魏略》曰：鉅鹿時苗爲壽春令，始之官乘牸牛，歲餘生一犢，及代，留犢而去。《晉書》曰：羊篇歷官清慎，有私牛官舍產犢，及還，留之。(88)又有程鄭江竭，《華陽國志》曰：牛飲水者，昔程鄭於此飲牛，江爲之竭，因以爲名。(89)妻提谷量，《後魏書》曰：婁提雄傑，有識度。僮僕數千，牛馬以谷量。又《史記》曰：烏氏嬴求奇繒物，間獻戎王。戎王十倍其償，予畜至用谷量牛馬。⑩望氣知北夷之驗，《雲氣占》曰：趙雲如牛。又北夷之氣如牛。⑪卜兆爲司馬之祥。《晉書》曰：陶侃微時，丁母艱，將葬，忽失牛，見老父曰：「前岡見一牛，眠山塢中。葬其地者，位極人臣。」又指一山云：「此其次也，出二千石。」言訖不見。侃尋牛得之，自葬其處。以餘一山語周訪，訪葬之。侃至大司馬，訪亦累世刺史。⑫若乃嘉彼柔謹，《説文》曰：犪牛。犪音繞，柔謹也。⑬哀其觳觫。《孟子》曰：齊王坐於堂上，有牽牛而過堂下者，王見之，曰：「牛何之？」對曰：「將以釁鐘。」王不忍見其觳觫無罪而就死地，欲以羊易之。孟子曰：「此仁術也，是見牛而不見羊也。」⑭或蹊田而見奪，《左傳》曰：楚子爲陳夏氏亂故，伐陳。殺夏徵舒，因縣陳。申叔時曰：「抑人有言曰：『牽牛以蹊人之田，而奪之牛。』蹊田者信有罪矣，而奪之牛，罰已重矣。」王復封陳。⑮或洗耳而爲辱。見《水賦》「許由洗耳」注。⑯丙吉已勞於問喘，《漢書》曰：丙吉嘗爲丞相，出逢羣鬭者，死傷橫道。吉過之，不問。前行，逢人逐牛，牛喘吐舌。吉使騎吏問：「牛行幾里？」或譏吉，吉曰：「民鬭殺傷，長安令、京兆尹職所當禁備逐捕，歲終丞相課其殿最耳。方春少陽用事，未可以熱，恐牛近行用暑故喘，此時氣失節，恐有所傷害者。三公典調和陰陽，所當憂也。」⑰龔遂更懲於佩犢。見《劍賦》「佩牛化已遠」注。⑱周官分職，牛人乃主於牽傍；《周禮》曰：牛人凡會同軍旅行役，共其兵車之牛，與其牽傍，以載公任器。注：牽傍，在轅外輓牛也。人御之居其前曰牽，居其傍曰傍。⑲晉室諸賢，和嶠亦勤於刺促。《晉紀》曰〔一七〕：潘岳出爲河陽令，以仕次宜爲郎〔一八〕，不得意。時山濤領選，岳内非之，密作謡曰：「閣道東，有大牛。王濟鞅，裴楷鞦，和刺促，不得休。」

校勘記

〔一〕至四十人　「至」原作「三」，據宋本並《搜神記》卷一八改。

〔二〕恐觸人　「觸」字原空闕，據宋本、華本補。

〔三〕脱誤　原作「懼脱」，據宋本並《御覽》卷八九八引、《後漢書・劉寬傳》改。

〔四〕亭長從人借牛不還　宋本作「亭長有從民借牛不還者」。

〔五〕牛主訟於恭　宋本作「牛主自言」。

〔六〕牣牛　原作「物牛」，據宋本、華本改。

〔七〕桃林　原作「桃味」，據宋本並《御覽》卷八九八引、《尚書・武成》改。

〔八〕見一老父　「一」原作「二」，據宋本並《御覽》卷八九九引、《説苑・政理》改。

〔九〕乃更　「更」原作「便」，據宋本並《御覽》卷九〇〇引改。

〔一〇〕牛十二　原作「牛二十」，據《左傳・僖公三十三年》改。

〔一一〕劉俠卿　「俠」原作「使」，據宋本並《御覽》卷八九八引、《後漢書・劉盆子傳》改。

〔一二〕蔣琰　案應作「蔣公琰」，《三國志・蜀志》有傳。

〔一三〕牛奔不迅　《世説新語・汰侈》作「牛本不遲」。

〔一四〕二尺　原作「三尺」，據宋本並《周禮・冬官・弓人》改。

〔一五〕牛夜鳴則庮　「則」字原無，據《周禮・天官・内饔》增改。

〔一六〕宋書曰　按：所引文《宋書》未見，《南史・顧憲之傳》有此段引文。

〔一七〕晉紀曰　「晉紀」，《御覽》卷八九八引作「王隱晉書」。

〔一八〕以仕次宜爲郎　「仕」原作「任」，據宋本並《御覽》卷八九八引改。

羊

①《易》曰：「兑爲羊。」《易·説卦》云。②有力曰奮，《爾雅》曰：未成羊羜，絶有力奮。③取義於祥。《説文》曰羊，祥也。象四足角尾之形。孔子曰：牛羊之字以形舉也。④既聞其荷箠而驅，《列子》曰：初楊朱見梁王，言治天下如運諸掌，王曰：「先生有一妻一妾，而不能治；三畝之園，而不能芸。言治天下，何也？」曰：「君見夫牧羊者乎？百羊而羣，使五尺童子，荷箠而隨之，欲東而東，欲西而西。使堯牽一羊，舜荷箠而隨之，亦不能前之矣。」⑤亦因其挾策而亡。《莊子》曰：臧與穀二人，相與牧羊，而俱亡羊。問臧奚事，則挾策讀書；問穀奚事，則博簺以游。二人事業不同，其亡羊均也。⑥勿被虎皮，《法言》曰：羊質虎皮。見草而悦，見豺而戰，忘其皮之虎也。⑦寧爲秋霜。《後漢書》曰：光武崩，廣陵王荆作飛書構逆曰：「當爲秋霜，無爲檻羊。」注：秋霜，肅殺於物。檻羊，受制於人。⑧見決獄於臯陶，《論衡》曰：獬廌者，一角之羊也，性知有罪。臯陶治獄，其罪疑者，令羊觸之。⑨聞治訟於齊莊。《墨子》曰：齊莊公之臣王國卑與中里徼者訟三年而獄不斷〔一〕。恐失有罪，使二人共一羊盟齊之社。二子相從以羊血灑社。讀王國卑之詞已盡，中里徼之詞未半，祭羊起而觸中里徼。齊人以爲有神。⑩髯則主簿，《古今注》曰：羊一名美髯主簿。⑪瘦稱博士。《東觀漢記》曰：甄宇拜博士。每臘詔賜博士一羊，羊有大小、肥瘦。時博士、祭酒議欲殺羊，稱分其肉，宇曰：「不可。」又欲投鈎，復恥之。宇先取最瘦者，由是不復有争。後召會，詔問「瘦羊甄博士〔二〕。」

⑫直躬既異於吾黨，《論語》曰：葉公語孔子：「吾黨有直躬者，其父攘羊，而子證之。」⑬告朔仍傳於愛禮。《論語》曰：子貢欲去告朔之餼羊，子曰：「爾愛其羊，我愛其禮。」⑭一歲曰羜，《廣雅》曰：吴羊牡一歲曰羜，三歲曰羝。牝一歲曰牸，三歲曰牂。⑮三百維羣。《詩》曰：誰謂爾無羊，三百維羣。⑯晉武平吴，宫女競求於竹葉；衛玠在洛，列肆咸觀於璧人。並見《車賦》「晉武馭之者羊」注。⑰亦有捋鬚得珠，見《珠賦》「將彼羊鬚」注。⑱觸藩羸角。《易》曰：羝羊觸藩，羸其角。⑲叱白石於金華，見《石賦》「初平叱羊」注。⑳亡玉精於西嶽。《周易是謀類》曰：泰山失金雞，西嶽亡玉羊。鄭玄注：金雞、玉羊，二山之精。㉑《禮》標爲贄，《春秋繁露》曰：凡贄卿用羔，羔飲乳母必跪，類知禮者。又羊之爲言祥，故以爲贄。㉒《詩》美來思。《詩》曰：爾羊來思，其角戢戢。㉓處千年之樹，《玄中記》曰：千歲之樹，精爲青羊。㉔賣五羖之皮。見《牛賦》「百里載於秦國」注。㉕尹喜曾尋於老子，《尹喜内傳》曰：老子與喜别曰：「尋吾於成都青羊之肆。」喜後尋而得之。㉖曹公難求於左慈。《神仙傳》曰：曹公收左慈，慈走入羊羣，失慈之所在。追者疑化爲羊，乃令人數羊，羊本千口，簡之長一口，知化爲羊。乃謂曰：「若是左公者，但出無苦也。」有一羊跪曰：「詎如許。」追者欲執之，於是羣羊皆長跪曰：「詎如許。」追者乃去。㉗詎見將狼，《史記》曰：黥布反，欲使太子將，往擊之。四皓謂建成侯曰：「今諸將皆陛下故等夷，乃令太子將此屬，無異使羊將狼。」㉘寧能格虎。《春秋後語》曰：張儀謂楚王曰：「夫爲從者，無異驅羣羊而致生虎，虎之與羊不格亦明矣。今王不與虎而與羊，臣竊以爲大王之計過也。」㉙嘉卜式之有言，《史記》曰：卜式牧百羊，十餘歲致千餘，上曰：「吾有羊在上林，令子牧之。」乃拜爲郎。式布衣蹻而牧羊，歲餘，羊悉

肥。上過其羊，善之。式曰：「非獨羊也，治民亦如是。以時起居，惡者斥去。」拜緱氏令。㉚何羊斟之不與。《左傳》曰：華元殺羊食士，其御羊斟不與。及戰，曰：「疇昔之羊子爲政，今日之事我爲政。」與入鄭師，故敗。㉛或因舌以爲族，《列仙傳》曰：昔有攘羊者，以羊遺叔向，叔向母埋之〔三〕，不食。後三年，攘羊事發，追捕向家，驗羊骨肉都盡，唯有舌在，國人異之，遂以羊舌爲族。㉜時令亦聞於宜黍。《周禮》曰：食羊宜黍。㉝《周禮》已著於飾羔，《周禮》曰：羊人掌祭祀飾羔。㉞或剖肝而得土。《韓詩外傳》曰：魯哀公使人穿井，三月不得泉，得一生羊焉。公使祝鼓舞之，欲上於天。羊不能上，孔子見曰：「水之精爲玉，土之精爲羊，此羊肝土也。」公使殺羊，視肝即土。㉟穿井而獲者季桓，見《井賦》「獲羊既駭於季子」注。㊱持節而牧者蘇武。《漢書》曰：蘇武使匈奴，匈奴欲降之，武不肯降。使北海上無人處牧，羝羊乳乃得歸。武在海上，廩食不至，掘野鼠、草芰而食之，杖漢節而牧羊。㊲遺之既警於不祀，《帝王世紀》曰：湯問葛伯：「何故不祀？」曰：「無以供犧牲。」湯遺之以羊。㊳殺之亦誡於無故。《禮》曰：大夫無故不殺羊。㊴或有鬚郎之號，《述異記》曰：羊而不角呼羖羊，一名胡鬚郎。㊵或傳爛胃之名。《後漢書》曰：更始所任皆賈豎膳夫，長安中語曰：「竈下養，中郎將。爛羊胃，騎都尉。爛羊頭，關内侯。」㊶誦素絲於五紽，《詩》曰《羔羊》，《鵲巢》之致也，召南之政，在位皆節儉正直，德如羔羊也。羔羊之皮，素絲五紽。㊷瞻墳首於三星。《詩》曰：牂羊墳首，三星在罶。㊸在牧用彰於衰世，《周書》曰：夏桀德衰，夷羊在牧，飛蛤滿野。㊹鞭後式明於履生。《莊子》曰：履生如牧羊，後者鞭之。單豹巖居而水飲，行年七十，有嬰兒之色，而虎食之。張毅高門懸箔，無不趨也，而内熱以死。單豹養内，而虎傷其外；張毅養外，而内熱以死，皆不鞭其後者也。㊺絶沈猶之朝飲，仰宣尼之典刑。《孫卿子》曰：仲尼爲魯司寇，沈猶氏不敢朝飲其羊。

校勘記

〔一〕齊莊公　「莊」原作「菲」，據宋本、白本、華本改。

〔二〕「髯則主簿」至「詔問瘦羊甄博士」　以上正文及注文原無，據宋本增。

〔三〕叔向母埋之　「叔向」二字原無，據宋本並《御覽》卷九〇二引增。

事類賦卷之二十三

獸部四

狗　鹿　兔

狗

①《易》曰：「艮爲狗。」《易·説卦》曰：艮爲狗。②在畜爲金，《風俗通》曰：殺犬，磔攘者。犬，金畜；攘，却也，抑金使不害。③禀精於斗。《春秋考異郵》曰：七九六十三，陽氣通，故斗運，狗三月而生。注：狗，斗精所生。④荆楚茹黄，劉向《説苑》曰：荆王得茹黄之狗，宛路之矰，以畋雲夢，三月不返。保申跪而笞王，出而自沉於淵。荆王乃殺狗折矰。⑤匈奴巨口。《説文》曰：狡，少犬也。匈奴地有狡犬，巨口而黑身。⑥隨巨公則旁海而遊，《漢武故事》曰：公孫卿至東萊，云見一人，長五丈，自稱巨公，牽一黄犬，把一黄雀，云欲謁天子，因忽不見。⑦逐東郭則環山而走。《戰國策》曰：齊欲伐魏，淳于髡謂齊王曰：「韓盧者，天下之壯犬也。東郭逡環山者三，騰山者五，兔極於前，犬疲於後，犬兔俱罷，各死其處。田父見之，無勞倦之苦，而擅其功。今齊、魏久相持，臣恐强秦大楚，起承其後，而有田父之功。」齊王懼，謝將休士。⑧若乃高辛槃瓠，《玄中記》曰：昔高辛氏，犬戎爲亂，帝曰：「有討之者，妻以美

女，封三百户。」帝之狗名槃瓠，亡三月而殺犬戎，以其首來。帝以女妻之，於會稽東南得海中土三百里而封之，生男爲狗，生女爲美人，封爲狗氏。⑨徐君鵠倉，《博物志》曰：徐君宫人娠而産卵，以爲不祥，棄於水邊。孤獨老母有犬名鵠倉，獵於水濱，得所棄卵，銜以來歸。母以爲異，覆煖之，遂成小兒，生時正偃，故以爲名。長而仁智，襲君徐國。後鵠倉臨死，生角而九尾，實黄龍也。偃王葬之徐梁界内，今有狗壟〔一〕。⑩頻伸振迅，魏賈岱宗《大狗賦》曰：時頻伸而振迅，若應龍之騰擲。⑪警捷馴良。周處《風土記》曰：犬則有青鵲、白雀、飛龍、虎子，馴良警捷，難狎易使。⑫杜預則恨其繫瓠，《晉書》曰：杜預有癭疾，初攻吴，吴人憚其智，以瓠繫狗頸示之。及吴平，預盡殺之。⑬丁斐則用在完囊。《魏志》曰：太祖云：「我有丁斐，猶人家有盗，狗善捕鼠，雖小損而完我囊褚。」⑭史黯試之於簡子，《國語》曰：趙簡子田於螻，史黯以犬待於門。曰：「有所得犬，欲試之苑囿。」簡子曰：「何得不告？」曰：「主將適螻而麓弗聞，臣敢煩當日。」簡子乃還。注：螻，晉君之囿。麓，主囿之官。言主田君囿，不使麓以告君，故臣亦不敢煩直日以自白也。⑮鄄韓獻之於穆王。《穆天子傳》曰：鄄韓之人獻天子良犬七十。鄄，之然切。⑯既號左牽〔二〕，《曲禮》曰：效馬、效羊者，右牽之；效犬者，左牽之。⑰亦名羹獻。《曲禮》曰：凡祭犬曰羹獻。⑱甘始則飼之靈藥，《抱朴子》曰：甘始以往年藥餌食新生鷄犬，皆不長，食白犬則毛黑。⑲邗子則養其長翰。《列仙傳》曰：邗子者，蜀人，好放犬。犬走入山穴，邗子隨之，行數百里出，山頭有殿屋宫府，仙人吏使甚嚴。見其故妻主洗魚，與邗子一函藥，發函，魚子也。著池中養之，一年皆爲龍。邗子後送函還山〔三〕，見犬色更赤，有長翰隨，邗子遂留山上。時時下護其宗族，蜀人立祠焉。⑳及夫晉使齧盾，《左傳》曰：晉侯飲趙盾酒，伏甲將攻之。其右提彌明知之，趨登曰：「臣侍君宴，過三爵，非禮也。」遂扶以下。公嗾夫獒焉，明搏而殺之。盾曰：「棄人用犬，雖猛何爲！」㉑桀令吠堯，《史記》曰：高祖詔齊捕蒯通，通至，上曰：「若教淮陰侯反乎？」對曰：「桀狗吠堯，堯非不仁，狗固吠非其主。當是時，臣獨知韓信，非知陛下也。」㉒見魏臺之睚眦，《魏略》曰：明帝時謗書謂：「臺中三狗，睚眦不可當；一狗憑黠作蛆囊。」三狗謂何晏、鄧颺、丁謐也。黠者，曹爽小字也。謐尤阿爽。㉓聞齊國之逍遥。《三國典略》曰：齊高緯以波斯狗爲赤虎儀同、逍遥郡君，常於馬上設蹬褥以抱之。㉔白雀、青鷁、飛龍、虎子，見上「警捷馴良」注。㉕雄姿猛相，魏賈岱宗《大狗賦》曰：其頭顱也，不可論以盡；其骨法也，不可辨而釋。傀傀蹴蹌，雄姿猛相。㉖難狎易使。見上「警捷馴良」注。㉗復有狺狺莫近，《楚辭·九辨》曰：豈不鬱陶而思君兮？君之門以九重。猛犬狺狺而迎吠兮，關梁閉而不通。㉘令令可嘉，《詩》曰：盧令令，其人美且仁。注：盧，田犬。㉙擊石良之室〔四〕，《漢書·五行志》曰：成帝河平元年，長安男子石良、劉晉相與同居〔五〕，有如人狀在其室之中，擊之，爲狗，走去。復有數人被甲持弓弩至良家，良等擊之或傷，皆狗也。自二月至六月乃止。其於洪範，皆犬禍也。㉚入華臣之家。《左傳》曰：宋國人逐瘈狗，入於華臣氏，國人從之，華臣懼，遂奔陳。㉛卽迎吠於緇衣，《列子》曰：楊朱之弟曰布，衣素衣而出。天雨，解素衣，緇衣而反。其狗迎而吠，楊布怒，將朴狗。楊朱曰：「子無朴矣，向者使汝狗白而往，黑而來，豈能無怪哉！」㉜復肇禍於梅花。《述異記曰》朱休之家犬歌曰：「言我不能歌，聽我歌梅花。今年故復可，明年當奈何。」家殺犬，明年並死。㉝思摩曾守於北門，《唐書》曰：貞觀中，彌泥孰可汗李思摩，詔錫其土，南至大河，北有白道川。後還其國，因上言曰：「非分蒙恩，立爲落長，實望子孫竭誠奉國，作國家一狗，守吠北門。」㉞晏子嘗譏於楚國。《晏子》曰：晏子短，使楚。楚人爲門於犬門側，延晏子。晏子曰：「使狗國者，從狗門入。今使楚，不當從此門入。」㉟哭三苗而雖或成妖，《隋巢子》曰：昔三苗大亂，龍生于廟，犬哭于市。㊱禍叔堅而豈能勝德。《風俗通》曰：桂陽太守李叔堅爲從事，家有狗人行，家人言當殺之。叔堅曰：「犬馬喻君子，狗見人行，效之，何傷。」頃之，狗戴叔堅冠走，家大驚。叔堅曰：「悮觸冠，纓挂之耳。」狗又於竈前畜火，家益怔營。叔堅復云：「兒婢皆在田中，狗助畜火，幸可不煩鄰里，此有何惡。」數日，狗自暴死，家卒無纖芥之異。㊲復有稱叩氣，《説文》曰：狗，叩也，叩氣吠以守也。㊳号縣蹏，《説文》曰：犬，狗之有縣蹏者也。㊴閧感帨，《詩》曰：無感我帨兮，無使尨也吠。㊵見銜衣。《吴志》曰：孫峻謀誅諸葛恪。恪將見之夜，精爽擾動，通夕不寐。嚴畢趨出，犬銜引其衣，恪曰：「犬不欲我行乎？」還坐，有頃乃復起，犬又銜其衣，恪〔六〕令從者逐犬，遂升車。果及禍。㊶敝蓋載《禮》，見《馬賦》「倫軀敝帷」注。㊷重環見《詩》。《詩》曰：盧重環又重鋂。㊸諫齊景之葬，《晏子》曰：景公之走狗死，命外供棺、内給祭。晏子諫其不可，公從之。㊹攫公孫之腓。《春秋後語》曰：貂勃常惡田單於朝，單召而問之。貂勃曰：「然跖之狗可使吠堯，非貴跖而賤堯，狗自吠非其主者。且公孫子賢而徐子不肖，然而公孫子與徐子鬭，徐子之狗攫公孫子之腓而噬之。若乃去不肖而爲賢者，狗豈特攫而噬之哉！〔七〕」單乃任貂勃於王。㊺隨登仙於劉安，《述異記》曰：濟陽山麻姑仙處，俗云：千年則金鷄鳴，玉犬吠。又云：淮南王劉安仙處，鷄鳴天上，犬吠雲中。㊻喻喪家於仲尼。《史記》曰：孔子適鄭，與弟子相失，獨立郭東門。鄭人或謂子貢曰：「有人顙似堯，項類皋陶，肩類子産，自腰以下不及禹三寸，纍纍若喪家之狗。」子貢以告孔子。孔曰：「形狀，末也。似喪家之狗，然哉！」㊼賈后既言於繫尾，《晉書》曰：齊王入廢賈后。后問齊王：「起事者誰？」曰：「梁、趙。」后曰：「繫狗當繫頸，今反繫其尾，何得不爾！」㊽岑熙亦見於生毻。《後漢書》曰：岑熙爲魏守，人歌曰：「我有枳棘，岑君伐之。我有蟊賊，岑君遏之。吠狗不驚，足下生毻。」毻，長毛也。犬無追吠，故生毻。㊾美張元之不棄，《後周書》曰：張元性仁孝，村陌有狗子爲人所棄者，元見卽收而養之。其叔父怒曰：「何用此爲？」將更棄之。對曰：「有生之類，莫不重其性命，若天之生殺，自然之理，今爲所棄而死，非其道也，是以收養之。」叔父感其言，遂許焉。未幾，有狗母啣一死兔，置元前而去。㊿嘉之才之有辭。《三國典略》曰：徐之才嘗與朝士出遊，望羣犬竝走，諸人請目之。之才應聲曰：「爲是宋鵲，爲是韓盧，爲逐李斯東走，爲負帝女南徂。」(51)別有韓盧、宋鵲，《廣雅》曰：殷虞、晉獒、楚茹黄、韓盧、宋鵲皆犬屬。(52)豹耳龍形。傅玄《走狗賦》曰：豹耳龍形，蹄如結鈴〔八〕。(53)楊氏則青骹作号，《西京雜記》曰：楊萬年有獵狗名青骹，直百金。(54)李家則白望爲名。《西京雜記》曰：茂陵少年李亭好馳逐，鷹犬皆制佳名，狗則有修毫、氂睫、白望、青曹之號。(55)牙如交戟，賈岱宗《大狗賦》曰：爪如刀戈，牙如交戟。(56)目若泉星。傅玄《走狗賦》曰：勢似陵青雲，目若泉中星。(57)戴方山於昌邑，《續漢書》曰：昌邑王見狗冠方山，龔遂曰：「王之左右皆狗而冠。」(58)冠進賢於漢靈。《後漢書》曰：靈帝於西園弄狗，著進賢冠，帶綬。又駕四驢，躬自操轡。(59)獻之既自于西旅，《書》曰：西旅獻獒，太保作《旅獒》。(60)踆之復値於彌明。《公羊》曰：靈公食趙盾，公曰：「聞子劍利，以示我。」盾將起進劍，彌明曰：「何故拔劍於公所？」盾知之，踖而止。公有周狗，謂之獒，呼而屬之，獒亦躇階從，彌明逆而踆之，絶頷。趙盾顧曰：「君之獒不若臣獒也。」注：踖，猶超遽。周狗可與比周，所指如意。踆，以足逆蹋之。(61)袖挩則逝，《淮南子》曰：削薄其德，增累其刑，而欲以爲治，無異執彈而來鳥，袖挩而狎犬也。注：挩，杖也。(62)投骨而争。劉向《說苑》曰：飢馬盈厩，飢犬在宫，見芻與骨，動不可禁。⑥嘗因其女嫁而賣，《晉書》曰：吴隱之爲奉朝請，謝石請爲衛將軍主簿。隱之將嫁女，石知其貧素〔九〕，遣女必當率薄，乃令移厨帳助其經營。使者至，方見婢牽犬賣之，此外蕭然無辦。⑥亦知其兔死當烹。《史記》曰：范蠡之齊，遺大夫種書曰：「蜚鳥盡，良弓藏。狡兔死，走狗烹。」⑥至有下金門而動兵，《山海經》曰：金門之山有赤犬，名曰天犬，下則天下兵起。⑥出渠搜而食虎。《周書》曰：渠搜犬者，露犬也，能飛食虎豹。⑥繫頸則吴客附書，《述異記》曰：陸機有犬曰黄耳，機至洛中，久無家問，戲語犬曰：「汝能賫書取消息否？」犬摇尾作聲。機因以筒盛書繫其頸。犬出尋路南走達家，答馳還。後犬死，葬機村南，村人呼「黄耳冢」。⑥桎足而齊人捕鼠。《吕氏春秋》曰：齊有善相狗者，其鄰藉之買鼠狗，期年而得，曰：「良狗也。」其鄰畜之，數年不噉鼠，以告相者，曰：「此志在麞麋豕鹿，不在鼠。欲其鼠也，則桎之。」其鄰桎其後足，則狗取鼠。⑥斯猲驕之善噬，蓋有功於守禦。《詩》曰：載獫猲驕。《説文》曰：猲驕，短喙狗也。《尹文子》曰：康衢長者字童曰「善搏」，字犬曰「善噬」，賓客不過門三年。於是改之，賓客復往。

校勘記

〔一〕狗齸　原作「狗國」，據宋本並《御覽》卷九〇四引改。

〔二〕左牽　原作「在牽」，據宋本並《御覽》卷九〇四引改。

〔三〕送函　此二字原無，據宋本並《御覽》卷九〇五引增。

〔四〕擊石良之室　「擊」原作「繫」（注文同），據宋本並《御覽》卷九〇四引、《漢書·五行志》改。

〔五〕劉晉　《漢書·五行志》作「劉音」。

〔六〕「犬不欲」至「銜其衣恪」　此十九字原無，據宋本並《三國志·吴志·諸葛恪傳》增。

〔七〕豈特　原作「豈時」，據宋本、華本並《御覽》卷九〇四引改。

〔八〕蹄如結鈴　「蹄」原作「虎」，據宋本並《御覽》卷九〇五引、傅玄《走狗賦》改。

〔九〕貧素　原作「貧潔」，據宋本並《御覽》卷九〇四引、《晉書·吴隱之傳》改。

鹿

①呦呦鹿鳴，食野之苹。出《詩》，其序曰：《鹿鳴》，宴羣臣、嘉賓也。②當仲夏而解角，出《禮》。③禀瑶光之散精。《運斗樞》曰：瑶光散而爲鹿。④秦人既失，天下皆争。《漢書》曰：高祖謂蒯通曰：「若教韓信反何也？」通曰：「秦失其鹿，天下共逐之。高才者先得，可盡誅乎？」乃釋之。⑤仲堪則表其正色，晉殷仲堪《上白鹿表》曰：白者，正色。鹿者，景福嘉義。⑥黄觀則疏其淫刑。《魏名臣奏》曰：明帝時，殺禁地鹿者死。郎中黄觀上疏云：「臣深思陛下所以不早取此鹿者，誠欲使多極蕃息，然後大取，以爲軍國之用也。然臣謂鹿與虎狼雜處，但有日耗，終無多得也。」⑦魴鱮甫甫，麀鹿噳噳。出《詩》。注云：甫甫，大也。噳噳，衆也。⑧白茅入詩人之詠，《詩》曰：野有死鹿，白茅純束，有女如玉。⑨黑骨作仙家之脯。《述異記》曰：鹿千歲而蒼，又五百年而白，又五百年而玄。漢成時，中山人得玄鹿，烹之，骨皆黑色。仙者説玄鹿爲脯食之，壽二千歲。⑩其迹速，其子麛，《爾雅》曰：牡麚，牝麀。其子麛，其迹速。⑪或騰或倚，《楚辭》曰：青莎雜樹，薠草靃靡。白鹿麏麚，或騰或倚。⑫掎之角之。《左傳》曰：范宣子執戎子駒支，數之曰：「今諸侯之事我寡君不如昔者，蓋言語漏泄，則職汝之由。」戎子駒支曰：「昔文公與秦伐鄭，秦人竊與鄭盟，於是乎有殽之師。晉禦其上，戎亢其下，譬如捕鹿，晉人角之，諸戎掎之，與晉踣之。」⑬雖一金之不直，《韓子》曰：夫馬似鹿者而題千金，有百金之馬而無一金之鹿者，馬爲人用而鹿不爲人用也。⑭

非六馬之能追。《尸子》曰：鹿走而無顧，六馬不能望其塵。⑮若夫賜周穆之黄金，《穆天子傳》曰：天子賜曹奴之人黄金之鹿、白銀之麕。⑯執漢庭之皮幣。《史記》曰：古者皮幣，諸侯以聘享。漢武帝乃以白鹿皮方尺，緣以藻繢，爲幣，直四十萬。王侯朝覲享聘，必以爲薦。⑰許孜爲之而作冢，《晉書》曰：許孜字季義，東陽人也。二親没，宿墓所，列植松柏。有鹿犯其松栽，孜悲嘆曰：「鹿獨不念我乎？」明日，忽見爲猛獸所殺，置於所犯栽下。孜悵惋不已，乃作冢，埋於隧側。⑱謝鯤牽之而斷髀。《晉書》曰：謝鯤在豫章，嘗行經空亭中，夜宿，此亭舊每殺人。將曉，有黄衣人呼鯤字令開户，鯤澹然無懼色，便於窗中度手牽之，髀斷，視之，鹿也，尋血獲焉。爾後此亭無復妖怪。⑲至若餘干大質，伏候《古今注》曰：孝和永元中，豫章餘干得白鹿，高丈九尺。⑳雲南兩頭，《博物志》曰：雲南郡出茶首，茶首其音蔡茂，是兩頭鹿名也。獸似鹿，兩頭，其腹中胎常以四月中取，可以治蛇虺毒。永昌亦有之也。㉑挾鄭弘之轂，謝承《後漢書》曰：鄭弘爲臨淮太守行春，兩白鹿隨車挾轂而行。弘怪問，主簿黄國賀曰：「三公車畫作鹿，明府當爲宰相。」後果爲太尉。㉒解石勒之囚。《晉書》曰：石勒嘗傭於臨水，爲遊軍所囚。會有羣鹿傍過，軍人競逐之，勒乃獲免。俄而又見一老父，謂勒曰：「向羣鹿者，我也，君應爲中州主，故相救耳。」㉓犬戎致周穆之獻，《國語》曰：周穆王征犬戎，得四白狼、四白鹿，而荒服不至。㉔王母薦黄帝之休。《瑞應圖》曰：黄帝時，西王母使乘白鹿獻白環之休符。㉕又有與陶淡而偕隱，《晉中興書》曰：陶淡，侃之孫。雅好導養，年十五六便服食絶穀。得白鹿子馴養之，常與俱往還，後遂不復還家。㉖突卬山而出圍。《後周書》曰：文帝獵於卬山，圍不齊，獸多越逸，帝怒，諸將股慄。俄有一鹿復突圍而走，賀若敦躍馬逐之，鹿上東原，棄馬步，逐山半便及，掣之而下。帝大悦，諸將皆免罪。㉗惡趙高之指馬，見《馬賦》「趙高不臣」注。㉘譴吴唐之愛兒。《冥驗記》曰：吴唐，廬陵人也。少好驅媒獵射，發無不中，家以致富。後春月，將兒出射，正值麀鹿將麑。母覺人氣，呼麑，麑不知所畏，徑前就媒，唐射麑即死。鹿母驚還，悲鳴不已。唐乃藏於草中，出麑值淨地，鹿直來，俯仰頓伏，絶而復起，唐又射，鹿母應弦而倒。至前場〔一〕，復射一鹿，箭反激，還中其子，唐擲弩擁兒，撫膺而哭。聞空中呼曰：「吴唐，鹿之愛子，與汝何異！」㉙釋楚國之耕稼〔二〕，《管子》曰：管子謀楚，請桓公貴買其鹿。公即爲百里之城，使人載錢二千萬，求生鹿於楚人。楚人釋耕農而田鹿。㉚助伍襲之哀悲。《孝子傳》曰：伍襲字世公，丁父憂，廬墓側。有一鹿，每襲哭，輒踞墳悲鳴。㉛又若迮蒩臺之乘，《穆天子傳》曰：天子征于蒩臺，獵蒩之獸，於是有白鹿一，迮乘而逸，天子乘蕖黄之乘馳焉。蒩，側魚切。㉜整黎丘之駕。《穆天子傳》曰：天子西升于黎丘之陽，過井公博，乃駕鹿遊乎山上。㉝甡甡既聞於興詠〔三〕，《詩》曰：瞻彼中林，甡甡其鹿。㉞濯濯更形於風雅。《詩》曰：麀鹿濯濯，白鳥翯翯。㉟别有荆門浮水，袁山松《白鹿山詩序》曰：荆門山臨江皆絶壁峭峙五百餘丈，亘帶激流，禽獸所不能履。北岸有一白鹿浮過江，行人競逐之，謂至山下必得之。鹿忽飛超踰岡而去，故名此壁白鹿山。㊱扶南駕車。《南史》曰：扶南國有鹿車，國人養鹿如中國畜牛，以乳爲酪。㊲諫吴則游於姑蘇，《漢書》曰：伍被諫淮南王曰：「昔子胥諫，吴王不用，乃曰：『臣今見麋鹿游姑蘇之臺。』今臣亦見宫中生荆棘也。」㊳諷漢則禦彼匈奴。《東方朔别傳》曰：武帝時，有殺上林鹿者，下有司收殺之。朔時在傍，曰：「是故當死者三：使陛下以鹿殺人，一當死；天下聞陛下重鹿賤人，二當死；匈奴有急，以鹿觸之，三當死。」帝默然赦之。㊴觸盧度之壁，蕭子顯《齊書》曰：始興盧度隱居西昌三顧山，鳥獸隨之。夜有鹿觸其壁，度曰：「汝勿壞我壁。」鹿應聲去。㊵狎褚量之廬。《唐書》曰：褚無量丁母憂，解職，廬於墓側。有所植松柏，時有鹿犯之〔四〕。無量泣而言曰：「山中衆草不少，何忍犯吾先塋樹栽！」因通夕守護。俄有羣鹿馴狎，不復侵害。㊶資鄭人之走險，《左傳》曰：晉侯不見鄭伯，以爲貳於楚。鄭子家使執訊告趙宣子曰：「鹿死不擇音。小國之事大國也，德，則其人也；不德，則其鹿也，鋌而走險，急何能擇？」㊷驗《易》象之無虞。《易》曰：卽鹿無虞，惟入于林中。㊸燦光輝之五色，紀休徵於瑞圖。《瑞應圖》曰：夫鹿者，能瑞之獸，五色光輝，王者孝道則至。

校勘記

〔一〕前場　原作「前邑」，據宋本並《御覽》卷九〇六引改。

〔二〕耕稼　「稼」原作「家」，據宋本改。

〔三〕甡甡　宋本作「碩碩」，《御覽》卷九〇六引作「甥甥」。

〔四〕時有鹿犯之　「有」字原無，據宋本並《舊唐書·褚無量傳》增。

兔

①伊彼毚兔，《廣志》曰：兔大者毚。②淪精月光。《典略》曰：兔者，明月之精。③美騰山於東郭，見《狗賦》「逐東郭則還山而走」注。④聘怒目於平陽。《韓子》曰：趙王遊圃中，左右以兔與虎而輟之，虎聘然環其眼。王曰：「可惡哉，虎目也〔一〕！」左右曰：「平陽之目可惡過此。」注：平陽君，王弟也。⑤假舐豪而吐子，《論衡》曰：兔舐雄豪而孕，及生子，從口中出。⑥賞食髓而飛觴。《風俗通》曰：食兔髓者，令人面生髓。食得髓，賞以寒酒。按秦法峻，故民食兔髓以爲嘉瑞，全己之髓也，所以有賞耳。」⑦或以毛飛，《括地圖》曰：天池之山有獸如兔，名曰飛兔，以背毛飛。⑧或聞鼻決。見《月賦》「還欣始萌」注。⑨壽永千歲，《述異記》曰：兔壽千歲，五百歲其色白。⑩狡存三穴。《春秋後語》曰：馮諼謂孟嘗君曰：「狡兔有三穴。」⑪爲商紂而生角，《述異記》曰：商紂之時大龜生毛，兔生角，兵甲將興之兆也。⑫勞楚王之佩玦。《淮南子》曰：楚王佩玦逐兔，爲速破，乃取兩玦重而著之，其破愈疾。⑬若乃稱躍躍，躍躍毚兔，遇犬獲之。⑭美爰爰，《詩》曰：有兔爰爰，雉離于羅。⑮范睢山東之喻，《史記》曰：范睢謂秦昭王曰：「以秦治諸侯，譬若縱韓盧而搏蹇兔也。」⑯李斯上蔡之言。《史記》曰：李斯出獄，顧謂其子曰：「吾欲與爾，復牽黄犬俱出上蔡東門，逐狡兔，其可得乎！」⑰梁冀爲之而營苑，張璠《漢記》曰：梁冀起兔苑，移檄所在〔二〕，調發生兔，刻其毛以識。民有犯者，罪至死。西域嘗有賈胡來，不知禁，誤殺一兔，轉相告，坐死者十

餘人。⑱孝王以之而作園。謝惠連《雪賦》曰：梁王不悅，游於兔園。⑲若夫《詩》稱斯首，《詩》曰：有兔斯首，炮之燔之。斯音先。⑳《禮》標明視，《禮》曰：在祭兔曰明視。㉑非宜出月，《運斗樞》曰：行失瑶光則兔出月。注：陰不銜陽故兔出月。㉒詎能在水。《論衡》曰：儒者言月中兔，夫月，水也，兔在水中，無不死者。夫兔者，月氣耳。㉓至若叔林則産於牀下，謝承《後漢書》曰：儒叔林爲東郡太守，赤烏巢於屋梁〔三〕，兔産於林下。㉔蔡邕則擾之室傍。《後漢書》曰：蔡邕性篤孝，母嘗滯病三年，邕自非寒暑節變，未嘗解衿帶，不寐七旬。母卒，廬於家側，動静以禮，有兔馴擾其室傍。㉕赤表盛王之瑞，《瑞應圖》曰：赤兔者，瑞獸也，王者盛德則至。㉖黑爲革命之祥。《晉書·載記》曰：石勒時，任平令師懽獲黑兔，或以爲勒革命之祥。於晉以水承金。兔，陰精之獸，玄爲水色，於是改年太和。㉗賜領軍之姬侍，《典略》曰：周命尉遲迥伐蜀，太祖送於城西，見一走兔，命弟中領軍綱射之。綱誓曰：「若獲此兔，必當破蜀。」應聲獲之。太祖喜曰：「事平之日，賞汝佳口。」及克蜀，賜侍婢二人。㉘貢鄰國之嬪嬙。《後魏書》曰：有兔入於後宫，檢問門官，無從得入。太祖令崔浩推其咎徵。浩以爲當有鄰國貢嬪嬙者。明年，姚興果來獻女。㉙又有身居月腹，見《月賦》「顧兔騰精」注。㉚豪出玄菟。《范子計然》曰：兔毫出玄菟樂浪。㉛喻得道於忘蹄，《莊子》曰：蹄者所以在兔也〔四〕，得兔而忘蹄。注：蹄，兔網。㉜鄙愚人之守株。《韓子》曰：宋人有耕者，田中株，兔走觸之，折頸而死。因釋耕守株，冀復得兔。㉝若夫逮日追風，《淮南子》曰：以兔之走，使大如馬，則逮日追風；及其爲馬，則不走矣。㉞走街積市，《慎子》曰：一兔走街，百人追之；積兔於市，過而不視。非不欲得，分定故也。㉟人有卯日之稱，《抱朴子》曰：山中卯日稱丈人者兔也。㊱毫推趙國之美。

《廣志》曰：漢諸郡獻兔毫，書鴻都門題，唯趙國毫中用。㊲投華秋而獲兔，《隋書》曰：華秋，汲郡人。喪母，負土成墳，廬於墓側。有人欲助之者，秋輒拜止之。人有獵逐一兔，入秋廬中，匿秋膝下。獵人異而免之。自爾此兔常宿廬中。㊳屯射犬而必死。《獻帝春秋》曰：張楊將眭固屯於射犬，巫誡之曰：「將軍本名白兔，兔見犬必驚，不宜居此。」固不從。曹公曰：「兔入犬城。」進軍擊平之。㊴張華《博物》，吐子曾見於口中；《博物志》曰：兔望月而孕，口中吐子。舊聞此説，今日見之。㊵傅玄作歌，擣藥仍聞於月裏。傅玄《歌辭》曰：兔擣藥月間安足道，神烏戲雲間安足道〔五〕！

校勘記

〔一〕可惡哉虎目也　「目也」二字原無，據《韓非子·外儲説右下》增。

〔二〕移檄所在　宋本作「其可得所在」。

〔三〕赤烏　原作「赤鳥」，據宋本並《御覽》卷九〇七引改。

〔四〕所以在兔也　「在」原作「取」，據宋本並《御覽》九〇七引、《莊子·外物》改。

〔五〕神烏戲雲間安足道　此八字原無，據宋本增。

事類賦卷之二十四

草部

草 竹附

木部

木 松

草

①春草生兮萋萋，王孫游兮不歸。劉安《招隱士》之辭也。②吐芳揚烈，司馬相如《上林賦》曰：糅以蘼蕪，雜以留夷。應風披靡，吐芳揚烈。③緣皐被厓。張平子《西京賦》曰：草則葴莎菅蒯，薇蕨荔芫，苯蓴蓬茸，緣皐被岡。④暮春江南之思，丘希範《與陳伯之書》曰：暮春三月，江南草長，雜花生樹，羣鶯亂飛。⑤凉風塞外之悲。李陵《與蘇武書》曰：凉風九月，塞外草衰。夜不能寐，側耳遠聽，胡笳互動，牧馬悲鳴。⑥通神明者蘊藻，《左傳》曰：澗谿沼沚之毛蘋、蘩、蕰、藻之菜，可以薦於鬼神，可以羞於王公。⑦彰瑞應者茵芝。《爾雅》曰：茵，芝。

注：芝一歲三華，瑞草。⑧指東門以漚菅，《詩》曰：東門之池，可以漚菅。⑨陟南山兮採薇。《詩》曰：陟彼南山，言採其薇。⑩爾其邛有旨苕，《詩》曰：防有鵲巢，邛有旨苕。⑪隰有萇楚，《詩》曰：隰有萇楚，阿難其枝。⑫采藍未及於一襜，《詩》曰：終朝采藍，不盈一襜。⑬樹蕙俄滋於百畝。《離騷》曰：既滋蘭之九畹兮，又樹蕙之百畝。⑭苜蓿懷風而披靡，《西京雜記》曰：樂遊苑中自生玫瑰樹，樹下多苜蓿，一名懷風。時或謂光風在其間，常肅肅然照其光彩，故曰苜蓿懷風。茂陵人謂爲連枝草。⑮蘘荷依陰而繁茂。潘岳《閑居賦》曰：蘘荷依陰，時藿向陽。⑯葛覃既施于中谷，《詩》曰：葛之覃兮，施于中谷，維葉萋萋。⑰蘭生亦羅乎堂下。屈平《九歌》曰：秋蘭兮蘼蕪，羅生兮堂下。⑱彼茁者蓬，一發五豵。出《詩》。⑲不其書帶，《三齊略記》曰：不其城東有鄭玄教授山。山下生草如薤，葉長尺餘，堅肕異常，土人名作康成書帶。⑳晉陽屏風。《博物志》曰：太原晉陽以北生屏風草。㉑道勝而何慚藜杖，見《杖賦》「藜則原憲之貧」注。㉒德茂而方見蒿宮。《大戴禮》曰：周德洽和，蒿茂大，以爲宫柱，名爲蒿宫，此天下露寢也。㉓芟之既逢於薙氏，見《冬賦》「循薙氏之去草」注。㉔嘗之亦自於神農。《淮南子》曰：神農始嘗百草〔一〕，一日七十毒。㉕則有海上餘糧，《博物志》曰：海上有草焉，名蒒，其實食之如大麥，七月稔熟，名曰自然谷，或曰禹餘粮。蒒音師。㉖井邊扶老，《汝南先賢傳》曰：蔡順字君仲，至孝。所居井桔槔歲久，欲易之，爲在母年上不敢。一旦忽生扶老藤繞之，有鳩巢其上。㉗訝道茀之難行，《國語》曰：定王使單襄公聘于宋，遂假道於陳以聘于楚，火朝覿矣，道茀不可行也。單子歸告王曰：「今陳國火朝覿矣，而道路若塞，是廢先王之教也，其能久乎！」九年，楚子入陳。注：草穢塞路爲茀。㉘歎牆茨之不掃。《詩》曰：《牆有茨》，衛

人刺其上也。牆有茨，不可掃也。㉙萱徒樹背，《詩》曰：焉得諼草，言樹之背。《養生論》曰：合歡蠲忿，萱草忘憂。㉚荃寧察情。《離騷》曰：荃不察余之中情兮，反信讒而齊怒。注：荃以喻君。㉛結幽蘭兮延佇，出《離騷》。㉜餐秋菊之落英。出《楚辭》。㉝聞殺人於鉤吻，傳益壽於黃精。《博物志》曰：天老謂黃帝曰〔二〕：「太陽之草名黃精，餌之可以長生。太陰之草名鉤吻〔三〕，入口立死。人信鉤吻之殺人，不信黃精之益壽，不亦惑乎？」㉞後關東濟陰或訝其兵狀，《風俗通》曰：靈帝光和七年，陳留、濟陰諸郡路邊草生作人狀，操持矛弩牛馬萬狀備具。誅董卓，陳留、濟陰棄好卽戎，吏民殲殘，草妖之興，豈不或信！㉟八公亦駭於人形〔四〕。《晉書》曰：苻堅至壽春，與苻融登城而望王師，見部陣齊整，將士精鋭。又北望八公山上草木，皆類人形，顧謂融曰：「此亦勍敵也，何謂少乎！」憮然有懼色。㊱畏秋霜之曉墜，《符子》曰：鄰人謂展禽曰：「魯聘夫子，夫子三黜無憂色何？」禽曰：「春風鼓，百草敷蔚，吾不知其茂；秋霜降，百草零落，吾不知其枯。枯茂非四時之悲欣，榮辱豈知吾心之憂喜。」㊲懼鶗鴂之先鳴。《離騷》曰：恐鶗鴂之先鳴兮，使百草兮不芳。注：鶗鴂常以春秋分鳴。㊳至於生君子之邦，《括地圖》曰：君子民帶劍挾兩文虎，衣野絲，土方千里，多薰華之草，如讓，故爲君子國。薰華，朝生夕死。㊴諭小人之德。見《論語》。㊵茂彼崦山，江淹《擬郭璞游仙詩》曰：崦山多靈草，海濱饒奇石。㊶饒茲蘭澤。古詩曰：蘭澤多芳草。㊷或當風不偃，《水經》曰：魏興，錫義山多生微蘅草，有風不偃，無風獨搖。㊸或不扶自直。《風俗通》曰：蓬生麻中，不扶自直。㊹原上動離離之思，古詩曰：離離原上草，鬱鬱園中柳。㊺河畔悅青青之色。古樂府詩曰〔五〕：青青河畔草。㊻晝爾于茅，宵爾索綯。出《詩》。注：綯，絞也，絞茅爲索。㊼或文如藹綬，《爾雅》曰：藹綬。

注：小華，有雜色，似綬。⑱或色似青袍，古詩曰：穆穆清風至，吹我羅裳裾。青袍似春草，長條從風舒。⑲或紉蘭以爲佩，出《楚辭》。⑳或服艾而盈腰。《楚辭》曰：扈服艾以盈腰兮，謂幽蘭其不可佩。(51)至如臧文之妾織蒲，《左傳》曰：仲尼云：「臧文仲其不仁者三：下展禽、廢六關、妾織蒲，三不仁也。」(52)伯有之門生莠。《左傳》曰：鄭公孫揮過伯有氏，其門上生莠，子羽曰：「其莠猶在乎？」注：以喻伯有，伯有侈，知其不能久在。(53)聞景天之戒火，《本草》曰：景天，一名戒火，一名水母花，主明目輕身。(54)識包茅之縮酒。《左傳》曰：齊侯伐楚，謂楚曰：「爾貢包茅不入，王祭不供，無以縮酒，寡人是徵。」(55)若夫布、帛之異，綸、組之殊，《爾雅》曰：綸似綸，組似組，東海有之。注：綸今有秩嗇夫所帶糾青絲綸。組，綬也。海中草生彩，理有象之者。因以名云〔六〕。又曰：帛似帛，布似布，華山有之。注：草葉有似布帛者，因以名云，生華山中。(56)扈江離與辟芷，出《離騷》。(57)畦留夷與揭車。出《離騷》。注：留夷、揭車皆香草。(58)池塘得惠連之夢，謝靈運《登池上樓詩》曰：「池塘生春草，園柳變鳴禽。」因夢惠連而得是句也。(59)蓬蒿侵仲蔚之居。《三輔决録》曰：張仲蔚，平陵人。隱身不仕，所居蓬蒿没人。(60)駱越之菌，雲夢之薑。《吴越春秋》曰：菜之美者，有駱越之菌，雲夢之薑。音豈。(61)葰薑既已香口，《説文》曰：葰，薑屬，可以香口。(62)芣苢亦聞宜子。《詩》曰：采采芣苢，薄言采之。注：芣苢，車前，宜懷妊焉。(63)據蒺藜而難以求安，《易》曰：困于石，據于蒺藜，入于其宫，不見其妻，凶。(64)采葑菲而不遺下體。《詩》曰：采葑采菲，無以下體。注：二菜者，蔓菁與葍之類也。皆上下可食，然而其根有美時、有惡時。(65)蓂莢、屈軼之祥，蓂莢見《月賦》「驗階蓂而靡失」注。《博物志》曰：佞人入朝，屈軼草指之。黄帝時生也。(66)闒達、華苹之瑞。《白虎通》曰：王

者繼嗣平，則賓連闊達生於户。《瑞應圖》曰：王者厥機有序，男女有别，則賓連闊達生於房。一名連達，象后妃有節也。又曰：華平者，其枝平！王者政令均則生。《援神契》曰：王者德至於地，則華苹盛也。《宋書·符瑞志》曰：文帝元嘉中，雙蓮同幹。《瑞應圖》曰：雙蓮爲苹。⑹釀酒瑶琨之域，《洞冥記》曰：甜谿水如蜜，東方朔游此水，還將數斛以獻帝。帝以投陰井，井遂嘗甜而寒，洗肉肌理柔滑。瑶琨去玉門九萬里，有碧草如麥，剉以釀酒，一合則三旬不醒，飲甜水則醒也。⑻飼馬吉雲之地。《洞冥記》曰：東方朔曰：「臣有吉雲草十頃，自吉雲之澤移種於九景山東，二千歲一花，必東取璋琅山表澗水以灑之，臣請往刈之。」旦去，暮負而返，其葉似麥而金色。剉以飼馬，即馬肥光澤。⑼葵有衛足之稱，藿有向陽之意。並見《日賦》「葵藿傾依」注。⑽斯品類之繁多，故云百總。《説文》曰：卉，草之總名也。

校勘記

〔一〕始嘗百草　「始」字原無，據宋本並《御覽》卷九九四引、《淮南子·脩務訓》增。
〔二〕天老　原作「丈老」，據宋本、白本、華本並《御覽》九九四引改。
〔三〕太陰之草　「草」原作「華」，據宋本、白本、華本並《御覽》卷九九四引改。
〔四〕亦駭於人形　「亦」字原無，據宋本增。
〔五〕古樂府詩　府原作「别」，據宋本、華本改。
〔六〕因以名云　「名」字原無，據《爾雅·釋草》增。

竹

①東南之美者，有會稽之竹箭焉。出《爾雅》〔一〕。②二妃泣之於蒼梧，《博物志》曰：舜死蒼梧，二女啼於洞庭，以涕揮竹，竹盡斑。③千户封之于渭川，《史記》曰：渭川千畝竹，與千户侯等。④伶倫采之於嶰谷，《呂氏春秋》曰：黄帝命伶倫作律。自大夏之西至沅、渝之陰，取竹嶰谷，竅厚均者，斷兩節間，其長三寸九分，而吹之。注：大夏、沅、渝並山溪。或作嶰。⑤蔡邕識之於高遷，見《笛賦》「蔡邕識高遷」注。⑥長房得之而代形，見《杖賦》「長房得之而靈變」注。⑦離婁服之而成仙。《神仙傳》曰：離婁公服竹汁、餌桂得仙。⑧則有出共谷，《山海經》曰：長石之山西有共谷，其中多竹。衞丘山南帝俊竹林在焉，大可爲舟。注：俊卽舜字。⑨植山陽，《述征記》曰：山陽縣東北嵇康園宅今悉爲墟，而父老猶謂嵇公竹林。⑩《書》稱箘簬，《書》曰：荆州厥貢惟箘簬，楛。注：箘簬，美竹。⑪《易》美蒼筤。《易》曰：《震》爲蒼筤竹。⑫或殺之而作簡，《風俗通》曰：殺青，新竹有汗，後皆蠹，故作簡者於火上炙乾之。作簡書之。⑬或插之而引羊。見《車賦》「晉武馭之者羊」注。⑭可以鑽火，《淮南子》曰：槁竹有火，弗鑽不然。⑮不能得水。《淮南子》曰：瓦以火成，不可以得火；竹以水生，不可以得水。⑯白虎有漢室之祥，《詩義》云：南中生子母竹，今慈竹是也。漢章帝三年，子母竹生白虎殿前，時謂之孝竹，羣臣作《孝竹頌》。⑰由梧有吴都之美。左思《吴都賦》曰：「由梧有篁。」⑱或束之而作刑，《唐書》曰：南詔理無刑名

桎梏之具，有罪者以竹五本束之，伏犯者撻其背。⑲或伐之而爲矢。《後漢書》曰：寇恂爲河内太守，移書屬縣，講兵肄射，伐淇園之竹以爲矢。⑳穆天子樂池之上，《穆天子傳》曰：天子西征，至于玄池，天子休于玄池之上，乃奏廣樂，三日而終，是曰樂池。乃樹之竹，是曰竹林。㉑梁孝王兔園之裏。《漢書》曰：梁孝王兔園多植竹，即所謂修竹園。㉒并州乘馬，見《馬賦》「郭伋至郡而騎竹」注。㉓葛陂化龍。見《杖賦》「投葛陂而遽化」注。㉔或象道而儀天，江逌《竹賦》曰：含虚中以象道，體圓質以儀天。㉕或防露而來風。《楚辭・七諫》曰：便娟之竹寄生江潭。上葳蕤而防露，下泠泠而來風。㉖及夫伐淇園，《漢書》曰：武帝時河決，上使發卒數萬人，塞瓠子河，下淇園之竹以爲楗。㉗焚申池，《左傳》曰：晉伐齊，焚申池之竹木。㉘迎刃則晉臣喻勝，《晉書》曰：王濬討吴，州郡多望風歸命。杜預曰：「兵威已振，譬如破竹，數節之後，皆迎刃而解，無復著手處也。」㉙釣竿則衛女思歸。《竹竿》，衛女思歸也。籊籊竹竿，以釣于淇。㉚趙襄剖之而有朱書，《史記》曰：智伯率韓、魏攻趙襄子，襄子奔晉陽。原過後至，見三人自帶以上可見，自帶以下不可見。與原過竹三節，莫通。曰：「以是遺趙無卹。」襄子自剖竹，有朱書。㉛女子破之而得嬰兒。《華陽國志》曰：有竹王者，興於遯水。有一女浣於水濱，有三大竹流入女足間，推之不去。聞有兒聲，持歸，破竹得男。長養有武才，遂雄夷狄，氏竹爲姓。所破竹於野成林，今王祠竹林是也。㉜衙空篔實，《竹譜》曰：篔與由衙，厥體俱洪，圍或累尺。篔實衙空，南越之居，梁柱是供。注：二竹皆大，篔孔小，幾於實中；由衙中空差大。㉝孤管孫枝，《周禮》曰：孤竹之管，雲和之琴瑟，雲門之舞，冬日至，於地上之圜丘奏之。絲竹之管，空桑之琴瑟，咸池之舞，夏日至，於澤中之方丘奏之。陰竹之管，龍門之琴瑟，九德之歌，九磬之舞，於宗廟之中奏之。注：孤竹，特生者。孫竹,根末生者。陰竹,生山北者。㉞繁兹鄠杜,《地理志》曰:秦地有鄠杜竹林,南山檀柘,號陸海也。㉟積彼檀谿。《梁書》曰:武帝臨雍州,多伐林竹,沉於檀溪,積茅蓋之若山阜,皆未之用。及起兵,悉取檀溪林竹,裝爲船艦,葺之以茅,並立辦。㊱覆緹幕而候律,《梅子》曰:弘農宜陽縣金門山竹爲律管。河内葭莩以爲灰可以候氣,取灰實管端,置之深室,覆以緹幕,勿令見風。日節至,則灰飛管通。㊲加栝羽而達犀。見《箭賦》「或以勉由也之學」注。㊳復有蓬山浮筠之幹,《拾遺記》曰:蓬山有浮筠之簳,葉青,莖紫,子如大珠,有青鸞集其上。下有砂礰,細如粉,暴風至,竹條翻起,拂細砂如雪霰。仙者來觀戲焉,風吹竹折,聲如鐘磬之音。㊴羅浮鍾龍之種。《南越志》曰:羅浮山生竹皆七八圍,節長一二尺,謂之鍾龍。㊵伯珍書葉以勤學,《晉書》曰〔二〕:徐伯珍少孤貧,學書無紙,常以竹箭、箬葉、甘蔗及地上學書〔三〕。㊶天生削端而示勇。《宋書》曰:卜天生少爲隊將,十人同火。屋後有一坑,廣二丈餘,十人共跳之皆度,惟天生墜。天生乃取實中苦竹,削其端,使利,交横布坑内,更呼等類共跳,並懼不敢。天生乃復跳之,往反十餘,曾無留礙。㊷至於傳名囂水,《山海經》曰:嶓冢之山,囂水上,多桃枝竹。㊸擅美岑華,《拾遺記》曰:岑華山在西海之西,有蔓竹爲簫管,吹之若羣鳳之鳴。㊹博望見之於大夏,《漢書》曰:張騫至大夏,見蜀布、邛竹杖,問之,云:「賈人市之身毒國。」因説武帝事西南夷以通西域。㊺張廌植之於永嘉。《永嘉郡記》曰:樂成張廌者,隱居頤志。家有苦竹數十頃,在竹中爲屋,常居其中。王右軍聞而造之,廌逃避竹中,不與相見。一郡號爲高士〔四〕。㊻又若六歲成町,《山海經》曰:竹生花,其年便枯。竹六十年一易根,易必經結實而枯死,實落土復生,六年還成町。㊼三年爲竿,古詩曰:種竹深井中,三年乃爲竿。㊽魏武用之以作甲,《世説》曰:魏武有數十斛竹片，咸長數寸，衆並謂不堪用，正合燒除。太祖意甚惜，思所以用之，謂可爲竹甲，而未顯其言。馳使以問楊主簿德祖，德祖意懸同。㊾**漢祖以之而爲冠。**《漢書》曰：高祖爲亭長，乃以竹皮爲冠。㊿**復有袁公刺之於處女，**見《劍賦》「越女擊猿之妙」注。(51)**子猷号之爲此君。**《晉書》曰：王徽之常居空宅中，便令種竹。聞其聲嘯詠，指竹曰：「不可一日無此君。」(52)**或集鳳而成實，**《莊子》曰：鵷鶵非練實不食。注：練實，竹實也，取其潔白。(53)**或比禮而有筠。**《禮記》曰：禮之於人也，如竹箭之有筠也。(54)**雲華之孝，既照夜而忽茂；**《晉書》曰〔五〕：南海王子罕字雲華，武帝第十一子也，頗有學問。母常寢疾，子罕晝夜祈禱。于時以竹爲燈纂照夜，此纂宿昔枝葉大茂，母病亦瘉。咸以爲孝感所致。(55)**孟宗之泣，亦方冬而復新。**《楚國先賢傳》曰：孟宗字恭武，至孝。母好食竹笋，宗入林中哀號，方冬，笋爲之出，因以供養。時人以爲孝感所致。

校勘記

〔一〕出爾雅　宋本作「爾雅曰東南之美者有會稽之竹箭焉」。

〔二〕晉書曰　按：所引文《晉書》未見，《南史·徐伯珍傳》有此段引文。

〔三〕竹箭箬葉　原作「竹葉箭箬」，據《南史·徐伯珍傳》改。可參校記〔一〕。

〔四〕一郡　「一」字原無，據宋本並《御覽》卷九六三引增。

〔五〕晉書曰　按：所引文《晉書》未見，《南史·南海王子罕傳》有此段引文。

木部

木

①維彼嘉木，東方之行。《説文》曰：木，冒也。冒地而生，東方之行。②抱曲直以爲性，《書》曰：木曰曲直。曲直作酸。③被荏苒之嘉名。《詩》曰：荏苒柔木，君子樹之。注：荏苒，寬柔貌。木，椅、桐、梓、漆。④必待工度，《左傳》曰：山有木，工則度之。⑤還聞火生，《陰符經》曰：火生於木，禍發必剋。⑥安能擇鳥，《左傳》曰：鳥則能擇木，木豈能擇鳥。⑦祇可從繩。《書》曰：木從繩則正，后從諫則聖。⑧雖巵茜致千乘之富，《漢書》曰：巵茜千石，亦比千乘之家。⑨而廊廟非一枝可成。《慎子》曰：廊廟之材，蓋非一木之枝。⑩樹之榛、栗、椅、桐、梓、漆，出《詩》。⑪或以取陰陽之用，《周禮》曰：仲冬斬陰木，仲夏斬陽木。⑫或以象后妃之德。《詩》曰：《樛木》，后妃逮下也。南有樛木，葛藟纍之。注：木下曲曰樛。⑬玉膏灌丹木之根，《山海經》曰：峚山上多丹木，圓葉而赤莖黄花，實如飴，食之不飢。玉膏灌丹木，丹木五歲，五色乃清，五味乃馨。⑭金刀剖如何之實。《神異經》曰：南荒中如何之樹，三百歲作華，九百歲作實。有核形如棗子，長五尺。金刀剖之則飴，非則辛，食之得地仙。⑮有桂棟、蘭橑之芳芬〔一〕，《楚辭》曰：桂棟兮蘭橑，辛夷楣兮葯房。注：葯，白芷，音握。⑯有藻梲、文榱之麗飾。《論語》曰：山節藻梲。曹植《七啓》曰：彤軒紫柱，文榱華梁。⑰爾其美兹交讓，《潯陽記》

曰：黃金山有楠樹〔二〕，一年東邊榮西邊枯，後年西邊榮東邊枯。年年如此，張華云「交讓樹」也。⑱去之不祥。《淮南子》曰：佐祭者得嘗，救鬬者得傷，蔭不祥之木，爲雷電所撲。⑲既結根兮聳本，亦揚榮兮吐芳。張平子《南都賦》曰：結根聳本，垂條嬋媛。又曰：晻曖蓊蔚，揚榮吐芳。⑳至於嘉彼惟喬，《書》曰：兖州厥木惟條，揚州厥木惟喬。㉑愛茲可結。《淮南子》曰：冬水可折〔三〕，夏木可結，木方茂盛，終日採而不知，秋風下霜，一夕而殫。㉒或連理并枝，《唐書》曰：貞觀中，山南獻木連理，交錯玲瓏。有同羅木，一丈之幹，并枝者二十餘所〔四〕。㉓或盤根錯節。《後魏書》曰：甄琛上表云：「凡使人攻堅木者，必爲之擇良斧。今河南郡是陛下天山之堅木，盤根錯節，雜植其中。六部尉理卽攻堅之利器，非貞剛精鋭，無以治之〔五〕」。㉔蓋積小以成高大，《易·升卦》曰：地中生木，升；君子以順德〔六〕，積小以高大。㉕而合抱始於毫末。《老子》曰：合抱之樹，生於毫末。㉖識彼千歲，《宜都山川記》曰：佷山有異木，人無見其朽者，其名千歲。葉似棗，色似桑，冬夏青，貞强少節目。㉗觀茲萬年。《晉宮閣名》曰：華林園有萬年樹十四株，謝脁詩曰：「風動萬年枝。」㉘綴銀實於平仲，結瓠子於君遷，左思《吴都賦》曰：平仲君遷。注云：平仲實如銀，君遷子如瓠。《魏王花木志》曰：君遷細似甘蕉，子如馬乳。㉙美《甘棠》之聽訟，《詩》曰：《甘棠》，美召伯也。蔽芾甘棠，勿剪勿伐，召伯所茇。㉚嘉温室之無言。《漢書》曰：孔光沐日歸休，兄弟妻子燕語，終不及朝省政事。或問光：「温室省中樹皆何木也？」光默不應，更答他語。㉛若夫擢椅梧而待鳳，顔延年《秋胡詩》曰：椅梧傾高鳳，寒谷待鳴律。㉜折若華而拂日，《楚辭》曰：羲和之未陽，若華何光。注：言日未陽出之時，若木能有赤明之光華。又曰：折木以拂日。㉝搴弱水之九衢，《山海經》曰：有木若牛，引之皮若纓，名曰建木，在弱水上。青葉，紫莖，玄華，赤實。百仞無枝。上有九欘，下有九衢。欘，陟玉反。㉞翫蜜山之五色。見上「玉膏灌丹木之根」注。㉟至其合歡蠲忿，嵇康《養生論》曰：萱草忘憂，合歡蠲忿。㊱無患袪邪。《古今注》曰：程雅問：「櫨木名曰無患，何也？」答曰：「昔有神巫曰寶毦，能以符劾百鬼，得鬼則以此木爲棒，棒殺之。世人競取此爲器，以厭却邪魅，故號曰無患。」㊲別樅、檜之異，《爾雅》曰：樅，松葉栢身。檜，栢葉松身。㊳辨楸、檟之差，《爾雅》曰：大而皵，楸；小而皵，檟。㊴棹木蘭之舟，任昉《述異記》曰：木蘭川在潯陽江中，多木蘭樹。又七里洲中有魯班刻木蘭爲舟，至今在洲中。詩家云「木蘭舟」出於此。㊵馭辛夷之車。《楚辭》曰：乘赤豹兮從文貍，辛夷車兮結桂旗。㊶九棘著孤公之位，《周禮》曰：朝士掌建邦外朝之法，左九棘，孤卿大夫位焉；右九棘，公侯伯子男位焉。㊷三荆滋田氏之家。《孝子傳》曰：古有兄弟，忽欲分異，出門見三荆同株，接葉連陰，歎曰：「木猶欣然聚生，況我而殊哉！」遂還爲雍和。一曰田真兄弟。㊸蝎盛見枯朽之漸，《符子》曰：木生蝎，蝎盛而木枯；石生金，金曜而石流。㊹末大有摧折之嗟。《淮南子》曰：草木洪者爲本，而殺者爲末；禽獸大者爲首，而小者爲尾。末大於本則折，尾大於要則不掉。㊺亦有桄榔之麪，《蜀志》曰：興古南漢縣有桄榔樹，有麪，大者至百斛。㊻故食其口而百節肥，灌其本而枝葉美。文穰之米，《吴録·地理志》曰：交阯有穰木，其皮中有如白米屑者，乾之，水淋之，似麪，可作餅。㊼柘可爲弓，《周禮·冬官》曰：弓人辨六材，柘爲上。㊽榖宜作紙。《詩義疏》曰：幽州謂之谷桑，或曰楮桑。荆、揚、交、廣謂之榖。今江南績其皮以爲布。又搗以爲紙，長數丈，潔白光澤。㊾明光之植長生，《洛陽記》曰：明光殿前有長生樹二株。㊿華林之羅君子。《晉宫閣名》曰〔七〕：華林園，君子樹三株。(51)復聞枯桑之禍延于老龜，《異苑》曰：

孫權時，永康有人入山，遇一大龜，即束之歸。龜便言曰：「游不得良時，爲君所得。」人甚怪之。載出，欲上吴王。夜泊越里，纜舟於大桑樹。宵中，樹呼龜曰：「勞乎元緒，奚事爾耶？」龜曰：「我被拘縶，方見烹臛，雖盡南山之樵，不能潰我。」樹曰：「諸葛元遜博識，必致相苦令求如我之徒，計從安出？」龜曰：「子明無多言，禍將及爾。」樹寂而止。既至，權命煮之，焚柴萬車，語猶如故。諸葛恪曰：「燃以老桑乃熟。」獻人仍説龜樹共言，權登使令伐取，煮龜，立爛。⑫文梓之怪懼乎縈絲。見《牛賦》「畏彼髦頭」注。⑬迷穀四照之異，《山海經》曰：招摇之山有木焉，其花四照，其名迷穀，佩之不迷。⑭文玉五色之奇。《山海經》曰：開明北有文玉樹，五彩。⑮觀彼姑繇，《穆天子傳》曰：天子釣于河，以觀姑繇之木。注：姑繇，大木也。⑯殫此奚榼。《廣雅》曰：青檀似奚榼。語曰：「齊人斫檀，奚榼先殫。」⑰挹頓遜之酒，《梁書》曰：南方頓遜國有酒樹，似安石榴，取花汁亭杯中，數日成酒，美而醉人。又《博物志》作典遜國。⑱折海中之兒。《唐書》曰：波斯於西海中見一方石，上有樹，幹赤，葉青。樹上惣生小兒〔八〕，長六七寸，見人皆笑，動其手脚，頭著樹枝。使摘取一枝，小兒便死。今在大食王處。⑲想不灰之或見，見《火賦》「燒木不死」注。⑳豈返魂之可期。《十洲記》曰：聚窟洲有返魂樹，伐其根心，於玉釜中煮，取汁煎之，令可丸名曰驚精香或名震靈丸，或名返生香，或名却死香。死屍在地，聞氣乃活。㉑枹櫟魁瘣，《爾雅》曰：樸，枹者。注云：樸屬叢生爲枹。《詩》所爲棫樸、枹櫟。又曰：枹遒木，魁瘣。注云：謂樹不叢生，根枝節目盤結磈磊。瘣音會，枹音包。㉒符婁棫樸，《爾雅》曰：瘣木，符婁。注云：謂木病尫傴，瘻腫無枝條。棫樸見上。㉓結根擁腫，分條拳曲，斯皆樹之無用之鄉，《莊子》曰：惠王曰：「吾有大樹，人謂之樗。其大本擁腫不中繩墨〔九〕，小枝拳曲不中規矩。立之於途，匠者不顧。今子之言，大而無用，衆所同去。」莊子曰：「何不樹於無何有之鄉，廣莫之野，逍遥乎寢卧其下，彷徨乎無爲其側。」(64)保此不材之福也。《莊子》曰：莊子行山，見大木，枝葉茂盛，採木者止其傍而不取也。問其故，曰：「無所可用。」莊子曰：「此木以不材得終其天年。」(65)復有悦鄧林之繁茂，見《日賦》「棄杖聞於夸父」注。(66)訝闕里之開通。《後漢書》曰〔一〇〕：鮑永爲魯郡太守。時董憲别帥彭豐、皮常等各千餘人，稱「將軍」不肯下。頃之，孔子闕里無故荆棘自除，從講堂至于里門〔一一〕。永異之，謂府丞及魯令曰：「方今危急而闕里自開，斯豈夫子欲令太守行禮，助吾誅無道邪？」乃會人衆，修鄉射之禮，請豐等共會觀視〔一二〕，欲因此擒之。豐等欲圖永，乃持牛酒勞饗，而潛挾兵器。永覺之，手格殺豐等，擒破黨與。(67)或以致河濟之富，《漢書》曰：淮北、滎南、河濟之間，千樹楸與千户侯等。(68)或以旌沙苑之功。《後周書》曰：沙苑之役，齊神武夜遁，追至河上，復大克獲，前後虜其卒七萬，獻俘長安。還軍渭南，於是所徵諸州兵始至，乃於戰所准當時兵士人種樹一株，以旌武功。(69)見三珠於赤水，《博物志》曰：三珠樹生赤水之上。(70)植五柞於漢宫。《西京雜記》曰：五柞宫有五柞樹，皆連抱，覆蔭數十畝。(71)亦聞服帝休而不怒，《山海經》曰：少室之山有木，名帝休，其枝葉狀如楊而五衢，黄華黑實，服之不怒。(72)食員丘而無死。《博物志》曰：員丘山有不死樹，食之乃壽。(73)曼倩寧憂其折汗，《洞冥記》曰：太初二年，東方朔從西那國還漢，得風聲木十枚，實如細珠〔一三〕，風吹枝如玉聲，因以爲名。有武事則如金革之響，有文事則如琴瑟之響。上以枝賜人，有疾者枝汗出，死者枝則折。昔老聃在周世，七百年枝未汗；偓佺生於堯時，三千年枝未折。上以枝賜朔，朔曰：「臣見枝三過枯死而復生，里語曰『年未半，枝不汗』，此木乃五千年一濕，萬歲一枯，縉雲之世，生於阿閣間也。」(74)伯禽已覲於橋、梓。《説苑》曰：伯禽與康叔封，朝于成王，見周公，三見而三笞。康叔與伯禽見賢者商子而告之〔一四〕。商子曰：「二子盍相與觀乎南山之陽！有木焉，名曰橋。」二子者往觀，見橋竦焉實而仰。反以告商子，商子曰：「橋者，父道也。二子盍相與觀乎南山之陰！有木焉，名曰梓。」二子者往觀，見梓勃焉實而俯。反以告商子，商子曰：「梓者，子道也。」二子者明日見乎周公，入門而趨，登堂而跪。周公拂其首，勞而食之，曰：「安見君子？」二子對曰：「見商子。」周公曰：「君子哉商子也！」⑦⑤或見傾虹布影，《洞冥記》曰：元光元年，起壽福靈壇，闊百步，四周起銅梁銀堤，水上列種垂龍之木，木似青梧，有朱露，色如丹，汁灑其葉，落地皆成珠。其枝似龍體倒垂，亦曰傾虹樹，亦曰珠枝樹。⑦⑥或觀瑞文成字。《唐書》曰：代宗大曆十二年，成都府人郭遠獲瑞木，有文曰「天下太平」，獻之。宰臣奏賀曰：「至德之化，先賁草木，太平之符，遂行文字。伏望藏於秘閣，宣付史館。」⑦⑦苟楚材而晉用，唯杞、梓之爲美。《左傳》曰：楚聲子聘于晉，還，令尹子木問〔一五〕：「晉大夫與楚孰賢？」對曰：「晉卿不如楚，其大夫則賢，皆卿材也，如杞梓、皮革，自楚往也，雖楚有材，晉實用之。」

校勘記

〔一〕芳芬　宋本作「芬芳」。

〔二〕楠樹　原作「楠樹」，據宋本並《御覽》卷九五二引改。

〔三〕冬水　宋本作「冬冰」。

〔四〕二十　原作「三十」，據宋本、華本並《御覽》卷九五二引改。

〔五〕貞剛精鋭　原作「貞精剛鋭」，據宋本並《魏書・甄琛傳》改。

〔六〕順德　此二字原無，據《易・升卦》傳文增。

〔七〕晉宮閣名　「宮」原作「公」，據宋本並《御覽》卷九五九引改。

〔八〕惚生小兒　「惚」字原無，據宋本並《御覽》卷九六一引增。

〔九〕大本　「大」字原無，據《莊子·逍遥游》增。

〔一〇〕後漢書曰　原作《漢書》曰，所引文見《後漢書·鮑永傳》，因改。

〔一一〕從講堂　「從」字原無，據宋本並《後漢書·鮑永傳》增。

〔一二〕請豐等　「請」原作「謂」，據宋本並《後漢書·鮑永傳》改。

〔一三〕細珠　原作「柚實」，據宋本改。

〔一四〕康叔與伯禽　「康叔」上原衍「伯禽」二字，據《御覽》卷九五八引、《説苑·建本》删。

〔一五〕子木　原作「子文」，據宋本並《左傳·襄公二十六年》改。

松

①美彼喬松，冒兹霜雪。《莊子》曰：孔子云：「天寒既至，霜雪既降，吾是知松柏之茂也。」②非培塿之能生，《春秋傳》曰：培塿無松柏。③因歲寒而立節。《論語》曰：歲寒然後知松柏之後凋。④偉和嶠之森森，《晉書》曰：庾顗云〔一〕：「和嶠森森如千丈松，雖磥砢多節目〔二〕，然施之大厦，有棟梁之用。」⑤見李膺之烈烈。《世説》曰：李元禮烈烈如長松下風。⑥但取樂於一丘，《符子》曰：符子與玄子登于泰山，下臨千仞之淵，上蔭百丈之松，蕭蕭然神王乎一丘矣。⑦靡邀榮於雙闕。《先聖本紀》曰：許由欲觀帝意，曰：「帝坐華堂，面雙闕，君之榮願亦得矣！」曰：「余坐華堂，森然有松生於牖，雖面雙闕，無異於迴鸞之榮崑崙，余安知其所以取榮哉！」⑧若乃偓佺食實，《列仙傳》曰：偓佺食松實，飛行逮走馬。⑨伏生啖脂。《列仙傳》曰：伏生湯時爲木正，常食松脂。⑩居下則其草不殖，《春秋傳》曰：松柏之下，其草不殖。⑪在地則其土不肥。《説苑》曰：智襄子爲室美，士茁曰：「記有之：『高山峻源，不生草木；生松柏之地，其土不肥』。今土木勝人，臣懼其不安也。」室成三年，而智氏亡。⑫丁固則腹上生樹，《吴録》曰：丁固夢松樹生其腹上，謂人曰：「松字十八公。」後十八年爲公，遂如夢。⑬張湛則屋下陳屍。《齊書》曰：張湛好於齋前種松柏，時人曰：「張湛屋下陳屍也。」⑭美嘉隱之辯對，《唐書》曰〔三〕：賈嘉隱年七歲以神童召見。太尉長孫無忌、司空李勣與朝堂立語，戲嘉隱曰：「吾所倚何樹也〔四〕？」對曰：「松。」勣曰：「此槐也，何

以言松？」嘉隱曰：「以木配公則爲松。」無忌連問之：「吾所倚何樹也？」對曰：「槐也。」無忌曰：「汝不能矯對耶！」嘉隱曰：「何須矯對，便取以鬼配木耳。」⑮偉彭城之賦詩。《後魏書》曰：彭城王勰從幸代都，次于上黨之銅鞮山。路傍有大松樹十數株。帝行而賦詩，令人示勰曰：「吾作詩雖不能七步，亦不言遠。汝可作之，比至吾聞，令就也。」時勰去帝十餘步，且行且作，未至帝所而就。詩曰：「問松林，經幾冬？山川何如昔，風雲與古同〔五〕。」帝曰：「此詩亦責吾耳。」⑯若夫貫四時而不改，《禮》：白竹箭之有筠也，松柏之有心也，貫四時不改柯易葉。⑰在百木而爲長。《史記》曰：松柏爲百木長也，而守宮闕〔六〕。⑱或樹之馳道之傍，《漢書》曰：賈山上書曰：「秦爲馳道，厚築其外，隱以金椎，樹以青松。爲馳道之麗，使後世曾不得斜徑而托足焉。」⑲或封之太山之上。應劭《漢官儀》曰：秦始皇上封泰山，逢疾風暴雨，賴得抱樹，因復其樹爲「五大夫松」。⑳芝名飛節，《抱朴子》曰：松三千歲者皮中有聚芝如龍形，名曰飛節芝。㉑石號康干。《唐書》曰：僕骨東境，其地東北一千里有康河，松木入水一二年乃化爲石，其色青，謂之康干石，有松文。㉒聞響而賞心者弘景，《梁書》曰：陶弘景特愛松風，庭院皆植松，聞其響，欣然爲樂。㉓燃節而讀書者顧歡。《宋書》曰：顧歡字景怡，好學而貧，夕則燃松節讀書。㉔或化爲茯苓，《玄中記》曰：松脂淪入地中，千歲爲伏神茯苓。㉕或比之君子。《孫卿子》曰：歲不寒，無以知松柏；事不難，無以知君子。㉖穆滿既其升磴，《穆天子傳》曰：天子升長松之磴。㉗太姒亦云夢梓。《周書》曰：太姒夢周梓化爲松。㉘或代麈而揮，《陳書》曰：張譏字直言，後主幸鍾山開善寺，召從臣坐於松下，敕譏豎義。時索麈尾未至，後主令取松枝以屬譏，曰：「可代麈尾。」㉙或與柏俱靡。《冢墓記》曰：東平王歸國，思京師。後薨，葬東平，冢上松柏皆西靡。㉚復有庾肅美之而爲讚，庾肅之《松讚》曰：流潤飛律，沉精幽結，貞蕤含芳，仰拂飛雪。㉛蔡孚賦之而成篇。《兩京記》曰：蔡孚有《偃松篇》，玄宗和之，刻石。㉜非本傷而末槁，《吕氏春秋》曰：百仞之松，本傷於下而末槁於上也。㉝卽等地而齊天。《抱朴子》曰：天陵偃蓋之松，大谷倒生之柏，凡此諸木，皆與天齊其長，地等其久〔七〕。㉞又若對夏社於宰予，見《論語》。㉟喻齊文於劉逖。《顏氏家訓》曰：齊世有席毘者，蚩鄙文學〔八〕，嘲劉逖云：「君文若朝菌，須臾之翫，非宏才，豈比吾千丈松，常有風霜。」劉云：「既有寒木，又發春華，可乎！」席笑曰：「可也。」㊱孫綽植之而可憐，《世說》曰：孫興公齋前種松一株，鄰居謂之曰：「松樹非不森森可憐，但永無棟梁用耳。」㊲梁武灑之而變色，《金樓子》曰：梁武每拜山陵，涕淚所灑，松爲變色。㊳甄琛守塋而列種，《後魏書》曰：甄琛喪父，於塋兆之內，手種松柏。隆冬之月負水掘土，鄉老哀而助之。十餘年，墳成木茂。㊴山濤居喪而親植。王隱《晉書》曰：山濤年老居母喪過禮，手植松柏。㊵既泛於淇水之上，《詩》曰：淇水悠悠，檜楫松舟。㊶復茂於徂徠之側。《詩》曰：徂徠之松，新甫之柏。注：徂徠、新甫，二山。㊷詩人入詠，既施于女蘿；《詩》曰：蔦與女蘿，施於松柏。㊸《禹貢》所稱，亦同於怪石。《尚書·禹貢》曰：青州厥貢岱畎絲、枲、鉛、松、怪石。

校勘記

〔一〕庾顗　原作「裴頠」，據《御覽》卷九五三引、《晉書·和嶠傳》改。

〔二〕多節目　「目」字原無，據宋本並《御覽》卷九五三引增。

〔三〕唐書曰　按：所引文新、舊《唐書》均未見。《大唐新語》卷八有賈嘉隱辯對引文。

〔四〕所倚　原作「所似」，據宋本並《御覽》卷九五三引改。

〔五〕風雲　原作「風去」，據宋本、華本並《魏書·彭城王勰傳》改。

〔六〕守宫闕　「守」原作「中」，據宋本並《史記·龜策列傳》改。

〔七〕地等其久　「其久」二字原無，據宋本並《御覽》卷九五三引增。

〔八〕有席毘者蚩鄙文學　「者」字原無，據《御覽》卷九五三引增。「鄙」原作「都」，據《御覽》卷九五三引改。

事類賦卷之二十五

木部

柏　槐　柳　桐　桑

柏

①美茲柏椈，《爾雅》曰：柏，椈。注：《禮》曰：鬯臼以椈。②歲寒之姿。見《論語》。③南山聞越石之詠，劉越石《扶風歌》曰〔一〕：南山石嵬嵬，松柏何摧摧。上枝拂青雲，中心十數圍。洛陽發中梁，松柏竊自悲。誰能刻鏤此，公輸與魯般。被之用丹漆，薰用蘇合香。本自南山柏，採爲宫殿梁。④後凋見江夏之辭。《齊書》曰：江夏王鋒以明帝知權，常忽忽不樂，著《修柏賦》以見其志曰：「既殊祥而抗立，亦含貞而挺正。豈春日之自芳，必霜下而爲盛。衝風不能摧其枝〔二〕，積雪不能改其性。雖坎壈於當年，庶後凋之可詠。」時鼎業潛移，鋒獨有慨然救復之意。⑤仲寶幼彰其佳器，《齊書》曰：王儉字仲寶，司徒袁粲見之，歎曰：「宰相之門也〔三〕，栝柏豫章雖小，已有棟梁之器。」⑥陝西潛兆於徵祺。《梁書》曰〔四〕：侯景既陷臺城，都下王侯、庶姓廟樹咸見殘毁，唯文宣太后廟四周柏樹獨鬱茂。及景篡，南郊伐此樹以立三橋〔五〕，斫南面十餘株。再宿悉枿生，便長數尺。時既冬月，翠茂若春。賊大惡之，使悉斫殺。

識者以爲：昔僵柳起於上林，乃表漢宣之應；廟樹重青，必彰陝西之瑞。⑦則有山人之飯，《楚辭》曰：山中人兮芳杜若，飲泉石兮蔭松柏。⑧仙家之食。《列仙傳》曰：赤須子食柏實〔六〕，齒落更生。⑨李詢樹之以守墓，《東觀漢記》曰：李詢遭父母喪，六年躬自負土樹柏，常住冢下。⑩王裒泣之而變色。王隱《晉書》曰：王裒字偉元，其父不以命終。裒絶世不仕，立屋墓側，旦夕常至墓前朝拜，輒悲號斷絶。墓一柏樹，裒常所攀援〔七〕，涕泣所著〔八〕，樹色與凡樹不同。⑪亦有出新甫，《詩》曰：新甫之柏。⑫生冀州，《周禮》曰：冀州，其林松、柏。⑬飲漢官之酒，《漢官儀》曰：正旦以柏葉酒上壽。⑭泛邶國之舟。《詩·邶風》曰：泛彼柏舟，亦泛其流。⑮虞延外黄之對，謝承《後漢書》曰：陳留虞延爲郡督郵，光武巡狩至外黄，問延園陵柏樹株數〔九〕，延悉曉之，由是見知。⑯穆滿大北之游。《穆天子傳》曰：甲申天子升于大北之隥而降，休于兩柏之下。注：大柏，大行山。⑰又聞媪插則死，《述異記》曰：陳倉人有得異物者，其形不類猪，亦不似羊，衆不能名。忽有二童子至，云：「此名媪，常在地下食死人腦，若欲殺之，柏葉插其頭。」⑱麝食而香，嵇康《養生論》曰：麝食柏而香。⑲脂傳京輔之價，《范子計然》曰：柏脂出三輔，上價升七十。⑳材爲漢殿之梁。《漢書》曰：武帝造柏梁殿，羣臣宴其下。又云作柏梁臺。㉑若其府中集烏，見《烏賦》「府中朝夕」注。㉒殿後立鵲。《東方朔傳》曰：孝武燕未央前殿，雨新止，朔執戟在殿階獨語。上呼問之，答曰：「殿後柏樹有鵲立枯枝上，向東鳴〔一〇〕。」上遣視，如朔言，問：「何以知之？」朔曰：「以人事言之，風從東方來，鵲尾長，傍風則蹶，必當向風而立，是以知東向鳴。新雨生枝滑，枯枝澁，是以知立枯枝。」上大笑。㉓延陵表信而挂劍，《列士傳》曰：延陵季子解寶劍挂徐君墓柏樹。㉔永昌騁詐而爲幕。《後周書》曰：武帝伐齊，永昌公椿屯雞棲原。

齊王憲密謂椿曰：「爲營不須張幕，可伐柏爲菴，令兵去之後，賊猶致疑。」及被敕追還，率兵夜返。齊人果謂柏菴爲帳幕，翌日始悟。㉕復有擢華嶽，《地理志》曰：華山生文柏。㉖秀白於，《山海經》曰：白於之山，其上多松、柏。㉗樊衡植之而稱孝，《北齊書》曰：樊衡性至孝，喪父，負土成墳，植松、柏方數十畝，朝夕號慕。㉘善才斫之而幾誅。《唐書》曰：狄仁傑補大理丞，時將軍權善才坐斫昭陵柏樹。仁傑奏其罪免職。高宗怒，令誅之。仁傑進曰：「古人云假使盜長陵一抔土，陛下何以加之？今陛下以昭陵一株柏殺一將軍，千載之後謂陛下爲何主〔二〕？臣不敢奉制。」帝意稍解。㉙又若王宴有變桐之徵，《齊書》曰：王宴爲員外郎，父普曜齋前柏樹忽成梧桐。論者以爲梧桐雖有棲鳳之美，而失後凋之節。宴後果然不能終。㉚李充有傳刃之志。《陳留耆舊傳》曰：李充喪父，有盜夜斫冢側柏樹者，充手刃之。㉛既杶、幹以同貢，《書》曰：荆州厥貢杶、幹、栝、柏。㉜亦魍像之所畏。《風俗通》曰：墓上柏樹，路頭石虎。《周禮》：方相氏入壙毆魍像，以其好食亡者肝腦，不能當令方相立於墓側，而魍像畏虎與柏，故樹柏立虎。㉝驗其陵樹，嘗爲宣帝之祥；《漢書》曰：昭帝時，長安諸陵柏樹枯倒者悉起。後昭帝崩，而衛太子孫立，是爲宣帝。㉞泛彼中河，亦著共姜之誓。《詩》曰：《柏舟》，共姜自誓也。衛世子共伯早死。其妻守義，父母欲奪而嫁之，誓而不許，故作是詩：「汎彼柏舟，在彼中河。」

校勘記

〔一〕扶風歌　「歌」原作「詩」，據宋本並《御覽》卷九五四引改。

〔二〕衡風　原作「烈風」，據宋本並《御覽》卷九五四引改。

〔三〕宰相之門　「門」原作「材」，據宋本並《御覽》卷九五四引改。

〔四〕梁書曰　按：所引文《梁書·侯景傳》未見，《南史·侯景傳》有此段引文。

〔五〕三橋　原作「二橋」，據宋本並《御覽》卷九五四引、《南史·侯景傳》改。

〔六〕赤須子　原作「廣成子」，據宋本並《御覽》卷九五四引改。

〔七〕攀援　「援」字原無，據宋本並《御覽》卷九五四引增。

〔八〕涕泣　原作「涕淚」，據宋本並《御覽》卷九五四引改。

〔九〕園陵　原作「園林」，據宋本並《御覽》卷九五四引改。

〔一〇〕向東鳴　宋本作「東向鳴」。

〔一一〕何主　宋本並《御覽》卷九五四引作「苛主」。

槐

①古所謂大葉而黑，《爾雅》曰：櫰，槐大葉而黑。②又以爲靈星之精。《春秋説》：槐木者，靈星之精。③鉏麑觸之於寢，《左傳》曰：趙宣子驟諫，公患之，使鉏麑賊之〔一〕。晨往，寢門闢矣，盛服將朝，尚早，坐而假寐。麑退，歎曰：「不忘恭敬，民之主也。賊民之主，不忠；棄君之命，不信。有一如此，不如死也。」觸槐而死。④董叔紡之於庭。《國語》曰：董叔將娶於范氏，叔向曰：「盍已乎？欲爲繫援焉。」他日，董祁愬之范獻子曰：「不吾敬也。」獻子執而紡之於庭槐。注：紡，懸也。⑤或老而生火，《淮南子》曰：老槐生火。⑥或傷而被刑。《晏子春秋》曰：齊景公有所愛槐，令曰：「犯槐者刑，傷槐者死。」有醉而傷槐者，且加刑焉。其女懼而告晏子曰：「妾恐鄰國聞之，謂君愛槐而賤人，可乎？」晏子入言之，公乃出傷槐三囚。⑦見夢寐於豐沛，《宋書》曰：孔子夜夢三槐之間、豐沛之邦有赤氣，驅車見芻兒傷麟之左足，求薪覆之。⑧同橘柚之弟兄。《淮南子》曰：槐榆合與橘柚爲弟兄，有苗與三危通爲一家也。⑨至於總翠訟庭，《春秋元命苞》曰：樹槐，聽訟其下。注：槐之言歸也，情見歸，實也。⑩垂陰學市。《淮南子》曰：槐市學也，樹以青槐。⑪或晝聶而宵炕，《爾雅》曰：守宫槐，葉晝聶宵炕。⑫或兔目而鼠耳。《淮南子》曰：槐之生季春，五日而兔目，十日而鼠耳，更旬而始規。⑬或彰五沃之宜，《管子》曰：五沃之土，木宜槐。⑭或表三公之位。《周禮》曰：三槐，三公位焉〔二〕。注：槐，懷也，言懷來人也。⑮或樹之於辟雍，《三輔黄圖》

曰：明堂辟雍，爲博士舍三千區〔三〕。爲會市，但列槐樹數百行，諸生朔望會此市，各持郡所出物及經書，相與賣買〔四〕，雍雍揖讓，論議槐下。⑯或植之於王門。太公《金匱》曰：武王問太公曰：「天下神來甚衆，何以待之？」太公樹槐於王門内，有益者入，無益者拒之。⑰仙方補腦，《抱朴子》曰：槐子服之補腦，令人髮不白而長生。⑱蘂録輕身。《本草》曰：槐實久服輕身。⑲至乃取於烜氏，《周禮》曰：烜氏掌冬取槐、檀之火。⑳用爲神燭。《本草》曰：槐生河南，可作神燭。㉑孝寬樹之以表路，《後周書》曰：韋孝寬爲雍州刺史。先是路側一里置一土堠，經雨頹毁，每須修之。孝寬臨州，勒部内當堠處植槐樹，既免修復，行路又得庇蔭。文帝後見之，於是令諸州道一里種一樹，十里種三樹，百里種五樹。㉒肩吾服之而明目。《梁書》曰：庾肩吾常服槐實，年九十餘，目看細書，鬚髮皆黑。㉓又若高熲不依於行列，《隋書》曰：高熲字昭玄，領新都大監。每坐槐樹下以聽事。後以樹多不依行列，有司請伐之。上特令勿去，以示後人。㉔仲文每歎於婆娑。《晉書》曰：大司馬府有老槐樹，殷仲文對而歎曰：「此樹婆娑，生意盡矣。」㉕茂酒泉而作賦，《凉録》曰：初，河右不生楸、槐、柏、漆，張駿之世〔五〕，取於秦隴而植之，皆死。獨酒泉宫之西北隅有槐樹生焉，李玄盛著《槐樹賦》。㉖植長安而見歌。《晉書》曰：苻堅僭號，自長安至于諸州，夾路皆種槐、柳，百姓歌之曰〔六〕：「長安大街，夾路楊槐，下走朱輪，上有鸞棲。」㉗别有馳道勿伐，《唐書》曰：貞元中，度支欲取兩京道中槐樹爲薪，更栽小樹。先下符牒，渭南縣尉張造牒曰：「邵伯所憩，尚勿剪除；先皇舊遊，豈宜斬伐。」乃止。㉘士冢常栽。《五經通義》曰：士冢樹槐也。㉙布玄陰之翳薈，《吴都賦》曰：樹以青槐，玄陰眈眈。㉚集白雀之徘徊。曹子建《魏德論》曰：武帝執政，白雀集庭槐。㉛既所以表士雄之純孝，《隋書》曰：紐回以孝聞。及卒，子七雄復有至行，廬於墓側，負土成墳。其庭前有一槐樹，先甚鬱茂，及士雄居喪，樹遂枯死；服闋還宅，死槐復榮。高祖聞之，歎其父子至孝，下詔褒揚，號其所居爲累德里。㉜亦可以見官候之懷來。《淮南子》曰：九月官候其樹槐，是月繕修守備。故樹槐，懷也，取懷來遠近也。

校勘記

〔一〕賊之　原作「殺之」，據宋本並《御覽》卷九五四引改。
〔二〕三槐三公位焉　宋本作「朝士掌三槐三公位」。
〔三〕三千　「千」，《御覽》卷九五四引作「十」。
〔四〕賣買　原作「買賣」，據宋本並《御覽》卷九五四引改。
〔五〕張駿之世　「世」原作「出」，據宋本改。
〔六〕歌之曰　「之」字原空闕，據宋本、華本補。

柳

①昔桓温感舊遷延，攀條泫然，且曰：「樹猶如此，況於人焉！」《桓温傳》曰：温北伐，行經金城，見少爲琅邪時所種柳皆以十圍，慨然曰：「木猶如此，人何以堪！」因攀條泫然流涕。②若乃美春月於王恭，《晉書》曰：王恭字孝伯，美姿容，或目之曰「濯濯如春月柳」。③賞靈和於張緒。《齊書》曰：劉俊之爲益州刺史，獻蜀柳數株，甚長，狀若絲縷。武帝植於太昌靈和殿前，嘗嗟翫曰：「此楊柳風流可愛似張緒。」④涉正月而始荑，《大戴禮》曰：正月柳荑。注：荑，發葉也。⑤得沃土而斯茂。《管子》曰：五沃之土宜柳。⑥既曰醜條，《爾雅》曰：桑柳，醜條〔一〕。⑦亦名獨摇，《古今注》曰：楊圓葉弱帶，一曰高飛，一名獨摇。⑧生於左肘，《莊子》曰：支離叔觀於冥伯之丘、崑崙之墟。俄而柳生其左肘。⑨集彼鳴蜩。《詩》曰：菀彼柳斯，鳴蜩嘒嘒。⑩亞夫則軍門傲睨，《漢書》曰：文帝時匈奴入寇，宗正劉禮軍灞上，徐勵軍棘門，周亞夫軍細柳。帝幸灞上、棘門，軍吏皆迎。已而之細柳，壁門不開，前驅曰：「天子且至。」又不開。上使謂亞夫曰：「吾欲勞軍。」亞夫乃傳言開壁門。軍吏曰：「將軍約，軍中不得驅馳。」天子乃按轡徐行，至中軍，亞夫乃持兵揖曰：「介胄之士，不拜，請以軍禮見。」天子動容軾車。既出，左右皆驚，上曰：「此真將軍也，向之棘門、灞上，皆兒戲耳。」⑪嵇康則鍛竈逍遥，見《夏賦》「嵇康鍛竈」注。⑫吕渭以再榮作瑞，《唐書》曰：吕渭爲禮部侍郎，中書省有柳樹再榮，人謂之瑞柳，渭以爲賦題，上聞而惡之。⑬孝緒以自拔爲

妖。《齊書》曰〔二〕：阮孝緒，建武末，青溪宮東門無故自崩，大風拔東宮門外楊樹。或問孝緒，孝緒曰：「青溪皇家舊宅，齊爲木行〔三〕，東爲木位，今東門首壞，木其衰矣。」⑭復有直陵、鳳伯，《山海經》曰：魔山之西有谷焉，名均藋谷，其木多柳。鳳伯之山、熊山、直陵之山木多柳。平丘山爰有楊柳。⑮檉河、旄澤。《爾雅》曰：檉河柳，旄澤柳，楊蒲柳。⑯或盛展禽之家，《淮南子》注曰：展禽之家有柳樹，身行惠德，因號「柳下惠」。一曰邑名。⑰或茂陶潛之宅。《南史》曰：陶潛宅邊有五柳樹，嘗自著《五柳先生傳》。⑱亦有沃民之國，《山海經》曰：沃民之國有白柳。⑲汶水之傍。《詩疏義》曰：淇水傍魯國泰山，汶水邊路純生柳。⑳靜帝既謡於周世，《隋書》曰：周初有童謡曰：「白楊樹頭金雞鳴〔四〕，秖有阿舅無外甥」。靜帝隨氏之甥，既遜位而崩，諸舅强盛。㉑楊氏亦歌于太康，王隱《晉書》曰：太康末，京洛爲《折楊柳歌》，其曲始有兵革苦辛之歎，終以擒獲斬截之事。是時三楊貴盛而被族滅，太后幽死，折楊之應也。㉒敬則憶之於北舘，《南齊書》曰：王敬則嘗使魏，於北舘種楊柳。後員外郎虞長曜北使還，敬則問：「我昔種楊樹今各大小？」長曜曰：「虜中以爲甘棠。」㉓陶侃識之於武昌。《晉書》曰：陶侃明識過人，武昌道上通種柳，人有竊之植于家。侃見識之曰：「此是武昌西門柳，何以盜來此種？〔五〕」盜者驚懼〔六〕。㉔或垂陰於邏娑，《唐書》曰：吐蕃土風寒苦，物産貧薄，所部邏娑川唯有楊柳，人以爲資，更無草木。㉕或成林於振武。《唐書》曰：范希朝鎮振武，單于城中舊少樹，希朝於他處市柳子〔七〕，命軍人種之。至今成林，居人賴之。㉖張、陸並處兮，交讓方榮；《齊書》曰：何點性好事，聞陸惠曉與張融並宅，其間有池，池上有二柳樹，點歎曰：「此池便是醴泉，此樹便是交讓。」㉗機、昂共摧兮，孤楊獨茂。《隋書》曰：柳機字匡時。初，機在周與族人昂俱歷顯要。及機、昂並

㉘至夫歌《東門》之牂牂，爲外職，楊素時爲納言用事，因上賜宴，素戲機曰：「二柳俱摧，孤楊獨聳。」坐皆歡笑。《春秋後語》曰：魏哀王以田需爲相，惠子謂需曰：「子善事左右，今夫樹楊，横之則生，折而樹之，又生。然使十人樹楊，一人拔之，則無生楊矣！子雖自樹於王，而欲去之者衆，必危矣！」《詩》曰：「東門之楊，其葉牂牂。」㉙或昔日之依依。《詩》曰：昔我往矣，楊柳依依。㉚憂田需之易拔，㉛感顧悦之先衰。《世説》曰：顧悦之與晉簡文帝同年，悦之早白。帝問：「卿何以先老？」對曰：「蒲柳之姿，望秋先隕；松柏之質，隆冬轉茂。」㉜亦有生女媧之墳，《唐書》曰：乾元中，虢州刺史王奇光奏：閿鄉縣女媧墳天寶十三載大雨晦冥，忽失所在。至今河側忽聞河中雷風聲，曉見其墳湧出，上有雙柳樹，下有巨石。㉝茂高熲之第。《隋書》曰：渤海公高熲孩孺時，家有柳樹，高百許尺，亭亭如蓋。里中父老曰：「此家當出貴人。」㉞生荑著象，《易》曰：枯楊生荑，老夫得其女妻。㉟樊圃是刺。《詩》曰：折柳樊圃，狂夫瞿瞿。注：柳，弱脆之木。樊，藩也。折以藩圃，無益也。㊱有菀見風於幽王，《詩》曰：《菀柳》，刺幽王也。有菀者柳，不尚息焉。㊲爲字呈祥於漢帝。《漢書》曰：上林苑中僵柳樹，一朝起生枝葉，有蟲食其葉爲字曰「公孫病己立」。眭孟以爲木下民之象，當有從民間受命者。及昌邑廢，更立宣帝，帝本名病己。㊳斯楊蒲之爲用，蓋民家之所利。見《箭賦》「採蒲臺而欲空」注。

校勘記

〔一〕桑柳醜條　「桑」字原無，據宋本並《爾雅·釋木》增。

〔二〕齊書曰　按：所引文《齊書》未見，《梁書·阮孝緒傳》、《南史·阮孝緒傳》均有此段引文。

〔三〕齊爲木行　「行」字原無，據《梁書・阮孝緒傳》補。

〔四〕樹頭　「樹」下原衍「摇」字，據宋本並《隋書・五行志上》删。

〔五〕何以　「以」，宋本作「得」。

〔六〕盜者驚懼　宋本「懼」下有「首伏」二字。

〔七〕於他處市柳子　「市」字原無，據宋本並《御覽》卷九五七引增。

桐

①伊櫬梧之嘉木，《爾雅》曰：櫬，梧。注：今梧桐。②生嶧陽之重阻。《書》曰：嶧陽孤桐。注：嶧山之陽特生桐，中琴瑟。③含奇律於黄鍾，張協《七命》曰：寒山之桐，出自太冥。含黄鍾以吐幹，據蒼岑而孤生。④濯靈滋於玄雨。魏明《猛虎行》曰：雙桐生空井，枝葉自相加。通泉溉其根，玄雨潤其柯。⑤雖乳可致巢，《莊子》曰：空門來風，桐乳致巢。注：門户空，風喜投之。桐子似乳，著葉而生，鳥喜巢之。⑥而材難爲弩。《淮南子》曰：智者有所不足，故桐不可以爲弩。⑦或氣淳而獨異，《王逸子》曰：木有扶桑、梧桐、松、柏，皆受氣淳矣，異於羣類者也。⑧或空中而易傷。《易緯》曰：桐枝濡毳而又空中，難成易傷，須成氣而後華。⑨緝毳早聞於驃國，《廣志》曰：驃國有白桐木，其華有白毳，取其毳淹漬緝織以爲布。⑩績花更見於《華陽》。《華陽國志》曰：益州有梧桐木，其華采如絲，人績以爲布，名曰華布。⑪復有生高岡，出《詩》。⑫棲靈鳳，古詩曰：井梧棲靈鳳。⑬置甕裏而雲興，《淮南子》曰：桐木成雲。注云：取十石瓮，滿以水，置桐其中，蓋之，三四日間，氣如雲作〔一〕。⑭卧坎中而囚動。《論衡》曰：李子長爲政，欲知囚情，刻梧桐象囚形，鑿地爲埳，卧木囚其中。囚罪若正，木囚不動；若有寃，木囚動。出人之精誠著木人也。⑮又若龍門無枝，枚乘《七發》曰：龍門之桐，高百尺而無枝。⑯吹臺百圍。《遊名山志》曰：吹臺有高桐，皆百圍，嶧陽孤桐方此爲劣。⑰葉閏餘而有數，《遁甲》曰：梧桐不生則九州異。注：梧桐

以知日月正閏，生十二葉，一邊有六葉，從下數一葉爲一月，有閏則十三葉，視葉小者則知閏何月也。不生則九州異君。⑱花清明而應時。《禮》曰：清明桐始華。⑲順招摇而豈破，《淮南子》曰：以巨斧擊桐薪，不待利時良日而後破之。加巨斧桐薪之上，而無人力之奉，雖順招摇刑德而不能破，無其勢也。⑳養樲棘而非宜。《孟子》曰：今有場師，舍其梧、檟，養其樲棘，則爲賤場師矣。注：謂棄大而取小也。㉑削農、黄之雅器，《新論》曰：神農、黄帝，削桐爲琴。㉒採東南之孫枝。《風俗通》曰：梧桐生於嶧陽山巖石之上，採東南孫枝爲琴，聲甚清雅。㉓亦有别之梓、漆，《詩》曰：樹之榛、栗、椅、桐、梓、漆，爰伐琴瑟。㉔號以榮桐，《爾雅》曰：榮，桐木。㉕莊子則據之而瞑，《莊子》曰：外子之神，勞子之精，則倚樹而吟，據梧而瞑。注：言勞困故爾。㉖成王則戲之以封。《吕氏春秋》曰：成王與唐叔虞燕居，剪桐葉以爲珪〔二〕，曰：「以此封汝。」虞喜，以告周公，周公請封虞。成王曰：「余與虞戲也。」周公曰：「臣聞天子無戲言！」遂封叔虞於晉。㉗擢玄谿而托險，崔琦《七蠲》曰：爰有梧桐，生于玄谿，傅根朽壤，托險生危。㉘生齊地而爲宫。《齊地記》曰：齊城有梧臺〔三〕，即梧宫也。㉙蔡邕得之於爨下，見《琴賦》「蔡邕焦尾」注。㉚豫章植之於邸中。《齊書》曰：豫章王於邸起山，列種桐竹，號爲桐山。武帝幸之，置酒爲樂。㉛至如用賢則生，《瑞應圖》曰：王者任用賢良，則梧桐生於東廂。㉜乘火而茂。《禮斗威儀》曰：君乘火而王，其政平，梧桐常生。㉝集南海之鵷雛，《莊子》曰鵷雛發南海而飛於北海，非梧桐不止，非竹實不食。㉞擊臨平之石鼓。見《鼓賦》「臨平擊石」注。㉟琴川秋至，吴王望之而每愁；《述異記》曰：梧桐園在吴夫差舊國，一名琴川梧園。宫在句容縣，傳云：吴王别館有楸梧成林焉，古樂府云：「梧宫秋，吴王愁」是也。㊱阿房鳳來，秦主植之而更悮。《秦記》曰：初，長安謡云：「鳳皇鳳皇止阿房」，苻堅遂於阿房城植桐數萬株以待之。其後慕容冲入阿房城而止焉。冲，小字鳳。

校勘記

〔一〕三四日間，氣如雲作　宋本、《御覽》卷九五六引《淮南萬畢術》並無「間」字。

〔二〕桐葉　原作「梧葉」，據宋本並《御覽》卷九五六引改。

〔三〕梧臺　「梧」下原衍「桐」字，據宋本並《御覽》卷九五六引删。

桑

①伊柔桑之醜條，《詩》曰：爰求柔桑。《爾雅》曰：桑、柳醜條。②稟純精於箕星。《典術》曰：桑木者，箕星之精。③止交交之黄鳥，《詩》曰：交交黄鳥，止于桑。④集肅肅之鴇行。《詩》曰：肅肅鴇行，集于苞桑。⑤蠶室有近川之制，《禮》曰：天子諸侯必有公桑蠶室，近川而爲之。⑥圓丘傳北海之名。《山海經》曰：東北海外圓丘之南有三桑，無枝，皆高百仞。⑦若夫靈輒始見於宣子，《左傳》曰：趙宣子田於首山，舍於翳桑，見靈輒餓，問其病，曰：「不食三日矣。」食之，舍其半。問之，曰：「宦三年矣〔一〕，未知母之存否？今近焉，請以遺之。」使盡之，而爲之簞食與肉，置諸橐以與之。既與爲公介，靈公將殺宣子，倒戟以禦公徒，而免之。問何故，曰：「翳桑之餓人也。」注：公介，公甲士。⑧蠶妾初遇於重耳。《左傳》曰：晉重耳至齊，桓公妻之，有馬二十乘，公子欲安之。從者以爲不可，將行，謀於桑下，蠶妾在上，以告姜氏，姜氏殺之。⑨慕容布江南之種，《後燕録》曰：遼川無桑。及慕容廆通于晉，求種江南，平州之桑，悉由吴來〔二〕。⑩天錫稱北方之美。《前凉録》曰：張天錫歸晉，孝武帝問之曰：「北方何物爲美？」錫對曰：「桑椹甘香，鴟鴞革響，淳酪養性，人無壯心〔三〕。」⑪禁野虞而勿伐。《禮》曰：季春，命野虞無伐桑柘。⑫候戴勝之來止。《禮》曰：季春，戴勝降於桑。⑬亦有環五畝而爲宅，《孟子》曰：五畝之宅，樹之以桑，五十者可以衣帛矣。⑭比千户之封侯。《史記》曰：齊魯千畝桑，其人與千户侯等。⑮陽谷大明之浴，《山

海經》曰：陽谷上有扶桑，十日所浴。⑯范宫周穆之遊。《穆天子傳》曰：天子居范宫以觀桑者。乃飲于桑中，命桑虞出桑者，用禁暴民。注：桑虞，主桑者。⑰至於美沃若，《詩》曰：桑之未落，其葉沃若。⑱稱有儺，《詩》曰：隰桑有阿，其葉有儺。⑲楊沛以乾椹爲糧，《魏略》曰：楊沛爲新鄭長，課民畜桑椹、豋豆，積得千餘斛。太祖軍無糧，沛進之。⑳張堪以附枝見歌。《後漢書》曰：張堪爲漁陽，百姓歌曰：「桑無附枝，麥穗兩岐。」㉑復有沈瑀行勸課之教，《齊書》曰：沈瑀爲建德令，教人一丁種十五株桑、柿、栗，女丁半之。人咸歡悦，頃之成林。㉒馮跋下篤察之書。《載記》曰：北燕馮跋下書曰：「桑柘之益，有生之本。此土少桑，可令百姓人植桑百二十株。」㉓太戊之懼，既七日而拱，《家語》曰：太戊之時，道缺法圮，以致天孽。桑穀生朝，七日而拱。太戊恐懼，側身修德。㉔愍懷之廢，亦數日而枯。《晉書》曰：愍懷太子時，有桑生於西廂，長數日而枯。十二月，后廢太子〔四〕。㉕狀鳳闕之萬桷，繁欽《桑賦》曰：上似華蓋，紫極北形，下象鳳闕，萬桷一楹。㉖擢帝女之四衢。《山海經》曰：宣山上有桑，大五十尺，其枝四衢，名曰帝女之桑。郭璞曰：「婦人主桑，故以名也。」㉗若夫種殖傳《氾勝之書》，《氾勝之書》曰：種桑五月，取椹著水中濯灑，取子，陰乾之，肥田十畝。荒久不耕者，善好耕治之，黍、椹子各三升三合和種之，黍、桑俱生，鋤之令稀疏、調適，黍熟獲之，桑生正與黍高下平，因以利鎌歷地刈之，曝令燥，放火燒之。桑至春生，一畝食三箔蠶。㉘繁茂見陸機之賦，陸機《桑賦》曰：初，世祖武皇帝爲中壘將軍，植桑一株，世更三代〔五〕，年漸三紀。緑葉興而盈尺，柔條蔓而增尋〔六〕。㉙顧出水而得伊尹，見《水賦》「陷空桑之里」注。㉚游大冢而生尼父。《孔演圖》曰：孔子母徵在游大冢之陂，睡夢黑帝使請已往交，語曰：「女乳必於空桑。」覺則若感，生丘於空桑之中。注：乳，産也。

㉛或問以榆、棗，《隋書》曰：齊河清中定令，丁給永業二十畝爲桑田，其中種桑五十根，榆三根，棗五根。㉜或用爲綿、布。《齊書》曰：扶桑國在大漢國東二萬餘里，土多扶桑，葉似桐，初生如笋，國人食之，實如梨而赤。績其皮爲布，亦爲綿、爲紙。㉝貢美青州，《書》曰：青州厥篚檿絲。注：檿桑絲，中琴瑟絃。㉞名傳三輔。《范子計然》曰：桑葉出三輔。㉟得齊王之奇女，《列女傳》曰：齊瘤女者，齊東郭採桑之女，項有大瘤。閔王遊至東郭，百姓盡觀，獨瘤女採桑如故〔七〕。王怪，問之，對曰：「妾受父母教採桑，不受教觀大王。」王曰：「此奇女也。」聘迎之。㊱見秋胡之烈婦。《列女傳》曰：魯秋胡子納妻五日，而宦於陳。後歸，未至家，見路傍美婦人方採桑，秋胡悦之，下車，願託桑陰下，婦人採桑不輟〔八〕。胡曰：「力田不如逢年，採桑不如逢郎，今吾有金，願與夫人。」婦人不受，胡乃歸，母呼其婦〔九〕，乃向採桑者也。數胡之罪，而自投于河。㊲至若枝上拂乎十日，《淮南子》曰：扶桑在陽州，日所拂。注：十日所出，九日居下枝，一日居上枝。㊳根下屈乎三泉。《玄中記》曰：天下之高者扶桑，無枝木焉，上至於天，下通三泉。㊴食之美君仲之孝，《東觀漢記》曰：蔡君仲，汝南人。王莽亂，人相食。君仲取桑椹異器，賊問所以，君仲曰：「黑與母，赤自食。」賊義之，遺鹽二升，受而不食。㊵採之接龐統之言。《荆州先賢傳》曰：龐士元師事司馬德操，不務小名，衆莫之知。德操蠶月躬採桑後園，士元助之，因與談論廢興，其言若神，遂移日忘食。㊶爭則有卑梁之鬬，《史記》曰：吴公子光伐楚，拔居巢、鍾離。初，楚邊邑卑梁氏之處女，與吴邊邑之女爭桑〔一〇〕，二女家怒相滅，兩邑長聞之，怒而相攻，滅吴之邊邑。吴王怒，遂伐楚。㊷讓則有係伯之賢。《齊書》曰：襄陽人士俗，鄰居種桑於界上爲誌。韓係伯以桑蔭妨他地，遷界上開數尺，鄰畔隨侵之，係伯輒更改種。鄰人慚愧，還所侵地。㊸知天風而已枯，

古詩曰：枯桑知天風，海水知天寒。㊹變東海而爲田。《神仙傳》曰：麻姑謂王方平云：「吾見東海三爲桑田。」㊺至其禁原蠶而慮殘，《淮南子》曰：原蠶一歲再登，非不利也，然王法禁之者，爲其殘桑也。㊻獲死龍而有害，《三國典略》曰：齊長廣郡人伐枯桑樹，於中得死龍，長尺餘。識者以爲長廣齊太上皇本封也，齊氏木德，龍爲君象，木枯龍死，非吉徵焉。㊼蜀主之舍邊羽葆，《蜀志》曰：先主舍東南角籬上有桑樹生，高丈餘，遥望童童如小蓋，往來者皆怪此樹非凡，謂當出貴人。先主少時與宗中諸兒於樹下戲言：「吾必當乘此羽葆車蓋。」㊽齊祖之宅南車蓋。《齊書》曰：太祖宅在武進，宅南有桑樹，狀如車蓋。上年數歲，遊於其下，從兄敬宗謂曰：「此樹爲汝生也。」㊾又若《詩》稱猗彼，《詩》曰：猗彼女桑。㊿《易》著其亡，《易》曰：其亡其亡，繫于苞桑。(51)條之蠶月，《詩》曰：蠶月條桑。(52)執以懿筐。《詩》曰：女執懿筐，爰求柔桑。(53)既兩兩以同根，《十洲記》曰：扶桑在碧海中，上有天帝宫，東王所治。樹長數千丈，兩兩同根，更相倚依，故曰扶桑。仙人食其椹，體作金色。其樹雖大，椹如中夏桑椹也，稀而色赤，九千歲一生實，味之絶香〔二〕。(54)亦葉葉而相當。曹植《艷歌》曰：出自薊北門，遥望胡地桑。枝枝自相值，葉葉自相當。(55)或有左袪既絓，《楚辭》曰：衣攝葉似儲與兮，左袪絓於扶桑。右袵拂於不周兮，六合不足以肆行。注：攝葉儲與，不舒展貌。(56)化民自裹，《括地圖》曰：化民，食桑二十七年，化而自裹，九年生翼，十年而死。(57)仙人食之而變金，見上「兩兩同根」注。(58)季夏鑽之而取火。《鄒子》曰：季夏取桑、柘之火。(59)復有馬領殺人，《本草》曰：桑根白皮，出見地上，名馬領，勿取，毒殺人。(60)伏蛇療疾。《本草》曰：桑根旁行出土上者，名伏蛇，治心痛。(61)過路室而目待，《楚辭》曰：路室女之方桑，孔子過之以目待。注：路室，客舍。(62)想姜嫄之履迹。《元命苞》曰：姜嫄遊閟宮，地扶桑，履大人迹，生稷。⑥③子産相鄭而貽謗，《韓子》曰：子産開畝樹桑，鄭人謗訾。⑥④孔子自陳而自得。《孫卿子》曰：孔子適楚，於陳、蔡之間，七日不食，曰：「居不隱者思不生，身不佚者志不廣。汝庸知吾不得之桑落之下。」⑥⑤非獨琅邪國相，用之而爲杯；謝承《後漢書》曰：高弘爲琅邪相，妻子不歷官舍，桑杯盛漿。⑥⑥亦有陳留隱人，依之而作室。謝承《後漢書》曰：陳留申屠蟠耻郡無處士，遂閉門養志，蓬室依大桑樹以爲棟梁。

校勘記

〔一〕宦三年矣　「宦」原作「官」，據宋本並《左傳・宣公二年》改。

〔二〕悉由　「悉」原作「息」，據《御覽》卷九五五引改。

〔三〕壯心　「壯」，華本作「妒」，《御覽》卷九五五引作「疾」。

〔四〕后廢太子　「廢」原作「生」，據宋本並本句正文改。

〔五〕三代　《陸機集・桑賦》作「三代」。

〔六〕柔條　《陸機集・桑賦》作「崇條」。

〔七〕獨瘤女採桑如故　「獨」原作「宿」，據《御覽》卷九五五引改。

〔八〕不輟　「輟」原作「輙」，據宋本改。

〔九〕母呼　「母」字原無，據宋本並《御覽》卷九五五引增。

〔一〇〕之女　原作「女之」，據宋本並《御覽》卷九五五引改。

〔一一〕味之絶香　宋本作「味絶甘香」。

事類賦卷之二十六

果部一

桃　李　梅　杏　柰　棗

桃

①果實多品，惟桃可佳。夭夭其色，灼灼其華。《詩》曰：《桃夭》，后妃之德也。桃之夭夭，灼灼其華。②或成仙而益壽，《神農經》曰：玉桃，服之長生不死。臨死服之，其尸畢天地不朽。③或制鬼而祛邪。見《春賦》「畫鷄索葦」注。④或美后妃之德，見上。⑤或報瓊瑶之華。《詩》曰：投我以木桃，報之以瓊瑶。⑥驚蟄應氣而斯盛，《易通卦驗》曰：驚蟄，大壯。初九，桃始華，不華，倉庫多火。⑦農人爲候而無差。崔寔《月令》曰：三月桃花盛，農人候時而種。⑧陟雲臺而臨崖布綺，《列仙傳》曰：張陵弟子趙升，就陵受學。陵與諸弟子登雲臺山，山絶崖有桃樹大如臂，陵曰：「得桃實者告以要道。」弟子無敢視者。升從上自擲，正中桃樹，得桃滿懷而至。⑨遊武陵而夾岸舒霞。陶潛《桃源記》曰：晉太元中，武陵人捕魚，從溪而行，忘路遠近。忽逢桃花林夾兩岸，芳華鮮美，落英繽紛。林盡得山，山有小口，初極狹，行四五步，豁然開朗。邑屋連接〔一〕，鷄犬相聞，男女衣著悉如外人。

見漁父，驚。爲設酒食，云先世避秦難，率妻子來此，遂與外隔。問今是何代，不知有漢，無論魏、晉。既出，白太守，遣人隨往，尋之，迷不復得。⑩妬娼常聞於武女，《妬記》曰：武陽女嫁阮宣，武絶忌。家有一株桃樹，華葉灼耀，宣歎美之，卽便大怒，使婢取刀斫樹〔二〕，摧折其華。⑪愛惡潛移於子瑕。《韓子》曰：昔彌子瑕有寵於衛君。與君遊於果園〔三〕，食桃而甘，以其半啖君。君曰：「愛我哉，忘其口而啖寡人。」及彌子瑕色衰愛弛，得罪於君，曰：「是固嘗啖我以餘桃。」⑫至若綏山刻木，《列仙傳》曰：葛由好刻木作羊賣之。一旦騎羊上綏山，王侯追之，皆得仙。綏山多桃，故諺曰：「得綏山一桃，雖不得仙，亦足以豪。」⑬神荼索葦。見《春賦》「畫鷄索葦」注。⑭犯上既戒於文侯，《新序》曰：魏文侯見箕季，從者食其桃，箕季禁之。文侯曰：「箕季豈愛桃哉，是教我下無犯上也。」⑮雪賤復聞於夫子。《韓子》曰：魯哀公賜孔子桃與黍，孔子先飯黍而後食桃。公曰：「以黍雪桃爾。」對曰：「黍，五穀之長；桃，六果之下。君子不以貴雪賤。」⑯神女嘗食於二郎，《幽明録》曰：劉晨、阮肇共入天台，迷不得返，糧食乏盡，得山上數桃啖之，遂不飢。下山，一大溪邊，有二女姿質妙絶〔四〕，因要還家，勑婢云：「劉、阮二郎向雖得瓊實，猶尚虛弊，可速作食。」遂停半年，懷土而歸。⑰齊相亦殺乎三士。《晏子春秋》曰：公孫接、田開彊、古冶子事景公，勇而無禮。晏子言於公，饋之二桃，曰：「三子計功而食。」公孫接、田開彊先言功，援桃而起〔五〕。古冶子又言其功，令二子反桃，二子慚而自殺。古冶子曰：「恥人以夸其聲不義也。」亦返其桃，契領而死。⑱崑崙以霜實稱奇，《洛陽伽藍記》曰：景陽山百果園有仙人桃，其色赤，表裏照徹，得霜乃熟。亦出崑崙山，一曰王母桃〔六〕。⑲磅磄以寒英表異。《拾遺記》曰：磅磄山去扶桑五萬里，日所不及。其地寒，有桃千圍，萬年一實。⑳旄、㯓異狀而同名，《爾雅》曰：旄，冬桃。㯓桃，山桃。㉑

侯、白殊味而俱美。《晉宫闕記》曰：華林桃園七百三十株，侯桃三株，白桃三株。㉒别有綺葉、金城之號，紫文、緗核之名。《西京雜記》曰：上林有秦桃、櫻桃、緗核桃、綺葉桃、霜桃、金城桃、紫文桃。㉓雖云六果之下，見上「雪賤聞於夫子」注。㉔誠爲五木之精。《典術》曰：桃者，五木之精，其精生鬼門，制百鬼，故今作桃人著門以厭邪。㉕高丘餐膠而輕舉，《神仙傳》曰：高丘公服桃膠得仙。㉖師門食葩而道成。《列仙傳》曰：師門者，嘯父弟子也。能使火，食桃葩。夏孔甲惡之，殺而埋之野外，山木皆焚。孔甲禱，未還而死。㉗復有棓羿之事，《淮南子》曰：羿死於桃棓。㉘畏漢之情。《梅子》曰：王莽畏漢高神靈，乃令虎賁拔劍斬高廟桃，湯赤鞭灑屋。㉙玄冬霜林之茂，《拾遺記》曰：漢明帝世有獻巨核桃者，霜下結花，隆暑方熟，使植於霜林園。俗謂相陵，誤也。㉚朱夏荳實之英。《大戴禮·夏小正》曰：六月煮桃，以爲豆食。㉛至於漢皇罷種，《漢武故事》曰：王母出桃七枚，以五與帝，自啖其二。帝留核欲種，母曰：「此桃三千年一實，非下土所植也。」㉜方朔潛偷。《漢武故事》曰：東郡獻短人，帝呼東方朔，朔至，短人指朔謂上曰：「王母種桃，三千歲一實，此兒不良，已三偷之矣。」㉝僵李傷嗟於見累，見《井賦》「僵李摧殘」注。㉞土偶哀憐於載浮，《説苑》曰：孟嘗將入秦，客有諫曰：「臣過淄水上，見土偶人方與木梗人語，木梗謂土偶曰：『今大雨至，子必沮壞。』應曰：『我沮乃反吾真耳。今子東園之桃也，刻子以爲梗，水潦至，必浮子泛泛乎不知所止矣。』」孟嘗君乃不行。㉟樊氏競術於靈變，《神仙傳》曰：樊夫人與夫劉綱俱有道術，各自言勝。中庭有兩桃樹，夫妻各呪其一，桃便鬬，綱所呪桃走出籬外。㊱蔡誕託詐於仙遊。《抱朴子》曰：五原蔡誕入山而還，欺家人云：「到崑崙山，有玉桃，光明洞徹而堅，須玉井水洗之，便軟可食。」㊲亦有種列三名，潘岳《閑居賦》曰：三桃表櫻胡之列。㊳實盈十斛。《玄中記》曰：木子之大者有積石山之桃實焉〔七〕，大如十斛器。㊴《太清》漬花而療疾，《太清卉木方》曰：酒漬桃花，飲之除百疾，好顏色。㊵《抱朴》服膠而絶穀。《抱朴子》曰：桃膠以桑木炭漬服之，愈百病。久服體有光，能絶穀。㊶或呪之而頳面，見《春賦》「桃花靦面」注。㊷或出之而剖腹。《鍾離意别傳》曰：《周書》言秦史趙凱以私恨告園民吴且生盗食宗廟御桃。且生對曰：「民不敢食。」王曰：「剖其腹，出其桃。」㊸豈若饗碧實於西遊，標名仙籙。《尹喜内傳》曰：喜從老子西遊，省太真王母，共食碧桃之實。

校勘記

〔一〕連接　原作「相連」，據宋本並《御覽》卷九六七引改。
〔二〕使婢　原作「使奴」，據宋本並《御覽》卷九六七引改。
〔三〕與君遊於果園　「與君」二字原無，據宋本並《韓非子・説難》增。
〔四〕有二女　「有」字原無，據宋本並《御覽》卷九六七引增。
〔五〕援桃　原作「授桃」，據宋本、華本並《晏子春秋・内篇諫下》改。
〔六〕一曰　原作「赤曰」，據宋本改。
〔七〕積石山　「石」下原衍「泰」字，據宋本並《御覽》卷九六七引删。

李

①猗歟穠李，果中之美。仙縹神紅，《果賦》云〔一〕：仙李縹而神李紅。②冬華春子。《廣志》曰：鄴園有春李，冬華春熟。③或傳芳於黃建，《廣志》曰：麥李細小，有溝道、有黃建李、黃扁李、馬肝李。鐸李，肌粘茹似鐸。④或銜名於青綺。《西京雜記》曰：上林苑有紫李、青綺李。⑤武子拔樹以責吝，《晉書》曰：和嶠性儉〔二〕，家有好李，帝求之，不過數十。王武子因其直〔三〕，率少年將斧詣園，飽啖畢，伐樹而去。⑥王戎鑽核而彰鄙。《晉書》曰：王戎有好李，常賣，恐人得種，鑽其核。⑦玉華連理之奇，《唐書》曰：貞觀中，玉華宮李連理，隔澗合枝。⑧房陵朱仲之美，任昉《述異記》曰：房陵定山有朱仲李三十六株，潘岳《閑居賦》曰：「房林朱仲之李」。⑨安陽暉章之鮮茂，《述異記》曰：魏文帝安陽殿前天降朱李八枚，啖一，數日不食。今李種有安陽李，大而甘者，卽其種也。《晉宮閣名》曰：暉章殿前有嘉李。⑩中山杜陵之滑旨。陸士衡《果賦》云：中山之縹李。《述異記》曰：杜陵有金李，李之大者夏李，小者鼠李。⑪或以顏子爲稱，《西京雜記》曰：上林苑有顏淵李，出魯國。⑫或以韓終見紀。《洞冥記》曰：琳國有玉葉李，五千年一熟，仙人韓終服之，一名韓終李。⑬有赤駁之狀，有無實之稱。《爾雅》曰：休，無實李。座，接慮李。駁，赤李。⑭或沉於寒水〔四〕，魏文帝《與吳質書》曰：浮甘瓜於清泉，沉朱李於寒水。⑮或報以瓊英。見《詩》。⑯邊春則見於方外，《山海經》曰：邊春之山多李。⑰員丘則載彼仙經。《漢

武内傳》曰：仙之上藥有員丘紅李。⑱著正冠之令範，古樂府歌曰：君子防未然，不處嫌疑間。瓜田不納履，李下不整冠。⑲振成蹊之美聲。阮籍詩曰：嘉木下成蹊，東園桃與李。《漢書》曰：李廣將軍，恂恂如鄙人，口不能出辭。及死之日，天下知與不知，皆爲流涕。諺曰：「桃李不言，下自成蹊。」⑳亦有餐玄雲而得道，《真人王褒内傳》曰：五雲丹山上有玄雲李，食之得仙。《漢武内傳》曰：李少君謂帝云：「鍾山之李大如瓶，臣食之，遂生奇光。」㉑食如瓶而有光。㉒螬而可咽者井上，見《井賦》「於陵螬實」注。㉓苦而不食者道傍。《晉書》曰：王戎年始七歲，常與諸小兒戲道邊。李樹子多折枝，諸小兒競走取之，唯戎不動。人問之，答曰：「樹在道邊而子多，必苦李也。」取之信然。㉔伯陽指之以定姓，《列仙傳》曰：老子母扶李樹而生老子。老子生而能言，指李樹曰：「以此爲姓。」㉕僧孺辭之於先嘗。《齊書》曰：王僧儒少時，有餽其父冬李，先以一與之，不受，曰：「大人未見，不容先嘗。」㉖斯朱李之爲美，冠衆果之鮮芳。

校勘記

〔一〕果賦　「果」上原衍「李」字，據《御覽》卷九六八引刪。

〔二〕和嶠　原作「何嶠」，據《晉書・王濟傳》改。

〔三〕因其直　「直」原作「出」，據宋本並《御覽》卷九六八引、《晉書・王濟傳》改。

〔四〕寒水　原作「寒冰」（注文同），據宋本並《御覽》卷九六八引、《全三國文》卷七改。

梅

①《詩》云：「摽有梅，其實七兮。」《詩》云。②伊梅枏之酸酢，《爾雅》曰：梅，枏。注：似杏實酢。③亦果中之嘉實。既香口而是資，《詩義疏》曰：梅，杏類也。煮而乾爲蘇，置羹䪥中，可含以香口。④亦和羹而取適。《書·説命》曰：若作和羹，爾惟鹽梅。⑤范汪啖之於盈斛，《語林》曰：范汪至能啖梅，常置一斛奩，須臾啖盡。⑥孫亮察之於漬蜜。《吴曆》曰：孫亮方出西苑，食生梅，使黄門至中藏取蜜漬梅。蜜中有鼠矢，侍中請付獄推。亮曰：「此易知耳。」令破鼠矢，矢裏燥。亮大笑曰：「久在蜜中，中當濕。裏燥，必黄門爲構。」乃首服。⑦酸不及於百人，《淮南子》曰：「百梅足以爲百人酸，一梅不足以爲百人酸。注：喻衆能濟少，少不能有所成。⑧渴嘗止於三軍。《世説》曰：魏武帝行，失道，三軍皆渴，帝令曰：「前有大梅林，饒子，甘酸，可以解渴。」士卒聞之皆水出。⑨越使中梁國之遺，《説苑》曰：越使諸發執一枝梅遺梁王，梁臣韓子顧左右曰：「惡有以一枝梅遺列國之君者乎！」⑩陸凱寄江南之春。《荆州記》曰：陸凱與范曄相善，自江南寄梅花一枝詣長安與曄，并贈詩曰：「折花逢驛使〔一〕，寄與隴頭人。江南無所有，聊贈一枝春。」⑪柳惲之射斯妙，《南史》曰：柳惲嘗與琅琊王瞻博射，嫌其皮闊，乃樹梅帖烏珠之上，發必命中。⑫壽陽之妝更新。《宋書》曰：武帝女壽陽公主，人日卧於含章簷下，梅花落公主額上，成五出之花，拂之不去。自後有梅花妝。⑬折靈山兮攀上林，賞紫蔕兮翫同心〔二〕。《山海經》曰：靈山其木多

梅〔三〕。《西京雜記》曰：上林苑有朱梅、同心梅、紫蔕梅、燕支梅、麗枝梅、紫花梅、候梅。⑭或以熟横公之魚，《神異經》曰：北方荒外有石湖焉，方千里，中有横公魚，夜化爲人。刺之不入，煮之不死，以烏梅二十七煮之而即熟，可已邪病〔四〕。⑮或以煮綺里之金。《抱朴子》曰：綺里丹法：以鉛百觔，雄黄煮之，皆成金。太剛，以猪膏煮之；太柔，以梅煮之。⑯五月之風表信，《風俗通》曰：五月有落梅風，江淮以爲信風。⑰夏至之雨爲淫。周處《風土記》曰：夏至之雨名爲黄梅雨，沾衣服皆敗黦。⑱豈獨伯禹廟中，生枝而事異；《風俗通》曰：夏禹廟中有梅梁，忽一表生枝葉。⑲抑亦蘇躭園裏，療病而功深。《桂陽先賢傳》曰：蘇躭後園梅樹下種藥，可治百病。

校勘記

〔一〕折花　原作「折梅」，據宋本並《御覽》卷九七〇引、《先秦漢魏晉南北朝詩》卷四改。

〔二〕紫蔕　原作「紫葉」，據宋本並《西京雜記》改。

〔三〕其木　原作「有木」，據宋本並《御覽》卷九七〇引、《山海經·中山經》改。

〔四〕可已　華本作「可却」。

杏

①美此文杏，《西京雜記》曰：上林苑有文杏，謂材有文彩。②稟精歲星。《典術》曰：杏木者，歲星之精。③結靈山之茂影，《山海經》曰：靈山之下，其木多杏。④布魏郡之繁英。盧毓《冀州論》曰：魏郡好杏，地產不爲無珍。⑤盧諶紀祭享之典，盧諶《祭法》曰：夏祠用杏。⑥師曠占豐儉之萌。師曠占曰：杏多實不蟲者，來年秋善。⑦三玄是號，《南岳夫人傳》曰：仙人有三玄紫杏。⑧六出爲名。《西京雜記》曰：上林苑蓬萊杏，東海都尉于台獻一株，花雜五色，六出，云是仙人所食者。⑨耕沙識務農之節，《氾勝之書》曰：杏花如何，可耕白沙。⑩糅麥知別味之精。《玄晏春秋》曰：衛倫過予，言及於味，稱魏故侍中劉子陽，食餅知鹽生，精味之至也。予曰：「師曠識勞薪，易牙別淄澠，子陽今之妙也，定之何難！」倫因命僕取糧糗以進，予嘗之曰：「麥也，有杏、李、柰味。三果之熟也不同，子焉得兼之？」倫笑而不言。退告人曰：「士安之識過劉氏，吾將來家實多，故杏時將發，故糅以杏汁；李、柰時將發，又糅以李、柰汁，故兼三味。」⑪南海漂流，療飢於舟子；《述異記》曰：杏園洲在南海中，多杏，云仙人種杏處。漢時，常有人舟行遇風泊此洲，五六月，日食杏，故免死。又云洲中有冬杏。⑫牛山荒饉，充食於黎甿。《嵩高山記》曰：嵩山東北有牛山，其山多杏，至五月爛然黃茂。自中國喪亂，百姓饑饉，皆資此爲命，人人充飽，而杏不盡。⑬至於擅美含章，《洛陽宫殿簿》曰：含章殿前，杏四株。⑭傳名顯陽，《洛陽宫殿簿》曰：顯陽殿前，杏六株。⑮范蠡宅

畔，《地志》曰：范蠡宅在湖中，有海杏，大如拳。⑯光武陵傍。朱超石《與兄書》曰：光武墳邊杏甚美，今奉送其核。⑰貢西山於魏土，王逸《荔枝賦》曰：魏土送西山之杏。⑱列仙祠於賴鄉。《述異記》曰：賴鄉老子祠有縹杏。⑲仲尼坐緇帷之側，《莊子》曰：孔子遊緇帷之林，休坐杏壇之上，弟子讀書，絃歌，鼓琴。⑳董奉植廬山之陽。《潯陽記》曰：董奉居廬山，爲人治病，得愈者令種杏五株。今猶稱「董先生杏」。㉑又若張元以還主爲廉，《後周書》曰：張元，性廉潔。南隣有杏二樹，杏熟，多落元園中，元悉以還主〔一〕。㉒馬暢以不恭爲懼。《唐書》曰：馬暢，燧之子。暢以第中大杏饋竇文場，文場以進德宗。德宗未常見，頗怪暢。令中使就封杏樹。暢懼，進宅，廢爲奉城園。㉓或飾之而爲梁，司馬相如《長門賦》曰：飾文杏以爲梁。㉔或則之而耕土。《氾勝之書》曰：杏始華榮，輙耕輕土、弱土，望杏花落，復耕之，輙藺之，此謂一耕而五也。王元長《策秀才文》曰：杏花昌葉，耕獲不忘。㉕五沃得種植之宜，《管子》曰：五沃之土，其木宜杏。㉖三月辨田疇之度。《四民月令》曰：三月杏花盛，可播白沙輕土之田。㉗冠郁棣以稱珍，見《閑居》之麗賦。潘岳《閑居賦》曰：梅、杏郁棣，華實照爛。

校勘記

〔一〕元悉以還主　「元」字原無，據宋本並《御覽》卷九六八引增。

柰

①惟此素柰，果中之珍。②茂虎丘之嘉實，《虎丘山疏》曰：山下三面有春秋二柰。秀上林之晚春。見下。③白花興謡，既自於天公織女；《晉書》曰：成帝杜后崩。先是，三吴女子相與簪白花，望之如素柰，謡言天公織女死，爲之著服，至是而后崩。④玄雲在御，更聞於南岳夫人。《南岳夫人傳》曰：夫人姓魏，名華存。季冬夜半〔一〕，有真人降，夫人靖室設酒殽，陳玄雲紫柰。⑤若夫張掖稱奇，《廣志》曰：張掖有白柰，酒泉有赤柰，西方例多柰，家以爲脯，數十百斛，以爲蓄積。⑥瓜州擅美。張載詩曰：三巴黄甘，瓜州素柰。⑦實或丹而或白，潘岳《閑居賦》曰：二柰耀丹白之色。⑧英半緑而半紫。《西京雜記》曰：上林苑有紫柰，花紫；緑柰，花緑。⑨楊愔不顧，因號爲奇童；《三國典略》曰：楊愔幼年，家有柰樹，實落於地，羣兒咸争，愔獨坐不顧。季父暐見之謂賓客曰：「此兒恬裕，有我風。」⑩王祥守之，乃成其孝子〔二〕。《孝子傳》曰：王祥事後母，庭有柰樹，始著子，使守視。祥晝驅鳥雀，夜則驚鼠，時雨忽至，祥抱樹至曙，母見惻然。⑪狀同日給之華，杜恕《篤論》曰：日給之花似柰，柰實而日給虚。虚僞之與真實相似也。⑫名記圓丘之異。《漢武故事》曰：上握蘭園之金精，摘圓丘之紫柰。⑬潘尼有清渠之詠，潘尼《東武觀賦》曰：飛甘瓜於浚水，投素柰於清渠。⑭盧諶有夏祠之制。盧諶《祭法》曰：夏祠法用白柰，秋赤柰。⑮採崑崙之絶域，《拾遺記》曰：崑崙有柰，冬生子碧色。⑯植華林之丹地。《晉

宮閣名》曰：華林園有白柰四百樹。⑰夏成者既嘉，冬熟者尤貴。曹植《謝柰子表》曰：即夕殿中虎賁宣詔，賜臣等冬柰一奩，詔使温啖。夜非食時，而賜見及；柰以夏熟，今則冬至。物以非時爲珍，甘以絶口爲厚。⑱備四真之薦羞，有三玄之芳旨。《南岳夫人傳》曰：夫人與王子喬四真人爲宿主，設三玄紫柰。

校勘記

〔一〕夜半　原作「半夜」，據宋本並《御覽》卷九七〇引改。

〔二〕成其　原作「成於」，據華本改。

棗

①棗實嘉果，民之所資。或美樲酸之實，《爾雅》曰：樲，酸棗。注云：樹小實酢。《孟子》曰：養其樲棘。②或稱還味之滋。《爾雅》曰：還味稔棗。注：還味，短味也。③或食仁而却邪，《劉根别傳》曰：能常服棗核中仁，百邪病不復干。④或茹葉而充飢。《東觀漢記》曰：馮愔反，鄧禹征之，爲愔所敗，至高陵，軍士飢餓，皆食棗葉。⑤仲思紫實，《大業拾遺録》曰：信都獻仲思棗，長四寸，紫色，細文，核肥有味。⑥周文弱枝。潘岳《閑居賦》曰：周文弱枝之棗。⑦晏子始稱於秦繆，《晏子春秋》曰：景公謂晏子曰：「東海之中有水而赤，其中有棗，花而不實，何也？」晏子曰：「昔者秦繆公乘龍治天下〔一〕，以黄布裹蒸棗而投其布，故水赤；蒸棗，故花而不實。」公曰：「吾佯問。」對曰：「嬰聞佯問者，佯對之。」⑧少君亦遇於安期。《史記》曰：李少君以却老方見上曰：「臣曾遊海上，見安期生，食臣棗，棗大如瓜。」⑨七日聞之於仙傳，《漢武内傳》曰：七月七日西王母當下，爲帝設玉門之棗。⑩八月載之於《毛詩》。《詩》曰：八月剥棗，十月穫稻。⑪觀其纂纂離離，潘岳《笙賦》曰：棗下纂纂，朱實離離。宛其落矣，化爲枯枝。⑫新之疐之，《禮》曰：棗曰新之。《爾雅》曰：棗曰疐之。⑬三星繁茂，《廣志》曰：官園有三星棗。⑭五苑紛披。《韓子》曰：秦飢，應侯謂王曰：「五苑之果蔬、橡、棗、栗足以活民，請發之。」⑮安邑、穀城之茂，《漢書》曰：安邑千樹棗與千户侯等。《廣志》云：東郡穀城紫棗長二寸。⑯信都、梁國之宜。《廣志》云：信都大棗，梁

國夫人棗、太白棗。⑰遵羊兮蹷泄，《爾雅》曰：遵羊棗。注：實小而員，紫黑色，今俗呼爲羊矢棗。又曰：蹷泄，苦棗。⑱駢白兮蹷洛。《廣志》曰：駢白棗、蹷洛棗，此二者，官園所種。⑲伐東家而去婦，《漢書》曰：王吉東家有棗樹垂吉庭中，吉婦取棗以啖吉。吉乃去婦。東家聞之欲伐樹，鄰里共止之，因固請吉令還婦。里中語曰：「東家有樹，王陽去婦；東家棗完，去婦復還。」⑳握錯金而示兒。《春秋繁露》曰：握棗與錯金，以示嬰兒，嬰兒必取棗而不取金。故物之於人，小者易知。㉑數十年仙童之顧，《東陽記》曰：信安縣有懸室坂。晉時有民王質，伐木至石室中，見童子四人，彈琴而歌，質因留，倚柯聽之。童子以一物如棗核與質，質含之便不復飢。俄頃〔二〕，童子令其歸，質承聲而去，斧柯漼然爛盡。既歸，質去家已數十年，親舊零落，無復昔時矣。㉒三千歲神女之期。《馬明生别傳》曰：明生少逢神女，還岱宗，見安期生曰：「昔與女郎遊於安息西海之際，食棗異美，忽已三千年矣〔三〕。」㉓若夫曾晳嗜之而靡忘，《孟子》曰：曾晳嗜羊棗，而曾子不忍食。公孫丑問曰：「膾炙與羊棗孰美？」曰：「膾炙哉！」曰：「曾子何食膾炙？」孟子曰：「膾炙同也，羊棗獨也。」㉔孟節含之而不食。《後漢書》曰：孟節能含棗核不食，可至十年。㉕既補中而助氣，《本草》云：凡棗九月採，日乾，補中益氣。㉖亦安軀而益力。《神異經》曰：北方荒中有棗，其高五尺〔四〕。子長六七寸，食之可以安體，益氣力。㉗《戴禮》稱婦人之贄，《禮》曰：婦人之贄：脯、脩、棗、栗。㉘《周官》設饋籩之實。《周禮》曰：饋食之籩，其實棗。㉙或生於石虎園中，陸翽《鄴中記》曰：石虎園有西王母棗，味絶美，枝葉葱茂，四時不凋。九月生花，十二月熟。㉚或植於景陽山側。《洛陽伽藍記》曰：景陽山有百果園，果别作一林，林各有堂。有仙人棗長五寸，核細如針，霜降乃熟。㉛羊角、崎廉，《鄴中記》曰：石虎園中有羊角棗。《廣志》：有崎廉棗。㉜細腰、擠白。《爾雅》曰：邊要棗。注：細腰棗也。又曰：擠白棗。注：今棗白熟。㉝或蔭鄭街，《韓子》曰：子産治鄭，桃、棗之蔭於街者，莫援也。㉞或饒冀州。《魏志》曰：杜恕上疏曰：「冀州户口最大，又有桑、棗之饒，國家徵求之府。」㉟名擅鷄心，《廣志》曰：棗有鷄心、狗牙、獼猴、細腰之名。㊱用比狐裘。《吕氏春秋》曰：棗棘之有，裘狐之有，食棘之棗，衣狐之裘，先王固用，非其有而已有之。㊲夏令鑽之而取火，《鄒子》曰：夏取棗、杏之火。㊳春祀笮之而用油。盧諶《祭法》曰：春祀用棗油。㊴亦有韓茂國，《水經》曰：酸棗縣故城，古韓國。昔天子建國名都，或以山林，故豫章以樹氏都，酸棗以棘名邦。㊵盛高唐，《水經注》曰：高唐縣甘棗溝水側多棗，故俗取名焉。㊶美陶碩之守節，謝承《後漢書》曰：河南陶碩，鄉曲餉之無所受，但食棗飲水而已。㊷善程末之居喪〔五〕。蔡邕《奏事》曰：程末年十四，時祖父叔病物故，末抱伏叔尸，號泣悲哀。㚖哀其羸劣，嚼棗肉以哺之，末見食歔欷，不能吞咽。㊸植玉門於上苑，《西京雜記》曰：上林苑中有玉門棗。㊹茂岐峯於北荒。《拾遺記》曰：北極有岐峰之陰，多棗樹百尋，其枝莖皆空，實長尺，核細而柔，百歲一實。㊺杜畿之直可尚，《杜氏新書》曰：杜畿爲河東太守，平虎將軍劉勳爲太祖所親，貴震朝廷。常從畿求大棗，畿拒以他故。後勳伏法，太祖得其書，嘆曰：「杜畿可謂『不媚竈也』。」㊻孫程之謀亦臧。《東觀漢記》曰：中黄門孫程謀誅江京，詐謂馬國曰：「天子與我棗脯，使早成之。」乃與國等共立順帝。㊼復有無實之稱，《爾雅》云：晳無實棗。注：不著子者。㊽太白之名。《廣志》云：梁國園出太白棗。㊾或啗馬而爲脯，《史記》曰：楚莊之時，有所愛馬，啗以棗脯。㊿或斫樹而同盟。《高士傳》曰：胡昭與晉宣帝爲布衣之交。同郡周士欲殺帝，昭止士，士不肯。昭泣以示誠，士感其意乃止。昭斫棗樹共士盟而别。

昭後見帝，口終不言。㉛治中賦之而均士，《英雄記》曰：孔文舉爲東萊賊所攻，城欲破，而其治中左承祖以官棗賦戰士。㉜都尉樹之而有程。《淮南子》曰：十一月，官都尉，其樹棗。㉝吐而死之，鮑焦之介何甚；《風俗通》曰：鮑焦耕田而食，穿井而飲，於山中食棗。或曰：「子所植邪？」遂強吐，立枯而死。㉞呼而問也，曼倩之術何精。《東方朔傳》曰：武帝時，上林獻棗，上以所持杖繫未央前殿檻，呼朔曰：「叱叱，先生來來，先生知此篋中何物也？」朔曰：「上林獻棗四十九枚。」上曰：「何以知之？」朔曰：「以呼朔者上也，以杖繫檻兩木，兩木林也，來來者棗也，叱叱者四十九枚。」上大笑，賜帛十疋。㉟至於和飴蜜以同甘，傅玄《棗賦》曰：斐斐素華，離離朱實。脆如霜雪，甘如含蜜。㊱與酢梨而並置〔六〕，應劭《漢官儀》曰：光武封太山，上壇見酢梨、酸棗，問其故。言者曰：「百官上者所置。」上曰：「封禪大禮，千歲一會，衣冠士大夫何故爾也？」㊲上林有羣臣之獻，《西京雜記》曰：初修上林苑，羣臣各獻名果，多製美名，故有青華棗、赤心棗。㊳窟室有仙人之餌。《神仙傳》曰：李意其於城角中作一土窟，居其中，冬夏單衣，但飲酒食脯及棗。或百日、二百日不出。㊴既傷其念我弟兄，傅玄《歌詞》曰：黄葉離高柯，丹棗生自零。不惜棗自零，念我少弟兄。㊵亦歎其生於棘刺。古詩曰：甘瓜抱苦蔕，美棗生棘刺。㊶安平地産，不謂於無珍；盧毓《冀州論》曰：安平好棗，地産不爲無珍。㊷房山燃膏，亦稱其爲異。《洞冥記》曰：房嵣細棗出房嵣之山，山臨碧海，萬年一實。笮之有膏，可用燃燈。

校勘記

〔一〕乘龍　「乘」上原衍一「乘」字，據《御覽》卷九六五引删。

〔二〕俄頃　「俄」字原無，據宋本並《御覽》卷九六五引增。

〔三〕三千年　「三」原作「二」，據宋本、白本、華本改。

〔四〕五尺　宋本作「五丈」。

〔五〕程末　原作「程莫」（注文同），據宋本並《御覽》九六五引改。

〔六〕酢梨　原作「酢黎」（注文同），據宋本並《御覽》卷九六五、九六九引改。

事類賦卷之二十七

果部二

梨　栗　甘　橘　瓜

梨

①惟紫梨之津潤，《尹喜内傳》曰：老子西遊，省太真王母，共食紫梨。又左思《蜀都賦》曰：紫梨津潤。②可解煩而釋悁。魏文帝詔曰：真定御梨，大若拳，甘若蜜，脆若凌，可以解煩釋悁。③瀚海耐寒而不枯，《西京雜記》曰：上林有瀚海梨，出瀚海，耐寒不枯。④塗山一秀而千年。《洞冥記》曰：塗山之北有梨大如斗，紫色，千年一花，冬月乃實。煎之有膏，食者身輕。亦曰紫輕梨。⑤或翫以玄光，《漢武内傳》曰：太上之藥有玄光梨。⑥或植以青田。《永嘉記》曰：青田村民家多種梨，名曰官梨。⑦曹操山陽，見之於魏奏；魏武帝爲兗州牧，上書曰：「山陽郡有美梨，謹上甘梨二箱。」⑧張公大谷，聞之於晉篇。潘岳《閑居賦》曰：張公大谷之梨。⑨種之或比於封君，《漢書》曰：淮北、滎南，河濟之間有千樹梨，其人與千户侯等。⑩食之因成於地仙。《神異經》曰：東方有樹高百丈，敷張自輔，葉長一丈，廣六、七尺，名曰梨。實徑三尺，剖之白如素，食之爲地仙。張華注曰：故是今之梨樹，

但大耳〔一〕。⑪翫紫條之甘脆，賞縹蔕之芳鮮。《西京雜記》曰：上林有縹蔕梨、紫條梨。⑫若夫常陽、真定之美，傅選《七證》曰：恒陽黄梨，巫山朱橘。何晏《九州論》曰：安平好棗，真定好梨。⑬朐山、御宿之味。左思《吴都賦》曰：果則朐山之梨。《三秦記》曰：漢武樊川園，一名御宿，有大梨如五升，墜地則破，名含消梨。⑭哂哀家之蒸食，《世説》曰：桓南郡每見人不快，輒嗔云：「君得哀家梨，復蒸食不？」舊説：秣陵有哀仲家，梨甚大，如升，入口消釋。言愚人不別，好蒸食之。⑮美道安之分遺。《世説》曰：道安公講，僧常數百。習鑿齒嘗餉十梨，值講，安公便於座中手自剖分，梨盡人遍，都無偏頗。⑯玄圃則侍臣作頌，王讚《梨頌》曰：太康十年，梨樹四枝其條與中枝合生於玄圃園，皇太子令侍臣作頌。⑰太山則百官所置。見《棗賦》「酢梨並置」注。⑱苻武齧之而同叛，《晉書》曰：苻雙據上邽，苻柳據蒲阪，苻武據安定，將共伐長安。苻堅遣使諭之，各齧梨以爲信。⑲李泌燒之而獨賜。《李鄴侯傳》曰：唐肅宗嘗夜召潁王等三弟，同坐地罏罽毯上，時李泌久絶粒，上爲自燒二梨以賜之。⑳揚芳乎洞庭之中，《山海經》曰：洞庭之中，其木多梨。㉑託植乎明光之宫。《晉宫闕名》曰：明光殿前梨一株。㉒責多而貪者玄謨，《宋書》曰：王玄謨征滑台，一疋布責民八百梨。㉓取小而慧者孔融。《文士傳》曰：孔融年四歲，與諸兄食梨，輒取小者。人問其故，答曰：「我小兒，法當取小者。」㉔復有宋武戲馬之詞，宋武帝《戲馬臺梨花讚》曰：嘉樹之生，于彼山基，開榮布彩，不雜塵緇。㉕王弘河上之賜。王弘《謝賜河上梨表》曰：奉賜河上梨，遠方味甘，每垂降及，仰佩恩逮，俯增祗愧。㉖或以青玉爲稱，或以金柯見紀。《西京雜記》曰：上林有青玉梨、金柯梨，出琅邪王野家，太守王唐所獻。㉗崔遠比席上之珍，《唐書》曰：崔遠，文才清麗，風神峻整，當時目爲飣座梨，言席上之珍。㉘莊周稱適口之味。《莊子》曰：樝、梨、橘、柚，其味相反，而皆可於口。㉙蕭齊傳之於讖應，《廣五行記》曰：宋廢帝太始年，江南盛傳消梨。先無此樹，百姓争植之，既而後齊蕭氏受禪。㉚介象付之於苑吏。《神仙傳》曰：介象言病，帝賜美梨一奩。日中象死，帝葬之。其日晡時到建業，以賜梨付苑吏種之。吏以狀聞，即發象棺視之，唯有一符。㉛或融液如含雪，或投墜而成水。孫楚《秋賦》曰：朱橘甘美，紫梨甜脆，膚不隱於斷牙，融液易於含雪。又楊衒之《洛陽伽藍記》曰：報德寺有含消梨，重六斤，從樹投地，盡化爲水。㉜故曰梨爲百果之宗，樝何可比〔二〕！《宋書》曰：張敷小名樝，父劭小名梨。文帝嘗戲謂之曰：「樝何如梨？」答曰：「梨萬果之宗，樝何敢比。」

校勘記

〔一〕「張華」至「大耳」　此十三字原無，據宋本並《御覽》卷九六九引增。

〔二〕樝何可比　「樝」原作「樝」（注文同），據宋本改。

栗

①《詩》云：「山有漆，隰有栗。」富珍産於五方，《詩疏義》曰：栗有五方，周、秦、吴、揚特饒，唯漁陽、范陽栗甜美，長味。②比素封於千室。《漢書》曰：燕、秦千樹栗，其人與千户侯等。③《儀禮》置之於葅南，《儀禮·士喪禮》曰：設豆右葅，葅南栗，栗東脯豚〔一〕。④《周官》用之於籩實。《周禮》曰：饋食之籩，其實栗。⑤則有擅價南安，王褒《僮約》曰：南安拾栗。⑥託植儀鸞，《大業記》曰：洛陽儀鸞殿南有栗林。⑦上林有曹龍之獻，《西京雜記》曰：上林有嶧陽栗，太守曹龍所獻。⑧箕山有伊尹之言。《吕氏春秋》曰：伊尹曰：「果之美者，江浦之橘、箕山之栗。」⑨田饒勸之以待士，《説苑》曰：田饒曰：「果園梨、栗，後宫婦人摭以相擿，而士曾不得一嘗。且夫財者，君之所輕也；死者，士之所重也。」⑩宗度置之而禮賢。謝承《後漢書》曰：豫章宗度拜定陵令，縣人杜伯夷清高不仕，度與談論，設棗、栗而已。⑪中山嘗載於《冀論》，盧毓《冀州論》曰：中山好栗，地産不爲無珍。⑫三輔亦稱於《計然》。《范子計然》曰：栗出三輔。⑬别有朔濱之饒，王逸《荔枝賦》云：北燕薦朔濱之巨栗。⑭葛山之美。《山海經》曰：南山多栗，葛山、銅山木多栗。⑮晝拾者巢居之食，《莊子》曰：古者禽獸多而人民少，於是民皆巢居以避之，晝食橡、栗，夜棲木上，故命曰「有巢氏之民」。⑯告虔者婦人之贄。《左傳》曰：女贄不過榛、栗、棗脩，以告虔也。⑰既表侯、榛之品，《西京雜記》曰：上林苑有侯栗、榛栗。⑱亦記栵、栭之類。《爾

雅》曰：栵，栭。注：樹似槲樕而卑小，子如細栗可食〔二〕。今江東呼爲栭栗。⑲應侯發之以諫主，見《棗賦》「五苑紛披」注。⑳沈約疏之而怒帝。《梁書》曰：沈約嘗侍宴，會豫州獻栗，徑寸半。奇之，問衆栗事多少，與約各疏所知，約少帝三事。約出謂人曰：「此公護短，前不讓卽羞死。」帝以其言不遜，欲抵其罪，徐勉固諫得止。㉑又聞協嘉祥於名郡，《宋書》曰：劉秀之爲丹陽尹。初，秀之從叔穆之爲丹陽，與子弟宴集廳事。柱有一穿，穆之謂子弟曰：「汝等各以栗遥擲，入穿者，後必得此郡。」唯秀之栗獨入焉。㉒報赤心於至尊。《梁書》曰：蕭琛嘗預御筵，醉伏，上以棗投琛。琛乃取栗擲上，中面，御史中丞在席，帝動色曰：「此中有人，不得如此，豈有說也。」琛曰：「陛下投臣以赤心，臣敢報之以戰栗。」㉓嚴遵獨異於羣下，《會稽先賢傳》曰：光武詔嚴遵詣行在，遇蜀郡獻橘、栗，上賜公卿以下，使各以手所及取之。遵獨不取，上問其故，遵曰：「君賜臣以禮，臣奉君以恭。今賜無所主，臣是以不敢取。」㉔王泰秀出於諸孫。《宋書》曰〔三〕：王泰幼敏悟，年數歲，祖母常呼諸孫姪散栗於牀〔四〕，羣兒競採之，泰獨不取。問其故，對曰：「不取，自當得賜。」中表咸異之。㉕使民戰栗者周社，見《論語》。㉖靖爾家室者東門。《韓詩》曰：東門之栗，有靖家室。注：靖，善也。言東門栗樹之下有善人。㉗其或質大如梨，《魏志》曰：三韓之地，大栗如梨。㉘色黄侔玉。《魏略·太子與鍾繇書》曰：王書稱美玉，赤擬鷄冠，黄侔蒸栗。㉙一以零也爲稱，《大戴禮》曰：八月栗零。零也者，降也。㉚一以撰之爲目。《禮》曰：栗曰撰之。注：撰，猶選也。㉛當集鵲而有餘，《莊子》曰：周遊乎雕陵之樊，睹一異鵲，感周之額而集於栗林。感，觸也。㉜豈賦狙而不足。《列子》曰：宋有狙公者，恐衆狙之不馴於己也，先誑之曰：「與若芧栗，朝三而暮四乎？」狙皆超然而怒。然則「朝四而暮三乎？」衆狙皆喜。

校勘記

〔一〕栗東脯豚 「栗」、「豚」二字原無，據《儀禮·士喪禮》增。

〔二〕子如細栗 「子」字原無，據《御覽》卷九六四引、《爾雅·釋木》增。

〔三〕宋書曰 按：所引文《宋書》未見，《梁書·王泰傳》、《南史·王泰傳》均有此段引文。

〔四〕諸孫姪 「孫」字原無，據宋本並《御覽》卷九六四引增。

甘

①橘、柚之屬，其美者，有建春之壺甘焉，《神異經》曰：東方朔云：「東南荒外有建春山，美甘樹。」《古今注》曰：甘形如石榴，謂之壺甘。②磊如景星之彩，爛若隋珠之連。宗炳《甘頌》曰：煌煌嘉實，磊如景星。南金其色〔一〕，隋珠厥形。③富枝江之珍産〔二〕，嘉宜都之舊傳。《荆州記》曰：枝江有名甘，宜都郡舊有甘園，名宜都甘。④懷石城而失徑，《異苑》曰：南康歸義山石城内有甘、橘、橙、柚，就食其實，任意取足。脱持歸者，便見大虺，或顛仆失徑。⑤置東望而言旋。《述異記》曰：南康郡有東望山，山頂有果林，周四里許，衆果畢植，行列整齊，如人功也。甘子熟，嘗有三人造之，共食致飽，又懷二枚，欲以示外人。迴旋半日，迷不得歸，聞空中語云：「放雙甘乃聽汝去。」懷甘者恐怖，放甘於地，轉眄即見歸徑。⑥若乃平蔕標奇，《廣志》曰：甘有二十一核，有成都平蔕甘，大如升。⑦黄包稱異。潘安仁《笙賦》曰：披黄包以授甘，傾縹瓷以酌醽〔三〕。⑧張磐每奪於童蒙，謝承《後漢書》曰：張磐字子石，爲廬江太守。潯陽令嘗餉一奩甘，其子年七歲，就取一枚，磐奪付外。卒因私以兩枚與兒，磐鞭卒曰：「何故行賂於吾子？」⑨僧珍偶嘗於晏喜。《梁書》曰：呂僧珍既有大勳，任總心膂，性甚恭慎。當直禁中〔四〕，盛暑，不敢解衣。每侍御座，屏氣鞠躬，果食未嘗舉筯。嘗醉後取一甘食〔五〕，武帝笑謂曰：「卿今日便是大有所進。」禄外令月給錢十萬文〔六〕。⑩植武陵之木奴，《襄陽記》曰：李衡字叔平，爲丹陽太守。衡每欲治家，妻輒不聽。後密遣

十人於武陵龍陽洲上作宅，種甘千樹。臨死勑兒曰：「汝母惡吾治家，故窮如是。吾州里有千頭木奴，不責汝衣食，歲上一疋絹，亦足用矣。」及衡甘成，歲得絹數千疋。⑪置閬中之守吏。晉令：閬中縣置守黄甘吏一人。⑫宜渴者之懷思，張載詩曰：「三巴黄甘，瓜州素柰。渴者所思，銘之裳帶。⑬實厥包之英粹。郭璞《甘贊》曰：厥包橘、柚，精者曰甘。⑭張衡離支之種，《七辯》曰：離支黄甘。⑮賈誼湘州之味。《湘州記》曰：州故大城内有陶侃廟，其地賈誼嘗種甘，猶有存者。⑯時艱則揚葩而不實〔七〕，《唐書》曰：羅浮甘子，開元中始有山種於南樓寺。其後嘗資進獻。幸蜀、幸奉天之歲，皆不結實。⑰世泰則移地而逾美。《唐書》曰：天寶中，中書奏臣承德音，聞江南爲橘，江北爲枳，蓋以地氣有殊，物性因變。朕近於宫内種甘數株，今秋結實百五十顆，乃與江南蜀道所進無别。⑱彼草木之無知，胡與時而榮悴！

校勘記

〔一〕其色　原作「之色」，據宋本並《御覽》卷九六六引改。

〔二〕珍産　原作「珍重」，據宋本改。

〔三〕縹瓷　原作「縹甆」，據宋本並《御覽》卷九六六引改。

〔四〕當直　「直」字原無，據《御覽》九六六引、《梁書・吕僧珍傳》增。

〔五〕嘗醉後　「嘗」原作「常」，據宋本、華本並《御覽》九六六引改。

〔六〕十萬文　「文」，宋本作「貫」。《梁書・吕僧珍傳》與《御覽》卷九六六引均無「文」字。

〔七〕時艱　原作「時難」，據宋本改。

橘

①伊盧橘之夏熟，《吴録》曰：朱光禄爲建安，庭有橘，冬覆其樹，春夏色變青黑，味絶美。《上林賦》曰：盧橘夏熟，近是此也。②淪璿星之粹精。《運斗樞》曰：璿星散爲橘。③茂彼江浦，《吕氏春秋》曰：江浦之橘，漢上之菴，所以致之。④繁兹洞庭，《山海經》曰：洞庭之山，其木多橘。⑤揚州之貢，《書》曰：揚州厥包橘、柚錫貢。⑥蜀郡之英。揚雄《蜀都賦》曰：於西則鹽泉、鐵冶、橘林、銅陵。⑦既踰淮而爲枳，《周禮》曰：橘踰淮而北爲枳，地氣然也。⑧亦度江而作橙。《淮南子》曰：夫橘樹之江北化爲橙〔一〕。⑨忠臣之心，既申於楚相；傅玄《菊賦》曰：詩人睹王睢而詠后妃之德；屈平見朱橘而申貞臣之志。⑩純孝之感，更見於王靈。宋躬《孝子傳》曰：王靈之，廬陵西昌人。喪父母，二十年鹽酢不入其口，庭中橘樹隆冬三實。⑪香皮赤實，《異物志》曰：橘爲樹白華而赤實，皮既馨香，又有善味。⑫緑葉素榮。《楚辭》曰：后皇嘉樹橘徠服，受命不遷生南國。深固難徙更壹志。緑葉素榮，紛其可喜。注：皇，天也。后，土也。⑬交甫贈之而著美，張衡《南都賦》曰：遊女弄珠於漢皋之曲。注：遊女，漢女也。鄭大夫交甫於漢見之，而贈之橘、柚。⑭陸績懷之而顯名。《吴志》曰：陸績年六歲，於九江見袁術。術出橘，績懷三枚，拜，橘墮地。術謂曰：「陸郎作賓客而懷橘乎？」績答：「欲歸遺母。」術奇之。⑮若夫雕飾自資，古詩曰：橘、柚垂華實，乃在深山側。聞君好我甘，竊獨自雕飾。⑯芬芳足貴，《子虚賦》曰：橘、柚芬芳。⑰吴

王納貢，《吴曆》曰：吴王餽魏文帝大橘，帝詔羣臣曰：「南方有橘酢，正裂人牙時有甜耳。」⑱單于荷賜。《東觀漢記》曰：建武中，單于來朝，賜橙橘。⑲交趾既爲置守，《異物志》曰：交趾有橘官，置長一人，秩三百石，主歲貢御橘。⑳南越亦云有税。任昉《述異記》曰：越多橘柚園，越人歲出橘税。㉑闞澤抗表以除籍，吴闞澤表曰：請除臣橘籍。㉒楊由占風於受饋。《後漢書》曰：廉范爲成都太守，部人楊由善占候。嘗有風吹削柹，范問之，由曰：「方有薦木實者，其色赤。」頃之五官掾獻數苞。㉓庾亮之貢，已稱於同柢；《建武故事》曰：咸和六年平西，庾亮送橘，十二實共同一柢，以爲瑞異。《中興書》曰：王者德盛則嘉味生。橘亦嘉味之流。㉔僧辯所陳，更驚於共蔕。《梁書》曰〔二〕：侯景將平，王僧辯獻嘉橘一蔕二十五子〔三〕。㉕别有箕山曉色，《吕氏春秋》曰〔四〕：箕山之東，青馬之所，有甘橘焉。㉖羅浮晚香，裴淵《廣州記》曰：羅浮山橘夏熟，實大如李。㉗用之給客，《魏王花木志》曰：蜀土有給客橙，似橘而非，若柚而香，冬夏華實相繼，通歲食之。亦名盧橘。㉘舉以名堂。《宋書》曰：孝武大明中，芳香琴堂東西雙橘連理，改連理堂。㉙江陵致富，比之於千户；《漢書》曰：江陵千樹橘，其人與千户侯等。㉚莊周著論，譬之於百王。《莊子》曰：三王五帝之禮義法度，譬猶樝、梨、橘、柚，其味相反，而皆可於口。㉛虞愿不取而道顯，《南史》曰：虞愿始數歲，家橘冬熟，小兒競取之，愿獨不視。㉜桓儼繫樹而名揚。謝承《後漢書》曰：沛國桓儼字文林，罷鄭縣，居揚州從事屈豫室中。庭有橘樹一株，遇其實熟，乃以竹藩樹四面，風吹動兩實墮地，以繩縛繫樹。㉝亦有裂牙酸酢，見上「吴王納貢」注。㉞撫手華飾。崔琦《七蠲》曰：于斯江臯〔五〕，實産橘、柚。孟冬之月，於時可食。撫以玉手，永用華飾。㉟晏子侍坐而不剖，《晏子春秋》曰：晏子侍楚，楚王進橘，置削，晏子併食不剖。王曰：「橘當剖。」對曰：「臣聞賜人主前者，瓜、桃不削，橘、柚不剖。今者萬乘無教，故不敢剖，臣非不知也。」㊱嚴遵當賜而靡食。見《栗賦》「嚴遵異於羣下」注。㊲代苦桃而已誤，《楚辭》云：斬伐橘、柚，列樹苦桃。㊳夢黄衣而更失。《廣五行記》曰：陳後主夢黄衣人圍城，繞城橘盡伐去之。及隋兵至，上下通服黄衣。㊴若夫違江洲之暖氣，處玄朔之寒色，曹植《橘賦》曰：播萬里而遥植，列銅雀之園廷。背江洲之暖氣，處玄朔之晝清。㊵彼南土之不遷，諒難成於甘實。已見上「緑葉素榮」注。㊶斯固百越所厭飫，《鹽鐵論》曰：漢武平越，以爲園圃，而民皆厭橘、柚。㊷而堯舜不常食也。《正論》曰：橘、柚之貢，堯舜不恒嘗，山龍華蟲，帝王不以爲褻服也〔六〕。

校勘記

〔一〕之江北　原作「至江北」，據宋本並《御覽》卷九六六引改。

〔二〕梁書曰　按：所引文《梁書》未見，宋本並《御覽》卷九六六引作「三國典略曰」。

〔三〕王僧辯獻嘉　此五字原無，據宋本並《御覽》卷九六六引增。

〔四〕吕氏春秋　「吕」原作「吴」，據宋本並《御覽》卷九六六引改。

〔五〕于斯　原作「斯于」，據宋本並《御覽》卷九六六引改。

〔六〕褻服　「服」字原無，據宋本並《御覽》卷九六六引增。

瓜

①伊甘瓜之珍果，熟朱夏之芳時。陸機《瓜賦》曰：佳哉瓜之爲德，邈衆果而莫賢。隱中和之淳祐，播滋榮於甫田。背芳春於初載，迎朱夏而自延。②布密葉之繁茂，引長蔓之逶迤。傅玄《瓜賦》曰：次落莫之密葉兮，交逶迤之修莖。陸機《瓜賦》曰：赴廣武以長蔓〔一〕，粲烟熇以雲連。奮修系之莫莫，邁秀體之綿綿。③既落蔕以離母，夏侯孝若《梁田賦》曰：入果林，造瓜田，摘虎掌，拾黄班。落蔕離母，漬以寒泉。④可解煩而療飢。王廙《洛都賦》曰：瓜則桂枝栝樓，緑甂青飢，消暑蕩悁，解渴療飢。⑤浮以清泉，魏文帝《與吴質書》曰：浮甘瓜於清泉，沉朱李於寒水〔二〕。⑥羃以纖絺。劉楨《瓜賦》曰：析以金刀〔三〕，四剖三離，承以雕盤，羃以纖絺。⑦玄骭、素腕，陸機《瓜賦》曰：金釵、密筩、小青、大班、玄骭、素腕、狸首、虎蟠。又裴淵《廣州記》曰：州有瓜，冬熟，名金釵。⑧羊髓、龍蹄。《廣志》曰：瓜之所出，以遼東、廬江、燉煌之種爲美。有烏瓜、魚瓜、龍蹄瓜、羊髓瓜，大如斛，出涼州陽城。御瓜有青登之名，大如三升魁。⑨空同四劫以方實，《漢武内傳》曰：仙之上藥有空同靈瓜，四劫一實。《廣異記》曰：謝玄卿見東華夫人，爲設玄洲白柰、空同靈瓜。⑩會稽五色而稱奇。任昉《述異記》曰：吴桓王時，會稽生五色瓜。今吴中有五色瓜，歲充貢獻。⑪曾參已駭於烏集，《抱朴子》曰：曾參鋤瓜，三足烏集其冠。⑫孫鍾俄驚於鵠飛。《幽明録》曰：孫鍾，富春人，堅父也。與母居，至孝，種瓜爲業。忽有三少年，容服妍麗，詣鍾乞瓜，鍾爲設食

出瓜，禮敬慇懃。三人臨去曰：「我等司命郎，感見接之厚〔四〕，欲連世封侯，爲數世天子。」鍾曰：「數世天子，故當所樂。」悉化成白鵠。⑬梁武有任昉之悼，《梁書》曰：任昉卒，武帝方食西苑緑沉瓜，投之於盤，悲不自勝。因屈指曰：「昉少時自言常恐不滿五十，今四十九矣，可謂知命。」⑭太宗有如晦之悲。《唐書》曰：杜如晦薨後，太宗食瓜美，愴然思之，遂輟其半，使置之於靈座。⑮冰谷花紅，《洞冥記》曰：有龍肝瓜，長一尺，花紅葉素，生於冰谷，所謂冰谷素葉之瓜。⑯燉煌味美，《漢書·地理志》曰：燉煌古瓜州地，生美瓜。⑰甘號蜜筩，傅玄《瓜賦》曰：舊有蜜筩及青栝樓，嘉味鮮，類寡儔。⑱芳稱桂髓。陸機《瓜賦》曰：東陵出於秦谷，桂髓起於巫山。⑲杞包見《易》，《姤》卦云。⑳絺巾著《禮》。《禮》曰：爲天子削瓜者，副之巾以絺。㉑夫差得之於近道，《吴越春秋》曰：吴夫差爲越所敗，遁而去。得自生之瓜，撰而食之。問左右曰：「是乃冬有瓜，近道而人不取，何也？」左右曰：「盛夏之時，人食生瓜，起居道傍，瓜子復生，故人惡食之。」㉒郭祚奉之於太子〔五〕。《後魏書》曰：郭祚領太子少保，從世宗幸東宫。肅宗幼弱，祚懷一黄瓞奉焉。時人號爲「黄瓞少保」。㉓驗物變於化魚，《莊子》曰：朽瓜化爲魚，物之變也。㉔遠嫌疑於納履。見《李賦》「正冠令範」注。㉕摘之而豈堪抱蔓，《唐書》曰：高宗子八人，武后所出者，自爲行第。長孝敬皇帝，監國而仁明，爲后所忌，乃鴆之。次雍王賢，爲太子，中宗。次睿宗。及孝敬遇害，諸弟常不自安，乃作《黄臺瓜詞》，令樂人歌之：「種瓜黄臺下，瓜熟子離離。一摘使瓜好，再摘令瓜稀。三摘猶尚可，四摘抱蔓歸。」太子竟流黔州。㉖啖之而唯宜漬水。《博物志》曰：人以冷水自漬至膝〔六〕，可頓啖數十枚瓜。漬至腰，啖轉多。至頸可啖百餘枚。所漬水皆作瓜氣味〔七〕。㉗守有輿父之蟲，《爾雅》曰：權輿父守瓜。注：今瓜中黄甲小蟲。㉘祭有上環之義。《禮》曰：瓜祭上環。㉙爾其覝茲莑莑，憐此綿綿，《詩》曰：瓜瓞莑莑。又：綿綿瓜瓞。㉚耀青門之朝日，阮籍詩曰：昔聞東陵瓜，近在青門外。連畛距阡陌，子母相鉤帶。五色耀朝日，嘉賓四面會。㉛洗玉井之寒泉。《抱朴子》曰：五原蔡誕，入山而還，欺家人云：「至崑崙，得玉瓜，以玉井水洗之，乃軟可食。」㉜桑虞剪棘以資盜，《晉書》曰：桑虞仁德，園在宅北，瓜果初熟，有人踰垣盜之。虞以爲園援多棘刺〔八〕，恐偷人致傷，乃使奴爲之開道。及偷負瓜將出，見道通利，知虞使除之，乃送所盜瓜，叩頭謝過〔九〕。㉝原平却水而溉田。《齊書》曰〔一〇〕：郭原平以種瓜爲業。大明七年大旱，船瀆不復通船。縣令劉僧秀愍其窮老，下瀆水與之。原平曰：「普天大旱，百姓俱困，豈可減溉田之水以通運瓜之船！」乃步自他道，往錢塘貨賣〔一一〕。㉞偉辭餉之翁仲，《吴録》曰：姚翁仲嘗種瓜菜，灌園供衣食。人或餉之，無所受。㉟美自給之施延。《後漢書》曰：施延字君子，沛人也。家貧，母老，常𩟵力供養，種瓜自給。㊱若夫名擅三芝，嵇含《甘瓜賦》其序曰〔一二〕：世云三芝瓜處一焉，謂之土芝。㊲香浮七夕。《荆楚歲時記》曰：七月七日，設瓜果於庭中以乞巧。有喜子布網於瓜上，則爲得巧。㊳《戴禮》摽時，《大戴禮》曰：五月乃瓜。乃瓜者，治瓜之辭也。瓜也者，始食瓜〔一三〕。八月剥瓜，蓄瓜時也。㊴《漢官》載職。《漢官儀》曰：太官果〔一四〕，丞官别在外，掌瓜菜茹〔一五〕。㊵植戊辰之日，天文有瓠瓜星。㊶垂星漢之文。崔寔《月令》曰〔一六〕：種瓜用戊辰日。㊷見仙人之博戲，《列仙傳》曰：服閭者往來海邊諸祠中，見二仙人於祠中博賭瓜，顧閭使擔黄瓜數十頭，令暝目，乃上方丈山。㊸識徐光之幻術。《搜神記》曰：吴時有徐光，常行幻術於市里。從人乞瓜，其主弗與。便從索瓣種之。俄而瓜生蔓延成花，實乃取食之。因賜觀者。𩟵者反視所賣，皆耗矣。㊹嘉其三蔓，《唐書》曰：貞元四年夏，右神策軍獻瑞瓜，三蔓合爲一蔕而生三瓜。㊺惡茲兩鼻。《龍魚河圖》曰：瓜有兩鼻者殺人。㊻戍葵丘而未代，《左傳》曰：齊侯使管至父戍葵丘，瓜時而往，曰：「及瓜而代。」期戍，公問不至。請代，不許。㊼隱東陵而自佚。《史記》曰：邵平者，秦東陵侯。秦破，爲布衣，貧，種瓜長安城東，瓜美，故世謂東陵瓜。㊽則有黄若金箱，傅玄《瓜賦》曰：白者如素，黑者如漆，黄踰金箱，青侔含翠。㊾甘逾密房，劉楨《瓜賦》曰：甘侔密房，冷甚冰圭。㊿内醲外偉，張載《瓜賦》曰：或玄表丹裏，呈素含紅，豐膚外偉，緑瓤内醲。(51)少瓣多瓤。傅玄《瓜賦》曰：細肌密理，多瓤少瓣，豐旨絶異，食之不飴。(52)堂中蠅集，唐武儒衡，字庭碩，元衡從弟。爲中書舍人，時膳部郎中元稹知制誥，因宦官魏弘簡進，不由宰相而得掌誥，時論鄙之。儒衡因會公堂，有青蠅集于瓜，忽怒擊去之，曰：「適從何處來，集於此？」一座愕然。(53)塞外狐藏。《宋書》曰：杜預云：瓜州，出大瓜故也。亦云出美瓜，因以爲名。大瓜者，狐入其中，首尾不見。(54)至於鎮鄭灼之心，《梁書》曰：鄭灼字茂昭，勵志好學，多苦心熱。若瓜時，輒偃卧，以瓜鎮心，起便讀誦，其篤志如此。(55)並皐陶之色。《孫卿子》曰：皐陶之色如削瓜。(56)褚雅種之而給人，《道學傳》曰：褚雅字玄通，與人共居，常取水洒掃，或夏月種瓜，恣人來取。(57)子良資之而饋客。《齊書》曰：竟陵王子良，善立勝事，夏月客遊至，爲設瓜飲。(58)别有供祀事於秋夏，盧諶《祭法》曰：夏祀、秋祠皆用瓜。(59)表異名於瓞瓟。《爾雅》曰：瓞瓟，其紹瓞。注：俗呼瓟瓜爲瓞紹者，瓜蔓緒亦著子，但小如瓟耳。(60)靈種嘗見於洞臺，《黄庭内經注》曰：大霍山下有洞臺，司命君之府也。中有神靈瓜，食之心通至玄。(61)絳實亦聞於南岳。見《柰賦》「玄雲在御」注。(62)重王羆之純儉，《後周書》曰：王羆性儉率，嘗有客與羆食瓜，客削瓜侵膚稍厚，羆意嫌之。及瓜皮落地，乃引手就地，取而食之。客甚有愧色。⑥③嗟士安之末學。《晉書》曰：皇甫謐年二十，不學，遊蕩無度。嘗得瓜果，輒進叔母任氏。任氏曰：「《孝經》云：『三牲之養，猶爲不孝。』汝今年餘二十，目不存教，心不入道，無以慰我。」因歔欷流涕。謐遂感激，折節强學。⑥④復聞狸頭、女臂之狀，《廣志》曰：有狸頭瓜，有女臂瓜。⑥⑤羊骹、虎掌之名。張載《瓜賦》曰：羊骹、虎掌、桂枝、密箭。⑥⑥步隲晝勤於四體，《吴録》曰：步隲、衛旌同年相友〔一七〕，俱以種瓜自給，晝勤四體，夜誦經傳。⑥⑦宋就夜灌於隣亭，賈誼《新書》曰：梁大夫宋就爲邊縣令，與楚隣界，兩亭皆種瓜。梁人劬力數灌〔一八〕，其瓜美；楚人窳而稀灌，其瓜惡。楚令以梁瓜美，夜竊搔之，梁瓜皆有焦者矣。梁亭請其尉，欲報搔楚瓜，宋就曰：「是構怨分禍之道也。」令人竊爲楚亭夜灌瓜。楚亭旦而往，瓜則已灌，瓜日以美，往而察之，則梁亭爲也。楚令大悦，以聞楚王，楚王悦梁之陰讓也，謝以重幣，而交於梁王。⑥⑧焦華感黄冠之異，《孝子傳》曰：焦華父遺嘗病甚，冬中思瓜。華夢一人黄冠，謂曰：「聞子父病思瓜，故送以助養〔一九〕。」華拜受之。及寤，在手，馨香非常，父食而病愈。⑥⑨史稜記凉殿之徵。《三十國春秋》曰：凉天水太守史稜暴疾死，五日而蘇，云：「見凉光殿皆生白瓜。」及秦史梁熙滅凉，小字白瓜也。⑦⓪亦聞報以匹帛，《梁書》〔二〇〕：郭祖深清儉，常服故布褐，素木案，食不過一肉。有姥餉以早青瓜，祖深報以疋帛。富人效之以貨利。祖深鞭而徇衆，朝野憚之。⑦①主於織女。《續漢書》曰：牽牛主關梁，織女主果瓜。⑦②葛玄隆冬而待賓，《神仙傳》曰：葛玄冬爲客設生瓜〔二一〕。⑦③宋瓊季秋而遺母。《北史》曰：宋瓊字普賢，以孝稱。母病，曾季秋日思瓜。瓊夢想見之，求而遂得，時人異之。⑦④譏楊愔以言貌。《後魏書》曰：楊愔典選，多以言貌取人。時謗詞云：「尚書典選，似貧人買瓜，惟取大者。」⑦⑤感靈珍於朝暮。沈約《宋紀》曰：韓靈珍至孝，母亡，家貧無以葬。種瓜半畝，朝採，暮還復生，未嘗減耗。葬事由此得舉。(76)或以憂死而遠逃，《古文瑣語》曰：初刑史子臣謂宋景公〔三〕：「從今已往五祀五日，臣死；後五年五月丁亥，吴亡；以後五祀八月辛巳，君薨。」刑史子臣至死日，朝見景公，夕而死。後吴亡。景公懼，思刑史子臣之言，將至死日，乃逃于瓜圃，死之。求得已蟲矣。(77)或以斷根而見怒。《家語》曰：「曾子芸瓜而誤斷其根，曾晳怒，以大杖擊其背，曾子仆地，有頃乃蘇。孔子聞之，告門弟子曰：「參來勿内也。」曾子使人請孔子，孔子曰：「舜之事瞽瞍，小棰則待，大杖則走，參委身以待暴怒，既身死，陷父於不義，不孝孰大焉？」(78)不食方歎於仲尼，《論語》云。(79)止渴嘗同於齊武。《齊書》曰：武帝與到撝同從宋明射雉郊野，渴倦，撝得青瓜，與上對剖食之。及帝卽位，三遷司徒、左長史，憶舊也。(80)偉東野之甘珍，傅玄《瓜賦》曰：育之人力，養之六氣，雖貍首之甘美，未若東野之奇偉。(81)亦何傷於蔕苦。古詩曰：甘瓜抱苦蔕，美棗生刺棘。刺傍固有刀，貪人還自賊。

校勘記

〔一〕赴廣武　「赴」原作「越」，據宋本並《陸機集·瓜賦》改。

〔二〕寒水　原作「寒冰」，據宋本並《全三國文》卷七改。

〔三〕析以金刀　「析」原作「斫」，據宋本改。《御覽》卷九七八引作「片以金刀」。

〔四〕見接　原作「接見」，據宋本並《御覽》卷九七八引改。

〔五〕太子　原作「天子」，據宋本改。

〔六〕自漬　「漬」字原無，據宋本並《御覽》卷九七八引、《博物志》卷一〇增。

〔七〕瓜氣味　「味」字原無，據宋本並《博物志》卷一〇增。《御覽》卷九七八引作「瓜氣瓜味」。

〔八〕園援　原作「園垣」，據宋本並《御覽》卷九七八引改。

〔九〕謝過　宋本作「請過」，《御覽》卷九七八引作「請罪」，《晉書·桑虞傳》作「謝罪」。

〔一〇〕齊書曰　按：所引文《齊書》未見，《宋書·郭原平傳》有此段引文。

〔一一〕錢塘　原作「前塘」，據宋本並《御覽》卷九七八引、《宋書·郭原平傳》改。

〔一二〕甘瓜賦　「瓜」字原無，據宋本並《御覽》卷九七八引增。

〔一三〕瓜也者始食瓜　此六字原無，據宋本並《大戴禮·夏小正》增。

〔一四〕太官果　原作「大官栗」，據宋本並《御覽》卷九七八引改。

〔一五〕瓜菜茹　原作「瓜菜茄」，據宋本並《御覽》卷九七八引改。

〔一六〕崔寔　原作「崔氏」，據宋本改。

〔一七〕衛旍　原作「衛袷」，據宋本並《三國志·步騭傳》改。

〔一八〕勔力數灌　「勔」，華本作「勤」。「灌」，宋本作「侵」。

〔一九〕助養　「養」字原無，據宋本增。

〔二〇〕梁書　按：所引文《梁書》未見，《南史·郭祖深傳》有此段引文。

〔二一〕冬爲客設生瓜　「冬」字原無，據宋本並《御覽》卷九七八引增。

〔二二〕宋景公　原作「朱素公」（注文同），據《御覽》卷九七八引改。

事類賦卷之二十八

鱗介部一

龍　蛇　龜

龍

①龍者神靈之精，《瑞應圖》曰：黄龍者，神靈之精，四靈之長。②能幽能明。《説文》曰：龍，鱗蟲之長，能幽能明，能小能大，能短能長，春分而登天，秋分而入淵。③或玄黄其血，《易》曰：龍戰于野，其血玄黄。④或蠶蠋其形。《管子》曰：龍被五色而遊，故神欲小則如蠶蠋，欲大則涵天地，欲上則凌雲，欲沉則伏泉。⑤劍化延津，見《劍賦》「雷煥得豐城之寶劍」注。⑥漦藏夏庭。《史記》曰：夏后之衰，有神龍二止於夏帝庭而言曰：「余，褒之二君。」夏帝卜殺之與去之與止之，莫吉。請其漦而藏之，吉。於是布幣而策告之，龍亡而漦在櫝。夏亡，傳此器殷。殷亡，傳此器周。莫敢發之。至厲王發而觀之。漦流于庭，王使婦人裸而譟之。漦化爲玄黿，後宫之童女既齓而遭之，無夫而生子，懼而棄之。宣王之時，謡曰「檿弧箕服，實亡周國。」夫婦有賣是器者，王使執之。逃於道，見妖子，收之，奔褒。褒人有罪，入所棄女子於王以贖罪。是爲褒姒，幽王愛之，竟以滅周。⑦張華嘗辨於餉鮓，《晉書》曰：陸機嘗餉張華

鮓，于時賓客滿座〔一〕，華發器，便曰：「此龍肉也。」衆未之信，華曰：「試以苦酒濯之，必有異。」既而五色光起。機還問鮓主，果云：「園中茅積下得一白魚，質狀殊常，以作鮓，過美，故以相獻。」⑧孝和亦聞於賜羹。《述異記》曰：漢章和元年大雨，有一青龍墮於宫中，帝命烹之，賜羣臣龍羹各一杯。故李尤《七命》曰：「味兼龍羹。」⑨賀吕光於龜茲，《晉書》曰：吕光伐龜茲，其城南營外夜有一黑物，如斷岸，摇動有頭角，目光如電，及明失之。其處鱗甲之迹隱地。光歎曰：「黑龍也。」杜進曰：「龍者大人利見之象，將軍勉之，以成大慶。」光有喜色。⑩負吴猛於宫亭。《豫章記》曰：吴猛坐郭璞事被收，寄載往南，令船勿開户。船主聞船下有如樹杪聲，試窺之，見二龍負船，一宿至宫亭湖。⑪見號雨師，《抱朴子》曰：山中辰日，稱雨師者，龍也。⑫亦名水物。《左傳》曰：龍，水物也。水官棄矣，故龍不生得。⑬沉木既産於哀牢，《後漢書》曰：哀牢夷，其先有婦人捕魚水中，觸沉木有孕，生子男十人〔二〕。沉木化爲龍〔三〕，出水上〔四〕，九男驚走，一兒不去，背龍坐，龍因舐之。後諸兒推爲哀牢主。⑭浮水亦聞於素弗。《晉書》曰：馮跋弟素弗與從兄萬泥及諸少年遊于水濱，有一金龍浮水而上〔五〕。素弗謂萬泥曰：「頗有見否？」萬泥等皆曰：「無所見也。」乃取龍而示之，咸以爲非常之瑞。⑮爾乃九色駕王母之車，《漢武内傳》曰：王母乘紫雲輦，駕九色班龍〔六〕。⑯五采負帝舜之圖，《河圖》曰：舜以太尉即位，與三公臨觀於河，黄龍五采，負圖出，置舜前，黄玉柙，白玉檢，黄金繩，黄芝泥，章曰「黄帝符璽」。⑰困河津而曝鰓，《三秦記》曰：河津一名龍門，巨靈跡猶存，去長安九百里，懸水下。注：龜魚之屬莫能止江海，大魚集門下數千不得上，上即爲龍。故云：「曝鰓龍門，垂耳輳下。」⑱降荆山而垂胡〔七〕。見《鼎賦》「鑄荆山」注。⑲美董父之見擾，《左傳》曰：蔡墨對魏獻子曰：「古者畜龍，故有豢龍氏、御龍氏。

昔飂叔安有裔子曰董父，實甚好龍，能求其嗜欲以飲食之，龍多歸之，乃擾畜龍〔八〕，以服事帝舜，帝賜之姓曰董，氏曰豢龍。故帝舜氏世有畜龍氏。」⑳哂朱泙之學屠。《莊子》曰：朱泙漫學屠龍於支離益，殫千金之家，三年伎成，而無所用其巧。㉑盤桓温之齋，《晉書》曰：初，桓温南州起齋，悉畫龍於其上，號曰「盤龍齋」。及玄篡，劉毅討玄，玄死於齋，而毅居之。毅小字盤龍。㉒卧南陽之廬。《三國志》曰：徐庶謂先主曰：「諸葛孔明，卧龍也。」又亮《出師表》曰：「臣躬耕於南陽，先帝三顧臣於草廬之中。」㉓則有見於絳郊，《左傳》曰：龍見於絳郊。獻子問於蔡墨曰：「吾聞之，蟲莫智於龍，以其不生得也，謂之智，信乎？」對曰：「人實不智，非龍實智。」㉔禱於滏口，《晉書》曰：石虎時，自正月不雨至六月，佛圖澄詣滏口祠，稽首曝露，即日二白龍降於祠下，於是雨徧千里。㉕爲夏禹而負舟，見《舟賦》「黄龍感禹」注。㉖助隋師而驤首。《陳書》曰：隋師濟江，荆州吕肅敗後，别帥廖世寵領大舫詐降，欲燒隋艦，更決死一戰。於是有五黄龍各長十餘丈，驤首連接，順流而東，風浪大起，雲霧晦冥，陳人震駭，不覺火自焚。㉗至若承光御於南海，《博物志》曰：夏德之盛，二龍降之，禹使范成光御之，以行域外〔九〕。既周而還至南海，經防風，防風之二臣以塗山之戮也，見禹使，怒而射之，有迅雷風雨，二龍升去。二臣恐，以刃自貫其心而死。禹哀之，乃拔其刃療以不死之草，是爲穿胸民〔一〇〕。㉘苻生謡於洛東，《晉書》曰：苻生初，長安謡曰：「東海大魚化作龍，男便爲王女爲公。問在何所洛城東。」時苻堅爲龍驤將軍，第在洛門之東，其後果驗。㉙戒乘危於頷下，《莊子》曰：河上有家貧恃緯蕭而食者，其子没淵，得千金之珠，歸與其父。父曰：「取石來鍛之！夫千金之珠，必在九重之淵，驪龍頷下。子能得珠者〔一一〕，必遭其睡也〔一二〕。如使驪龍悟，子尚奚有哉！」㉚美借譽於人中。《晉書》曰：宋纖字令艾，有遠操，隱于酒泉南山。太守馬岌造焉，纖拒而不見。岌嘆曰：「名可聞而身不可見，德可仰而形不可睹，知先生人中之龍也。」㉛或解角而昭瑞，崔鴻《前燕録》曰：黑龍一、白龍一見於龍山，慕容皝親帥羣僚觀龍，去之二百餘步，祭以太牢，二龍乃嬉翔解角而去。皝號新宫曰和龍宫。㉜或曳尾而告凶。《宋書》曰：徐羡之嘗經山中，見黑龍長丈餘，頭有角，前兩足皆具，無後足，曳尾而行。後文帝立，羡之竟以凶終。㉝資五花而爲食，《括地圖》曰：龍池之山，四方高，中央有池，方七百里，羣龍居之。多五花樹，羣龍食之。去會稽四千里。㉞萃四蛇而見從。《吕氏春秋》曰：晉文返國，介子推不肯受賞，自爲詩曰：「有龍于飛，周徧天下。五蛇從之，爲之承輔。龍返其鄉，得其處所。四蛇從之，得其露雨。一蛇羞之，死於中野。」懸書公門，而伏山下。文公聞曰：「嘻！此必介子推。」㉟韓子畏禍於逆鱗，《韓子》曰：夫龍之爲蟲可狎而騎也，然喉下有逆鱗徑尺，若嬰之則必殺人。人主亦有之，説者能無嬰人主之逆鱗，則幾矣。㊱墨翟避屠於黑色。《墨子》曰：墨子北之齊，遇日者，日者曰：「帝以今日屠黑龍於北方，先生之色黑，不可以北〔一三〕。」墨子不聽，北至淄水，不遂而返焉。㊲推華歆而爲首，《魏志》曰：華歆、邴原、管寧三友，號曰一龍，歆爲頭，原爲腹，寧爲尾。㊳驚葉公而喪魄。《莊子》曰：葉公子高之好龍也，室屋雕文盡以寫龍。於是天龍聞而下之，窺頭於牖，拖尾於堂。葉公見之，失其魂魄。是葉公非好龍也，好夫似龍而非真也。㊴潛則勿用〔一四〕，《易》曰：潛龍勿用。陽在下也。㊵見則時乘，《易》曰：見龍在田，利見大人。時乘六龍，以御天也。㊶鱗既成字，《河圖》曰：黄龍從雒水出，詣虞舜，鱗甲成字，舜令寫之，寫竟，龍去。㊷膏亦爲燈。《拾遺記》曰：方丈山，一名巒雉山，東有龍場，方千里。有龍，皮骨爲山阜，膏血如流水。燕昭王時以龍膏爲燈，清澄若水，光燄五色。㊸呼先跨之而輕舉，《列仙傳》曰：呼子先者，漢中卜師也，壽百餘年。臨去呼酒家老嫗曰：「急裝，當與汝俱。」夜有仙人持二茅狗來呼子先，子先持一與嫗，乃龍也，騎之上華陰山。後嘗於山上大呼言：「子先、酒母在此耳！」㊹**安公騎之而上昇。**見《火賦》「散陶安之冶」注。㊺**及夫登玄雲，**《淮南子》曰：伯禹作井而龍登玄雲，智愈多而德愈薄也。㊻**生積水，**《孫卿子》曰：積土成山，風雨興焉；積水成川，蛟龍生焉。㊼**黑見渭川，**《三秦記》曰：龍首山長六十里，頭入於渭，尾達樊川。云昔有黑龍，從山南出，飲渭，其行道因成土山，故以名焉。㊽**黄聞成紀。**《漢書》：漢初，張蒼以漢水德。文帝時，公孫臣以爲漢土德，黄龍當見。至十五年，黄龍見成紀。下詔召臣爲博士。㊾**八郎荀家，**《後漢書》曰：荀淑子八人：儉、緄、靖、燾、汪、爽、肅、專，時人謂之「八龍」。㊿**六爲卞氏。**《晉書》曰：卞氏六龍，玄仁無雙。玄仁，粹字也。(51)**劉累以事於孔甲，**《左傳》書曰：帝舜世有畜龍氏。及有夏孔甲，帝賜之乘龍，河、漢各二，各有雌雄。劉累學擾龍于豢龍氏，以事孔甲，能飲食之。夏后嘉之，賜氏曰「御龍」。以更豕韋之後。龍一雌死，醢以食夏后。夏后饗之，既而求之。懼而遷於魯縣。(52)**仲尼莫闚於老子。**《莊子》曰：孔子見老聃，歸，三日不談。弟子問之，孔子曰：「吾乃今見龍，龍合而成體，散而成章，乘乎雲氣，養乎陰陽。」

(53)**亦有候清風而昇天，**《易通卦驗》曰：立夏，清風至而龍昇天。(54)**眄層雲而躍淵。**《淮南子》曰：虎嘯而谷風至，龍舉而景雲屬。《易》曰：或躍在淵。(55)**顔稱高祖，**《史記》曰：漢高祖隆準而龍顔。注：顔，額顙。(56)**醉駭陳宣。**《陳書》曰：宣帝初在江陵，軍主李總與帝有舊。帝嘗夜被酒，張燈而寐，總適出，尋反，乃見帝是大龍，便驚走他室。

(57)**復聞在宫沼而爲畜，**《禮》曰：龜龍在宫沼，龍以爲畜，故魚鮪不淰。注：淰，潛藏也。(58)**與金玉而昭瑞。**《禮含文嘉》曰：龍馬金玉，帝王之瑞。(59)**毒魚而或能致雨，**《南州異物志》曰：交州丹淵有神龍，每旱，州人以芮草置淵上流，魚則多死，龍怒，即時大雨。⑥⑩討賊而當須伺睡。《梁書》曰：陸法和拒任約，至安南入赤亭湖，法和乘輕舟，不介胄，沿流而下，去約軍一里乃還。謂將士曰：「彼龍睡不動，吾軍之龍甚能踊躍，若待明日攻之，當不損客而破賊。」⑥①至其出武庫而劉毅不賀，見《井賦》「晉世聞於龍見」注。⑥②見臨平而無量靡觀，《唐書》曰：褚無量幼孤貧，近臨平湖，湖中有龍鬬，傾里閈就觀之。無量時年十三，讀書晏然不動。長精《三禮》、《史記》。⑥③張駿厭之而鑄銅，《西河記》曰：張駿立謙光殿，成後，池中有五龍畫見，移時乃滅，水通變緑色。駿即鑄銅龍以厭之，駿卒不勝此殿。⑥④太皞用之而紀官。《帝王世紀》曰：太皞庖犧氏，風姓，有景龍之瑞，故以龍紀官。⑥⑤復聞生大澤，見《蛇賦》「産深山於叔虎」注。⑥⑥興景雲，見《疏義》曰：雕虎嘯而谷風生，應龍吟而景雲起。⑥⑦或撙而起陸，《陰符經》曰：天發殺機，龍、蛇起陸。⑥⑧或蟄以存身。《易》曰：龍、蛇之蟄，以存身也。⑥⑨亦有子明見放，《列仙傳》曰：陵陽子明者好釣，釣得白龍，子明解釣，拜謝放之。後數十年得白魚，魚腹中有書。教子明服食，遂上黄山采五石脂、石肺服之。三年，白龍來迎，止陵陽山上百年餘。⑦⑩馮孫是養。《列仙傳》曰：騎龍鳴者於池中求得龍子，狀如守宫，十餘頭，結草廬而守養之。龍大，稍稍去。後一日，騎龍語云：「吾馮伯昌孫也，此間人不去百里皆當死。」至八月水出，死者以萬計。⑦①既爲東方之宿，《星經》曰：東方七宿爲蒼龍。⑦②亦號鱗蟲之長。《家語》曰：鱗蟲三百六十，龍爲長。⑦③雷澤得陶侃之梭，《異苑》曰：陶侃嘗漁雷澤，得一織梭，還掛於壁。有頃，雷雨，梭變成赤龍，從屋騰躍而去。⑦④葛陂投長房之杖。見《杖賦》「投葛陂而遽化」注。⑦⑤變魚見困於清泠，《説苑》曰：吴王欲從民飲酒，伍子胥諫曰：「不可，昔白龍下清泠之淵，化爲魚，漁者豫且射中其目。白龍上訴天帝，天帝曰：『當是之時，若安置而形？」白龍對曰：「我下清冷淵，化爲魚。」天帝曰：「魚故人之所射也，豫且何罪？」夫白龍，天帝貴畜也；豫且，宋國之賤臣也。白龍不化，豫且不射。今棄萬乘之位，而從布衣之士飲酒，臣恐其有豫且之患矣。」王乃止。(76)爲怪嘗偕於罔像。《國語》曰：水之怪曰龍罔像。(77)雕聞鄒奭，《史記》曰：談天衍，雕龍奭，炙轂輠髡。衍，鄒衍。奭，鄒奭。髡，淳于髡。(78)章美嵇康。《晉書》曰：嵇康雖土木形骸，而龍章鳳姿，天質自然。(79)或漬之而復活，《佛圖澄別傳》曰：石勒時天旱，於石井岡掘得死龍，長尺餘，漬之以水，良久乃蘇。咒而祭之，龍騰空而上，即大雨降。因名石井爲龍岡。(80)或吹之而則長。《抱朴子》曰：西域方士能神祝者臨淵，禹步吹氣，龍即出浮，其初出乃長十數丈。於是士更吹之，一吹則龍輒一縮，至長數寸，方士掇取著壺中。或有四五龍，以少水養之，物塞壺口。於是方士聞有旱處，便齎龍往賣之，一龍值數十斤金。舉國會斂以顧之，直畢，乃發壺出一龍著淵潭之中。因復禹步吹之，輒一吹一出，長數十丈，須臾雲雨四集。(81)騁神變於三池，《後魏書》曰：波智國有三池，傳曰大池有龍王，次者龍婦，小者龍子。人設祭乃得過，不則多遇風雷。(82)備文彩於五方。《唐書》曰：文宗大和中，五龍會於密州，次第五至，五方之色備焉。(83)非罔罟之可害，《人物志》曰：神龍不處罔罟之水，鳳皇不翔罻羅之鄉。(84)豈螻蟻之能傷。《楚辭》曰：神龍失水而陸居兮，爲螻蟻之所裁。(85)覿而不求，既聞於子産；《左傳》曰：鄭大水，龍鬬于時門之外洧淵，國人請爲禜焉。子産不許，曰：「我鬬，龍不我覿也；龍鬬，我獨何覿焉？吾無求於龍，龍亦無求於我。」乃止。(86)針而見負，更記於師皇。《列仙傳》曰：馬師皇者，黄帝馬醫。有病龍下垂耳，張口，師皇針其脣，飲以甘草湯而愈。後一旦負之而去。

校勘記

〔一〕于時　原作「魚時」，據宋本並《御覽》卷九二九引、《晉書·張華傳》改。

〔二〕子男　「男」字原無，據宋本並《後漢書·哀牢夷傳》增。《御覽》卷九二九引作「男子」。

〔三〕化爲龍　「化」字原無，據宋本並《御覽》卷九二九引、《後漢書·哀牢夷傳》增。

〔四〕出水上　「上」字原無，據宋本並《御覽》卷九二九引、《後漢書·哀牢夷傳》增。

〔五〕有一金龍浮水而上　「一」字原無，據宋本並《晉書·馮跋傳》增。「浮水而上」，《御覽》卷九二九引、《晉書·馮跋傳》並作「浮水而下」。

〔六〕駕九色班龍　「駕」原作「車」，據宋本並《御覽》卷九三〇引改。

〔七〕垂胡　原作「垂明」，據宋本、華本改。

〔八〕乃擾畜龍　原作「乃畜擾」，據《御覽》卷九三〇引、《左傳·昭公二十九年》改。

〔九〕域外　原作「役外」，據宋本並《御覽》卷九三〇引改。

〔一〇〕是爲穿胸民　「爲」原作「謂」，「民」原作「氏」，據宋本改。

〔一一〕得珠者　原作「歸者」，據宋本並《御覽》卷九二九引改。

〔一二〕必遭　「遭」字原空闕，據宋本並《御覽》卷九二九引增。

〔一三〕以北　原作「以往」，據宋本並《御覽》卷九二九引改。

〔一四〕勿用　原作「無用」，據宋本並《周易·乾卦》改。

蛇

①蝮蛇蓁蓁，《楚辭》曰：蝮蛇蓁蓁，封狐千里。②乘雲霧兮游神。《爾雅》曰：螣，螣蛇。注曰：龍類也，能興雲霧而游其中。《慎子》曰：螣蛇游霧，龍乘雲。③或斷而復續，《淮南子》曰：神蛇能斷而復續，不能使人不斷也。④或蟄以存身。見《易》。⑤泉有方渠之異〔一〕，見《水賦》「豳土蛇青」注。⑥珠有塗云之珍。《洞冥記》曰：蛇珠出塗云國〔二〕，有青靈蛇産珠，色光白如瓊琰之類。⑦華佗治之而病愈，《後漢書》曰：華佗嘗行道，見有病咽塞者，因語之曰：「向來道隅賣餅家有蓱虀甚酸，可取汁三升飲之，病自當去。」即如佗言，乃立吐一蛇，疾遂愈。⑧玄俗下之而病已。《列仙傳》曰：玄俗者，賣藥於都市，治百病。河間王病，買服之，下蛇十餘頭。⑨留篋既擾於民家，《唐書》曰：元和中，五坊小使每羣聚於賣酒食家，肆情飲啖，將去，留蛇一篋。誡之曰：「吾以此蛇致供奉，潛鳥雀可善飼之，無使飢渴。」主人賂而謝之，方肯攜去。⑩逐鼠爰興於甲士。《唐書》曰：太宗屯柏壁，常欲覘敵，潛軍遠抄，騎皆四散。太宗與一甲士登丘而睡，俄然賊兵四面雲合，不之覺也。會有蛇逐鼠，鼠觸甲士，驚起，遽白太宗。俱上馬，馳百餘步，爲賊所及，太宗發大羽箭射之，殪其驍將，賊騎乃退。⑪盤帳而蒙遜旋師，《晉書》曰：沮渠蒙遜攻浩亹，有蛇盤帳前。蒙遜笑曰：「前一爲螣蛇，天意欲吾迴師先定酒泉也。」燒攻具而還。⑫繞柱而煬宮肇祀。《搜神記》曰：魯定公元年，有九蛇繞柱。占以爲九世廟不祀。乃立煬宮。⑬又若鬬鄭門而厲公入，《左傳》曰：内

蛇與外蛇鬭於鄭南門中〔三〕，内蛇死。六年而厲公入。⑭出泉宫而聲姜亡。《左傳》曰：有蛇自泉宫出，如先君之數，秋八月辛未，聲姜薨。毁泉臺。注：魯伯禽至僖公十七君。⑮董奉斃之於晉興，《廣州記》曰：晉興郡路側五六里有一物，大百圍，長數十丈。行者過視，則往而不反，積年如此，失人甚多。董奉從交州出由此嶠，見之大驚云：「此蛇也。」住行旅，施符敕，經宿往看，蛇已死矣。左右曰：「白骨積聚成山。」⑯吴猛殺之於豫章。《豫章記》曰：永嘉末，有大蛇長十餘丈斷道，人有過者，輒以氣吸引取之，吞噬已百數。道士吴猛與弟子數人往，欲殺蛇，蛇藏深穴不肯出。猛符南昌杜公，蛇乃出穴，頭高數丈，猛緣尾登背，以足按蛇頭著地，弟子於後以斧殺之。⑰雖報德於隋侯，《搜神記》曰：隋侯行，見大蛇傷，因救治之。其後蛇銜珠以報焉。⑱或見劾於壽光。《列仙傳》曰：壽光侯者，漢章帝時人，能劾百鬼衆魅。有婦爲魅所病，侯劾得大蛇，婦因以安。又有大樹，人止其下者死，鳥過之亦死。侯劾樹，樹夏枯，有蛇長七八丈，懸樹而死。⑲苟戒之而修政，《賈誼書》曰：晉文公出田，前驅還曰：「前有大蛇，其高若隄，横道而處。」文公曰：「還車而歸。」其御曰：「臣聞祥則迎之，妖則陵之，今前有妖，請攻之。」公曰：「不可，吾聞天子夢惡則修道，諸侯夢惡則修政，大夫夢惡則修身。今我有失行，則天戒以妖。攻之，是逆天令也。」乃歸齋宿，而請於廟。退而修政。居三日，夢天誅蛇曰：「尔何敢當聖君之路！」文公覺，令人視之，蛇已魚爛矣。⑳豈遇之而不祥。《説苑》曰：齊景公獵，上山見虎，下澤見蛇。問晏子曰：「此不祥邪？」曰：「有賢不知，知而不用，用而不任，此不祥也。山是虎室，澤是蛇窟，何不祥乎！」㉑或乘彼龍星，《左傳》曰：梓慎曰：「今兹宋、鄭其飢乎！蛇乘龍，龍，宋、鄭之星也。」注：蛇，玄武虚、危之星。㉒或出夫象骼。《山海經》曰：巴蛇吞象，三歲而出骨，君子服之，已心腹之疾。左太冲《三都賦》曰：屠巴蛇，出象骼。

㉓秦文夢之於鄜衍，《史記》曰：秦文公夢蛇自天下屬地，其口出於鄜衍。文公問史敦，敦曰：「此上帝之徵，君其祠之。」於是作鄜畤。㉔漢祖斬之於豐澤。見《劍賦》「白靈號大澤」注。㉕則有五丁拔梓潼之山，《蜀王本紀》曰：秦王獻蜀王以美女五人，蜀王遣五丁迎女還梓潼。見一大蛇入山，一丁引其尾，不能出，五丁共引蛇，山崩，厭五丁。㉖黄帝採圓丘之藥，《抱朴子》曰：或問隱居山澤，治蛇蝮之道。曰：「昔圓丘多大蛇，又生好藥，黄帝將登焉，廣成子教佩雄黄，而蛇皆去。今帶武都雄黄，色如雞冠者五兩，以入山林，則不畏蛇。蛇若中人，以少許雄黄末傅之瘡中，立愈〔四〕。」㉗叔敖轉禍於兩頭，《賈誼書》曰：孫叔敖爲兒，出遊還，憂不食。母問其故，泣曰：「今旦見兩頭蛇，恐死。」母曰：「蛇安在？」曰：「聞見兩頭蛇者死，恐人復見之，已殺而埋之矣。」母曰：「無憂，汝不死矣！吾聞有陰德者，天報以福。」㉘薛濬考祥於有角。《隋書》曰：薛濬幼與宗中諸兒戲於澗濱。見一黄蛇有角及足〔五〕，召羣兒共視，了無見者。濬以爲不祥，歸而憂悴。母逼而問之，濬以實對。適有胡僧詣宅〔六〕，母怖而告之，僧曰：「此乃兒之吉應。早有名位，然壽不過六七耳。」言終而出，忽不復見，時咸異之。既而濬終於四十二。㉙亦聞見虎牢而有變，《後魏書》曰：東魏孝静帝武定中，大蛇見武牢城上，高仲密以武牢叛。後司馬消難之任武牢，蛇又見，消難亦叛。土人謂之雌龍。㉚出柴桑而能飛。《宋永初山川記》曰：柴桑縣有飛蛇。㉛或謂錢龍，《南史》曰：梁武帝與宫人幸玄洲苑，見大蛇盤屈於道，羣小蛇繞之，並黑色。宫人曰：「恐是錢龍。」帝以錢十萬貫鎮於蛇處以厭之。㉜或號肥遺。《山海經》曰：泰華山有蛇名肥遺，六足四翼，見則天下大旱〔七〕。㉝劉秀見之而不懼，《宋書》曰：劉秀之少孤貧，有志操。十許歲時，與諸兒戲於前渚，忽有大蛇來，勢甚猛，莫不顛沛驚呼，秀之獨不動，衆並異焉。㉞樂廣告之而解疑。《晉書》

曰：樂廣嘗有親客，久闊不復來，廣問其故，答曰：「前在座，蒙賜酒，方欲飲，見盃中有蛇〔八〕，意甚惡之〔九〕，既飲而疾。」于時河南廳事壁上角漆畫作蛇〔一〇〕，廣意盃中蛇卽角影〔一一〕。復置酒於前處，謂客曰：「酒中復有所見不？」答曰：「所見如初。」廣乃告其所以，客豁然意解，沉痾遂愈。㉟復有毛若彘豪，《山海經》曰：大同之山有蛇，名曰長蛇，毛如彘豪，音如鼓柝。㊱音如磬聲。《山海經》曰：鱗山多鳴蛇，四翼，音如磬，見則大旱。㊲畫足聞言於陳軫，《戰國策》曰：昭陽爲楚伐魏，覆軍殺將，移師攻齊。陳軫爲齊王使，見昭陽曰：「楚有祠者，賜其舍人酒一巵。舍人相謂曰：『數人飲之不足，一人飲之有餘，請各畫地爲蛇，蛇先成者飲酒。』一人先成，引酒飲之。乃左手持巵，右手畫蛇曰：『吾能爲之足。』爲足未成，一人之蛇後成，奪其巵曰：『蛇故無足，子安能爲之足？』遂飲酒。今君攻魏既勝，復移師攻齊，是爲蛇足者也。」昭陽悟，乃解軍。㊳繞輪兆禍於申生。《新序》曰：太子申生至靈臺，蛇繞左輪，御曰：「速得國之祥。」太子遂不反，伏劍而死。㊴産深山於叔虎，《左傳》曰：叔向之母妬叔虎之母美而不使，其子皆諫其母。其母曰：「深山大澤，實生龍蛇。彼美，余懼其生龍蛇以禍汝。余何愛焉？」使往視寢，生叔虎，故羊舌之族及於難。㊵得遺髮於昭靈。《陳留風俗傳》曰：沛公喪皇妣于黄鄉，天下平定，乃使使者以梓宫招魂幽野，於是丹蛇在水，自洒濯入于梓宫。其浴處有遺髮，故謚曰昭靈夫人。㊶傅縡死而受酬，《陳書》曰：後主末年，祕書監傅縡上書諫諍，後主逼令自盡死。後有惡蛇上屋，來靈牀，當前受祭酬，去而復來，百有餘日。時有彈指聲，俄而陳滅。㊷杜預醉而變形。《晉書》曰：杜預先在荆州，因宴集醉卧齋中。外人聞嘔吐聲，竊窺於户，見一大蛇，垂頭而吐，聞者異之。㊸觀夫徙涸澤而有神，《韓子》曰：鴟夷子皮事田成子。成子去齊，亡之燕，鴟夷子皮負傳而從。至望邑，曰：「子獨不聞涸澤之蛇乎？澤涸，將徙，有小蛇曰：『大蛇行而小蛇隨之，人以爲蛇之行者耳，必有殺子者。子不如相銜負我以行，人必以我爲神也。』乃相負越公道而行，人皆避之。今子美而我惡，以子爲我上客，千乘之君也；以子爲我使者，萬乘之卿也。不如爲我舍人〔三〕。」田成子負傳而隨之。至逆旅，逆旅之君得之甚敬。㊹喻常山而論勢。《孫子》曰：善用兵者如率然。率然，常山之蛇也，擊其首則尾至，擊其尾則首至，擊其中則首尾俱至。㊺變李密之衣帶，《隋書》曰：大業末，翟讓嘗見李密衣在格上，腰帶化爲赤蛇，讓心異之，竟爲密所殺。㊻見馮緄之綬笥。《風俗通》曰：車騎將軍馮緄，初爲議郎，發綬笥，有二赤蛇。許憲卜云：「後三歲當爲邊將，以東爲名，後五年爲征東大將軍。」㊼斯斷手之毒螫，吁其可畏。《前漢書》曰：蝮蛇螫手，壯士斷腕。

校勘記

〔一〕泉有　「泉」原作「皇」，據宋本、華本改。
〔二〕蛇珠　「珠」，宋本作「璣」。
〔三〕鄭南門中　「門」下原有「之」字，據宋本並《左傳・莊公十四年》删。
〔四〕立愈　「立」，宋本作「登」。
〔五〕一黄蛇　「一」字原無，據宋本並《隋書・薛濬傳》增。
〔六〕胡僧詣宅　「胡」字原無，據宋本並《隋書・薛濬傳》增。
〔七〕見則天下大旱　「則」字原無，據宋本並《御覽》卷九三三引、《山海經・西山經》增。
〔八〕見盃中有蛇　「蛇」下原有「影」字，據宋本並《御覽》卷九三三引、《晉書・樂廣傳》删。

〔九〕意甚惡之　「意」字原無，據宋本並《御覽》卷九三三引、《晉書·樂廣傳》增。

〔一〇〕漆畫作蛇　「漆」原作「弓」，據宋本並《御覽》卷九三三引、《晉書·樂廣傳》改。

〔一一〕角影　「角」下原有「弓」字，據宋本並《御覽》卷九三三引、《晉書·樂廣傳》删。

〔一二〕爲我　原作「我爲」，據宋本並《御覽》卷九三三引、《韓非子·說林上》改。

龜

①伊神龜之效質，實瑤光之散精。《運斗樞》曰：瑤光星散爲龜。②負《河圖》之八卦，《河圖》曰：天與禹洛出書，謂神龜負文列背而出。③標《禮經》之四靈。《禮》曰：麟、鳳、龜、龍，謂之四靈。④或宜水火之氣，或昭山澤之名。《爾雅》曰：一神龜，二靈龜，三攝龜，四寶龜，五文龜〔一〕，六筮龜，七山龜，八澤龜，九水龜，十火龜。⑤法和掘之而畫地，《三國典略》曰：梁陸法和至襄陽城北大樹下，畫地方二尺，令弟子掘之，得一龜，長五寸，以杖扣之曰：「汝欲出此已數百年，若不遇我，豈見天日乎？」爲授三歸，龜乃入草去。⑥張儀依之而築城。《華陽國志》曰：秦惠王十三年，張儀、司馬錯破蜀，儀因築城，城終頹壞。後有一大龜，從研而出，周旋行走，因依龜行所築之，乃成。⑦備嘉肴而斯獻，《周禮》曰：鼈人春獻鼈蜃，秋獻龜魚。⑧順時令而爰登。《禮・月令》曰：九月伐蛟取鼉，登龜取黿。⑨或呈瑞於魏文，《魏略》曰：文帝時，神龜出於靈芝池。⑩或報德於毛寶。《搜神續記》曰〔二〕：毛寶行於江，見漁父釣得一白龜，寶贖而放之。後於邾城戰敗，投江〔三〕，有物載之，漸得至岸。視之，乃昔所放白龜，甲長四尺許。龜至中流，猶反顧寶。⑪爲貨克資於交易，《前漢書》曰：王莽以「劉」字有金刀，乃罷錯刀、契刀及五銖錢，作金、銀、龜、貝、錢、布之品，名曰寶貨。凡錢貨六品，金貨一品，銀貨二品，龜寶四品，貝貨五品，布貨十品。五物六名二十八品。⑫致氣諒宜於衰老。《史記・龜策傳》曰：江旁人家嘗畜龜飲食之，以能導引致氣，有益於助

衰養老也〔四〕。⑬至若玄衣督郵，《古今注》曰：龜一名玄衣督郵，一名元緒。⑭緇衣大夫。孫惠《龜賦》曰：有緇衣之大夫兮，衣玄纁之衣裳。乘輜車之岌岌兮，駕雲霧而翱翔。⑮致糜潰於元遜，見《木賦》「枯桑之禍」注。⑯罹罔罟於余且。《莊子》曰：宋元君夜半而夢人被髮窺阿門，曰：「予自宰露之淵，予爲清江使河伯之所，漁者余且得予。」元君覺，召占夢者占之，曰：「此神龜也。」明日，余且朝。君曰：「若漁何得？」答曰：「且之網得白龜，圓五尺。」君曰：「獻若之龜。」龜至，乃刳龜以卜，七十二鑽而無遺策。⑰若其壽別神靈，任昉《述異記》曰：龜一千年生毛，壽五千歲謂之神龜，壽萬年曰靈龜。⑱形分俯仰，《爾雅》曰：龜，俯者靈，仰者謝〔五〕。⑲誠爲天子之寶，《禮》曰：青黑緣者，天子之寶龜。⑳故號甲蟲之長。《大戴禮》曰：甲蟲三百六十，神龜爲之長。㉑或處嘉林之中，《史記·龜策傳》曰：有神龜在江南嘉林中。嘉林者，獸無虎狼，鳥無鴟梟，草無毒螫，野火不至，斤斧不及，是爲嘉林。龜在其中。㉒或旋卷耳之上。《博物志》曰：龜三千歲旋於卷耳之上，蓍千歲三百莖，同本以老，故知吉凶。㉓名有時君之美，《抱朴子》曰：山中巳日，稱時君者，龜也。㉔文成列宿之象。《禮統》曰：神龜之象，上員法天，下方法地，背有盤法丘山，玄文交錯，以成列宿，運轉應四時，明吉凶，不言而信。㉕效之而或致飛騰，《博物志》曰：人有出行墜深澗者，無有出路，飢餓欲死〔六〕。左右見龜蛇甚多，朝暮引頸向東方。人因伏地學之，遂不復飢，體殊輕便，能登岩岸。經數年後，試竦身舉臂，遂超出澗上，即得還家。顏色悅懌，頗更黠慧勝故。還食穀，啖滋味，百餘日中復其本質。㉖法之而自能導養。《抱朴子》曰：郄儉少時行獵，墮空塚中，見有大龜，數數迴轉，所向無常，張口吞氣，或俛或仰。儉知龜能導引，乃試隨龜所爲，遂不復飢，竟能咽氣斷穀。㉗亦有見天文於南漢，《星經》曰：天龜五星南漢中。㉘傳科斗於越裳。《述異記》曰：陶唐之世，越裳國獻千歲神龜，方三尺餘，背上有文，皆科斗書，記開闢以來，録以爲龜曆。伏滔述帝功德銘曰：「胡書龜曆之文。」㉙卜洛斯食，《書》曰：卜惟洛食。㉚比筮爲長。《左傳》曰：晉獻公將納驪姬，卜之，不吉；筮之，吉。卜人曰：「筮短龜長，不如從長。」㉛堯則赤文而朱字，《書中候》曰：堯沉璧於洛，玄龜負書出於背中，赤文朱字，止壇場；沉璧於河，黑龜出赤文題。㉜周則青純而蒼光。《書中候》曰：周公攝政七年，制禮作樂，成王觀於洛，沉璧禮畢，王退。有玄龜青純蒼光，背甲列書，上躋于壇〔七〕，赤文成字，周公寫之。㉝既觀書脅，《史記·龜策傳》曰：神龜巢芳蓮之上〔八〕。左脅書文曰「甲子重光，得我者匹夫爲人君，有土正，諸侯得我爲帝王。」

㉞復有搘牀，《史記·龜策傳》曰：南方老人用龜搘牀足，行二十餘歲，老人死後，移牀，龜尚能行氣導引。㉟豈願刳腸，《莊子》曰：仲尼云：「神龜能見夢於元君，而不能避余且之網；能七十二鑽無遺策〔九〕，而不免刳腸之禍。」㊱唯宜曳尾。《莊子》曰：莊子釣於濮水。楚王使大夫先白焉，曰：「願以境内累子！」莊子持竿不顧，曰：「吾聞楚有神龜，死已三千歲矣。巾笥而藏之廟堂之上。此龜者，寧其死留骨而貴乎？寧其生而曳尾塗中乎？吾將曳尾於塗中也。」㊲十朋既見於義《易》，《易》曰：或益之十朋之龜。㊳六室更聞於《周禮》。《周禮》曰：龜人掌六龜之屬，各有名物。天龜曰靈屬，地龜曰繹屬，東龜曰果屬，西龜曰雷屬，南龜曰獵屬，北龜曰若屬。各以其方之色，與其體辨之。凡取龜用秋，攻龜用春，各以其物，入于龜室。注云：屬〔一〇〕，言非一也。天龜玄，地龜黄，東青，西白，南赤，北黑，是其色也。龜俯者靈，仰者繹，前弇果，後弇獵，左倪雷，右倪若。是其體也，六龜各異室。㊴或傳叢蓍之説，《抱朴子》曰：千歲龜，五色具焉。解人言。或浮於蓮葉之上，或在叢蓍之下。㊵或記青毛之異。《南齊書》曰：永明中，有獻青毛神龜一。

㊶又聞大若三足，君山六眸。《爾雅》曰：鼈三足，能。龜三足，賁。注：《山海經》曰：從山多三足鼈，大若山多三足龜〔一一〕。《義興記》曰：君山廟下有池，中有三足六眼龜。又唐先天中，江州獻龜六眸。㊷孔愉曾悟於回首，《會稽後賢傳》曰：孔愉字康敬，嘗至吴興余不亭，見人籠龜於路，愉買而放於溪中。龜行至水，反顧視愉。及封此亭，三鑄印，龜皆左顧，愉悟，遂取佩之。㊸黄安屢見其出頭。《洞冥記》曰：黄安常服硃砂，舉體皆赤，坐一大神龜，言：「伏羲始造罔罟，以此龜授吾，此虫畏日月之光，二千歲一出頭。我坐此龜，五過出頭矣。」行則負龜而移，世人謂黄安萬歲。㊹嗟僂句之不欺，《左傳》曰：臧昭伯如晉，臧會竊其寶龜僂句，以卜爲信與僭，僭吉。乃如晉。昭伯問家故，盡對。及内子與母弟叔孫，則再三問，不對。昭伯歸，次於外而察之，皆無之。既而執諸季氏中門之外。季平子怒，曰：「何故以兵入吾門？」季、臧有惡。及昭伯從公奔齊，平子立臧會。會曰：「僂句不余欺也。」㊺笑蜉蝣之見憂。《淮南子》曰：龜三千歲〔一二〕，蜉蝣不過三日。以蜉蝣而爲龜憂養生之具，人必笑之。㊻臧文一兆而稱美，《家語》曰：孔子問於漆雕馮子曰：「事文仲：武仲及孺子容，此三大夫孰爲賢乎？」對曰：「臧氏家有守龜焉，文仲三年而爲一兆，武仲三年而爲二兆〔一三〕，孺子容三年而爲三兆，馮從此見之，若夫三人之賢與不賢，所未敢識也。」孔子曰：「君子哉，漆雕氏之子！其言人之美也，隱而顯；言人之過也，微而著。智不能及，明不能見，孰克如之。」㊼武仲納請而能謀。《左傳》曰：臧武仲自邾使告臧賈，且致大蔡焉，曰：「紇之罪不及不祀子，以大蔡納請，其可。」㊽爾其八風九州，南辰北斗，《史記·龜策傳》曰：一北斗龜，二南辰龜，三五星龜〔一四〕，四八風，五二十八宿，六日月，七九州，八玉龜。㊾坎居离象，李顒《龜賦》曰：質應离象，位定坎居，賤彼朵頤，貴我靈符。浮洛川，見緯書，洞秘頤，通玄虚。㊿蛇頭龍脰。

《説苑》曰：靈龜五色似玉，背陰向陽，上隆象天，下平法地，轉運應四時，蛇頭龍脰，左睛象日，右睛象月，知存亡、吉凶之數。㉛**或通夢於高虜**，《前燕録》曰：苻堅末，高陵人穿井得龜，大三尺，背文象八卦。堅命太卜穿池養之，食以粟。及死，藏其骨於太廟。是夜，廟丞高虜夢龜謂曰：「我本出歸江南，遭時不遇，殞命秦庭。」又夢人言於虜曰：「龜三千六百歲終，終必妖興，亡國之象也。」未幾堅敗。㉜**或表祥於章后**。《陳書》曰武帝章后母常遇道士，以小龜遺己，文彩五色，曰：「三年有徵。」及期，后生，紫光照室，因失龜所在。㉝**至於前弇諸果，左倪不類**，《爾雅》曰：龜俯者靈，仰者謝，前弇諸果，後弇諸獵，左倪不類，右倪不若。注：俯行頭低，仰行頭伸，前弇前甲長，後弇後甲長，左倪行頭左庳爲左食，右倪行頭右庳爲右食。倪，音倪。㉞**豈同夫牛蹏彘顱**，《淮南子》曰：牛蹏、彘顱亦骨也，而世弗灼，必問吉凶於龜者，歷歲久也。㉟**必見其灼中文外**。《國語》曰：夫服者，心之文也，如龜焉，灼其中必文於外。㊱**爲伏羲而負圖**，《古史考》曰：伏羲時靈龜負《河圖》，八卦是也。㊲**美寧王之見遺**。《書》曰：寧王遺我大寶龜。注：寧王，文王也。㊳**唯九江之納錫，實揚州之巨美**。《書》曰：九江納錫大龜。

校勘記

〔一〕五文龜　「龜」原作「龍」，據宋本並《爾雅·釋蟲》改。

〔二〕搜神續記　原作《搜神記》，按所引文見《搜神續記》，因改。《御覽》卷四七七、九三一引作《續搜神記》。

〔三〕投江　宋本作「没江」。

〔四〕助衰養老　「養」字原無，據《御覽》卷九三一引、《史記·龜策列傳》增。

〔五〕仰者謝　「謝」原作「繹」，據宋本並《爾雅·釋魚》改。

〔六〕欲死　原作「分死」，據宋本並《博物志》卷一〇改。
〔七〕上躋于壇　「于」原作「下」，據白本、華本並《御覽》卷九三一引改。
〔八〕之上　原作「上之」，據宋本、華本改。
〔九〕七十二　「七」字原無，據宋本並《御覽》卷九三一引增。
〔一〇〕屬　原作「所」，據宋本並《周禮·春官·龜人》改。
〔一一〕大若山　原作「君山」，據宋本、華本改。
〔一二〕三千歲　「三」字原無，據宋本並《御覽》卷九三一引增。
〔一三〕三年　原作「二年」，據宋本並《御覽》卷九三一引改。
〔一四〕三五星龜　「五」字原無，據《御覽》卷九三一引增。「龜」原作「辰」，據《御覽》卷九三一引改。

事類賦卷之二十九

鱗介部二

魚

魚

①「魚麗于罶，鰋鯉」，「君子有酒，多且旨」，若夫「魴魚赬尾，王室如燬。」並《詩》云。②或逢秋而憶鱸，《世說》曰：張翰字季鷹，爲齊王冏掾，在洛見秋風起，因思吳中蓴菜羹、鱸魚鱠，遂命駕便歸。俄而齊敗，時人以爲知機。③或當春而薦鮪。《禮》曰：季春薦鮪于寢廟。④大盈一車，《孔叢子》曰：衛人釣于河，得鰥，其大盈車。曰：「吾下一魴之餌，鰥過而不視；又以豚之半，則吞矣。」子思子曰：「噫！鰥貪以餌死，士貪以禄死。」⑤廣闊千里〔一〕。《列子》曰：八紘之北有溟海，魚廣千里，其長稱焉。⑥爾乃昭帝之養昆明，《三輔故事》曰：武帝作昆明池以習水戰。後昭帝於池中養魚，以給諸陵祠，餘付長安市，魚乃賤。⑦任子之蹲會稽。《莊子》曰：任公子蹲會稽釣東海，朞年而大魚食之。公子得若魚，浙河以東，蒼梧以北，無不厭若魚。⑧鄙奉車之不足，《魏志》曰：文帝東征吳，文德郭后留譙。時后從兄奉車都尉表欲遏水取魚，后曰：「今奉車所不足，豈此魚乎！」⑨美弦章之見

辭。《晏子春秋》曰：景公射質，堂上唱善者一口。弦章入，公曰：「吾失晏子，未嘗聞吾不善。」章曰：「臣聞君好，臣服；君嗜，臣食。尺蠖食黄身黄，食蒼身蒼，君其食諂人言乎？」公曰：「善。」賜弦章魚五十乘。弦章歸，魚車塞途。章撫其僕曰：「曩之唱善者，皆欲此魚也。」固辭不受。⑩加美名於孔鯉，《風俗通》曰：伯魚之生，適有饋孔子魚者，喜以爲瑞，故名鯉，字伯魚。⑪獻有餘於仲尼。《家語》曰：孔子之楚，有漁者獻魚，孔子不受。漁者曰：「天暑市遠，吾無所鬻之，棄之糞壤，不若獻之君子。」孔子再拜而受，掃地祭之。⑫陶朱則養之而富，陶朱公《養魚經》曰：威王聘朱公，問曰：「公家累億金，何術乎？」朱公曰：「夫治生之法有五：水畜第一，水畜魚也，以六畝地爲池，池中有九洲，即求懷子鯉魚長三尺者二十頭，牡鯉四，以二月上旬庚日内池中。所以養鯉者，不相食易長又貴也。」⑬龍陽則棄之而悲。《戰國策》曰：魏王與龍陽君共船而釣，龍陽君得十餘魚而涕下，曰：「臣之始得魚也，臣甚嘉之；後得大者，今臣且欲棄前所得者。今以臣之惡也，而得爲王拂枕席，夫四海之内，其美人亦甚多，聞臣之得幸於王也，必褰裳而趨，王視臣亦曩臣之所棄魚也。」王於是令四境之内「敢有言美人者族。」⑭憂在脱淵，《老子》曰：魚不可脱於淵，國之利器，不可以示人。⑮樂宜在藻。見《詩》。⑯形備丙丁，《爾雅》曰：魚枕謂之丁，魚腸謂之乙，魚尾謂之丙。⑰用稱鱻薧。《周禮》曰：𩵋人掌辨魚物爲鱻薧，以共王膳羞。注：鱻，生也。薧，乾也。鱻音鮮，薧音槀。⑱宿沙善漁，《魯連子》曰：古善漁者宿沙瞿子，使魚生於山，則十，宿沙不得一魚焉。宿沙非闇於漁道者，彼山非魚之所生也。⑲詹何能釣。《淮南子》曰：詹公能釣千歲之鯉。⑳考信及於中孚，《易·中孚》曰：信及豚魚。㉑美於牣於靈沼。《詩》曰：王在靈沼，於牣魚躍。㉒則有形侔刀劍，《爾雅》曰：鮤，鱴刀。注：今之鮆魚也，亦呼爲劍魚。㉓價貴牛羊。《洛陽伽藍記》曰：京師語曰：「伊洛鯉魴，貴於牛羊。」㉔化舒姑之泉，見《水賦》「舒姑靈變」注。㉕歸青田之倉。《永嘉記》曰：青田谿冬天水熱如湯，衆魚歸之，名曰魚倉。㉖或釣于渭，《史記》曰：太公望以漁釣干周西伯。西伯獵，遇太公於渭之陽，載與俱歸。㉗或觀于棠。《左傳》曰：魯隱公將如棠觀魚者，臧僖伯諫曰：「凡物不足以講大事，其材不足以備器用，則君不舉焉。山林、川澤之實，皁隸之事，官司之守，非君所及也。」公曰：「吾將略地焉。」遂往，陳魚而觀之。僖伯稱疾不從。㉘掣三牽兩，潘岳《西征賦》曰：貫鰓蜀尾，掣三牽兩。㉙析縷分芒。張衡《七辯》曰：鞏洛之鱒，割以爲鱗〔二〕，分芒析縷，細亂茧足。㉚夜飛嘗駭於文鰩，左思《三都賦》曰：文鰩夜飛而觸綸。㉛陵處亦驚於龍鯉。《山海經》曰：龍鯉，陵居，狀如鯉。郭璞《江賦》曰：龍鯉一角。㉜緯書載其虎銜，《運斗樞》曰：四方煩擾。小民失恩，虎銜魚。㉝時令標其獺祭。《禮》曰：雨水之日，獺祭魚。㉞別有姜詩雙鯉，《東觀漢記》曰：姜詩性至孝，母常飲江水，兒取水溺死，恐母知，詐云：「行學。」俄有涌泉出舍側，日生鯉一雙。㉟楊震三鱣。《後漢書》曰：楊震客於湖，不荅州郡禮命。有鸛雀銜三鱣魚飛集講堂前，都講取魚進曰：「鱣者，卿大夫服之象也，數三者，法三台也。先生自此升矣。」㊱或買之而啖茹，《詩疏》曰：鱮似魴而大頭，魚之不美者。故里語曰：「買魚得鱮，不如啖茹。」徐州謂之鰱。㊲或得之而忘筌。見《莊》。㊳躍武王之舟，見《舟賦》「白魚瑞周」注。㊴入仲御之船。《晉書》曰：夏統字仲御。母病，詣洛市藥。會三月上巳，洛中王公已下並至浮橋，統弗之顧。太尉賈充怪而問之，曰：「卿居海濱，頗能水戲乎？」答曰：「可。」乃操柂正櫓，折旋中流。於是風波振駭，俄而白魚跳入船中者八九，觀者皆悚懼。㊵琴高初見於涿水，《列仙傳》曰：琴高以鼓琴爲宋康王舍人，行涓彭之術。後辭，入涿水中取龍子。與諸弟期潔齋，於水旁設祠屋，果乘赤鯉來，出祠中，留一月復入水。㊶務光始返於盧川。《符子》曰：務光自投盧川，盧川之伯以赤鯉送之。㊷獲靈符者涓子，《列仙傳》曰：涓子，齊人，釣於河澤，得鯉魚腹中符。隱於宕山，能致風雨。㊸寄丹書者葛玄。《神仙傳》曰：葛玄見賣大魚者，謂曰：「暫煩此魚到河伯處。」乃以丹書紙内魚口。有頃，魚還躍岸上，得書青黑色，如木葉。㊹莊周比之於貸粟，《莊子》曰：莊周家貧，往貸粟於監河侯。侯曰：「我將得邑金，貸子三百金，可乎？」周忿然曰：「周昨來，見道中有呼周者，視車轍中有鮒魚焉。曰：『我東海之波臣也。君豈有升斗之水活我哉！』周曰：『諾，我且南遊説吴越之王，激西江之水而迎子，可乎？』鮒魚曰：『君言此不如早索我於枯魚之肆。』」㊺淳于笑之於祝田。《説苑》曰：楚將伐齊，齊王使淳于髡求救於趙，齎金百斤，車馬十駟。髡曰：「臣之鄰人祠田，以一篋飯與一鮒魚祝曰：『下田洿邪，得穀百車。』臣笑其所祠者少，所求者多。」王乃益齎黄金白璧，車馬百駟。㊻鱓則似蛇，《韓子》曰：鱓似蛇，而漁者取鱓而畏蛇。利之所在，皆爲賁育。㊼鰼聞有翼。《山海經》曰：涿光之山，囂水出焉。多鰼鰼之魚，如鵲而十翼，可以御火。㊽陳囂遺之於竊盜，《後漢書》曰：會稽陳囂，少時於郭外水邊捕魚，人有盜取之者。囂見避之草中，追以魚遺之，盜慚不受。自是無復盜其魚者。㊾王弘致之於親識。《宋書》曰：王弘之性好釣。上虞江有一處名三石頭，弘之常垂綸於此，經過者不識之，或問：「漁師得魚賣不？」弘之曰：「亦不得，得亦不賣。」日夕，載魚入上虞郭，經親故門，各以一兩頭置門而去。㊿林邑陵雲，《林邑國記》曰：飛魚翼如胡蟬，沉泳海底，飛則陵雲。㊿昆明刻石。《西京雜記》曰：昆明池刻石爲魚，每雷雨，魚嘗鳴吼，鬐尾皆動。漢代祈雨，往往有驗。㊿入羽淵而遽化，《拾遺記》曰：夏鮌理水無功，沉於羽川，化爲玄魚，大千尺。後遂死，横於河海之間。後世以玄字合於魚字，爲鮌字。㊿厭武昌而不食。《吴志》曰：孫權時欲自建鄴徙都武昌。建鄴人謡云：「寧飲建鄴水，不食武昌魚。寧還建鄴死，不止武昌居。」(54)乞伏買之而盡放，《隋書》曰：乞伏慧爲潭、桂總管，其俗輕剽，慧躬行朴素以矯之，風化大洽。會見人以簺捕魚者，出絹買而放之。簺音賽。(55)王固祝之而不得。《梁書》曰：王固嘗聘魏，因宴饗昆明池。魏人以南人嗜魚，大設罟網。固以佛法呪之，一鱗不獲。(56)釋小傳單父之政，《淮南子》曰：季子治單父三年，而巫馬期衣短褐，易容貌，往觀化焉。夜見漁者得而釋之，巫馬期問焉，曰：「凡子所爲漁者，欲得魚也，今而釋之，何也？」漁者對曰：「季子不欲人取小魚也，所得者小魚，是以釋之。」巫馬期歸以報孔子曰：「季子之德至矣。」注：季子，子賤。(57)貢大見王龔之德。《後漢書》曰：陳蕃爲郡法曹吏，正朝見太守王龔，客有貢白魚於龔者，龔曰：「汝南乃有此魚。」蕃曰：「魚大由明府之德。」(58)亦聞謝允致鯉，《續搜神記》曰：謝允從武當山還，在桓宣武座，有言及左元放爲曹公致鱸魚者，允便云：「此可得耳。」求大瓮盛水，朱書符投水中。俄有二鯉鼓鬐水中〔三〕。(59)左慈化鱸，《後漢書》曰：左慈字元放，曾在曹操座，操曰：「恨少吴松江鱸魚耳！」慈因求銅盤貯水，以竹竿釣於盤中，須臾引一鱸出。操曰：「一魚不周。」乃更沉釣，復引出，皆長三尺餘，操使目前鱠之。(60)專諸奉炙，《金樓子》曰：專諸欲弒吴王僚，學炙魚，香聞數里。僚索魚炙，乃持刀置魚腹中。(61)陳勝置書。《漢書》曰：陳勝舉大計，欲威兵士。乃以丹書曰「陳勝王」置所罾魚腹中。兵買魚，見書大驚。(62)入舟豫知其解甲，《前凉録》：金城太守胡勗叛，張軌遣都護宗毅、治中令狐瀏討之。濟河中流，白魚入船。瀏曰：「魚，鱗物，虜必解甲歸我矣。」勗果請降。(63)有録則比於負圖。《唐書》曰：開元中，衢州獲魚，有銘，獻之。侍中裴光庭等奏曰：「魚龍爲圖，河洛所出，比之盛時，彼何足云。」(64)周發曾傳於嗜鮑。《國語》曰：周文太子發嗜鮑魚，太公爲其傳曰：「鮑魚不登俎豆，豈有非禮而可養太子！」⑥⑤漢徹嘗聞於得珠。見《珠賦》「漢武通夢於昆明」注。⑥⑥既自適於濠梁，《莊子》曰：莊子與惠子遊於濠梁之上。莊子曰：「鯈魚出游從容，是魚樂也。」惠子曰：「子非魚，安知魚之樂？」莊子曰：「子非我，安知我之不知魚之樂？」⑥⑦亦相忘於江湖。《莊子》曰：泉涸，魚相與處於陸，相呴以濕，相濡以沫，不如相忘於江湖也。⑥⑧片則王餘，雙稱比目。《博物志》曰：吴王食鱠有餘，棄於江中，化爲魚，名曰「吴王餘鱠魚」。左思《三都賦》曰：雙則比目，片則王餘。⑥⑨或墜眼而爲珠，曹毗《觀濤賦》曰：神鯨來往，乘波躍鱗；噴氣霧合，噫水成津。骸喪成島嶼之墟，目落爲明月之珠。⑦⓪或燃膏而作燭。《史記》曰：秦始皇冢中以魚膏爲燈燭。⑦①祭而獲應者周平，《述異記》曰：闕中有金魚神。云周平王時，十旬不雨，祭此神，俄生涌泉，魚躍降雨。⑦②懸以示廉者羊續。《後漢書》曰：羊續好食生魚，爲南陽太守，府丞侯儉貢鯉，續受而懸之。一歲儉復致一枚，續乃出所懸枯魚示之，以杜其意。⑦③鮒惟宜暑，《神異經》曰：東南海中有温湖，鮒魚生焉。食之宜暑而避風寒。⑦④鯈可忘憂。《山海經》曰：帶山茈葫之水，其中多鯈魚，其狀如鷄而赤毛，三尾、六足、四首，其音如鵲，食之已憂。《圖讚》曰：汨和損平，莫慘於憂，《詩》詠萱草，《山經》則鯈。⑦⑤長聞横海，木玄虚《海賦》曰：魚則横海之鯨，空兀孤游。巨鱗刺雲，洪鬣插天。頭顱成嶽，流膏爲淵。⑦⑥大記吞舟。潘岳《海賦》曰：魚則吞舟鯨鯢。賈誼《弔屈原文》曰：彼尋常之汙瀆，安能容吞舟之巨魚。⑦⑦或七日而逢尾，《玄中記》曰：東海有大魚，行海者，一日逢魚頭，七日逢魚尾。⑦⑧或一斤而千頭。《廣志》曰：武陽小魚，大如針，號一斤千頭，蜀人以爲醬。⑦⑨幸通水而相致，《淮南子》曰：欲致魚者先通水，欲致鳥者先樹木。水積而魚聚，木茂而鳥集。⑧⓪無乾谷而見求。《淮南子》曰：上求材，臣殘木；上求魚，臣乾谷。

(81)亦有梁水之魴，陸機《詩疏義》曰：魴，魚之美者也，梁水魴特肥美。故其鄉語曰：「居就梁水魴。」(82)洞庭之鮒。劉卲《七華》曰：洞庭之鮒出於江岷，紅腴、青顱、朱尾、碧鱗〔四〕。(83)應王祥之剖冰，《晉書》曰：王祥性至孝。早喪親，繼母朱氏不慈，數譖之〔五〕，由是失愛於父。母有疾，衣不解帶，湯藥必親嘗〔六〕。母欲生魚，時天氣寒冰凍，解衣將剖冰求之。冰忽自解，雙鯉躍出，持之而歸。(84)感蔡仲之廬墓。《先賢傳》曰：蔡君仲至孝，母喪，居墓側。天下神魚四頭置墓前以祭。(85)楚國悟之而爲治，《新序》曰：楚人有獻魚於王者，曰：「今日漁獲，食之不盡，賣之不售，棄之又惜，故來獻之。」左右曰：「鄙哉辭也！」楚王曰：「子不知漁者仁人也。蓋聞囷倉粟有餘者，國有餓民；後宮多幽女者，下民多曠夫；餘衍之畜聚於府庫者〔七〕，境内多貧乏之民。皆失君之道。故庖有肥肉，廄有肥馬，民有飢色。漁者知之，其以喻寡人也。」於是乃遣使恤鰥寡。故漁者獻餘魚，而楚國賴之。(86)越王養之而致富。《吴越春秋》曰：越王棲會稽，范蠡等曰：「會稽之山有魚池上、下二處，水中有三江四瀆之流，九溪六谷之廣，上池宜於君王，下池宜於民臣，畜魚三年，其利可以致千萬，越國當富盈。」(87)又有感王延之孝，《晉書》曰：王延性至孝。繼母卜氏嘗盛冬思生魚，敕延求而不獲，杖之流血。延尋汾叩凌而哭，忽有一魚長五尺，躍出冰上，延取以進母。卜氏食之，積日不盡，於是心悟，撫延如己生。(88)資陸政之養。《北史》曰：陸政性至孝。其母吴人，嗜魚。北土魚少，政求之，常苦難得。後宅忽出泉水，生魚不絶，得以供膳。時人因謂其泉爲「孝泉」。(89)内藥則戲於湯中，《抱朴子》曰：取一把礜丸内一活魚口，與無藥者俱投沸膏中，猛火之上，其無藥須臾熟可食，其銜藥者浮戲瀺灂不死。(90)塗血則行於水上。《抱朴子》曰：南陽丹水有丹魚，先夏至十日，夜伺之，魚夜浮水側則有赤光，割取血以塗足，可以步行水上。(91)若其噴水爲雲，王子年

《拾遺記》曰：瀛洲一名䰟洲，亦曰環洲。洲傍有洞淵，其廣千里，有魚焉。其長千丈，鱗色爛斑〔八〕，鼻有角，時鼓舞群戲。或有遠而望者，見水間有五色雲〔九〕，上就之，乃是此魚噴水爲雲也。⑫吐氣成風。《嶺南異物志》曰：南方大魚，聲爲雷，氣爲風，涎沫爲霧。⑬介象釣之於殿前，《神女傳》曰：介象與吴王共論鯔魚爲上，乃於殿前作方坎，汲水滿之，并求鈎起餌之，須臾得魚，王使鱠之。⑭王肅羹之於洛中。《洛陽記》曰：王肅初入國，不食羊肉及酪等，嘗飯鯽魚羹。⑮或螻蟻之所制，《莊子》曰：吞舟之魚，蕩而失水，則螻蟻能制之。故鳥飛不厭高，魚鱉不厭深。⑯豈蹏涔之見容。《淮南子》曰：牛蹏之涔，不容鱣鮪。⑰出丙穴而赴水，《水經》曰：丙穴出嘉魚，常以二月出，十月入。穴出水泉懸注，魚自穴下透入水，穴口向丙，故曰丙穴。⑱度禹門而化龍。《水經》曰：鱣鯉出鞏穴，三月則上度龍門，得度爲龍矣，否則點額而還。⑲或義不及賓，《易》曰：包有魚，義不及賓也。⑳或功稱微禹。《左傳》曰：劉子曰：「美哉禹功，明德遠矣，微禹，吾其魚乎！」(101)必芳其餌，《淮南子》曰：燿蟬者務明其火，釣魚者務芳其餌。(102)乃先於俎。《淮南子》曰：俎之先生魚，豆之先黍羹，此皆不決於耳目，不適於口腹，而先王貴之，先本後末也。(103)既見射而流血，《三齊記》曰：始皇祭青城山，築石城入海三十里，射魚，水變色如血者數里，于今猶爾。(104)亦高飛而乘雨。《臨海異物志》曰：鳶魚似鳶，鷰魚似鷰〔一〇〕，陰雨皆能飛高丈餘。(105)爾其金韲、玉膾，《大業拾遺録》曰：六年，吴郡獻松江鱸魚，乾膾鱸魚，肉白如雪，不腥。所謂金韲、玉膾，東南之嘉味也。(106)青鱸、碧鱗。見上「洞庭之鮒」注。(107)有負函盛水之嗜，《隋書》曰：虞孝仁性奢華，常以駱駝負函盛水，養魚而自給。(108)有當乳輟網之仁。《唐書》曰：太宗觀漁於西宫，見魚躍，問其故。漁者曰：「此當乳也。」於是中網而止。(109)復聞杜孝置筒而寄

歸，蕭廣《孝子傳》曰：巴郡杜孝役在成都，母喜食生魚，孝於官得生鮮，截竹筒盛魚二頭沉水中，曰：「我母必得此魚。」其
婦出渚，得之以進母。(110)張昭結網以供膳。《晉書》曰〔一一〕：張昭字德明，幼有孝性。父熯常患消渴〔一二〕，嗜生魚。
昭乃身自結網捕魚，以供朝夕。(111)吴隱嫌其用意，《晉書》曰：吴隱之爲廣州刺史，帳下人進魚，每剔去骨存肉，隱之
覺其用意，罰而黜焉。(112)公儀辭其争獻。《韓子》曰：公儀休相魯而嗜魚，一邦皆争買魚而獻之，公儀子不受曰：「夫
唯嗜魚，故不受也〔一三〕。」(113)效雙角於元海，《晉書》曰：五部單于左賢王劉豹〔一四〕，妻呼延氏。魏嘉平中，祈子於龍
門。俄而有一大魚，頂有二角，軒鬐躍鱗而至祭所，久之乃去。巫覡皆異之，曰：「此嘉祥也。」其夜夢旦所見魚變爲人，左
手把一物，大如半鷄子，光景非常，授呼延曰：「此是日精，服之生貴子。」寤而告豹，豹曰：「吉徵也。」十三月而生元海。(114)
革陽喬於子賤。《説苑》曰：陽舒謂子賤曰：「吾少也賤，不知理民之術。有鈎道二焉：夫投綸餌迎而吸之者〔一五〕，陽
喬也，其爲魚也薄而不美；若存若亡，若食若不食者，魴也，其爲魚也厚味。」子賤曰：「善。」(115)鯨死而彗星乃出，《淮
南子》曰：麒麟鬬則日月食，鯨魚死而彗星出。(116)鱷去而潮人無患。《唐書》曰：韓愈爲潮州刺史，詢吏民疾苦，皆
曰：「郡西湫水有鱷魚，外而化，食民畜産將盡。」愈往視之，令判官秦濟炮一豚一羊投之湫，祝曰：「今潮州大海在其南，鯨
鵬之大，蝦蟹之細，無不容，今與鱷魚約〔一六〕，七日不徙，則刺史選材技壯夫，操勁弓毒矢，與鱷魚從事矣！」呪之夕，暴風
雷起於湫中。數日，湫水盡涸，徙於舊湫西六十里。自是潮人無鱷魚之患。(117)苟耕田而可種，《嶺表録異》曰：新瀧
等州山田，揀荒平處，以鋤鍬開爲町疃，伺春雨，丘中貯水，即先買鯇魚子散於田內。一二年後，魚兒長大，食草根並
盡〔一七〕。既爲熟田，又收魚利，及種稻，且無稗草，乃齊民之上術也。(118)奚臨河而見羨。《淮南子》曰：臨河羨魚，不

如歸家織網〔一八〕。⑲若乃林邑變鐵，見《山賦》「范文之刀魚化」注。⑳流淵出瓊，《漢武内傳》曰：王母曰：「仙人上藥有流淵瓊魚。」㉑嬾婦羞聞於鯢類，《異物記》曰：蝦實四足，而有魚名，頭尾類鯢，岐岐而行。長自溪間出入深坑〔一九〕，頂上有光，迎風噴流，云是嬾婦怨勤自投。㉒水君可駭於人形。《古今注》曰：水君狀如人乘馬，衆魚導從，名魚伯，大水有之。漢末有人於河際見之，人馬皆有鱗甲，如大鯉魚，但手足別耳，目鼻與人不殊，見人良久入水而没。㉓既得書而加飯，古詩曰：客從遠方來，遺我雙鯉魚。呼兒烹鯉魚，中有尺素書。長跪讀素書，書中意何如？上有加餐飯，下有長相思。㉔亦通夢而延齡。《梁書》曰：南郡太守劉之亨嘗夢二人姓李，詣之乞命，未之解也。其明日仲夏，有遺生鯉魚二頭者，之亨曰：「夢中所感也。」放之。又夢來謝恩云：「當令君延算。」㉕烹之則忌其屢擾，《老子》曰：治大國若烹小鮮。注：烹小鮮，不可擾；治大國，不可煩。煩則人勞，撓則魚潰。㉖致之則嫌其至清。東方朔《答客難》曰：水至清則無魚，人至察則無徒。㉗取澤戒竭，《説苑》曰：竭澤以取魚，非不得魚，爲明年無魚取也。㉘察淵惡明。《史記》曰：吴王濞詐稱病不朝，上責問吴使者，使者對曰：「察見淵中魚，不祥。」天子因賜吴王几杖，老，不朝。㉙斯足以驗人事，制國經，豈徒誦《毛詩》之《九罭》，《詩》曰：九罭之魚，鱒魴。㉚觀天文之一星。《星經》曰：天魚一星，在尾後河中，星明則海出大魚。

校勘記

〔一〕廣聞千里　「聞」原作「文」，據宋本改。

〔二〕割以爲鏃　「割」字原空闕，據宋本、華本補。

〔三〕二鯉　「二」字原無，據宋本並《御覽》卷九三六引增。

〔四〕朱尾　原作「采尾」，據宋本、華本改。

〔五〕數譖　原作「欲諸」，據宋本並《御覽》卷九三六引改。

〔六〕必親嘗　「必」字原無，據宋本並《御覽》卷九三六引增。

〔七〕畜聚　「聚」字原無，據宋本並《御覽》卷九三五引增。

〔八〕爛斑　原作「玉斑」，據宋本、華本改。

〔九〕五色雲　「五」原作「天」，據宋本、華本並《拾遺記》卷一〇改。

〔一〇〕鷰魚　原作「鷔魚」，據宋本、華本改。

〔一一〕晉書曰　按：所引文《晉書》未見，《南史・張昭傳》有此段引文。

〔一二〕消渴　「消」字原無，據宋本並《御覽》卷九三五引增。

〔一三〕曰夫唯嗜魚故不受也　此九字原無，據宋本並《御覽》卷九三五引、《韓非子・外儲説右下》增。

〔一四〕劉豹　「劉」字原無，據宋本並《御覽》卷九三五引、《晉書・劉元海傳》增。

〔一五〕迎而吸之者　「迎」原作「從」，據宋本、華本改。

〔一六〕今與鱷魚約　「今與」二字原無，據《御覽》卷九三八引、《舊唐書・韓愈傳》增。

〔一七〕並盡　「並」上原衍一「根」字，據宋本並《嶺表録異》卷上删。

〔一八〕織網　原作「結網」，據宋本並《淮南子・説林訓》改。

〔一九〕溪間　宋本作「山澗」，華本作「溪澗」。

事類賦卷之三十

蟲部

蟲　蟬　蜂　蟻

蟲

①伊微蟲之蠢動，咸群分而共處。驗蟋蟀之秋吟，古詩曰：蟋蟀俟秋吟，蜉蝣出以陰。②俟莎雞之振羽。見《詩》。注云：六月莎雞羽成而振訊之。③伊威在室，蠨蛸在户。《詩》。注云：伊威委黍，蠨蛸長踦，家無人則然。④或守瓜以食，見《瓜賦》「守有輿父」注。⑤或齧桑爲蠹。《爾雅》曰：蠰齧桑。注：齧桑樹，作孔入其中。蠰，尸讓切。⑥翫五色於蜋蜩，《爾雅》曰：蜩，蜋。注：《夏小正》曰：蜋蜩，五采具。⑦憐五能於鼫鼠。《説文》曰：鼫，五技鼠也，能飛不過室，能緣不窮木，能游不渡水，能穴不掩身，能走不先人〔一〕。⑧喓喓草蟲，趯趯阜螽。《詩》云。⑨蟫魚喜衣書之際，《爾雅》曰：蟫，白魚。注：衣書中虫，一名蛃魚。蟫音淫。⑩蠐螬游糞土之中。《爾雅》曰：蟦，蠐螬注云：在糞土中。⑪則有蚯蚓無心，《淮南子》曰：食水者善游能寒，食土者無心不惠。注：食水者鼈魚之類，食土者蚯蚓之類〔二〕。⑫蜂蠆有毒，見《蜂賦》「有毒而豈宜無備」注。⑬螢出腐

草，《禮》曰：腐草化爲螢。⑭蝎生朽木。《爾雅》曰：蝤蠐，蝎。注：在木中，今雖通爲蝎，所在異。⑮法蛛蝥而結網，《帝王世記》曰：湯出見羅者，下車，命解其三面而置其一面〔三〕，而更教之，祝曰：「昔蛛蝥作網，今人學結，欲左者左，欲右者右，欲高者高，欲下者下，吾取其犯命者。」⑯憫飛蛾之赴燭。《宋書》曰：少帝失德，傅亮內懷憂惧，直宿禁中。睹夜蛾赴燭，作《感物》詩，以寄意焉。⑰太宗吞蝗以弭災，《唐書》曰：貞觀中，終南數縣蝗。太宗至苑中，見蝗，掇數枚而呪之曰〔四〕：「百姓有過，在余一人，爾其有靈，但當食我，無害百姓。」將吞之。侍臣恐致疾，遽來諫止，太宗曰：「所冀移災，朕躬何疾之避。」遂吞之。自是蝗不爲灾。⑱楚王食蛭而蒙福。《賈誼書》曰：楚惠王食寒菹而得蛭，因遽吞之，腹有疾而不能食。令尹入問疾，王曰：「吾食菹而得蛭，不行其罪，是法廢而威不立也；譴而誅之，恐監食者皆死，遂吞之。」令尹曰：「天道無親，唯德是輔。王有仁德，疾不爲傷。」王果疾愈。⑲莊周夢蝶，《莊子》曰：昔周夢爲蝴蝶，栩栩然蝶也。俄而覺，則瞿瞿然周也。不知周之夢爲胡蝶歟？蝴蝶之夢爲周歟？⑳武子囊螢。《續晉陽秋》曰：車胤字武子，好學不倦，家貧不常得油。夏月則練囊盛數十螢火，以夜繼日焉。㉑蝸角戰于蠻觸，《莊子》曰：有國於蝸之左角者，曰觸氏；國於蝸之右角者，曰蠻氏。相與争地而戰，伏尸數萬，逐北旬有五日而後反。㉒蚊睫集乎焦螟。《列子》曰：江浦之間生麽蟲，名曰焦螟。群飛而集於蚊睫。㉓或前爪而後距，《淮南子》曰：凡有血氣之蟲，含牙戴角，前爪後距，有角者觸，有齒者噬，有毒者螫，有蹄者趹，喜而相戲，怒而相害，天之性也。㉔或胸鳴而股鳴。《周禮》曰：以注鳴者，以旁鳴者，以翼鳴者，以股鳴者，以胸鳴者，謂之小蟲之屬。注云：注鳴，精列屬；旁鳴，蜩蜺屬；翼鳴，發皇屬；股鳴，蚣蝑動股屬；胸鳴，榮原屬。㉕有足無足，《爾雅》曰：有足謂之蟲，無足謂之豸。㉖紆行仄行〔五〕。《周禮》曰：外骨，内骨，卻行，仄行，連行，紆行。注：外骨，龜屬；内骨，鼈屬；卻行，螾衍之屬；仄行，蟹屬；連行，魚屬；紆行，蛇屬。㉗但見坯户，《禮》曰：仲秋蟄蟲坯户。㉘寧堪語冰。《莊子》曰：井蛙不可以語於海者，拘於墟也；夏蟲不可以語於冰者，篤於時也。㉙至於大螾爲祥，《吕氏春秋》曰：黄帝時見大螾，土氣勝，故其色黄。高誘注：螾，蚯蚓。㉚螻蛄表瑞，《河圖》曰：黄帝起有大螻見。又劉向《别録》曰：鄒衍言黄帝土德，有螻蛄如牛。㉛蚊聚成雷，《漢書》曰：中山靖王曰：「衆煦漂山，聚蚊成雷。」㉜寅飛附驥。《淮南子》曰：寅與驥致千里而不飛，無糗糧之資而不飢。㉝杜伯則以尾螫人，《詩義疏》云。㉞縊女則吐絲自斃。《爾雅》曰：蜆，縊女。注曰：喜自經死。《異苑》曰：縊女吐絲自懸。昔齊東郭姜既亂崔杼之室，慶封殺其二子，姜亦自經。俗傳此婦化爲縊女。㉟又聞蛾子時術，見《蟻賦》「時術自資」注。㊱尺蠖求伸。《易》云。㊲入馬后之夢，《東觀漢記》曰：永平有司奏立長秋宫，上未有所言。皇太后曰：「馬貴人德冠後宫。」遂登至尊。先之數日，夢有小飛蟲萬數，隨着身入皮膚中。復飛去。㊳集王則之身。《齊書》曰：王敬則少時於草中射獵，有蟲如烏豆集其身，摘去皆流血，敬則惡之。有道士卜曰：「封侯之瑞也。」敬則喜，故出都自効。㊴蜉蝣之衣楚楚，螽斯之羽詵詵。並見《詩》。㊵亦聞馬蚿百足，《博物志》曰：馬蚿，一名百足，中斷則頭尾各行。㊶藿蠋五采，《廣志》曰：藿蠋有五采者。香槐蠋五采，有角者甚臭。㊷蛣蜣轉丸，《莊子》曰：蛣蜣之智，在於轉丸。㊸蝍蛆甘帶。《莊子》曰：人食芻豢，麋鹿食薦，蝍蛆甘帶，天下孰知正味。注：帶，小蛇，蝍蛆喜食其眼。㊹復有短狐含沙而射影，陸機《詩義》曰：蜮，短狐也。一名射影，如龜三足，投人影則殺人。南方人欲入水，先以瓦石投水中，令濁。或含沙射人。㊺螳螂奮臂以當車。《韓詩外傳》曰：齊莊公出獵，有螳螂舉足將搏其輪。問其御曰：「此何蟲？」對曰：「此螳螂也。爲蟲知進而不知退，不量力而輕就敵。」公曰：「此爲天下勇蟲矣。」迴車避之，勇士歸焉。㊻塗青蚨而還錢，見《錢賦》「集此青蚨」注。㊼埋蜻蛉而變珠。見《珠賦》「埋蜻蛉於地中」注。㊽言道則愧乎醯雞，《莊子》曰：孔子聞老聃之言，出晉顔回曰〔六〕：「丘之於道也，其猶醯雞歟？」注：蠛蠓也。㊾爲政則比夫蒲盧。《禮》曰：夫政也者，蒲盧也。注：蒲盧，果贏也，負桑蟲以爲己子。㊿斯種類之繁夥，豈可一二而陳諸。

校勘記

〔一〕先人　原作「先入」，據宋本、華本改。
〔二〕注食水者鼈魚之類食土者蚯蚓之類　此十三字原無，據宋本增。
〔三〕一面　「面」字原無，據宋本增。
〔四〕掇數枚　「掇」原作「撮」，據宋本並《舊唐書・五行志》改。
〔五〕仄行　「仄」原作「反」，據宋本、華本改。
〔六〕出晉　《御覽》卷九四五引作「出告」，《莊子・田子方》作「以告」。

蟬

①伊齊女之微蟲兮，亦含氣而游嬉。《古今注》曰：牛享問董仲舒曰：「蟬爲齊女何？」答曰：「昔齊王后怨王而死，尸變爲蟬，登庭樹嘒唳而鳴，故曰齊女。」②乘涼風以翾翥，應白露而鳴嘶。《淮南子》曰：孟秋涼風至，白露降，寒蟬鳴。③雖么麽以無力，《援神契》曰：蟬無力，故不食。④亦采章而有緌。《禮》曰：蠶則績而蟹有匡，范則冠而蟬有緌，成人之兄死而子皐爲之衰。⑤美王充之不捕，《論衡》曰：王充爲小兒，不妄狎儕倫，不掩雀捕蟬。⑥悟少孺之霑衣。見《露賦》「少孺假言於捕雀」注。⑦咨商湯以見喻，《詩》曰：咨汝殷商，如蜩如螗。注：蜩，蟬也。螗，蝘也。⑧搶榆枋而忽飛。《莊子》曰：鵬之翼若垂天之雲，搏扶搖而上者九萬里。蜩與鷽鳩笑之曰：「我決起而飛，搶榆枋而止，奚以九萬里而南爲？」⑨無知雪之遠識，《鹽鐵論》曰：以所不睹而不信，若蟬不知雪也。⑩徒吸露而自資。曹大家《蟬賦》曰：吸清露於丹園，抗喬枝而理翮。崇皇朝之輝光，映豹貂而灼灼。⑪朱异駭集冠之異，見《冠賦》「飛蟬欣於朱异」注。⑫何戢矜畫扇之奇。見《扇賦》「何戢之玩蟬雀」注。⑬既無口以能鳴，亦不食而弗飢。《淮南子》曰：蛇不足而行，魚無耳而聽，蟬無口而鳴。不食，見上「無力」注。⑭或掇之而有道，《莊子》曰：仲尼見痀僂者承蜩，猶掇之也。仲尼曰：「巧乎，有道耶？」曰：「我有道也。五六月累丸二而不墜，則失者錙銖；累三而不墜，則失者十一；累五而不墜，猶掇之也。吾處身也，若橛株枸；執臂也，若槁木之枝。天地萬物之

多，而唯蜩翼之知。吾不反不側，不以萬物易蜩之翼，何爲不得！」⑮或粘之而靡遺。傅咸《粘蟬賦》曰：櫻桃爲樹多蔭，爲果先熟，種之於廳所之前，時以盛暑逍遥其下。有蟬鳴，仰而見之，故命粘取，以弄小兒。退惟當蟬之得意於斯樹也，不知粘之將至；亦猶人之得意於富貴，而不虞禍之將來也。⑯占妖言放逸之兆，《周書》曰：夏至五日，蜩始鳴，不鳴，貴臣放逸。立秋之日，寒蜩鳴，人臣不力爭。《易通卦驗》曰：姤上九候蟬始鳴，不鳴，國多妖言。⑰體清虚識變之姿。《古今注》曰：貂蟬，胡服也。貂者，取其有文而不煥，外柔而易，内剛而勁也。蟬者，取其清虚而識時變也。在位者有文而不自耀，有武而不示人，清虚自牧，識時而動。⑱鳴不失時，得仲夏季秋之節；《禮》曰：仲夏之月，蜩始鳴；季秋之月，寒蟬鳴。⑲耀而見獲，因明火振樹之機。《吕氏春秋》曰：耀蟬者務明其火，振其樹，若火不明，雖振樹無益。人有明德，則天下歸之，若蟬歸明火也。

蜂

①伊醜螸之纖蟲，《爾雅》曰：蜂，醜螸。②有土、木之殊類。《爾雅》曰：土蜂、木蜂。③既號蠓螉，亦云蚴蛻。《方言》曰：蜂，燕趙之間謂之蠓螉，或謂之蚴蛻。大者有蜜，謂之壺蜂。蚴蛻，音幽稅。④當春和之生育，以蠟蜜而塗器，苟數蜂之可獲，則舉羣而悉至。《博物志》曰：遠方諸山蜜蠟處，以木爲器，開小孔，以蜜蠟塗器，内外令遍。春月蜂將生育時，捕取得三兩頭著器中，蜂飛去，尋將伴來，經日漸益，遂停器中。⑤附賈萌之車上，果見誅夷；謝承《後漢書》曰：豫章嚴豐字孟侯，爲郡主簿。太守賈萌舉兵，欲誅王莽，有飛蜂附萌車衡。豐諫，以爲不祥之徵。萌不從，果見殺。⑥集袁氏之船中，旋聞敗潰。王隱《晉書》曰：太尉陶侃表倉曹參軍袁謙爲高涼太守。未至百餘里，浦中有蜜蜂蔽日而下謙船上。會得留郡文書，賊欲乘虚攻郡，謙欲速赴。明早進西南，卒遇大風飛沙，天地晦合，不復得還浦，遂没海中。⑦垂芒而常欲致螫，《孝經援神契》曰：蜂蠆垂芒。⑧有毒而豈宜無備。《左傳》曰：邾人出師。公卑邾，不設備而禦之。臧文仲曰：「國無小，不可易也。君無謂邾小，蜂蠆有毒，而況國乎！」⑨房納卵而不容，《淮南子》曰：蜂房不容鵠卵。⑩窠喻鐘而酷似。《江表録異》曰：宣歙間蜂結房於山林中，其大如巨鐘，以煙火逼散蜂母，然後取之。一房得蜂兒數斗，擇其未翅足者，以鹽酪炒之曝乾，寄入京洛，以爲方物。⑪或以集巖壁以見采，《博物志》曰：諸方山郡僻處出蜜蠟，蜜蠟所著皆絶巖石壁，非攀緣所及。唯於山

頂以籃與自懸下，乃得之。蜂遂去不還，餘窠及蠟著石者，有鳥形小於雀，羣飛千數來啄之。比冬都盡，其處皆如磨洗。至春蜂皆還洗處，結窠如故。年年如此，初無錯亂者，人亦各占其平處，謂之蠟塞。鳥謂之靈雀，捕之終不可得。⑫或以食田苗而作沴。《洪範五行傳》曰：秦昭王三十八年，上郡大飢，蜂食田苗。⑬結廬於逢山之側，《山海經》曰：平逢山有神如人，二首，名曰嬌蟲，是長盤蟲，寔惟蜜之廬。郭璞注曰：嬌爲盤蟲之長，廬蜂所舍，蜜亦蜂名。盤音班。⑭逐賊於建安之地。《宣驗記》曰：元嘉元年，建安郡山賊百餘人，掩破郡治，抄掠百姓資産、子女。遂入佛圖，搜掠財寶。先是諸供養具，别封置一室。賊破户，忽有蜜蜂數萬頭，從衣簏出，同時噬螫，羣賊身首腫痛〔一〕，眼皆盲合，先諸所掠，皆棄而走。⑮或記細腰之狀，《博物志》曰：細腰無雌蜂之類也，取桑蟲或阜螽子抱而成己子。《詩》曰：螟蛉有子，果蠃負之。⑯或駭若壺之異。《楚辭》曰：赤蟻若象，玄蜂若壺。⑰軍旅當誡於事先，《抱朴子》曰：軍行卒逢羣飛蜂及寅蟲，若蜜蜂尤多者，備藏伏之賊。⑱懷袖卒驚於意外。《晉書》曰：鄒湛對武帝曰：「猛獸在田，荷戈而出，凡人能之；蜂蠆作於懷袖，勇夫爲之驚駭，出於意外故也。」⑲或焚胡蘇而見殺，見《車賦》「然丘則剛金爲輞」注。⑳或畫旌旗而表瑞。見《舟賦》「祥聞集蜂」注。㉑吐口中而爲戲，仙客何神；《葛仙公别傳》曰：仙公與客對食，客曰：「當請先生作一奇戲。」食未竟，仙公即吐口中飯，盡成飛蜂滿屋，或集客身，莫不震肅，但皆不螫。食久，仙公乃張口，蜂飛入中，悉復成飯。㉒綴衣上以興讒，伯奇何罪？《列女傳》曰：尹吉甫子伯奇至孝。後母取蜂去毒，繫於衣上。伯奇前，欲去之，母便大呼曰：「伯奇牽我。」吉甫疑之。伯奇自死。

校勘記

〔一〕身首　原作「身百」，據宋本並《御覽》卷九五〇引改。

蟻

①伊玄駒之幽瑣兮，處蟄户而游嬉。《廣志》曰：有飛蟻，有木蟻，古曰玄駒者也。②抱兼弱之微識，《抱朴子》曰：鷄有專棲之雄，蟻有兼弱之智，蜂有攻寡之計，人相御役，亦由是耳。③以時術而自資。《禮·學記》曰：蛾子時術之。注：蛾，蚍蜉也，微蟲耳，時術，其功乃復成大垤也。蛾音蟻。④體行磨以合度兮，見《天賦》「驗日星於磨蟻」注。⑤性慕羶而弗違。《莊子》曰：羊肉不慕蟻，蟻慕羊肉，羶也。⑥雖羅密而見獲〔一〕，應璩《百一篇》曰：大魏乘衰敝，復欲密其羅。蚍蜉猶見得，何云鯖與鰕。⑦亦道在兮何虧。《莊子》曰：東郭子問莊子曰：「道安在？」莊子曰：「道在螻蟻。」⑧薦俎豆以爲醢，《周禮》曰：饋食之豆蜃、蚳醢。注云：蜃，蛤也。蚳，蟻子。⑨漏山阿而慎微。鮑明遠詩曰：蟻壤漏山阿，絲淚毁金骨。⑩黄既應於西魏，赤亦象於南齊。《古今五行記》曰：後魏顯宗天安元年，兖州有黑蟻與赤蟻交鬭，長六十步，廣四寸，赤蟻斷頭而死。黑主北，赤主南，時齊明帝殺少帝子業而自立，大爲魏軍所破。東魏孝静帝武定四年，鄴下有黄蟻與黑蟻鬭，黄蟻盡死。時東魏戎衣色黑，西魏戎衣色黄。既而高歡圍玉壁，五旬不拔，班師而薨。⑪爾其辨其蚼蟓，揚雄《方言》曰：蚍蜉，齊魯之間謂之蚼蟓，西南梁益之間謂之玄駒，燕謂之蛾蛘，楚郢以南蟻土謂之封。⑫分此蠪虰。《爾雅》曰：蚍，大螘。小者螘。蠪，虰螘。蠶，飛螘，其子蚳。注云：蚍，俗呼馬蚍蜉。小螘，齊人呼蟻蛘。蠪虰，赤駁螘。蚳，螘卵。蠪音龍。虰，直耕切。⑬湯沃桓

謙之怪，《異苑》曰：桓謙字敬祖。太元中，忽有人皆長寸餘，悉被鎧持槊，乘具裝馬，從埳中出，緣機登竈，尋飲食之所。或有切肉，輒來叢聚。力所能勝者，以槊刺取，逕入穴。蔣山道士朱應子令以沸湯澆所入處，寂不復出。因掘之，有斛許大蟻死在窟中。謙後以門釁同滅。⑭火攻河内之兵。《古今注》曰：牛亨問董仲舒曰：「蟻曰玄駒，何也？」答曰：「河内人無何見有人馬數千萬騎，皆大如黍米，旋動往來，從朝至暮。家人以火燒殺之，人皆是蚊蚋，馬皆成大蟻。故今人呼蚊蚋曰黍民，蟻曰玄駒。」⑮得水既賞於隰朋，《韓子》曰：桓公伐孤竹，行山中無水，隰朋曰：「蟻冬居山之陽，夏居山之陰，蟻壤寸而有水。」乃掘之，遂得水。⑯習馬亦聞於王濟。見《馬賦》「習蟻封而遂勝」注。⑰或驗彼水災，京房《易占》曰：蟻無故當道，若門户城郭聚土，水且傷人。⑱或占其雨至。焦贛《易林》曰：蟻封户穴，大雨將集。《博物志》曰：蟻知將雨。⑲冠山之鼇，誠未足羨；《符子》曰：東海有鼇焉，冠蓬萊而浮游於滄海，騰躍而上，則干雲之峯，峻極於羣嶽；沉没而下，則隱天之丘，潛嶠於重川。有蚔蟻聞而悦之，與羣蟻相要乎海畔，欲觀鼇焉。月餘日，而鼇潛未出〔二〕，羣蟻將反，遇長風激浪〔三〕，崇濤萬仞，羣蟻曰：「此將鼇之作也。」數日風出雷默，海中隱如嶽峙，蟻曰：「彼之冠山，何異我之戴粒，逍遥封壤之巔，伏乎窟穴之下。」⑳吞舟之鯨，或云可制。《韓詩外傳》曰：夫吞舟之魚大矣，蕩而失水，則爲螻蟻所制。㉑亦有處欄錡之石，《兩京記》曰：西京化度廢寺有礓石，徑二尺餘，孔穴通連，若欄錡樓臺之狀，號曰「蟻宫」。昔有見大蟻萬計羣聚，皆金色，因掘地及泉，得此石焉。㉒出崑崙之墟。《山海經》曰：朱蟻，其狀如蟻。郭璞曰：蟻，蚍蜉。在崑崙之墟。㉓槊端刺肉，見上「湯沃桓謙之怪」注。㉔硯裏觀魚。《纂異記》曰：有徐玄之者，夜讀書，忽見武士數百升於牀，縱獵于花氈之上。又見數百人升案，攜網罟之具，漁于硯中，得魚數百千。明日掘得蟻穴，盡焚之。㉕驚若象之尤異，宋玉《招魂》曰：魂兮魂兮歸來，南方不可以久處些。赤蟻若象，玄蟻若壺些。㉖聞鬭牛而靡虛。《世説》曰：殷仲堪父病虛悸，聞牀下蟻動，云是牛鬭。㉗潰金隄之千丈，《韓子》曰：千丈之隄以螻蟻之穴而潰。㉘結喪車之四隅。《禮》曰：子張之喪，公明儀爲志焉。褚幕丹質，蟻結于四隅。注：畫褚幕四角，文如蟻行，相交結也。㉙摘典麗之辭，既聞郭璞；郭璞《蚍蜉賦》曰：飾殷人之喪輿，在四隅而交結；濟齊桓之窮師，由山東之高垤。感萌陽以潛步，知將雨而封穴。伊斯蟲之愚昧，乃先識而似哲。㉚悦幽閑之思，更見應璩。應璩《與曹昭伯牋》曰：空城寥廓，所聞者悲風，所見者鳥雀。昔陳司空爲邑宰，所在幽閑，獨坐愁思，倖賴游蟻以娱其意。以今況之，知不虛矣〔四〕。

校勘記

〔一〕羅密　「密」原作「蜜」（注文同），據宋本、華本改。

〔二〕而鼃潛未出　「而」原作「向」，據宋本改。

〔三〕遇長風激浪　「遇」原作「過」，據宋本改。

〔四〕知不虛矣　「虛」原作「盡」，據宋本並《全三國文》卷三〇改。

刻事類賦叙

嘉靖壬辰冬十月，郡公内江趙鷺洲先生屬家君刻宋吴淑《事類賦》，藏郡齋，廣來學之覞。乃授意邑侯胡君君錫，俾雲叙之。雲夏五歸自春官，見公既言之載勤，胡侯讓弗獲，乃颺言對侯曰：「兹非郡公盛心哉，探天下之賾，夫然後可以盡變；通天下之志，夫然可以成務。畜德逢原，隆其往也；弘天懋績，集於義也。聖賢之軌，森然具方策。人之才分不同，詣其極，則百家之編，節著章成，散在天壤，種種類聚，學士、大夫鈎玄提要，知類通達，洞吾心體之明，而廓之家國天下，無不利矣。近世文辭學術之陋，甚於蘇子瞻氏所惜。是故郡公於是書惓惓，惟恐人不見古書也。賦之體，宋而濫觴，存者十一。朱子曰：『宋人於古賦有未數數然。』悲夫！朱子有深意矣。蓋詩有六義，賦之體何獨不然？感夫情而猋然動，謂之風；揄休績烈，緜緜焉，寄億千祀無窮之範，謂之雅頌；其爲變，各有所極，而莫不有賦、比、興之義，是故漸劘洽漬，入人之深，蓋與《三百篇》等。或曰：『賦者，古詩之流。』信哉是言也！吴氏此編，用心孔勤，當在虞氏《兔園》、李氏《金鑰》、皮氏《家鈔》之上，學者熟覽焉，等而上之，各足其才分，則文辭學術，不患不能倍蓰於昔人。譬之醫師，丹砂、溲勃並有之，乃能濟人。故曰公盛心也。」胡侯躍然喜曰：「兹固可書。」遂書末簡。公由名御史出守吾常，弘體責大，鎮俗敦薄，謳歌載道。胡侯一趣，風我邦人，蓋相與有成者也。是書凡十五部、百篇，六月朔興工，十月竣事。余家有宋刻善本，竹林羣彦暨兒初屏營校讎彌月，故鮮魚豕，覽者垂察焉。句吴華雲著。

敍事類賦後

錫山秦汴思宋甫撰

敍曰：天下之道，本于天地之大，散于事物之微。其伏也，無盡藏；其出也，無紀極。方以類聚，非文字無以合其離；物以羣分，非載籍不能約其博。舉汗牛充棟之書，盡收于駢四儷六之句，極對待流行之用，兼具於比類醜物之言，展卷無茫然之嘆，縱目有躍如之妙者，吾於宋吴淑《事類賦》有取焉。夫賦者，直指其事之謂也。句以偶對，事以類收，章以韻協，讀之如見武庫之富、玩之如探滄海之珍。誠後學之師資、詞科之麗澤也。或者儗之於誇多鬬靡，病之以絺章繪句，是亦有見于一本，而未達于萬殊者。要之，何足爲是書少哉？無錫華從龍氏由惇德之舊刻，加校閲之新功，書傳未溥，版隨告湮，若俾遐方之士，徒懷慕古之心，實非同人之亨，有媿公物之利矣。敬再鋟梓，用圖厥永，蕪言僭贅，聊識歲月云。時嘉靖丁酉清和廿有四日。

附録資料

一、序跋和傳記

刻事類賦後序

陳全

賦以事類名者，蓋宋吴水曹所製，凡百篇，語約而事詳，聲諧而韻達。大約邊迪功固發其端于首簡矣。其在紹興中，鄭提舉鏤梓于東浙，而中州四方傳布未廣。甲午歲，全領教在汳，太守石岩白公以名進士由地官郎擢知開封，下車未幾，政餘卽出厥賦，命校閱，將捐俸鋟行，以裨天下多蓄之士，其愛孔嘉。但録本間或脱略，公甚闕之。乃命求正於集書者之家，弗獲。遂請於大宗師頤菴吴公，得其善本質定，然後脱簡完輯，音義疏通而可傳。噫！不有所倡，孰從而行；不有所成，孰從而遂。由是觀之，則是賦之傳，得我太守公而始廣；我太守公之心，得我宗師而始遂。相須之殷，今昔一致，夫豈偶然之故哉！以是將詞翰者流，斂華就實，自博而約，歌風之懷，有光四韻，諧聲之雅，無忝六書，未必不爲世道之一助也。全拜公命，得僭一言于卷末，乃若藝文事文類書不一，視此則精粗自别，不待辨矣。

嘉靖甲午歲季春之吉祥符縣儒學署教諭事舉人麻城陳全頓首謹書（《事類賦注》卷首，明嘉靖十三年白玶刻本）

刻事類賦序

李　濂

宋博士渤海吴淑著《事類賦》百篇，奉詔而爲之注。蒐羅百家，貫穿古今，可謂博洽也已。余覽是書，未嘗不嘉其考覈之精，敍述之美，而三歎其用心之勞也。雖然，余竊有論焉。載籍日多，世罕自得之學，以得之之易也。七十二之徒目不見載籍而斐然成章，以得之之難也。古之人有老而後見完本《論語》，聘上國而始見《詩》之《風》、《雅》、《頌》，適魯而始見《易象》、《春秋》，其得之之難如此。故其潛心覃思，强探力索，一旦豁然貫通，則爲自得之學矣。近代雕印寖繁，汗牛充棟，故學者徹悟寡而剽竊多，訓愈明而功益懈。如道德性命之説，則有陳北溪《字義》、程若庸《字訓》，而真西山《讀書記》爲尤精。如車冕器服之辨，則有朱文公《儀禮經傳通解》、楊復《三禮圖》，而陳祥道《禮書》爲尤備。如草木鳥獸蟲魚之類，則有司馬公《名苑》、陸農師《埤雅》，而羅鄂州《爾雅翼》爲尤悉。是故古之人有終身不能通者，今開卷了然而可曉，然無體驗精察之功，其於此心之自得何如也。吴氏此書，聚博爲約，最便初學，且櫽括成賦，諧以音韻，誠類書之優者也。展而閲之，亦窮理格物之一助。但其賦體皆俳，匪古之軌，蓋遵當時取士之制云爾。開封太守南宫、石岩白公刻諸郡齋，俾余序之，余僭書所見於卷端如此。嘉靖十三年甲午冬十一月朔嵩渚李濂書。

（《事類賦注》卷首，明嘉靖十三年白玶刻本）

校補事類賦跋

黄丕烈

是書所以必收之故，具詳得時跋語中。兹届歲闌，適鈔補十四、（十）五、（十）六卷成，因復繙閲一過，遇紙損字壞處，悉手爲填補，竊歎購書之難，難乎其好，尤難乎其力也。所缺三卷，恐俗手鈔補，反損是書古色古香，故倩名手寫之。文則從錢本行款，體則摹宋刻形象，可謂精緻矣。然書止四十葉，字二萬四千五百十六，價五千三百九十四，帋直裝工不在其數。旁人視之，不且驚駭乎！余之敢爲此者，非有力也，好也。歲事日逼，而余猶勤勤于手爲填補者，恐倩工又費多錢耳。今而後讀此書者，苟非遇全宋刻，可云無遺憾矣。宋廛一翁

（《事類賦注》卷首，宋紹興十六年兩浙東路茶鹽司刻，黄丕烈校補本。）

校點者按：是書卷六至十、十七至十九配明抄本，卷十四至十六配清嘉慶十八年黄氏士禮居抄本。

吴淑傳

吴淑字正儀，潤州丹陽人。父文正，事吴，至太子中允。好學，多自繕寫書。淑幼俊爽，屬文敏速，韓熙載、潘佑以文章著名江左，一見淑，深加器重。自是每有滯義，難於措詞者，必命淑賦述。以校書郎直内史。

江南平，歸朝，久不得調，甚窮窘。俄以近臣延薦，試學士院，授大理評事，預修《太平御覽》、《太平廣記》、《文苑英華》。一日，召對便殿，出古碑一編，令淑與吕文仲、杜鎬讀之。歷太府寺丞、著作佐郎。始置祕閣，以本官充校理。嘗獻《九弦琴五弦阮頌》，太宗賞其學問優博。又作《事類賦》百篇以獻，詔令注釋，淑分注成三十卷上之。遷水部員外郎。至道二年，兼掌起居舍人事，預修《太宗實録》，再遷職方員外郎。

時諸路所上《閏年圖》，皆儀鸞司掌之，淑上言曰：「天下山川險要，皆王室之祕奥，國家之急務，故《周禮》職方氏掌天下圖籍。漢祖入關，蕭何收秦籍，由是周知險要。請以今閏年所納圖上職方。又州郡地里，犬牙相入，向者獨畫一州地形，則何以傅合他郡？望令諸路轉運使，每十年各畫本路圖一上職方。所冀天下險要，不窺牖而可知；九州輪廣，如指掌而斯在。」從之。會詔詢禦戎之策，淑抗疏請用古車戰法，上覽之，頗嘉其博學。咸平五年卒，年五十六。

淑性純静好古，詞學典雅。初，王師圍建業，城中乏食。里閈有與淑同宗者，舉家皆死，惟存二女孩。淑即收養如所生，及長，嫁之，時論多其義。有集十卷。善筆札，好篆籀，取《説文》有字義者千八百餘條，撰《説文五義》三卷。又著《江淮異人録》三卷、《祕閣閒談》五卷。

子安節、讓夷、遵路皆進士及第。遵路官至祠部員外郎、祕閣校理。（《宋史》卷四百四十一《文苑列傳三》）

吴淑

吴淑幼有俊才，爲文敏速。韓熙載、潘佑以文章名江左，一見，深加器重，曰：「吴正儀，中林之蘭蕙也。」嘗問以唐太宗、杜淹論樂同異，淑曰：「志氣未動，則聲能致和；哀樂既形，則樂乃思變。」二子歎曰：「足以探禮樂之情矣。」仕江南，舉進士擢第，以校書郎直内史。從李煜歸朝，以近臣薦，試文學士院，授大理評事，預修《太平御覽》、《太平廣記》、《文苑英華》，始置祕閣，充校理。嘗獻《九弦琴五弦阮頌》，太宗嘗歎。又作《事類賦》百篇以獻，詔令注釋，分爲三十卷上之。至道二年，兼掌起居注舍人事，預修《太宗實録》。時諸路所上《閏年圖》，皆儀鸞司掌之，淑上言：「天下山川險要，皆王室之祕奥，國家之急務，《周禮》職方氏掌天下圖籍。漢祖入關，蕭何先收秦圖籍，方知險要。請以今閏年所納圖上職方。」從之。案：《宋史》淑本傳及《續通鑑長編》載：咸平四年，八月甲子，職方員外郎、祕書校理、丹陽吴淑上言：「諸路所納《閏年圖》，當在職方」云云。又「請領諸路轉運使，每十年畫本路圖一上職方。」此書乃祇載淑請以《閏年圖》上職方。又此書載淑爲祕閣校理兼起居注舍人時上言《閏年圖》，而《宋史》及《續通鑑長編》則均云「職方員外郎」，與此書互異。會詔問御戎之策，淑抗疏請用古車戰之法，上覽之，歎其博洽。嘗以浚郊上都，奕世丕業，作《論都賦》以獻。咸平五年卒，年五十六。初，王師圍金陵，城中乏食，有與淑同宗而死者，惟二稚女在，淑收養如生，及長而嫁之，時多其義。有文集十卷。淑善筆札，好篆籀。撰《説文五義》三卷，《江淮異人録》三卷，《祕閣閒談》五卷。子遵路。（《京口耆舊傳》卷三）

吴淑

曾　鞏

（節録）吴俶應江南進士舉，徐鉉主文，擢在高第，補丹陽尉。久之，進内史，歸朝，以近臣薦，始得對，召試學士院，充史館。編修《太平御覽》、《文苑英華》、《太平廣記》，遷祕閣校理，修《起居注》、《太宗實録》。官至職方員外郎，卒，年五十六。（《隆平集》卷十四）

吴淑　王偁

吴俶字正儀，潤州人。幼有俊才。韓熙載、潘佑皆以文章著名江左，一見俶，深加器重，曰：「吴正儀，中林之蘭蕙也。」因問以唐太宗、杜淹論樂異同，俶曰：「志氣未動，則聲能致和；哀樂既形，則樂乃思變。」熙載、佑歎曰：「足以探禮樂之情矣。」俶在江南舉進士，擢高第，補丹陽尉。久之，直内史。從李煜歸朝，以近臣薦，召對，充史館編修《太平御覽》、《文苑英華》、《太平廣記》。遷祕閣校理，修《起居注》。官至職方員外郎。卒年五十六。有文集二十卷。子遵路。（《東都事略》卷一百十五）

吴淑　厲鶚

淑字正儀，潤州丹陽人。仕南唐爲内史。歸宋，薦試學士院，授大理評事。預修《太平御覽》、《文苑英華》。累遷起居舍人、職方員外郎，卒。有文集、《事類賦》、《江淮異人録》、《祕閣閑談》。（《宋詩紀事》卷三）

二、歷代書目等有關著録和評論

遂初堂書目　尤袤

《事類賦》（類書類）

直齋書録解題　陳振孫

《事類賦》三十卷　校理丹陽吴淑正儀撰進並注。（卷十四）

宋史藝文志

吴淑《異僧記》一卷（志五・小説類）

吴淑《秘閣閑談》五卷、《江淮異人録》三卷。（志五・小説類）

吴淑《事類賦》三十卷（志六・類書類）

玉海

王應麟

〔端拱《事類賦》〕　端拱中，祕閣校理吴淑撰百篇以獻，詔令注釋，淳化四年成三十卷。九月庚寅朔，以爲水部郎。咸平中，淑以浚郊上都，累聖丕業，作《論都賦》以獻。（卷五十九）

天禄琳瑯書目

〔《事類賦》二函十六册〕　宋吴淑著，三十卷，前宋邊惇德序，次《進注事類賦狀》。

考《宋史》：吴淑字正儀，丹陽人。預修《太平御覽》、《太平廣記》、《文苑英華》，作《事類賦》百篇以獻，詔令注釋，淑分注成三十卷上之。官至職方員外郎，卒于咸平五年。此書卷三十後刊宋紹興丙寅右迪功郎特差監潭州南嶽廟邊惇德、左儒林郎紹興府觀察推官主管文字陳綬、右從政郎充浙東提舉茶鹽司幹辦公事李端民校梓。觀此，則淑書成于咸平以前，上於太宗之朝。初無刊本，直至紹興末年浙東官屬方爲付梓。而書中於每卷標題之下、吴淑銜名之次，標都事錫山華麟祥校刊。麟祥，雖未詳其人，而版心上方刊「崇正書院」四字，考《常州府志》，宋寶祐中，無錫令袁從爲祠以祀楊時、陸九淵、張栻、楊簡、袁燮、袁甫、喻樗、尤袤、蔣重珍，曰「九先生祠」。元教授虞薦廢去陸九淵、張栻、袁簡、袁燮、袁甫，益以李祥，名「五先生祠」。嘉靖八年，邑人華雲益以李綱、邵寶，爲「七賢祠」，而榜曰「崇正書院」。夫「崇正」之名始於嘉靖八年，則此書版行蓋出于嘉靖以後也。邊惇德，字公辨，楚邱人。才思敏給，以能詩名，見淩迪知《萬姓統譜》。李端民，字平叔，見洪邁《容齋五筆》。陳綬無考。

南康白鹿書院藏本有印記「魯國世家」，印無考。（卷九）

〔《事類賦》二函十六册　篇目同前〕　此書係從前版翻刻，其版心之「崇正書院」，改刊「三吴徐守銘警卿校梓，長洲杜大中子庸同梓」，卷末亦鑱去邊惇德等銜名，蓋故爲變其面目以圖鬻市之本，刻手拙劣，遠遜前部，所稱徐守銘、杜大中，未必非書賈借名也。

明焦竑藏本，有澹園焦氏印。竑見前，印無考，其卷三、卷十二並有字畫模胡之印，不可辨識也。（同上）

〔《事類賦》一函十四册　　篇目同前〕　此書於每卷吴淑銜名之後，留空一行，蓋本欲刊校梓者之名而未經刊入。其三十卷之後所載邊惇德等銜名，雖與前第一部同，而版式各異，模刻特精，實出錫山華本之上。

明仇英藏本，有十洲印。按：王穉登《丹青志》載：英字實父，號十洲，太倉人。移家郡城。畫師周臣而格力不逮，工於臨摹，往往亂真。（同上）

四庫全書總目

《事類賦》三十卷內府藏本　　宋吴淑撰並自註。

淑字正儀，丹陽人。仕南唐爲内史。歸宋，薦試學士院，授大理評事。後官至起居舍人，職方員外郎。事蹟具《宋史·文苑傳》。是編乃所作類事之書。卷首結銜稱博士，蓋其進書時官也。前有淑《進書狀》稱：「先進所著《一字題賦》百首，退惟蕪累，方積兢憂，遽奉訓詞，俾加注釋。」又稱：「前所進二十卷，加以注解，卷帙差大，今廣爲三十卷，目之曰《事類賦》」云云。是淑初進此賦二十卷，尚無書名。及奉敕自注，乃增益卷數，定著今稱也。凡天部三卷，歲時部一卷，地部三卷，寶貨部二卷，樂部一卷，服用部三卷，什物部二卷，飲食部一卷，禽部二卷，獸部四卷，草木部、果部、鱗介部各二卷，蟲部一卷。分子目一百，與《進狀》數合。類書始於《皇覽》。六朝以前舊笈，據《隋書·經籍志》所載，有朱澹遠《語對》十卷，又有《對要》三卷，《羣書事對》三卷，是爲偶句隸事之始，然今盡不傳，不能知其體例。高士奇所刻《編珠》，稱隋杜公瞻撰者，僞書也。今所見者，唐以來諸本駢青妃白、排比對偶者，自徐堅《初學記》始。其聯而爲賦者，則自淑始。嶠詩一卷今尚存，然已佚其注。如杜詩中「俠客條爲馬，仙人葉作舟」之類，古書散亡，今皆不知爲何語，故世不行用。淑本徐鉉之婿，學有淵源，又預修《太平御覽》、《文苑英華》兩大書，見聞尤博，故賦既工雅，又注與賦出自一手，事無舛誤，故傳誦至今。觀其《進書狀》稱：「凡讖緯之書及謝承《後漢書》、張璠《漢記》、《續漢書》、《帝系譜》，徐整《長曆》、《玄中記》、《物理論》，皆今所遺逸，而著述之家相承爲用，不忍棄去，亦復存之」云云。則自此逸書數種外，皆採自本書，非輾轉捃撦者比。其精審益爲可貴，不得以習見忽之矣。（卷一百三十五）

鄭堂讀書記

周中孚

〔《事類賦》三十卷　元刊本〕　宋吴淑撰併自注。淑字正儀，丹陽人。仕南唐爲内寺，後官至起居舍人、職方員外郎。稱博士，蓋其進書時官也。《四庫全書著録》，《讀書附志》、《書録解題》、《玉海》五十九、《通考》、《宋志》俱載之。前有正儀《進狀》云：（略）今觀是書，凡分十四部，曰天、曰歲時、曰地、曰寶貨、曰樂、曰服用、曰什物、曰飲食、曰禽、曰獸、曰草木、曰果、曰鱗介、曰蟲。每部又共分百目，各爲一篇。紹興丙寅邊惇德序之，稱其書駢四儷六，文約事備，經史百家，傳記方外之説，靡所不有。其視李嶠《單題詩》、丁晉公《青衿集》，用功蓋萬萬矣。至國朝康熙末無錫華芋園，又病其未備，而廣爲二百九十一篇，然精博終不逮是編也。此本爲元人翻宋刊本，故卷末尚存惇德等校勘銜名。别有乾隆甲申劍光閣刊本，則即以嘉靖本重刊，乃今之通行本云。（卷六十一）

〔《廣事類賦》四十卷（節録）〕　清華希閔（字豫原，號芋園，無錫人。康熙庚子舉人。）以《事類賦》間有未備，因增輯爲《廣事類賦》刊附吴氏書後。其書凡分天文、歲時、帝王、職官、仕進、禮樂、政治、文學、學術、技術、戚族、交際、閨閣、人品、人事、釋道、宫室、音樂、服飾、飲食、器用、花木、百果、飛禽、走獸、水族、蟲豸二十七門，每門又共分子目二百九十一，各爲一篇，亦如吴氏書例，自爲之注。吴氏書係宋初舊籍，足資考證。若爲雅俗皆適，於用起見，則莫如此編最宜矣，毋論其不逮吴氏之精博也。（同上，卷六十二）

〔《廣廣事類賦(節録)》〕　清吴世旃(字通帛，涇縣人。)以吴氏所徵引者止及隋唐以前之書，而華氏之增廣者，又止及原本不載之題，今又廣爲《廣廣事類賦》三十二卷，得賦一百三十七首，亦效向例，逐句箋注，所引書出於唐宋以下者居多。(同上)

平津館鑒藏書記

孫星衍

〔《事類賦》三十卷〕　題宋博士渤海吴淑撰注，前有淑《進注事類賦狀》，紹興丙寅邊惇德序，末卷後有宋紹興丙寅右迪功郎特差鑒潭州南嶽廟邊惇德、左儒林郎紹興府觀察推官主管文字陳綬、右從政郎充浙東提舉茶鹽司幹辦公事李端民校勘銜名三行。此本爲元時依宋版翻刻，故紹興上冠以宋字。每卷吴淑銜名後空一行。黑口板，每葉二十二行，行二十字。(卷一)

廉石居藏書記

孫星衍

〔《事類賦》三十卷〕　（略）後序爲嘉靖甲午麻城陳全所作，稱紹興中鄭提舉鏤梓於東浙。又云：「甲午歲，全領教在汳，太守石岩白公以名進士，由地官擢知開封，乃請於大宗師頤奄吴公，得其善本質定」云云。前序爲嘉靖十三年李濂撰。蓋此書嘉靖仿宋刻本，賈人或去其前後序，以充宋版，然却是專行本，近甚難得也。天禄琳琅載此書明版第三行吴淑銜名後空一行者，卽此賈人去前後序，故不可辨。（内編卷上）

郘亭知見傳本書目

莫友芝

〔《事類賦》三十卷〕　嘉靖壬辰，内江趙鷺洲守蘇刊于郡齋，據華家宋本校。嘉靖中俞安期仿宋刊本，乾隆甲申華氏劍光閣並《廣事類賦》本。宋刊大字，表在目後，不甚佳，元刊黑口本每頁二十二行，行二十字。（卷十）

善本書室藏書志

丁丙

〔《事類賦》三十卷〕　明刊本，宋博士渤海吴淑撰。

《事類賦》分天、歲時、地、寶貨、樂、服用、什物、飲食、禽、獸、草木、果、鱗介、魚、蟲諸部。

淑字正儀，丹陽人，事蹟具《宋史·文苑傳》。是書沾溉詞場，坊刻劇夥，轉失善本。此爲嘉靖壬辰無錫縣崇正書院刊本，後有校刊諸生姓名。（卷二十）

寒瘦山房鬻存善本書目

鄧邦述

〔《事類賦》三十卷十六册〕　宋吴淑撰，嘉靖刻本。

前有紹興丙寅邊惇德序，又淑《進注事類賦狀》，此繙宋本也。淑自撰進呈祇二十卷，旋奉敕自注，以卷帙之繁，改爲三十卷。類書以著作出之，彌見匠心。邊序所舉李嶠《單題詩》、丁謂《青衿集》，今皆不傳。雖由代遠，亦其作有不逮焉。此書每葉皆有耳，他書不易見，實宋刻之證。明人刻書惟顔氏文房小説亦然，鬻者必欲黷紙剜款，刻意作僞。此書乃並宋諱，亦一一挖去末筆，可謂心勞日拙矣。而古香醃藹，亦自悦目，不足爲百靖之累也。宣統己酉羣碧記。

後數年，爲識者携去，流入廠肆，余復備價贖回，如文姬之歸漢，又多結一重因緣矣。

乙丑閏夏正闇。（卷三）

中國善本書提要

王重民

〔《事類賦》三十卷四册　（《四庫總目》卷一百三十五）　明嘉靖十一年刻本

原題：「宋博士渤海吴淑撰註，皇明都事錫山華麟祥校刊。」卷内有：「結一廬藏書印」、「延古堂李氏珍藏」、「積學齋徐乃昌藏書」等圖記。按此本爲無錫縣學翻宋紹興本，故上書口刻「崇正書院」四字。兹録兩刻校銜於後：

宋紹興丙寅右迪功郎特差監潭州南嶽廟邊惇德、左儒林郎紹興府觀察推官主管文字陳綬、右從政郎充浙東提舉茶鹽司幹辦公事李端民校勘。

皇明嘉靖壬辰常州府無錫縣學生倪奉、浦錦、陸子明、苗子寔、秦采、俞寰、華復初、安如石重校。

邊惇德序（紹興十六年一一四六）

進狀

華雲跋（嘉靖十一年一五三二）

〔《事類賦》三十卷四册　嘉靖、隆慶間刻本〕

原題：「宋博士渤海吴淑撰註，皇明新安巖鎮潘仕、潘傑校刊。」按：康熙《歙縣志》卷十一有《潘侃傳》，稱巖鎮人，嘉靖四十年舉人。疑仕、傑與侃爲兄弟行。此本當稍後於崇正書院本，其爲從宋本出，抑從崇正書院本出？因無題記，不可知矣。卷内有「陳登」、「鼾石翁」、「退谷藏書」等印記。（下略）

藏園羣書經眼録

傅增湘

〔《事類賦注》三十卷　宋吴淑撰〕

宋紹興十六年兩浙東路茶鹽司刊本，半葉八行，每行十六至十九字不等，注雙行同，白口，左右雙闌。版心下記刊工姓名，有丁珪、王珎、毛諒、包正、朱琰、阮于、余竑、徐高、徐杲、許明、洪茂、施藴、陳明仲、陳錫、梁濟、孫勉、樓謹、顧忠、徐政、徐昇等。卷末有紹興十六年邊惇德刻書序。卷三十末標題後有銜名四行：

「右迪功郎特差監潭州南嶽廟　　邊惇德　校勘
左儒林郎紹興府觀察推官兼本司主管文字　　陳　綬　校勘
左從政郎充浙東提舉茶鹽司幹辦公事　　沈　山　校勘
右從政郎充浙東提舉茶鹽司幹辦公事　　李端民　校勘」

鈐有「成之之章」朱、「蔣氏珍藏」朱、「趙」朱、「趙禮用觀」朱、「造玄道人」白、「檇李」朱圓、「項元汴印」朱回文、「子京父印」朱、「桃花村裏人家」朱、「項篤壽印」白回文、「項氏子長」白、「項氏萬卷堂圖籍印」朱隸。又有「天禄琳琅」朱、「乾隆御覽之寶」朱及乾隆諸璽。

〔《事類賦注》三十卷　　宋吴淑撰〕

明嘉靖十三年開封刊本，十一行二十字，注雙行同。有嘉靖十三年甲午冬十二月朔嵩渚李濂序，稱開封太守南宫石巖白公刻諸郡齋云云。前紹興丙寅仲夏廿三日右迪功郎特差監潭州南嶽廟邊惇德序，次吴淑進書狀，卷末銜名三行。（文見前條，但缺沈山一行，不録。）有嘉靖甲午祥符縣儒學署教諭事麻城陳全後序，稱紹興中鄭提舉鏤梓於東浙，而中州四方傳布未廣，甲午歲，余領教在汴，太守石巖白公命校閲，將捐俸鋟行，但録本間或脱略，請於大宗師頤庵吴公，得其善本質定，然後脱簡完輯云云。

孫氏跋語附後：

「宋吴淑《事類賦》盛行於時，爲後人所亂，單行善本絶少，此本即天禄琳琅所列明版第三部，稱吴淑銜名後空一行者。按前後序爲嘉靖十三年刊本，賈人每去之以充宋刻，故内府所得本亦無序也。五松居士。」後鈐「星衍私印」一印。

鈐印列下：「陽城張氏省訓堂經籍記」朱、「張敦仁讀過」朱、「陽城張氏與古樓收藏經籍記」白、「葆采」白、「藝學軒」朱、「得源」朱、「臣星衍印」白、「五松書屋」朱。

〔《事類賦注》三十卷　宋吴淑撰〕

明影寫宋紹興十六年兩浙東路茶鹽司刊本，八行十七八字不等，小字雙行二十五至二十八字不等。宋諱玄、鏡、樹、恒、弘、殷、軒、轅皆爲字不成。首《進注事類賦狀》，狀後接連目録。本書首行題「事類賦卷第一」，次行低七格題「渤海吴淑奉勅注」，三行低二格題「天部一」，四行低四格題「天」、「日」、「月」子目等字。五行低三格題「天賦」二字，六行頂格賦本文。每卷末距本文一行題「事類賦卷第一」。卷三十後題「右迪功郎特差監潭州南嶽廟邊惇德謹序」，據序，乃滎陽鄭公刻於東浙者。序後校勘官銜名三行，文見前，不録。（卷十子部四）

事類賦注引書索引

事類賦注引書索引凡例

一、本索引收録了《事類賦》注文中所引用的全部書名和篇名。

二、凡確係一書而有異稱或省稱者，以通用名立目，異稱或省稱用〔〕標出，附於主目之後，並出參見條目。如《三齊略記》，又稱《三齊記》或《三齊略》，今以《三齊略記》爲主目，〔三齊記、三齊略〕附在主目之後，再分别出《三齊記》、《三齊略》的參見條目。

三、凡引書中遇有書名同而作者異，不能確切判斷爲一書者，則分别立目，不强行歸併，以免淆亂。如《説苑》有劉向、劉義慶兩種，本索引卽以《説苑》及《説苑》〔劉向〕分别立目。他如《古今注》、《孝子傳》等，均同此例。

四、凡書名或篇名前引有作者名、字、號者，作者的名、字號一律用（ ）標出，附在書名主目之後。如《魏德論》（曹植、曹子建、陳思王植），《安城記》（王孚、王烈之）。

五、凡單引書名或書名與篇名俱全者，只引書名者排列在前，書名與篇名俱全者排列在後。如《詩》及《詩·巧言》、《詩·竹竿》等。

六、凡引作“阮籍詩”、“鄧析書”，而不確知詩題、文題者，則逕以“××詩”、“××書”立目。

七、本索引採用四角號碼檢字法編排。先列出書名或篇名的第一個字的四角號碼，如：《齊地記》，先列“齊”字的四角號碼“0022_3”，然後取第二個字“地”的兩角號碼排列在名稱之前，“44齊地記”。如第二字上兩角號碼相同，則暗取第三角爲序。其餘類推。

八、書名之後所列的數字，爲本條在《事類賦》中所見的卷數、子目（篇）和序號。如“文選2/風/66”，卽“2”是《事類賦》卷數，“風”是子目名稱，“66”是整理者編制的序號。

九、爲使讀者檢索方便，本索引附有筆畫檢字表。

0011_4瘞

16 瘞硯文(韓愈)
15/硯/24

0013_4疾

17疾邪賦(趙壹)
10/錢/74

0021_7亢

80亢倉子
13/劍/80
13/箭/1

盧

31廬江七賢傳
9/金/19

0022_3齊

44齊地記(解道康)
1/日/9
8/火/80
24/木/59
25/桐/28
50齊書
6/海/17
7/石/85
10/錦/36
10/錢/10
10/錢/13
10/錢/36
10/錢/82
11/舞/20
12/衣/18
12/衣/58
12/冠/37
12/冠/62
12/冠/73
14/扇/13
14/扇/24
14/扇/54
15/筆/52
15/筆/65
15/硯/38
17/酒/43
17/酒/49
17/酒/56
18/鳳/46
18/鷄/49
18/鷄/60
19/烏/31
21/馬/56
22/牛/60
24/松/13
25/柏/4
25/柏/5
25/柏/29
25/柳/3
25/柳/13
25/柳/26
25/桐/30
25/桑/21
25/桑/32
25/桑/42
25/桑/48
26/李/25
27/瓜/33
27/瓜/57
27/瓜/79
30/蟲/38
齊書(蕭子顯)
12/冠/43
12/冠/63
23/鹿/39
齊書・陳顯達傳
13/箭/48
齊春秋(吴均)
14/几/34
80齊人月令
4/春/47
5/秋/92

0022_7方

00方言
13/箭/44
20/虎/22
30/蜂/3
30/蟻/11

帝

10帝王世紀
1/日/16
1/月/57
2/風/31
2/風/40
2/風/70
3/霧/9
3/霧/17
3/霧/31
6/地/7

9/玉/54
11/歌/20
11/鼓/24
14/扇/38
14/扇/40
16/舟/54
16/車/130
18/鳳/4
18/鳳/27
18/鳳/33
18/鳳/40
18/鳳/51
19/烏/17
20/象/25
22/羊/37
24/草/65
28/龍/64
30/蟲/15
20帝系譜
1/天/8

商

17商君書
12/衣/39
44商芸小説
5/冬/31
72商氏世説
20/虎/53

高

00高唐賦序(宋玉)
2/雲/23
40高士傳
3/雪/15
6/海/32
5/冬/23
7/山/65
8/井/34
26/棗/50

鷹

63鷹賦(魏彦深)
18/鷹/1
18/鷹/2
18/鷹/4
18/鷹/5
18/鷹/6
18/鷹/32
18/鷹/33
18/鷹/34
18/鷹/37
18/鷹/38

0023_0卞

17卞子
22/牛/64

0023_1應

11應璩詩
10/絲/35

0023_7庾

77庾闡詩
2/星/42

0026_7唐

02唐新語
17/茶/44
50唐書
3/霜/6
4/夏/112
7/水/46
7/水/58
7/水/65
7/石/64
9/金/55
9/珠/21
9/珠/72
10/錦/3
10/錢/41
11/舞/42
11/舞/43
11/舞/44
11/舞/70
11/琴/54
11/笛/16
11/鼓/22
12/衣/45
12/衣/104
12/冠/53
13/弓/57
13/箭/33
13/箭/60
15/筆/66
15/筆/68
15/筆/82
15/硯/23
15/紙/22
15/紙/25

15/墨/25
17/茶/1
17/酒/16
17/酒/121
18/鳳/20
18/鳳/53
18/鷹/14
18/鷹/19
19/烏/13
19/烏/26
19/烏/41
19/烏/42
19/鵲/21
19/鵲/22
19/鵲/23
19/雀/37
20/象/2
20/象/10
21/馬/40
21/馬/78
21/馬/92
21/馬/162
21/馬/180
22/牛/61
23/狗/33
23/鹿/40
24/竹/18
24/木/22
24/木/58
24/木/76
24/松/14
24/松/21
25/柏/28
25/槐/27
25/柳/12
25/柳/24
25/柳/25
25/柳/32
26/李/7
26/杏/22
27/梨/27
27/甘/16
27/甘/17
27/瓜/14
27/瓜/25
27/瓜/44
28/龍/62
28/龍/82
28/蛇/5
28/蛇/9
28/蛇/10
29/魚/63
29/魚/108
唐書・武儒衡傳
27/瓜/52
29/魚/116
30/蟲/17

0028₆廣

10廣五行記
27/梨/29
27/橘/38
32廣州記
8/井/51
17/茶/12
22/牛/67
廣州記(裴淵)
9/珠/42
27/橘/26
27/瓜/7
28/蛇/15
廣州先賢傳
22/牛/45
40廣志(郭義恭)
3/雪/27
6/海/24
7/水/61
9/珠/10
9/珠/29
9/珠/67
13/弓/47
14/杖/8
18/鷄/11
23/兔/1
23/兔/36
25/桐/9
26/李/2
26/李/3
26/柰/5
26/棗/13
26/棗/15
26/棗/16
26/棗/18
26/棗/35
26/棗/48
27/甘/6
27/瓜/8
27/瓜/64
29/魚/78

30/蟲/41
30/蟻/1
53廣成頌(馬融)
16/舟/20
60廣異記
19/鵲/6
27/瓜/9
70廣雅
1 /日/67
1 /日/74
3 /雨/19
6 /江/51
13/劍/60
19/雁/6
19/燕/1
22/羊/14
23/狗/51
24/木/56
74廣陵耆老傳
17/茶/51

0040_0文

00文章志(宋明帝)
17/酒/105
17文子
3/雷/24
5/秋/57
6/海/56
6/海/60
9/玉/65
20/象/6
30文房四譜〔四譜〕
15/硯/3
15/硯/7
15/硯/13
15/硯/36
15/硯/43
15/硯/44
15/硯/45
15/硯/46
15/硯/47
15/紙/12
15/紙/18
15/紙/36
15/墨/4
15/墨/6
15/墨/10
15/墨/13
15/墨/14
15/墨/15
15/墨/17
37文選
2/風/66
文選序
16/車/1
40文士傳
7/石/81
11/笛/5
13/劍/77
15/筆/20
24/竹/5
27/梨/23
63文賦(陸機、陸士衡)
7 /石/78
9 /玉/50
9 /珠/3
11/舞/63
15/筆/24
67文曜鈎　見春秋文曜鈎

0040_1辛

72辛氏三秦記　見三秦記

0040_8交

32交州記
2/風/45

0040_4離

77離騷
12/衣/116
18/鶴/16
24/草/13
24/草/30
24/草/31
24/草/37
24/草/56
24/草/57

0044_1辯

38辯道論(陳思王)
9/金/80

0073_2玄

27雜修養書
4/春/70
87雜録(陶弘景)

17/茶/2

0121_1龍

27龍魚河圖
7/水/4
27/瓜/45

0128_6顔

27顔修内傳
7/山/11
72顔氏家訓
15/紙/9
24/松/35

0166_1語

44語林
3/雪/ 25
4/夏/ 28
4/夏/ 67
10/錦/47
10/錢/71
14/几/6
14/扇/14
15/筆/36
15/紙/40
16/舟/19
16/舟/72
26/梅/5
30/蜂/20

0292_1新

00新序
9 /金/27
9 /珠/58
13/箭/9
14/杖/26
26/桃/14
28/蛇/38
29/魚/85
新言(裴玄)
4 /春/78
18/鷄/19
01新語
14/杖/32
19/雁/17
08新論(桓譚、桓子)
1 /天/14
6 /河/13
6 /河/14
9 /玉/68
11/笛/25
12/冠/22
12/冠/84
21/馬/140
25/桐/21
50新書　見賈誼書

0363_2詠

10詠雪離合詩(王韶之)
3/雪/30
16詠硯詩(楊師道)
15/硯/2
51詠輕利船應臨汝侯教詩(王筠)
16/舟/37
77詠月詩(沈約)
1/月/42
82詠劍詩(崔融)
13/劍/24
88詠筆詩(徐摛)
15/筆/29

0428_1麒

09麒麟讚(西涼·武昭王)
20/麟/33

0460_0謝

10謝靈運詩
4/夏/61
30謝官紙啟(劉孝威)
15/紙/27
40謝柰子表(曹植)
26/柰/17
44謝勑賚方諸劍啓(梁簡文帝)
13/劍/56
66謝賜方諸劍啟(梁簡文)
13/劍/109
謝賜河上梨表(王弘)
27/梨/25

0463_1譙

04譙詩(曹子建)
1/月/24

0464_1詩

00詩

1/天/26
1/天/54
1/天/86
1/天/104
1/天/109
1/天/117
1/日/6
1/日/54
1/日/68
1/月/55
2/星/10
2/星/11
2/星/18
2/星/23
2/星/24
2/星/29
2/星/30
2/星/32
2/風/6
2/風/7
2/風/53
2/風/66
2/雲/2
2/雲/16
2/雲/36
3/雨/2
3/雨/4
3/雨/13
3/雨/21
3/露/17
3/露/21
3/露/29
3/露/30
3/露/48
3/露/49
3/霜/1
3/霜/2
3/霜/9
3/霜/31
3/雪/3
3/雪/18
3/雪/22
3/雷/3
3/雷/22
4/春/1
4/春/57
4/夏/8
4/夏/12
4/夏/14
4/夏/69
5/秋/1
5/秋/2
5/秋/30
5/秋/64
5/冬/56
6/江/8
6/河/7
6/河/8
6/河/11
6/河/29
7/山/12
7/水/6
7/水/7
7/水/10
7/水/11
7/水/13
7/水/26
7/水/48
7/水/49
7/水/51
7/水/82
7/水/83
7/水/86
7/水/87
7/石/5
7/石/18
8/冰/4
8/冰/43
9/金/30
9/玉/10
9/玉/11
9/玉/30
9/玉/82
10/錦/2
10/錦/43
10/錦/59
10/絲/2
10/絲/9
10/絲/17
10/絲/19
10/絲/34
10/絲/36
11/舞/16
11/舞/17
11/舞/23
11/舞/24
11/舞/34
11/琴/40

11/琴/83
11/鼓/8
11/鼓/9
11/鼓/27
11/鼓/30
11/鼓/36
11/鼓/37
12/衣/2
12/衣/5
12/衣/7
12/衣/14
12/衣/22
12/衣/32
12/衣/33
12/衣/46
12/衣/64
12/衣/72
12/衣/73
12/衣/95
12/衣/97
12/衣/106
12/衣/107
12/衣/120
12/冠/34
12/冠/80
13/弓/5
13/弓/18
13/弓/19
13/弓/32
13/弓/64
13/弓/65
13/弓/66
13/箭/11
13/箭/12
15/筆/8
16/舟/25
16/舟/55
16/舟/56
16/舟/80
16/車/9
16/車/10
16/車/17
16/車/18
16/車/51
16/車/91
16/車/92
16/車/107
16/車/111
17/酒/1
17/酒/8
17/酒/9
17/酒/18
17/酒/45
17/酒/46
17/酒/70
17/酒/116
18/鳳/24
18/鳳/55
18/鶴/36
18/鶴/44
18/鷹/22
18/鷄/10
18/鷄/34
18/鷄/41
19/雁/1
19/烏/1
19/烏/15
19/鵲/31
19/燕/3
19/燕/4
19/燕/8
19/燕/13
20/麟/11
21/馬/24
21/馬/35
21/馬/49
21/馬/109
21/馬/188
22/牛/3
22/牛/7
22/羊/15
22/羊/22
22/羊/41
22/羊/42
23/狗/28
23/狗/39
23/狗/42
23/狗/69
23/鹿/1
23/鹿/7
23/鹿/8
23/鹿/33
23/鹿/34
23/兔/14
23/兔/19
24/草/8
24/草/9
24/草/10
24/草/11

24/草/12
24/草/16
24/草/18
24/草/28
24/草/29
24/草/46
24/草/62
24/草/64
24/木/3
24/木/10
24/木/12
24/木/29
24/松/40
24/松/41
24/松/42
25/柏/11
25/柏/34
25/柳/9
25/柳/28
25/柳/29
25/柳/35
25/柳/36
25/桐/11
25/桐/23
25/桑/1
25/桑/3
25/桑/4
25/桑/17
25/桑/18
25/桑/49
25/桑/51
25/桑/52
26/桃/1
26/桃/4
26/桃/5
26/李/15
26/梅/1
26/棗/10
26/瓜/29
29/魚/1
29/魚/15
29/魚/21
29/魚/129
30/蟲/2
30/蟲/3
30/蟲/8
30/蟲/39
30/蟬/7
30/蜂/15
詩・七月(毛詩)
8/冰/2
8/冰/32
詩・靈臺
11/鼓/2
詩・巧言
23/兔/13
詩・邶風
25/柏/14
詩・魯頌
21/馬/59
詩・陳風
11/鼓/7
詩・周頌
13/弓/54
詩・竹竿
24/竹/29
00詩序
11/歌/14
11/舞/30
10詩疏
29/魚/36
詩疏義
20/麟/7
20/麟/21
25/柳/19
27/栗/1
28/龍/66
30詩注
2 /星/16
17/酒/28
50詩推災度
1 /月/10
23/兔/8
80詩義
24/竹/16
詩義疏
24/木/48
26/梅/3
30/蟲/33
詩義疏(陸機)
29/魚/81
30/蟲/44
詩含神霧
3/露/32
3/露/45
5/冬/16

0466₀諸

44諸葛亮集

10/錦/55
22/牛/34
諸葛子
13/箭/56

0710₄望

38望海詩（祖瑩）
6/海/20
望海賦（孫綽）
18/鷄/65

0766₂韶

韶州圖經
7/水/63

0861₆說

00說文
1/日/1
1/日/53
1/月/34
2/星/1
2/雲/1
2/雲/2
3/霜/12
3/雷/4
5/秋/50
6/地/1
9/金/2
9/玉/70
10/錦/1
11/琴/1
11/鼓/3
13/弓/4
13/弓/32
15/筆/3
16/鼎/1
17/茶/3
17/酒/5
17/酒/7
18/鳳/31
19/鵲/4
19/燕/19
19/雀/5
20/象/8
20/虎/3
21/馬/164
22/牛/92
22/羊/3
23/狗/5
23/狗/37
23/狗/38
23/狗/69
24/草/61
24/草/70
24/木/1
28/龍/2
30/蟲/7
44說苑
1/天/47
1/日/35
3/露/35
6/海/18
6/河/53
6/河/54
7/山/1
7/山/20
8/井/56
9/珠/18
11/歌/7
11/歌/68
11/琴/71
11/琴/90
12/衣/10
12/衣/78
12/冠/44
13/劍/39
13/劍/81
16/舟/43
16/舟/49
16/舟/65
16/車/40
16/車/41
16/車/131
17/酒/119
19/雁/4
19/雁/19
19/烏/20
20/麟/3
20/麟/4
21/馬/159
22/牛/38
22/牛/39
22/羊/24
24/木/74
24/松/11
26/桃/34
26/梅/9
27/梨/9
28/龍/75

28/蛇/20
28/龜/50
29/魚/45
29/魚/114
29/魚/127
說苑(劉向)
3/露/38
13/弓/42
19/雀/29
23/狗/4
23/狗/62
30/蟬/6

0862₇論

01論語
1/天/30
1/天/60
1/日/64
2/星/32
2/風/48
4/春/22
4/夏/75
6/海/33
6/河/32
7/山/25
7/水/52
7/水/80
8 /井/24
9 /玉/79
9 /玉/87
10/錦/60
11/歌/66
11/歌/67
12/冠/86
13/箭/30
14/杖/5
14/杖/28
16/車/30
16/車/83
17/酒/91
18/鳳/12
18/鳳/13
18/鷄/43
18/鷄/56
21/馬/1
21/馬/203
22/羊/12
22/羊/13
24/草/39
24/木/16
24/松/3
24/松/34
25/柏/2
27/栗/25
27/瓜/78
論語讖
2/星/47
6/河/26
論語摘衰聖
18/鳳/1
18/鳳/57
論硯(柳公權)
15/硯/5
15/硯/16
15/硯/29
15/硯/39
15/硯/40
15/硯/42
21論衡(王充)
1/天/15
1/天/17
1/天/36
1/日/34
1/日/38
1/日/70
1/月/53
3/雨/6
3/露/10
3/雷/31
3/雷/58
4/春/66
4/夏/52
4/夏/74
6/地/4
6 /迆/25
6 /江/49
8 /冰/27
9 /金/39
9 /金/54
9 /立/55
18/鷄/38
20/象/13
21/馬/47
22/羊/8
23/兔/5
23/兔/22
25/桐/14
30/蟬/5
30/蟻/4

0968₉談

44談藪
1 /日/23
14/杖/25
19/燕/21

1010₀二

10二石僞事
18/鳳/63

1010₁三

00三齊記　見三齊略記
三齊略　見三齊略記
三齊略記〔三齊記　三齊略〕
1/日/51
6/海/19
7/山/54
7/石/37
13/箭/24
24/草/19
25/柳/38
29/魚/103
10三五歷(徐整)
1/天/3
2/星/3
35三禮圖
12/冠/5
12/冠/6
12/冠/8
12/冠/89
三禮義宗
4/夏/1
40三十國春秋（蕭方等）
6/江/55
27/瓜/69
47三都賦(左太冲、左思)
28/蛇/22
29/魚/30
29/魚/68
50三秦記〔辛氏三秦記〕
7/山/22
9/珠/46
11/歌/19
18/鷄/53
27/梨/13
28/龍/17
28/龍/47
53三輔決録
9/珠/14
11/歌/65
21/馬/145
24/草/59
29/魚/65
三輔黄圖
8/火/14
10/錢/83
25/槐/15
三輔故事
29/魚/6
三日曲水詩序(梁簡文帝)
4/春/107
三日篇(沈約)
4/春/116
三國名臣贊序(袁宏)
7/水/43
三國志
28/龍/22
三國典略〔典略〕
4/夏/122
13/弓/22
8/井/53
18/鷹/27
19/烏/25
20/麟/6
20/象/4
21/馬/137
21/馬/165
21/馬/170
22/牛/27
23/狗/23
23/狗/50
23/兔/2
23/兔/27
25/桑/46
26/柰/9
28/龜/5

正

07正部
10/絲/13

08正論
27/橘/42
正論(崔寔)
4/夏/80
22正樂
11/鼓/14
11/鼓/16

1010₃玉

07玉部論(王逸)
9/玉/80
96玉燭寶典
4/春/67
4/春/92
4/春/93
5/冬/61

1010₄王

12王孫子新書
17/酒/101
17王子年拾遺記
見拾遺記
28王僧虔傳
15/筆/49
37王逸子
25/桐/7
53王威別傳
19/燕/12

1010₇五

17五君詠阮咸篇(顏延年)
2/雲/51
21五行休王論
5/秋/28
五行傳　見洪範五行傳
五經要義
7/山/3
五經通義
1/天/83
1/月/6
3/霜/16
9 /玉/22
11/舞/22
25/槐/28
五經鈎沉
3/霜/22

1010₈靈

30靈憲賦(張衡)
1/天/7
6/地/48
60靈異志
11/琴/88

1017₇雪

63雪賦(謝惠連)
33/雪/7
3/雪/10
3/雪/19
5/冬/37
23/兔/18

1021₇元

80元命苞　見春秋元命苞

1022₇兩

00兩京記
24/松/31
30/蟻/21
47兩都賦(班固)
20/麟/34

爾

70爾雅
1/天/9
1/天/10
1/日/89
2/星/6
2/星/36
2/星/37
2/星/57
2/風/43
3/雨/46
3/霧/1
3/雷/26
4/春/44
4/夏/2
4/夏/3
5/秋/3
5/秋/4
5/秋/70
6/地/32

6/海/4
6/河/2
6/河/18
7/山/14
7/山/16
7/山/75
7/山/80
7/水/22
7/水/23
7/水/25
7/水/34
7/水/42
9/金/1
9/金/6
9/珠/9
10/錦/48
11/鼓/40
11/鼓/53
12/衣/13
12/衣/21
12/衣/101
13/弓/33
13/箭/2
16/鼎/12
17/茶/13
18/鷹/36
18/鷄/1
18/鷄/18
18/鷄/57
19/雁/7
19/烏/22
19/鵲/1
20/麟/1
20/象/1
21/馬/100
22/羊/2
23/鹿/10
24/草/7
24/草/47
24/草/55
24/竹/1
24/木/37
24/木/38
24/木/61
24/木/62
25/柏/1
25/槐/1
25/槐/11
25/柳/6
25/柳/15
25/桐/1
25/桐/24
25/桑/1
26/桃/20
26/李/13
26/梅/2
26/棗/1
26/棗/2
26/棗/12
26/棗/17
26/棗/32
26/棗/47
27/栗/18
27/瓜/27
27/瓜/59
28/蛇/2
28/龜/4
28/龜/18
28/龜/41
28/龜/53
29/魚/16
29/魚/22
30/蟲/4
30/蟲/5
30/蟲/6
30/蟲/9
30/蟲/10
30/蟲/14
30/蟲/25
30/蟲/34
30/蜂/1
30/蜂/2
30/蟻/12
爾雅・釋水
7/水/67
7/水/73
爾雅・釋山
7/山/74
7/山/81
爾雅注
2/星/52
2/星/60

1024_7夏

20夏統別傳
4/春/112
27夏侯孝若集
10/錦/13
50夏書

4/春/8

1040₀干

30干寶表
15/紙/17

1040₄要

78要覽(陸機)
2/風/42

1043₀天

00天文要集
13/弓/8
天文志(蔡邕)
1/天/93
天文録
1/天/22
1/天/98
23天台記
17/茶/50
天台賦(孫綽)
7/山/6
27天象列星圖
2/星/55
30天官星占
2/星/39
16/車/100
44天老對黄帝
18/鳳/29
18/鳳/52
18/鳳/58
71天馬歌(漢武帝)
21/馬/5

1060₀百

10百一篇(應璩)
30/蜂/6
30百家書
8/火/78

西

00西京雜記
2/風/2
3/雨/7
3/雨/63
3/霧/37
3/雪/9
4/春/46
4/夏/112
5/秋/48
5/秋/79
5/秋/85
7/石/53
7/石/62
7/石/91
9/金/67
9/玉/29
9/玉/109
9/珠/75
10/錦/49
10/絲/29
11/歌/17
11/琴/17
11/笛/6
13/劍/10
14/几/27
15/筆/7
15/筆/13
15/硯/6
15/硯/12
15/硯/15
15/墨/20
16/舟/28
16/舟/31
16/舟/33
16/舟/36
17/酒/89
18/鳳/16
18/鷹/7
18/鶏/24
19/鵠/9
20/虎/9
20/虎/56
21/馬/14
21/馬/136
23/狗/53
23/狗/54
24/草/14
24/木/70
26/桃/22
26/李/4
26/李/11
26/梅/13
26/杏/1
26/杏/8
26/柰/2
26/柰/8
26/棗/43
26/棗/57

27/梨/3
27/梨/11
27/梨/26
27/栗/7
27/栗/17
29/魚/51
西京賦(張衡、張平子)
2/星/7
17/酒/117
24/草/3
21西征記(戴延之)
4/春/113
8/井/37
8/冰/15
16/舟/83
西征賦(潘岳)
1/天/2
7/水/88
29/魚/28
31西河記
28/龍/63

1060₀西

76西陽雜俎
5/秋/86
15/紙/19

1060₁晉

04晉諸公讚
16/車/97
20/象/11
20/象/22
21晉熊遠議
4/春/67
27晉紀
21/馬/33
21/馬/110
22/牛/25
22/牛/99
30/蟻/16
晉紀(曹嘉之)
3/雷/48
晉紀(鄧粲)
8 /火/20
11/歌/9
30晉宮閣記
16/舟/29
16/舟/82
晉宮閣名
24/木/27
24/木/50
26/李/9
26/柰/16
晉宮闕記
26/桃/21
晉宮闕名
27/梨/21
40晉太康起居注
16/車/117
47晉朝雜事
3/雷/28
3/雪/34
晉起居注
4/春/77
16/車/96
50晉中興徵祥說
〔徵祥記〕(何法盛)
14/扇/49
20/麟/9
20/麟/20
晉中興書
3 /露/22
11/琴/51
11/笛/28
14/扇/26
16/舟/41
16/鼎/36
17/酒/57
23/鹿/25
27/橘/23
晉事
15/筆/89
晉書
1/天/70
1/天/90
1/月/26
2/星/14
2/風/57
2/風/77
2/雲/45
3/雨/60
3/霧/33
3/雪/5
3/雪/17
3/雪/31
3/雷/45
4/春/87
4/夏/29
4/夏/53

4/夏/59
5/秋/4
5/冬/25
5/冬/60
5/冬/93
6/地/20
6/海/31
6/江/11
6/江/12
6/江/14
6/江/15
7/山/58
7/水/64
7/石/36
8 /井/20
8 /冰/10
8 /冰/21
8 /火/21
8 /火/25
8 /火/41
8 /火/59
8 /火/60
8 /火/64
8 /火/87
9 /金/10
9 /玉/52
9 /玉/53
10/絲/20
10/錢/14
10/錢/26
10/錢/35
10/錢/52
10/錢/60

11/歌/48
11/舞/25
11/琴/44
11/琴/84
11/笛/27
11/笛/34
12/衣/43
12/衣/59
12/衣/99
12/衣/118
12/冠/38
12/冠/76
13/劍/1
13/劍/29
13/劍/58
13/劍/100
13/劍/104
13/劍/110
13/劍/111
14/几/18
14/几/26
14/几/32
14/杖/24
14/扇/8
14/扇/18
14/扇/29
14/扇/39
14/扇/41
14/扇/47
14/扇/51
15/筆/33
15/筆/57
15/筆/62

15/筆/83
15/硯/21
15/硯/27
15/墨/9
16/舟/18
16/舟/79
16/舟/84
16/車/33
16/車/43
16/車/65
16/車/86
16/車/97
16/車/116
17/茶/27
17/酒/14
17/酒/15
17/酒/22
17/酒/23
17/酒/24
17/酒/34
17/酒/38
17/酒/53
17/酒/67
17/酒/75
17/酒/92
17/酒/107
17/酒/129
18/鳳/19
18/鶴/39
18/鷹/8
18/鷄/28
18/鷄/29
18/鷄/48

18/鷄/59
18/鷄/70
19/鵲/19
19/燕/26
19/雀/7
20/麟/16
20/麟/28
20/象/26
21/馬/34
21/馬/50
21/馬/51
21/馬/60
21/馬/142
21/馬/161
22/牛/12
22/牛/16
22/牛/17
22/牛/24
22/牛/28
22/牛/42
22/牛/69
22/牛/87
22/牛/91
22/羊/16
23/狗/12
23/狗/47
23/狗/63
23/鹿/17
23/鹿/18
23/鹿/21
23/鹿/22
24/草/35
24/竹/13
24/竹/28
24/竹/40
24/竹/51
24/竹/54
24/松/4
25/槐/24
25/槐/26
25/柳/2
25/柳/11
25/柳/23
25/桑/24
26/李/5
26/李/6
26/李/23
26/柰/3
27/梨/18
27/瓜/32
27/瓜/63
28/龍/5
28/龍/7
28/龍/9
28/龍/14
28/龍/21
28/龍/24
28/龍/28
28/龍/30
28/龍/50
28/龍/61
28/龍/78
28/蛇/1
28/蛇/34
28/蛇/42
29/魚/39
29/魚/83
29/魚/87
29/魚/110
29/魚/111
29/魚/113
30/蜂/18
晉書(王隱)
5 /秋/88
5 /秋/93
6 /海/22
7 /石/86
8 /井/7
9 /金/9
9 /金/56
12/衣/70
21/馬/155
24/松/39
25/柏/10
25/柳/21
30/蜂/6
晉書(臧榮緒)
4 /春/69
6 /江/30
6 /江/36
10/錦/16
晉書·禮志
4/春/17
晉書·載記
18/鷹/42
21/馬/179
21/馬/198
23/兔/26
25/桑/22

76晉陽秋(孫氏)
1/天/118
2/星/26
2/風/56
4/夏/30
5 /秋/103
7 /石/15
14/扇/17
16/車/59
22/牛/54
80晉令
16/舟/76
27/甘/11
晉公卿禮秩
16/車/35

1073₁雲

63雲賦(成公綏)
2/雲/25
2/雲/31
2/雲/56
80雲氣占
22/牛/90

1080₆賈

03賈誼書
1/日/7
19/雁/10
27/瓜/68
28/蛇/19
28/蛇/27
30/蟲/18

1111₀北

00北齊朝會儀
15/墨/30
北齊書
10/錢/67
12/冠/75
13/箭/6
17/酒/55
17/酒/66
17/酒/77
18/鷄/22
19/雁/28
19/鵠/28
25/柏/27
21北征記(孟奧)
3/雷/32
3/雷/42
北征賦(袁宏)
5/冬/15
30北凉録
19/燕/14
50北史
19/烏/34
19/烏/36
19/烏/40
19/雀/15
19/雀/36
27/瓜/73
29/魚/88

1111₁非

44非草書(趙壹)
15/墨/22

玩

77玩月(鮑照)
1/月/62

1111₄班

45班婕妤詩
1/月/28

1120₇琴

08琴譜
11/琴/69
11/琴/72
35琴清英(揚雄)
11/琴/16
11/琴/53
11/琴/89
50琴書
11/琴/12
11/琴/24
11/琴/25
11/琴/64
11/琴/66
56琴操
3 /霜/14
3 /雪/11
3 /雪/23
3 /雷/27
4 /夏/108
11/琴/8
11/琴/24
11/琴/35

11/琴/79
琴操(蔡邕)
18/鳳/62
63琴賦(傅玄、傅休奕)
4 /夏/31
11/琴/41
琴賦序(傅玄)
11/琴/3
87琴録
11/琴/9
11/琴/47
11/琴/63
11/琴/67
11/琴/68
11/琴/74
11/琴/75
18/鶴/7
88琴纂
11/琴/36
11/琴/37
11/琴/87

1123₆張

17張孟陽詩(張載)
2/雲/55
3/雨/30
26/柰/6
27/甘/12
43張載詩　見張孟陽詩

1133₁悲

29悲秋夜賦(何瑾)
3/霜/10

1180₁冀

32冀州論(盧毓)
26/杏/4
26/棗/61
27/栗/11
80冀公墨法
15/墨/18

1210₈登

34登池上樓詩(謝靈運)
24/草/58

1212₇瑞

00瑞應圖(孫氏)
1/月/8
2/星/38
3 /露/2
9 /玉/28
18/鶴/18
19/烏/24
21/馬/4
21/馬/74
21/馬/135
23/鹿/24
23/鹿/43
23/免/25
24/草/66
24/草/67
25/桐/31
28/龍/1

1220₀列

17列子〔列子傳〕
1/天/1
1/天/2
1/天/6
1/天/87
1/天/88
1/日/52
1/日/82
1/日/84
4/春/76
5/冬/51
6/地/2
6/地/59
6/海/7
6/海/11
7/山/51
7/山/55
7/山/63
7/水/32
7/水/74
7/石/13
8/火/66
9/金/53
9 /玉/104
9 /珠/61
10/錦/50
11/歌/3
11/歌/22
11/歌/50
11/琴/76

13/弓/29
13/箭/7
13/箭/18
13/劍/38
13/劍/52
13/劍/92
17/酒/69
18/鷄/71
20/虎/32
21/馬/7
21/馬/9
22/羊/4
23/狗/31
27/栗/32
29/魚/5
30/蟲/22
列子傳　見列子
22列仙傳
5/秋/84
5/秋/90
5/秋/91
6/江/16
6/江/37
6/江/38
6/江/47
7/山/56
7/山/57
7/山/97
8/火/34
8/火/37
8/火/63
8 /火/85
9 /玉/97
9 /珠/35
9 /珠/48
11/琴/34
13/劍/43
14/扇/7
18/鳳/17
18/鶴/10
18/鶴/27
18/鷄/37
22/羊/33
23/狗/19
24/松/8
24/松/9
25/柏/8
26/桃/8
26/桃/12
26/桃/26
26/李/24
27/瓜/42
28/龍/43
28/龍/44
28/龍/69
28/龍/70
28/龍/86
28/蛇/8
28/蛇/18
29/魚/40
29/魚/42
40列士傳
20/虎/11
25/柏/23
列女傳（劉向）
3/霧/4
5/冬/98
9/金/21
9/金/22
9/珠/55
11/歌/74
11/歌/75
13/弓/26
13/弓/49
25/桑/35
25/桑/36
30/蜂/22
60列星圖
3/露/4
列異記
21/馬/42

1223₀水

21水經
6/江/7
6/江/10
6/江/46
6/河/19
24/草/42
26/棗/39
29/魚/97
29/魚/98
水經注
6/江/56
6/河/45
6/河/62
6/河/69
7/山/19
7/山/30

7/山/31
7/山/49
7/山/52
7/山/78
7/石/25
8/井/47
8/井/49
26/棗/40
29/魚/119

1241₀孔

15孔融論
21/馬/102
32孔叢子
1/天/86
11/歌/4
11/琴/58
16/車/132
17/酒/32
17/酒/71
19/雀/19
20/麟/12
21/馬/160
29/魚/4
33孔演圖　見春秋孔演圖

1249₃孫

12孫登傳
11/琴/33
17孫子
3/雪/40
8/火/84
28/蛇/44
56孫暢之述書
16/鼎/40
60孫吳兵法
16/車/104
77孫卿子〔荀子〕
6/江/2
6/海/61
7/水/21
7/石/93
8/冰/34
12/衣/77
13/弓/16
13/劍/60
20/麟/13
21/馬/124
22/羊/45
24/松/25
25/桑/64
27/瓜/55
28/龍/46

1260₀酬

27酬殷十一贈栗岡硯詩(李白)
15/硯/48

1314₀武

00武庫賦(陳琳)
13/弓/6
13/箭/22
60武昌記
3/雨/48
4/夏/78
74武陵記
7/山/23
7/山/48
7/山/99

1540₀建

00建康實録
18/鷹/26
21/馬/201
13建武故事
27/橘/23

1661₀硯

04硯讚(繁欽)
15/硯/4
15/硯/9
15/硯/10
15/硯/17
63硯賦(傅玄)
15/硯/1
15/硯/11
87硯銘(王粲)
15/硯/33

1710₇孟

17孟子
3/雪/8
3/雪/26
7/山/41
8/井/60
9/金/45
11/歌/40

11/歌/49
12/衣/60
12/冠/93
13/箭/36
14/几/5
17/酒/2
20/虎/27
22/牛/93
25/桐/20
25/桑/13
26/李/22
26/棗/23
40孟嘉別傳
11/歌/10

1712_7鄧

42鄧析書
8/冰/36

1720_7弓

80弓矢贊（昭明太子）
13/箭/58

1722_0刀

82刀劍録（陶弘景）
13/劍/25
13/劍/26
13/劍/36
13/劍/40
13/劍/48
13/劍/49
13/劍/59
13/劍/67
13/劍/78
13/劍/79
13/劍/106
13/劍/107

1722_8邴

71邴原別傳
9/金/41
10/錢/28
18/鶴/15

1723_2豫

00豫章記
8/井/52
28/龍/10
28/蛇/16
豫章列士傳
2/星/44

1734_1尋

76尋陽記
7/石/44
7/石/75

1740_7子

21子虚賦
12/衣/31
13/箭/9
16/車/53
27/橘/16

1750_7尹

00尹文子
9/玉/69
12/衣/89
12/衣/90
23/狗/69
17尹子
9/珠/6
40尹喜内傳
22/羊/25
26/桃/43
27/梨/1

1752_7弔

77弔屈原文（賈誼）
18/鳳/11
29/魚/76

1762_0司

71司馬彪詩
8/冰/30

1762_7郡

60郡國志
7/山/10
7/山/45
7/山/79
7/山/82
7/山/89
7/山/90
7/山/91
7/石/39
7/石/43
7/石/59

7/石/80
8/火/6
8/火/71
9/金/37

1768_2歌

20歌辭（傅玄）
23/兔/40
26/棗/59

1918_6瑣

01瑣語
8/火/54
12/冠/61
20/虎/49

2021_4僮

27僮約（王褒）
27/栗/5

2071_4毛

04毛詩義疏　見詩義疏
21毛穎傳（韓愈）
15/筆/87

2110_0上

21上白鹿表（殷仲堪）
23/鹿/5
44上林賦（司馬相如）
24/草/2
27/橘/1

2110_4衝

34衝波傳
16/舟/40

2121_7虎

71虎丘山疏
26/柰/1

2122_7衛

18衛玠別傳
9/珠/39

2123_4虞

11虞預表
15/紙/24

2160_0占

27占候風氣秘訣（吴範）
2/雲/47

2160_0鹵

88鹵簿令
16/車/4
16/車/75
16/車/133
16/車/134

2172_7師

60師曠占
3/雨/54
3/雷/44

26/杏/6

2221_4任

17任子
9/珠/5

2222_1鼎

87鼎録
16/鼎/8
16/鼎/9
16/鼎/10
16/鼎/14
16/鼎/15
16/鼎/16
16/鼎/17
16/鼎/25
16/鼎/26
16/鼎/27
16/鼎/28
16/鼎/29
16/鼎/41

2222_7嵩

00嵩高記　〔嵩高山記〕
8/井/68
26/杏/12
嵩高山記　見嵩高記

2224_7後

26後魏書
5/秋/76

6/海/24
8/火/26
9/金/73
9/玉/19
9/玉/84
9/珠/57
10/錦/32
10/絲/21
10/錢/73
16/車/11
17/酒/61
17/酒/63
17/酒/64
17/酒/73
17/酒/93
17/酒/109
17/酒/113
17/酒/114
18/鷄/76
20/象/15
22/牛/26
22/牛/86
22/牛/89
23/兔/28
24/木/23
24/松/15
24/松/38
27/瓜/22
27/瓜/74
28/龍/81
28/蛇/29
34後漢傳賢
5/冬/42
後漢書
1/天/111
1/日/28
1/日/83
2/星/25
2/星/40
3/雨/37
3/雨/39
3/雨/42
3/霧/6
3/霜/7
4/春/36
4/春/41
4/春/54
4/春/98
5/秋/7
5/秋/81
5/冬/42
5/冬/52
5/冬/53
6/海/25
7/山/71
7/山/113
7/水/16
7/水/17
7/水/40
7/水/41
7/水/103
7/石/16
7/石/23
8/井/21
8/井/25
8/井/41
8/冰/22
9/金/43
9/珠/40
10/錢/32
10/錢/34
10/錢/55
10/錢/64
10/錢/69
11/歌/62
11/舞/9
11/琴/59
11/鼓/34
11/鼓/47
12/衣/17
12/衣/29
12/衣/40
12/衣/55
12/衣/56
12/衣/61
12/衣/112
12/衣/114
12/冠/19
12/冠/39
13/劍/16
14/杖/4
15/筆/21
15/筆/32
15/筆/60
15/筆/61
16/舟/34
16/車/6
16/車/27
16/車/36

16/車/47
16/車/58
16/鼎/33
18/鷄/63
19/雀/16
20/虎/16
20/虎/38
20/虎/40
20/虎/41
21/馬/48
21/馬/84
21/馬/85
21/馬/91
21/馬/127
21/馬/141
21/馬/187
22/牛/22
22/牛/23
22/牛/56
22/牛/57
22/羊/7
22/羊/40
23/狗/48
23/狗/58
23/兔/24
24/竹/19
24/竹/22
25/桑/20
26/棗/24
27/橘/22
27/瓜/35
28/龍/13
28/龍/49
28/蛇/7
29/魚/35
29/魚/48
29/魚/57
29/魚/59
29/魚/72
後漢·禮儀記
4/夏/95
後漢書(謝承)
2/星/45
3/雨/38
3/雨/41
3/雨/65
3/霧/11
3/露/8
4/夏/54
4/夏/106
5/冬/94
6/海/30
6/江/18
7/水/68
7/石/71
9/金/49
9/金/52
9/珠/23
9/珠/25
9/珠/27
10/錦/14
10/絲/8
11/歌/8
12/衣/52
12/衣/83
13/弓/31
13/劍/105
15/筆/26
15/紙/41
16/車/115
19/雁/26
19/雀/33
20/虎/39
21/馬/25
23/兔/23
25/柏/15
25/桑/65
25/桑/66
26/棗/41
27/栗/10
27/甘/8
27/橘/32
30/蜂/5
後漢書(袁山松)
7/山/109
後漢書(范曄)
2/星/46
9/珠/15
後漢書(華嶠)
14/杖/20
44後燕録
25/桑/9
49後趙録
16/車/80
50後秦記
11/鼓/20
77後周書
10/錢/81
13/箭/31

17/酒/82
19/烏/35
21/馬/61
23/狗/49
23/鹿/26
24/木/68
25/柏/24
25/槐/21
26/杏/21
27/瓜/62

2238₆嶺

40嶺南異物志
29/魚/92
50嶺表異録(劉恂)
15/紙/7
20/象/16
20/象/21
29/魚/117
嶺表録異　見嶺表異録

2277₀山

38山海經
1/日/39
1/日/47
1/日/72
1/日/79
1/日/80
1/日/85
2/風/46
2/風/47
2/雲/13
3/露/23
3/露/41
3/雪/28
3/霜/27
3/雷/39
3/雷/40
6/地/33
6/海/9
6/海/36
6/海/40
6/海/51
6/江/6
6/江/24
6/河/2
6/河/9
6/河/37
6/河/55
6/河/66
7/山/46
7/山/47
7/山/64
7/山/90
7/氷/29
7/石/74
7/石/94
8/井/3
8/井/4
8/火/22
8/火/23
8/火/50
8/火/51
8/火/77
9/玉/42
9/玉/51
9/珠/62
9/珠/65
10/絲/27
11/歌/54
11/舞/67
11/琴/52
11/琴/80
13/弓/17
13/劍/37
14/几/28
14/杖/16
16/車/48
18/鳳/54
18/鳳/61
18/鷄/14
19/雁/13
20/虎/24
21/馬/91
21/馬/193
21/馬/200
23/狗/65
24/竹/8
24/竹/42
24/竹/46
24/木/13
24/木/33
24/木/34
24/木/53
24/木/54
24/木/65
24/木/71
25/柏/26

25/柳/14
25/柳/18
25/桑/6
25/桑/15
25/桑/26
26/李/16
26/梅/13
26/杏/3
27/梨/20
27/栗/14
27/橘/4
28/蛇/22
28/蛇/32
28/蛇/35
28/蛇/36
29/魚/31
29/魚/47
29/魚/74
30/蜂/13
30/蟻/22
88山簡表
15/紙/31

2277_0幽

37幽冥記　見幽明録
幽冥録　見幽明録
幽明記　見幽明録
67幽明録(劉義慶)
7/石/50
7/石/90
8/井/45
9/金/17
9/金/44
9/珠/13
9/珠/43
11/笛/14
11/笛/29
18/鷹/17
18/鷄/77
20/虎/12
22/羊/17
26/桃/16
27/瓜/12

2277_2出

21出師表(諸葛亮)
4/夏/49
28/龍/22

2290_4梨

18梨頌(王讚)
27/梨/16

樂

00樂府雜記
11/舞/3
11/舞/7
樂府解題
11/琴/15
11/琴/26
11/琴/46
08樂論(阮籍)
11/琴/62
24樂動聲儀
3/雨/22
18/鳳/59
40樂志
11/琴/32
44樂苑
11/舞/72
50樂書
11/笛/10
87樂録　見古今樂録
88樂纂
11/笛/7
11/笛/22
11/笛/23
11/笛/24
11/笛/26

2294_0紙

63紙賦(傅咸)
15/紙/16
15/紙/28

2323_4獻

00獻帝春秋
10/錢/64
21/馬/18
23/兔/38

2324_2傅

00傅玄詩
8/井/70
17傅子
8/火/27
15/筆/5
16/車/26
56傅暢故事

16/車/35

2325₀戲

71戲馬臺梨花讚（宋武帝）
27/梨/24

2411₇豔

17豔歌（曹植）
25/桑/54

2421₁先

16先聖本紀
24/松/7
77先賢行狀
13/劍/69
22/牛/44
先賢傳
19/雀/10
29/魚/84

2422₁倚

77倚几銘（張華）
14/几/21

2472₇幼

00幼童傳（劉昭）
1/日/29

2498₆續

00續齊諧記（吴均）
4/春/109
4/春/110
4/夏/105
5/秋/51
5/秋/94
7/水/100
11/琴/67
13/劍/9
19/雀/6
10續晉安帝記
21/馬/57
續晉陽秋
5/秋/95
17/酒/112
30/蟲/20
33續述征記
7/水/97
34續漢書
4/春/31
5/冬/19
5/冬/73
5/冬/82
5/冬/86
6/地/21
6/江/17
8/冰/39
9/金/24
9/金/79
9/玉/93
10/錢/58
10/錢/70
12/冠/16
13/弓/4
13/箭/5
13/箭/52
14/几/31
14/扇/6
19/烏/7
21/馬/26
23/狗/57
27/瓜/71
續漢書・禮儀志
4/春/102
4/夏/51
4/夏/56
14/杖/12
續漢書・輿服志
16/車/19
16/車/48
16/車/104
40續南越志
7/山/91
57續搜神記
4/春/108
17/茶/21
18/鶴/28
20/虎/35
29/魚/58
60續異記
19/燕/7

2522₇佛

60佛圖澄别傳
28/龍/79

2590₀朱

22朱循之傳
13/箭/16

2600₀白
00白鹿山詩序（袁山松）
23/鹿/35
21白虎通
1/天/55
1/天/69
1/天/114
1/月/11
6/地/1
9/玉/107
9/珠/1
12/冠/1
19/雁/22
24/草/66
36白澤圖
9/金/57

2621₃鬼
80鬼谷子
16/車/77
16/車/78

2641₃魏
00魏文帝詩
2/雲/48
魏文帝詔
10/錦/57
27/梨/2
10魏王花木志
27/橘/27
魏百官名
13/箭/43
魏晉世語
18/鷄/44
魏武帝書
27/梨/7
13魏武令
15/紙/26
17魏子
8/冰/26
24魏德論（曹植、曹子建、陳思王植）
1/天/1
3/露/34
25/槐30
27魏名臣奏
11/舞/2
11/舞/5
20/虎/20
23/鹿/6
40魏太祖詩
19/鵲/17
魏臺訪議（高堂隆）
5/冬/92
魏志
1/日/50
2/星/4
3/露/6
4/春/104
6/江/13
6/河/52
7/山/106
7/石/35
9/金/56
9/玉/110
9/珠/17
9/珠/70
9/珠/71
10/錦/56
11/舞/66
12/衣/67
12/衣/110
12/冠/94
13/弓/51
13/箭/32
13/劍/102
14/几/23
14/几/30
14/杖/1
14/杖/3
14/杖/21
15/筆/42
15/筆/84
16/舟/14
16/舟/48
16/舟/51
17/酒/35
17/酒/126
18/鷹/41
18/雞/25
18/鷄/46
19/鵲/29
19/燕/11
20/象/3
21/馬/17
21/馬/178
21/馬/194
23/狗/13

26/棗/34
27/栗/27
28/龍/37
29/魚/8
魏志・管輅傳
2/風/4
47魏都賦(左思)
12/冠/2
13/劍/11
50魏書
10/錢/40
10/錢/49
12/冠/95
15/筆/16
15/筆/63
15/硯/19
魏書・馬鈞傳
16/車/79
魏末傳
15/筆/18
15/筆/67
67魏略
3/露/19
5/冬/30
5/冬/50
7/石/9
7/石/21
8/井/38
8/火/74
9/金/51
9/玉/3
9/珠/77
12/衣/62
13/弓/40
13/箭/15
15/筆/73
16/舟/50
17/酒/95
18/鳳/37
20/虎/59
22/牛/87
23/狗/22
25/桑/19
28/龜/9
魏略・太子與鍾
繇書
27/栗/28
72魏氏春秋
12/衣/68
87魏録
17/茶/18

2691_4程

64程曉詩
4/夏/119

2692_2穆

10穆天子傳
2/雲/41
3/雪/24
3/雪/41
4/夏/34
5/秋/46
6/河/28
7/山/46
7/山/60
9/玉/73
10/錦/40
10/錦/53
11/歌/1
11/鼓/46
16/舟/68
18/鶴/17
18/鶴/25
19/鵲/30
20/虎/25
21/馬/13
21/馬/66
21/馬/67
21/馬/131
21/馬/144
21/馬/185
21/牛/32
23/狗/15
23/鹿/15
23/鹿/31
23/鹿/32
24/竹/20
24/木/55
24/松/26
25/柏/16
25/桑/16

2640_3吴

吴時外國傳
6/海/52
13/弓/41

2694_1釋

27釋名
3/霧/2
3/霜/3
3/霜/1:
4/春/51
4/夏/70
5/冬/1
6/地/36
6/河/1
9/珠/74
10/錦/17
12/衣/44
12/衣/71
13/弓/19
14/儿/1
15/筆/1
15/紙/2
15/墨/2
16/舟/72
16/舟/79
16/車/49
77釋問(徐鉉)
7/山/67

2711_7 龜

龜賦(孫惠)
28/龜/14
龜賦(李顒)
28/龜/49

2712_7 歸

40歸去來辭(陶潛)
2/雲/54

60歸田賦(張衡)
4/春/21

2722_0 御

25御使故事
15/紙/15

2722_2 修

40修真入道秘言
4/春/15

2724_7 殷

25殷仲堪集太子令
10/錢/43

2731_2 鮑

67鮑照詩(鮑明遠)
7/水/102
8/冰/6
13/弓/62
30/蟻/9

2732_6 烏

63烏賦序(成公綏)
19/烏/14

2733_1 怨

6_4怨曉月賦(謝惠連)
1/月/48
怨曉月賦(謝靈運)
1/月/63

2742_7 鄒

17鄒子
3/雨/40
5/秋/31
5/冬/18
21/馬/63
25/桑/58
26/棗/37

2742_7 鷄

61鷄距筆賦(白樂天)
15/筆/31

2752_0 物

16物理論(楊泉)
1/天/39
2/風/50
2/風/73
3/雷/43
6/地/14
6/地/28
6/地/60
6/河/15
7/石/2
22/牛/68

2760_0 名

22名山志
7/石/11
名山略記
7/水/5

2760_1 響

26響泉記(張茂樞)
11/琴/57

2760_{3}**魯**

35魯連子
13/箭/37
29/魚/18

2762_{7}**鄱**

76鄱陽記
7/石/46

2790_{1}**祭**

34祭法(盧諶)
26/棗/38
26/杏/5
26/柰/14
27/瓜/58

2791_{7}**紀**

80紀年
6/江/25

2793_{2}**緣**

31緣江記
6/江/45

2824_{0}**徽**

38徽祥記　見晉中興徵祥記

2825_{3}**儀**

22儀制令
16/車/34
35儀禮
13/弓/60
19/雁/8
19/雁/18
19/雁/21
19/雁/23
儀禮・士喪禮
27/栗/3
儀禮・鄉飲酒
17/酒/119

2826_{8}**俗**

08俗説
20/虎/18

2998_{0}**秋**

27秋夕(鮑照)
5/秋/52
47秋胡詩(顔延年)
24/木/31
63秋賦(孫楚)
27/梨/31
77秋風詞(漢武帝)
2/風/75
2/雲/61
秋興賦(潘岳)
3/霜/4
4/夏/41
5/秋/62

3010_{6}**宣**

43宣城記
7/水/70
29/魚/24
宣城圖經
7/山/42
7/山/85
78宣驗記
30/蜂/14

3010_{7}**宜**

47宜都記　見宜都山川記
宜都山川記〔宜都記〕(袁山松)
3/霧/26
6/江/28
11/歌/18
16/舟/69
24/木/26

3011_{4}**淮**

40淮南子
1/天/7
1/天/45
1/日/15
1/日/19
1/日/34
1/日/40
1/日/42
1/日/48
1/日/65
1/日/69
1/日/71
1/日/73
1/日/86
1/日/88

1/日/90
1/月/20
1/月/30
1/月/49
1/月/58
1/月/59
2/風/26
2/風/28
2/風/59
2/雲/38
2/雲/56
3/雨/61
3/雨/62
3/露/13
3/霜/15
3/霜/36
3/雷/41
3/雷/52
4/春/4
4/春/16
4/春/33
4/春/43
4/春/65
4/夏/32
4/夏/38
4/夏/84
4/夏/85
4/夏/86
4/夏/91
5/秋/6
5/秋/22
5/秋/24
5/秋/25

5/秋/27
5/秋/32
5/秋/43
5/秋/47
5/秋/60
5/冬/12
6/地/9
6/地/31
6/地/33
6/地/49
6/海/43
6/海/48
6/江/23
6/河/21
6/河/58
6/河/67
7/山/46
7/水/15
7/水/24
7/水/33
7/水/56
7/水/78
7/水/84
7/水/85
7/水/99
7/水/101
7/水/104
7/石/52
8/井/13
8/井/54
8/冰/31
8/火/30
8/火/73

9/金/58
9/金/75
9/玉/83
9/玉/113
9/珠/41
9/珠/64
10/錦/7
10/絲/31
11/歌/29
12/衣/69
12/衣/75
12/冠/11
12/冠/50
12/冠/82
13/弓/18
16/舟/4
16/舟/58
16/舟/73
16/車/2
17/酒/74
17/酒/110
18/鳳/6
18/鳳/38
18/鷄/9
19/雁/24
19/雁/32
19/烏/27
19/鵲/5
19/鵲/10
19/鵲/11
19/燕/18
20/虎/6
20/虎/14

21/馬/11
21/馬/32
21/馬/37
21/馬/38
21/馬/39
21/馬/104
21/馬/172
21/馬/183
22/牛/4
22/牛/6
22/牛/10
22/牛/31
23/狗/61
23/兔/12
23/兔/33
24/草/24
24/竹/14
24/竹/15
24/木/18
24/木/21
24/木/44
25/槐/5
25/槐/8
25/槐/10
25/槐/12
25/槐/32
25/柳/16
25/桐/6
25/桐/13
25/桐/19
25/桑/37
25/桑/45
26/桃/27
26/梅/7
26/棗/52
27/橘/8
28/龍/45
28/龍/54
28/蛇/3
28/龜/45
28/龜/54
29/魚/19
29/魚/56
29/魚/79
29/魚/80
29/魚/96
29/魚/101
29/魚/102
29/魚/115
29/魚/118
30/蟲/11
30/蟲/23
30/蟲/32
30/蟬/2
30/蟬/13
30/蜂/9
淮南萬畢術　見萬畢術

3019₆涼

32涼州記
8/井/46
87涼録
25/槐/25

3020₇穹

10穹天論(虞昺)
1/天/20
1/天/57
1/天/105

3022₇扇

04扇詩(班婕妤)
14/扇/20
14/扇/35
14/扇/50

2023₂永

37永初山川記　見宋永初山川記
40永嘉記　見永嘉郡記
永嘉郡記〔永嘉記〕
15/硯/8
24/竹/45
27/梨/6
29/魚/25
60永昌郡傳
4/夏/18

家

01家語
2/星/28
3/雨/12
3/雨/49
3/霜/25
6/地/15
6/江/48
6/河/31
8/冰/38

11/歌/46
11/琴/7
11/琴/19
11/琴/20
11/琴/73
12/冠/15
12/冠/77
13/弓/35
13/箭/29
13/劍/17
13/劍/47
16/車/125
19/雁/27
19/雀/13
20/麟/22
21/馬/53
21/馬/116
24/竹/37
25/桑/23
27/瓜/77
28/龍/72
28/龜/46
29/魚/11
28家儀(徐爰)
5/冬/80
5/冬/90

3040$_{4}$安

10安天論(虞喜)
1/月/7
1/天/121
43安城記(王孚、王烈之)
3/雨/51
3/霧/21
20/虎/54

3080$_{1}$定

37定軍禮(劉瓛)
11/鼓/13

3080$_{6}$寶

82寶劍詩(吴均)
13/劍/7

3090$_{4}$宋

00宋齊記
3/雪/32
宋雲行記
15/墨/27
27宋紀(沈約)
27/瓜/75
30宋永初山川記〔永初山川記〕
3/雨/34
28/蛇/30
50宋書
2/風/17
2/風/22
2/雲/42
3/霧/35
3/露/31
3/雪/6
4/春/73
4/春/115
4/夏/58
4/夏/111
5/冬/65
7/山/34
7/山/108
9/金/11
10/錢/15
10/錢/30
10/錢/51
10/錢/65
10/錢/75
10/錢/79
11/琴/6
11/琴/42
11/琴/43
11/琴/45
12/衣/19
12/衣/28
12/衣/36
12/衣/57
12/衣/85
12/衣/109
14/几/16
14/扇/48
14/扇/53
15/筆/54
15/墨/8
16/車/12
16/車/106
16/車/109
17/酒/25
17/酒/50
17/酒/62
17/酒/84

17/酒/104
17/酒/108
17/酒/111
17/酒/127
18/鳳/18
18/鳳/43
18/鳳/44
18/鳳/45
18/鶴/41
19/雀/17
20/象/18
21/馬/82
21/馬/199
22/牛/48
22/牛/65
22/牛/86
24/竹/41
24/松/23
25/槐/7
26/梅/12
27/梨/22
27/梨/32
27/栗/21
27/栗/24
27/橘/28
27/瓜/53
28/龍/32
28/蛇/33
29/魚/49
30/蟲/16
30/蟬/12

宋書・符瑞志

24/草/66

宋書(沈約)

11/歌/32
11/笛/15
11/鼓/42
16/車/32
16/車/81

87宋録

17/茶/17

3111₀江

32江州記(劉澄之)

15/硯/32

50江表傳

10/錦/34
11/舞/51
11/琴/27
16/舟/17
16/舟/64
18/鷄/12
21/馬/105

江表録異

30/蜂/10

63江賦(郭璞、郭景純)

6/江/1
6/江/3
6/江/5
6/江/6
6/江/9
6/江/16
6/江/23
6/江/24
6/江/29
6/江/30
6/江/31
6/江/33
6/江/40
6/江/41
6/江/42
6/江/44
6/江/51
6/海/51
7/山/103
7/水/27
16/舟/57
29/魚/31

72江氏傳

17/茶/41

3112₀河

60河圖

2/星/22
3/雷/11
3/雷/57
6/河/16
6/河/34
7/山/36
7/山/37
7/山/38
7/山/39
7/山/101
8/火/44
13/弓/59
20/虎/43
28/龍/16
28/龍/41
28/龜/2

30/蟲/30
河圖帝通紀
2/風/32
3/雨/1
3/雷/8
河圖考靈耀
6/河/59
河圖挺佐輔
1/天/58
河圖括地象
6/地/47
6/地/48
6/江/3

3116_0酒

21酒經
17/酒/4
24酒德頌(劉伶)
17/酒/115

3116_1潛

31潛潭記
3/霧/12
50潛夫論
2/風/71
10/錦/37

3213_0冰

44冰井賦(庾儵)
8/冰/29

3213_7泛

31泛江詩(庾信)
6/江/21

3214_7浮

10浮雲賦(陸機)
2/雲/24

3230_6遁

60遁甲
25/桐/17
22遁甲開山圖
1/月/52
3/雨/36
13/弓/46

3330_9述

21述征記(郭缘生)
2/風/30
3/露/25
6/河/40
7/山/50
7/山/111
7/水/66
7/石/48
8/冰/18
8/冰/25
11/鼓/44
16/車/76
19/烏/46
24/竹/9
60述異記〔述異傳〕
3/雨/26
7/水/2
9/金/70
9/金/74
18/鶴/31
18/鷄/38
19/雀/35
20/虎/7
22/羊/39
23/狗/32
23/狗/45
23/狗/67
23/鹿/9
23/兔/9
23/兔/11
25/柏/17
25/桐/35
26/李/10
26/杏/11
26/杏/18
27/甘/5
28/龍/8
28/龜/28
29/魚/71
述異記(任昉)
16/舟/27
24/木/39
26/李/8
26/李/9
27/橘/20
27/瓜/10
28/龜/17
述異傳　見述異記

3390_4梁

11梁冀别傳

12/衣/98
32梁州記
7/石/22
19/雁/12
50梁書
1/天/95
5/秋/55
5/冬/96
8/井/26
8/火/70
9/金/18
10/錢/56
10/錢/57
10/錢/76
12/冠/3
12/冠/20
12/冠/46
12/冠/51
13/弓/44
13/劍/103
14/扇/4
14/扇/9
14/扇/22
14/扇/23
15/筆/22
15/筆/35
15/筆/51
15/筆/72
15/硯/25
17/酒/37
17/酒/42
17/酒/65
17/酒/78
18/鶴/43
24/竹/35
24/木/57
24/松/22
25/柏/6
25/槐/22
27/栗/20
27/栗/22
27/甘/9
27/橘/24
27/瓜/13
27/瓜/54
27/瓜/70
28/龍/60
29/魚/55
29/魚/124
30/蟬/11
60梁田賦(夏侯孝若)
27/瓜/3
梁四公記
9/玉/57
10/絲/22
17/酒/120

3402_7爲

50爲東宮謝勑賜孟嘗君劍啓(沈約)
13/劍/108

3410_0對

44對楚襄王問(宋玉)
18/鳳/15

3413_1法

00法言(揚子)
1/天/112
1/日/91
6/海/57
7/水/20
22/羊/6

3413_4漢

00漢雜事
12/衣/105
07漢記
10/絲/5
13/弓/23
漢記(張璠)
6/河/61
9/金/68
23/兔/17
13漢武帝内傳〔漢武内傳〕
2/雲/12
5/秋/74
5/秋/75
5/秋/83
9/玉/41
10/錦/38
12/冠/40
14/几/14
19/雀/8
26/李/17
26/李/21
26/棗/9
26/梨/5
27/瓜/9

28/龍/15
29/魚/120
漢武帝故事〔漢武故事〕
2/星/50
3/霧/15
3/露/5
3/露/26
5/秋/77
5/秋/80
9/金/81
9/玉/95
19/雀/3
23/狗/6
26/桃/31
26/桃/32
26/柰/12
漢武内傳　見漢武帝内傳
漢武故事　見漢武帝故事
21漢上題襟集
15/筆/69
30漢宫殿疏
16/舟/63
漢宫解
16/車/55
漢官儀(應劭)
1/日/87
4/夏/116
7/山/2
10/錦/25
10/錦/45
10/錢/61
12/冠/54
16/車/81
24/松/19
25/柏/13
25/棗/56
27/梨/17
27/瓜/39
44漢舊儀
14/儿/7
50漢書〔前漢書〕
1/天/52
1/天/77
1/天/78
1/日/45
1/日/75
1/月/18
1/月/31
1/月/37
1/月/51
2/星/5
2/星/27
2/風/74
2/風/78
2/風/79
2/雲/17
3/霧/16
3/霧/22
3/霧/23
3/霜/37
3/雪/37
3/雪/38
4/春/4
4/春/81
4/春/84
4/春/85
4/春/103
4/夏/5
4/夏/114
4/夏/117
5/秋/54
5/冬/14
5/冬/39
5/冬/40
5/冬/57
5/冬/75
6/海/25
6/海/41
6/海/63
6/江/54
6/河/3
6/河/6
6/河/30
6/河/42
6/河/60
6/河/68
7/山/44
7/山/114
7/山/115
7/水/28
7/水/69
7/水/93
7/水/106
8/井/6
8/井/8
8/井/58

8/井/67
8/冰/12
8/火/13
8/火/15
8/火/82
8/火/83
9/金/7
9/金/8
9/金/23
9/金/25
9/金/26
9/金/31
9/金/50
9/金/61
9/金/62
9/金/63
9/金/64
9/金/71
9/玉/61
9/玉/88
9/玉/103
9/珠/20
9/珠/49
9/珠/54
10/錦/23
10/錦/33
10/錢/3
10/錢/4
10/錢/5
10/錢/7
10/錢/9
10/錢/10
10/錢/13
10/錢/16
10/錢/18
10/錢/20
10/錢/21
10/錢/24
10/錢/25
10/錢/38
10/錢/46
10/錢/50
10/錢/54
10/錢/66
10/錢/68
10/錢/77
10/錢/80
11/歌/6
11/歌/24
11/歌/25
11/歌/30
11/歌/31
11/歌/41
11/歌/59
11/歌/61
11/舞/8
11/舞/26
11/舞/45
11/舞/55
11/舞/65
11/鼓/21
11/鼓/48
12/衣/16
12/衣/35
12/衣/41
12/衣/51
12/衣/80
12/衣/87
12/衣/88
12/衣/115
12/冠/24
12/冠/25
12/冠/26
12/冠/27
12/冠/32
12/冠/52
12/冠/64
13/箭/20
13/箭/28
13/箭/45
13/箭/46
13/箭/55
13/劍/14
13/劍/28
13/劍/33
13/劍/51
13/劍/53
13/劍/64
13/劍/65
13/劍/68
13/劍/72
13/劍/73
13/劍/84
13/劍/89
14/几/19
14/几/33
14/扇/5
14/扇/46
15/筆/11

15/筆/44
15/硯/5
15/硯/22
15/紙/39
15/墨/14
15/墨/26
16/舟/15
16/舟/22
16/舟/38
16/舟/53
16/舟/66
16/舟/67
16/舟/70
16/舟/71
16/車/14
16/車/20
16/車/22
16/車/46
16/車/54
16/車/56
16/車/87
16/車/95
16/車/110
16/車/113
16/車/118
16/鼎/11
16/鼎/22
16/鼎/30
16/鼎/37
17/酒/11
17/酒/12
17/酒/13
17/酒/36
17/酒/87
17/酒/97
17/酒/106
18/鳳/28
18/鳳/34
18/鳳/35
18/鶴/37
18/鷹/23
18/鷹/25
18/鷹/40
18/鷄/23
18/鷄/50
18/鷄/61
19/雁/2
19/雁/3
19/雁/29
19/烏/8
19/烏/30
20/麟/17
20/虎/10
20/虎/19
21/馬/2
21/馬/3
21/馬/8
21/馬/12
21/馬/27
21/馬/28
21/馬/30
21/馬/43
21/馬/44
21/馬/65
21/馬/151
21/馬/152
21/馬/163
21/馬/186
22/牛/96
22/牛/97
22/羊/36
23/鹿/4
23/鹿/37
24/竹/21
24/竹/26
24/竹/44
24/竹/49
24/木/8
24/木/36
24/木/66
24/木/67
24/松/18
25/柏/20
25/柏/21
25/柏/33
25/柳/10
25/柳/37
26/李/19
26/棗/15
26/棗/19
27/梨/9
27/栗/2
27/橘/29
28/龍/48
28/蛇/24
28/蛇/47
28/龜/11
29/魚/61
30/蟲/31

漢書·郊祀志
2/雲/43
漢書·五行志
23/狗/29
漢書·天馬歌
21/馬/76
漢書·司馬遷書
20/虎/17
漢書·外戚傳
13/劍/75
漢書·匈奴傳
1/月/32
漢書·溝洫志
6/河/39
7/水/35
漢書·地理志
27/瓜/16
67漢明帝起居注
19/烏/39
77漢輿服志
12/衣/4
12/衣/121
12/冠/88

3414。汝

40汝南先賢傳
3/雷/29
9/珠/34
10/錦/52
10/絲/33
13/劍/86
14/杖/15
14/杖/17
14/杖/18
15/紙/8
15/墨/11
15/墨/12
18/鶴/9
20/虎/13
22/牛/51
22/羊/19
22/羊/26
24/竹/6
24/竹/7
24/竹/23
25/桑/44
26/桃/25
26/桃/35
26/棗/58
27/梨/30
27/瓜/72
28/龍/74
29/魚/43

3520。神

22神仙服食經
12/冠/41
40神女傳
29/魚/93
40神境記(王韶之)
7/山/72
18/鶴/13
55神農經
26/桃/2
神農書
5/冬/76
神農食經
17/茶/54
60神異經(東方朔)
1/天/110
3/雨/35
3/露/11
3/雷/37
9/金/77
9/珠/36
11/鼓/45
17/酒/29
18/鷄/27
24/木/14
26/梅/14
26/棗/26
27/梨/10
27/甘/1
29/魚/73

3521。禮

禮 見禮記
禮記〔禮〕
1/天/25
1/天/29
1/天/31
1/天/33
1/天/53
1/天/65
1/天/66
1/天/67
1/天/71
1/天/82

1/日/14
1/日/20
1/月/2
1/月/11
1/月/14
1/月/15
1/月/17
2/星/17
3/雾/3
3/露/20
3/霜/8
3/霜/19
3/霜/35
3/雷/14
4/春/6
4/春/28
4/春/32
4/春/49
4/春/55
4/春/59
4/春/60
4/春/61
4/春/62
4/春/82
4/春/90
4/春/95
4/夏/4
4/夏/6
4/夏/7
4/夏/10
4/夏/11
4/夏/13
4/夏/21

4/夏/23
4/夏/35
4/夏/36
4/夏/47
4/夏/48
4/夏/55
4/夏/75
4/夏/76
4/夏/81
4/夏/82
4/夏/83
4/夏/87
4/夏/88
5/秋/3
5/秋/9
5/秋/10
5/秋/13
5/秋/19
5/秋/20
5/秋/26
5/秋/33
5/秋/35
5/秋/40
5/秋/49
5/秋/58
5/秋/59
5/秋/65
5/冬/5
5/冬/7
5/冬/8
5/冬/9
5/冬/10
5/冬/38

5/冬/43
5/冬/55
5/冬/68
5/冬/69
5/冬/78
5/冬/79
5/冬/83
5/冬/84
5/冬/87
5/冬/88
5/冬/89
6/地/3
6/地/5
6/地/27
6/地/41
6/地/52
6/地/57
6/海/54
6/河/10
6/河/63
7/山/13
7/山/15
7/山/27
7/山/33
7/水/36
7/水/37
7/水/39
7/水/55
7/水/77
7/水/79
7/水/90
7/石/7
7/石/14

8/冰/8
8/冰/19
8/冰/20
8/火/1
9/玉/1
9/玉/12
9/玉/25
9/玉/30
9/玉/31
9/玉/32
9/玉/47
9/玉/71
9/玉/74
9/玉/75
9/玉/78
10/錦/18
10/錦/22
10/錦/24
10/錦/29
10/錦/42
10/錦/43
10/絲/4
10/絲/10
10/絲/14
11/歌/11
11/歌/13
11/歌/15
11/歌/52
11/歌/53
11/歌/60
11/歌/70
11/歌/77
11/舞/6
11/舞/11
11/舞/12
11/舞/18
11/舞/31
11/舞/32
11/舞/33
11/舞/46
11/舞/47
11/舞/56
11/舞/69
11/琴/18
11/琴/29
11/琴/48
11/琴/49
11/琴/81
11/鼓/10
11/鼓/19
11/鼓/26
12/衣/8
12/衣/9
12/衣/50
12/衣/54
12/衣/100
12/衣/102
12/衣/103
12/衣/113
12/衣/122
12/冠/4
12/冠/7
12/冠/12
12/冠/13
12/冠/47
12/冠/59
12/冠/81
13/弓/9
13/弓/15
13/弓/32
13/弓/34
13/弓/37
13/弓/55
13/箭/25
13/箭/27
13/箭/41
14/几/8
14/几/9
14/几/13
14/杖/23
14/杖/29
16/車/7
16/車/31
16/車/71
16/車/72
16/車/98
16/車/99
16/車/101
16/車/103
16/鼎/5
16/鼎/19
16/鼎/44
17/酒/52
17/酒/124
17/酒/130
18/鳳/14
18/鷹/35
18/鷄/5
19/雁/14

19/鵲/3
19/燕/24
19/雀/4
20/麟/29
20/麟/30
20/麟/32
20/虎/30
21/馬/134
21/馬/150
21/馬/195
21/牛/2
21/牛/13
21/牛/19
22/羊/38
23/狗/41
23/鹿/2
23/兔/20
24/竹/53
24/松/16
25/桐/18
25/桑/5
25/桑/11
25/桑/12
26/棗/12
26/棗/27
27/栗/30
27/瓜/20
27/瓜/28
28/龍/57
28/龜/3
28/龜/19
29/魚/3
29/魚/33
30/蟲/13
30/蟲/27
30/蟲/49
30/蟬/4
30/蟬/18
30/蟻/28
禮・玉藻
12/冠/28
禮・王制
14/杖/2
禮・緇衣
12/衣/49
禮・射義
17/酒/119
禮・深衣
12/衣/12
12/衣/34
禮・禮運
18/鳳/10
18/鳳/64
禮・内則
11/舞/27
14/儿/12
禮・中庸
1/天/73
7/水/38
禮・曲禮
2/風/27
23/狗/16
23/狗/17
禮・昏義
1/日/59
1/月/43
禮・月令
1/日/21
1/日/25
2/風/67
4/春/3
4/春/7
4/春/9
4/春/12
4/春/19
4/春/20
4/春/24
4/春/63
4/春/64
5/冬/46
18/鷹/28
18/鷹/39
28/龜/8
禮・學記
30/蟲/35
30/蟻/3
08禮説
2/風/3
20禮統
1/天/44
28/龜/24
34禮斗威儀
1/日/32
2/雲/26
3/露/3
6/海/42
21/馬/71
25/桐/32
80禮含文嘉

28/龍/58

3610_0湘

22湘川記
7/山/88
32湘州記
3/雨/50
3/霧/27
17/酒/99
19/燕/17
27/甘/15

3612_7湯

湯惠休詩
2/雲/61

3630_2邊

00邊讓別傳
12/衣/37

3711_7汜

79汜勝之書
3/雪/2
4/春/26
25/桑/27
26/杏/9
26/杏/24

3712_0洞

37洞冥記
3/露/16
3/露/19
3/露/43
5/秋/7
7/石/29
9/玉/77
9/珠/37
10/錦/19
10/錢/17
10/錢/80
11/歌/73
11/琴/4
18/鷄/54
19/鵲/27
21/馬/45
21/馬/46
22/牛/66
24/草/67
24/草/68
24/木/73
24/木/75
26/李/12
26/棗/62
26/梨/4
27/瓜/15
28/蛇/6
28/龜/43
44洞林(郭璞)
19/烏/19
19/鵲/24

3714_1潯

76潯陽記
6/江/7
8/井/29
24/木/17
26/杏/20

3714_7汲

37汲冢紀年
1/天/46

3715_6渾

10渾天記(賀道養)
1/天/21
1/天/119
渾天説(王蕃)
1/天/18
1/天/97
渾天儀(張衡)
1/天/16
1/天/19
1/天/96

3716_4洛

47洛都賦(王廙)
27/瓜/4
76洛陽記
24/木/49
29/魚/94
洛陽記(陸機)
8/冰/14
洛陽伽藍記(楊衒之)
17/茶/18
26/桃/18
26/棗/30
27/梨/31
29/魚/23
洛陽宮殿簿
26/杏/13

26/杏/14

3722_0初

40初去郡詩(謝靈運)
10/絲/35

3723_2冢

44冢墓記
24/松/29

3730_1逸

08逸論語
9/玉/67
40逸士傳
1/日/17
7/水/9
8/井/44
11/歌/16
22/牛/95

3730_2通

28通俗文
15/紙/1
35通禮義纂
11/鼓/15
11/鼓/25
55通典
15/硯/18

3730_4運

34運斗樞　見春秋運斗樞
80運命論(李霄遠)
6/河/22

3780_0冥

78冥驗記
19/燕/28
23/鹿/28

3780_6資

67資暇録(李匡文)
15/硯/31
15/紙/29

3792_7鄴

50鄴中記
4/春/114
4/夏/108
4/夏/123
10/錦/4
10/錦/9
10/錦/20
10/錦/26
10/錦/27
13/弓/18
14/几/24
14/扇/37
14/扇/44
15/紙/21
18/鳳/65
18/鳳/66
26/棗/31
鄴中記(石虎)
7/石/54
鄴中記(陸翽)
4/春/97

26/棗29

3814_7游

28游海賦(王粲)
6/海/21

3815_7海

63海賦(王粲)
16/舟/78
海賦(潘岳)
29/魚/76
海賦(梁簡文帝)
6/海/34
7/水/76
海賦(木玄虚)
6/海/1
6/海/2
6/海/3
6/海/4
6/海/8
6/海/14
6/海/27
6/海/29
6/海/35
6/海/46
6/海/50
6/海/53
6/海/58
6/海/59
29/魚/75

3830_3送

36送温飛卿墨書（段

成式）
15/墨/13
15/墨/14

3830₄遊

27遊名山志
25/桐/16

3830₆道

21道徑
7/山/62
77道學傳
27/瓜/56

3860₄啓

32啓蒙記（顧凱之）
7/石/69

3912₀沙

32沙洲記
19/雀/18

4000₀十

00十六國春秋
8/井/39
10十二國史
11/琴/13
十三洲記
19/雁/30
32十洲記（東方朔）
2/雲/4
3/霧/38
6/海/14
6/海/39
6/海/64
6/海/65
7/山/4
7/石/30
8/火/16
8/火/28
8/火/81
9/玉/56
17/酒/59
18/鳳/41
24/木/60
25/桑/53
25/桑/57
38十道志
7/山/68
7/山/100

4001₁左

25左傳〔春秋左氏傳〕
1/天/40
1/天/41
1/天/48
1/天/49
1/天/99
1/天/101
1/天/102
1/日/30
1/日/37
1/日/61
1/日/77
1/月/12
2/星/9
2/星/12
2/星/20
2/星/53
2/星/54
2/星/58
2/星/62
2/星/63
2/風/55
2/風/76
2/雲/34
2/雲/59
3/雨/11
3/雨/28
3/雨/32
3/雨/68
3/雪/14
4/春/11
4/春/50
4/春/56
4/夏/46
5/冬/27
5/冬/28
5/冬/47
5/冬/58
5/冬/92
6/地/6
6/河/23
6/河/48
6/河/65
7/山/24
7/山/35
7/山/110
7/水/12

7/水/91
7/水/108
7/石/56
7/石/87
7/石/88
8/井/17
8/井/19
8/井/44
8/井/61
8/冰/3
8/冰/9
8/冰/11
8/冰/16
8/火/2
8/火/8
8/火/18
8/火/19
8/火/42
8/火/43
8/火/69
9/玉/5
9/玉/6
9/玉/8
9/玉/9
9/玉/13
9/玉/17
9/玉/34
9/玉/37
9/玉/38
9/玉/43
9/玉/44
9/玉/58
9/玉/59

9/玉/66
9/玉/91
9/玉/92
9/玉/100
9/玉/101
9/玉/102
9/玉/105
9/玉/108
9/珠/31
9/珠/59
10/錦/8
10/錦/12
10/錦/28
10/絲/6
10/絲/13
11/歌/76
11/舞/1
11/舞/40
11/舞/41
11/舞/48
11/舞/49
11/琴/30
11/琴/39
11/琴/61
11/琴/77
11/鼓/33
12/衣/6
12/衣/11
12/衣/38
12/衣/48
12/衣/53
12/冠/14
12/冠/17

12/冠/23
12/冠/29
12/冠/35
12/冠/55
12/冠/91
12/冠/92
13/弓/12
13/弓/13
13/弓/21
13/弓/24
13/弓/27
13/弓/30
13/箭/8
13/箭/13
13/箭/14
13/箭/17
13/箭/23
13/箭/40
13/箭/47
13/箭/53
13/箭/54
13/箭/57
13/劍/35
13/劍/70
13/劍/74
13/劍/87
14/几/22
16/舟/6
16/舟/60
16/舟/61
16/車/13
16/車/16
16/車/24

16/車/29
16/車/37
16/車/38
16/車/44
16/車/45
16/車/68
16/車/69
16/車/112
16/車/119
16/車/123
16/車/124
16/鼎/2
16/鼎/3
16/鼎/4
16/鼎/18
16/鼎/20
16/鼎/21
16/鼎/24
16/鼎/42
17/酒/19
17/酒/48
17/酒/79
17/酒/85
17/酒/90
18/鳳/23
18/鳳/56
18/鶴/46
18/鷹/13
18/鷹/30
18/鷹/31
18/鷄/7
18/鷄/8
18/鷄/13
18/鷄/33
18/鷄/74
18/鷄/75
19/雁/16
19/烏/5
19/烏/6
19/燕/15
19/燕/23
20/麟/15
20/象/5
20/象/9
20/虎/23
21/馬/16
21/馬/86
21/馬/87
21/馬/96
21/馬/97
21/馬/139
21/馬/177
21/馬/204
22/牛/8
22/牛/9
22/牛/18
22/牛/43
22/牛/50
22/牛/53
22/牛/55
22/牛/94
22/羊/30
23/狗/20
23/狗/30
23/鹿/12
23/鹿/41
24/草/6
24/草/51
24/草/52
24/草/54
24/草/69
24/竹/27
24/木/4
24/木/6
24/木/77
25/槐/3
25/桑/7
25/桑/8
27/栗/16
27/瓜/46
28/龍/12
28/龍/19
28/龍/23
28/龍/51
28/龍/65
28/龍/85
28/蛇/13
28/蛇/14
28/蛇/21
28/蛇/39
28/龜/30
28/龜/44
28/龜/47
29/魚/27
29/魚/100
30/蟲/12
30/蜂/8

4001，九

00九章算術
19/燕/16
九辯(宋玉)
4/夏/62
5/秋/15
17九歌(屈平)
24/草/17
32九州春秋
17/酒/26
17/酒/96
18/鷄/30
44九華山録
7/山/32
九華扇賦(曹植)
14/扇/2
14/扇/21
55九曲歌(李尤)
1/日/27
60九日從宋公戲馬臺(謝瞻)
5/秋/102
九日從宋公遊戲馬臺詩(謝靈運)
5/秋/101
九日與鍾繇書(魏文帝)
5/秋/96

4003_0大

00大言賦(宋玉)
6/地/61
13/弓/63
13/劍/44
33大業記
10/錦/44
27/栗/6
大業拾遺録
26/棗/5
29/魚/105
43大戴禮
1/天/59
3/露/1
3/霜/32
4/夏/22
4/夏/103
5/冬/11
5/冬/36
9/玉/49
9/珠/45
14/杖/27
16/車/64
20/麟/26
24/草/22
25/柳/4
27/栗/29
27/瓜/38
28/龜/20
大戴禮・夏小正
26/桃/30
47大狗賦(賈岱宗)
23/狗/10
23/狗/25
23/狗/55

太

00太玄經
1/天/76
1/天/94
5/冬/62
18/鷄/21
19/雀/22
35太清卉木方
26/桃/39
71太阿劍銘(張協)
13/劍/5
80太公六韜〔六韜〕
3/雨/24
4/夏/50
12/衣/108
13/箭/21
14/扇/45
19/烏/28
21/馬/52
太公兵法
13/箭/34
太公金匱〔金匱〕
3/雪/13
4/夏/15
13/箭/35
25/槐/16
太公金匱硯之書
15/硯/50

4010_0士

25士緯
10/絲/12

4022_7南

00南兖州記

7/山/103
南齊書
5/秋/97
5/秋/98
5/秋/104
25/柳/22
28/龜/40
南康記
7/山/86
8/井/71
19/雁/31
南雍州記
7/山/18
28南徐記(山謙之)
6/江/40
32南州異物志(萬震)
20/象/7
20/象/17
28/龍/59
43南越志(沈懷遠)
2/風/29
6/海/15
9/珠/80
13/弓/28
18/鷄/12
24/竹/39
47南都賦(張衡、張子平)
24/木/19
27/橘/13
50南史
5/冬/24
5/冬/32
7/石/63
9/珠/28
11/鼓/23
12/衣/20
12/衣/25
12/衣/42
12/衣/81
17/酒/30
17/酒/47
17/酒/132
18/鷹/12
19/燕/10
23/鹿/36
25/柳/17
26/梅/11
27/橘/31
28/蛇/31
南秦録
21/馬/169
72南岳記
14/儿/7
南岳夫人傳
17/酒/60
26/杏/7
26/柰/4
26/柰/18
27/瓜/61

4033₁志

44志林(虞喜)
3/霧/28
11/鼓/6
97志怪
22/牛/29
22/牛/30

赤

27赤烏頌(薛綜)
19/烏/32

4040₀女

02女訓(蔡邕)
11/琴/38

4040₇李

24李先生傳
3/霧/10
37李鄴侯傳
27/梨/19

4060₀古

00古文瑣語
27/瓜/76
古辨異
2/星/43
04古詩
2/星/31
2/雲/14
3/雨/10
5/秋/2
7/石/4
8/井/73
10/絲/23
10/絲/24
11/歌/12
14/扇/15
19/雀/32

24/草/41
24/草/44
24/草/48
24/竹/47
25/桐/12
25/桑/43
26/桃/33
26/棗/60
27/橘/15
27/瓜/81
29/魚/123
30/蟲/1
07古詞
18/鷄/40
17古歌
8/井/1
古歌詞
11/笛/8
18/鶴/21
22古樂府　見古樂府詩
古樂府詩〔古樂府 古樂府歌〕
1/天/27
18/鷹/9
24/草/45
26/李/18
27/瓜/24
古樂府・日出東南隅行
11/歌/33
古樂府・飲馬長城窟行
21/馬/29
古樂府歌　見古樂府詩
古豔歌
3/霜/5
50古史考
28/龜/56
13/弓/7
16/車/49
80古今記
17/酒/100
古今五行記
30/蟻/10
古今樂録〔樂録〕
11/歌/36
11/歌/39
11/歌/57
11/舞/16
11/鼓/1
11/鼓/17
11/鼓/32
11/鼓/33
11/鼓/41
11/鼓/49
古今注
3/露/47
3/霜/28
3/雷/50
7/水/62
8/火/17
9/珠/11
11/鼓/31
12/冠/10
13/劍/6
13/劍/13
14/扇/12
14/扇/16
14/扇/28
14/扇/30
14/扇/42
14/扇/52
15/筆/12
15/筆/58
18/鷄/6
19/鵲/24
19/雀/3
21/馬/79
21/馬/80
22/羊/10
24/木/36
25/柳/7
27/甘/1
28/龜/13
29/魚/122
30/蟬/1
30/蟬/17
30/蟻/14
古今注（崔豹）
1/日/33
1/月/22
2/星/8
2/風/41
16/車/74
古今注（伏侯）
3/霧/34
23/鹿/19

古今藝術圖
4/春/94

4064_1壽

76壽陽記
4/夏/77
4/夏/120
8/井/35

4071_0七

00七辯(張衡、張平子)
12/冠/31
27/甘/14
29/魚/29
02七證(傅選)
27/梨/12
12七發(枚乘、枚叔)
10/絲/37
11/琴/22
21/馬/77
21/馬/190
25/桐/15
16七聖記
1/日/11
27七夕(謝惠連)
5/秋/71
38七啓(曹植、曹子建)
11/舞/36
13/劍/41
13/劍/59
44七華(劉邵)
29/魚/82
29/魚/106
66七唱(晉・成公綏)
12/冠/87
77七月七日侍皇太子宴玄圃園詩(潘尼)
5/秋/87
80七命(張協、張景陽)
11/琴/21
13/劍/8
13/劍/12
13/劍/18
13/劍/20
13/劍/23
13/劍/55
13/劍/98
21/馬/189
25/桐/3
86七蠲(崔琦)
25/桐/27
27/橘/34

4073_2袁

17袁子正書
16/車/65
16/車/105
16/車/120

4080_1走

47走狗賦
23/狗/52
23/狗/56

真

04真誥
15/墨/1
80真人王褒内傳
26/李/20

4146_6姤

07姤記
26/桃/10

4191_6桓

00桓玄僞事
15/紙/10
36桓温傳
25/柳/1
80桓公問管仲
6/地/39

4240_0荆

22荆山圖
2/風/24
32荆州記
3/雷/30
7/山/69
7/山/76
7/山/89
7/山/93
7/山/105
7/水/60
7/石/8
7/石/10
7/石/60
8/井/14
8/井/50

8/井/72
11/鼓/51
26/梅/10
27/甘/3
荆州記(盛弘之)
2/風/44
3/雨/33
6/江/29
6/江/39
7/石/57
荆州占
1/月/33
1/月/44
荆州先賢傳
25/桑/40
荆州圖經
7/山/102
荆南志
7/山/83
44荆楚歲時記
4/春/37
4/春/74
4/春/91
4/夏/101
4/夏/102
4/夏/104
4/夏/124
5/秋/82
5/冬/81
7/石/84
18/鷄/15
26/桃/3
26/桃/13
27/瓜/37

4242_7嬌

40嬌女詩(左思)
17/茶/20

4243妖

21妖占
3/霧/13

4291_3桃

31桃源記(陶潛)
26/桃/9

4304_2博

27博物志
3/雨/15
3/霧/20
6/地/23
6/地/56
6/海/10
6/海/13
6/海/16
6/海/38
7/山/2
7/山/5
7/山/102
7/水/96
7/石/83
8/井/40
8/冰/24
8/火/45
8/火/67
8/火/88
9/珠/12
9/珠/50
11/歌/23
11/歌/27
13/弓/56
13/箭/22
17/荣/53
17/酒/83
18/鷄/69
19/雁/11
19/鵲/4
19/燕/20
19/燕/25
20/象/23
20/虎/58
23/狗/9
23/鹿/20
23/兔/39
24/草/20
24/草/25
24/草/33
24/草/65
24/竹/2
24/木/69
24/木/72
27/瓜/26
28/龍/27
28/龜/22
28/龜/25
29/魚/68
30/蟲/40
30/蟲/47

30/蜂/4
30/蜂/11
30/蜂/15
30/蟻/18

4346_0始

77始興詩序(王韶之)
11/鼓/51
始興記(王韶之)
20/象/14

4380_5越

27越絶書
13/弓/50
13/劍/61
13/劍/63
13/劍/82
16/舟/74
18/鷄/51

4410_4董

21董卓别傳
16/車/39

4411_2地

16地理志
2/風/5
24/竹/34
25/柏/25
26/杏/15
60地圖
2/雲/37
80地鏡圖
10/錢/78
21/馬/75
地志
26/杏/15

范

17范子計然
1/日/13
23/兔/30
25/柏/19
25/桑/34
27/栗/12
30范寧教
15/紙/20

4416_1塔

40塔寺記
14/杖/11

考

60考異郵　見春秋考異郵

4420_7夢

50夢書
18/鷄/67

4421_4莊

17莊子
1/天/74
1/日/12
1/日/49
2/星/33
2/風/1
2/風/18
2/風/54
2/風/60
2/風/61
2/風/64
2/雲/22
2/雲/39
3/霧/40
3/露/14
3/霜/30
3/雪/20
3/雷/15
6/海/9
6/海/12
6/海/28
6/海/66
6/海/67
6/江/52
7/山/8
7/山/9
7/水/31
7/水/54
7/水/72
7/水/81
7/水/107
8/井/10
8/井/55
8/井/69
8/冰/7
8/火/5
8/火/10
8/火/46

8/火/47
8/火/55
8/火/72
9/金/15
9/金/34
9/玉/27
9/珠/47
9/珠/51
9/珠/60
9/珠/66
11/歌/34
11/歌/35
11/歌/56
11/琴/82
12/衣/23
12/衣/65
12/冠/69
12/冠/72
13/劍/46
13/劍/50
13/劍/54
14/几/4
14/杖/10
16/舟/10
16/舟/11
16/舟/24
16/舟/30
16/舟/81
16/車/21
18/鶴/30
18/鶴/38
18/鷄/36
19/鴈/20
19/鵲/7
19/鵲/12
19/鵲/13
21/駡/6
21/馬/10
22/牛/1
22/牛/5
22/牛/37
22/牛/59
22/牛/76
22/牛/80
22/羊/5
22/羊/44
23/兔/31
24/草/21
24/竹/52
24/木/63
24/木/64
24/松/1
25/柳/8
25/桐/5
25/桐/25
25/桐/33
26/杏/19
27/梨/28
27/栗/15
27/栗/31
27/橘/30
27/瓜/23
28/龍/20
28/龍/29
28/龍/38
28/龍/52
28/龜/16
28/龜/35
28/龜/36
29/魚/7
29/魚/44
29/魚/66
29/魚/67
29/魚/95
30/蟲/19
30/蟲/21
30/蟲/28
30/蟲/42
30/蟲/43
30/蟲/48
30/蟬/8
30/蟬/14
30/蟻/5
30/蟻/7

4422_2茅

17茅君内傳
7/山/112
8/井/63
18/鶴/14
19/燕/30

4422_7蘭

00蘭亭序(王羲之)
4/春/100

蕭

17蕭子良書
15/墨/19

4424₇夔

32夔州圖經
7/水/30

4425₀莽

63莽賦(杜育)
17/荼/10

4433₁蕪

43蕪城賦(鮑照、鮑明遠)
7/石/33
10/錢/39
16/車/122

燕

50燕書
19/雀/27
燕書烈祖後記
3/霧/8
77燕丹子
11/歌/58
18/鷄/17
19/烏/10
21/馬/191
21/馬/192

4436₄赫

26赫白馬賦(顏延年)
21/馬/19
21/馬/36
21/馬/202

4439₄蘇

17蘇子
3/霧/39

4440₇孝

17孝子傳
3/雷/46
4/夏/111
5/冬/54
6/河/25
12/衣/82
20/虎/52
23/鹿/30
24/木/42
26/柰/10
27/瓜/68
孝子傳(宋躬)
4/夏/26
9/金/40
27/橘/10
孝子傳(蕭廣)
29/魚/109
孝子傳(周景式)
6/海/49
21孝經緯
4/春/88
孝經古契
20/麟/10
孝經援神契〔援神契〕
1/日/68
3/霜/34
6/地/58
6/河/49
15/筆/64
16/車/128
21/馬/70
24/草/66
30/蟬/3
30/蜂/7
孝經鈎命決〔鈎命決〕
1/天/37
2/星/35
4/春/10

4442₇萬

42萬機論(蔣濟)
20/象/20
60萬畢術〔淮南萬畢術〕
2/風/35
7/水/101
13/劍/71
20/虎/15

荔

44荔枝賦(王逸)
26/杏/17
27/栗/13

4443₀樊

44樊英別傳
8/火/62

4445₆韓

04韓詩章句
4/春/106
4/春/111

7/水/3

韓詩外傳

3/雪/4
3/雷/51
4/夏/44
6/海/42
6/河/46
7/石/41
8/井/27
8/火/79
9/金/46
9/金/59
11/琴/14
15/箏/14
17/酒/94
18/鳳/5
18/鳳/25
18/鳳/47
18/鶴/19
18/鷄/64
21/馬/147
22/羊/34
27/栗/26
20/蟲/45
30/蟻/20

17韓子

3/霧/5
9/金/78
9/玉/64
9/玉/106
11/琴/2
11/琴/65
11/琴/78
11/鼓/43
12/衣/60
12/冠/49
12/冠/65
13/箭/38
13/箭/49
13/箭/51
16/車/61
17/酒/61
18/鶴/8
18/鷄/20
19/烏/21
20/虎/34
20/虎/37
21/馬/106
21/馬/130
21/馬/174
22/牛/52
23/鹿/13
23/兔/4
23/兔/32
25/桑/15
25/桑/63
26/桃/11
26/桃/15
26/桃/23
26/棗/14
26/棗/33
27/栗/19
28/龍/35
28/蛇/43
29/魚/46
29/魚/112
30/蟻/15
30/蟻/27

4446₀姑

04姑熟記

5/秋/100

4450₄華

76華陽國志

3/雷/59
5/冬/95
7/水/59
7/石/28
10/錦/54
22/牛/88
24/竹/31
25/桐/10
28/龜/6

4453₀英

40英雄記

9/金/38
20/虎/31
21/馬/114
26/棗/51

4462₇荀

17荀子　見孫卿子

4477₁老

17老子

1/天/28
1/天/35

1/天/91
1/天/92
2/風/65
3/雨/18
4/春/23
6/地/51
6/海/26
6/海/45
6/江/19
7/氷/44
7/水/45
7/水/53
7/石/3
9/玉/33
9/玉/72
9/玉/81
13/弓/14
16/車/121
21/馬/171
24/木/25
29/魚/14
29/魚/125

4471_7世

01世語
15/硯/21
21/馬/15
08世説
1/月/45
2/風/21
3/雨/44
3/雷/47
3/雷/54
4/夏/19
4/夏/20
4/夏/110
5/秋/5
5/秋/42
5/秋/89
5/冬/97
7/石/49
9/金/42
9/玉/20
10/錦/11
10/錢/29
10/錢/48
11/歌/63
11/琴/10
11/琴/11
11/琴/70
11/笛/31
11/笛/32
12/衣/119
13/劍/45
14/扇/3
14/扇/33
14/扇/34
15/筆/45
15/筆/53
15/紙/13
16/舟/47
17/茶/22
17/酒/17
17/酒/21
17/酒/33
17/酒/58
17/酒/68
17/酒/72
17/酒/88
17/酒/103
17/酒/122
18/鶴/42
18/鶴/48
20/虎/48
22/牛/77
24/竹/48
24/松/5
24/松/36
25/柳/31
26/梅/8
27/梨/14
27/梨/15
29/魚/2
30/蟻/26
世論(桓範)
10/錢/70
27世紀
2/星/21
50世本
11/鼓/35
13/弓/17
14/扇/25
16/舟/3
16/舟/5
17/酒/3

4472_7葛

22葛仙翁别傳〔葛仙公别傳〕

8/井/64
8/火/39
10/錢/23
30/蜂/21
葛仙公別傳　見葛仙翁別傳
34葛洪方
8/井/59

4472₂鬱

44鬱林異物志
22/牛/70

4477₀甘

24甘贊(郭璞)
27/甘/13
26甘泉賦(楊子雲)
1/天/107
72甘瓜賦(稽含)
27/瓜/36
81甘頌(宗炳)
27/甘/2

4480₁楚

20楚辭
1/日/57
2/風/52
3/露/15
4/春/18
4/春/58
6/地/55
6/江/34
6/河/27
7/水/8
7/水/71
8/冰/5
8/冰/33
12/冠/30
16/舟/42
17/酒/118
18/鳳/30
18/鳳/50
21/馬/128
23/鹿/11
24/草/32
24/草/49
24/草/50
24/木/15
24/木/32
24/木/40
25/柏/7
25/桑/55
25/桑/61
27/橘/12
27/橘/37
27/橘/40
28/龍/84
28/蛇/1
30/蜂/16
楚辭・天問
1/天/75
1/天/100
1/月/5
23/兔/29
楚辭・九辯
23/狗/27
楚辭・七諫
24/竹/25
60楚國先賢傳
5/冬/26
24/竹/55

4430₆黃

00黃帝玄女戰法
3/霧/29
黃帝素問〔素問〕
4/夏/72
6/地/50
黃帝風經
2/風/78
黃庭經
1/日/11
黃庭内經注
27/瓜/60
10黃石公記
17/酒/41

4490₁蔡

19蔡琰別傳
11/琴/31

4490₄茶

08茶譜
17/茶/4
17/茶/5
17/茶/6
17/茶/7
17/茶/8
17/茶/9
17/茶/11

17/茶/19
17/茶/25
17/茶/28
17/茶/29
17/茶/30
17/茶/31
17/茶/32
17/茶/33
17/茶/34
17/茶/35
17/茶/36
17/茶/37
17/茶/38
17/茶/39
17/茶/40
17/茶/42
17/茶/45
17/茶/46
17/茶/47
17/茶/48
17/茶/49
17/茶/52
17/茶/55
21茶經(陸羽)
17/茶/14
17/茶/23
17/茶/24
17/茶/37
17/茶/57
17/茶/58

4491_0杜

72杜氏新書
26/棗/45
76杜陽編
15/紙/14

4491_4桂

76桂陽列仙傳
8/井/32
桂陽先賢傳
26/梅/19

4492_7菊

63菊賦(傅玄)
27/橘/9

4499_0林

60林邑記〔林邑國記〕
15/紙/35
29/魚/50
林邑國記　見林邑記

4594_4棲

11棲頭陀寺碑(王簡)
6/海/37

4614_0埤

70埤雅(張揖)
16/舟/31

4621_0觀

35觀濤賦(曹昆)
29/魚/69

4622_7獨

22獨斷(蔡邕)
12/冠/90

4654_0鞞

17鞞歌序(曹植)
11/舞/57

4690_0相

10相雨書(黄子發)
2/雲/28
3/雨/53
25相牛經
22/牛/78
22/牛/79
47相鶴經(淮南八公)
18/鶴/1
18/鶴/3
18/鶴/4
18/鶴/5
18/鶴/6
18/鶴/33
18/鶴/34
18/鶴/35
71相馬經(伯樂)
21/馬/58
21/馬/118
21/馬/120
21/馬/122

4692_7楊

22楊彪別傳

12/衣/84

4721₇猛

21猛虎行(魏明帝)
8/井/74
25/桐/4

4722₀狗

11狗脊扇賦(傅咸)
14/扇/31

4744₀奴

54奴契　見奴券
90奴券〔奴契〕(石崇)
15/墨/5
16/車/108

4762₀胡

23胡綜別傳
9/玉/21

4792₀桐

17桐君録
17/茶/15

4792₇橘

63橘賦(曹植)
27/橘/39

4794₀椒

44椒花頌(劉臻妻)
4/春/68

4794₇穀

33穀梁傳
3/雨/45
3/雷/16
6/河/33
12/冠/83
16/車/126

4895₇梅

17梅子
23/桃/28

5000₆中

08中論(徐幹)
2/雲/46
3/霧/32
77中興書　見晉中興書

5000₆申

17申子
1/天/56
78申鑒(荀悦)
18/鷄/66

史

07史記
1/天/102
1/日/36
2/星/34
2/星/56
2/風/20
2/風/38
2/風/39
2/雲/5
2/雲/6
2/雲/19
2/雲/30
2/雲/40
2/雲/50
2/雲/58
3/雷/12
3/雨/25
3/霧/18
4/春/11
4/春/35
4/春/83
4/春/88
4/春/89
4/夏/109
4/夏/115
4/夏/121
5/冬/13
5/冬/63
5/冬/72
5/冬/77
6/海/23
6/江/26
6/江/31
6/江/33
6/河/17
6/河/35
6/河/41
6/河/47
6/河/50
6/河/57
7/山/40

7/山/104
7/石/19
7/石/20
7/石/40
7/石/55
8/井/12
8/火/58
8/火/75
9/金/16
9/金/28
9/金/32
9/金/47
9/金/48
9/玉/4
9/玉/14
9/玉/15
9/玉/26
9/玉/89
9/珠/2
9/珠/22
10/錢/8
10/錢/37
10/錢/45
10/錢/53
11/歌/21
11/歌/28
11/歌/45
11/歌/47
11/歌/71
11/舞/4
11/舞/21
11/舞/52
11/琴/85
11/琴/86
11/笛/9
12/衣/76
12/冠/42
12/冠/66
12/冠/71
13/弓/7
13/弓/36
13/弓/38
13/箭/39
13/劍/3
13/劍/62
13/劍/76
13/劍/83
13/劍/88
14/杖/7
15/筆/10
15/筆/50
15/筆/59
16/舟/16
16/車/52
16/車/54
16/車/60
16/車/89
16/鼎/23
16/鼎/31
16/鼎/38
16/鼎/39
17/酒/39
17/酒/40
17/酒/80
17/酒/123
18/鷹/16
18/鷄/16
18/鷄/26
18/鷄/47
18/鷄/53
19/烏/44
19/雁/33
19/燕/27
19/雀/39
21/馬/41
21/馬/55
21/馬/95
21/馬/98
21/馬/107
21/馬/108
21/馬/113
21/馬/133
22/牛/11
22/牛/15
22/牛/84
22/牛/89
22/羊/27
22/羊/29
23/狗/21
23/狗/46
23/狗/64
23/鹿/16
23/鹿/27
23/兔/15
23/兔/16
24/竹/3
24/竹/30
24/松/17
25/桑/14

25/桑/41
26/棗/8
26/棗/49
27/瓜/47
28/龍/6
28/龍/18
28/龍/55
28/龍/77
28/蛇/23
29/魚/26
29/魚/70
29/魚/128
史記・龜策傳
28/龜/12
28/龜/21
28/龜/33
28/龜/34
28/龜/48
史記・叔孫敖傳
16/車/28
史記・河渠書
6/河/24
6/河/38
史記・曆書
6/地/46
67史略(虞世南)
4/春/39
26/桃/41

5022_7青

44青花紫石硯歌(李賀)
15/硯/30

5023_0本

44本草
24/草/53
25/槐/18
25/槐/20
25/桑/59
25/桑/60
26/棗/25
本草注(陶隱居)
15/墨/16
本草拾遺
17/茶/43

5043_0奏

50奏事(張衡)
3/露/27
奏事(蔡邕)
26/棗/42

5050_3奉

26奉和詠弓詩(楊師道)
13/弓/28
奉和望海詩(楊師道)
6/海/5

5060_1書

00書　見尚書

5060_3春

29春秋序
15/筆/90
15/紙/3
春秋文曜鉤〔文曜鉤〕
1/天/64
2/雲/60
春秋説
25/槐/2
春秋説題辭
1/天/5
6/地/17
7/山/21
18/鷄/4
19/雁/25
21/馬/21
春秋元命苞〔元命苞〕
2/風/33
2/雲/1
3/雨/1
3/露/28
3/霜/11
3/雪/1
4/春/52
5/秋/21
5/秋/47
6/江/4
19/烏/1
19/烏/2
25/槐/9
25/桑/62
春秋孔演圖〔孔演圖〕

1/月/6
2/雲/52
2/雲/53
19/雀/23
20/麟/31
25/桑/30
春秋後語
9/金/60
12/衣/66
12/衣/94
20/虎/33
21/馬/103
21/馬/149
22/羊/28
23/狗/44
23/兔/10
25/柳/30
春秋佐助期
2/星/51
13/弓/58
春秋緯
17/酒/6
春秋傳
24/松/2
24/松/10
春秋傳(樂資)
7/石/34
春秋保乾圖
20/麟/24
春秋運斗樞〔運斗樞〕
6/河/36
18/鳳/60
18/鷹/3
18/鷄/2
19/烏/3
19/烏/4
19/烏/16
19/燕/2
19/雀/1
20/麟/25
20/虎/1
20/象/12
23/鹿/3
23/兔/21
27/橘/2
28/龜/1
29/魚/32
春秋左氏傳　見左傳　春秋内事
1/日/66
春秋考異郵〔考異郵〕
1/月/39
2/風/11
2/風/12
2/風/13
3/霜/3
3/霜/13
3/霜/24
3/霜/38
5/冬/71
6/河/20
20/虎/5
21/馬/73
23/狗/3
春秋感精符〔感精符〕
1/天/68
1/月/21
1/月/35
3/霜/23
5/秋/16
5/冬/57
20/麟/8
20/麟/18
春秋合成圖〔合成圖〕
2/雲/10
3/雷/9
18/鳳/22
春秋命歷序
3/霜/39
春秋繁露
1/天/43
12/冠/78
14/扇/36
19/鴈/24
22/羊/21
26/棗/20

5090$_2$棗

63棗賦(傅玄)
26/棗/55

5090$_3$素

77素問　見黄帝素問

5090$_4$秦

07秦記

25/桐/36
32秦州記
7/山/87

5090$_6$束

52束皙集
3/露/18
8/冰/41

東

00 東方朔傳〔東方朔別傳〕
17/酒/102
19/鵲/8
21/馬/101
23/鹿/38
25/柏/22
26/棗/54
東方朔別傳　見東方朔傳
東京賦(張衡、張平子)
4/春/79
21/馬/19
13東武觀賦(潘尼)
26/柰/13
30東宫舊事
14/扇/19
14/扇/43
15/筆/6
15/筆/23
15/紙/33
16/墨/102
東宫故事
15/墨/24
46東觀漢記
3/雨/66
4/春/72
7/山/59
7/石/72
8/井/33
8/冰/40
8/火/40
9/金/72
9/珠/16
9/珠/26
10/錢/22
11/琴/50
12/冠/33
12/冠/67
12/冠/68
13/弓/45
13/劍/91
13/劍/96
14/儿/17
14/杖/19
14/扇/10
15/筆/15
15/筆/48
15/紙/23
15/紙/37
16/車/85
16/車/114
16/鼎/32
18/鳳/36
18/鶴/26
18/鷹/10
18/鷹/15
19/雀/9
19/雀/26
20/麟/5
21/馬/64
21/馬/68
21/馬/99
21/馬/112
22/羊/11
25/柏/9
25/桑/39
26/棗/4
26/棗/46
27/橘/18
29/魚/34
30/蟲/37
76東陽記
26/棗/21

5104$_1$攝

25攝生月令
4/夏/90

5111$_0$蚍

52蚍蜉賦(郭璞)
30/蟻/29

5204$_7$援

35援神契　見孝經援神契

5206$_4$括

44括地圖
4/春 74
4/夏 17
8/火/89
18/鳳/7
19/鳥/12
23/兔/7
24/草/38
25/桑/56
28/龍/33

5320_0感

95感精符　見春秋感精符

5500_0井

09井謎(鮑照)
8/井/30
87井銘(李尤)
8/井/9

5502_7拂

80拂舞序(楊泓)
11/舞/58

5503_0扶

77扶風歌(劉越石)
25/柏/3

5504_1擣

00擣衣詩(謝惠連)
5/秋/56

5560_0曲

12曲水詩序(顔延年
4/春/101

5560_6曹

40曹大家集(班昭)
19/雀/31
44曹植樂府詩
15/墨/32
64曹瞞傳
21/馬/197

5580_1典

08典論
13/劍/66
17/酒/31
17/酒/98
21典術
25/桑/2
26/桃/24
26/杏/2
67典略　見三國典略

5602_7揚

17揚子
21/馬/157
21/馬/158

5615_6蟬

63蟬賦(曹大家)
30/蟬/10

5701_2抱

43抱朴子
1/天/38
1/月/16
3/霧/2
3/霧/24
3/霧/25
4/夏/43
4/夏/65
4/夏/68
4/夏/96
4/夏/98
5/秋/61
6/地/42
6/地/54
6/河/43
6/河/44
7/山/96
7/水/47
8/井/11
8/冰/23
8/火/49
8/火/93
9/玉/36
9/玉/40
9/珠/76
10/錦/46
12/冠/45
13/弓/43
15/紙/42
15/墨/29
16/舟/59
17/酒/20

18/鳳/3
18/鳳/49
18/鶴/12
19/烏/29
19/烏/33
19/烏/38
19/雀/21
20/麟/27
20/虎/46
20/虎/47
20/虎/57
21/馬/54
22/牛/71
23/狗/18
23/兔/35
24/松/20
24/松/33
25/槐/17
26/桃/36
26/桃/40
26/梅/15
27/瓜/11
27/瓜/31
28/龍/11
28/龍/80
28/蛇/26
28/龜/23
28/龜/26
28/龜/39
29/魚/89
29/魚/90
30/蜂/17
30/蟻/2

5704₇搜

35搜神記
1/月/38
2/雲/11
3/雷/17
4/夏/25
7/山/61
7/山/94
7/石/61
8/火/86
9/金/66
9/玉/85
9/玉/98
9/珠/68
9/珠/69
10/錢/19
11/琴/5
14/杖/9
14/扇/32
15/筆/46
19/鵲/16
21/馬/83
22/牛/14
24/木/52
25/桐/29
27/瓜/43
28/蛇/12
28/蛇/17
28/龜/10
30/蟲/46

5706₂招

16招魂(宋玉)
30/蟻/25
72招隱士(劉安)
24/草/1

5708₁擬

07擬郭璞游仙詩（江淹）
24/草/40
10擬天問(傅玄)
1/月/60
40擬古賦(劉休玄)
1/日/78

5806₁拾

35拾遺記〔王子年拾遺記〕
2/風/8
2/風/49
2/雲/29
3/雨/9
3/雨/56
3/露/9
3/露/33
3/露/39
3/霜/20
3/霜/21
3/霜/26
3/雪/33
3/雪/35
3/雪/36
4/夏/66
5/秋/45

6/河/22
7/石/38
7/石/76
8/火/7
8/火/48
8/火/65
8/火/90
9/珠/52
9/珠/56
9/珠/63
9/珠/78
9/珠/79
10/錦/5
10/錦/6
10/錦/30
10/錦/31
10/錦/39
10/絲/26
11/舞/37
11/舞/59
11/舞/60
11/舞/71
12/衣/63
12/衣/91
12/衣/92
12/衣/93
12/衣/117
13/劍/15
13/劍/27
14/几/15
14/杖/6
14/杖/22
14/扇/11
14/筆/34
15/筆/39
15/硯/37
15/紙/4
15/墨/28
16/舟/7
16/舟/26
16/車/129
17/酒/86
18/鳳/42
18/鶴/32
18/鷄/72
19/烏/11
19/鵲/26
19/雀/2
20/虎/8
21/馬/81
24/竹/38
24/竹/43
26/桃/19
24/桃/29
26/柰/15
26/棗/44
28/龍/42
29/魚/52
29/魚/91
30/蜂/19

6010₀日

40日南志
7/山/53

6010₄墨

17墨子
6/地/40
9/珠/71
10/絲/32
12/衣/27
12/冠/48
13/弓/16
16/舟/2
19/烏/43
22/羊/9
28/龍/36

44墨藪
15/硯/34
15/紙/11
15/墨/23

6010₄星

21星經
2/星/41
2/星/61
28/龍/71
28/龜/27
29/魚/130

6012₇蜀

07蜀記
7/石/51

10蜀王本紀
6/江/50
7/石/77
9/金/36
16/舟/23
22/牛/35

28/蛇/25
40蜀志
1/天/89
9/珠/38
9/珠/53
10/錦/41
10/錢/81
13/箭/19
16/車/23
16/車/88
17/酒/27
22/牛/58
24/木/45
25/桑/47
47蜀都賦(左思、左太冲)
6/江/20
10/錦/51
27/梨/1
蜀都賦(揚雄)
27/橘/6
50蜀中記
7/石/79
蜀本記
7/石/47

6015₃國

01國語
2/風/37
2/風/58
3/霜/18
4/春/14
4/夏/16
5/秋/53
7/山/98
7/水/75
7/石/32
8/井/27
9/金/82
10/錢/6
12/衣/30
12/衣/86
12/冠/21
12/冠/56
13/弓/20
13/箭/4
13/劍/4
14/儿/11
22/羊/35
23/狗/14
23/鹿/23
24/草/27
25/槐/4
28/龍/76
28/龜/55
29/魚/64
47國朝傳記
15/筆/74
50國史補
4/夏/100
11/琴/56
11/笛/30
11/笛/33
15/紙/14
2/雲/3
2/雲/7
2/雲/8
2/雲/15
3/雨/67
3/霜/33
3/雷/1
3/雷/2
3/雷/5
3/雷/6
3/雷/7
3/雷/12
3/雷/13
3/雷/19
3/雷/20
3/雷/35
3/雷/36
3/雷/49
3/雷/55
3/雷/56
6/地/11
6/地/12
6/地/16
6/地/26
6/地/29
6/地/30
6/地/35
6/地/37
6/地/43
6/地/44
7/水/1
7/水/14
7/水/103
7/石/1
7/石/65

7/石/66
8/井/15
8/井/16
8/井/23
8/井/62
8/井/65
8/井/66
8 冰/1
8/火/3
8/火/11
8/火/52
8/火/94
9/金/14
12/衣/1
12/衣/74
13/弓/1
13/箭/61
16/舟/1
16/車/25
16/鼎/13
16/鼎/43
17/酒/128
18/鷄/3
20/虎/4
21/馬/23
21/馬/72
22/牛/40
22/牛/41
22/羊/18
23/鹿/42
24/草/63
24/竹/11
25/柳/34
25/桑/50
28/龍/3
28/龍/39
28/龍/40
28/龍/68
28/蛇/4
28/龜/37
29/魚/37
29/魚/99
30/蟲/36
易·說卦
22/羊/1
23/狗/1
易·升卦
24/木/24
易·鼎卦
9/金/33
易·姤卦
27/瓜/19
易·坤卦
6/地/10
6/地/27
31/馬/22
易·中孚
16/舟/77
29/魚/20
易·井卦
8/井/43
易·困九二
12/衣/29
易·噬嗑卦
9/金/13
08易說
4/春/27
13易飛候(京房)
2/雲/18
2/雲/32
3/雨/64
易占(京房)
4/春/48
19/燕/29
30/蟻/17
23易參同契
1/日/4
24易緯
25/桐/8
25易傳(京房)
1/天/116
1/日/32
3/雷/38
易傳(王弼)
16/舟/35
37易通統圖
4/春/45
5/秋/34
易通卦驗
1/天/51
1/日/58
2/風/10
2/雲/35
2/雲/44
3/露/46
4/夏/73
5/冬/66
5/冬/67
5/冬/74

19/鵲/2
26/桃/6
28/龍/53
30/蟬/16
44易林(焦贛)
18/鳳/26
22/牛/81
30/蟻/18
易林變占
3/雨/52
45易坤靈圖
1/日/5
48易乾鑿度
1/天/4
7/水/89
60易是類謀
22/羊/20
14/扇/1

6040₀田

23田俅子
19/燕/5

6040₄晏

17晏子
8/冰/28
16/車/8
23/狗/34
23/狗/43
晏子春秋
3/雪/39
11/舞/53
19/雀/12
21/馬/62
21/馬/182
22/牛/73
25/槐/6
26/桃/17
26/棗/7
27/橘/35
29/魚/9

6043₀吴

40吴志
8/井/36
8/火/35
10/錦/10
10/錦/35
15/筆/19
16/舟/13
16/舟/32
16/舟/39
16/舟/73
16/舟/75
17/茶/26
17/酒/10
17/酒/54
17/酒/81
19/鳥/18
19/鵲/18
19/鵲/20
20/虎/21
20/虎/28
23/狗/40
27/橘/14
29/魚/53
43吴越春秋
3/露/37
4/夏/27
5/冬/59
7/山/26
7/山/29
7/山/52
7/石/70
8/冰/35
8/火/38
9/金/69
9/珠/33
9/珠/73
11/歌/5
13/劍/19
13/劍/21
13/劍/22
13/劍/30
13/劍/31
13/劍/34
13/劍/42
13/劍/85
13/劍/97
16/舟/45
18/鶴/23
18/鷄/45
24/草/60
24/竹/50
27/瓜/21
29/魚/86
44吴地記
7/山/77
19/燕/9
47吴都賦(左思、左太

冲）
6/江/43
9/珠/7
16/舟/21
16/車/73
24/竹/17
24/木/28
25/槐/29
27/梨/13
50吳書
11/舞/50
11/舞/54
11/舞/68
12/衣/15
15/筆/43
16/舟/46
20/象/27
21/馬/111
71吳曆
26/梅/6
27/橘/17
27/橘/33
72吳氏本草
9/玉/111
77吳興記
17/茶/46
87吳録（張勃）
6/江/31
6/江/35
24/松/12
27/橘/1
27/瓜/34
27/瓜/66
吳録·地理經
20/象/24
吳録·地理志
24/木/46

因

02因話録
15/紙/32

6060₀呂

72呂氏春秋
1/天/42
1/天/115
1/月/56
2/星/19
2/雲/21
3/露/24
3/露/44
3/雷/18
4/春/29
4/夏/89
6/江/53
6/河/4
6/河/5
7/水/98
8/井/28
8/火/12
8/火/36
8/火/91
9/珠/19
9/珠/44
11/歌/44
11/歌/64
13/弓/25
13/劍/57
13/劍/93
13/劍/94
13/劍/99
14/杖/31
16/舟/2
16/舟/9
16/舟/52
18/鳳/8
18/鷄/32
19/燕/6
21/馬/31
21/馬/126
21/馬/132
21/馬/184
21/馬/196
23/狗/68
24/竹/4
24/松/32
25/桐/26
25/桑/29
26/棗/36
27/栗/8
27/橘/3
27/橘/25
28/龍/25
28/龍/34
30/蟲/29
30/蟬/19

6080₁異

01異語

16/車/127
27異物記〔異物志〕
9/金/12
14/扇/27
18/鷄/65
20/象/19
27/橘/11
27/橘/19
29/魚/121
40異志
7/石/27
44異苑
1/天/108
2/星/15
3/雪/42
3/雷/53
4/夏/97
7/石/26
7/石/92
8/井/57
9/金/65
9/玉/86
11/鼓/5
13/箭/50
14/几/10
15/硯/26
16/舟/12
17/茶/56
18/鳳/21
18/鷄/39
18/鷄/68
19/烏/9
19/雀/14
20/虎/44
21/馬/69
24/木/51
25/桐/34
27/甘/4
28/龍/73
28/龜/15
30/蟲/34
30/蟻/13
30/蟻/23

6090₄困

44困熱賦序(嵇含)
4/夏/118

果

63果賦
26/李/1
果賦(陸士衡)
26/李/10

6090₆景

01景龍文舘記
4/春/34
15/筆/30

6091₄羅

32羅浮山記
3/雨/47
11/鼓/50

6202₁昕

10昕天論(姚信)
1/天/19
1/天/106
1/天/120

6240₀别

63别賦(江淹)
1/月/29
3/露/40
87别録(劉向)
4/春/92
4/春/93
11/歌/26
11/琴/55
14/杖/13
30/蟲/30

6355₀戰

60戰國策
1/日/31
3/雨/43
8/火/57
6/玉/62
9/珠/32
12/冠/85
13/劍/90
16/鼎/34
17/酒/2
18/鶴/20
18/鶴/22
18/鷹/21
18/鷄/31
19/雀/28
21/馬/146

21/馬/148
23/狗/7
23/兔/3
28/蛇/37
29/魚/13

6404₁時

02時訓
4/春/96
4/夏/37
80時鏡新書
15/筆/71

6701₆晚

12晚登三山還望京邑詩(謝玄暉)
6/江/27

6702₀明

26明皇雜録
3/雨/23
60明罰令(魏武帝)
4/春/99
8/火/92

6772₇鷃

37鷃冠子
2/星/59
4/春/13
5/秋/29
18/鳳/2

6886₆贈

10贈王僧達詩（顏延年）
9/玉/48
贈元相詩(白樂天)
15/筆/88

7121₁阮

88阮籍詩
26/李/19
27/瓜/30

歷

10歷正問日說(劉氏)
1/天/50
80歷義疏
5/冬/70

7121₁隴

40隴右記
7/水/57

7126₉曆

77曆忌釋
4/夏/113

7132₇馬

63馬賦(劉琬)
21/馬/93
67馬明生別傳
26/棗/22

7173₂長

39長沙耆舊傳
21/馬/123
46長楊賦(揚雄)
1/月/46
71長歷(徐整)
1/日/46
3/霜/29
3/露/42
4/夏/79
77長門賦(司馬相如)
26/杏/23
88長笛賦(馬融)
11/笛/1
11/笛/2
11/笛/3
11/笛/4
11/笛/12
11/笛/18
11/笛/21
11/笛/25
11/笛/36
長笛賦序
11/笛/11
11/笛/13
11/笛/19

7210₀劉

41劉楨詩(劉公幹)
3/雨/31
19/雀/11
47劉根別傳
26/棗/3
80劉公幹詩　見劉楨詩
82劉鑠詩

5/秋/68

7223₀瓜

63瓜賦(張載)
27/瓜/50
27/瓜/65
瓜賦(傅玄)
27/瓜/2
27/瓜/17
27/瓜/48
27/瓜/51
27/瓜/80
瓜賦(劉楨)
27/瓜/6
27/瓜/49
瓜賦(陸機)
27/瓜/1
27/瓜/2
27/瓜/7
27/瓜/18

7280₁兵

50兵書
2/雲/57
兵書節要(魏武帝)
2/雲/20

7420₀尉

24尉繚子
12/冠/86

7421₄陸

24陸機詩
1/月/27
5/秋/69
11/歌/51
12/冠/60

7422₇隋

22隋巢子
9/玉/77
23/狗/35
50隋書
1/天/24
3/露/7
7/石/24
9/金/61
9/玉/39
12/冠/9
15/筆/47
15/筆/81
15/硯/20
19/烏/23
19/鵲/25
19/雀/20
21/馬/138
21/馬/176
22/牛/49
22/牛/82
22/牛/83
23/兔/37
25/槐/23
25/槐/31
25/柳/20
25/柳/27
25/柳/33
25/桑/31
28/蛇/28
28/蛇/45
29/魚/54
29/魚/107
60隋圖經
7/山/43
7/山/95

7521₈體

08體論(杜恕)
10/錢/44

7529₆陳

17陳子要言
18/鷄/42
50陳書
12/衣/26
14/几/35
18/鷹/11
19/烏/37
19/燕/22
21/馬/166
24/松/28
28/龍/26
28/龍/56
28/蛇/41
28/龜/52
77陳留志
15/硯/41
陳留耆舊傳
8/火/33

15/墨/7
20/虎/55
25/柏/30
陳留風俗記　見陳留風俗傳
陳留風俗傳
3/霧/14
8/井/31
10/錦/58
12/衣/3
28/蛇/40

7622₇陽

43陽城記
7/山/28

7721₀几

87几銘叙(李尤)
14/几/20

風

28風俗通
1/月/61
3/雨/20
3/雷/23
4/夏/9
4/夏/94
4/夏/117
5/秋/38
5/冬/85
8/井/42
8/冰/37
8/火/78
10/絲/25
10/錢/2
10/錢/11
10/錢/27
10/錢/42
11/歌/72
11/笛/17
11/笛/20
16/舟/30
18/鷄/62
20/虎/2
20/虎/22
20/虎/42
20/虎/45
20/虎/51
22/牛/20
22/牛/62
23/狗/2
23/狗/36
23/兔/6
24/草/34
24/草/43
24/竹/12
25/柏/32
25/桐/22
26/梅/16
26/梅/18
26/棗/53
28/蛇/46
29/魚/10
40風土記(周處)
2/風/23
3/雨/8
3/露/36
4/春/71
4/春/75
4/夏/39
4/夏/93
4/夏/99
5/秋/73
8/井/2
16/舟/62
18/鶴/29
23/狗/11
23/狗/24
23/狗/26
26/梅/17
63風賦(宋玉)
2/風/9
2/風/14
2/風/19
2/風/25
2/風/34
2/風/51
2/風/69
2/風/72
2/風/79

7722₀月

63月賦(謝莊、謝希逸)
1/月/1
1/月/3
1/月/4
1/月/23
1/月/25
1/月/34

1/月/41
1/月/50
1/月/63
5/秋/67
6/地/34

80月令　見月令章句

月令見四民月令

月令章句〔月令〕（蔡邕）
3/露/12
3/霜/17
6/地/24
20/麟/2
20/麟/14
20/麟/19

月令占候圖
5/秋/66

月令注
5/秋/8
5/冬/20

周

25周生烈子
2/風/62

26周穆王傳
11/舞/19

35周禮
1/天/84
2/星/48
2/雲/33
4/春/40
4/春/42
4/春/97
4/夏/33
4/夏/57
4/夏/63
4/夏/64
5/秋/11
5/秋/12
5/秋/23
5/秋/36
5/秋/37
5/冬/29
5/冬/33
5/冬/34
5/冬/35
5/冬/45
5/冬/91
6/地/38
6/地/45
7/石/6
7/石/58
7/石/68
8/井/5
8/冰/17
8/冰/42
8/火/2
8/火/4
8/火/76
9/金/5
9/玉/2
9/玉/23
9/玉/35
10/絲/3
10/絲/7
10/絲/15
10/錢/1
10/錢/12
10/錢/63
11/舞/13
11/舞/14
11/舞/15
11/舞/28
11/舞/29
11/琴/2
11/琴/22
11/鼓/4
11/鼓/11
11/鼓/15
11/鼓/18
11/鼓/28
11/鼓/29
11/鼓/40
11/鼓/52
12/衣/96
12/冠/36
13/弓/2
13/弓/3
13/弓/11
13/弓/39
13/弓/48
13/弓/52
13/弓/53
13/箭/10
13/箭/42
13/劍/32
13/劍/101
14/几/2
14/几/3

14/杖/30
16/車/3
16/車/43
16/車/62
16/車/63
16/車/70
16/車/84
16/車/93
16/鼎/35
17/酒/51
17/酒/76
18/鷄/35
21/馬/88
21/馬/89
21/馬/90
21/馬/115
21/馬/125
21/馬/153
21/馬/154
21/馬/167
21/馬/168
21/馬/181
22/牛/36
22/牛/46
22/牛/47
22/牛/72
22/牛/74
22/牛/75
22/牛/85
22/牛/98
22/羊/31
22/羊/32
24/竹/33
24/木/11
24/木/41
24/草/23
25/柏/12
25/槐/14
25/槐/19
26/棗/28
27/栗/4
27/橘/7
28/龜/7
28/龜/38
29/魚/17
30/蟲/24
30/蟲/26
30/蟻/8
周禮·冬官
24/木/47
周禮·地官
1/日/56
1/日/58
周禮·春官
1/日/22
50周書
1/天/85
10/錢/33
11/琴/28
12/冠/79
16/舟/8
18/鷹/29
19/雁/15
21/馬/175
22/羊/43
23/狗/66
24/松/27
29/魚/38
30/蟬/16

陶

12陶弘景傳
15/筆/27
26陶侃別傳
18/鶴/11
31陶潛集
4/夏/92

7722_7鵩

27鵩鳥賦(賈誼)
4/夏/60

7740_0閔

17閔子
13/箭/59

7744_0丹

76丹陽記
7/石/73
10/錦/21
15/紙/30

7744_1開

10開元文字
13/箭/10

7744_8闞

36闞澤表
27/橘/21

7748₂ 闕

17闕子
9/玉/63

7777₂ 闗

22闗山月詩(王褒)
1/月/47
闗令内傳
6/地/22
16/車/57
22/牛/63

7780₁ 與

10與于禁詔(魏文帝)
12/冠/74
22與山巨源詩（司馬彪）
19/雀/34
26與伯世書(馬融)
18/鷹/20
30與竇憲牋(班固)
12/冠/71
36與温庭筠雲藍紙絶句序(段成式)
15/紙/12
42與彭寵書(朱浮)
6/河/56
44與蘇武書(李陵)
5/秋/41
24/草/5
46與楊彪書(魏武帝)
14/杖/14
16/車/82
55與曹昭伯牋(應璩)
30/蟻/30
60與兄士衡書　見與兄書
與兄書(朱超石)
8/井/48
26/杏/16
與兄書〔與兄士衡書〕(陸雲)
15/墨/3
15/墨/13
15/筆/41
與吴質書(魏文帝)
4/夏/42
26/李/14
27/瓜/5
75與陳琳書(曹植)
12/冠/18
與陳伯之書（丘希範）
24/草/4
80與弟書(陸機)
18/鷄/52
與鍾繇書(魏文帝)
9/玉/80

輿

44輿地志
5/秋/78
15/墨/21
77輿服志
12/衣/24
12/衣/98
15/紙/37
16/車/66
16/車/67
輿服志(沈約)
16/車/5
輿服志(周遷)
12/冠/57

7790₄ 閑

77閑居賦(潘岳)
1/日/77
24/草/15
26/桃/37
26/杏/27
26/柰/7
26/棗/6
26/梨/8

桑

63桑賦(繁欽)
25/桑/25
桑賦(陸機)
25/桑/28

7810₇ 鹽

83鹽鐵論
2/風/63
3/雨/57
9/玉/18
10/錢/62
19/鵠/14
21/馬/129

27/橘/41
30/蟬/9

7823₁陰

10陰霖賦(成公綏)
3/雨/29
88陰符經
8/火/9
24/木/5
28/龍/67

7876₆臨

22臨川記
7/石/45
38臨海記
7/山/66
11/鼓/12
18/鶴/24
臨海水土物志
6/海/51
臨海異物志
18/鷄/55
29/魚/104

8000₀人

27人物志
28/龍/83

入

47入郴江詩(薛道衡)
6/江/22

八

10八王故事
8/冰/13
18/鶴/45

8010₇益

32益州記
7/山/92
7/石/89
益都耆舊傳
1/天/23
9/金/20
18/鷹/18
19/雀/25

8010₉金

45金樓子
24/松/37
29/魚/60
71金匱　見太公金匱

8022₁前

30前凉雜録
9/玉/46
前凉録
25/桑/10
29/魚/62
34前漢書　見漢書
28/龜/41

8055₃義

77義熙起居注
1/天/96

8060₁合

53合成圖　見春秋合成圖

8060₆會

23會稽記(孔靈符)
7/山/84
7/山/107
18/鶴/47
會稽先賢傳
1/月/13
27/栗/23
27/橘/36
會稽後賢傳
28/龜/42
會稽地志（夏侯曾先）
7/山/48
會稽典録
4/夏/107
5/冬/41
8/井/22
14/几/24
15/筆/17
19/雁/5

8073₀公

80公羊傳〔公羊〕
1/日/62
1/日/63
2/雲/49
3/雨/17
10/絲/11
23/狗/60

8073₂食

08食論(華陀)
17/茶/43

養

25養生論(嵇康)
24/草/29
24/木/35
25/柏/18
27養魚經(陶朱公)
29/魚/12

8211₄鍾

00鍾離意別傳
9/玉/60
26/桃/42

8315₃錢

35錢神論(成公綏)
10/錢/59
錢神論(魯褒)
10/錢/72
40錢塘記(劉道真)
10/錢/47

8712₀銅

71銅馬相法(馬援)
21/馬/117
21/馬121
銅馬式法(馬援)
21/馬/119

鈎

80鈎命決　見孝經鈎命決

8713₂録

60録異傳
3/雪/16
9/玉/112

8742₇鄭

00鄭玄別傳
8/火/24

8810₄笙

63笙賦(潘岳)
26/棗/11
27/甘/7

8822₀竹

08竹譜(戴凱之)
15/筆/76
24/竹/32
44竹林七賢論
4/春/105
5/秋/72
10/絲/28
11/琴/60
14/儿/29
21/馬/143
竹林七賢傳
20/虎/29
63竹賦(江逌)
24/竹/24

8824₀符

12符瑞圖
5/冬/64
17符子
21/馬/173
24/草/36
24/木/43
24/松/6
29/魚/41
30/蟻/19

8832₇篤

08篤論(杜恕)
26/柰/11

8850₇筆

21筆經(王羲之)
15/筆/4
15/筆/38
15/筆/40
15/筆/78
34筆法(王羲之)
15/筆/70
15/筆/86
筆法(韋仲將)
15/筆/77
60筆墨方(韋仲將)
15/筆/85
63筆賦(蔡邕)
15/筆/55
筆賦序(成公綏)
15/筆/2
筆賦序(嵇含)

15/筆/80
74筆隨(虞世南)
15/筆/25
75筆陣圖(王羲之)
15/筆/37
15/硯/49
15/墨/33
87筆銘(王隱)
15/筆/31
筆銘(嵇含)
15/筆/75
筆銘(傅玄)
15/筆/79

8860$_1$答

10答王僧虔書(蕭子良)
15/紙/38
23答傅咸詩(郭泰機)
10/絲/1
26答魏文帝牋(劉楨)
12/冠/70
30答客難(東方朔)
29/魚/126
36答湯惠休(鮑照)
5/秋/14
88答繁欽書(魏文帝)
11/歌/37
18/鷹/24

8877$_7$管

47管子
3/雨/5
4/春/53
5/秋/44
5/冬/17
6/地/18
7/水/92
9/金/76
9/金/83
9/玉/24
9/珠/4
9/珠/40
10/絲/30
13/劍/2
17/酒/44
20/虎/50
23/鹿/29
25/槐/13
25/柳/5
26/杏/25
28/龍/4

8890$_2$策

20策秀才文(王元長)
26/杏/24

8890$_3$纂

10纂要
1/日/76
纂要(梁元帝)
4/春/2
4/夏/40
5/秋/17
纂要(陸機)
4/夏/40

60纂異記
15/硯/14
30/蟻/24

8896$_1$籍

60籍田賦(潘岳)
21/馬/20

9003$_2$懷

29懷秋詩(謝惠連)
5/秋/63

9022$_7$尚

50尚書〔書〕
1/天/61
1/天/62
1/天/63
1/天/72
1/天/79
1/天/80
1/天/103
1/日/24
1/日/41
1/日/60
1/月/9
1/月/19
2/星/2
2/星/13
2/星/49
2/風/68
3/雨/3
4/春/5
4/春/25

4/春/80
4/春/86
6/地/61
5/秋/39
5/冬/21
5/冬/48
6/海/44
6/江/32
6/江/41
7/山/7
7/山/17
7/水/18
7/水/50
7/石/17
7/石/31
8/火/29
8/火/31
8/火/53
9/金/3
9/金/4
9/金/29
9/玉/94
9/珠/8
10/絲/16
10/絲/38
11/歌/42
11/歌/43
11/歌/55
11/歌/78
11/舞/10
11/琴/23
11/鼓/38
11/鼓/39
12/衣/47
12/衣/111
13/弓/10
13/弓/61
13/箭/3
13/箭/26
16/車/42
16/車/50
16/鼎/7
18/風/9
18/雞/58
22/牛/33
23/狗/59
24/竹/10
24/木/2
24/木/7
24/木/20
25/柏/31
25/桐/2
25/桑/33
27/橘/5
28/龜/29
28/龜/57
28/龜/58
尚書·説命
3/雨/58
16/舟/44
26/梅/4
尚書·禹貢
6/地/13
6/河/51
24/松/43
尚書·舜典
3/雷/21
19/雁/9
尚書·牧誓
11/舞/56
尚書·酒誥
17/酒/125
18/鳳/32
18/鳳/48
19/烏/45
19/雀/38
20/麟/23
21/馬/156
28/龜/31
28/龜/32

9196₀粘

56粘蟬賦(傅咸)
30/蟬/15

9408₁慎

17慎子
6/河/12
23/兔/34
24/木/9
28/蛇/2

9703₂恨

63恨賦(江文通)
6/海/62

9884₀燉

96燉煌紀年
9/玉/7

筆畫索引

本索引是匯集《事類賦注引書索引》中書名篇名的第一個單字，依筆畫排列的。筆畫相同者则以起筆一丨丶丿乛的順序排列。正體數目字，是各單字在書名篇名索引裏的四角號碼；斜體數目字，是各單字在引書索引裏的頁數。

二畫

二 1010_0
十 4000_0
七 4071_0
入 8000_0
人 8000_0
八 8000_0
九 4001_7
刀 1722_0

三畫

三 1010_1
千 1040_0
士 4010_0
大 4003_0
上 2110_0
山 2277_0
女 4040_0
尸 7727_0
子 1740_7
弓 1720_7

四畫

王 1010_4
五 1010_7
天 1043_0
太 4003_0
井 5500_0
水 1223_0
中 5000_6
日 6010_0
六 0080_0
文 0040_0
卞 0023_0
方 0022_7
亢 0021_7
毛 2071_4
公 8073_0
月 7722_0
丹 7744_0
孔 1241_0
弔 1752_7
尹 1750_7

五畫

正 1010_1
玉 1010_3
古 4060_0
甘 4477_0
世 4471_7
本 5023_0
司 1762_0
四 6021_0
田 6040_0
申 5000_6
史 5000_6
占 2160_0
出 2277_2
北 1111_0
永 3023_2
玄 0073_2
白 2600_0
幼 2472_7
瓜 7223_0
外 2320_0
奴 4744_0

六畫

百 1060_0
西 1060_0
列 1220_0
地 4411_2
老 4471_1
因 6043_0
曲 5560_0
安 3040_4
交 0040_8
冰 3213_0
江 3111_0
汜 3711_7
汝 3414_0
任 2221_4
先 2421_1
名 2760_0
朱 2590_0
年 8050_0
竹 8822_0

七畫

酉 1060_0
孝 4440_7
束 5090_6
扶 5503_0
李 4040_6
杜 4491_0
志 4033_1
走 4080_1
赤 4033_1
困 6090_4
吴 6043_0
吕 6060_0
别 6240_0
宋 3090_4
沙 3912_0
汲 3714_7
泛 3213_7
佛 2522_7
兵 7280_1
妖 4243_4

阮 7121_1

八畫

兩 1022_7
邴 1722_7
武 1314_0
長 7173_2
玩 1111_1
東 5090_6
青 5022_7
奉 5050_3
林 4499_0
松 4893_0
抱 5701_2
拂 5502_7
招 5706_2
非 1111_1
尚 9022_7
虎 2121_7
典 5580_1
果 6090_4
易 6022_7
明 6702_0
昕 6202_1
京 0090_6
穹 3020_7
宜 3010_7
定 3080_1
初 3722_0
法 3413_1
河 3112_0
金 8010_9
周 7722_0
物 2752_0
姑 4446_0
始 4346_0
姤 4146_0
狗 4722_0
孟 1717_0

九畫

要 1040_4
春 5060_3
奏 5043_0
南 4022_7
胡 4762_0
相 4690_0
拾 5806_1
括 5206_4
星 6010_4
幽 2277_0
范 4411_2
茅 4422_2
英 4453_0
述 3330_9
帝 0022_7
宣 3010_6
爲 3402_7
恨 9703_2
送 3830_3
美 8043_0
前 8022_1
洪 3418_1
洞 3712_0
洛 3716_4
食 8073_2
風 7721_0
怨 2733_1
俗 2826_8
秋 2998_0
後 2224_7
紀 2791_7
建 1540_0

十畫

夏 1024_7
晋 1060_1
班 1111_4
馬 7132_7
真 4080_1
袁 4073_2
秦 5090_4
素 5090_3
桂 4491_4
桐 4792_0
桃 4291_3
桓 4191_6
時 6404_1
晏 6040_4
蚍 5111_0
荔 4442_7
茶 4490_4
荆 4240_0
莽 4425_0
冥 3780_0
高 0027_7
唐 0026_7
扇 3022_7
家 3023_2
疾 0013_4
神 3520_6
益 8010_7
浮 3214_7
酒 3116_0
海 3815_7
鬼 2621_3
烏 2732_7
倚 2422_1
修 2722_2
殷 2724_7
師 2172_7
紙 2294_0
桑 7790_4
孫 1249_3
郡 1762_7

十一畫

雪 1017_7
曹 5560_6
坤 4614_0
梅 4895_7
棲 4594_4
國 6015_3
異 6080_1
晚 6701_6
莊 4421_4
冢 3723_2
鹵 2160_0
商 0022_7
望 0710_4
啟 3860_4
粘 9196_0
梁 3390_4
涼 3019_6
淮 3011_4
猛 4721_7

笙 8810_4
符 8824_0
御 2722_0
祭 2790_1
梨 2290_4
通 3730_2
尉 7420_0
張 1123_2
陳 7529_6
陸 7421_4
陶 7722_0
陰 7823_1

十二畫

雲 1073_1
琴 1120_7
硯 1661_0
棗 5090_2
越 4380_5
椒 4794_0
揚 5602_7
博 4304_2
黄 4480_6
景 6090_6
華 4450_4
菊 4492_7
悲 1133_1
庾 0023_7
湘 3610_0
湯 3612_7
渾 3715_6
游 3814_7
逸 3730_1
程 2691_4
傅 2324_2
筆 8850_7
策 8890_2
答 8860_1
尋 1734_6
登 1210_8
開 7744_1
閔 7790_0
閒 7790_4
隋 7422_7
陽 7622_7

十三畫

賈 1080_6
酬 1260_0
瑞 1212_7
塔 4416_1
楊 4692_7
楚 4480_1
搜 5704_7
蜀 6012_7
董 4410_4
萬 4442_7
葛 4472_7
虞 2123_4
嵩 2222_7
運 3730_4
慎 9408_1
義 8055_3
瘞 0011_4
棄 0090_4
資 3780_6
新 0292_1
詠 0363_2
詩 0464_1
遊 3830_4
道 3830_6
遁 3230_6
會 8060_6
鄉 2742_7

十四畫

爾 1022_7
壽 4064_1
歌 1768_2
瑣 1918_6
趙 4980_2
夢 4420_7
對 3410_0
團 6034_3
鼎 2222_7
齊 0022_3
養 8073_2
韶 0766_2
語 0166_1
説 0861_6
漢 3413_4
與 7780_1
舞 8025_1
銅 8712_0
管 8877_7
僮 2021_4
緑 2793_2

十五畫

赭 4436_4
穀 4794_7
墨 6010_4
樊 4443_0
蔡 4490_1
廣 0028_6
鄭 8742_7
諸 0466_0
論 0862_7
談 0968_9
潛 3116_1
潯 3714_6
魯 2760_3
衝 2110_4
衛 2122_7
樂 2290_4
嬌 4242_2
儀 2825_3
劉 7210_0
鄱 2762_7
鄧 1712_7

十六畫

曆 7126_9
歷 7121_1
橘 4792_7
燕 4433_1
冀 1180_1
鄴 3792_7
戰 6355_0
蕪 4433_1
龍 0121_1
燉 9884_0
録 8713_2
鮑 2731_2
獨 4622_7
錢 8315_3
篤 8832_7

豫 1723$_2$

十七畫

韓 4445$_6$
臨 7876$_6$
轉 4654$_0$
檄 4894$_0$
擣 5504$_1$
擬 5708$_1$
嶺 2238$_6$
蕭 4422$_7$
戲 2325$_0$
應 0023$_1$
襄 0073$_2$
謝 0460$_0$
鍾 8211$_4$
龜 2711$_7$
輿 7780$_1$
穆 2692$_2$

十八畫

蟬 5615$_6$
顏 0128$_6$
雜 0091$_5$
禮 3521$_8$
魏 2641$_3$
歸 2712$_7$

十九畫

羅 6091$_4$
贈 6886$_6$
夔 4424$_7$
懷 9003$_2$
盧 0021$_7$
麒 0428$_1$
離 0041$_4$
鵬 7722$_7$
纂 8890$_3$
邊 3630$_2$
闕 7748$_2$
關 7777$_2$
隴 7121$_1$

二十畫

鶡 6772$_7$
蘇 4439$_4$
寶 3080$_6$
獻 2323$_4$
釋 2694$_1$
籍 8896$_1$
闞 7744$_8$

二十一畫以上

攝 5104$_1$
蘭 4422$_7$
辯 0044$_1$
響 2760$_1$
鷄 2742$_7$
續 2498$_6$
體 7521$_8$
讌 0463$_1$
靈 1010$_8$
鹽 7810$_7$
鷹 0022$_7$
觀 4621$_0$
鬱 4472$_2$
黯 2411$_7$